BASTEI LÜBBE

BASTEI LÜBBE JASON DARKS SONDERAUSGABEN IM TASCHENBUCH-PROGRAMM:

73 912 Monster aus der Schattenwelt
73 913 Hexenspuk und Teufelssaat
73 914 Im Reich des Bösen
73 915 Grauen aus der Hölle
73 916 Sarggeflüster
73 917 Im Haus der Angst
73 918 Todesträume
73 919 Das Spiel der Dämonen
73 920 Schreckenswelten
73 921 Nächte des Wahnsinns
73 922 Werwolf-Grauen
73 923 Grabgespenster
73 924 Liebesgrüße aus dem Jenseits
73 925 Hexensabbat
73 926 Satans Welt
73 927 Jünger der Finsternis
73 928 Zeit des Horrors
73 929 Besuch aus der Dunkelwelt
73 930 Triumph der Weißen Magie
73 931 Symphonie des Blutes
73 932 Herren der Nacht
73 933 Hexenpest
73 934 Komplizen des Satans
73 935 Phantome der Nacht
73 936 Dämonenehre
73 937 Das Satansmysterium
73 938 Die Farbe des Todes
73 939 Hexenträume
73 940 Teufelsdiener – Satansfreunde
73 941 Dunkles Paradies
73 942 Im Zwischenreich der Toten
73 943 Transsylvanische Verschwörung
73 944 Aufstand im Dämonenreich
73 945 Das schwarze Kreuz
73 946 Die stummen Götter
73 947 Allianz der Werwölfe
73 948 Die Farbe der Finsternis
73 949 Das schwarze Evangelium
73 950 Totentanz
73 951 Festival der Blutsauger
73 952 Die Hölle auf Erden

JASON DARK

JOHN SINCLAIR

Die Hölle auf Erden

Acht spannende Grusel-abenteuer

BASTEI LÜBBE

BASTEI LÜBBE TASCHENBUCH
Band 73 952

1. Auflage: Januar 2005

Vollständige Taschenbuchausgabe

Bastei Lübbe Taschenbücher
ist ein Imprint der
Verlagsgruppe Lübbe

Lektorat: Hans-Ulrich Steffan
Titelbild: Bassols, Barcelona
Umschlaggestaltung: QuadroGrafik, Bensberg
Satz: Wildpanner, München
Druck und Verarbeitung:
AIT Nørhaven AS, Trondheim, Norwegen
Printed in Norway
ISBN 3-404-73952-3

Inhalt

Raissas Raubtier-Horror
(John Sinclair Band 409)
Seite 7

Tödliche Perücken
(John Sinclair Band 410)
Seite 105

Der Herold des Satans
(John Sinclair Band 411)
Seite 199

Ein Grab aus der Vergangenheit
(John Sinclair Band 412)
Seite 293

Ich stellte die Killer-Mumien
(John Sinclair Band 413)
Seite 395

Zweikampf um die Ninja-Krone
(John Sinclair Band 414)
Seite 493

Robot-Grauen
(John Sinclair Band 415)
Seite 595

Im Namen der Hölle
(John Sinclair Band 416)
Seite 699

Raissas Raubtier-Horror

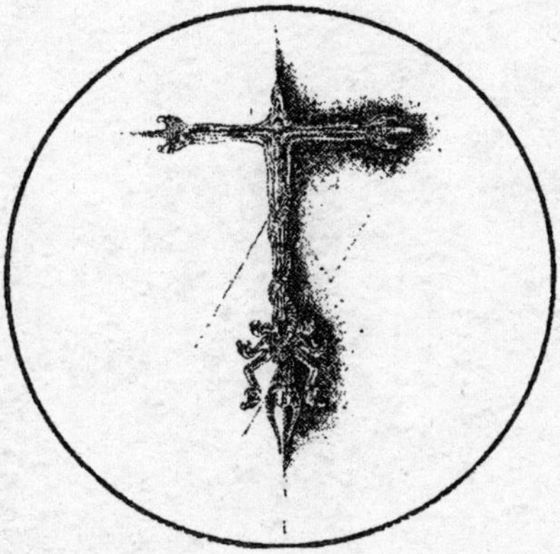

Vor Tobe Tanner stand eine der tollsten Frauen, die er je zu Gesicht bekommen hatte!

Im Dorf hatte er sie zum ersten Mal gesehen, war ihr bis zu ihrem Wagen gefolgt. Er hatte sie aber nicht einsteigen lassen. Als sie ihn bemerkte, floh sie in die alte Bauruine, in der sich früher mal Extremisten herumgetrieben hatten.

Tobe Tanner holte tief Luft. Er hatte ein Gewehr mitgenommen und bedrohte damit die Frau. – Bei der Verfolgung der Schönen waren sie zu zweit gewesen. Ike hatte verloren, deshalb wollte sich zuerst Tobe mit der Kleinen vergnügen.

»Ike!«, rief er, ohne die Langhaarige aus den Augen zu lassen. »Ich habe sie vor dem Rohr!«

»Okay, ich komme!«

»Nein, du bleibst, wo du bist. Ich habe gewonnen.«

»Wie lange soll ich warten?«

»Halbe Stunde.«

Ike lachte so laut, dass Tobe es durch die dicken Wände hörte.

»Schnauze, Mann. Die Süße hier muss man genießen.« Er nickte dem Mädchen mit den langen, dunkelbraunen Haaren zu. »Ist doch so – oder?«

Sie gab ihm keine Antwort, und das ärgerte Tobe. »Du sprichst wohl nicht mit jedem, wie?«

»Bitte, Mister, ich ...« Sie sprach sehr langsam und betont. Man hörte es, dass sie aus einem fremden Land kam. »Lassen Sie mich doch gehen!«

»Nein.«

Ihr Gesicht zeigte einen verzweifelten Ausdruck. »Weshalb nicht? Sie tun sich keinen Gefallen damit. Glauben Sie mir!« Ihre Stimme klang sehr ernst, und für einen Moment hatte sie auch Hoffnung, denn Tobe Tanner nickte. Sein flächiges Gesicht veränderte sich dabei. Es zeigte ein sprödes Lächeln.

»Wie heißt du eigentlich?«

»Raissa!«

»Ein irrer Name, Süße, wirklich. Ein toller Name. Er gefällt mir. Ich will dir mal etwas sagen. Ich hänge hier in diesem beschissenen Land. Man hat mich in die Miliz gezwängt. Ich rieche nur Pulver und Waffenöl. Hin und wieder auch Whisky, wenn wir davon träumen, heiße Weiber im Arm zu halten. Verstehst du das?«

»Nicht ganz.«

Er lachte knarrend. »Das kannst du auch nicht, Raissa. Das wirst du nie können.« Er streckte seine freie Hand aus. »Und dann läuft mir so etwas wie du über den Weg. Einfach so. Glaubst du denn, dass ich dich laufen lasse?«

Sie hob die Schultern. »Ich würde es an Ihrer Stelle tun.«

»Und wenn nicht?«

»Werden Sie es schrecklich zu büßen haben!«, erklärte sie. Und es war kein Bluff.

Das spürte auch Tobe Tanner. Trotzdem ging er von seinem einmal gefassten Vorsatz nicht ab. »Nein, Raissa, nein! Ich habe mich entschieden, und ich werde es durchziehen.« Er musterte sie von oben bis unten. Sie trug das Haar offen, sodass es fächerartig auf ihren Schultern lag.

Auf dem Kopf hatte sie eine seltsame Krone. Sie schimmerte gelbgold. Das Gesicht wirkte unter dem langen Haar etwas gedrungen. Die Augen standen schräg. Das wies auf ihre mongolische Abstammung hin.

Ihr Alter schätzte Tobe auf zweiundzwanzig, möglicherweise auch zwei, drei Jahre jünger. Und wenn er genauer in dieses Gesicht mit dem etwas ordinären Ausdruck schaute, entdeckte er das, vor dem er sich in seinem tiefsten Innern fürchtete.

Die Gier und das Tierische.

Dennoch ließ der Mann nicht seinen Verstand sprechen. Er wollte dieses Weib, dieses exotische Sexsymbol, dessen Körper noch unter einem langen Mantel versteckt war.

Er nickte ihr zu. »Genug geredet, Raissa. Ich will nur etwas Spaß haben, und du wirst ihn auch bekommen. Weg mit dem Mantel!« Er hatte sehr hart gesprochen, und Raissa zuckte zusammen. Tobe verstand die Reaktion richtig. »Willst du nicht?«

»Lassen Sie es bleiben!«

»Nein!«

»Dann gut!« Sie blickte ihn an und auch das Gewehr. Widerstand war zwecklos. Zögernd zog sie sich den Mantel aus.

Tobe stöhnte auf, als er sah, was unter dem Mantel für Kleidungsstücke zum Vorschein kamen.

Da war so gut wie nichts. Er war voll auf diesen Körper konzentriert, der gar nicht mal schlank war, sondern ziemlich muskulös, aber mit Proportionen versehen, die einen Mann um den Verstand bringen konnten.

Die prallen Brüste waren notdürftig von einem goldschimmernden Oberteil verhüllt. Und das Stückchen Stoff, das sie als Slip trug, war nicht der Rede wert. Um den Hals trug sie eine Kette, wie Tobe sie noch nie gesehen hatte. Er konnte nicht mehr länger warten. »Leg deinen Mantel dahin – und dich drauf!«

Sie schaute ihn noch einmal an. Diesmal länger. Tobe hatte das Gefühl, plötzlich in ein völlig anderes Augenpaar zu schauen. Es leuchtete kalt wie Gletschereis.

Raissa gehorchte. Sie drehte sich und breitete den Mantel aus. So konnte er nicht erkennen, dass sie etwas darunter hervorholte.

Erst als sich das Mädchen wieder umwandte, sah er, was es in der rechten Hand hielt.

Es war ein Speer.

Zuerst wollte er wütend werden, dann dachte er an sein Gewehr, das er bei sich trug, und begann lauthals zu lachen.

»Was willst du denn damit?«, fragte er erstaunt. »Sag mal, bist du verrückt? Willst du mit dem Zahnstocher gegen mein Gewehr ankommen? Mach dich nicht lächerlich.«

»Zum letzten Mal, geh! Du hast mich gesehen, du hast meinen Körper gesehen, das muss dir reichen!«

»Ich kann ihn sehen, aber ich will ihn fühlen.« Er spreizte die Hand. »Damit will ich dich fühlen, Raissa. Alles, verstehst du?«

Sie nickte. »Dann lass dich bedauern«, erwiderte sie nur.

Komisch, er hatte über die letzten Worte lachen wollen, doch er schaffte es nicht. Etwas saß in seinem Hals und schnürte ihm die Luft ab, und er spürte, dass er sich übernommen hatte. Plötzlich kam ihm Raissa wesentlich stärker vor, aber nie wäre es ihm eingefallen, einen Rückzieher zu machen.

Um seine Angst und Unsicherheit zu überbrücken, begann er zu schreien. »Leg dich endlich hin, verdammt!«

Raissa bückte sich, und es sah tatsächlich so aus, als wollte sie der Aufforderung nachkommen.

Deshalb entspannte sich Tanner ein wenig, atmete aus und ließ die schwere Waffe sinken.

»Ich habe dich gewarnt!«, schrie Raissa. Es klang wie das Fauchen eines Raubtieres. »Die Rache wird dich töten!«

Tanner schoss nicht. Er war zu überrascht, denn sie malte mit ihrer Lanze zwei Figuren in die Luft.

Und jeder Strich wurde durch einen Streifen aus Feuer nachgezeichnet.

Die Augen des Mannes wurden weit. Er konnte nicht begreifen, was sich da abspielte. Das war Hexerei, Zauberkult, der nackte Irrsinn, denn die gezeichneten und jetzt auf dem kalten Steinboden stehenden Figuren begannen zu leben.

Sie lebten nicht nur, sie knurrten auch gefährlich.

Tobe Tanner zog sich zwei Schritte zurück. Er hörte dabei das raue Lachen der dunkelhaarigen Raissa und starrte haargenau auf das, was sie durch dieses Zeichen mit der Speerspitze geschaffen hatte.

Zwei mörderische Raubtiere.

Tobe Tanner hielt die Luft an. Er spürte, dass etwas in ihm vorging. Tief in seinem Körper hatte es sich gebildet, stieg hervor, krallte sich von innen her um seine Kehle und sorgte dafür, dass er nicht mehr atmen konnte.

Es waren die Angst und der Schock, dieser urtriebhafte

Drang, der sich freie Bahn durch einen Schrei oder irgendetwas verschaffen wollte, es aber nicht konnte.

Sein Blick konzentrierte sich auf die Tiere.

Sie standen da wie Denkmäler. Zwei Prachtexemplare mit einem herrlichen Fell bedeckt. Sie taten nichts, waren da, drohten durch ihre Anwesenheit und schienen aus einem Urweltdschungel zu stammen.

Das eine Tier war rabenschwarz. Es erinnerte an einen Panther, hatte aber die doppelte Größe.

Rot und grausam leuchteten die Augen des Riesentieres.

Das zweite Tier wies Ähnlichkeit mit einem Säbelzahntiger auf, ohne allerdings einer zu sein.

Warmer Geifer schäumte aus seinem Maul und fiel in dicken Tropfen auf den Boden.

Ein Säbelzahntiger?

Aber das war unmöglich! Falls es diese Bestien überhaupt gegeben hatte, dann in früheren Zeiten, in der Urwelt. Diese Gedanken schossen durch den Kopf des Mannes, der weder vor noch zurück konnte.

Und Raissa lächelte wissend, überheblich und gleichzeitig gemein.

Tobe Tanners Blick irrte ab, weil sich Raissa bewegt hatte. Sie bückte sich und streckte ihren Arm aus, wobei sie die Hand schon gespreizt hatte.

Fünf Finger fuhren in das Fell des pechschwarzen Panthers und wühlten es gegen den Strich auf. Das hätte ein normales Tier kaum hingenommen, aber dieser schwarze Koloss begann zu schnurren. Erst sanft, dann intensiver. Seine wohligen Laute erzeugten bei Tobe Tanner eine Gänsehaut auf dem Rücken.

Raissa kniete jetzt neben dem Tier mit den roten Augen. Der Säbelzahntiger stand nur eine Schrittlänge entfernt und schaute zu. Er hatte den Kopf vorgebeugt. Dicht hinter seinem Hals schaute wie ein kleiner Hügel ein Wirbel hervor, der von seinem Fell hart umspannt wurde. Das Tier sah fast friedlich aus, aber das täuschte.

»Du kommst hier nicht raus!«, flüsterte Raissa plötzlich. »Ich hatte dich gewarnt, jetzt ist Schluss. Wer nicht hören will, muss sterben.« Sie veränderte das Sprichwort in ihrem Sinne.

Tanner erinnerte sich wieder an sein Gewehr. Und er dachte daran, dass er so wehrlos nicht war, wie die andere es sich wohl gewünscht hätte. Wenn die Bestien angriffen, würde er schießen und ihnen die Kugeln ins Fell brennen.

»Okay, dann!«, keuchte Tanner. »Du hast es nicht anders gewollt. Ich habe nur etwas Spaß haben wollen, jetzt aber wird es ernst. Verdammt ernst sogar.«

Er ging ein paar Schritte zurück. Durchgeladen war die Waffe. Er hob sie an, sodass die Mündung auf den Panther zeigte.

Er wollte ihm in den Kopf schießen.

Der Panther knurrte nicht mehr. Er stand plötzlich wieder still, auch Raissa löste ihre Hand aus dem Fell.

Sie drückte sich hoch. Langsam und geschmeidig. Der Säbelzahntiger hob seine linke Vorderpfote. Augenblicklich visierte Tanner ihn an, und er hörte, wie die Frau einen kurzen, zischenden Befehl gab.

Aus dem Stand wuchtete der Panther Tobe Tanner entgegen. Es war ein kraftvoller Sprung. Tanner konnte nicht mehr ausweichen, er schoss.

Schnell hintereinander drückte er ab. Die Geschosse peitschten aus dem Lauf und jagten in den Körper der schwarzfelligen Bestie. Das Klatschen hörte er nicht, dafür Raissas Lachen.

Die wenigen Sekunden, die ihm noch blieben, empfand er als doppelt so lang. Er sah den gewaltigen schwarzen Körper, der immer größer wurde, und das grässliche Maul.

Wie schnelle Schatten kamen die Pranken.

Und die erwischten ihn voll.

Es waren Hammerschläge, die auf ihn einprasselten, seine Kleidung zerrissen und erste Furchen in seiner Haut hinterließen. Tobe Tanner knallte auf den Rücken, sein Hinterkopf schlug gegen den Stein. Er spürte die Schmerzen und das dumpfe Gefühl im Schädel nicht, etwas anderes war viel schlimmer.

Heißer Raubtieratem und die langen Krallen erwischten sein Gesicht.

Die Welt um ihn herum erstickte in einem Film aus Blut. Plötzlich war nichts mehr da, keine Schmerzen, keine Angst, aber auch kein Leben. Tot lag Tobe Tanner auf dem kalten Boden.

Der Killerpanther drehte sich lässig um und glotzte Raissa an.

Sie nickte ihm zu. Ein Lächeln hatte sich auf ihre Lippen gelegt. »Das hast du gut gemacht, mein Kleiner!«, flüsterte sie. »Verdammt gut.« Wieder bückte sie sich und vernahm das zufriedene Knurren des Raubtieres.

Raissa aber blickte zur Tür.

Dahinter wartete der zweite.

Und auch den wollte sie sich nicht entgehen lassen.

Schüsse!

Ike, der vor der Tür warten musste und sich darüber geärgert hatte, schreckte plötzlich hoch. Er hatte sich schon vorgestellt, was er mit der Dunkelhaarigen alles anstellen würde, doch das harte Hämmern des Gewehrs riss ihn brutal aus seinen Träumen. Er drehte sich um, lief auf die Tür zu, wollte sie schon aufreißen, als ihn eine innere Stimme warnte.

Es war der Instinkt, der ihn verharren ließ. Für einen Moment nur blieb er stehen, sein Gewehr im Anschlag, dann ging er zurück, zögernd, als würde er sich vor etwas fürchten.

Der Blick des Mannes flackerte. Er wusste nicht, was er unternehmen sollte, denn hinter der Tür war es still geworden. Drei oder vier Schüsse hatte er gezählt, und er kannte Tobe Tanner. Der war kein Killer. Er schoss nur, wenn es nötig war und sein Leben bedroht wurde.

Aber wer hatte das getan?

Die Frau?

Ike konnte es nicht glauben. Nur dachte er wieder an die Warnung seines Unterbewusstseins, und das alles ließ ihn ungemein vorsichtig werden. Deshalb zog er sich zurück.

Auf dem Grundstück standen zahlreiche Brandmauern. Sie zeigten noch an ihren Seiten die Spuren der Kämpfe. Kugeleinschläge wechselten sich mit tiefgrauen Brandflecken ab. Der Putz war sowieso nicht mehr vorhanden, sodass nacktes Mauerwerk durchschimmerte.

Zum Glück fand er noch eine Nische. Früher musste dort eine Toilette gewesen sein. Nicht weit davon entfernt führte eine Treppe in die Höhe. Ein Absatz hing noch als Fragment in die Tiefe. Ike wunderte sich darüber, dass die Reste noch nicht eingestürzt waren.

Er blieb in der Nische. Sie war gerade breit genug, dass er hineinpasste. Und so blieb er stehen, das Gewehr dabei im Anschlag. Er hatte einen guten Platz gewählt, da sein Blick auf das freie Gelände des Trümmergrundstücks fiel und er das Mädchen sehen musste, wenn es den Raum verließ.

Dann würde er mit ihr über einiges sprechen.

Noch hörte er nichts.

Zudem lag die Straße zu weit entfernt, als dass er hätte etwas wahrnehmen können. Hin und wieder rollte dort ein Wagen entlang. Er sah auch nur das Blitzen der Scheinwerfer, die wegen des in der Luft hängenden Dunstes eingeschaltet werden mussten.

Ein Geräusch schreckte ihn auf.

Es war das Quietschen einer Tür. Er hatte es schon zweimal gehört, als das Mädchen dort verschwunden und Tobe ihm gefolgt war.

Kehrte er jetzt zurück? Ike konnte sich nicht vorstellen, dass Tobe die Kleine erschossen hatte. Die Schüsse waren sicherlich nur als Warnung gedacht gewesen, und so rechnete er damit, beide zu sehen. Tobe würde ihm sagen, dass er kommen konnte.

Ike war von dieser Theorie so überzeugt, dass er sich nach

vorn schob, um die Nische zu verlassen, doch er zuckte blitzschnell wieder zurück.

Höchstens für die Dauer einer Sekunde hatte er nach rechts blicken können.

Das allerdings reichte.

Von Tobe war nichts zu sehen gewesen. Dafür von der Dunkelhaarigen, die noch auf der Schwelle stand und von zwei monströsen Tieren flankiert wurde.

Sie sahen aus wie Panther und Tiger!

Ikes Herz hämmerte plötzlich im Hals. Damit hatte er nicht gerechnet. Er fragte sich, woher die beiden gekommen sein mochten. Sie konnten doch nicht da gelauert haben.

Und er sah auch noch die Geste, als sich die Dunkelhaarige mit einer lässig anmutenden Bewegung ihren Mantel über den fast nackten Körper hängte.

Ike konnte es nicht fassen. Er war wie vor den Kopf geschlagen. Dass er sie etwas fragen wollte, hatte er ebenfalls vergessen. An seine Waffe dachte er auch nicht mehr.

Mit starrem Blick schaute er auf die Frau und die zwei Raubtiere, die sich so locker und lässig bewegten, als wäre nichts geschehen. Sie schritten über das Grundstück, vorbei an den Mauerresten, umweht von leichten Dunstschleiern, die wie dünne Tücher in der Kälte lagen und sich später zu Nebel verdichten würden.

Sie sah weder nach rechts noch nach links. Stur geradeaus war ihr Blick gerichtet, das Gesicht zeigte angespannte Züge, soweit er das erkennen konnte, und sie ging so zügig, als hätte sie ein bestimmtes Ziel vor Augen.

Das war in der Tat so.

Mit ihren beiden unheimlichen Leibwächtern verließ sie das Grundstück und war verschwunden.

Sie blieb es auch. Ike wischte über sein Gesicht, putzte dort die Feuchtigkeit ab und schüttelte den Kopf. »Das darf doch nicht wahr sein«, drang es flüsternd über seine Lippen. »Das ist verrückt, ich habe geträumt.« Während dieser Worte verließ er die Nische.

Jeder Schritt war vorsichtig gesetzt worden. Er schaute sich nach allen Seiten um. Überall witterte er eine Gefahr, aber er sah nichts und hörte nur seinen eigenen Herzschlag. Die Schritte der Langhaarigen waren längst verklungen. Sie und die Gestalten der beiden Tiere waren verschwunden wie Schemen im Dunst.

Er wandte sich nach rechts. Von dort waren sie gekommen. Dort befand sich die kleine Tür, hinter der alles passiert war.

Aber was?

Die Schüsse, keine Schreie. Noch immer glaubte Ike, das peitschende Stakkato der Schüsse zu hören, und er hatte seinen Kameraden nicht zurückkommen sehen.

Erst jetzt wurde ihm dies richtig bewusst. Plötzlich spürte er ein drückendes Band der Angst, das ihm alles nehmen wollte, auch das Leben.

Aber er ging weiter. Man hatte ihm im Training eingehämmert, dass er Soldat war. Und als Soldat musste er jetzt handeln. Deshalb durfte er sich nicht gehen lassen. Er musste seine eigene Angst überwinden und nachsehen, was passiert war.

In einer Hand hielt er das Gewehr. Er hatte den Kolben in die Ellbogenbeuge gepresst und hielt den Finger am Abzug. Ike war bereit, innerhalb einer Sekunde zu reagieren.

Mit der freien Hand griff er nach der Klinke. Sie war kalt. Ike drückte sie und riss die Tür mit einem Ruck auf, ohne allerdings über die Schwelle zu springen.

Wie angenagelt blieb er stehen, starrte in den Raum und glaubte, inmitten einer erstarrten Filmszene zu stehen, die so echt war, dass er sogar durch die leeren Fensteröffnungen das Pfeifen des Windes vernahm.

Das war kein Traum, das war konzentriertes Grauen.

Ike merkte, dass er gleichzeitig anfing zu weinen und zu zittern. Er hatte viel gesehen, gekämpft, getötet, war auch angeschossen worden, aber so viel Blut wie hier ...?

Der junge Mann wankte zurück. Dann drehte er sich um, dabei wurden seine Knie weich.

»Was hat man mit dir gemacht, Tobe?« Ike schüttelte den Kopf, schleuderte sein Gewehr weg und rannte davon.

Verfolgt von den grausigen Bildern der Erinnerung.

Und die Meldung dieses Mannes über den Tod seines Freundes setzte eine Hetzjagd in Gang, die schließlich zu einer Orgie des Schreckens eskalierte und in die auch Unbeteiligte mit hineingezogen wurden.

Das waren Suko und ich.

Noch ahnten wir davon nichts, als wir in meinem Bentley saßen und durch das Land fuhren, das manche Menschen als Paradies ansahen.

Irland, die grüne Insel.

Unser letzter Fall, an dem ich innerlich noch immer schwer zu knacken hatte, lag erst einen Tag hinter uns. Wir hatten wieder neue Erkenntnisse gewonnen und eine Gestalt gejagt, die sich Drachenblut-Vampir nannte und aus Aibon, dem geheimnisvollen Reich der Druiden, stammte.

Besonders ich war sehr stark betroffen gewesen und hatte ein Mädchen namens Ria Rush getroffen. Ihre Mutter, ein Medium und Bewohnerin des Landes Aibon, kannte ich schon. Sie hieß Miriam di Carlo.

Ria hatte nicht überlebt. Sie, die Verbindung zu den geheimnisvollen Banshees, den Aibon-Hexen, besaß, war durch den Drachenblut-Vampir getötet worden, ohne dass Suko und ich es hatten verhindern können.

Schlimm war die Szene, als wir in das Haus der Rushs zurückkehrten, wo Rias Zieheltern auf uns warteten. Und ich werde nie die Blicke vergessen, mit denen wir bedacht worden waren.

Stumpf und vorwurfsvoll. Gerade Letzteres hatte mich hart getroffen, denn ich hatte den Eltern versprochen, alles zu tun, um Ria zu retten.

Es war zu wenig gewesen.

An dieser persönlichen Niederlage hatte ich noch zu

knacken gehabt, sodass Suko sich bereit erklärte, den Wagen zu fahren.

Ich hatte mit meinem Chef für diesen Fall mehrere Tage abgemacht. So brauchten wir uns nicht zu beeilen. Allerdings wollte ich von der nächsten Stadt aus anrufen, um zu hören, ob an der Themse vielleicht etwas Wichtiges vorlag.

In Dublin wollten wir die Fähre über die Irische See nehmen, und ich hatte noch vor, einen Abstecher nach Schottland zu machen, wo meine Eltern in einem kleinen Ort wohnten. Sehr lange hatte ich sie nicht mehr gesehen. Ob ich sie über Weihnachten besuchen konnte, war auch noch fraglich, deshalb kamen mir die Tage gelegen.

Suko hatte sich entschlossen, mit dem Zug nach London zurückzufahren, sobald wir die Fähre verlassen hatten, denn Shao würde sicherlich auf ihren Partner warten.

Der nächste Ort, das hatten wir auf der Karte gelesen, hieß Dardhing. Eine Kreisstadt, in der eine Miliztruppe stationiert war, auf die man uns ausdrücklich hingewiesen hatte.

Wir fuhren vorbei an einsam stehenden Gehöften, sahen Schafherden, viel grün-braunes Wintergras. Sumpf, Wasser und Wald wechselten sich ab oder bildeten eine Gemeinschaft.

Über allem lag als feines Tuch der dünne Herbstnebel. Zum Glück nicht mehr so dicht, aber er störte trotzdem beim Fahren.

Manchmal kam ich mir vor wie auf einer Insel der Trauer. Dafür sorgten auch die Grabsteine, die hin und wieder an den Straßenrändern standen und die Vorbeifahrenden daran erinnern sollten, dass hier Menschen verunglückt und gestorben waren.

Ich rauchte eine Zigarette. Suko fuhr ruhig. Er wusste, welchen Gedanken ich nachhing, deshalb schwieg er. Die aus den Düsen strömende Luft verteilte den Rauch im Wagen. Die auf Intervallschaltung eingestellten Scheibenwischer schaufelten in regelmäßigen Abständen Tropfen von der Scheibe. Ab und zu durchfuhren wir Nebelbänke.

Ein reizvolles, schweigendes Land lag vor uns.

Jetzt führte der Weg talwärts. In langen Kurven, wie eine graue Schlange. Links dehnten sich Weideflächen. Sie reichten bis an den Rand eines dunklen Waldstücks, über dem schwarze Punkte, Vögel, in der grauen, dunstigen Luft kreisten.

Zur rechten Hand hin, also dort, wo sich die Fahrerseite befand, rückte der Wald näher an die Straße. Wenig später sahen wir einen schmalen Pfad, der sich durch die schweigende Landschaft schlängelte.

Wir rollten in die nächste Kurve und hatten Glück, dass die Fernsicht besser wurde.

»Dort stehen Militärtransporter. Mannschaftswagen. Aber nicht viele. Eine Kompanie kann da nicht unterwegs gewesen sein.«

Suko verzog den Mund. »Sollten wir vielleicht in einem Manövergebiet gelandet sein?«

»Ich habe nichts gelesen. Das muss doch angezeigt werden.«

»Warten wir es ab.«

Suko riss plötzlich das Lenkrad herum. Der Wagen schleuderte etwas, wurde abgefangen – und stand.

Diese Kapriolen verstand ich nicht und wollte mich bei Suko beschweren, als dieser den Kopf zurücklegte.

»Was hast du?«

»In der Scheibe ist ein Loch!«

Jetzt erst sah ich das Loch und das »Spinnwebennetz«, das entsteht, wenn jemand gegen eine Autoscheibe aus Verbundglas schlägt oder schießt.

Ich blickte Suko an. »Deshalb hast du so heftig reagiert?«

»Ja.« Er schaute nach vorn, als suchte er den Schützen. »Hast du das Platzen denn nicht gehört?«, fragte er.

»Schon, aber ich war in Gedanken versunken und achtete nicht darauf. Wer schießt denn hier auf uns?«

»Keine Ahnung.«

Vor uns blieb es ruhig. Wir sahen das dichte Unterholz, über dem die Nebelschleier trieben, aber eine Bewegung oder einen Schützen sahen wir nicht. Und doch hatte eine Kugel die Seitenscheibe durchschlagen.

Ich drehte mich auf dem Sitz. Mein Blick fiel über die Sitzbank, und da entdeckte ich das Einschussloch. Schräg war das Geschoss in das Polster geschlagen. Es hatte das Leder in der Länge eines Fingers aufgerissen, und ich dachte daran, dass es einiges kosten würde, dies wieder flicken zu lassen. Nur gut, dass der unbekannte Schütze kein Zielwasser getrunken hatte.

»Steigen wir aus?«, fragte Suko.

»Klar.«

»Warte, ich will nicht die Fahrbahn blockieren.«

Suko rangierte, während ich die Umgebung im Auge behielt. Irland schien für uns ein heißes Pflaster zu sein, denn auch beim Kampf gegen die Bluthand aus dem Jenseits hatte man uns beschossen.

Ich öffnete den Wagenschlag. Sehr vorsichtig drückte ich ihn nach außen, immer bereit, sofort zu reagieren und mich aus dem Wagen zu katapultieren.

Es blieb ruhig. Wenn der Schütze irgendwo lauerte, hätte er jetzt die Chance gehabt, es noch einmal zu versuchen.

Aus dem warmen Auto tauchte ich in die kühlere Luft. Ich blieb nahe am Wagen und zunächst noch in Deckung der offen stehenden Autotür. Da ich mich zudem geduckt hatte, bot ich dem heimtückischen Schützen ein sehr schlechtes Ziel. Er hielt sein Feuer zurück. Auch am Unterholz sah ich keine Bewegung. Still lag es vor mir. Es wirkte wie geduckt, als hätte es Furcht vor einer zu großen Kälte.

Suko saß noch im Wagen. »Soll ich kommen?«, fragte er.

»Nein.«

Ich hatte das Wort kaum ausgesprochen, als abermals etwas passierte. Plötzlich peitschten Schüsse auf. Ich hörte knackende Geräusche.

Viermal klangen die Schüsse auf. Ich lag am Boden, aber unser Wagen war diesmal nicht als Zielscheibe ausgewählt worden.

Die Echos der Schüsse verrollten in der klaren Luft. Suko und ich sahen keine weiteren Anzeichen für einen erneuten Beschuss. Stille breitete sich aus.

Eine sehr ungewöhnliche Stille. Sie kam mir irgendwie lauernd vor, als wartete sie nur darauf, von der nächsten Aktion unterbrochen zu werden.

Das geschah nicht.

Dafür hörten wir einen Schrei. Er hörte sich an wie ein Befehl. Ich stand inzwischen neben dem Wagen, auch Suko hatte den Ruf vernommen und erinnerte an die Einsatz- oder Transportwagen.

»Du denkst, dass wir hier in ein Army-Nest gestoßen sind?«, fragte ich.

»Ja.«

»Aber sie hätten warnen müssen.«

Suko winkte ab. »Hätten.«

»Wenn die üben, sollten wir so rasch wie möglich verschwinden.«

»Und die zerstörte Scheibe?«, fragte Suko.

»Die zahle ich ihnen zurück.«

»Wieso?«

»Wir werden verschwinden, okay, aber zuvor möchte ich mir die Typen vornehmen, die hier in der Gegend herumschießen. Weißt du, Suko, ich möchte mich nur auf meine eigene Art und Weise bedanken.«

»Ja, das wäre gut.«

Wir stiegen wieder ein und rollten an. Diesmal achtete ich auf die Umgebung. Es war schon verrückt oder glich einem Wahnsinn. Wer nahm sich so etwas heraus, einfach in die Gegend zu ballern?

Ich spürte, wie in mir die Wut aufstieg. Aber das nutzte auch nichts. Wir entdeckten keinen einzigen Soldaten. Wir blieben auf der kurvenreichen Straße, bis ich eine Abzweigung an der rechten Seite entdeckte. Auf der normalen Straße malten sich noch die Reifenspuren der Laster ab. Sie führten genau in den schmalen Weg hinein, der vom Unterholz flankiert wurde.

»Da geht es rein!«, wies ich Suko an.

Mein Partner nickte. Ich schaute zurück, sah aber niemanden, der uns gefolgt wäre.

Auch Suko blieb gelassen, als er das Lenkrad herumriss. Schon bald kratzten Büsche über den Lack, als wollten sie dort ihre Spuren hinterlassen.

Nur mühsam kamen wir weiter. Der Pfad bestand nur aus Querrillen und Schlaglöchern.

»Vielleicht hatte sich der Schießer uns gar nicht als Ziel ausgesucht«, meinte Suko.

»Wieso?«

Der Inspektor hob die Schultern. »Ein Irrläufer kann die Kugel ebenfalls gewesen sein.«

»Darauf möchte ich mich aber nicht verlassen.«

Suko grinste. »Du bist verdammt misstrauisch.«

Eigentlich war es blöd, was wir hier taten. Kurvten in der Gegend herum und würden uns sicherlich noch Schwierigkeiten aufhalsen, doch unser Misstrauen war stärker als der Drang, endlich Dublin, das Ziel, zu erreichen.

Zudem mochte ich es nicht, wenn auf mich geschossen wurde. Diese Typen musste ich einfach zur Rede stellen. Zunächst einmal sahen wir nichts von ihnen. Dieses Waldstück war doch größer und weitflächiger, als es von der Straße her den Anschein gehabt hatte.

So aufmerksam wir auch waren, die Überraschung traf uns trotzdem, denn von der linken Seite her löste sich etwas Schwarzes aus dem Gebüsch.

Ich sah zuerst nur einen Schatten und konnte nicht glauben, was sich mir da präsentierte.

Es war keine Täuschung. Der Schatten hatte sich aus dem Unterholz gelöst und setzte zum nächsten Sprung an, um sein Ziel zu erreichen. Es war ausgerechnet die Motorhaube des Bentley.

Auf ihr blieb der pechschwarze Panther hocken!

Keiner von uns verlor die Nerven. Weder Suko noch ich verfielen in Panik. Suko hatte nur gebremst. Er schaute aus großen Augen durch die Scheibe und war ebenso perplex wie ich.

Der Panther hatte auf der Kühlerhaube seinen Platz gefunden, als wäre es der bequemste auf der ganzen Welt. Er hockte dort in der Haltung einer Hauskatze.

Dunkelrote Augen starrten uns an. Und er zeigte uns sein gefährliches Gebiss. Was dieses Tier hier suchte, war für uns unbegreiflich, aber feindliche Absichten hegte das Raubtier nicht gegen uns.

Eine kurze Drehung auf der Motorhaube, dann stieß es sich ab und setzte mit einem kräftigen Sprung in das Unterholz am Wegrand. Wie ein Spuk war es gekommen, und wie ein Spuk war es auch wieder verschwunden.

Suko und ich sahen uns an. »Sag mal, John, habe ich eigentlich geträumt?«

Ich blickte dorthin, wohin der Panther verschwunden war, sah aber nicht einmal eine Schwanzspitze von ihm. »Nein, du hast nicht geträumt, Alter.«

Suko wischte sich übers Gesicht. »Ein Panther mit roten Augen. Verstehst du das?«

»Nein.«

»Könnte man daraus nicht etwas ableiten?«

Ich blickte meinen Freund an. Bevor ich eine Antwort gab, zuckte ein Lächeln über meine Lippen. »Ich weiß, woran du denkst. Das Geschöpf ist manipuliert worden.«

»So ähnlich, John, aber magisch.«

Ich gab die nächste Antwort. »Vielleicht suchen die Soldaten das Tier.«

»Sollen wir uns ihnen anschließen?«, fragte Suko.

Ich dachte darüber nach. Ein echter Grund bestand für uns nicht. Was geht uns ein Panther an, der möglicherweise aus einem Zoo oder Gehege ausgebrochen ist?

Wenn da nur nicht die roten Augen gewesen wären.

»Wir sollten uns schnell entscheiden«, sagte Suko, »sonst ist sein Vorsprung zu groß.«

»Okay, machen wir uns auf die Pantherjagd. Das habe ich auch noch nicht erlebt.«

Wir verließen den Wagen und schlossen ihn ab. Ich hatte meine gefütterte Jacke übergestreift. Hin und wieder fuhr ein schneidender Wind über das Land, der in unsere Gesichter biss. Die Finger verschwanden in den Handschuhen. Bald war der silber-graue Bentley hinter uns zurückgeblieben.

Beide hatten wir das Gefühl, durch Watte zu gehen. Einen Pfad gab es nicht, so tappten wir quer durch das Gelände und suchten dabei nach Pantherspuren.

Auf dem Boden war nichts zu entdecken, wir vernahmen auch kein Knacken im Unterholz, das Tier schien sich tatsächlich lautlos bewegen zu können.

Im Gegensatz zu uns. Wenn es irgendwo auf uns lauerte, würde es uns hören können, noch bevor es uns sah.

Rote Augen!

Das war nicht normal. Da musste einfach etwas dahinterstecken. Ein dämonischer Einfluss, wie ich mir vorstellen konnte. Aber wer war in der Lage, Raubtiere zu manipulieren?

Ich kannte zahlreiche mächtige Dämonen, auch Helfer schwarzmagischer Wesen, aber ich konnte mich nicht daran erinnern, jemanden erlebt zu haben, der diese Raubtiere manipuliert hätte und dazu noch frei herumlaufen ließ.

Mehrere Schüsse schreckten uns auf. Sofort blieben wir stehen und lauschten. Den Schüssen folgten Schreie, wieder knatterte es, dann verrollten die Echos, und es wurde still.

»Ob die ihn haben?«, fragte Suko.

Ich war mir da nicht sicher. »Das bleibt abzuwarten. Sollte der Panther ein dämonisches Wesen sein, werden sie es wohl nicht so einfach gehabt haben.«

»Du meinst, er fängt ihre Kugeln auf?«

»Kann sein.«

Suko runzelte die Stirn. Zusammen mit mir schaute er sich um.

Der Himmel war düster. Wolkenberge ballten sich zusammen.

Der Dunst hatte sich etwas verzogen, unsere Sicht war klarer geworden, und wir schoben uns weiter. Unter den Sohlen schleifte das harte Wintergras. Böig und kalt wehte der Wind.

Und wir suchten einen Panther!

Das durfte man niemandem erzählen, er hätte es uns sicherlich nicht geglaubt, aber wir machten trotzdem weiter und erreichten eine kleine Lichtung.

Auf ihr stand ein Wagen.

Die Fahrertür des mit Tarnfarbe gestrichenen Transporters stand bis zum Anschlag offen.

Leer war das Führerhaus nicht. Wir beide sahen die Bewegung, konnten aber nichts Genaues erkennen, weil unser Sichtwinkel zu schlecht war.

Bevor wir uns auf die neue Lage einstellen konnten, huschte der Schatten aus dem Fahrerhaus. Wir kamen nicht dazu, unsere Berettas zu ziehen, denn der Schatten war einfach zu schnell.

Diesmal war es kein Panther, sondern eine gewaltige Katze mit einem helleren Fell und einem Maul, aus dessen Oberkiefer zwei säbelartige Zähne ragten.

Das war ein Säbelzahntiger!

Er hatte das Führerhaus mit einem Sprung verlassen und stand jetzt davor.

Sein Kopf war in unsere Richtung gedreht. Er nahm Witterung auf, und durch seinen geschmeidigen Körper lief ein Zucken.

Stand er vor dem Angriff?

Wir hielten unsere Waffen in den Händen. Noch drückte keiner von uns ab. Unsere Blicke waren auf das prächtige Tier gerichtet. Eine Gestalt, die man einfach nicht töten sollte, ein Überbleibsel aus längst vergangenen Zeiten.

»Das ist sagenhaft!«, flüsterte ich.

»Fragt sich nur, aus welchem Zoo der entsprungen ist«, murmelte Suko.

»Vielleicht einem Höllenzoo!«

»Greift er an?«

Ich hob die Schultern. »Weiß ich nicht. Sieh dir seine Schnauze mal genauer an. Auch die beiden Zähne. Wenn mich nicht alles täuscht, klebt daran sogar Blut.«

»Dann sollten wir schießen!«

Dazu kam es nicht mehr. Der Säbelzahntiger schien unsere Gedanken geahnt zu haben. Er tat etwas, mit dem wir nicht rechneten. Ein gewaltiger Satz hob ihn vom Boden ab. Im Sprung streckte er seinen Körper. Genau bis zu dem Augenblick, als die Umrisse anfingen zu flimmern, für einen Moment rötlich und gleichzeitig silbrig leuchteten, bevor das Tier vollends vor unseren Augen verschwand.

Es war weg, hatte sich aufgelöst. Wir standen da, drehten uns zueinander, schauten uns an, hoben die Schultern, und ich ergriff als Erster das Wort. »Hast du das auch gesehen, was ich gesehen habe, Suko?«

»Ja.«

»Und?«

»Er ist weg, hat sich aufgelöst.« Suko fixierte mich scharf. »Verdammt, John, dahinter steckt mehr, als wir bisher angenommen haben. Das ist dämonisch.«

Ich hütete mich, ihm zu widersprechen. Wenn Suko bei seinen Behauptungen nie recht gehabt hatte, diesmal war ihm ein Blattschuss gelungen. Der Säbelzahntiger gehörte zu den schwarzmagischen Tierwesen, die es im Reich der Finsternis und der Magie auch gab.

Er war aufgetaucht, verschwunden, und wir mussten jeden Augenblick damit rechnen, dass er sich irgendwo in unserer Nähe wieder hervorkristallisierte.

Ich lief auf den Wagen zu. Suko blieb zurück. Er wollte mir den Rücken decken.

Genau in diesem Augenblick hatte ich den Fall der Rushs vergessen oder zumindest verdrängt. Das Schicksal oder der Zufall hatte uns eine neue Bewährungsprobe gestellt, und es war klar, dass wir darauf auch eingingen.

Bei manchen Schritten zerknackte Eis unter meinen Füßen,

als ich mich dem Ziel näherte. Bevor ich die Tür erreicht hatte, erkannte ich, dass im Innern des Führerhauses etwas Schreckliches geschehen sein musste. Ich sah zwar nur einen langen Schatten, aber der bewegte sich nicht. Er lag dort auf der Sitzbank, und ich sah auch die rote Spur, die über das Kunstleder lief und sich bereits am Rand der Bank gesammelt hatte und nach unten rann.

Das war Blut!

Plötzlich hatte ich Mühe, Luft zu bekommen. Es kostete mich Überwindung, noch näher heranzugehen, um zu erkunden, ob der in Drillichzeug gekleidete Mann tatsächlich nicht mehr lebte.

Ja, er war tot.

Und nicht nur die normalen Zähne des Säbelzahntigers hatten ihn erwischt, auch die langen Hauer. Das konnte einfach kein Mensch überleben. Ich schluckte, räusperte mich und wollte mich wieder umdrehen, als mir etwas auffiel.

Okay, es war nie laut auf dieser Lichtung gewesen, aber diese lastende Stille, die ich plötzlich zu fühlen glaubte, war doch ebenfalls nicht normal.

Da tat sich etwas.

Lauerte abermals eines dieser dämonischen Tiere in meinem Rücken? Erst als sich die Gänsehaut festgesetzt hatte, drehte ich mich um und sah Suko mit erhobenen Händen auf dem Fleck stehen. Hinter ihm hatten sich ungefähr ein Dutzend Soldaten aufgebaut, deren Gewehre auf meinen Freund und Partner gerichtet waren.

Plötzlich kam mir die Beretta lächerlich vor. Ich öffnete die Faust und ließ die Waffe fallen. Sie blieb neben Sukos Pistole liegen.

Niemand sprach ein Wort. Das Schweigen sagte mehr. Es stand wie eine Wand über der Lichtung und kam mir bedrückend vor. Ich versuchte, die Soldaten anhand ihrer Uniformen einzuordnen, und gelangte zu dem Ergebnis, dass es sich bei ihnen nicht um die normale Truppe handelte. Die Typen mussten zu einer Sondereinheit oder einer Miliz gehören, wie sie oftmals in der Republik unterwegs war. Außerdem hätte man englische Soldaten in diesem Gebiet kaum geduldet.

Die Atemfahnen wehten vor den Mündern der Männer. Sie standen bewegungslos. Irgendjemand musste sie befehlen, und auf ihn wartete ich. Ein Kompliment konnte man dem Offizier machen. Seine Leute hatten es tatsächlich verstanden, sich lautlos anzuschleichen.

Der Kommandant oder Befehlshaber erschien auch sehr bald. Er trug einen Parka und auf dem Kopf ein dunkelrotes Käppi. In seinem Gesicht regte sich nichts, als er sich mir näherte und drei Schritte von mir entfernt stehen blieb. Einen knappen Blick warf er durch die offen stehende Tür in das Fahrerhaus und presste danach den Mund noch fester zusammen.

Er stellte sich nicht einmal vor und sagte mit scharfer, befehlsgewohnter Stimme: »Wenn Sie meine Fragen nicht auf der Stelle beantworten, werden meine Männer schießen! Verstanden?«

»Sicher.«

Er musterte mich. »Wo kommen Sie her?«

»Von einer Farm.«

»Und was ist Ihr Ziel?«

»Dardhing!«

Für einen Moment hob er die schmalen, dunklen Augenbrauen. »Seltsam, die Straße dorthin führt ein Stück entfernt vorbei. Was treibt Sie hierher ins Gelände?«

»Mein Partner und ich mögen es nun mal nicht, wenn uns Kugeln um die Ohren fliegen!«

»Ach!«

»Ja, Mister.« Ich begann mit einem kurzen Bericht, dem er regungslos zuhörte und wonach er schließlich nickte, als ich ihn beendet hatte.

»Gut, das ist Ihre Version!« Er deutete mit dem linken

Zeigefinger auf meine am Boden liegende Beretta. »Weshalb laufen Sie bewaffnet hier herum?«

»Weil wir berechtigt sind, die Waffe zu tragen. Und zwar dienstlich.«

»Wie das?«

»Darf ich Ihnen meinen Ausweis zeigen?«

Er zögerte und nickte schließlich. Sehr vorsichtig holte ich die Hülle hervor, balancierte sie zwischen zwei Fingern und wartete darauf, dass sie mir der Mann abnahm.

»Werfen Sie her!«

Ich warf, und er fing die Hülle blitzschnell auf. Er schaute sich den Ausweis an, schließlich sank sein Arm nach unten. Er befahl seinen Männern, die Gewehre sinken zu lassen.

»Scotland Yard also, Mr Sinclair.«

»Genau. Muss Ihnen mein Kollege auch noch seine Legitimation zeigen?«

»Nicht nötig.«

Ich nahm den Ausweis wieder an mich und steckte ihn weg. Suko kam ebenfalls zu uns. Erst jetzt schaute der Soldat in das Führerhaus. Als er sich wieder umdrehte, war sein Gesicht noch bleicher geworden. Er strich über die Stirn und schüttelte den Kopf. »Mein Gott«, hauchte er, »das ist schon der Zweite.«

»Sie hatten bereits ein Opfer?«

»Ja. Ebenfalls jemand aus meiner Truppe!«

»Und jetzt jagen Sie den Killer?«

»Genau.«

»Wissen Sie, wer es getan hat?«, fragte ich.

Der Mann zog den Mund schief. Bevor er eine Antwort gab, stellte er sich als Captain O'Brian vor. »Das können nur Bestien gewesen sein. Tiere. So etwas macht kein Mensch.«

Ich war zusammen mit Suko ein Stück zur Seite getreten. Der Captain folgte uns. Seine Männer standen nicht mehr in einem Halbkreis, sondern schoben sich ebenfalls an den Wagen heran. O'Brian gab den Befehl, den Toten aus dem Führerhaus zu holen.

Ich hatte meine Beretta wieder aufgehoben und weggesteckt. Suko ebenfalls, und er brachte mich durch seine Worte auf eine bestimmte Idee. »Ist dir aufgefallen, dass diese Untiere nicht uns angegriffen haben, sondern nur diese Soldaten?«

»Ja.«

»Das muss einen Grund gehabt haben.«

»Und welchen?«

Suko hob während seiner Antwort die Schultern. »Das kann uns vielleicht dieser Captain sagen.«

Der kam ebenfalls. Er hatte schwarze Handschuhe übergestreift. Sein Gesicht war auch nicht mehr so blass, sondern rot angelaufen. »Kann es sein, dass wir drei an dem gleichen Fall arbeiten?«, fragte er.

Ich schüttelte den Kopf. »Das glaube ich nicht. Es war mehr Zufall, dass wir hier hineingeraten sind. Aber Sie, Captain, haben bestimmt einen Grund, hier die Hetzjagd zu veranstalten.«

»Genau, wir suchen die beiden Bestien. Panther oder Tiger, die einen Mann von mir in einer Ruine zerrissen haben. Da haben wir zum Glück einen Zeugen. Zudem suchen wir noch eine Frau, der diese Tiere gehorchen.«

»Kennen Sie diese Person?«

»Nein, Mr Sinclair.«

»Aber Sie sind sicher, dass sie mit diesen beiden Morden zu tun hat.«

Er nickte. »Das muss einfach so sein, verstehen Sie? Daran führt kein Weg vorbei.«

»Weshalb gerade Ihre Männer, Captain, und nicht wir, wo wir die Bestien gesehen haben?«, fragte Suko.

»Darüber denke ich auch nach.«

Die Antwort klang nicht ehrlich. »Wissen Sie wirklich nichts, Captain, oder versuchen Sie, jemanden zu decken?«

»Wie kommen Sie darauf?« Die Frage war in einem aggressiven Tonfall gestellt worden.

»Ganz einfach. Nichts auf dieser Welt geschieht ohne ein

Motiv. Auch bei Dingen, die Ihnen unerklärlich erscheinen, ist das so. Es gibt immer irgendwo einen Grund.«

O'Brian hatte die Arme vor der Brust verschränkt und eine abwehrende Haltung eingenommen. »Sie unterstellen also mir oder meinen Leuten, etwas Unrechtes getan zu haben.«

»Das sagte ich nicht.«

»Aber ich habe es so aufgefasst, Mr Sinclair.«

»Dann darf ich mir die Frage erlauben, weshalb Sie überhaupt hier sind? Gehören Sie zur Armee?«

»Nein, wir sind eine Sondereinheit aus Dardhing. Und wir sind nicht ohne Grund hier. Dublin ist nicht sehr weit entfernt. Über die irische Republik werden Terroristen nach Nord-Irland eingeschleust. Um das zu unterbinden, sind wir hier.«

»Haben Sie bisher Erfolg gehabt?«

»Darüber darf und will ich mit Ihnen nicht reden.«

»Akzeptiert, Captain.« Ich lächelte ihn an. »Und ein Motiv für diese Morde gibt es tatsächlich nicht?«

Er wand sich etwas. Ich spürte, dass es da einiges gab, aber der Mann wollte nicht so recht mit der Sprache heraus. »Na ja«, meinte er schließlich. »Man kann das wohl nicht als ein Mordmotiv ansehen, aber es geht da um eine Frau, die zwei Männern aus meiner Truppe den Kopf verdreht hat. Sie sind ihr dann zu dieser Bauruine gefolgt. Der eine starb, der andere hat sich retten können.«

»Was haben die beiden von der Frau gewollt?« Suko hatte gefragt. Sein Gesicht war unbewegt und die Haut blass von der Kälte.

O'Brian hob die Schultern. »Was wollen zwei Männer von einer Frau, die ihnen den Kopf verdreht hat? Ein wenig Spaß, nicht wahr?«

»Das ist verharmlost, Captain.«

O'Brian fuhr Suko an. »Aber nichts, das einen so üblen Mord gerechtfertigt hätte. Sie hat die Bestien auf Tobe Tanner gehetzt und ebenfalls auf den Mann, der im Fahrerhaus lag.«

»Hatte er auch mit ihr zu tun?«, fragte ich.

»Nein.«

»Dann kann es zu einer Kollektivrache kommen!«

»Hören Sie auf, Mann. Was reden Sie da?«

»Ich zähle nur zusammen, das ist alles. Wissen Sie vielleicht den Namen dieser Frau?«

»Nein.«

»Aber Sie haben ihre Beschreibung?«, erkundigte sich Suko.

»Das allerdings. So wie er die Frau beschrieb, musste sie durch ihren Anblick tatsächlich einen großen Eindruck auf Männer machen. Jetzt suchen wir natürlich die Gegend ab, um sie und die Bestien zu finden. Dass wir auf dem richtigen Weg waren, hat uns der Tote leider bewiesen.«

Das klang alles sehr logisch und auch einfach. Aber war es tatsächlich so simpel? Konnte eine Frau hingehen und ausgebildete Soldaten der Reihe nach töten?

Dabei hatte sie diese Männer nicht selbst erledigt, sondern ihre Wächter, die gefährlichen Bestien.

Ich hätte gern gewusst, was man mit dieser mir noch unbekannten Person alles angestellt hatte, aber solange ich sie nicht sah, konnte ich sie auch nicht fragen.

»Da ist noch etwas«, wandte ich mich an den Captain. »Haben Sie die Bestien gesehen?«

»Bisher noch nicht«, gab er zähneknirschend zu. »Die haben es stets verstanden, sich früh genug aus dem Staub zu machen. Wahrscheinlich sind wir immer um Minuten zu spät gekommen.«

Ich hatte beschlossen, dem Mann reinen Wein einzuschenken. »Wir haben die Killer-Bestien gesehen!«

»Was?« Er starrte mich an und machte den Eindruck, als wollte er auf mich zulaufen und mich fassen.

Ich nickte und wiederholte den Satz. »In der Tat, wir haben diesen Tiger, der Ihren Mann getötet hat, gesehen. Er sprang aus dem Fahrerhaus und lief weg, ohne nur versucht zu haben, uns ein Haar zu krümmen.«

»Das kann ich nicht glauben!« O'Brian setzte noch einen Fluch nach. »Das ist so gut wie ausgeschlossen.« Er sprach so laut, dass es auch seine Soldaten mitbekamen. »Wir haben Sie beide beobachtet. *Uns* hätte dieser Tiger über den Weg laufen müssen, weil *wir* uns direkt hier in der Nähe befanden.«

»Das war nicht möglich«, sagte ich leise.

»Weshalb nicht?«

»Weil sich das Tier vor unseren Augen aufgelöst hat, Captain. Es ist einfach verschwunden!«

Dieser Satz traf ihn hart. Er schaute mir ins Gesicht, als hätte er einen Geisteskranken vor sich. Seine Mundwinkel zuckten, die Adern unter der dünnen Haut am Hals ebenfalls, und das Gesicht nahm allmählich eine rote Farbe an.

»Wollen Sie mich ...?«

»Nein, Captain. Ich will Ihnen nur sagen, wie es tatsächlich war. Die Bestie verschwand vor unseren Augen. Sie löste sich auf. Das Tier ist nicht normal. Ich würde es als ein magisches Phänomen bezeichnen. Nehmen Sie mir das ab?«

Durch die Nase holte er Luft. »Nein!«

»Dann können wir Ihnen nicht helfen. Tut uns Leid. Das ist kein Fall für Sie mehr. Lassen Sie die Finger davon. Ziehen Sie sich zurück. Ich warne Sie!«

O'Brian wurde auf einmal sehr ruhig. »Und Sie glauben, Sinclair, dass ich Ihnen das alles abnehme?«

»Es ist besser, uns zu glauben«, erklärte Suko, »wenn Sie auch über Ihren eigenen Schatten springen müssen.«

»Tut mir Leid, das können Sie von mir nicht verlangen. Wir werden dieses Weib und die Tiere suchen. Und wir werden sie finden!«, erklärte er mit aller Deutlichkeit.

»Dann können wir Ihnen nicht helfen, Captain. Nur müssen Sie uns gestatten, dass auch wir uns auf die Suche machen.«

»Bitte. Aber kommen Sie uns nicht in die Quere. Wir sind eine Kampftruppe.«

Ich nickte, denn ich hatte die Warnung verstanden.

Wir waren für O'Brian nicht mehr existent. Er drehte sich um und rief seine Leute zusammen. In einer Reihe ließ er sie antreten, während Suko und ich uns auf den Weg zum

Wagen machten und dabei ein verdammt schlechtes Gefühl hatten.

Raissa hatte ihren Mantel abgelegt und lag auf dem kalten Holzboden. Doch die Kälte spürte sie nicht. Dafür hielt sie etwas anderes in ihrem Bann.

Es war das Spiel mit dem Panther!

Für einen Außenstehenden wäre es unvorstellbar gewesen, aber Raissa machte es Spaß. Sie liebte die beiden Tiere, die so gar nicht mehr in die normale Welt hineinpassen wollten, weil Geschöpfe ihrer Größe ausgestorben waren.

Tiere und Menschen …

Das waren für Raissa zwei verschiedene Paar Schuhe. Das Mädchen hatte es gelernt, die Menschen zu hassen. Sie waren unzuverlässig und untreu.

Auf die Tiere aber konnte sie sich verlassen. Wenn sie Liebe zeigten, dann voll und ganz, ohne irgendwelche Hintergedanken, und so war es auch bei den beiden.

Der Tiger hatte sich in eine Ecke des Käfigwagens zurückgezogen. Er hockte dort am Boden, bewegte den Kopf, und die lange, aus dem Mund schlagende Zunge strich über das Fell, um es zu reinigen.

Raissa lachte. Sie produzierte Laute, die dem Panther zu gefallen schienen, denn er knurrte und schnurrte manchmal sanft wie eine kleine Katze. Dann drückte er seinen Kopf tiefer, um ihn an dem fast nackten Körper des Mädchens zu reiben und so seine Zuneigung zu beweisen.

Raissa »sprach« mit ihm.

Es waren keine normalen Worte. Manchmal nur ein leises Zischen, das in einem tief in der Kehle geborenen Grollen mündete, als das Mädchen den Panther streichelte.

»Du bist der Beste«, flüsterte sie. »Du wirst mich beschützen.«

Es schien so, als hätte der Panther die Worte verstanden, denn er änderte seine Liegehaltung und presste sich mit dem

Körper gegen die Beine des Mädchens, das die Wärme des Fells spürte und sich auch über den heißen Raubtieratem freute, der manchmal über ihren Körper strich und eine Gänsehaut erzeugte.

Die Bewegungen des Panthers wirkten lässig, als die beiden miteinander balgten, aber nie wurde Raissa ein Leid zugefügt. Auch Pantherpranken können streicheln, das spürte sie genau.

Irgendwann hatte sie genug von der Balgerei, drückte den Panther zurück, der dies auch willig mit sich geschehen ließ. Sie nahm den Mantel und hängte ihn sich über. »Nicht mehr lange«, flüsterte sie und schaute dabei in die Augen des Tieres. »Nicht mehr lange, dann sind wir da. Dann haben wir das Ziel erreicht, und es wird alles anders werden. Das kann ich dir versprechen, mein Liebling.«

Sie redete mit dem Panther, als hätte sie einen Menschen vor sich. Es sah so aus, als würde das Tier sie verstehen, denn die Augen nahmen einen anderen Ausdruck an.

Zwar schillerten sie noch gelb und kalt, aber in die Pupillen schien sich ein warmer Schein eingenistet zu haben, und Raissa lächelte dem Raubtier zum Abschied noch einmal zu.

Bald ist es vorbei, dachte sie. *Dann brauchst du nicht mehr hinter den Gitterstäben eines Käfigs zu hocken. Dann haben wir unser Ziel erreicht. Ihr könnt wieder zu dem werden, was ihr einmal wart. Herrliche Tiere, die in unbegrenzter Freiheit leben. Wir spüren es. Wir merken, dass sich die Magie nähert. Er kommt wieder. Wie schon so oft. Und die Menschen merken nichts davon. Sie wissen, dass er kommt, aber sie ignorieren seine Macht und seine Kraft einfach.*

Während dieser Gedanken strichen ihre Finger über die Stangen des Gitters. Beide Tiere hatten eingesperrt sein müssen. Der Käfig erfüllte gewissermaßen eine Alibifunktion, obwohl die herrlichen Geschöpfe auch freikommen konnten, wenn sie es nur wollten.

Unter der Decke brannte eine Petroleumfunzel, die ihr schales Licht abgab.

Der Panther hatte sich wieder zurückgezogen. Er lag

phlegmatisch neben dem helleren Säbelzahntiger, dessen lange Zähne aus dem Oberkiefer stachen und mit den Spitzen den Holzboden des Käfigs berührten.

Es waren prächtige, gesunde Tiere, ausgestattet mit einem Fell, das seinesgleichen suchte. Normal sahen sie aus, aber wehe dem, der sich von ihnen täuschen ließ. Das endete oft genug tödlich.

Sie ging endgültig. Eine schmale Tür an der Seite musste sie öffnen. Raissa achtete nicht auf knarrende Geräusche, für sie war wichtig, mit dem zu sprechen, der auf sie wartete.

Er saß an einem Feuer, das neben dem Wagen brannte. Zur einen Seite hin wurde es von der Flanke des Zugwagens gedeckt, einem alten kleinen Lastwagen. Auf der Ladefläche lagen die gewissen Habseligkeiten, ohne die kein Mensch auskam.

Der Mann hatte die Arme ausgestreckt. Es sah so aus, als würde er sie in die Flammen tauchen. In der Tat huschten die Spitzen der Feuerzungen über seine Finger, ohne sie zu verbrennen. Der Mann hatte sich nach vorn gebeugt. Er trug einen langen Mantel und hatte die Kapuze auf dem Kopf. Er musste gehört haben, dass Raissa den Wagen verlassen hatte, aber er tat nichts, um sie zu begrüßen. Der Mann wartete ab.

Raissa setzte sich ihm gegenüber. Sie wusste genau, was sich gehörte. Deshalb schwieg sie und wartete so lange, bis der andere anfing zu sprechen.

Auch der ließ sich Zeit.

Er hatte die Augen niedergeschlagen und blickte in das Feuer, als wollte er jede einzelne Flamme hypnotisieren und nach seinem Willen tanzen lassen. Manchmal lachte er leise auf, als hätte er sich über einen Gedanken besonders gefreut.

Raissa schwieg. Sie wusste genau, was sich gehörte, und wartete ab, bis der andere das Wort übernahm. Dabei beobachtete sie die Hände ihres Gegenübers und fand, dass sie aussahen wie die Rinde eines alten Baumstumpfes.

Er rieb sie gegeneinander. Dabei entstanden Geräusche, als würde Papier auf Papier schaben.

Raissa beobachtete ihn genau. Sie war immer fasziniert von ihm, trotz seines Alters. Wenn man ihn danach fragte, lachte er zumeist auf. Er gab nie eine genaue Antwort. Er konnte hundert, aber auch siebzig Jahre alt sein. Für ihn spielte es keine Rolle. Er rechnete auch nicht in Jahren, sondern in Weisheit und Schläue.

Sein Name war Krull.

Niemand wusste, woher er stammte. Wer ihn fragte, erhielt die Antwort, dass die Sterne ihn geschickt hätten, um die Menschen zu beobachten und sie auf den Untergang der Welt vorzubereiten.

Es konnte auch sein, dass man eine andere Antwort erhielt und er berichtete, dass sein Reich, seine Heimat zwischen den Sternen läge, wo die Welt zu Ende sei und man über ihn Legenden erzählte.

Wie dem auch war, selbst für Raissa, die er als kleines Kind zu sich genommen und großgezogen hatte, war er ein Rätsel.

Er hatte sie alles gelehrt, was wichtig war. Besonders den Umgang mit den Tieren.

Und die Tiere waren es, die ihn oft zu einer dritten Antwort verleiteten, was seine Herkunft betraf.

Dann erzählte er von geheimnisvollen Reichen, in denen die Tiere das Sagen hatten. Für die Menschen waren die Reiche vergessen, aber er wusste, dass sie existiert hatten und er sie wieder auferwecken würde. Deshalb waren er und das Mädchen unterwegs.

Raissa beobachtete fasziniert das Spiel der Flammen und die Hände des Mannes. Sie konnte sich nicht daran satt sehen, wie er sie eintauchte, mit dem Feuer spielte, die Flammen über seine Finger tanzen ließ und diese manchmal so bewegte, dass sie im Rhythmus des Feuers mitzuckten.

Krull spürte keine Schmerzen. Vielleicht nicht einmal Wärme oder Kälte. Zudem fragte er sich, ob er überhaupt zu den Menschen zählte, obwohl er so aussah.

Von seinem Gesicht war nie viel zu erkennen. Der flatternde Kapuzenstoff bedeckte einen Großteil des Kopfes. Seine Haut hatte einen dunklen Teint, sie wirkte wie von zahlreichen Gräben durchzogen, ein Muster aus Falten und Kerben, zwischen dem der Mund, eine gebogene Sichel, kaum auffiel.

Auch die Augen nicht. Zwei Punkte unter der dunklen Stirn. Mal wachsam, dann lauernd, auch wieder träumerisch. Behaftet mit dem Rätselhaften und Geheimnisvollen.

Sehr lange war Raissa schon mit ihm zusammen, aber nie war sie richtig schlau aus ihm geworden.

»Du hast genug gespielt?«, fragte er plötzlich.

»Ja.« Raissa nickte. »Sie haben es genossen, meine beiden Freunde.«

Krull lachte leise. Es hörte sich an wie ein Grollen. »Da hast du Recht, Raissa. Nur Tiere sind dankbar, die Menschen sind es nicht, wie du selbst erlebt hast.«

Raissa drückte ihren Rücken durch. »Sie wollten mir etwas antun! Ich habe es gespürt. Es waren schlimme Gedanken, die sie hatten.«

»Schlimm für dich«, erklärte Krull. »Aber für sie waren diese Gedanken natürlich. Es sind Männer, und du bist eine Frau. Aber lassen wir das.« Er winkte ab. »Sie haben gebüßt.«

»Und sie werden weiterhin büßen!«, flüsterte Raissa. »Ich werde sie mir holen. Der Reihe nach. Alle, die da sind.«

Krull hob die Hand. Sofort verstummte das Mädchen. »Rache ist gut«, flüsterte er. »Aber manchmal sollte man darauf verzichten, wenn du verstehst, was ich meine.«

»Nein, das weiß ich nicht.«

»Raissa, du musst an unsere Aufgabe denken. Ich werde dich zur Königin machen, das habe ich dir versprochen. Du sollst als Mensch die Königin der Tiere werden. Es wird nicht mehr lange dauern, dann haben wir unser Ziel erreicht. Und das genau zu dem Zeitpunkt, wo seine Kraft auch über uns hinweggleiten wird.«

»Hast du ihn denn gesehen?«, fragte sie.

»In der folgenden Nacht werden wir ihn beide zu Gesicht bekommen, das verspreche ich dir. Und wenn er über uns hinweggleitet, kannst du bereits spüren, dass ich mein

Versprechen einhalte. Er besitzt die Kraft, um das zu erwecken, nach dem wir uns so sehnen. Es wird das eintreten, von dem die Menschen heute noch immer erzählen, das aber bereits zweitausend Jahre zurückliegt.«

»Der Stern zu Bethlehem.«

Krull schaute das Mädchen an. »So sagen es die Menschen, aber er ist derjenige, der auch in der nächsten Nacht erscheinen wird. Nur hat man ihm einen Namen gegeben.«

»Du meinst den Kometen!«

»Ja, ich meine den Halleyschen Kometen, den du am Himmel sehen kannst. Er kommt und bringt die Botschaft, die wir genau verstehen. Aber nicht nur wir allein, meine kleine Raissa, auch das, was in der Erde lauert, wird durch seine Strahlen erweckt, und wir werden das, was dort unten lauert, schon sehr bald erreicht haben.«

»Wann?«

»Beim Einbruch der Dunkelheit. Deshalb dürfen wir nicht zu lange warten.«

Raissa überlegte. Sie war ein Mädchen, das man nicht mit den normalen jungen Menschen vergleichen konnte. Aufgewachsen war sie unter der Obhut des Alten. Er hatte ihr das beigebracht, was er für richtig gehalten hatte. Dazu gehörte nicht das Lesen oder Schreiben. Für ihn waren andere Dinge wichtiger gewesen. Raissa hatte die Natur begreifen sollen. Und das war ihr gelungen. Sie konnte mit den Tieren kommunizieren, sie gehorchten ihr aufs Wort. Sie beherrschte einen Teil der Magie, die auch vor der Natur nicht Halt machte, und sie gehörte zu den Menschen, die dies auch reiflich auskosten sollten.

Auf seinen weiten Reisen durch die Welt hatte Krull sie gefunden. In einem fernen Land, als Findelkind, weggeworfen, abgegeben, und er hatte es als einen Wink des Schicksals bezeichnet, denn er gehörte zu den Menschen, die von anderen abgelehnt wurden.

So hatten sich die beiden gefunden und eine Gemeinschaft gebildet, die in der folgenden Nacht ihren Höhepunkt finden sollte. Nichts konnte mehr schief gehen. Alles war auch glatt gelaufen, bis zum heutigen Tag, als die Menschen Raissa entdeckten und von ihrer Schönheit und Exotik fasziniert gewesen waren.

Sie hatten so reagiert, wie es ihre Art war, aber Raissa hatte sich ihnen entgegengestemmt und auch bewiesen, dass sie stärker war.

Keine Reaktion oder Gegenreaktion.

Diesen Spruch kannte der alte Krull ebenfalls, und er dachte darüber nach, wie er seine Akzente setzen sollte, denn er wusste genau, dass er sich mit den Falschen angelegt hatte.

Deshalb grübelte er.

»Du bist so nachdenklich«, wurde er von Raissa angesprochen. »Befürchtest du Schlimmes?«

»Nein, es wird unser Sieg sein, aber es können sich auch Schwierigkeiten auftun«, gab er zu.

»Welche?«

»Erinnere dich an die Soldaten.«

Raissa zuckte zusammen. »Sie wollten etwas mit mir machen, das schlimmer gewesen wäre, als zu sterben. Deshalb werde ich mich rächen, Krull. Ich werde mich grausam rächen.«

»Das sollst du auch, aber erst, wenn ich es dir sage. Wir erreichen in der folgenden Nacht unser Ziel. Bis dahin musst du dich gedulden, versprichst du mir das?«

»Ja.«

»Dann werden wir jetzt fahren.«

Raissa schaute sich um. Sie und der Alte hatten sich einen Flecken Erde ausgesucht, der ziemlich versteckt lag. Es war eine weite Mulde, umgeben von Bäumen, die so dicht standen, dass sie sogar einen Sichtschutz bilden konnten.

Selbst das Feuer war nicht so ohne weiteres zu erkennen gewesen, und das alles gefiel ihr sehr. Raissa selbst brauchte keinerlei Entscheidungen zu treffen. Sie konnte sich voll und ganz auf den Alten verlassen. Das war bisher so gewesen, doch nun war sie persönlich angegriffen worden, und da wollte sie gegen angehen.

»Es ist eine Gefahr da!«, flüsterte sie. »Ich spüre sie. Die Gefahr lauert im Hintergrund, aber sie schiebt sich immer weiter nach vorn. Hast du nicht auch das Gefühl, Krull?«

»Wenn, dann dränge ich es zurück.«

»Das solltest du nicht machen. Ich habe es erlebt, als ich den Zweiten töten ließ. Meine Tiere haben es mir übermittelt.« Sie beugte sich vor. Die Flammen streiften ihr Gesicht und zeichneten ein Muster auf die Haut, sodass Raissas Aussehen einen dämonischen Touch bekam. »Ich weiß es genau, mein Lieber. Es sind zwei Männer erschienen, vor denen ich Angst habe. Sie besitzen starke Waffen. Waffen, wie sie andere Menschen nicht haben, und sie werden sie auch einsetzen. Es sind nicht unsere Freunde, Krull, das habe ich längst festgestellt.«

Der Alte nickte bedächtig. »Ja, ich weiß es.«

Raissa war erstaunt. »Und du hast mir nichts davon gesagt?«, beschwerte sie sich.

»Nein, du solltest es selbst merken.«

»Dann kennst du diese Feinde?«

Er hob die Arme. »Was heißt kennen? Ich weiß, dass es auch bei den Menschen gewisse Unterschiede gibt. Die meisten wissen nichts. Sie sind Ignoranten, aber einige wenige kennen die Gesetze der Magie. Sie wissen, dass es ferne und versunkene Welten gibt. Sie gehen den Spuren nach, um diese Welten zu finden. Oft genug haben sie auch Glück dabei.«

»Und zu diesen gehören auch die Männer?«, fragte Raissa.

»Ja.«

»Dann wissen sie von Aibon?«

»Ich glaube es.«

»Auch von dem Kometen?«

»Gehört haben sie bestimmt von ihm«, gab Krull flüsternd zurück. »Ob sie aber Zusammenhänge erkennen werden, ist fraglich. Ich aber möchte, dass wir uns auf den Weg machen. Bei Anbruch der Dunkelheit will ich das Ziel erreicht haben.

Du weißt selbst, dass es nicht einfach ist und wir noch viele Schwierigkeiten haben können, aber daran sollst du nicht denken. Ich führe dich hin, denn nur für die folgende Nacht habe ich gelebt. Sie soll der Höhepunkt in meinem Dasein werden.«

Es waren die letzten Worte, die Krull gesprochen hatte. Mit einer nahezu abrupten Bewegung stand er auf und drehte sich um. Er ging auf das Führerhaus des Trucks zu, öffnete die Tür, stieg ein und ließ den Motor an. Raissa folgte ihm langsamer. Sie dachte über die gehörten Worte nach. Bisher hatte sie stets vollstes Vertrauen zu ihrem Mentor gehabt, doch das war jetzt leicht gestört.

Irgendetwas braute sich da zusammen. Zum ersten Mal seit langer Zeit verspürte sie so etwas wie Angst.

Irgendwo in England.

Es war ein geheimnisvoller Platz, herrlich gelegen, umgeben von einem waldreichen Gelände und durchzogen von einem Bach, dessen schmales Bett mit kristallklarem Wasser gefüllt war.

Dieser Ort blieb den Blicken der Menschen verborgen, weil über ihm eine magische Schutzzone lag. Selbst die Freunde der Personen, die den Ort bewohnten, hatten ihn zwar zu Gesicht bekommen, aber sie kannten nichts über seine Lage.

Dabei gehörte er zu den Flecken, wo sich die Magie noch erhalten und auch konzentriert hatte.

Sein Name war die *flaming stones.*

Übersetzt hieß es die Flammenden Steine, und das traf zu, denn hin und wieder glühten die Steine auf, als wären sie mit einem Feuer gefüllt worden.

Drei Personen bewohnten das kleine Gebiet.

Wesen, die sehr alt waren, aber trotzdem als alterslos eingestuft werden konnten.

Zwei männliche Gestalten und eine Frau.

Myxin, Kara und der Eiserne Engel!

Ein Magier, die Schöne aus dem Totenreich und der Eiserne Engel, eine Mythenfigur aus dem alten Atlantis. Alle drei waren mit diesem versunkenen Kontinent noch heute stark verflochten. Sie glaubten an seine Magie und hatten immer wieder erleben müssen, dass diese auch in die Gegenwart hineinschlug. Atlantis war da, es lebte, obwohl es längst von den gewaltigen Wassermassen begraben war.

Aber sie spürten immer wieder, dass die alten Kräfte bis in die Gegenwart hineingriffen, und dabei waren es vor allen Dingen die geheimnisvollen Steine, die ihnen immer wieder Warnungen mit auf den Weg gaben. Durch ihre Sensibilität spürten sie, wenn fremde Kräfte in das Leben und Wirken der Menschen eingreifen wollten.

Die meisten Bewohner des blauen Planeten glaubten daran, dass es nur sichtbare Dinge gab. Aber ebenso groß, wenn nicht größer und vielzähliger waren die Reiche jenseits des Sichtbaren. Da lauerte das, was nur sensible Menschen spürten. Nur die Mahner und Grübler wussten, dass es diese Dinge gab. Nur wurden sie zumeist ausgelacht. Man glaubte ihnen nicht, auch wenn sie das »Gesehene« schriftlich niedergelegt hatten.

Das Gebiet um die magischen Steine war zu einem Refugium der Magie geworden. Hier fühlten sich die drei sicher vor Angriffen aus dem Unsichtbaren, hier konnten sie arbeiten, forschen und auch manchmal Gegenmaßnahmen ergreifen.

Es wäre müßig gewesen, die magischen Steine voll erforschen zu wollen. Man musste sie und ihre Existenz einfach hinnehmen und daraus das Beste machen.

Immer wieder wurden die Steine von ihnen beobachtet. Sie gehörten zu den sensiblen Überresten, gaben Strömungen ab, und auch in den letzten Tagen hatten sie sich des Öfteren gemeldet.

Weder Myxin, Kara noch der Eiserne Engel wussten, was dies bedeutete. Manchmal hatten die Steine ihre Kraft gezeigt, waren für einen Moment knallrot geworden, bevor sie wieder verblassten und ihre normale graue Farbe annahmen.

Zuerst war es dem Eisernen aufgefallen, dieser mächtigen Gestalt aus dem alten Atlantis. Er gehörte zu den Heimatlosen und hatte bei Kara und Myxin ein neues Zuhause gefunden.

Der Eiserne war eine mächtige Gestalt, schien aus Bronze gegossen zu sein und gehörte zu den Figuren, die in den Märchen und Legenden der Menschen vorkamen, wenn sie von Dingen erzählten, die in weiter Ferne oder Vergangenheit lagen.

Der Engel überragte in seiner Größe die meisten Menschen. Sein Gesicht war ebenso starr wie sein Aussehen. Auf seinem Rücken wuchsen mächtige Flügel. Im alten Atlantis, seiner Heimat, war er der Herr über die Vogelmenschen gewesen, doch dies lag lange zurück, war auch vergessen, denn der Eiserne war als Letzter übrig geblieben. All seine Mitstreiter hatten bei den großen Kämpfen gegen mächtige schwarzmagische Gegner den Tod gefunden.

Geschaffen worden war er von den stummen Göttern, die er als seine Eltern ansah und die in einer Schlucht so lange gefangen blieben, bis der Letzte der Großen Alten sein Ende gefunden hatte.

Wie Kara, die Schöne aus dem Totenreich, war auch er damals ein Feind des Schwarzmagiers Myxin gewesen, das jedoch hatte sich inzwischen geändert. Sie gehörten zusammen und hatten einen Pakt gegen die geschlossen, die den Untergang wollten.

Sie lebten in einer Blockhütte nahe der Steine. Immer dann, wenn sie durch die *flaming stones* eine Gefahr erkannt hatten, warnten sie die anderen Menschen, besonders ihre Freunde wie John Sinclair, damit sie zusammen angreifen konnten.

In der letzten Zeit war es um Atlantis ziemlich still geworden. Die großen Kämpfe waren vorbei. Arkonada, dem es einmal gelungen war, die Steine zu manipulieren, existierte nicht mehr. Fünf Große Alte – und die gefährliche Macha Rothaar, Myxins Mutter, waren ebenfalls vernichtet worden.

Trotzdem gab es keine Ruhe.

Die unsichtbar lauernden Kräfte waren so vielfältig, dass sie immer wieder versuchten, in die Welt der Menschen vorzustoßen, um diese zu vernichten.

Das wussten Myxin, Kara und der Eiserne genau. Deshalb passten sie so gut auf, damit nichts schief lief und ihre Gegner überraschend zuschlugen.

Auch an diesem Nachmittag war es der Eiserne Engel, der die Steine beobachtete.

Dort tat sich etwas.

Die vier bildeten ein Quadrat. Sie sahen aus wie graue, hohe Klötze, wenn sie keine fremde Magie spürten. Wenn allerdings andere Kräfte angriffen, glühten sie rot auf und konnten sogar zu magischen Transmittern werden, wobei sie Zeit und Raum überwanden.

An diesem Tag war es anders.

Da reagierten die Steine ungewöhnlich. Dem Eisernen fiel zuerst die fahle Haut auf, die sich wie ein Schleier um die Steine gelegt hatte. Dadurch wirkten sie noch grauer und machten einen deprimierenden Eindruck.

Der Engel selbst wollte über diese Veränderung nicht allein entscheiden und ging zum Blockhaus, um die anderen beiden zu holen.

Kara und Myxin saßen sich gegenüber. Der kleine Magier mit der grünen Haut wirkte wie ein Wesen, das sich ständig vor irgendetwas zu fürchten schien. Kaum jemand sah ihm an, welch eine Kraft in ihm steckte.

Kara, die Schöne aus dem Totenreich, war ebenfalls schon 10.000 Jahre alt. Sie hatte die meiste Zeit im Totenreich verbracht und dieses schließlich verlassen können, um mit Myxin, dem Magier, zusammenzukommen.

Ihr Haar war pechschwarz und so lang, dass es bis zu den schmalen Hüften fiel. Kara gehörte zu den Personen, die gern lange, bis zu den Knöcheln reichende Kleider trugen, die in der Körpermitte von breiten Gürteln gehalten wurden, denn sie dienten gleichzeitig als Gurt und Scheide für das

Schwert mit der goldenen Klinge. *Das* Erbstück ihres Vaters Delios.

Kara und Myxin schauten auf, als sie den Eisernen in der Tür stehen sahen. »Was gibt es?«, fragte Myxin.

»Es ist was mit den Steinen.«

»Wieso?«

»Kommt selbst.«

Die beiden standen auf. Kara glitt an den Eisernen heran und berührte ihn. »Welches Gefühl hast du?«, fragte sie.

»Ich weiß nicht. So etwas habe ich noch nie erlebt. Sie glühen nicht, sie sehen trotzdem anders aus. Grauer, schmutziger, als hätte sich ein Film über sie gelegt.«

»Und du hast so etwas vorher noch nie erlebt?«

Der Eiserne schüttelte den Kopf. »Nein.«

»Ich auch nicht!«, meldete sich Myxin. Er lächelte dabei. »Obwohl ich aus Atlantis stamme, wie auch die Steine, sind sie für mich nach wie vor etwas Besonderes und Rätselhaftes.« Er ließ Kara den Vortritt und ging als Letzter aus der Hütte.

Sie schritten durch das Gras. Es war kalt geworden. Obwohl dieses Gebiet nicht sichtbar war, bekamen die Bewohner des Areals doch etwas von den Unbilden des Wetters mit. Sie erlebten die Jahreszeiten wie jeder Mensch.

Der Eiserne war stehen geblieben. Die einzelnen Steine standen zwar frei, waren trotzdem miteinander durch magische Linien verbunden, die nur dann sichtbar wurden, wenn eine fremde Magie eingriff.

Im Moment tat sich nichts.

»War wirklich etwas?«, fragte Kara.

»Ja!«, erwiderte der Eiserne. »Schaut sie euch mal genauer an.«

Myxin und Kara zögerten einen Moment, bevor sie das Quadrat zwischen den Steinen betraten. Dabei hielten sie ihren Blick gesenkt, suchten den Boden ab, doch auch bei den Verbindungslinien tat sich nichts. Sie blieben unsichtbar.

Der Eiserne wartete am Rand. Er sah zu, wie sich seine beiden Partner bewegten, wie sie suchten, forschten und tasteten. Sie gehörten zu den sensiblen Personen, die magische Strömungen und Schwingungen sofort aufnahmen und entsprechend reagierten.

Vor jedem Stein blieben sie stehen, schauten ihn sich an, tasteten ihn ab, aber jedes Mal schüttelten sie die Köpfe, denn es war nichts festzustellen.

»Vielleicht hast du dich doch getäuscht«, meinte Kara.

Der Engel schüttelte den Kopf. »Nein, das glaube ich nicht. Es war etwas vorhanden, das habe ich genau gespürt.« Er hob seine breiten Schultern.

Kara kam wieder zurück. Ihr Gesicht war ernst, ebenso wie das ihres Partners Myxin, der noch zwischen den Steinen blieb und sie weiterhin kontrollierte.

»Er hat nichts gefunden«, flüsterte Kara. »Und er wird auch nichts finden.«

»Da wäre ich mir nicht so sicher. Lass ihn mal weitersuchen.«

»Ja, wir werden sehen.«

Noch einmal ging Myxin die Runde. Jeden Stein tastete er ab. Er gehörte zu den Personen, die magische Fähigkeiten besaßen. Telepathie, Telekinese, Teleportation, das waren Eigenschaften, mit denen er umgehen konnte und sie auch einsetzte.

Plötzlich zuckte er zurück.

Die Bewegung war so heftig, dass Kara und der Eiserne Engel zusammenschreckten und unwillkürlich einen Schritt zurückgingen.

»Was ist?«, fragte Kara.

Langsam drehte sich der kleine Magier um. »Da ist tatsächlich etwas«, erklärte er mit leiser Stimme.

»Und was?«

»Ich weiß es nicht.«

»Aber sie sehen nicht verändert aus.«

»Beim ersten Hinsehen nicht. Aber der Eiserne hat Recht gehabt. Irgendwas ist mit den Steinen los.«

»Wollen sie uns etwas mitteilen oder uns warnen?«

»Das ist möglich.«

»Kannst du es denn herausfinden?«

Myxin hob die Schultern. »Im Moment nicht. Jedenfalls habe ich so etwas bei ihnen noch nicht erlebt. Ich habe das Gefühl, als würden sie etwas ankündigen, das sich auf dem Weg zu uns befindet.«

»Eine Gefahr?«, fragte Kara.

»So kann man es fast sehen.« Der kleine Magier nickte. »Ja, ich glaube, dass es eine Gefahr ist, nur kann ich sie noch nicht einordnen. Vielleicht sollten wir abwarten.« Während dieser Worte hatte er sich wieder in Bewegung gesetzt und verließ das magische Quadrat zwischen den Steinen, um sich neben seinen Freunden aufzubauen.

Sie alle waren verunsichert. Der Eiserne besonders. Gerade er, der hier eine Heimat gefunden hatte, wollte sich profilieren. Schließlich war ihm aufgefallen, dass mit den Steinen etwas nicht in Ordnung war, und er glaubte fest daran, dass sich in den nächsten Minuten etwas tun würde.

Noch standen sie so wie immer da.

Stumme, manchmal unheimlich wirkende Wächter, die wie Finger in den jetzt grauen Winterhimmel zeigten, der über der kleinen Oase lag und sich aus gewaltigen Schneewolken zusammensetzte. Es war ein Tag, der nicht richtig hell werden wollte.

Vielleicht ein Omen.

»Kann es eine Botschaft aus dem alten Atlantis gewesen sein?«, erkundigte sich Kara.

»Nein, das glaube ich nicht. Das hätte ich viel besser gespürt, weil mein Kontakt zu Atlantis nach wie vor sehr intensiv ist. Es muss etwas anderes sein.«

Sie dachten gemeinsam darüber nach. Es war der Eiserne, der sich an eine andere Sache erinnerte. »Denkt mal daran, dass die Steine uns nicht allein die Verbindung nach Atlantis schaffen, sondern uns auch den Weg zu einem anderen gewiesen haben.«

Kara schnippte mit den Fingern und lachte leise, bevor sie ihre Antwort gab. »Druiden.«

»Ja, genau!« Der Eiserne nickte heftig.

Myxin präzisierte es noch. »Aibon.« Fast ehrfurchtsvoll flüsterte er den Namen, denn er wusste, welche Kraft und welch einen Einfluss das geheimnisvolle Land der Druiden besaß. Man konnte es allmählich als den Machtfaktor Nummer eins bezeichnen, und das wusste auch der Eiserne Engel, der ebenfalls schon einen Ausflug in dieses Land unternommen und sogar das Rad der Zeit gesehen hatte.

Die drei waren nicht so leicht zu erschüttern, aber Aibon gab ihnen doch Rätsel auf. Bis vor kurzem noch hatten sie nicht gedacht, dass es überhaupt eine Chance gab, an das Druidenreich heranzukommen, bis zu dem Augenblick, als ihnen die *flaming stones* bewiesen hatten, dass sie es durch ihre Magie schaffen konnten, den Weg nach Aibon zu öffnen.

Ob auch jetzt der Hinweis in dieses geheimnisvolle Land führte, war fraglich, sie rechneten allerdings damit, um später nicht unangenehm überrascht zu werden.

»Wir könnten versuchen, es zu beschleunigen«, sagte Kara zu Myxin.

Der kleine Magier wollte nicht. »Ich bin dagegen. Nicht, dass ich zu ängstlich bin, aber ich halte es für gefährlich. Wenn eine fremde Magie kommt, dann soll sie es. Sie hat sich angemeldet, wir werden sie erwarten, aber sie nicht beschleunigen. Bei Aibon ist selbst mir noch vieles rätselhaft, glaubt mir.«

Obwohl die drei diesen Entschluss gefasst hatten, fühlten sie sich nicht wohl in ihrer Haut. Sie hatten immer das Gefühl, belauert zu werden, und das ausgerechnet in ihrem Refugium der weißen Magie.

Starr hielten sie ihre Blicke auf die Steine gerichtet. Diese standen zum Glück so, dass sie alle vier im Auge behalten konnten.

Waren sie tatsächlich dunkler geworden?

Auch Myxin erkannte es jetzt. Er nickte bedächtig. »Doch,

Kara«, flüsterte er. »Ich merke es. Sie haben sich verändert. Sie sind dunkler, grauer.«

»Aber Aibon ist grün!«, widersprach der Eiserne.

»Noch ist es nicht sicher, dass wir es mit Aibon zu tun …«

Der kleine Magier stockte, denn plötzlich geschah etwas, mit dem alle nicht gerechnet hätten.

In das Quadrat zwischen den Steinen fiel die Dunkelheit wie ein gewaltiger Sack. Selbst der Untergrund war nicht zu erkennen. Eine tiefe, geheimnisvolle Schwärze überdeckte das Gebiet, und sie hörte genau dort auf, wo sich die Linien als im Moment nicht sichtbare Grenze befanden.

»Also doch!«, hauchte Kara.

Die Spannung stieg. Zum ersten Mal seit langer Zeit erlebten sie eine Manipulation der *flaming stones*, ohne einen Grund dafür zu kennen. Aber der war bald zu sehen, denn die Dunkelheit wurde plötzlich von zuckenden Blitzen aufgerissen. Merkwürdigerweise donnerte es nicht.

Bei jedem Blitz sahen die Zuschauer die Steine aus der Finsternis auftauchen. Mächtige Kolosse, die ihnen stets Schutz gegeben hatten, die ihnen aber jetzt vorkamen, als könnten sie sich der anderen Magie nicht entgegenstemmen.

Wenn sie zu sehen waren, wirkten sie wie gewaltige Finger. Drohend und gefährlich, trotzdem brüchig, manchmal hell, und das nicht nur an den Außenseiten, auch in ihrem Innern.

»Die Steine sind in Gefahr!«, sagte Myxin. Seine Stimme war kaum zu hören. »Jemand will sie …«

Kara, ebenfalls unter Druck stehend, fasste nach dem Arm des kleinen Magiers. »Nein, so ist das nicht. Das kannst du nicht sagen. Sie stehen nicht unter Druck. Da ist jemand.«

»Wer?!«, schrie der Engel.

»Ich weiß es nicht, aber er ist kein Dämon.« Myxin stand direkt an der Grenze. Seinen Kopf hatte er nach vorn gedrückt und wirkte in dieser Haltung so, als wollte er sich jeden Augenblick abstoßen.

Doch Myxin blieb stehen. Flüsternd gab er seinen Kommentar. »Da ist jemand, ich spüre es. Da lauert etwas. Aber er ist nicht unser Feind. Er hat eine Ausstrahlung.« Myxin legte eine kurze Pause ein. »Sie, sie ist menschlich.«

»Und wer?«

»Kara, ich weiß es noch nicht.« Myxins Stimme hatte einen ärgerlichen Unterton. Seine Begleiter konnten ihn verstehen. Für den kleinen Magier waren die Flammenden Steine etwas Besonderes, sogar etwas Unantastbares. Wenn es jetzt ein Mensch geschafft hatte, sie zu manipulieren, so ging ihm das an die Substanz.

»Soll ich die Totenmaske holen?«, fragte Kara.

»Nein.« Schroff winkte er ab. Die dünne, leicht grünlich schimmernde Gesichtshaut hatte sich gespannt. Der Mund war kaum noch zu erkennen, nur die Augen leuchteten. Sie schienen das Fremde in sich aufsaugen zu wollen.

Plötzlich zuckte er zurück.

»Hast du die Lösung?«, fragte der Eiserne.

»Ja.«

»Wer?« Auch Kara war nervös geworden, was selten vorkam.

Myxin ließ sich Zeit mit der Antwort. Schließlich deutete er ein Nicken an.

»Ich kenne ihn, ihr kennt ihn. Er hat es geschafft, durch die Steine Verbindung aufzunehmen.«

»Sag es endlich!«

Myxin kam Karas Aufforderung nicht nach, denn auf jedem Stein malte sich das Gesicht derjenigen Person ab, die es als Mensch tatsächlich verstanden hatte, die *flaming stones* für sich zu gewinnen.

Es war – Professor Chandler!

Viermal sahen die drei Zuschauer das Gesicht in den Steinen. Ein altes Männergesicht, umgeben von schlohweiß gewordenen Haaren. Mit tiefen Falten auf der Stirn, die dort ein nachdenkliches Muster zeigten. Sie lagen über den klar und ernst blickenden Augen, die viel Weisheit und Wissen in ihrem Blick vereinigten.

Ein Mensch, ein Mathematiker und gleichzeitig jemand, der sich mit Magie beschäftigte. Vielleicht war er der Einzige auf der Welt, der es geschafft hatte, die Mathematik und die Magie miteinander zu verbinden. So hatte er fremde Dimensionen und Welten berechnen können, eine Tatsache, die man als unwahrscheinlich ansehen konnte.

Es war dem Professor sogar gelungen, die Bahn des unsichtbaren Planeten der Magier zu berechnen, dieses geheimnisvollen Gestirns, auf dem sich so viele entscheidende Dinge abgespielt hatten, und Myxin konnte aufatmen, denn Chandler, der in Österreich in einem alten Schloss wohnte, war kein Feind. Er würde immer mit ihnen zusammenarbeiten, wenn sich die Möglichkeit bot.

Die drei Zuschauer entspannten sich wieder. Über Karas Gesicht huschte sogar ein Lächeln. Die Blitze zuckten nicht mehr, dennoch war die Schwärze aufgerissen worden, denn die sich in den Steinen abzeichnenden Gesichter gaben genügend Helligkeit ab, dass diese sogar in das Quadrat hineinfallen konnte.

»Ich werde reden!«, sagte Myxin und erntete keinen Widerspruch. Er musste es einfach tun, denn der kleine Magier sah sich als Besitzer der Steine. Zudem hatte er unwahrscheinlich darunter gelitten, als sie von Arkonada manipuliert worden waren.

»Bitte«, sagte Kara.

Und Myxin sprach. Er formulierte die erste Frage und hoffte, dass man ihn hörte. »Du bist Professor Chandler?«

»Ja.«

»Wo hältst du dich auf?«

»Nicht in einer fremden Dimension. Ich bin auf meinem Schloss in der Wachau.«

»Trotzdem ist es dir gelungen, mit uns Verbindung aufzunehmen. Wie ist das möglich?«

»Wer die Mathematik beherrscht, braucht die Magie nicht

auszuschließen«, erklärte der Wissenschaftler. »Ich versuche immer wieder, neue Dinge zu entdecken. Dabei sehe ich zu, in fremde Dimensionen einzudringen und sie auch zu begreifen.«

»Hast du das wieder geschafft?«

»Ja, es ist mir gelungen, denn es wird ein Ereignis eintreten, über das viel geredet wurde.«

»Und was?«

»Der Komet. Die Menschen haben ihn vor zweitausend Jahren den Stern von Bethlehem genannt. Wissenschaftler gaben ihm den Namen Halleyscher Komet. Zahlreiche Menschen warten und zittern. Sie hoffen, dass er kommt, dass sie ihn sehen werden. In der folgenden Nacht wird man ihn sehen können. Ich habe seine Bahn berechnet, aber mir ist es auch gelungen, seiner Magie zu folgen. Und die darf in keinem Fall unterschätzt werden. Der Komet besitzt eine magische Aura, die sich wie ein Teppich über die Erde legen wird und das hervorholt, was in ihr steckt. Ich habe Punkte gefunden, sie miteinander verbunden und spürte, dass es Verbindungen zwischen ihm, den Flammenden Steinen und Aibon gibt. Diese drei bilden ein Dreieck. Lasst das in der Erde ruhen, was ruht, so wurde gewarnt, aber der Komet wird alles ändern. Er will das Grauen aus den Gräbern holen, sein magischer Einfluss kann Dinge verändern.«

»In der christlichen Religion spricht man von einem Weltuntergang«, sagte Kara. »Meinst du das damit?«

»Nein. Ich bin kein Sektenführer, der den Untergang predigt. Es wird keine Millionen von Zombies geben. Die Toten bleiben in ihren Gräbern, bis auf eine bestimmte Gruppe.«

»Welche?«

»Es hängt mit Aibon zusammen. Ich weiß von einem gewaltigen Friedhof, der durch Druiden-Magie entstanden ist. Da liegen die begraben, die durch die magische Ausstrahlung des Kometen wieder an die Erdoberfläche geholt werden sollen.«

»Wer ist das? Sind es die alten Druiden-Zauberer?«, fragte Myxin.

»Nein, es sind die Monstren, die man irgendwann einmal begrub. Vergessen sind sie nicht. In den Märchen und Legenden der Iren und Kelten kommen sie noch vor. Schreckliche Tiere, gefährliche Monstren, wie man sie sich kaum vorstellen kann. Saurierähnliche Gestalten, die dort begraben liegen, aber nicht verwest sind. Das ist die Gefahr, die der Halleysche Komet mit sich bringt.«

»Und du bist dir sicher?«, hauchte Myxin.

»Absolut.« Das Gesicht auf den Steinen bewegte sich nickend.

»Können wir eingreifen?«, wollte der Eiserne wissen.

»Ihr müsst es sogar, sonst bricht das Grauen über einem Ort zusammen, der sich nicht wehren kann. Es wird Tote geben, die Welt gerät in Unordnung. Stoppt es, ich bitte euch! Es war mein Wunsch, den Kontakt herstellen zu können. Ich habe es geschafft, und ich will, dass wir einen Erfolg sehen. Versprecht es mir. Ich allein bin zu schwach. Es war mein Glück, dass ich in die Magie der Flammenden Steine hineingeraten bin. Ganz allein mein Glück. Lasst mich nicht im Stich!«

Es waren die letzten Worte, die die drei von Professor Chandler hörten. Sein Gesicht zerfloss, die Umrisse zerfaserten, und das Innere wurde durchsichtig.

Dann war es weg.

Die Freunde schauten sich an. Es sprach keiner von ihnen. Jeder beschäftigte sich mit den eigenen Gedanken. Schließlich hob Kara die Schultern. »Ich glaube ihm.«

Die anderen beiden nickten.

»Aber wie sollen wir das Gebiet finden?«

Myxin überlegte. »Es ist in Irland, aber die grüne Insel ist groß, und die Druiden haben sich überall verteilt. Wir müssten herausfinden, wann sich der Komet über der Insel befindet.«

»Ja, das ist die Lösung.«

»Fragt sich nur, wer sie uns gibt«, sagte der Eiserne.

Da lächelte Kara. »Wozu hat man Freunde? Und ausgerechnet noch jemand, der John Sinclair heißt.«

Der Eiserne verbeugte sich leicht. »Du hast, wie so oft, Recht, meine liebe Kara.«

Uns gingen die Monstren nicht aus dem Kopf.

Nach dem Gespräch mit dem wenig kooperationsbereiten Captain hatten wir uns wieder in den Wagen gesetzt und waren nach Dardhing gefahren, in der Hoffnung, dort eine Spur zu finden.

Bisher war uns das nicht gelungen. Entweder hatten die Leute nichts gesehen, oder sie wollten nichts gesehen haben. Schließlich musste ein Mädchen, wie das von O'Brian beschrieben, ja auffallen.

Pech auf der gesamten Linie.

Dardhing war eine Stadt, an der ich nichts finden konnte. Sehr viel Grau, Industrie, Häuser, die Siedlungscharakter hatten und schon ziemlich alt waren.

Aus den Dächern stachen die Schornsteine hervor. Über jeder Öffnung flatterte eine dünne Rauchfahne in den grauen Schneehimmel, der seine Wolken noch verschlossen hielt.

Grau wie die Stadt war auch unsere Stimmung. An der halbrunden Theke in der Nähe standen einige Männer und tranken ihr Bier. Die Leute trugen noch ihre Berufskleidung. Der Mord hatte sich in Windeseile herumgesprochen.

Ein rothaariger Mann in der Kleidung eines Malers führte das große Wort. »Und ich sage euch, dass es nicht mit rechten Dingen zugeht, Leute.«

»Wieso denn nicht, Kilrain?«

»Weil ich es fühle.«

»Du und fühlen.« Er wurde ausgelacht.

Kilrain nickte. »Wartet mal ab. Wir werden noch schweren Ärger kriegen. Das war erst der Anfang.«

Der Wirt meldete sich, als er neues Bier über die Theke schob. »Du tust gerade so, als wüsstest du mehr als wir.«

Kilrain strich über seine Halbglatze, auf der sich die Sommersprossen verteilt hatten. »Vielleicht weiß ich auch mehr«, sagte er.

»Und was?«

»Das sage ich euch doch nicht.«

»Dann weißt du auch nichts«, behauptete der Wirt.

»Wetten doch!« Kilrain streckte seine Hand über die Theke. Sie verschwand fast im Grau des Qualms, denn der Wirt paffte eine dicke Zigarre.

»Dann sag es.«

»Ja«, drängten auch die anderen. »Du willst uns hier nur auf den Arm nehmen. Sag es endlich.«

»Also gut.« Er nickte. »Wenn ihr mir einen Doppelten ausgebt.«

Das wollten seine Kollegen nicht. Sie sprachen von Erpressung, und auch der Wirt tippte gegen seine Stirn.

»Sollen *wir?*«, fragte Suko.

»Klar.«

»Und wenn er Mist redet?«

»Besser Mist als nichts.« Ich drehte mich auf dem Stuhl und blickte zu der Gruppe hin, die schweigsamer geworden war. »Ich zahle den Whisky, Mr Kilrain.«

Plötzlich wurde es an der Theke ruhig. Auch die Männer am gegenüberliegenden Tisch, die sich unterhalten hatten, schauten auf.

»Sie?«, fragte der Wirt.

»Ja.«

»Wer sind Sie überhaupt?«

»Engländer, das hört man!«, giftete ein kleiner Mann, der neben dem Maler stand.

»Sogar aus London«, gab ich ihm Recht.

»Noch schlimmer.«

Kilrain stieß ihn gegen die Schultern. »He, du Spinner, mach meine Gönner nicht an, ja?«

»Okay, Saufbold. Du kannst dir ja von einem Engländer einen ausgeben lassen. Ich verschwinde.« Der Kleine nahm seine Mütze, setzte sie auf und passierte uns, ohne uns einen Blick zu gönnen. »Die Rechnung bezahle ich später«, rief er von der Tür her in die Gaststätte hinein.

»Aber vergiss es nicht.«

»Wollen Sie nicht zu uns an den Tisch kommen, Mr Kilrain?«, fragte ich den Mann.

Er traute sich nicht so recht und sah erst seine Freunde an. Als die nickten, ging er.

Seinen Whisky nahm er mit. Es war sogar ein Dreifacher, den der Wirt eingeschenkt hatte. Etwas unsicher grinsend nahm er neben Suko Platz und hob sein Glas. »Auf euch dann.«

Wir hatten nur Wasser in den Gläsern und nahmen ebenfalls einen Schluck. »Ja, Cheerio.«

»Und jetzt wollt ihr doch was wissen!«

»Genau.«

»Glaubt ihr mir denn?«

»Möglich.«

Es war still geworden. Die Männer am Tresen bekamen lange Ohren. Sie wollten ja auch wissen, was Kilrain zu sagen hatte. Er nahm erst einmal einen Schluck, stellte sein Glas weg und sah uns abwechselnd an. »Der Mond ist ein böses Omen. Dahinter steckt mehr, glaubt mir.«

»Und was?«

Kilrain hob die Schultern. »So genau kann ich das nicht sagen, aber ich habe sie gesehen.«

»Wen?«

»Das Weib, von dem da gesprochen wurde.«

»Das wissen Sie auch?«

»Klar, hier spricht sich alles schnell herum.«

»Wann haben Sie denn dieses Weib gesehen?«, fragte Suko.

»Das liegt schon einige Tage zurück. Ich musste in einem anderen Ort eine Fassade streichen. Auf der Rückfahrt sah ich dann ihren Wagen.«

»Ein Auto?«

Er schaute mich an. »Es war ein alter Lastwagen, der einen

Käfigwagen, wie er von Zirkusleuten benutzt wird, hinter sich herzog.«

»Und der fuhr hierher nach Dardhing?«

»Muss wohl so gewesen sein.« Er grinste schief.

»Wo war denn das Mädchen?«, fragte Suko.

»Das Weib stieg gerade aus dem Führerhaus. Aber da hockte noch ein Mann im Wagen.«

»Können Sie den beschreiben?«

Er nahm das Glas in die rechte Hand und winkte mit der anderen ab. »Oh, das ist schwer. Ich bin zwar langsam mit meiner Maschine an dem Wagen vorbeigefahren, aber wer so ein Weib sieht, der hat für andere Dinge keine Blicke.«

Ich nickte. »Da haben Sie wohl Recht. Trotzdem würden wir gern wissen, ob Sie etwas gesehen haben.«

»Ja, der Alte war noch im Wagen.«

»Alt war er«, sagte Suko.

»Sicher.«

»Wie alt ungefähr?«

Jetzt erst trank Kilrain. »Konnte ich nicht sehen, auch sein Gesicht war kaum zu erkennen. Er trug aber einen Bart. Als die Puppe mich sah, verschwand sie wieder. Ich bin weitergefahren.«

»Das war alles?«

»Klar.«

Ich ergriff wieder das Wort. »Wir haben vorhin einen Captain O'Brian kennen gelernt. Von dem haben Sie zufällig nichts gehört? Und wenn, haben Sie ihm die Geschichte auch erzählt?«

Kilrain bekam einen roten Kopf. »Diesem Miliz-Schwein?«

Ich wunderte mich. »Haben Sie etwas gegen die Leute?«

»Sogar sehr viel. Die bringen nur Unruhe in den Ort, verstehen Sie? Die mischen sich überall ein.«

Ich hob die Hand. »Das müssen sie auch. Schließlich ist einer von ihnen hier umgebracht worden.«

»Auf dessen Beerdigung ich nicht sein werde!«, erklärte Kilrain. »Ich mag sie einfach nicht, das ist es.«

Nun ja, wir wollten ihm keine Vorschriften machen oder moralische Belehrungen erteilen. Deshalb stellte ich die letzte Frage. »Sie haben nicht zufällig gesehen, wohin dieser Wagen gefahren ist?«

»Nein.«

»Danke, das war alles.«

Kilrain stand auf. »Wieso haben Sie mich eigentlich gefragt? Kennen Sie das Weib?«

»Ja«, antwortete Suko schnell. »Sie ist eine Bekannte und von zu Hause ausgerückt.«

»Seid ihr Bullen?« Sein Gesicht zeigte Misstrauen.

»Privatdetektive«, antwortete Suko schnell.

Kilrain winkte ab. »Das ist fast genauso schlimm.« Er ging wieder zur Theke und gesellte sich zu den anderen.

Wir aber zahlten. Als wir das Lokal verließen, spürten wir die Blicke der anderen in unserem Rücken.

Der Bentley stand nicht weit entfernt. Bevor ich die Tür aufschloss, warf ich noch einen Blick zum Himmel. In spätestens einer halben Stunde war es dunkel. Ich rechnete auch damit, dass es in der Nacht anfangen würde zu schneien. Noch hatten wir November, aber die erste Kältewelle war schon verdammt früh gekommen, besonders für Irland, das sonst eigentlich mit einem recht milden Klima gesegnet war.

Wir stiegen in den Wagen und blieben zunächst einmal sitzen. »Sind wir jetzt schlauer?«, fragte Suko.

»Weiß ich auch nicht.«

»Auf jeden Fall wissen wir, dass diese Frau mit einem Wagen unterwegs ist.«

»Sogar mit Anhänger. Da hat sie dann ihre possierlichen Tierchen untergebracht.«

»Der müsste doch zu finden sein.«

Ich schaltete die Standheizung an und deutete in die Runde. »Wo willst du suchen, Suko? Hier gibt es viel Gegend und noch mehr Umgebung. Ich sehe das nicht so optimistisch.«

»Vielleicht haben dieser Captain und seine Männer mehr Glück.«

»Und was hätten *wir* davon?«

Mein Freund stöhnte auf. »Was bist du heute nur für ein Pessimist.«

Ich klopfte auf den Lenkradring. »Mir gefällt die Sache nicht. Ich mag es nun mal nicht, wenn Raubtiere frei herumlaufen und Menschen anfallen. So etwas geht mir quer.«

»Mir ebenfalls. Was können wir tun?«

Da hatte Suko eine gute Frage gestellt. Wieder einmal waren wir in einen Fall hineingeraten, wo wir reagierten und nicht agierten. Allmählich ging mir das auf die Nerven. Ich hoffte, dass sich so etwas irgendwann einmal ändern würde.

Wir hatten den Bentley auf der Hauptstraße abgestellt. Aus der Richtung, aus der wir in den Ort gefahren waren, tauchte ein Transporter auf.

Suko gab einen Kommentar. »Die kommen zurück.«

»Erfolglos, wie mir scheint.«

»Willst du fragen?«

»Ja.« Ich öffnete schon die Tür und schlug den Kragen meiner gefütterten Jacke hoch. Wer neben dem Fahrer im Führerhaus saß, konnte ich prima erkennen.

Es war Captain O'Brian.

Er hatte mich ebenfalls entdeckt, sah jetzt, dass ich winkte, und ließ links ranfahren.

Hinter mir befand sich ein Frisiersalon. Durch die große Scheibe beobachtete uns der Besitzer mit neugierigen Blicken. Er verrenkte sich fast den Hals, um etwas erkennen zu können.

O'Brian stieg aus. Seinem Gesicht sah ich an, dass er keinen Erfolg gehabt hatte. Trotzdem fragte ich nach. »Haben Sie das Mädchen gefunden, Captain?«

»Nein, und Sie?«

»Auch nicht.«

»Verdammter Mist!« Er trat wütend mit dem Fuß auf. »Jetzt rennt man nur im Kreis.«

Ich deutete auf den Wagen. »Haben Sie dort Ihre ganze Mannschaft hineingepackt?«

»Nur etwa die Hälfte. Die anderen sind vor der Stadt geblieben und suchen das Gelände ab. Das heißt, sie werden einen Sperrriegel ziehen. Mehr können wir momentan nicht tun.« Er zeigte auf die dunklen Wolken. »Ich befürchte, es gibt Schnee.«

»Dann verwischen die Spuren, nicht?«

»So ist es, Sinclair.« Er grinste wieder. »Sie haben auch keinen Erfolg gehabt?«

»Nein.«

»Und dabei muss doch so ein Weib zu finden sein!«, beschwerte er sich.

»Falls sie sich nicht versteckt hat.«

»Wie kommen Sie darauf?«

»Nur so. Aber muss man damit nicht rechnen? Diese Frau oder dieses Mädchen verfolgt einen bestimmten Plan. Sie hat etwas vor. Wahrscheinlich Rache, und es bedient sich dabei magischer Mittel. Ich sage Ihnen noch einmal, Captain, das hier ist nicht normal. Wir haben es bei unseren Gegnern mit einem magischen Phänomen zu tun.«

O'Brian schlug die Hände gegeneinander. »Ich will Sie nicht beleidigen, deshalb frage ich höflich: Glauben Sie eigentlich an das, was Sie da sagen?«

»Natürlich.«

»Dann glauben Sie weiter.« Er drehte sich um, weil er wieder in den Wagen steigen wollte.

»Moment noch, Captain.«

Er drehte sich wieder um. »Was haben Sie denn noch?«

»Ich möchte nur fragen, wo ich Sie erreichen kann.«

»Wir fahren zu unserem Headquarter. Das sind die Baracken am Ende der Stadt. Die schmalen und flachen Steinhäuser. Man kann auch Kasernen sagen.« Seine Antwort klang spöttisch, als hätte er sie einem Kind gegeben.

Ich wollte noch etwas erwidern, doch der dünne Schrei hielt mich davon ab.

Er war hinter mir aufgeklungen. Ich drehte mich um, schaute über den hier ziemlich breiten Gehsteig, sah die wenigen

Passanten, die noch etwas eingekauft hatten oder sich aus sonst für Gründen bei diesem Wetter im Freien herumtrieben, aber keiner von ihnen hatte den Schrei ausgestoßen.

Es war ein anderer gewesen.

Der Friseur.

In seinem Laden war plötzlich der Teufel los. Der Mann selbst stürzte schreiend aus der Tür. Doch sein Brüllen ging in dem Krach unter, der durch das Bersten der Fensterscheibe entstand, als diese zertrümmert wurde.

Aus dem Loch wuchtete sich eine gewaltige Gestalt hervor.

Der Säbelzahntiger!

Der erwischt dich, dachte ich und sprang mit einem gewaltigen Satz zur Seite.

Der Säbelzahntiger war eine Ausgeburt des Schreckens, und in ihm steckte die Kraft der Hölle. Er hatte sein Maul bis zum Zerreißen geöffnet und sprang auf die Straße, während hinter ihm die unzähligen Scherben der zerberstenden Fensterscheibe auf den Gehsteig fielen und dort in noch kleinere Stücke zerplatzten.

Der Tiger landete.

Nur nicht auf dem Asphalt, sondern auf der Kühlerschnauze eines anfahrenden Autos, dessen Fahrer so erschrocken war, dass er weder hatte ausweichen noch bremsen können.

Die Wucht und das Gewicht des Säbelzahntigers drückten das Blech der Haube platt.

Ich war fast ausgerutscht und hatte mich soeben noch fangen können. So schnellte ich hoch und sah, dass auch Captain O'Brian seinen Schreck überwunden hatte.

Er war nicht in den Wagen gestiegen, sondern zurückgesprungen und gab mit schreiender Stimme seine Befehle, denn er musste das Brüllen der Passanten übertönen, die ebenfalls die Flucht ergriffen und nach allen Seiten davonliefen.

O'Brian war verrückt. Der musste doch wissen, wie

gefährlich diese Bestie war. Wenn er seine Männer gegen sie schickte, würden diese von dem Raubtier zerfleischt werden.

Ich hörte ihn noch immer schreien und sah ihn an der Tür stehen. Seine Mütze war verrutscht, das Gesicht hochrot angelaufen, und von der Ladefläche sprangen die ersten Soldaten der Miliztruppe.

Das alles dauerte. Normalerweise ist so ein Raubtier verdammt schnell, doch dieser Säbelzahntiger ließ sich zunächst einmal Zeit, als wollte er die Panik auskosten.

Die Menschen waren weggerannt, aber bei ihnen siegte doch die Neugierde. In respektabler Entfernung waren sie stehen geblieben, um sich die folgende Show nicht entgehen zu lassen.

Sie nahmen mir zwar einen Teil des Blickfelds, aber ich konnte trotzdem den Bentley noch erkennen, bei dem die linke Tür aufgestoßen wurde. Suko verließ den Wagen.

Das beruhigte mich ein wenig, aber zunächst musste ich mich um die verdammte Bestie kümmern.

Captain O'Brian war nicht zu belehren, obwohl ich ihn anfuhr, endlich zu verschwinden.

»Nein!«, brüllte er zurück. »Jetzt habe ich *die* Chance, die Bestie zu vernichten!«

»Captain, Sie schicken die Männer möglicherweise in den Tod!«, warnte ich.

»Unsinn!« Er schaute mich noch einmal hart an. Dabei hatte ich das Gefühl, als wären seine Augen ebenfalls die eines Raubtieres. O'Brian stand unter Hochspannung und Erfolgszwang. Das war eigentlich mehr, als ein Mensch vertragen konnte.

Er gab die entsprechenden Befehle, und ich hinderte ihn auch nicht mehr daran, in sein Unglück zu laufen. Seine Soldaten parierten aufs Wort.

Jeder wusste, was zu tun war. Sie bauten sich in einem Halbkreis auf, luden die Gewehre durch und hielten sie schussbereit. Wo wir standen, schien sich ein Vakuum zu befinden, denn die Gaffer kamen keinen Schritt näher und mieden uns.

Ich hatte meine Beretta gezogen. Vom Wagen der Miliz ging ich weg. Begleitet wurde ich vom Knirschen des Glases, das ich zertrat. Der Säbelzahntiger, ein gewaltiges Tier, war wieder von der Motorhaube gerutscht.

Im Wagen selbst hockte noch der Fahrer. Er bewegte sich nicht. Zu tief saßen der Schreck und das Entsetzen in seinen Knochen. Sein Gesicht war bleich. Es wirkte hinter der Scheibe wie ein gespenstischer Klumpen aus Talg.

Der Tiger wartete. Er sah so aus, als wäre er sich seiner Sache völlig sicher und würde nur noch überlegen, welches Opfer er sich zuerst vornehmen wollte.

Das Bild war gespenstisch. Es passte überhaupt nicht in diese Welt hinein und wirkte auf mich deshalb so unwirklich. Gleichzeitig spürte ich den kalten Horror, den das urwelthafte Tier mit dem rotbraunen Fell ausströmte.

Da stand mir eine geballte Ladung an Magie und Kraft gegenüber. Zu hören war davon so gut wie nichts.

Ich hätte gern etwas unternommen, ließ es jedoch aus Sicherheitsgründen bleiben. Wenn ich anfing, wusste ich nicht, wie O'Brian handeln würde. Wenn es bei ihm zu einer unüberlegten Reaktion kam, war die Panik da, und es konnte für nichts garantiert werden.

Ich schaute noch einmal zu Suko. Er war an den Kofferraum des Bentley getreten und hatte dort etwas hervorgeholt. Aus seiner Faust stach etwas Längliches, Gebogenes hervor.

Mein Bumerang.

Dass Suko so reagiert hatte, beruhigte mich einigermaßen.

Noch lag die Stille lastend zwischen uns, bis der Schussbefehl des Captains sie zerriss.

»Feuer!«

Aus zahlreichen Gewehren peitschten die Schüsse.

Ich sah die fahlen Mündungsblitze, die verzerrten, unter Anspannung stehenden Gesichter der Soldaten, und ich bekam mit, wie die Geschosse in den mächtigen Körper des Säbelzahntigers hieben.

Normalerweise hätten sie ihn zerreißen müssen. Der Tiger zuckte zusammen, riss den Schädel hoch. Handtellergroße Löcher hatten das Fell zerfetzt, aber die Garbe hatte die Bestie nicht vernichten können. Zwar rollte sie sich über den Boden, riss auch ihr Maul auf und ließ ein dröhnendes Fauchen hören, doch im nächsten Augenblick schaffte es das Tier, wieder auf die Beine zu gelangen.

Angeschossen, durchlöchert, gereizt bis in die letzte Kralle und bereit zum Angriff.

Noch griff ich nicht ein. Ich blickte zur linken Seite hin, wo sich O'Brian aufgebaut hatte. Im Vertrauen auf die Wirkung der Gewehre lauerte er vergeblich darauf, den Tiger zusammenbrechen zu sehen.

Er öffnete den Mund. Möglicherweise wollte er einen zweiten Befehl geben, dagegen hatte ich etwas und zischte ihm ein »Lassen Sie das, Captain!« zu.

Meine Chance war gekommen.

Und ich schoss.

Ich hatte auf den Schädel gezielt. Dreimal jagte ich die geweihten Silberkugeln hinein, und an den Einschussstellen sah ich das grüne Blitzen. Der Kopf wurde zurückgeschleudert, abermals drang ein infernalisches Brüllen aus dem Maul und heulte als Echo über die Straße. Er war verwundet, aber nicht tot. Selbst dem geweihten Silber widerstand er, doch sein Gesicht war von den Kugeln gezeichnet, und er wollte auch nicht aufgeben, denn er wuchtete sich vor.

Zum Glück war die Distanz zwischen ihm und mir groß genug, sodass mir Zeit blieb, etwas zu tun.

Ich bewegte mich sehr schnell, um hinter dem Lastwagen Deckung zu finden, und hörte das Krachen, als die Bestie gegen die Wagentür wuchtete.

Sie hielt dem Druck nicht stand. Der Wagen geriet ins Schaukeln. Ich rannte wieder um ihn herum, als ich Suko sah, der mir entgegenlief.

Er hielt einen Arm ausgestreckt. »John, nicht! Weg mit dir!«

Mitten im Lauf stoppte ich und zog gleichzeitig den Kopf ein, denn Suko hatte meinen Bumerang geschleudert. Die silberne Banane, wie ich sie stets nannte, fauchte ihrem Ziel entgegen. Sie war sehr schnell geworfen worden und jagte halbhoch über den Grund.

Vielleicht spürte der Säbelzahntiger die Gefahr, möglicherweise hatte er sie auch unterschätzt. Wir wussten es nicht. Wir sahen nur, dass er seinen Körper herumwarf und ausgerechnet dabei in die Richtung geriet, aus der die silberne Banane geschleudert worden war.

Bevor sie das Ziel traf, geschah mit ihr etwas Seltsames. Für einen Moment glühte sie grün auf, diese Farbe verschwand so schnell wieder, wie sie gekommen war, und dann hörten wir das Klatschen, als sie gegen den Körper flog, den mächtigen und breiten Hals traf und sich regelrecht hineindrehte.

Der magische Bumerang räumte auf.

Die Bestie sprang noch einmal hoch. Es war ein mächtiger Satz. Und als sie wieder nach unten fiel, da hatte es der Bumerang geschafft.

Zuerst schlug der Kopf auf, dann der Körper.

Und diesmal waren beide getrennt!

Der mächtige Säbelzahntiger war tatsächlich geköpft worden. Sein Torso zuckte noch nach, die Krallen rissen regelrechte Furchen in den Asphalt, aber auch sie konnten das Ende nicht mehr hinauszögern. Der Säbelzahntiger war erledigt.

Ein prächtiges Tier hatte vernichtet werden müssen. Ein Rest aus einer längst vergangenen Urzeit, ein lebendes Denkmal, ein lebendiger Beweis für Dinge, die es leider nicht mehr gab.

Suko trat zu mir und winkte, noch bevor er mich erreicht hatte. Ich nickte ihm zu. Ein knappes Dankeschön. Er hatte durch seine Einsatzbereitschaft möglicherweise eine Katastrophe verhindert, denn der angeschossene und wütende

Säbelzahntiger hätte sich wie ein Berserker auf die Soldaten gestürzt und wäre auch nicht von deren Kugeln zu stoppen gewesen.

Ich hob den Bumerang auf und steckte ihn in meinen Gürtel. Allmählich nahmen die anderen ihre Gespräche wieder auf. Was sie sagten, hörte ich nicht, da ich mir den Tiger ansah. Er musste magisch beeinflusst worden sein. Als ich gegen seine Flanke trat, löste sich das Fell an einigen Stellen auf. Es war trocken und spröde geworden. Der Nachwelt jedenfalls würde von diesem Tier nichts mehr zurückgelassen werden.

Auch die Soldaten bestaunten die Überreste. Auf ihren Gesichtern las ich Unglauben. Sie konnten es einfach nicht fassen, dass das, was sie gesehen hatten, der Wahrheit entsprach.

Aber keiner von ihnen traute sich, uns eine diesbezügliche Frage zu stellen.

Bis auf einen, O'Brian. Der hatte seine Mütze in den Nacken geschoben, sodass wir auf seinem Gesicht die Schweißtropfen sehen konnten, die sich trotz der Kälte bildeten.

»Was war das?«, fragte er.

»Magie!«, erklärte ich.

Er wollte lachen. Was da aus seinem Hals drang, war nur ein Krächzen. »Magie!«, murmelte er noch. »So etwas gibt es doch nicht.«

Ich deutete auf den Tiger. »Sie hatten den lebenden und haben jetzt den toten Beweis.«

Er suchte in seiner Tasche nach Zigaretten. Als er keine fand, gab ich ihm ein Stäbchen. Nachdenklich stand er da und rauchte. »Warum nur?«, flüsterte er. »Warum gerade in dieser Stadt? Und weshalb wir?«

»Weil Ihre Männer das Mädchen jagten.«

»Aber sie haben ihr nichts getan.«

»Der Vorsatz reichte schon. Vielleicht will sie auch ungestört sein«, bemerkte ich.

»Wobei?«

Ich hob die Schultern.

Beinahe spöttisch sagte er: »Sie wissen auch nicht weiter, Mr Sinclair. Sie sind ebenso stumm wie wir.« Er lachte wieder. »Irgendwie kommt mir alles wie ein böser Traum vor. Ich frage mich weiter, aus welch einem Grund sie überhaupt erschienen sind. Das sind doch Monstren, die nicht mehr in unsere Zeit gehören. Tiere der Urwelt. Es fehlt nur noch, dass plötzlich ein Saurier erscheint.«

»Damit müssen Sie auch rechnen, Captain!« Meine Stimme hatte sehr ernst geklungen.

Er wollte lachen, hatte den Mund bereits verzogen, es wurde jedoch nur eine Grimasse. »Aber wieso?«, fragte er dann, warf die Zigarette weg und trat sie aus. »Wieso?« Dabei starrte er uns an, als könnten wir ihm eine genaue Antwort geben.

»Das wissen wir auch nicht«, sagte Suko. »Tut uns Leid.«

O'Brian holte tief Luft. »Nichts geschieht ohne Grund«, flüsterte er. »Wie kann es sein, dass solche Tiere plötzlich erscheinen? Wie ist das möglich?«

Ich blickte an ihm vorbei. Auch die Bewohner von Dardhing hatten ihre Scheu überwunden. Sie kamen näher. Jeder wollte einen Blick auf den verendeten Tiger werfen. Ich sah dies alles, dachte aber nicht weiter darüber nach, denn ich erinnerte mich an etwas anderes. Kurz bevor der Bumerang den Tiger getroffen hatte, war seine Farbe in ein helles Grün umgeschlagen.

Gerade diese Tatsache, auch wenn sie innerhalb eines kurzen Zeitraums geschehen war, gab mir den Hinweis in eine bestimmte Richtung. Auf das geheimnisvolle Land der Druiden.

»Captain!«, wandte ich mich an den Offizier. »Haben Sie schon etwas von Aibon gehört?«

»Nein.«

»Denken Sie genau nach!«

»Tut mir Leid, ich weiß nichts.«

Ich runzelte die Stirn, nickte und glaubte ihm. Aibon war

nicht zu begreifen, nicht zu errechnen, man musste schon damit konfrontiert werden, um es erfassen zu können. »Also nicht«, murmelte ich.

Suko sprach mich an. »Du rechnest damit, dass Aibon hinter allem steckt?«

»Ja.«

»Und wieso haben wir immer das zweifelhafte Glück, gerade auf dieses Land zu stoßen? Wir befanden uns auf dem Weg nach Hause. Jetzt hängen wir wieder mitten im Schlamassel. Ziehen wir Aibon eigentlich magisch an?«

»Nein, das glaube ich nicht.«

»Was ist es dann?«

»Ich habe keine Ahnung, Suko. Wirklich nicht. Es muss einen anderen Grund dafür geben. Es kann nicht allein unsere Existenz sein, dass Aibon sich meldet. Wären wir nicht zufällig hierher gekommen, hätte es die gleichen Vorfälle gegeben. Sie müssen mit dem Mädchen zusammenhängen, glaub mir das.«

»Das wir noch nicht gesehen haben.«

»Richtig. Deshalb werden wir auch weitersuchen.«

Suko deutete gegen den Himmel. Nicht allein die dunklen Schneewolken bedeckten ihn, auch die Dämmerung hatte bereits Fortschritte gemacht und näherte sich.

Ich blickte die Straße hoch und zuckte plötzlich zusammen, da ich eine Gestalt entdeckte, die ich bisher noch nie gesehen hatte, von der ich aber wusste, dass es die Person war, die wir suchten.

Das geheimnisvolle Mädchen!

Den anderen sagte ich nichts, sie blickten nicht dorthin. Ich schob den Captain zur Seite und machte mich auf den Weg. Auch als mich Zurufe erreichten, störte ich mich nicht daran, sondern ging weiter.

Das Mädchen war nicht allein gekommen. Der schwarze Panther befand sich bei ihr. Er stand neben ihrer rechten Seite so unbeweglich wie ein Standbild. Sie trug auf dem Kopf einen goldenen Reif, hatte sich einen Mantel umgehängt und wartete auf mich.

Natürlich spürte ich so etwas wie Furcht, die aber drängte ich zurück, da vor mir des Rätsels Lösung stand.

Ich hörte Schritte in meinem Rücken. Auch O'Brian reagierte jetzt, er kam mir mit einigen seiner Leute nach, ich aber schickte ihn mit barschen Worten zurück.

Seltsamerweise gehorchte er und wartete, was geschah. Ich passierte einen Wagen, sah den blassen Fahrer daneben stehen und ging stur weiter, bis mir das Mädchen ein »Halt!« zurief.

Ich stoppte.

Wir sahen uns an. Noch konnte ich ihr Gesicht erkennen. Es strahlte einen exotischen Reiz ab. Sie war keine Irin. Meiner Ansicht nach musste sie aus einem außereuropäischen Land stammen. Wieso sie überhaupt auf die Insel gekommen war, spielte keine Rolle. Wichtig allein war ihre Existenz, und die ließ sich nicht wegleugnen.

»Wer bist du?«, fragte ich sie.

Die Antwort kam schnell. »Raissa!«

Den Namen hatte ich noch nie gehört. Er klang irgendwie russisch. »Und weiter?«

»Ich möchte auch deinen Namen wissen!«

»John Sinclair.«

Sie lächelte scharf. »Und du bist der Mann, der meinen Freund getötet hat. Wie?«

»Ich besitze Waffen, mit denen ich den Mächten der Finsternis entgegentreten kann!«

Sie lachte laut und gab in einer ebensolchen Lautstärke ihre Antwort, dass sie von allen verstanden werden konnte. »Du willst ihn aufhalten? Bist du deshalb gekommen? Bist du der Mann, der den Lauf der Gestirne beeinflussen will? Bist du tatsächlich so mächtig?«

Ich war überrascht. Lauf der Gestirne beeinflussen? Wovon sprach sie? Ich hob die Schultern. »Tut mir Leid, Raissa. Verstanden habe ich zwar, aber nicht begriffen. Welchen Lauf der Gestirne hätte ich beeinflussen sollen?«

»Du kannst mich nicht täuschen, denn Krull hat mir von dir bereits berichtet.«

Wieder war ein neuer Name aufgetaucht. »Wer ist Krull?«, hakte ich nach.

»Mein Mentor und Ziehvater. Ich bin mit ihm unterwegs. Ich habe die Welt gesehen. Er ist an meiner Seite gewesen, er hat mich geführt und geleitet. Krull ist wissend. Er wusste auch von euch, und ich wusste genau, dass ihr mir in die Quere kommen würdet, aber ich bin die Siegerin und werde es auch bleiben. Niemand, auch du nicht, kann jetzt noch etwas beeinflussen. Diese Nacht ist entscheidend.«

»Wieso?«

Ihr Gesicht hatte einen ärgerlichen Ausdruck angenommen. »Weshalb stellst du die Fragen?«, fuhr sie mich an. »Du bist deswegen gekommen. Du weißt genau, was passieren wird.«

»Nein.«

»Er ist unterwegs. Überall spürt man es. Es ist der, von dem die Menschen immer reden.«

»Wer denn?«

»Der Komet!«, rief sie.

Ich war perplex. Natürlich kannte ich Kometen. Ich hatte darüber gelesen, aber nie direkt mit ihnen zu tun gehabt. Deshalb wusste ich auch nicht, was ich dazu sagen sollte. »Ein Komet? Was hat er mit dir oder deinem Krull zu tun?«

»Es ist ein magischer Gruß aus dem All, der über dieses Land hinwegfliegen wird und dank seiner Kraft etwas in diese Zeit hineinbringen wird, das unzählige Jahre verschüttet und vergessen gewesen war.«

»Was ist es?«

»Der Friedhof. Aibons Tierfriedhof!«

Ich stand da, wie vom Donner gerührt. Vor mir sah ich das Mädchen und den Panther. Raissa hatte von diesem Friedhof des Landes Aibon gesprochen, als wäre er der natürlichste der Welt. Das wollte mir nicht in den Kopf. Aibon war etwas Besonderes, immer mehr hatten wir damit zu tun, doch von einem Friedhof hatte ich noch nie gehört.

»Wer liegt dort begraben?«, erkundigte ich mich.

»Die Tiere des Landes. Sie sind anders als die, die jetzt existieren. Du müsstest sie kennen. In den Legenden und Sagen sind sie noch vorhanden. Die Ungeheuer, die Drachen, die gewaltigen Saurier, die Tiger und Vögel, Panther und Schlangen. Es ist eine ungeheure Welt, die bisher verschwunden war, aber durch den Kometen zurückgebracht wird. Die Menschen wussten instinktiv, weshalb sie sich vor ihm fürchteten. Aber es wird schlimmer kommen, als sie es sich in ihren kühnsten Träumen vorgestellt haben, das kann ich dir versprechen. Auch du wirst den Lauf des Kometen nicht beeinflussen können. Er ist das Schicksal.«

Längst wusste ich Bescheid. Raissa hatte nicht von irgendeinem Kometen gesprochen, sondern von dem, der jetzt in aller Munde war. Man nannte ihn den Halleyschen Kometen, der angeblich schon der Stern von Bethlehem gewesen sein sollte. Er brachte Unglück, Katastrophen. Astrologen und Wahrsager warnten vor ihm. Ich hatte zwar gelesen, dass er in Erdnähe vorbeiziehen sollte, mir aber weiterhin keine Gedanken über ihn gemacht. Und auch nicht den letzten Vulkanausbruch in Südamerika mit seinem Erscheinen in Verbindung gebracht, wie ich es vor kurzem noch in einer Illustrierten gelesen hatte.

»Weißt du nun Bescheid, John Sinclair?«

»Dank deiner Hilfe.«

»Dann wirst du auch erkennen, wie hilflos du bist. Du kannst nichts mehr retten. Seine Magie wird den Monsterfriedhof von Aibon in die Gegenwart zurückholen, und du wirst nichts daran ändern können. Die Menschen hier wissen nicht, wo sie leben – und dass sich in ihrer Umgebung etwas befindet, von dem sie bisher nicht einmal eine Ahnung gehabt haben.«

»Du weißt es?«

»Sicher.«

»Und du wirst dabei sein?«

»Auch das.« Sie bewegte sich plötzlich. Bisher hatte ich mich gefragt, weshalb sie den weiten Mantel trug. Nun erhielt ich die Antwort. Sie griff blitzschnell hinein und holte eine lange Lanze hervor, und die Waffe wiederum erinnerte mich an den Drachenblut-Vampir, der sich mit einer ähnlichen verteidigt hatte.

Ich wusste, dass diese Person nicht mehr zögern würde. Es war mir auch egal, dass sich der Panther bei ihr befand und sich schon sprungbereit machte. Ich wollte endlich einen Erfolg sehen und startete.

Dabei holte ich den Bumerang hervor, hatte schon den Arm nach hinten gestreckt, als sich Raissa gedankenschnell bewegte, mit der Lanzenspitze einen Kreis schlug und mich somit erfasste, bevor ich ausweichen konnte.

Ich spürte den Ansturm einer fremden Macht. Es war Magie in konzentrierter Form.

»Dein Grab wird auf dem Friedhof sein!«, hörte ich noch Raissas triumphierende Stimme, dann packte mich der Sog, und ich verschwand ebenso wie das Mädchen und der Panther vor den Augen der Zuschauer und meines Freundes Suko.

Wie hatte man die Druiden genannt? Die Eichenkundigen. Und von hohen, wuchtigen, starken Eichen sah ich mich umgeben. Ich stand unter den kahlen Ästen und Zweigen, die Dächer bildeten, ohne jedoch schützend zu wirken, und ich fühlte mich allein.

Keine Spur von Raissa, dem Panther oder von der Umgebung, in der ich beide getroffen hatte.

Befand ich mich in Aibon? Hatte ich eine magische Reise hinter mich gebracht?

Nein, die Welt war noch die unsere. Nur musste ich mich in

dem Gebiet aufhalten, von dem Raissa gesprochen hatte und das den Monsterfriedhof in sich barg.

Entdecken konnte ich von ihm nichts. Keine Spur wies auf ihn hin. Weder ein Hügel, eine Vertiefung noch ein Grabstein ließen darauf schließen, dass sich in der Erde etwas Grauenvolles verbarg.

Und trotzdem glaubte ich daran. Raissa hatte es nicht nötig, mich anzulügen. Sie hatte ihre Worte gut und sorgfältig ausgewählt. Aber sie war verschwunden, ich konnte sie nicht fragen, obwohl ich sicher war, sie irgendwann wiederzusehen.

Der Eichenwald nahm nicht die gesamte Blickebene ein. Zudem war er einfach zu licht, als dass ich ihn als einen normal gewachsenen Wald angesehen hätte. Es gab genügend Freiräume zwischen den einzelnen Stämmen, und weiter vorn ging er über in eine flache, schüsselartige Ebene.

Dorthin lenkte ich meine Schritte.

Das Licht konnte man als eine graue Mischung ansehen. Der Tag hatte sich noch nicht verabschiedet, und die Nacht war dabei, die breiten Streifen der Dämmerung über den Himmel zu schieben.

Am Waldrand blieb ich stehen. Kalt fuhr der Wind gegen mein Gesicht. Er biss in den Augen, ich zwinkerte und sah plötzlich die Fahrzeuge, die wie aus dem Nichts erschienen waren.

Sie standen auf der Ebene. Der hintere Wagen diente als Käfig für die Raubtiere.

Ich ging nicht sofort los. Zunächst einmal schaute ich mir den Wagen und dessen unmittelbare Umgebung an. Nichts deutete auf eine erkennbare Gefahr hin. Am Wagen bewegte sich nichts, ich sah auch keine Spur von Raissa und ebenfalls nichts von ihren Tieren.

Sehr schnell hatte ich den Bereich der Eichen verlassen und bewegte mich auf der glatten Ebene weiter.

Ich ließ den Wagen nicht aus den Augen. Erst jetzt entdeckte ich den roten Schein. Es war, von mir aus gesehen, hinter dem Wagen aufgeflackert, sodass ich ihn nur als einen wabernden roten Rand wahrnahm.

Es blieb mir nichts anderes übrig, als mich den Problemen zu stellen. Und das wollte ich auch. Dieses Gelände konnte nur der geheimnisvolle Tier- oder Monsterfriedhof sein, von dem Raissa gesprochen hatte. Unter Aibons Erde lag der Schrecken begraben.

Ich hatte einen ähnlichen Friedhof schon einmal erlebt. Damals waren grauenhafte Monstren durch das Geigenspiel eines kleinen Mädchens aus der Tiefe geholt worden. Konnte oder würde sich hier etwas Ähnliches wiederholen?

Schatten lagen über dem Land. Dunkel, wenn auch grünlich schimmernd. Gewaltig war der Himmel. Ein riesiges Firmament. Überdeckt mit Wolken, blanken Flächen, helleren Inseln oder dunkleren Schatten. Ein herrliches Bild, auch für mich, der ich mich mehr auf den Wagen konzentrierte und noch immer keinen Menschen sah.

Unter meinen Füßen schleifte das Wintergras. Manchmal knackten die Halme. Rauch wehte mir entgegen. Es roch scharf, als wäre feuchtes Holz unter dicken Rauchabsonderungen verbrannt worden. Wenn die Schleier meine Augen trafen, bissen sie sich fest. Die Augen wurden gereizt und produzierten Tränen.

Ich war nicht einmal überrascht, als ich die Stimme eines Mannes hörte, die hinter dem abgestellten Wagen aufklang. »Komm ruhig näher, ich weiß, dass du da bist. Ich erwarte dich.«

Die Stimme klang nicht unangenehm. Sie ließ nicht auf eine sofortige Feindschaft schließen. Es hatten eher Neugierde und Erwartung mitgeklungen. Auch ich war entsprechend neugierig und ging schnell um den Wagen herum.

Der Mann hockte, eingehüllt in einen Mantel, am Feuer und warf Äste in die Flammen. Das Holz wurde von den gierigen Zungen umschmeichelt. Rinde platzte weg, der Qualm trieb abermals beißend in meine Richtung, ich wedelte ihn mit der Hand weg, und erst jetzt sah der Fremde auf.

Der Hinterkopf war unter einer Kapuze verborgen. Ich sah nur sein Gesicht, umflort vom rotschwarzen Licht.

Es war ein altes Gesicht mit kleinen Augen. »Ich bin Krull«, sagte der Mann mit schwerer Stimme. »Komm zu mir, deinen Namen kenne ich. Er ist mir mitgeteilt worden.«

Trotz der Aufforderung blieb ich zunächst einmal stehen, denn ich hielt nach Raissa Ausschau.

Sie war nicht zu sehen, ebensowenig wie der Panther. Als ich in den Käfig schaute, sah ich weder eine Bewegung noch einen Schatten. Bis auf ein paar Strohreste am Boden war er leer.

Krull hatte meine Gedanken erraten. »Wir sind allein«, sagte er nur.

»Und Raissa?«

Er hob die Schultern. »Sie braucht nicht bei uns zu sein. Was wir zu besprechen haben, geht nur uns beide an.«

»Na denn.« Ich ging die letzten Schritte und ließ mich am Rand des Feuers nieder. Ich spürte die Hitze im Gesicht.

»Wir müssen warten«, erklärte Krull.

»Ich weiß. Auf den Kometen.«

»Ja, so ist es.« Er nahm wieder ein Stück Holz, schleuderte es in die Flammen und sah den hochfliegenden Funken nach, wie sie in der Dunkelheit ihre Bahnen zogen. »Es ist wirklich nicht einfach«, sagte er, »aber die Gesetze der Natur lassen sich nun mal nicht leicht durchschauen. Welten kommen, Welten gehen. Unheil geht, und er ist einer der Boten. Ich habe ihn lange beobachtet, ich habe ihn studiert und erkannt, dass er magische Kräfte hat, die er auch ausspielen wird, wenn er ein bestimmtes Gebiet überfliegt.«

»Dieser Friedhof also.«

»Das ist so, John Sinclair. Hier sind die begraben, von denen die Legenden der Menschen erzählen, aber wenn der Komet uns passiert, werden sich die Gräber öffnen.«

Ich unterbrach ihn. »Wie ist das möglich? Was hat der Komet mit Aibon oder den Druiden zu tun?«

Obwohl sein altes, faltiges Gesicht im Schatten der Kapuzenkrempe lag, erkannte ich doch den erstaunten Ausdruck auf seinen Zügen. »Das weißt du nicht?«, fragte er erstaunt.

»Nein.«

»Die Druiden waren ein besonderes Volk.«

»Das glaube ich schon, aber ...«

Seine Handbewegung brachte mich zum Schweigen. »Sie wussten viel, sie arbeiteten auf zahlreichen Gebieten. Sie waren Magier und Wissenschaftler. Sie haben sich mit der Sternenkunde beschäftigt, sie untersuchten die Natur, sie lernten die Gesetze kennen, und sie waren gleichzeitig mächtige Magier. Sie kannten Verbindungen zwischen bestimmten magischen Punkten, sie errechneten Kometenbahnen, und sie wussten auch, was es zu bedeuten hatte, wenn die Kometen sich dem menschlichen Auge am Himmel zeigten. Es waren besondere Menschen, diese Druiden. Priester und Magier, sogar Wissenschaftler.«

»Aber sind Aibons Tiere nicht längst tot? Und liegt Aibon nicht in einer anderen Dimension?«, fragte ich.

»Ja und nein. Du kennst vielleicht die Wechselwirkung der Zeiten. Irland ist das Reich der Druiden. Hier fühlen sie sich wohl, hier haben sie gelebt, hier ließ man sie in Ruhe, hier konnten sie wirken, und hier begruben sie auch ihre Toten, deren Seelen auf die lange Reise ins Nichts gegangen waren.«

»Und die Tiere?«

»Ja. Wenn der Komet erscheint, wird seine Strahlung auch über uns hinweggleiten und das erwecken, was sich im Boden befindet. Er wird ihn auflockern, ihn durchsichtig machen, und ich habe mein Ziel endgültig erreicht.«

Es war gut, dass er auf sich selbst zu sprechen kam, da ich wissen wollte, woran ich mit ihm war. »Du bist Krull, nicht wahr?«

»So nennt man mich.«

»Wer bist du wirklich? Woher kommst du?«

Er hob die Arme. Die Ärmel des Mantels fielen zurück, sodass ich seine Hände besser erkennen konnte. Der alte Mann hatte lange Finger, sie wirkten wie knotige Äste.

Irgendwie passten sie zu seinem Gesicht. »Ich bin ein Suchender. Ich gehöre zu denen, die viel gelesen haben, um anschließend die Dinge zu suchen und ihnen auf den Grund zu gehen.«

»Das ist alles?«

»Ja, in diesen schlichten Worten steckt mehr, als sie tatsächlich aussagen. Suchende sind Mahner. Es sind Menschen, jede Zeit hat sie. Aber sie werden zumeist nicht wahrgenommen oder verlacht. Mir erging es ähnlich, als ich in den großen Städten nach Büchern über Druiden suchte. Als ich fragte, lachte man mich aus und schickte mich in die Kinderbuchabteilung. Ich bin gegangen und habe die alten Sagen genau studiert. Vieles stimmte mit meinen Forschungen überein. Bei zahlreichen Textpassagen fand ich den Weg hierher, wo sich der alte Friedhof befindet. Es war wunderbar, all dies zu sehen, was ich in meinen Forschungen herausgefunden habe. Nicht mehr Theorie, sondern Praxis. Heute bin ich so weit und kann sagen, dass ein Traum in Erfüllung geht. Der Komet kommt. Er wird am Himmel erscheinen und seine Magie senden. Dann bricht die Erde auf. Was in Aibon begraben wurde, wird die Magie aus dem All wieder an die Oberfläche holen.«

Was Krull mir da erzählte, glaubte ich ihm. Es gab Verbindungen zwischen der realen Wissenschaft und der Magie. Nicht zuletzt Professor Chandler hatte mich davon überzeugt.

Mir kam eine Idee.

Oft war es so, dass Menschen, die ein gleiches Hobby oder Ziel haben, miteinander in Verbindung stehen, auch wenn sie räumlich getrennt leben. Verwandte Seelen finden sich immer. Deshalb wollte ich von Krull wissen, ob ihm eine bestimmte Person bekannt war, die auch ich zu meinen Bekannten zählte.

»Professor Chandler?«, fragte ich flüsternd. »Kennst du ihn?«

Krull bewegte seine Lippen. Es sollte wohl ein Lächeln sein.

»Ich kenne ihn sogar gut. Zwar habe ich ihn nie gesehen, aber seine Aufzeichnungen waren für mich sehr interessant. Ich habe viel aus ihnen gelernt und weiß, dass auch er zu den Menschen gehört, die man nie richtig ernst nahm oder nimmt. Seine Berechnungen wurden von den Kollegen verlacht. Diese verließen sich allein auf ihre Mathematik, sie ...«

Ich unterbrach ihn, denn ich kannte selbst genug über Chandler. »Und wie war das mit Raissa?«, erkundigte ich mich. »Woher hast du sie? Einfach mitgenommen? Oder ist sie deine Enkelin?«

»Ich habe sie gefunden.«

»Einfach so?«

»Ja, sie war ausgesetzt. Wer sie zur Welt gebracht hat, weiß sie nicht. Jedenfalls nahm ich sie auf, und sie lehrte mich, mit der Natur umzugehen, denn sie hat zu den Tieren dieses Planeten ein besonderes Verhältnis. Sie kann sie verstehen, und sie erinnert sich auch wieder an ihr erstes Leben, das sie als Tier gelebt hat. Deshalb diese starke Verbindung. Begleitet wird sie von einem Panther, und sie wurde auch durch den Säbelzahntiger geschützt, aber den hast du vernichtet. Deshalb wird die Rache furchtbar sein. Ich kann nichts für dich tun, wenn Raissa beschlossen hat, dass dieser Friedhof zu deinem Grab werden soll. Eigentlich mag ich dich. Du bist zwar ein Mensch wie ich, aber trotzdem anders, und das gefällt mir. Aber es gibt Dinge, die höher stehen. Gewissermaßen über den Dingen, und da muss man einiges opfern. So habe ich es gelernt, so werde ich es immer wieder anderen sagen. Verzichtet auf Kleinigkeiten, um das große Ziel nicht aus den Augen zu verlieren. Ich habe es auch nicht getan.«

Mittlerweile war es finster geworden. Nur das zuckende Feuerauge erhellte die Dunkelheit. Wir wurden vom Spiel der Flammen umschmeichelt, die uns selbst aussehen ließen wie Gestalten aus dem Reich der Geister. Ich dachte an den Halleyschen Kometen und warf einen Blick zum düsteren Himmel.

Noch war von diesem Himmelskörper nichts zu sehen.

Wolken verdeckten die Sicht, nur an einigen Stellen war das Firmament klar. Diese Gebiete wirkten wie blanke Inseln.

»Wir werden gemeinsam auf das große Ereignis warten«, sagte mir mein Gegenüber. »Es dauert nicht mehr lange. Ich spüre, dass der Komet unterwegs ist. Wir werden ihn nur als einen hellen Streifen am Himmel erkennen können, wenn überhaupt. Aber er wird kommen, und das Licht, das die Toten begleitet, entsteigt der Erde dieser grünen Insel. Zweimal schon habe ich erlebt, dass Monstren ihre Gräber verlassen konnten. Der Tiger und der Panther. Sie waren längst vergangen, aber sie folgten dem Ruf ihrer neuen Herrin Raissa.«

Ich blieb ruhig. Irgendetwas passte mir nicht. Ich sah zwar keine Gefahr, spürte aber, dass einiges anders geworden war. Ich dachte an gewisse Vorboten.

Der Alte blickte mich starr an. Nichts bewegte sich in seinem Gesicht. Die alte Haut schien versteinert zu sein. Die Augen erinnerten mich an kleine, runde Teiche. Er hatte die schmalen Lippen etwas nach vorn geschoben, sodass es den Anschein hatte, als würde er nur darauf lauern, dass ich anfing mich zu wehren.

Das tat ich nicht.

Es war besser, wenn ich sitzen blieb und mich auf die anderen Dinge konzentrierte.

Direkt in meiner Nähe spürte ich es. Ich merkte die Gänsehaut, wie sie über meinen Rücken lief. Ein warmer Hauch streifte meinen Nacken. Bevor ich mich umdrehen konnte, spürte ich spitze »Messer« auf der Haut.

»Wenn du dich bewegst, wird dir der Panther das Genick zerbeißen«, befahl Raissa.

Ich blieb still sitzen. An einen Bluff glaubte ich nicht. Ein Raubtier wie dieser schwarze Panther konnte sich lautlos anschleichen. Er hatte mich überrascht.

Ich stand zudem auf Raissas Liste, obwohl ich ihren Tiger

nicht getötet hatte, aber das spielte nun mal keine Rolle. Mich hatte sie, ich war ihr Gefangener.

Der Alte tat nichts, um mich aus der misslichen Lage zu befreien. Er hob den Kopf an und schaute an mir vorbei. »Du bist doch gekommen?«

»Ja, Krull. Ich musste es.«

»Und der Friedhof?«

Da lachte Raissa leise. »Ich habe gespürt, dass sich etwas unter der Oberfläche tut. Da lauert das untote Leben. Die Begrabenen sind bereit. Sie warten darauf, endlich befreit zu werden. Sie spüren, wer unterwegs ist.«

»Werden sie alle kommen?«

»Ich hoffe es.«

Mir gefiel das Gespräch zwischen den beiden überhaupt nicht. Ich wusste selbst, dass ich hilflos war, solange sich die Zähne des Raubtiers an meinem Nacken festbissen. Der Panther rührte sich nicht. Ich hatte ihn nicht einmal gesehen, sondern bemerkte nur seinen Schatten, der sich neben mir auf dem Boden abzeichnete. Er reichte bis an das Feuer heran, in das der Alte noch zwei Äste warf.

Danach wandte er sich wieder an Raissa. »Willst du ihn vorher töten?«, fragte er.

»Nein, nein!«, sagte sie schnell. »Er soll noch erleben, was die Erde verborgen hält.«

»Da stimme ich dir zu, meine Liebe, obwohl ich es nicht gerne sehe, wenn er vernichtet wird. Es ist nämlich so. Unsere Seelen sind irgendwie verwandt. Wir fühlen beide mit. Wir wissen, dass es mehr zwischen Himmel und Erde gibt, als …«

»Krull, ich möchte es nicht!«

»Gut, es ist deine Entscheidung. Du bist mächtiger als ich. Du besitzt die Kraft des vergessenen Landes, die sich in deinem Speer konzentriert.« Er blickte wieder zu mir. »Dieser Speer oder diese Lanze ist etwas Besonderes. Geschnitzt aus dem Ast eines magischen Eichenbaums, kann er vieles erreichen, von dem die Menschen bisher nur träumten. Du hast ihn in Aktion gesehen. In der Hand meines Mediums entfaltete er seine Kräfte, und er wird auch dafür sorgen, dass sich dieser Friedhof leert.« Der Alte stöhnte auf. »Raissa!«, flüsterte er. »Ich glaube, es ist so weit. Ich spüre es. Der Komet …«

Sie ging auf ihn zu.

Leider bewegte sich der Panther hinter mir nicht. Seine Zähne lauerten nach wie vor an meinem Nacken. Er war der beste Wächter, den man sich nur wünschen konnte.

Obwohl ich allmählich einen steifen Hals bekam, hütete ich mich, den Kopf zu bewegen. Das Raubtier hinter mir hätte es falsch auffassen können, und es wäre aus mit mir gewesen.

Deshalb schaute ich stur nach vorn und verdrehte nur die Augen, wenn ich in eine andere Richtung blicken wollte.

So wie jetzt, als ich Raissa sah, die von der Seite her auf Krull zutrat. Ich bekam einen trockenen Hals. Trotz meiner nicht gerade berauschenden Lage musste ich ihren herrlich gewachsenen Körper bewundern. Sie hatte tatsächlich eine atemberaubende Figur.

Die Krone saß nach wie vor auf ihrem Kopf. Schwarzbraun floss das lange Haar der Schulter entgegen.

Sie hielt in der rechten Hand die Lanze, bewegte sich geschmeidig und blieb neben Krull stehen, bevor sie sich zu ihm hinabbeugte.

Er fasste sie an. »Raissa, unser Traum wird sich erfüllen. Ich spüre die innere Kraft, die meinen Körper durchläuft. Schau zum Himmel. Dort wirst du sehr bald das Licht sehen. Fang es auf. Tu das, was wir besprochen haben. Folge allen Gesetzen, die niedergeschrieben worden sind. Dann kann nichts schief gehen.«

»Ja, Krull, das werde ich!« Sie versprach es mit fester Stimme, drehte sich aus seinem Griff und ging fort.

Ich rechnete schon damit, dass sie den Bereich des Feuerscheins verlassen würde, das aber trat nicht ein. Sie blieb an seinem Rand stehen, blickte für einen Moment gegen den düsteren Himmel, wobei sie den rechten Arm hob. Ich verstand zuerst nicht, was diese Bewegung bedeuten sollte.

Wenig später sah ich es.

Mit großer Wucht rammte sie die Lanze in den Boden.

Die Spitze verschwand völlig.

Raissa trat so weit zurück, dass ich von ihr nur noch die Umrisse erkennen konnte. Sie wartete auf ein bestimmtes Ereignis, wie Krull berichtet hatte.

Auch er sprach nicht mehr.

Aus Sekunden wurden Minuten. Jede einzelne erschien mir endlos. Der Panther hinter mir stand wie ein Denkmal. Die Zähne seines Raubtiergebisses lagen nach wie vor auf meiner Haut.

Eine innere Unruhe erfüllte mich. Sie lag wie ein Druck auf meinem Magen. Ich holte nur flach durch die Nase Luft.

Krull warf mir hin und wieder einen längeren Blick zu. Er verstand, dass ich nervös war, sprach aber gleichzeitig belehrend dagegen. »Die Zeit ist für mich manchmal nicht vorhanden. Ich kann warten und mich auf bestimmte Dinge konzentrieren. Ich habe lange gewartet, jetzt brauche ich nur noch Minuten.«

»Aibon kann auch gefährlich sein«, warnte ich. »Niemand sollte es unterschätzen.«

»Das tue ich auch nicht. Raissa wird die Monstren zähmen.« Er lachte leise und brach plötzlich ab. In seine Augen trat ein lauernder Ausdruck, gleichzeitig drehte er den Kopf, um zum sternenklaren Himmel blicken zu können.

Ein günstiges Schicksal hatte dafür gesorgt, dass die Wolkendecke an mehreren Stellen aufgerissen war.

»Raissa!« Krulls Stimme zitterte, als er den Namen des Mädchens aussprach. »Ich fühle, dass es so weit ist. Ich kann ihn noch nicht erkennen, aber er wird bald hinter den Bergen aus den Wolken auftauchen. Seine Kraft gibt auch mir Kraft. Er ist da! Der Komet ist gekommen.«

Da entdeckte auch ich ihn. Ein Stern, funkelnd, trotzdem aber blass und bleich.

Er huschte über den Himmel und zog einen leichten Schweif hinter sich her.

Plötzlich sprang Krull auf. »Der Stern von Bethlehem!«, brüllte er. »Alles wird wahr. Wir haben uns nicht getäuscht. Der Stern kommt. Er ist …«

Im selben Augenblick schien der Himmel über uns zu explodieren. Ein fahles Licht erhellte die Räume zwischen den Wolken. Es war eine Mischung aus bleichem Grün und blassem Rot, die über den Himmel tanzte.

Plötzlich verdichtete sich das Licht am Himmel und jagte wie ein Blitz der Erde entgegen. Sein Ziel war Raissas Speer, der in der Erde steckte. Er jagte hinein und zerriss ihn in mehrere Teile. Sie flogen nach allen Seiten davon. Ich hörte Raissas heiseren Schrei und sah Krull, der die Arme erhoben hatte und wie ein großer Magier auf dem Fleck stand.

»Es ist vollbracht!«, rief er mit Stentorstimme, und ich konnte ihm nicht widersprechen.

Die Magie des Weltalls hatte das Gebiet des alten Friedhofs überflutet.

Die Dunkelheit kehrte nicht zurück. Der Stab war zerbrochen, aber das Licht blieb. Es nahm eine gewaltige Breite ein, erfasste das gesamte Gebiet des Friedhofs und drang bis an seine Grenzen vor, die es ebenfalls erhellte, sodass ich genau die Ausmaße dieses Gebiets erkennen konnte. Dahinter hob sich scharf konturiert der alte Eichenwald ab, dessen Bäume einen gespenstisch fahlen Glanz angenommen hatten, sodass die Natur wie ein Gemälde des großen Künstlers Caspar David Friedrich wirkte.

Über dem Gebiet lag ein fahler Glanz. Silbrig grün schimmerte er und blendete nicht. Er hob Details hervor. Büsche, Gras, wild wucherndes Unterholz.

All das war der Friedhof.

Aber seine Begrabenen lagen nach wie vor unter der Erde. Ich wusste nicht, wie viel Zeit mittlerweile vergangen war. Ich saß auf dem Boden, die Zähne des Panthers im Nacken, und wartete auf die kommenden Ereignisse.

Magie braucht Zeit, um wirken zu können. Dieses alte Gesetz erlebte ich auch hier. Was lange Zeit in der Tiefe gelegen hatte, ließ sich nicht so ohne weiteres an die Oberfläche schaffen. Es musste arbeiten, aus seiner Erstarrung gelöst werden. Auch dieser Flecken Erde bildete keine Ausnahme.

Raissa kam näher.

Auch sie hatte das Licht nicht verschont. Das Mädchen wirkte auf mich wie ein Gespenst, als es mit langsamen Schritten auf das Feuer zutrat, das allmählich herunterbrannte.

Sie schaute mich an, als sie stehen blieb, und nur ein Wort drang aus ihrem Mund. »Mörder!«

»Nein!«, sagte ich. »Du kannst mich nicht als Mörder bezeichnen!«

»Du hast ihn getötet.«

»Ich war es nicht!«

»Vielleicht. Aber es war deine Waffe, die es vollbrachte. Ich werde sie nach deinem Tod an mich nehmen und …«

»Raissa!« Zischend hatte der Alte den Namen des Mädchens gerufen, als hätte er plötzlich etwas entdeckt.

Sie drehte den Kopf, blickte ihn an und sah, dass er auf eine Mulde wies. Man musste schon genau hinsehen, um sie erkennen zu können.

»Da ist der Anfang!«, hauchte Krull. »Wir werden es erleben. In den folgenden Sekunden.«

Ich war vergessen. Die beiden konzentrierten sich auf den unheimlichen Vorgang.

Die Erde öffnete sich und entließ den Schrecken!

Zuerst dachte ich an eine Pflanze, als der lange, dicke und nach oben hin breitere Arm aus dem Boden drang, in die Höhe gepeitscht wurde, sich drehte und ich einen Kopf sah, der das Ende des Arms bedeckte.

Es war ein Schlangenschädel.

Flach, mit einem breiten Maul, das offen stand.

Was es war, wusste ich nicht, rechnete jedoch mit einer Riesenschlange und sah mich getäuscht, denn die Erde brach im nächsten Augenblick vehement auf, sodass das gesamte Tier, das bisher in der Tiefe gelegen hatte, zum Vorschein kommen konnte.

Es war ein Saurier!

Dunkelgrün, bedeckt mit grauem Schlamm, schüttelte er seinen Körper so heftig, dass der Schlamm nach allen Seiten hinwegspritzte und sich wie ein Regen in die unmittelbare Umgebung ergoss. Noch waren die kurzen Beine nicht zu sehen, die aber folgten sehr schnell nach. Der lange Hals peitschte von einer Seite zur anderen. Der flache Schädel schien jeden Augenblick herabzufallen. Das geschah nicht. Der Schädel blieb sitzen, er drehte sich nur und schaute auf uns herab.

Unter dem Blick dieses Monstrums wurde mir ganz anders. Saurier waren Pflanzenfresser. Dieser hier auch?

Ich konnte es nur hoffen. Der Blick des Monstrums pendelte sich auf uns ein, dann erst setzte sich das Tier in Bewegung.

Schon der erste Schritt ließ uns etwas von der Kraft ahnen, die in dem Körper steckte.

Als der Fuß den Boden berührte, vibrierte die Erde. Wenn der einmal zutrat und mich voll erwischte, war ich platt.

Das ahnten auch Raissa und Krull. Sie wichen zurück. Ihre Chancen standen etwas besser als meine.

Die beiden schauten sich an.

Ich hockte da und stand unter Hochspannung. Lange konnte ich es nicht mehr aushalten. Der Saurier ragte wie ein unförmiges Gebirge vor mir auf.

Raissa und Krull waren nervös. Irgendetwas schien schief gelaufen zu sein. Ich erkannte es an ihren Blicken, die sie sich und dem Saurier zuwarfen.

»Wir müssen ihn unter Kontrolle bekommen!«, sagte Krull mit drängender Stimme. »Du, Raissa.«

»Aber wie?«

»Dein Stab ...«

Sie lachte schrill. »Er ist zerstört worden. Wir haben die Geister gerufen und werden sie nicht mehr los!«

Krull zuckte zusammen. Ich konnte mir vorstellen, wie es in seinem Innern aussah. Er wankte zurück und wäre fast in die Glut des Feuers getreten. »Ja!«, rief er. »Es stimmt. Dein Stab ist vernichtet worden. Wer konnte das ahnen? Wer?«

»Du hättest es wissen müssen!«

Es hatte überhaupt keinen Sinn, dass die beiden sich stritten. In diesem Augenblick mussten wir Menschen zusammenhalten, und das machte ich ihnen auch deutlich.

»Verdammt noch mal, streitet euch nicht herum! Du, Raissa, ruf deinen Panther zurück! Wir sitzen in einem Boot. Wir müssen zusammen...«

»Nein!«, schrie sie voller Wut und ballte die Hand, während sich der Saurier noch weiter drehte, als würde er überlegen, wen er als Ersten angreifen sollte. »Deine Waffe hat den Tiger vernichtet.«

»Sie kann vielleicht auch die anderen töten!«

Ich sah es ihr an, dass sie mir abermals widersprechen wollte. Dagegen hatte Krull etwas. »Moment, Raissa, denke nach. Vielleicht hat er sogar Recht. Wir sollten einen Kompromiss schließen. Niemand konnte wissen, dass der Speer der Eichenkundigen vernichtet werden würde. Eine völlig neue Lage ist entstanden.«

»Ich soll ihn tatsächlich freilassen?«

»Ja!«

Sie überlegte. Hoffentlich nicht zu lange, denn der Kopf des Sauriers näherte sich bereits dem Boden. Bei dem Maul konnte er uns mit Leichtigkeit verschlucken.

Und Raissa wurde vernünftig. Ein schriller Pfiff drang über ihre Lippen.

Hinter mir bewegte sich der Panther und gab im nächsten Augenblick meinen Hals frei.

Das war ein Gefühl wie Weihnachten. Selten in letzter Zeit hatte ich so befreit atmen können wie in diesen Sekunden. Es tat unbeschreiblich gut, sich wieder bewegen zu können. Ich drehte meinen Kopf. Ein wenig schmerzte diese Bewegung. Da waren Sehnen überanstrengt worden, und an den Druckstellen der Zähne quollen kleine Blutstropfen aus der Haut.

Ich stand auf.

Zur selben Zeit, als der Panther lossprang. Was ihn dazu veranlasst hatte, wusste keiner von uns. Jedenfalls jagte er auf den Saurier-Koloss zu, fauchte wie ein schwarzer Teufel und stieß sich genau im richtigen Moment ab.

Raissa wollte ihn noch zurückrufen, das gelang ihr nicht mehr. Der Panther war einfach nicht mehr zu halten. Er wuchtete seinen Körper gegen die mächtige Flanke des urzeitlichen Tieres.

Er klatschte dagegen. Für einen Moment sah es so aus, als wollte er wieder abrutschen, dann gelang es ihm, seine scharfen Krallen auszufahren und sich an der Haut festzuhalten, sodass er wie angenagelt wirkte.

Ich war inzwischen wieder auf den Beinen und hatte das leichte Schwindelgefühl abgeschüttelt. Wie ich den Saurier besiegen sollte, wusste ich natürlich nicht, aber ich wollte mir etwas einfallen lassen.

Raissa war wie von Sinnen. Sie schüttelte den Kopf, schrie ihrem Panther etwas zu, wollte hinlaufen, doch Krull stellte sich gegen sie. Er brachte das Mädchen aus dem Rhythmus, warnte es mit sich überschlagender Stimme vor der Gefahr, aber sie ließ sich nicht beirren. Ein heftiger Schlag schleuderte den Alten zur Seite, Raissa hatte wieder freie Bahn und startete.

Ich warf mich ihr in den Weg. Als wir zusammenprallten und ich unter meinen Händen zum ersten Mal ihre Haut spürte, da spürte ich die Kraft der Muskeln. Es lagen stahlharte Sehnen unter der Haut verborgen, und Raissa konnte kämpfen wie eine Wildkatze.

Sie erwischte mich mit den Nägeln und mit einem Faustschlag, dem ich durch geschicktes Ausweichen einen Großteil der Wucht nehmen konnte. Aber es gelang mir nicht mehr, sie zu halten.

Sie schleuderte ihren Körper zurück. Meine Hände rutschten ab, ich fing noch einen bösen Blick auf, bevor sie auf dem Absatz kehrtmachte und auf ihren Panther zurannte. Der hatte sich noch immer festgekrallt und versuchte sogar, den Hals des Sauriers zu erreichen.

Das schaffte er nicht mehr.

Der Saurier, dessen dicke Haut aufgerissen worden war und teilweise in Fetzen nach unten hing, wurde plötzlich wütend. Er schüttelte sich so heftig, dass man das Gefühl haben konnte, ein Erdbeben zu erleben. Dabei drehte er seinen Schlangenhals an der Seite des Körpers entlang, an der sich der Panther festgeklammert hatte.

Er und das Mädchen erkannten die Gefahr. Das Tier wollte dem Tod entkommen, ließ los und fiel dem Boden entgegen.

Was ich hier so langsam berichte, lief tatsächlich sehr schnell über die Bühne.

Das Raubtier kippte.

Und es prallte haargenau auf die anrennende Raissa, die so viel Schwung in ihren Lauf gelegt hatte, dass sie nicht mehr ausweichen konnte. Der schwere Pantherkörper schleuderte sie zu Boden, das schwarze Tier blieb auf ihr liegen, und gleichzeitig hatte sich der mächtige Urzeitkoloss gedreht.

Dabei hob er das linke Vorderbein.

Krull sah es kommen, er jammerte. Ich sah die Gefahr ebenfalls und wollte das Mädchen warnen. Raissa schrie um ihr Leben, als plötzlich ein Schatten über sie und den Panther fiel.

Wie ein riesiger Stempel wirkte das Bein, als es beide – Mensch und Tier – traf. Es ließ ihnen keine Chance.

Ich wandte mich ab, wollte nicht hinsehen und hörte noch ein schrilles Fauchen, das letzte Lebenszeichen des Panthers. Raissa aber starb stumm. Sie hatte sehr hoch gespielt und alles verloren.

Auch Krull war Zeuge geworden. Er stand da, starrte auf den Saurierkörper und begann plötzlich zu schreien und zu lamentieren. Beide Arme hob er hoch, schlug sie gegen sein

Gesicht, nur war es keine Zeit für Trauer. Ich lief auf ihn zu und riss ihn herum. Seine Arme fielen wieder nach unten.

Das Gesicht war gezeichnet. Schmerz, Entsetzen, Resignation. In den Zügen lag alles und addierte sich zu einer Hoffnungslosigkeit.

Raissa war gestorben, er aber lebte, und er sollte auch weiterleben, wenn es nach mir ging.

Ich packte seinen Arm. Er rührte sich auch nicht, als ich ihn anschrie. So zog ich ihn einfach mit, nur weg aus dem unmittelbaren Bereich des Sauriers, der mit einem Schritt die Entfernung überbrücken konnte, die wir mit zehn schafften.

Ich rannte tiefer in das Gelände hinein, obwohl ich im Unterbewusstsein immer daran dachte, dass dieser Saurier nicht alles gewesen sein konnte, was in der Erde gelauert hatte.

Wahrscheinlich merkte Krull nicht einmal, dass er mitlief. Seine Beine bewegten sich automatisch. So wie ich ihn zog, setzte auch er einen Fuß vor den anderen, stolpernd, dabei keuchend und immer wieder nach Luft ringend.

Das unheimliche Licht hüllte uns wie ein grünroter Schatten ein. Ich hatte vor, den Waldrand zu erreichen, eine verdammt große Distanz, die ich zurücklegen musste, für den Saurier jedoch ein Nichts.

Ein gewaltiges Geräusch erreichte meine Ohren. Ich stoppte für einen Moment den Lauf und drehte mich um. Neben mir brach Krull keuchend in die Knie.

Ich kümmerte mich nicht um ihn, dafür sah ich zu, wie der gewaltige Saurier das Heim der beiden Menschen zermalmte. Er trat zweimal mit seinen mächtigen Füßen zu. Sehr langsam nur gab er Druck, sodass ich das Gefühl hatte, dass beide Wagen im Zeitlupentempo zusammenbrachen und zu einem Gewirr aus Metall, Holz und Glas wurden, das teilweise noch tiefer in den Boden eingerammt wurde.

Das Licht reichte auch aus, um erkennen zu lassen, wo der Saurier hergegangen war. Seine Füße hatten mächtige Löcher im Boden hinterlassen. In einem waren der Panther und seine Herrin verschwunden.

Krull konnte nicht mehr. Er kniete noch immer. Als ich ihn hochreißen wollte, wehrte er sich. »Nein«, keuchte er, »es hat keinen Sinn mehr! Sie brauchen sich nicht zu bemühen. Ich will sterben. Mein Ziel ist nicht erreicht.«

Ich riss ihn auf die Beine. Wie eine Puppe hing er in meinem Arm. Er wollte tatsächlich nicht mehr, bewegte aber seine Beine automatisch, als ich ihn weiterzog.

Ich kam mir vor wie ein von tausend Teufeln Gehetzter. Wir waren auf der Flucht vor dem Grauen, das unweigerlich den Tod brachte, aber dort, wo sich die alten Eichenbäume wie ein düsteres Gemälde abzeichneten, befand sich das rettende Ufer.

Noch war der Weg weit. Zu weit, denn abermals vernahm ich das harte, dumpfe Stampfen des Riesentiers, das nicht aufgeben wollte.

Hatte ich vor kurzem daran gedacht, dass der verfluchte Saurier nicht alles sein konnte, so sah ich meine Befürchtungen plötzlich bestätigt. Diesmal tat sich vor uns der Boden auf.

Dabei fing es so harmlos an.

Zunächst merkten wir nichts. Ich registrierte zwar das Zittern, dachte aber daran, dass es der Verfolger war, der weiterging. Bis zu dem Augenblick, als die Erde Risse bekam.

Das Wintergras wurde plötzlich zur Seite gedrückt. Schuhbreite Spalten entstanden, durchzogen den Boden wie ein Netz, gleichzeitig brach er vor uns auf.

Ich wuchtete mich zusammen mit Krull zur Seite. Beide fielen wir hin, überschlugen uns und wurden von den fallenden Grassoden und Dreckklumpen überschüttet.

Ich schnellte hoch. Den alten Mann riss ich schon automatisch mit auf die Füße.

Im fahlen, über dem Friedhof schwebenden Licht sah ich das nächste Ungeheuer.

Es war ein Bär!

Gewaltig, unheimlich, viel größer als ein Grizzly.

Das Gebiss schimmerte, und seine Augen leuchteten in einem tückischen Rotgrün.

»Renn los!«, brüllte ich Krull zu, als ich sah, dass sich der Bär in unsere Richtung in Bewegung setzte.

Schräg links vor mir befand sich der gewaltige Schatten des Sauriers, vor mir der Bär, ich sah Krull laufen, wollte ihm folgen, aber das Tier hatte mich schon gesehen und als Opfer auserkoren. Zudem stand es so ungünstig für mich, dass ich Krull nicht mehr erreichen konnte und ihn nur noch schreien hörte.

Ich riskierte einen schnellen Blick, und meine Augen weiteten sich.

Der alte Mann war das zweite Opfer dieses mörderischen Friedhofs geworden.

Wie er ums Leben gekommen war, konnte ich kaum fassen. Ein Riesenelch hatte ihn aufgespießt. Er klemmte auf dem Geweih wie ein makabrer Schmuck. Vorwürfe brauchte ich mir nicht zu machen. Ich hatte alles versucht, zudem geriet auch ich in Lebensgefahr.

Man spricht immer davon, dass sich Bären sehr schnell bewegen können und im Gegensatz zu manch landläufiger Ansicht überhaupt nicht tapsig laufen.

Das erlebte ich nun in der Praxis.

Der Bär war schnell, viel zu schnell für meinen Geschmack. Ich hatte nicht mehr viel Zeit, mir etwas einfallen zu lassen, wichtig allein war der Griff zur Beretta.

Ich riss die Waffe hervor, sah ihn kommen, hörte sein tiefes, gefährliches Knurren oder Brummen, hob den Arm mit der Waffe an und feuerte drei Kugeln rasch hintereinander ab.

Die geweihten Silberkugeln jagten in den dichten Pelz, rissen Löcher hinein, schufen Wunden, all das, was ich gewollt hatte, aber sie brachten das Tier nicht zum Stoppen.

Der Bär ging weiter.

Er walzte, er war schnell, er bewegte sich rollend, er wollte mich zerdrücken und zerquetschen.

Ich schoss noch einmal.

Auf den Kopf hatte ich gezielt, doch der Bär hatte sich zu

schnell bewegt, sodass die Kugel nur eine Furche im Fell seines Halses hinterlassen hatte.

Dann war er da.

Zeit, den Bumerang zu ziehen, blieb mir nicht mehr. Ich schnappte noch nach meinem Silberdolch, als der Bär vor mir hochwuchs, tauchte zur Seite und wurde trotzdem erwischt. Eine seiner Pranken fuhr in meine Kleidung. Ich hörte noch das Reißen, mein Sprung wurde gebremst, hart landete ich auf dem Boden.

Dem Bär konnte ich nicht entkommen.

Als ich wieder hochsprang, stand er vor mir wie ein großer Schrank und umarmte mich.

Zum Glück hatte ich meinen Dolch wieder dabei. Ich hielt ihn in der rechten Hand, rammte sie vor und versenkte die Klinge im tiefen Brustfell des Giganten.

Trotzdem hatte ich verloren.

Der Bär fiel bereits. Ich konnte die Klinge nicht mehr so schnell herausziehen. Noch größer wurde sein Schatten, der mich nach hinten schleuderte und auf meinen Körper fiel.

Es war furchtbar.

Plötzlich sah ich nichts mehr. Mein Gesicht hatte sich in das dichte Fell des Bären hineingewühlt, ich nahm einen scharfen und gleichzeitig modrigen Geruch wahr und hatte schreckliche Angst, getötet zu werden. Nicht durch das Gebiss der Aibon-Bestie, nein, ich würde ersticken, weil ich den schweren Körper einfach nicht zur Seite schieben konnte.

Trotzdem kämpfte ich, versuchte die Hände in die Höhe zu drücken und hielt dabei noch immer die Klinge mit der Rechten fest. Ich hätte auch versuchen können, einen Felsbrocken zur Seite zu schieben, der Erfolg wäre gleich geblieben.

Der Bär bewegte sich. Ich spürte sein Fell auf den Lippen, und meine Angst wuchs allmählich ins Unermessliche.

Sollte ich so sterben?

Luft bekam ich keine mehr. Die Widerstandskräfte erlahmten allmählich, die Energie floss aus meinem Körper.

Ein furchtbares Schicksal schwebte bereits vor meinen Augen. Immer wieder kehrte das Bild der sterbenden Raissa und des zertretenen Panthers zurück.

Das drohte auch mir.

Bis zu dem Augenblick, als der Körper des gewaltigen Tieres anfing zu zucken.

Zuerst achtete ich nicht darauf und dachte, es wäre normal. Bis sich das Zucken verlagerte. Dabei wuchtete der Bär seinen Körper in die Höhe.

Und er fiel nicht mehr nach unten. Stattdessen rollte er sich zur Seite, krachte auf den Rücken, ich sah das dunkelrote Blut nicht nur in seinem Fell, sondern auch auf der aus der Wunde geglittenen Dolchklinge schimmern, musste erst einmal wieder zu mir selbst finden und gab mir selbst den nötigen Ansporn, mich wieder auf die Knie zu erheben.

Gleichzeitig mit der Bestie kniete ich, hob den Kopf und sah vor mir eine schmale Frauengestalt mit langen, schwarzen Haaren, die in der rechten Hand ein Schwert mit goldener Klinge hielt und den Arm dabei schlagbereit zurückgeschwungen hatte.

Das war Kara, auch wenn ich es nicht fassen konnte.

Als ich aber das Fauchen der Klinge hörte, wie sie durch die Luft schnitt, wurde mir alles klar. Das Schwert erwischte die kniende Bestie wie das Fallbeil einer Guillotine.

Mit einem dumpfen Aufprall landete der Tierkopf am Boden. Aus der Wunde ergoss sich ein gewaltiger Blutschwall, der mich nicht verschonte. Es war einfach furchtbar. Das Blut des Bären vernebelte meine Sicht, ich schüttelte den Kopf, wischte die dampfende Flüssigkeit aus dem Gesicht und stieß gegen Karas Hand, die sie mir hinhielt.

»Komm hoch!«

Sie zog mich hoch und schleifte mich mit. Wie ein kleiner Junge lief ich hinter ihr her, hielt meinen Dolch fest und wischte noch einmal mit dem Handrücken über meine Augen.

Endlich konnte ich besser sehen.

Im Prinzip hatte sich nichts verändert. Der Friedhof war noch immer der gleiche. Nur war an einigen Stellen der Boden zusätzlich aufgebrochen. Monströse Geschöpfe krochen hervor. Zwei von ihnen sahen aus wie Krokodile, jedenfalls waren es Riesenechsen, nur nicht so flach. Auch ein geflecktes, tigerartiges Tier mit zwei Köpfen hatte sein Grab verlassen und schüttelte die letzten Erdkrumen ab.

Genau dort, wo sie hervorkrochen, sah ich eine kleine Gestalt stehen, die einen langen Mantel trug.

Myxin, der Magier!

Ich wollte etwas sagen, mich bei Kara bedanken, aber sie lief bereits auf ihren Partner zu, sodass mein Blick in eine andere Richtung pendelte.

Das Saurier-Monstrum überragte noch immer alles andere. Aber es hatte jetzt einen Gegner, der mit ausgebreiteten Flügeln und gezücktem Schwert vor ihm schwebte.

Der Eiserne Engel!

Drei mächtige Freunde aus Atlantis hatten den Weg zu mir gefunden. Die besten Helfer, die man sich überhaupt nur wünschen konnte. Ich fragte nicht nach den Gründen, wie sie es geschafft hatten, sondern blickte nach vorn, wo der Eiserne gegen den Urweltriesen antrat.

Der Saurier hatte alles vergessen, er konzentrierte sich auf seinen neuen Gegner, dem er auch durch seine Größe nicht imponieren konnte, weil es dem Engel immer gelingen würde, durch rasche Schläge der Flügel auszuweichen.

Plötzlich schnappte der Saurier zu. Gleichzeitig hatte er seinen langen Hals noch weiter gestreckt. Das Maul stand sperrangelweit offen, die Zähne blinkten, und der Eiserne wich nicht zur Seite. Er bewegte nur sein Schwert um eine Idee von oben nach unten. Plötzlich fehlte die Hälfte des Mauls. Die beiden Teile kippten nach unten, der Saurier geriet in einen wahren Rausch aus Schmerzen und Hass. Er wuchtete seinen mächtigen Körper herum, schlug um sich, benutzte seinen langen Hals als Peitsche und erwischte den Engel auch, der nicht schnell genug ausgewichen war.

Für einen Moment hatte ich Angst um dieses lebende Standbild aus Atlantis, denn der Eiserne torkelte durch die Luft und näherte sich dem Boden. Bevor er ihn erreichte, hatte er sich wieder gefangen und breitete seine Flügel aus.

Elegant fing er den Fall ab und näherte sich dem haushohen Körper. Der Saurier konnte daran nichts ändern, dass der Eiserne auf seinem Rücken landete.

Zwar bockte das Riesentier, und als es zurückfiel, hatte ich das Gefühl, ein Erdbeben würde den Boden erschüttern.

Der Engel ließ sich jedoch nicht beirren. Mein Freund aus Atlantis hatte sich breitbeinig auf dem Rücken des Sauriers aufgebaut und führte sein schweres Schwert mit der breiten Klinge wie ein Könner.

Er hämmerte zu.

Und diesmal traf er voll.

Mit einem Streich trennte er den langen Hals fast genau in der Mitte durch und breitete sofort danach seine Flügel aus, um sich in die fahle Helligkeit zu schwingen.

Die Urzeit-Bestie verging. Sie kämpfte verzweifelt, aber ohne Kopf konnte auch sie nicht existieren.

Ich sah sie fallen.

Langsam und schwerfällig kippte sie mit der rechten Flanke zuerst dem Untergrund entgegen. Krachend schlug sie auf, und abermals erzitterte die Erde.

Der Eiserne hatte seine Pflicht getan. Er glitt auf mich zu. Ich sah ihn im nächsten Moment dicht neben und über mir und blickte in sein Gesicht, das er zu einem Lächeln verzogen hatte. Dann machte er kehrt und flog dorthin, wo Kara und Myxin gegen die neuen Monster ankämpften.

Hatte ich nichts mehr zu tun? War ich zu einem Statisten degradiert worden?

Ich hätte mich gern ausgeruht, aber ein dumpfes Trommeln ließ mich herumfahren.

Der gewaltige Monsterelch rannte auf mich zu.

Sein Geweih war leer, er hatte den Toten abgeschüttelt. Sein Maul erinnerte mich an eine gewaltige Schaufel, die schräg nach oben stand, und er hatte vor, mich aufzuspießen wie den alten Krull.

Diesmal blieb mir die nötige Zeit, um mit dem Bumerang kämpfen zu können. Ich riss ihn aus meinem Gürtel, stemmte mein linkes Bein vor, um den nötigen Halt zu haben, und ließ ihn näher kommen.

Ein böser Blick lauerte in seinen Augen. Er versprach mir den Tod, aber ich war es, der ihm das Ende in Form der silbernen Banane entgegenschleuderte.

Ich hatte sehr kraftvoll geworfen, der Bumerang jagte auf das degenerierte Monstrum zu. Er wischte dicht unter dem Geweih hinweg. Mit einem Schlag und der gleichzeitigen Drehung schaffte es die Waffe, den Kopf vom Körper zu trennen.

Geweih und Schädel flogen nach links weg. Der Torso rannte noch weiter, kam aber nicht mehr bis zu mir.

Der kopflose Elch stoppte und fiel, als wären ihm die Beine weggeschlagen worden.

Er rutschte noch über das Gras, als wäre dieser ein eingeseifter Teppich. Ich ging zur Seite, denn die schlagenden Hufe hätten mich letztendlich noch erwischen können.

Als er endlich still lag, atmete ich auf und schüttelte den Kopf. Mein Körper war lädiert, ich hatte einiges abgekriegt, aber Schmerzen kümmerten mich in diesen Augenblicken nicht, weil andere Dinge viel wichtiger waren.

Die drei aus Atlantis kämpften, und sie waren dabei, den Rest zu erledigen und das Grauen wieder zurückzustoßen.

Auch Kara, die Schöne aus dem Totenreich, kämpfte wie ein wilder Krieger. Sie stand einem Mann in nichts nach. Dabei ergänzten sie und Myxin sich hervorragend.

Der kleine Magier beherrschte die Telekräfte. Er setzte

die Telekinese ein, und gegen die waren die Monstren chancenlos. Durch Myxins starke geistige Überlegenheit gelang es ihm, die Monstren in die Höhe zu wuchten und sie genau in die Schlagrichtung der goldenen Klinge zu schleudern. Das geschah zum Beispiel mit einer Echse, die vom Boden abhob und von Kara erwartet wurde.

Die Klinge teilte dieses Monstrum, als wäre die Haut dünn wie Papier. Die nächste Echse ebenfalls, und der Eiserne Engel mischte auch noch kräftig mit.

Diesmal stand er am Boden und hatte sich das Raubtier mit zwei Schädeln ausgesucht.

So gefährlich und gleichzeitig ungewöhnlich dieses Raubtier auch war, gegen den Eisernen hatte es keine Chance. Der Engel hatte lange warten müssen, um wieder zum Einsatz zu kommen. Nun bewies er innerhalb kurzer Zeit zum zweiten Mal, dass er nichts verlernt hatte.

Er besaß sogar die Gabe, so lange zu warten, bis sich das Wesen kraftvoll abgestoßen hatte, aber der Eiserne schlug nicht zu. Er schleuderte sein Schwert zur Seite und wuchtete seinen Körper dem anderen entgegen. Sie prallten zusammen.

Das dabei entstehende Klatschen wehte als Echo über das freie Land und erreichte sogar meine Ohren. War der Eiserne verrückt geworden? Begab er sich grundlos in Gefahr?

Nein, das war nicht der Grund. Er musste sich einfach selbst beweisen und gegen das Monstrum mit bloßen Händen ankämpfen. Er fiel zusammen mit dem Tier auf den Rücken, die Zähne hackten in seine Schultern, aber da gab es keine Knochen, die sie zerknacken konnten. Der Eiserne wurde seinem Namen gerecht. Seine Haut bestand aus Metall. Sie war hart, die Zähne schafften es nicht mal, sie zu ritzen. Aus dem Mund des Engels strömte ein dröhnendes Lachen, als er seinen Gegner von sich stieß und sich gleichzeitig in die Höhe wuchtete.

Dann schlug er zu.

Beide Fäuste rasten wie Rammböcke nach unten und trafen die Schädel der untoten Bestie.

Ich schaute nicht hin, aber die Geräusche redeten eine deutliche Sprache.

Wir alle hatten es geschafft. Auch Kara und Myxin, die »ihren« Monstren ebenfalls nicht die Spur einer Chance gelassen hatten. Allmählich fiel die Spannung von mir ab.

Über den Friedhof lief ich auf meine Helfer zu. Die Erde war nicht mehr so glatt, wie ich sie gekannt hatte. Zum Glück entließ sie keine weiteren Geschöpfe mehr.

Ich passierte den toten Krull, ich ging an dem Saurier vorbei und wich großen Löchern aus.

Sie kamen mir schon entgegen, und endlich hatten wir Zeit, uns zu begrüßen. Von einem Dank wollte keiner etwas wissen, aber mir brannten Fragen auf den Lippen.

Die erste stellte ich sofort. Sie war die wichtigste. »Wie habt ihr es geschafft?«

»Es waren die *flaming stones*«, erklärte Myxin.

»Und Professor Chandler«, fügte Kara noch hinzu.

»Er?«, fragte ich.

»Ja.«

Und dann hörte ich die Geschichte, die so unwahrscheinlich klang, aber doch in sich geschlossen war und eine gewisse magische Logik zeigte. Sie wollten auch von mir wissen, wie ich auf dem Friedhof gelandet war. Ich gab einen kurzen Bericht, auch Suko vergaß ich nicht und wurde gleichzeitig blass.

»Mein Gott, der weiß ja nicht, wo ich bin.«

»Ist er noch in der Stadt?«, fragte der Engel.

»Ja.«

»Dann bringe ich dich hin.«

Bevor ich protestieren konnte, hatte er mich hochgenommen, breitete seine Flügel aus und startete.

Zurück blieben Myxin und Kara. Beide winkten. Ich freute mich wieder einmal, so gute Freunde zu haben.

Vor Dardhing bat ich den Engel, mich abzusetzen. Ich wollte so zurückkehren, wie ich gegangen war.

»Du hast dich ja angestrengt«, sagte ich zum Abschied.

Der Eiserne nickte. »Das musste auch sein. Ich wollte mein Selbstvertrauen wiederfinden.«

»Hast du es?«

Er strahlte über das leicht bronzefarbene Gesicht. »Und ob ich es geschafft habe. Adieu, die anderen warten!« Mit diesen Worten auf den Lippen schwang er sich in die Luft, wo er von der Dunkelheit verschluckt wurde.

Ich ging den letzten Rest zu Fuß. Als normaler Mensch war ich gegangen, als leicht lädierter kehrte ich zurück.

Und trotzdem war ich zufrieden.

In Dardhing selbst war der Bär los. Man hatte noch immer über ein Eingreifen nachgedacht und sich entschlossen, eine große Suchaktion zu starten, als ich wieder auftauchte.

Es glich einer Sensation.

Suko und Captain O'Brian führten mich von den anderen weg, die mir auf die Schulter klopfen wollten. Im Hauptquartier sollte ich Rede und Antwort stehen.

»Was haben Sie denn gemacht, Sinclair? Mein Gott, wir waren in Sorge.«

Ich lachte. »Was ich gemacht habe? Einen Spaziergang.«

»Ach nee.« Sein Gesicht verschloss sich. »Und das Mädchen, der Wagen, die Monster?«

»Können Sie vergessen.«

O'Brian stand auf. »Wie vergessen?«

»Es ist vorbei, Captain. Nichts wird Sie mehr stören.« Ich zwinkerte Suko zu. »Nicht mal ein Komet, den einige als den Stern von Bethlehem bezeichnen.«

Jetzt begriff Captain O'Brian überhaupt nichts mehr. Ich würde ihm auch nichts sagen, sondern wollte schnell weiterfahren. Deshalb warf ich Suko den Wagenschlüssel zu.

Er verstand die Geste.

Schweigend erhob er sich und hielt mir die Tür auf. Der Captain zog ein erstauntes Gesicht.

Dann hatte uns die Dunkelheit verschluckt. Ich hoffte, dass auch Suko und ich in dieser kleinen Stadt zu einer Legende werden würden …

ENDE

Tödliche Perücken

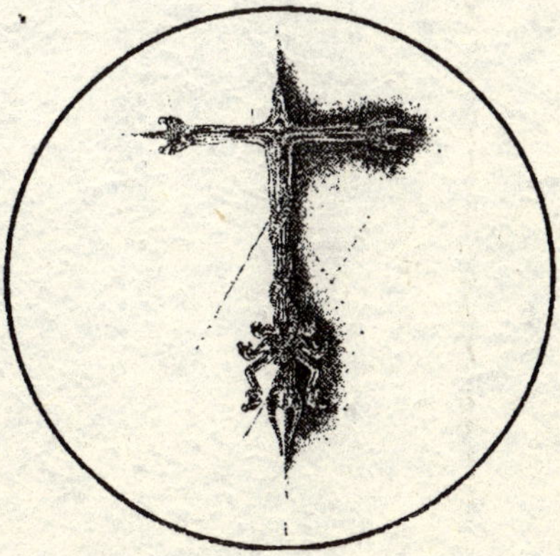

An der Station Camden Town war die Frau zugestiegen. Da hatten sich die Fahrgäste in der Tube, der Londoner U-Bahn, noch gedrängt. Zwei Stationen weiter war der Wagen fast leer geworden, und Ches Grady hatte freien Blick.

Er gehörte zu den Typen, die so schläfrig wirkten, tatsächlich aber ihre Umgebung ständig im Auge behielten. Seine gespielte Schläfrigkeit war sofort vorbei, als er die scharfe Braut ein paar Schritte vor sich im Wagen sah.

Der Anblick traf ihn wie eine Eisdusche.

Obwohl genügend Plätze frei waren, hatte sich die Kleine nicht gesetzt. Sie lehnte lässig an einer der metallisch glänzenden Haltestangen und kaute unablässig auf einem Kaugummi. Das Schütteln und Rütteln des Wagens balancierte sie geschickt aus, ohne dabei die Beine zu bewegen.

Grady hatte gesessen, und er saß auch noch, als er sich vornahm, die Kleine anzumachen …

Was ihn an dieser Braut so faszinierte, konnte er nicht genau sagen. Vielleicht war es die Haarfarbe. Einmal ein bräunliches Rot, zum anderen ein giftiges Grün. Beide Farben standen in einem scharfen Kontrast zueinander.

Auch die Kleidung fiel aus dem Rahmen. Das Girl trug einen Winterrock, dessen Blumenmuster wohl einen Hauch von Sommer zaubern sollte. Die karierte Jacke war vielleicht zu dünn bei dieser Kälte, aber das war nicht Gradys Problem. Wenn die Kleine fror, würde er sie schon wärmen.

Hoffentlich stieg sie nicht schon an der nächsten Station aus. Sobald die Bahn wieder anfuhr, wollte Grady sie anmachen.

Der Zug raste durch den Schlund.

Alles war normal. Das flackernde Licht, das Rattern, das Schaukeln, der Geruch nach Feuchtigkeit, Schweiß und Rauch. Der Schmutz auf dem Boden, die vergessenen Zeitungen in den Ablagen, die Coladose, die im stetigen Rhythmus von einer Richtung in die andere rollte, bevor der Weg sie wieder zurückführte, das alles war auch bei anderen Fahrten zu sehen, zu hören und zu riechen.

Aber da war diese Frau.

Ches Grady schluckte, bevor er die Lippen anfeuchtete. Die Kleine hatte noch nichts bemerkt. Sie nahm von seinen Blicken überhaupt keine Notiz.

Das sollte sich ändern!

Die lange Schlange schaukelte weiter. Wie gespenstische Wesen huschten an der Scheibenreihe die schwachen Lichter der Tunnelbeleuchtung vorbei.

Ein Gegenzug kam.

Zischend wurde die Luft zwischen den beiden Zügen zusammengedrückt. Die erleuchteten Fenster bildeten eine flirrende Lichterkette, die innerhalb einer kurzen Zeit vorbeigehuscht war. Kein Gesicht war zu sehen gewesen.

Dann wurde der Bremsvorgang eingeleitet. Wände erschienen. Schmutzig gelbe Kacheln, manchmal mit Plakaten überdeckt und »verschönert« durch Graffiti-Malereien.

Stieg sie aus?

Es war die Sekunde der Wahrheit. Grady kannte die Bewegungen der Fahrgäste, wenn sie aussteigen wollten. So verschieden die Menschen auch waren, sie reagierten stets gleich, wenn der Zug in eine Station einfuhr und jeder der Erste an der Tür sein wollte.

Da ging durch ihre Körper ein Ruck. Nicht so bei dem Mädchen, sie blieb stehen. Nur einmal hob sie träge den Kopf, und die Haare gerieten ebenso träge in Bewegung, als wären sie aus dem Schlaf erwacht.

Grady bekam feuchte Hände. Er fluchte über sich selbst. Sogar eine innere Stimme riet ihm, auszusteigen, aber er blieb. Er musste einfach bleiben. Eine solche Chance durfte er sich nicht entgehen lassen! Diese Braut musste er haben.

Den hellerleuchteten Bahnhof empfand Ches als nahezu schmerzlich. Er wartete darauf, dass der Zug wieder abfuhr und auch niemand in seinen Wagen einstieg.

Ein Mann schritt an der Fensterscheibe vorbei und schaute in den Wagen. Er wirkte wie ein Büroangestellter, war blass, trug einen Hut, und Ches hob einmal kurz die Faust an, als der Knabe zu intensiv durch das Fenster glotzte.

Der Mann verstand.

Hastig und wie ein ertappter Sünder zog er sich zurück. Sein Ziel war der nächste Wagen.

Noch standen die Türen offen. Von der Station her drang der Geruch von Fish und Chips herein.

Eine Horde Punks lungerte auf den Stufen des Aufgangs herum. Sie ließen die Flasche und den Joint kreisen. Dabei lauschten sie Hardrockklängen, die aus den Boxen eines Transistors dröhnten.

Dann gingen die Türen zu.

Und niemand hatte den Wagen betreten.

Bis Brent, der nächsten Station, hatte Ches Zeit. In den folgenden Minuten hatte er seinen Auftritt.

Noch bevor sich der Zug in Bewegung gesetzt hatte, stand er auf. Schon beim ersten Ruck hatte er Mühe, sich auf den Beinen zu halten. Mit einem raschen Griff fing er sich an der Haltestange und ging los.

Auf seinen Handflächen lag Schweiß. Das war ihm noch nie passiert. Als sträubte sich sein Körper gegen diesen Plan.

Ches hörte nicht auf diese Warnung.

Er ging weiter.

Schritt für Schritt näherte er sich seinem Ziel. Dabei hatte er vergessen, wo er sich befand. Der Wagen kam ihm auf einmal nicht mehr so schmutzig vor, auch der Geruch interessierte ihn nicht. Er glaubte sich auf einer abgeschiedenen Insel im fernen Meer.

Nur er und sie.

Ches Grady setzte seine Schritte schneller, auch lauter. Die Braut reagierte nicht. Nicht einen Blick hatte sie für ihn übrig.

Nach zwei weiteren Schritten stand Ches neben ihr. Er sah nur ihr Haar und hatte den Eindruck, als würde es alt und modrig riechen. Er lachte sich selbst aus und sprach sie an.

»Na, Süße, wo steigst du denn aus?«

»Geh.«

»He, ich rede mit dir!«

»Ich aber nicht mit dir. Setz dich auf deinen Arsch und lass mich in Ruhe!«

Ches, der sich für einen Anmacher hielt, stand kurz vor einem Wutausbruch. Er packte die Braut an der Schulter, zog sie zu sich herum. Kalte Augen schauten ihn an. »Lass mich los, du Bock!«

»Nein, Süße.« Er grinste breit. »Außerdem sind wir allein hier. Verstehst du? Allein, kein weiterer Fahrgast. Das wird ein Spaß, glaub mir. Wie gesagt, allein. Du könntest netter zu mir sein.«

»Mensch, hau ab. Zum letzten Mal!«

»Nie!«

»Willst du sterben?«, fragte sie.

Er begann zu lachen. »Durch dich?«

Eine Antwort erhielt er vorerst nicht. Der Wagen rollte in die nächste Station. Ches wunderte sich, wie schnell die Zeit vergangen war. Da war etwas mit seinem Plan durcheinander geraten.

Jetzt hatte sie die Chance, auszusteigen, wenn sie wollte, aber sie blieb stehen, als sich die Türen mit den typischen Zischgeräuschen öffneten.

Grady verstärkte seinen Druck. Ihr machte es nichts aus. Sie blieb gelassen.

Die Zeit verstrich. Ches kam es wie eine kleine Ewigkeit vor, bis sich die Türen endlich wieder schlossen. Er kannte die Strecke auswendig. In *Hendon Central* würden sie wieder anhalten. Das war die drittletzte Station vor dem Ende der Strecke.

Noch standen die Türen offen. »Du kannst gehen!«, flüsterte die Braut. »Deine Chance ist da.«

»Ich bleibe aber«, erklärte er und grinste süffisant.

»Okay, deine Schuld. Ich habe dich gewarnt.«

Der Zug fuhr an.

Dieser Ruck war für Ches Grady das Signal. Er hatte seinen Griff nicht gelockert.

Mit einer heftigen Bewegung drehte er sich um, schaute sie

an und sah, dass sich der Blick ihrer Augen verändert hatte. Er war irgendwie trübe geworden, als würde ein Schleier über den Pupillen liegen. Vermischt mit einem Wissen, dass der andere keine Chance mehr hatte.

Ches Grady ahnte etwas, aber er wollte es nicht wahrhaben. Bisher war er immer Sieger geblieben, natürlich in seinen gewissen Grenzen. Ganz nach oben war er nie gekommen, dazu fehlte ihm einfach das gewisse Etwas, aber in seinem Kreis war er der King.

Er zog das Girl zu sich heran. Er wollte sie küssen, gierig, wie es seine Art war, doch er zuckte zurück, denn etwas Kaltes war über sein Gesicht geglitten.

Ches hob den Blick, während er gleichzeitig über die berührten Hautstellen wischte.

Er sah es und wollte es nicht glauben. Er stand hier in einem Zug, der durch die Tunnelröhre ratterte, und er sah vor sich eine Szene, die in einen der zahlreichen Horror-Streifen hätte hineinpassen können. Die Haare auf dem Kopf bewegten sich. Sie hatten sich zu dicken Zöpfen zusammengefunden, und sie lebten, waren Schlangen!

»Ich habe dir doch gesagt, dass du aufhören sollst!«, flüsterte die Braut und starrte ihn an. Ihr Blick war kalt, während sich die Schlangen auf dem Schädel aufrichteten und dem Vergleich mit einem armdicken Gewürm standhielten.

Grady überlegte, wo er so etwas schon mal gesehen oder gelesen hatte. In einem Film, der von einer killenden Frau mit Schlangenhaar handelte.

Jetzt fiel ihm auch der Name wieder ein, und er fragte die Braut danach. »Bist du eine Medusa?«

»Vielleicht.«

»Aber wir sind doch nicht im Kino!«

»Nein, das sind wir nicht.« Sie lächelte bei dieser Antwort. Ches Grady empfand es als teuflisch.

Was sollte er tun? Aus dem Wagen konnte er nicht ausbrechen. Erst in Hendon Central hatte er die Chance. Bis dorthin verging einige Zeit, zu viel Zeit für ihn.

Wenn sie sich wenigstens auf eine weitere Diskussion eingelassen hätte, daran dachte sie aber nicht, als sie sich langsam vorschob und Ches Grady in die Defensive drängte.

Er musste einfach zurück!

»Du hattest mich doch anmachen wollen!«, verhöhnte sie ihn. »Ich habe dich schon lange beobachtet. Jetzt hast du die Chance. Komm her, Söhnchen. Komm ruhig zu mir. Ich zeige dir schon, wo es langgeht.«

Ches wollte nicht mehr. Er blickte über seine Schulter zurück. Rechts und links sah er die Sitzbänke. Sie kamen ihm wie Zeugen vor, die ihn auslachen wollten, sich aber nicht trauten, dies laut zu tun.

Er ging wieder zurück. Dabei hielt er die Arme ausgebreitet. Mit den Handrücken berührte er die Haltestangen; über seinem Kopf baumelten die Griffe, und er sah, dass ihm das Mädchen folgte. Rote und grüne Schlangen bewegten sich auf dem Kopf dieser Person. Sie richteten sich auf, zogen sich zusammen, drückten sich mal nach rechts, dann in die entgegengesetzte Richtung, verbeugten sich, richteten sich wieder auf und begannen ihr Spiel von neuem, wobei sie sich hin und wieder ineinander verschlangen.

Allmählich wich bei Grady der Schock. Urplötzlich blieb er stehen, hob die Arme und packte zwei Halteschlaufen.

Im nächsten Augenblick schwang er die Beine hoch, schrie und traf.

Seine Stiefelsohlen jagten auf die Braut zu und stießen sie zurück.

Das Mädchen riss die Arme hoch, drehte sich noch ab, fiel nach links und zwischen zwei Bänke. Ches Grady glaubte an einen Sieg, als er sie so liegen sah. Er griff in die Tasche und holte ein Messer hervor. Seine Aktionen wurden nicht mehr von normalen Gedanken geleitet. Was er tat, geschah aus lauter Angst, denn die spürte er in der Tiefe seines Herzens.

Das Mädchen richtete sich soeben auf, als Grady plötzlich neben ihr stand. Aus seiner Faust schaute etwas Langes, Spitzes hervor.

Eine Messerklinge!

»Ich werde dir die Schlangen einzeln abschneiden!«, versprach er und vollführte eine kreisförmige Bewegung, weil er das widerliche Gewürm seitlich kappen wollte.

Seine Gegnerin aber stieß sich ab. Sie unterlief den Stich, und diesmal prallte sie gegen ihn. Die Klinge fuhr ins Leere. Jetzt schnellte die Braut hoch, und Grady spürte plötzlich das weiche Zeug in seinem Gesicht. Ein Ekelgefühl peitschte in ihm hoch. Er musste sich an einer Stange festhalten, um nicht zu fallen, und die Schlangen fanden zielsicher ihren Weg zu seinem Hals.

Dort klammerten sie sich fest.

Grady kam nicht einmal mehr dazu, einen Schrei auszustoßen. Aus dem weit aufgerissenen Mund drang ein Röcheln. Der Arm mit dem Messer fuhr in unkontrollierbaren Bewegungen durch die Luft. Die Klinge traf eine Sitzbank, schrammte an einer Metallstange ab, traf auch etwas Weiches, aber das bemerkte er kaum noch.

Vier Schlangen gleichzeitig hatten sich wie Würgebänder um seine Kehle gewickelt.

Gnade kannten sie nicht.

Eine unheimliche Kraft leitete sie. Sie war nicht erklärbar, auch Ches schaffte es nicht, er wusste nur, dass sich sein Leben allmählich dem Ende zuneigte.

Das Mädchen war stehen geblieben. Sie hatte sich breitbeinig aufgebaut. In ihren Augen lag eine erschreckende Kälte, vermischt mit Hass und Wut auf das Opfer.

Die Schlangen schnürten Ches die Luft ab. Schon längst sah er seine Umgebung nicht mehr klar. Er merkte überhaupt nicht, dass der Zug fuhr.

Er schwebte …

Und er schwebte dem Tod entgegen. Wie auf einer Wolke glitt er dahin. Plötzlich war alles leicht. Sein Kopf lag schräg, das sah auch das Mädchen. Sie verfolgte seinen Todeskampf.

Geschafft.

Die Schlangen lösten sich vom Hals des Toten, als hätten sie einen Befehl erhalten. Da keine Verbindung mehr bestand, verlor er das Gleichgewicht und sackte zurück.

Er fiel gegen eine seitliche Sitzbegrenzung, konnte sich an dieser nicht halten und rutschte zu Boden.

Das Mädchen erwachte wie aus einer Erstarrung. Sie wischte sich über die Augen, blickte sich um und stellte fest, dass sie mit einem Toten im Wagen war.

An der rechten Seite spürte sie Schmerzen. Sie fühlte nach und ertastete die Nässe an ihrer Jacke. Blut hatte den Stoff getränkt, ihr Blut. In seiner Verzweiflung musste der Kerl sie mit der Klinge erwischt haben.

Als sie sich das Messer ansah, erkannte sie die roten Schlieren auf der Klinge.

Und dann stoppte der Zug.

Die Lichter draußen auf dem leeren Bahnsteig waren wie kalte Inseln. Schilder mit der Aufschrift Hendon Central erschienen, die üblichen Kacheln, die Plakate an den Wänden, die Malereien.

Und dennoch war etwas anders geworden.

Jetzt lag ein Toter im Wagen.

Der Zug hielt.

Das Mädchen ging zur Tür. Bei jedem Schritt zuckte der Schmerz an ihrer Seite durch den Körper bis fast in die Schulter hinein. Sie riss sich aber zusammen, denn sie musste weg. Dabei hatte sie nicht mehr weit zu laufen. In ihrer Wohnung konnte sie sich erst einmal verkriechen, und dann würde sie anrufen …

»Das ist der fünfte Whisky, Bill«, sagte der Mann in der braunen Hausjoppe und grinste.

»Aber mit Eis!«, schränkte der Reporter Bill Conolly ein. »Außerdem ist es der letzte.«

»Schade.«

»Komm, Duffy, du musst auch wieder ran. Deine Zeitung schenkt dir nichts.«

Duffy hob sein Glas. »War trotzdem nett, dass du an mich gedacht hast, alter Junge.«

»Wozu hat man Bekannte? Und du bist nun mal einer der besten Gerichtsreporter gewesen. Schade, dass du heute nur noch freiberuflich tätig bist.«

»Ja, ja.« Duffy strich durch sein Haar. »Ich möchte dich aber noch warnen, Bill. Du hast dich da auf ein Gebiet begeben, bei dem die meisten Betroffenen sehr zurückhaltend und sensibel reagieren.«

Der Reporter stellte das Glas weg. Er hatte es sich in einem Schwenksessel gemütlich gemacht. Duffy saß ihm in einem ähnlichen Sessel gegenüber. Beide wurden vom Feuer eines Kamins angestrahlt. Es war eine winterliche Wohltat, die sie genossen, obwohl das Thema, über das sie gesprochen hatten, mehr als brisant gewesen war.

»Gut, Duffy, du hast Recht. Im Prinzip. Aber ich schreibe an einer Serie, die sich mit Fällen aus der Vergangenheit beschäftigt. Man hat mir den Job angeboten, und diese Arbeit macht mir einfach Spaß. Ich muss eben nur viel recherchieren. Die Fälle selbst sind offiziell abgeschlossen.«

»Aber nicht vergessen.«

Bill runzelte die Stirn. »Meinst du, dass sich noch einige Leute daran erinnern?«

Duffy lachte. »Und wie die sich erinnern werden! Die springen dir mit dem nackten Hintern ins Gesicht, wenn du wieder den alten Schlamm aufrührst. Vieles ist nicht aufgeklärt worden. Man hat die Dinge lieber in Aktenschränken verschimmeln lassen, bevor es irgendwelchen Ärger mit hochgestellten und beziehungsreichen Persönlichkeiten gab. Daran solltest du immer denken, Bill.«

»Ich werde vorsichtig sein.«

Duffy grinste. »Auch beim Fahren. Fünf Whisky, dann das Wetter, der Weg ist lang.«

»Weiß ich. Aber ich habe die Getränke auf drei Stunden verteilt. Außerdem bin ich mit der U-Bahn gekommen und fahre auch wieder mit ihr zurück.«

»Kein Taxi?«, wunderte sich Duffy.

Bill lehnte sich zurück und leerte das Glas. »Du hast die Station doch dicht vor der Tür. Ich fahre gern mit der Tube. Sie erinnert mich immer an meine Jugendzeit. Das Rauschen törnt an.« Bill schaute auf die Uhr. »Es wird Zeit.«

Duffy grinste. »Geändert hast du dich nicht, Bill. Bist wie früher.«

»Du ja auch. Immer noch Junggeselle?«

»Ja.«

»Auch sonst unbeweibt?«

»Ja. Wenn es was zu besorgen gibt, sage ich meiner Tochter Bescheid. Die holt mir alles. Sie ist inzwischen verheiratet und hat zwei Kinder. Süße Geschöpfe.« Die Augen des alten Reporters begannen zu strahlen.

»Du und Großvater?«

»Ja, warum nicht?«

»Dann verwahrst du die Kinder auch?«

Duffy holte tief Luft. »Reden wir über ein anderes Thema«, sagte er und griff noch einmal zur Flasche.

Bill winkte ab. »Nein, das ist genug gewesen.« Innerlich lachte er. Es war wirklich schwer, sich vorzustellen, dass Duffy, der alte Weiberheld und Schwerenöter, mittlerweile Großvater geworden war. Aber so verging die Zeit. Dass er eine Tochter hatte, war Bill bekannt. Sie stammte aus einer früheren Verbindung mit einer polnischen Gräfin. So jedenfalls hatte Duffy sie damals bezeichnet. Kennen gelernt hatte Bill sie nicht mehr. Es war vor ihrer Bekanntschaft gewesen.

Der Reporter stand auf. Auch Duffy erhob sich. Er brachte Bill zur Garderobe. Bill schlüpfte in seinen neuen Wintermantel und verabschiedete sich.

»Wenn ich etwas Neues gefunden habe, rufe ich dich an, Duffy. Okay?«

»Klar.«

Bill wurde bis zur Haustür begleitet. Als er sie aufzog, peitschte ihm der Schneeregen ins Gesicht. Duffy zog sich schnell zurück. »Das ist nicht mein Wetter. Soll ich dir nicht doch einen Wagen rufen?«

»Nein, die paar Schritte gehe ich schon zu Fuß. Vielen Dank noch mal für den Whisky und die Informationen.«

»Gern geschehen.«

Bill stellte den Kragen hoch und machte sich auf den Weg zur Station. Er lief schnell. Von links kam ein Wagen, als er die Straße überquerte. Er war noch weit weg und rauschte, als Bill die andere Seite erreicht hatte, mit schmatzenden Reifen an dem Reporter vorbei.

Lampen säumten Bills Weg. Durch die Lichtinseln peitschte der steife Wind die Schleier aus Schnee und Regen. Bill ging noch schneller und erreichte bald den Zugang zur Station. Er mochte diese unpersönlichen U-Bahn-Stationen nicht. Hier wirkte alles kalt und abweisend.

Der Reporter strich seine feuchten Haare zurück und löste am Automaten ein Ticket. Ein Blick zum Fahrplan. In sechs Minuten fuhr die nächste Bahn.

Der Reporter stellte sich dicht an die Gleise. Zusammen mit zwei Frauen, drei Jugendlichen und einer Gruppe von Arbeitern, die zur Schicht wollten und sich über die Firma unterhielten.

Bill kannte sich bei der Tube in etwa aus. Zusammen mit seinem Freund John Sinclair hatte er sich schon in den Schächten herumgetrieben und Ghouls gejagt. Von dieser Dämonenart hatten sie zum Glück lange nichts mehr gehört.

Der Zug kam.

Bill hörte aus der Ferne ein Rauschen, dann rollte die Schlange in den unterirdischen Bahnhof ein.

Als die U-Bahn nur noch sehr langsam fuhr, schritt Bill neben der Wagenreihe her. An der Tür, wo er einsteigen wollte, stand eine junge Frau, die darauf wartete, aussteigen zu können.

Automatisch öffnete sich die Tür. Bill hob den Blick. Er sah das Mädchen, sie sah ihn, und Bill bemerkte sofort, dass mit dem weiblichen Fahrgast etwas nicht stimmte.

Da waren die seltsamen Haare. Bill fiel auch die Anspannung in dem Gesicht des Mädchens auf.

Sie drängte sich an ihm vorbei. Hastig, als hätte sie etwas zu verbergen. Fast hätte sie den Reporter noch berührt. Es war ganz natürlich, dass Bill den Kopf drehte, um der Frau einen Blick nachzuwerfen.

Der Reporter sah es sofort.

Die Frau war verletzt, blutete an der rechten Seite.

Da war etwas passiert. Wahrscheinlich in der U-Bahn. Bill musste sich blitzschnell entscheiden, ob er einsteigen oder das Mädchen verfolgen sollte.

Conolly entschied sich für die Verfolgung. »He, Moment mal.«

Sein Ruf erreichte die Frau. Sie zögerte kurz, flüchtete aber dann.

Mit dieser Reaktion hatte sie den Reporter überrascht, dass er zunächst einmal stehen blieb. Die anderen Fahrgäste waren schon eingestiegen, Bill aber nahm die Verfolgung auf …

Das Mädchen hatte durch Bills Zögern den Vorsprung vergrößern können und befand sich bereits auf der Treppe. Die ersten drei Stufen nahm sie mit einem Sprung, dann knickte sie ein, hielt sich am Geländer fest und drehte den Kopf.

Sie stand im Halbdunkel, denn jemand hatte die Lampe der Treppenbeleuchtung zertrümmert. Trotzdem wurde Bill das Gefühl nicht los, als würden sich die Haare auf dem Kopf der Frau bewegen.

Das musste einfach etwas zu bedeuten haben! Er konnte sich nicht vorstellen, sich dermaßen getäuscht zu haben.

»Nun warten Sie doch!«

Durch die Gestalt der Frau lief ein Ruck. Plötzlich war sie nicht mehr zu halten. Sie nahm die Stufen mit langen Sätzen und achtete dabei nicht auf ihre Verletzung.

Auch Bill wurde schneller.

Er konnte unbehindert laufen. Als er die Treppe erreichte,

sah er die Frau bereits an ihrem Ende. Ihre Gestalt zeichnete sich im fahlblauen Licht einer Laterne ab, durch dessen hellere Inseln der Schneeregen in langen Fäden strich.

»Warten Sie!«

Die Frau wollte nicht hören. Sie verschwand wie ein Schatten.

Bill spurtete. Er hatte das Gefühl, einfach helfen zu müssen, auch wenn er sich dadurch Unannehmlichkeiten einhandelte. Wieder klatschte der kalte Schneeregen in sein Gesicht, als er das Ende der Treppe erreicht hatte und sich umschaute.

Von der Frau war nichts zu sehen. Leer lag der Gehsteig vor ihm. Der kalte Schneeregen kam von vorn und klatschte gegen sein Gesicht. Es war verrückt, was der Reporter tat.

Wäre Bill eingestiegen und abgefahren, hätte er sich sicherlich Vorwürfe gemacht, und so lief er weiter an den Häusern vorbei. Er gelangte in die Nähe eines kleinen Parks.

Dort sah er die Frau wieder. Sie hatte Schwierigkeiten beim Laufen. Das rechte Bein zog sie nach, der Blutverlust musste sie geschwächt haben. Kurz vor dem Park blieb sie plötzlich stehen und drehte sich um. Bill sah das Gesicht als hellen Fleck. Vielleicht hatte sie ihn entdeckt, denn sie riss sich zusammen und lief weiter.

Bill war plötzlich davon überzeugt, genau richtig gehandelt zu haben. Diese Frau brauchte Hilfe, auch wenn sie sich sträubte.

Der kleine Park entpuppte sich als eine düstere Insel. Es gab dort keine einzige Laterne.

An den Ästen und Zweigen hingen keine Blätter mehr. Bill sank bei jedem Schritt auf dem weichen Boden ein. Allmählich gewöhnten sich seine Augen an die Dunkelheit, sodass er Einzelheiten erkennen konnte.

In der Nähe sah er einen Weg, den er schnell erreichte. Er führte auf die Mitte des Parks zu, wo sich eine pilzförmige Schutzhütte in der Dunkelheit abzeichnete.

Um den breiten Stamm herum war eine Sitzbank gefertigt worden. Bill lief auf den Pilz zu.

Von der Frau sah er nichts. Er blieb unter dem Pilz stehen und fand dort vor dem Schneeregen einen Augenblick Schutz. Der Mantelstoff hatte sich vollgesogen. Seine Haare waren klatschnass.

Wo steckte die Frau?

Bill versuchte es durch Rufen. Er wollte die Unbekannte von seinen lauteren Absichten überzeugen und hoffte, dass sie Vertrauen zu ihm fand.

»Miss, ich weiß, dass Sie hier in der Nähe sind. Melden Sie sich, kommen Sie zu mir! Ich will Ihnen helfen! Sie brauchen wirklich keine Angst zu haben, das verspreche ich Ihnen.«

Keine Reaktion. Die Frau, wenn sie überhaupt in der Nähe war, blieb stumm.

Bill Conolly schüttelte den Kopf. Er sah diese Nicht-Reaktion der Frau als dumm an und versuchte noch einmal, sie durch seinen Ruf zu überzeugen.

Auch jetzt meldete sie sich nicht.

»Die ist verrückt!«, murmelte er. Bill setzte sich in Bewegung. Er wollte um den Pilz herumschreiten und noch einmal in die andere Richtung rufen.

An der Straße zuckten für die Länge eines Herzschlags Lichter auf, die durch den Park strichen, zuerst Büsche und Bäume erfassten und dann die Frau. Nun wusste Bill, weshalb sie sich nicht gemeldet hatte. Sie hatte sich am Gebälk des Pilzes an ihren eigenen Haaren erhängt!

Selbst für Bill Conolly, der schon vieles hinter sich hatte und nicht so leicht erschüttert werden konnte, war es ein Schock. Er trat unwillkürlich zwei Schritte zurück und schüttelte den Kopf. An eine solche Wendung des Falles hatte er im Traum nicht gedacht, und ihm fielen wieder die sich bewegenden Haare der Person auf.

Sie mussten sich einfach bewegt haben, sonst wäre es der Frau nicht gelungen, sich an ihnen aufzuhängen.

An den eigenen Haaren erhängt!

Bill atmete tief ein. Er spürte, wie er zu zittern anfing. Zum Glück hatte sich der Reporter gut unter Kontrolle. Er war Situationen wie diese zwar nicht gewohnt, aber das Grauen und der Tod hatten ihn auf seinem Weg oft genug als nicht gewünschte Partner begleitet.

Er stieg auf die Sitzfläche. Jetzt baumelte die Frau mit ihren Knien ungefähr in Kinnhöhe. Bill holte sein Feuerzeug aus der Tasche und hatte Glück, dass der Wind die Flamme nicht ausblies. Bill schützte sie mit einer Hand.

Der Lichtschein glitt an der Gestalt hoch und erfasste den Kopf der Frau, sodass Bill Einzelheiten erkannte.

Er hatte sich beim ersten Hinsehen tatsächlich nicht getäuscht. Die Frau hatte sich an ihren eigenen Haaren erhängt.

Oder war eine andere Kraft im Spiel gewesen?

Bill reckte sich und stellte sich dabei auf die Zehenspitzen. Jetzt erreichte der Ausläufer der Flammen das nasse, bleiche Gesicht mit den aufgerissenen und verdrehten Augen.

Die einzelnen Haarstränge waren ineinander verwoben und verfilzt.

Doch wie war der Selbstmord möglich gewesen? Oder hatte etwa jemand nachgeholfen?

Darüber dachte der Reporter nach. Doch Spuren einer Fremdeinwirkung konnte er nicht feststellen.

Was tun?

Bill löschte die Flamme, ließ das Feuerzeug in der Tasche verschwinden, sprang hoch und hielt sich an einem Balken fest. Was er vorhatte, war nicht rechtens. Er hätte die Polizei alarmieren müssen, damit sie die Tote herunternahmen. Aber Bill ging davon aus, dass in diesem Fall möglicherweise andere Kräfte eine Rolle spielten, deshalb wollte er es selbst versuchen.

Es kam nicht mehr dazu.

Plötzlich ging ein Ruck durch die Leiche. Sie fiel nach unten – und verlor dabei ihre Haare.

Sie schlug mit einem Fuß noch gegen die Kante der Sitzbank, kippte weg und blieb auf der Seite liegen.

Bill aber starrte nach oben.

Dort hingen die Haare, und der Reporter wusste in diesem Moment Bescheid. Es waren keine echten Haare, denn an dem Balken hing eine Perücke.

Die Tote hatte von Natur aus blondes Haar, das sie sehr kurz geschnitten trug.

Der Reporter stand noch immer auf der Sitzbank. Er hörte das Klatschen des Schneeregens und schielte wieder in die Höhe, weil er sich doppelt überzeugen wollte.

Die Perücke blieb, und die geflochtenen Haare bewegten sich sogar. Es war nicht der Wind, der dies verursachte, die einzelnen Strähnen schienen eigene Kräfte zu besitzen und voneinander unabhängig zu sein.

Bill brauchte sich nicht zu strecken, um die Perücke vom Balken zu holen. Sie fiel von allein.

Bill sprang von der Bank. Vorsichtig stieg er über die Tote hinweg und blieb neben der Perücke stehen. Er wollte sie aufheben, doch er zögerte. Dieses schlangenartige Gebilde war ihm nicht geheuer.

Es hatte getötet, und es musste eine ungemein starke Kraft in ihm stecken.

Der Reporter war nicht bewaffnet. Vielleicht hätte er dann mit seiner Silberkugel-Beretta auf die seltsamen Haare geschossen, so aber blieb er in sicherer Entfernung hocken.

Er untersuchte die Perücke aus der Distanz und war fest davon überzeugt, es mit einem Schlangenhaupt zu tun zu haben.

Bill dachte sofort einen Schritt weiter, an die Medusa, diese schlangenköpfige Dämonin, die in der griechischen Sage eine große Rolle gespielt hatte und bei deren Anblick ein Mensch zu Stein wurde.

Das war hier nicht der Fall.

Bill zog sich zurück, weil ihm eine Idee gekommen war. Von einem Gebüsch brach er einen entsprechend langen Zweig ab und berührte damit die Perücke.

Sofort sah er das Zucken. Einen Gedankensprung später

packte die »Haarsträhne« zu. Sie umwickelte den Stab, ruckte daran, und Bill ließ ihn hastig los.

Gleichzeitig bewegten sich die anderen Haarsträhnen. Sie stellten sich hoch, sodass sie aussahen wie die Fangarme eines Kraken, und sie reichten den Zweig untereinander weiter, bis ihn einer von ihnen zerknackte.

Dieses Geräusch riss den Reporter aus seiner Erstarrung. Er fuhr hoch, blieb stehen und starrte auf die Schlangenarme, die sich bewegten.

Sie schlugen in seine Richtung, streckten sich, wurden dadurch länger und berührten sogar Bills Fußspitzen, der hastig zurückzuckte.

»Das kann doch nicht wahr sein!«, flüsterte er. »Das ist unmöglich!«

Haare, die lebten.

Vielleicht eine Killer-Perücke. Jedenfalls ein dämonisch gelenktes Etwas, über das Bill Conolly buchstäblich gestolpert war.

Gedanken, Vermutungen und Theorien wirbelten in seinem Schädel durcheinander. Er überlegte, was das alles zu bedeuten hatte, aber ein Resultat wollte ihm nicht einfallen.

Im Schneeregen stand er da, hörte die rauschenden Geräusche, aber nicht die Schritte, die sich ihm näherten.

Durch den düsteren Park schlich eine Gestalt. Sie war dunkel gekleidet, damit sie sich den äußeren Gegebenheiten anpassen konnte, und sie hielt etwas in der rechten Hand, was wie ein Schlagstock aussah.

Bill war nach wie vor ahnungslos.

Er überlegte seine nächsten Schritte, als die unheimlich wirkende Gestalt vorhuschte und aus dem Schneeregenschleier dicht hinter dem Reporter erschien.

Ein Arm wurde gehoben.

Die Bewegung war sehr schnell durchgeführt worden. Vielleicht um eine Idee zu schnell, denn Bill hatte neben sich einen Schatten bemerkt, fuhr herum und tat trotzdem das Falsche.

Der Schlagstock traf ihn seitlich am Schädel!

Bill sah nur noch Sterne!

Bewusstlos schlug der Reporter auf den aufgeweichten Boden!

Die Gestalt war zufrieden. Nur langsam erhob sie sich aus ihrer gebückten Schlaghaltung, warf einen Blick auf die Tote und begann leise zu lachen. »Du hättest vorsichtiger sein müssen, Kleine. Ich hatte dich gewarnt. Dein Pech, dass ich dich killen lassen musste.«

Die Gestalt – es war ein Mann – schüttelte den Kopf. Er mochte keine Versager, denn er selbst zählte sich nur zu den Siegern. Nicht umsonst hatte er diesen Großversuch gestartet, der schon zu Beginn mit einer Niederlage endete.

Aber er hatte noch mehrere Eisen im Feuer.

Der Mann näherte sich der am Boden liegenden Perücke und hob sie behutsam hoch.

Er hatte dabei in die Schlangen gefasst, ohne sich daran zu stören.

Der Mann hielt die Perücke vor sein Gesicht, bewegte die Lippen und sprach Worte, die nur er selbst verstand. Als akustisches Signal gingen sie im Rauschen des Regens unter.

Dann drehte er sich hart um.

Sein Blick fiel auf den Bewusstlosen. Den Schlagstock hatte er weggesteckt. Dafür holte er mit der freien Hand etwas anderes aus der Tasche. Es war ein langes Messer.

Matt leuchtete die Klinge, auf der sich sofort die Wassertropfen sammelten und an ihr nach unten liefen. Der Kerl musste getötet werden. Es sollte schnell gehen, deshalb nahm sein Mörder auch das Messer. Als sich der Mann bückte, hörte er das Heulen, sah das geisterhafte Blaulicht und die Lichtexplosionen mehrerer Scheinwerfer. Ihm wurde klar, dass sich eine Polizeitruppe nahe des kleinen Parks befand. Vielleicht wollten sie ihn sogar durchsuchen.

Der Mann zischte einen Fluch und ließ das Messer wieder verschwinden. Er konnte jetzt keinen Mord riskieren.

Wie ein Phantom schob er sich um den Pilz herum und suchte Deckung zwischen dem kahlen Buschwerk.

Und so hatten es die Polizeisirenen tatsächlich geschafft, das Leben des Reporters Bill Conolly zu retten …

Das hatte ja mal wieder sein müssen. Dieses widerliche Geräusch, das einen Menschen aus dem tiefsten Schlummer reißen oder unter der Dusche hervorlocken konnte.

Geräusch gleich Telefon!

Ich hörte sein Läuten und war dabei, in die Arme des Schlafgottes Morpheus zu gleiten. Ich erschrak im ersten Augenblick, war aber dann voll da.

Ich meldete mich mit einer Stimme, die dem anderen Teilnehmer wie eine Morddrohung vorkommen musste.

»Hast du schon im Bett gelegen?«

»Accchhhh!« Ich stöhnte auf. »So eine dumme Frage kann auch nur von einem Menschen kommen, der versuchsweise lebt und dazu noch Bill Conolly heißt. Ja, du Ziegensack, ich habe im Bett gelegen. Schließlich ist es«, ich schaute auf die Uhr, »eine halbe Stunde vor Mitternacht. Da liegen anständige Menschen schon im Bett.«

»Okay, dann bin ich unanständig.«

»Von wo aus rufst du an?«

»Aus einem Polizeiwagen.«

Ich sagte zunächst einmal nichts und fragte nach einer Weile: »Stimmt das auch?«

»Ja.«

»Wo befindest du dich?« Jetzt war ich schon halb aus dem Bett und zog mir mit zahlreichen Verrenkungen die Schlafanzughose aus.

»Kennst du die U-Bahn-Station Hendon Central?«

»Klar, im Londoner Norden.«

»Genau.«

»Dort erwarte ich dich.«

»Weshalb denn?«

»Du musst zwei Tote begutachten. Eine Leiche wurde in der U-Bahn gefunden, die andere entdeckte ich in einem kleinen Park. Alles Weitere erkläre ich dir, sobald du hier bist.«

»Gut, warte an der Station.«

Ich legte auf und zog mich im Rekordtempo an. Zwei Tote hatte Bill gefunden. Verdammt, diese Nachricht war mir auf den Magen geschlagen. Ich wusste, was für ein Wetter war, da jagte man keinen Hund vor die Tür, doch wir Menschen waren manchmal schlimmer dran.

Den Burberry legte ich über den Arm, als ich mit dem Lift nach unten in die Tiefgarage fuhr. Suko hatte ich nicht Bescheid gegeben. Sollte er die Nacht mit seiner Shao genießen. Lange genug waren sie schließlich getrennt gewesen.

Erst vor zwei Tagen waren wir aus Irland zurückgekehrt. Ich hatte auch den Besuch bei meinen Eltern nicht mehr nachholen können und musste mir einen anderen Termin vormerken.

Der Bentley wartete geduldig. Ich rollte als Einziger der Ausfahrt entgegen, öffnete das Gittertor mit Hilfe meiner Codekarte und tauchte ein in das Gemisch aus Regen, Schnee und Dunst.

Ein ganz besch...eidenes Novemberwetter hielt London umfangen. Da trauten sich selbst die leichten Mädchen in Soho nicht mehr auf die Straße und warteten lieber in den warmen Pinten auf Kundschaft.

Ich fuhr in Richtung Norden. Zum Glück waren nicht viele Menschen so irre wie ich. Die meisten waren zu Hause geblieben und hatten demnach ihre Fahrzeuge stehen lassen.

Die Fahrt ging auch vorbei, und ein kreisendes Blaulicht wies mir die letzte Wegstrecke. Da ich keinen vernünftigen Parkplatz fand, stellte ich meinen Bentley auf den Gehsteig, stieg aus, sah nicht nur die Beamten, auch meinen Freund Bill Conolly, aus dessen Mund mir eine Fahne entgegenschlug.

»Bist du steif?«, fragte ich.

»Nein, ich beuge nur gegen eine Erkältung vor.«

Mein Blick fiel auf das Pflaster. Es bedeckte seinen Kopf an der linken Seite. »Und das da?«

»Ein Knüppel, eine Stange, was weiß ich.« Bill deutete auf meinen Bentley. »Sollen wir uns nicht hineinsetzen?«

»Ja, geh schon vor. Ich will nur mit dem zuständigen Leiter sprechen.« Den fand ich am Bahnsteig. Man hatte die Strecke gesperrt. Experten der Mordkommission untersuchten einen Wagen besonders genau. In seinem Innern war der Tote gefunden worden.

Da man mir den Eintritt verwehrte, winkte ich Oberinspektor Finley heran. Er war in meinem Alter, gehörte zu den jovialen Typen und hatte fünf Kinder. Trotzdem oder gerade deshalb war er ein fröhlicher Mensch geblieben.

»Ist das Ihr Fall, Sinclair?«

»Weiß ich noch nicht.«

»Was wissen Sie überhaupt?«

»Dass heute schon morgen ist.«

»Na ja, dann werde ich Sie mal aufklären.« Wir gingen ein paar Schritte weiter. Ich erfuhr, dass in der U-Bahn von einem hier an der Station zusteigenden Kontrolleur der Tote gefunden worden war. Der Mann hatte den Zug sofort anhalten lassen und die Polizei alarmiert. Der Arzt hatte den ersten Eindruck der Beamten nach einer kurzen Untersuchung bestätigt.

Der Mann war erwürgt worden.

Von wem und womit, das konnte niemand sagen. »Jedenfalls sind die Abdrücke an seinem Hals deutlich zu erkennen«, erklärte man mir.

»Und der zweite Tote?«, fragte ich.

»Ist eine Frau. Nicht weit von hier lag sie in einem kleinen Park. Die hat Ihr Freund entdeckt, bevor man ihn niederschlug. Wir gehen davon aus, dass der Mörder noch in der Nähe gelauert haben muss. Dieser Bill Conolly hat wirklich ein sagenhaftes Glück gehabt, dass er nicht auch zu den Toten zählt. Normalerweise lässt so ein Killer keine Zeugen zurück.«

»Falls Bill ihn gesehen hat.«

»Das war nicht der Fall.«

»Und wie kam die Frau um?«

»Sie wurde ebenfalls erwürgt!«, berichtete Finley. »An ihrem Hals entdeckten wir die gleichen Abdrücke wie bei diesem Ches Grady, so heißt der Tote.«

»Und wie heißt die Frau?«

»Lisa Brookman.«

Ich hob die Schultern. »Sorry, den Namen habe ich noch nie gehört. Ist er Ihnen schon untergekommen, Finley?«

»Auch nicht.«

Ich stellte die nächste Frage. »Wie sieht es denn mit Zeugen aus?«

»Noch mieser als mies. Man kann Ihren Freund Bill Conolly als Zeugen bezeichnen. Er hat gesehen, wie die später von ihm gefundene Tote den Wagen hier verlassen hat. Sie fiel ihm auf, weil sie stark blutete. Bei Grady haben wir ein Messer mit blutiger Klinge gefunden. Wahrscheinlich hat er auf die junge Frau eingestochen.«

»Und der Grund?«

»Da fragen Sie mich zu viel, Sinclair. Ich weiß es nicht, weshalb er das getan hat.«

»Und dann sind sie ermordet worden«, murmelte ich. »Der Mann im Wagen, die Frau im Park.« Ich lachte auf. »Irgendwie gefällt mir das nicht. Da passt einiges nicht zusammen.«

»Nein. Es muss noch eine dritte Person im Wagen gewesen sein. Eben dieser Würger.«

»Und den hat mein Freund Bill Conolly nicht gesehen?«

»Leider nicht. Der Täter kann natürlich beim Einlaufen des Zugs in die Station schnell in einen anderen Wagen geflüchtet sein. Das ist ohne weiteres innerhalb kurzer Zeit zu schaffen.«

»Ja, das glaube ich auch. Möglicherweise ist ihm die Zeit zu knapp geworden. Er wird sich verrechnet haben.«

»Wobei wir wieder einmal hinter einem Würger herlaufen müssen«, stöhnte Finley und rieb über sein Stoppelhaar. »Das mag ich überhaupt nicht. Davon hatten wir schon zu viele.«

Er schaute mich an. »Wollen Sie eigentlich mitmischen, Sinclair?«

»Eigentlich nicht. Wenn es ein normaler Würger und Triebtäter ist, besteht für mich kein Grund.« Ich sagte es wider meine Überzeugung, denn Bill hatte mich nicht umsonst aus dem Bett geholt. Hinter der Sache musste mehr stecken, als es den ersten Eindruck gehabt hatte.

Wir standen in der unterirdischen Halle. Ich mochte die Umgebung nicht. Sie war so fremd, kalt und unpersönlich. Selbst der Kiosk hatte schon geschlossen. Es gab keine warmen Getränke, und einen Automaten entdeckte ich auch nicht.

Finley brannte eine Frage auf den Lippen. »Haben Sie sich schon entschieden?«

»Wie meinen Sie?«

»Machen Sie mit – oder ...?«

Ich winkte ab. »Es sieht so aus, als könnte ich Ihnen den Job überlassen.«

»In der Tat.«

Ich klopfte Finley auf die Schulter. »Brauchen Sie Mr Conolly noch? Ich möchte nämlich zu ihm.«

»Nein, das Protokoll steht. Wenn wir noch weitere Fragen haben, rufen wir ihn an.«

»Okay, see you.«

Ich lief die Treppe hoch, ging geduckt durch den Schneeregen und stieg in den Bentley. Bill hatte schon gewartet. Seine kleine Taschenflasche war noch zur Hälfte gefüllt. »Nun?«, fragte er mich. »Hast du etwas erreicht?«

»Nein. Finley ist ratlos. Ich aber auch.«

»Kann ich mir vorstellen.«

Bill hatte die Antwort in einem Tonfall gegeben, der mich stutzig werden ließ. Ich drehte mich zu ihm hin. »Wieso? Weißt du mehr?«

»Unter Umständen.«

»Aber du hast Finley ...«

»Nein, John, nein. Ich habe dich angerufen. Es ist etwas im

Gange. Um was es sich dabei genau handelt, kann ich dir nicht sagen, aber zumindest kenne ich den Mörder!«

Mein Blick wurde lauernd. »Tatsächlich?«

»Ja.«

»Und wer war der Würger?«

Bill machte es spannend und zündete sich eine Zigarette an, dann gab er die Antwort. »Der Killer war eine Perücke. Zumindest bei der Frau.«

»Wie?«

Mein Freund hob die Schultern. »Du musst mir schon glauben, John, und zunächst einmal zuhören.«

Er tischte mir in den folgenden Minuten eine Story auf, die so fantastisch war, dass man sie sich kaum ausdenken konnte. Die musste schon der Wahrheit entsprechen.

»Und als ich aus meiner Bewusstlosigkeit erwachte, sah ich mich von Polizisten umringt. Ich suchte sofort nach dieser Perücke. Sie war aber verschwunden.«

»Dann hat der Unbekannte, der dich niederschlug, sie mitgenommen.«

»So sehe ich es auch.«

»Kanntest du die Frau?«

»Nein.«

»Sie hieß Lisa Brookman.«

»Sorry, John, mit dem Namen kann ich nichts anfangen. Ich bin heilfroh, dass ich noch lebe.«

»Was könnte dich gerettet haben?«

»Darüber habe ich auch sinniert. Vielleicht das Eintreffen der Polizei. Die haben mich ja praktisch gesucht. Irgendjemand hat mich durch die Station laufen sehen.«

»Sei froh.«

»Darauf kannst du dich verlassen.« Bill qualmte den Wagen voll. Ich dachte weiter über einen Fall nach, von dem ich bisher nur wusste, dass es sich um eine mordende Perücke handelte.

»Medusa!«

»Daran habe ich auch gedacht, Bill.«

»Aber das war sie nicht. Keiner ist zu Stein geworden. Dahinter steckt etwas anderes. Keine griechische Mythologie. Außerdem frage ich mich, wer sich schon eine Schlange auf den Schädel setzt. Oder eine Perücke aus Schlangen. Der muss doch einen Knall haben.«

»So kann man es sehen«, erwiderte ich nachdenklich. »Wobei ich davon überzeugt bin, dass wir hier den Anfang eines langen Fadens in der Hand halten.«

»Und wie willst du ihn aufrollen?«

»Über die Tote. Wir werden ihr Leben genau durchleuchten. Sie wird Freunde, Verwandte und Bekannte gehabt haben. Unter Umständen finden wir dort die erste Spur.«

»Eine bessere Idee habe ich auch nicht.« Bill drückte die Zigarette aus. »Willst du dir den Tatort noch einmal ansehen?«

»Nein, der Regen hat die Spuren verwischt.«

»Dann können wir fahren?«

»Ja.«

»Soll ich dich nach Hause bringen?«

»Dann musst du quer durch London. Das Fahren mit der U-Bahn ist mir vergangen. Bring mich zum nächsten Taxistand.«

Ich war einverstanden.

Unterwegs dachte ich über die Neuigkeiten nach. Mit vielen Dingen waren wir schon konfrontiert worden, aber mordende Perücken gehörten wirklich zu den außergewöhnlichen Sachen.

Was kam da auf uns zu?

Er hatte die Perücke auf die linke Handfläche gelegt und strich mit der Rechten behutsam über die sich windenden, zusammengezogenen Schlangenkörper.

»Dummheit!«, flüsterte er und brachte die Schlangen näher in den Lichtschein der Lampe. »Dummheit muss bestraft werden. Sie hätte sich nicht erwischen lassen sollen, das war alles. Aber ihr habt eure Pflicht getan, das war gut.« Noch einmal strich er über die Schlangen, als wollte er sie mit dieser Geste belohnen.

Es war stickig in der Bude, und der Geruch setzte sich aus mehreren Duftkomponenten zusammen.

Nach Schweiß, Puder, Pasten, Kosmetik, Spray – und süßlichem Blut oder Moder roch es.

Die Umgebung passte dazu. Eine flurartig lange Theatergarderobe mit vergilbten Plakaten an den Wänden, die von besseren Zeiten berichteten. Die auf den Postern abgebildeten Künstler hatten zum größten Teil schon das Zeitliche gesegnet. Es waren die Hollywood-Größen von einst, heute meist vergessen und nur wieder hervorgeholt, wenn sich ein Geburts- oder Todestag jährte.

Auch die Garderobentische hatten ihre Jahre auf dem Buckel. Einige waren wurmstichig, bei anderen zeigten die Holzplatten breite Risse, und die Spiegel zwischen den Plakaten wirkten blind.

Eine Umgebung, die dem Verfall preisgegeben war, genau die Welt, die der Mann brauchte.

Wer ihn nach seinem Namen fragte, erhielt eine leise, dennoch stolze Antwort.

Lucien Sabre!

Ein Name, den nicht viele kannten, aber unter Eingeweihten war er ein Begriff.

Wer Lucien Sabre als Friseur bezeichnet hätte, dem hätte er einen vernichtenden Blick zugeworfen. Er war kein Friseur, er nannte sich Stylist!

Die Damen der Gesellschaft kamen zu ihm, aber auch bekannte Popkünstler. Natürlich war auch die Londoner Schwulenszene bei ihm vertreten, vor allem die, die Geld hatten. Und er frisierte auch Leichen, wenn die reichen Verwandten eines Toten es wollten. Wenn Sabre Zeit hatte, beschäftigte er sich so intensiv mit dem Toten, dass der Tote besser aussah, als es je zu seinen Lebzeiten der Fall gewesen war.

Die Branche kannte Sabre von München bis Hollywood.

Er hatte in diesen Städten auch schon gelebt, war schließlich nach London gezogen und hatte dort sein Hauptquartier errichtet.

Hier arbeitete er.

Offiziell in einem sehr vornehmen Salon an der King's Road. Sein eigentliches Atelier lag außerhalb der City, im Norden von London, versteckt in einem kleinen Haus, in dem früher einmal ein Lebensmittelladen gewesen war.

Lucien Sabre hatte die Räume übernommen und natürlich auch den dazugehörigen Keller.

In ihm saß er jetzt. Umgeben von Schminktöpfen und Tigeln, Puderdosen und feinen Pinseln, Hautcremes und Sprays, aber all die Dinge beachtete er nicht, nur die Perücke mit den Schlangen.

Vorsichtig hob er sie an. Zwei Lampen brannten. Die eine warf ihr Licht über den Tisch, die andere stand hinter ihm. Ihr Schein leuchtete die Köpfe aus Styropor aus, die in einer Reihe nebeneinander standen. Köpfe für Perücken.

Lucien Sabre hatte seine Perücke aufgenommen und ging dorthin, wo ein kahler Kunstkopf stand. Er drapierte sein magisches Kunstwerk vorsichtig über den Schädel und strich die Körper der Schlangen so glatt, dass diese nach unten hingen.

Dabei verzog er die Lippen zu einem Grinsen und blickte nach rechts, wo fünf weitere Köpfe standen.

Auch sie waren bedeckt.

Fünf Köpfe – fünf Perücken.

Jede war anders. Zunächst einmal die rabenschwarze Stachelperücke. Bei ihr hatte er die Haare so gekämmt, dass sie in die Höhe standen. Man konnte die Haarspitzen schon mit kleinen Messern vergleichen, so gefährlich waren sie. Haare, die durch seine Spezialbehandlung hart wie Stahl geworden waren.

Die Perücke daneben zeigte grünes Stachelhaar, als hätte man einen gefärbten Draht ineinander gedrückt und gerollt. Sie wirkte im ersten Moment wie eine Kopfbedeckung für den Karneval, doch wer sie trug, wurde nicht fröhlich, sondern zu einer reißenden Bestie, da das Haar aus den Schuppen eines Dämons bestand.

Völlig harmlos sah die dritte Perücke aus. Glatte, blonde Haare waren nach unten gekämmt und wellten sich an ihren Spitzen nach außen. Wer dieses Haar jedoch anfasste, erlitt einen Schlag, von dem er sich nie wieder erholte.

Die vierte Perücke fiel besonders auf. Ihr Wuschelhaar zeigte eine rost-rote Farbe. Nur der Künstler wusste, dass es von einer Hexe stammte. Wer die Zweitfrisur trug, übernahm viel von der Kraft der Hexe, denn ihr schlimmer Geist fuhr dann in den Körper der Trägerin.

Die fünfte Perücke bestand aus grauen, verfilzten Haaren. Sabre hatte einem Toten die Haare einfach abgeschnitten und sie wieder kunstvoll zusammengeknüpft.

Sabre hatte sich mit Geschick eine Existenz aufgebaut, die er als Tarnung benutzte. Nun lag die große Zeit des Wartens hinter ihm, endlich konnte er darangehen, seine Pläne zu verwirklichen.

Noch einmal warf er einen Blick auf die sechs Perücken, dann drehte er sich um und blieb dicht vor der Zimmertür stehen, auf deren Innenseite ein türhoher Spiegel befestigt war.

Lucien Sabre musterte sich.

Der Stylist gehörte zu den weibischen Typen. Er war ziemlich schmal, hatte die Taille einer Frau, auch weiche Gesichtszüge und tief in den Höhlen liegende braune Augen. Sein aschgraues, dünnes Haar war geföhnt worden. Die gleiche Farbe wie das Haar zeigte die Haut in seinem Gesicht. Ebenfalls einen grauen Ton, der allerdings auf beiden Wangen von einer Spur Rosé überdeckt wurde, sodass ein künstlicher Hauch von Frische gezaubert wurde.

Lucien Sabres Hände waren sehr lang und wirkten seltsam aufgequollen.

Bekleidet war er mit einer engen, schwarz-weiß gestreiften Hose, deren Beine in den roten Lederstiefeln steckten. Sie hatten die gleiche Farbe wie das Seidenhemd mit den weit geschnittenen Ärmeln, das an der Brust vier Knöpfe weit offen stand, sodass jeder den Talisman sehen konnte.

Es war ein kleiner, goldener Teufelskopf, und er hing an einer schwarzen Schnur aus Leder.

Es gab wohl keinen Menschen auf der Welt, der Lucien Sabre in puncto Eitelkeit übertroffen hätte. Da war der Stylist einsame Spitze. Das bewies er jetzt auch wieder, denn er blieb nicht nur vor dem Spiegel stehen, sondern stellte sich auf die Zehenspitzen, drehte sich dabei wie ein Tänzer, verdrehte die Augen und öffnete den Mund, wobei eine gelbe Flüssigkeit an seinem Kinn entlangrann und zu Boden tropfte. Sie verbreitete einen widerlichen Geruch, der an Grab und Leichen erinnerte. Das machte ihm nichts, das war er gewohnt. Im Geschäft wusste niemand davon, da benutzte er besondere Sprays, sehr intensiv riechende Parfüms und Duftwässerchen, die alles andere überlagerten.

Mit beiden Händen drückte er gegen seine Brust. Mit den Fingern knetete er das Fleisch, das sehr weich war.

Kuhlen blieben zurück, in denen sich eine gelbliche Flüssigkeit sammelte, die ebenfalls widerlich roch, sodass sich der Modergestank ausbreitete.

Lucien Sabre lachte nur. Er drehte sich um und griff zu einer Sprayflasche.

Der feine Nebel sprühte auf seine nackte Brust und überdeckte den Geruch nach Friedhof und Tod. Sabre verrieb die Flüssigkeit, fuhr durch sein weiches Gesicht und warf einen Blick auf seine Uhr.

Es war fast Mitternacht.

Und genau um diese Zeit hatte er die Mädchen bestellt. Bei einer hatte er die große Ausnahme gemacht. Sie war missglückt. Jetzt brauchte er die fünf anderen, und er glaubte fest daran, dass sich ein solcher Fehler wie bei Lisa nicht mehr wiederholen würde.

Fünf Mädchen.

Er kannte sie alle. Sie arbeiteten bei ihm. Waren Friseusen,

Kosmetikerinnen oder Maskenbildnerinnen. Er hatte sie gefragt, und sie hatten zugestimmt.

Flüsternd zählte er die Namen der Mädchen auf. »Lydia, Harriet, Eve, Dora und Kim.«

Sie waren seine Vertrauten, sie hielten zu ihm, sie würden ihn nicht verraten, aber sie wussten auch nicht, dass sie dazu ausersehen worden waren, eine gefährliche Herrschaft anzutreten.

Er hatte ihnen von besonderen Perücken erzählt, die er ihnen an diesem Tag, genau um Mitternacht, schenken wollte.

Sie waren begeistert gewesen.

Und sie würden kommen.

Lucien Sabre warf einen letzten affektierten Blick in den Spiegel. Er nickte sich zu, ein Beweis dafür, dass er mit sich selbst zufrieden war. Dann verließ er den Keller, ging die Holzstiege hoch und erreichte den quadratischen Flur, der mit Möbeln eingerichtet war, wie er sie liebte. Antik und dunkel gebeizt. Oft sogar pechschwarz, wie der Schrank, den ein wahrer Künstler hergestellt hatte. Ein Kleinod, das Sabre aus Paris, seiner Heimatstadt, mitgebracht hatte.

Zwischen den antiken, dunklen Möbeln wirkten die Sitzgelegenheiten wie hochgeworfene Wellen in Dunkelrot und Türkis. Sofas und Sessel im Wellenmuster, hinzu kamen die breiten Kissen, die gepolsterten Fußbänke, niedrige Tische, die verzierten Lampen. Er hatte den ehemaligen Verkaufsraum gut genutzt und zusätzlich eine Wand herausgerissen.

Diele nannte er das.

Natürlich fehlten auch hier nicht die Spiegel. Übergroß waren sie vorhanden, auch rund oder oval, je nachdem, an welch einem Möbelstück sie standen.

Flaschen und geschliffene Kristallgläser standen bereit. Einen Kühlschrank hatte er sich in eine alte mittelalterliche Kirchenbank einbauen lassen. Wenn er eine Flasche seines Lieblingschampagners hervorholte, musste er sich zwar bücken, aber das nahm er in Kauf.

Beherrschend wirkte das gewaltige Bild an einer Wandseite.

Auf schwarzem Untergrund war ein dunkelrotes Gesicht gezeichnet.

Die Fratze des Teufels.

Dreieckig, widerlich, aber auch künstlerisch verfremdet, da sich die Farben zu den Seiten hin mit dem Schwarz des Hintergrunds vermischten.

Es war *sein* Bild!

Er, der Narziss, liebte es wie sich selbst. Denn er gehörte zu den Menschen, die den Satan vergötterten, die ihm vieles verdankten. Immer wenn ihn sein Weg in diesen Raum führte, das war sehr oft am Tag, blieb er vor dem Bild stehen, um dem Gemälde einen langen Blick zu widmen.

Besucher, die er empfing und die sich über das Bild wunderten, speiste er mit der Erklärung ab, dass es sich bei dem Gemälde um die reine Kunst handelte und er vom Strich des Meisters so begeistert gewesen war.

Lucien Sabre erinnerte sich. Eine Schauspielerin hatte einmal von der dämonischen Ausstrahlungskraft dieses Gesichts gesprochen, und Sabre hatte daraufhin nur still vor sich hin gelächelt. Der Teufel war sein Essen und Trinken. Ihm hatte er sich verschrieben, und er würde ihn beschützen.

Noch einmal ging er durch den Raum, schaltete die Lampen unter der Decke an. Es waren vier Strahler an einer kreisförmigen Metallscheibe, von denen eine Lichtlanze direkt in das Gesicht des Teufels fiel. Sabre schaute nach den Getränken und nach dem Knabbergebäck, das er für seine Mädchen besorgt hatte.

Noch waren es seine Angestellten, schon bald würden sie zu Dienerinnen werden.

Er rieb seine Hände. Dabei zuckte eine graurote Zungenspitze zwischen seinen Lippen hervor und malte mit geschickten Bewegungen den kleinen Mund nach.

Wieder warf er einen Blick auf die Uhr. Sie bestand aus Gold, war sehr schwer und mit einem Kranz von Brillanten besetzt. Noch war nichts zu hören, obwohl in fünf Minuten die Tageswende erreicht war. Er hatte die Mädchen angewiesen, mit Taxen zu kommen. Wie er seine Mitarbeiter kannte, würden sie auch davon Gebrauch machen.

Allmählich stieg seine Spannung. Er spürte das Prickeln, als würde unter seiner blassen Haut der Champagner fließen. Aus einem kleinen Elfenbeinkästchen nahm er eine Zigarette mit Goldmundstück und schob es zwischen seine Lippen.

Auch das Feuerzeug bestand aus Gold. Es war sehr flach und passte in jede kleine Tasche. Er zündete den Glimmstängel an, paffte einige graublaue Wolken und bewegte sich auf die Tür zu, die von außen völlig normal aussah, innen aber mit Blattgold belegt worden war. Man trat von draußen direkt in das außergewöhnlich eingerichtete Zimmer. Irgendwann würde er das ändern, denn der Besuch brachte oft genug Schmutz mit, den der mattgraue Teppichboden gar nicht mochte.

Als er die Vorhänge von einem der Fenster wegziehen wollte, hörte er das Motorengeräusch.

Sie kamen.

Tief atmete Sabre durch. Hastig drückte er seine Zigarette aus. Natürlich war der Ascher aus bestem Marmor. Er fuhr noch einmal durch sein aschgraues, gefärbtes Lockenhaar, zupfte an seinem Hemd und verzog die Lippen zu einem Lächeln.

Es war kein gutes, kein normales Lächeln, sondern ein böses und sehr wissendes.

Fünf Mädchen würden kommen.

Voller Spannung, voller Freude, denn Sabres Feste oder Partys waren berühmt.

Sie würden sich wundern.

Auf das Klingeln brauchte er nicht lange zu warten. Fast lautlos eilte er zur Tür, öffnete, breitete die Arme aus und rief: »Herzlich willkommen in meinem bescheidenen Heim! Auf dass die Nacht etwas Besonderes für uns alle wird!«

Sie standen im Schneeregen und drängten sich auf der Schwelle wie ängstliche Hühner.

Auch Lucien Sabre zuckte zurück. Er schaute auf seine Mädchen, deren Köpfe unter den farbigen, hochgestellten Kapuzen verschwunden waren. Er klatschte in die Hände. Ein Windstoß fuhr gegen sein Hemd und bauschte es auf. Seine Frisur geriet durcheinander, und das mochte ein Mann wie er überhaupt nicht.

»So kommt doch endlich rein!«, rief er und gab den Weg frei. »Ich habe lange genug gewartet.«

Die Mädchen freuten sich darüber. Sie drängten sich über die Schwelle, kichernd manche, andere schnatternd, aber auch verlegen, da sie zum ersten Mal das Haus ihres Chefs betraten.

Sie waren alle gekommen und wurden von Sabre namentlich und jeweils mit einem Kuss auf die Wangen begrüßt.

Lydia, Harriet, Eve, Dora und Kim.

Die Letzte schloss die Tür, während die anderen schon ihre Winterkleidung ausgezogen und an die Garderobe in einer Nische gehängt hatten.

Poppig waren sie gekleidet. Wie aus dem Modemagazin stammend. Allerdings nicht aus dem für Reiche, sondern für Normalbürger. Die aktuellen Winterfarben wiederholten sich bei den Pullovern und Hosen immer wieder. Schicke Frisuren, mal auf Punk, mal halbwild und damenhaft, Strassschmuck, Ketten und Ringe.

Gerötete Gesichter, erwartungsvolle Augen. Die Mädchen wussten nicht, weshalb sie eingeladen worden waren, und ihr Chef hielt damit auch noch hinter dem Berg. Er ging nicht darauf ein, dass eine fehlte, Lisa nämlich, dafür geleitete er die Mädchen an die Bar und bot ihnen etwas zu trinken an.

»Einen Whisky zum Aufwärmen?«

Dagegen hatte keine etwas.

»Oder gemixt?«

Sie wollten ihn pur und bekamen ihn. Während Sabre die Gläser füllte, sahen sich die Mädchen in der ungewöhnlich eingerichteten Wohnung um. Keine hatte sie je zu Gesicht bekommen, aber sie waren nicht überrascht. Schließlich kannten sie ihren Chef und dessen Lebensstil. Auch im Geschäft war er sehr ausgeprägt. Wenn sie Hunger hatten, wurde ihnen etwas gezaubert. Natürlich konnten sie auch Champagner trinken, die Preise für eine Frisur oder ein Make-up schlossen ein Glas Champagner oder einen kleinen Imbiss immer mit ein.

Eiswürfel klingelten, sie prosteten sich zu, und nach den ersten Schlucken verschwand bei den Mädchen die Verlegenheit. Außerdem wollte Lucien nicht, dass sie standen. Er bat sie, sich zu setzen, und sie fielen in die schwellenden Wellenpolster.

Einige von ihnen saßen so, dass ihr Blick auf das Bild des Teufels an der Wand fiel. Länger als zwei bis drei Sekunden konnten sie nie hinschauen, dann mussten sie sich abwenden, da sie das Gefühl bekamen, er würde sie anstarren.

Auch Sabre hatte dies bemerkt. Er lächelte nur kalt, leerte sein Glas und ging zum nächsten Getränk über, obwohl zwei Mädchen protestierten.

»Ja, ich weiß, meine Süßen, es ist ein wenig viel, aber was ich euch sagen möchte, das kann man nur bei einem festlichen Tröpfchen. Ihr wisst, was ich meine?«

Er lachte affektiert, die anderen lachten mit.

»Tut mir Leid, dass ich euch den Rücken zuwenden muss, aber ich muss einschenken.« Aus dem Kühlfach holte er eine Flasche Champagner. Geschickt löste er den Verschluss und ließ den Naturkorken springen.

Der weiße Schaum ergoss sich in die bereitstehenden Gläser. Als Untersatz diente ein silbernes Tablett. Er balancierte es zu den Mädchen. Jede nahm ein Glas, auch Sabre nahm eines. »Auf euch.«

»Auf Sie, Chef«, sagte die dunkelhaarige Lydia, die ihre lange Mähne zu einem Pferdeschwanz zusammengebunden hatte.

»Ja, auf Sie!«, wiederholten die anderen.

Dann erst tranken sie.

Für Lucien Sabre war der Champagner mit das Größte. Bei jedem Schluck, den er trank, beglückwünschte er innerlich den Erfinder dieses Getränks, den Mönch Perignon.

»Wer rauchen oder knabbern möchte, bitte, es steht alles bereit!« Er deutete auf die kleinen Dinge. Zwei Mädchen griffen nach Zigaretten, während sich Sabre zurücklehnte und dem Teufelsbild einen Blick zuwarf. Dabei hatte er das Gefühl, als würde ihm der Satan zublinzeln. Sabre hatte wohl bemerkt, mit welch einer Unbehaglichkeit die Mädchen das Gemälde betrachtet hatten, aber er ging nicht darauf ein. Ebensowenig stellten seine Mitarbeiter Fragen.

»Ich habe euch eingeladen«, begann er, »weil mir etwas am Herzen liegt. Ich möchte mit euch in den Keller!«

Nach dieser Eröffnung wusste keine, was sie sagen sollte. Nur Kim fing an zu kichern und presste rasch ihre Hand gegen die Lippen.

»In den Keller?«, fragte Harriet.

»Ja, meine Teure. Ihr seid die Auserwählten.«

»Das hört sich ja richtig mystisch an«, meinte Eve und rutschte unbehaglich auf ihrer Sitzfläche hin und her. »Ein Keller ist ja immer etwas Geheimnisvolles.«

»Das soll er auch bleiben!«, erklärte Sabre. »Aber er ist gleichzeitig mein Reich. Ich möchte, dass ihr alles vergesst, was ihr bisher über Keller gehört habt. Mein Keller ist eine Werkstatt, dort sitze und erfinde ich. Dort mache ich Trends und Mode. Er ist mein Ideenreservoir, und ihr sollt daran teilhaben.« Jede Einzelne schaute er an und forschte nach Zustimmung in ihren Gesichtern.

Die Angst war aus den Blicken der Mädchen verschwunden. Sie nickten, waren neugierig geworden, Dora sogar erwartungsvoll. Sie leerte als Erste ihr Glas.

»Sollen wir jetzt schon gehen?«, fragte sie.

»Natürlich.«

»Und was werden wir dort erleben?«, wollte Lydia wissen.

»Eine Sternstunde«, erklärte der Stylist im Brustton der

Überzeugung. »Eine wahre Sternstunde, das kann ich euch versichern. Es ist wunderbar, mit mir zu arbeiten. Das ist kein Eigenlob, sondern eine Tatsache. Ihr werdet es erleben, und ihr werdet diejenigen sein, die einen Trend bestimmen.«

So etwas kam bei den Mädchen natürlich an. Sie waren für äußerliche Dinge sehr empfänglich. Alles, was mit Mode und deren Auswirkungen zu tun hatte, traf bei ihnen auf eine ungeheure Bereitschaft.

Jede leerte ihr Glas. Als die Letzte es wegstellte, erhob sich Lucien Sabre mit geschmeidigen Bewegungen. »Es ist bereit«, sagte er. »Es ist alles vorbereitet.« Er lächelte. »Wenn ich die Damen jetzt bitten dürfte.«

»Aber gern.«

Sie hatten sich verändert. Ihre Gesichter zeigten Spuren von Röte. Der schnell genossene Alkohol sorgte dafür, und er schwemmte auch ihre Bedenken fort.

»Ich darf vorgehen, meine Damen?«

»Wir bitten darum.«

Alles wirkte einstudiert. Sabre war ein Mensch, der aus allem eine große Schau machte. Kleinigkeiten, die für andere selbstverständlich waren, bauschte er wirkungsvoll auf. Das gehörte zu seinem Job. Auch jetzt fühlte er sich wie auf einer Bühne. Er steuerte die Treppe zum Keller an.

»Ihr dürft nicht erschrecken, meine Lieben. Der Weg in den Keller wird euch fremd vorkommen, aber das haben Keller nun mal so an sich. Gebt Acht, dass ihr nicht stolpert.«

»Klar, Chef!« Dora kicherte. Sie konnte von allen am wenigsten vertragen.

Lucien Sabre ging vor. Niemand sah das Lächeln auf seinem Gesicht. Es wirkte schleimig und gleichzeitig triumphierend. Auch er war nicht völlig ruhig. In seinem Innern kochte es. Die Nervosität hatte ihn überfallen. Er dachte daran, dass auch etwas schief gehen konnte.

Langsam stiegen sie die Treppe hinab. Das erhöhte nur noch die Spannung. Die Mädchen hatten zunächst noch gekichert. Mit jeder Stufe, die sie hinter sich ließen, wurden die kichernden Geräusche leiser, bis sie völlig verstummten, weil die Atmosphäre des Kellers dafür nicht eben geeignet war.

Sie hatten das Gefühl, eine andere Welt zu betreten. Keine sprach darüber, aber jede fühlte es. Sie schauten sich gegenseitig an. Die so locker gewesenen Gesichter hatten einen gespannten Ausdruck angenommen. Lippen waren zusammengepresst, sie atmeten nur noch durch die Nase, und manche schluckte hart.

Sabre hatte die Treppe bereits hinter sich gelassen und war vor einer Tür stehen geblieben. Ein Lampenring beleuchtete die Stelle vor der Tür und warf das violett schimmernde Licht auch auf ihn, sodass seine Haut noch fahler wirkte.

»Ihr werdet etwas sehen, das ich noch keinem vor euch so präsentiert habe«, erklärte er. »Es ist völlig neu. Ich habe lange geforscht und überlegt. Meine gesamte Kraft habe ich in die Entwicklung gesteckt. Meine Arbeit, meine Fantasie, mein Wissen. Es war wunderbar, kann ich euch sagen, und ich musste einfach Menschen haben, denen ich meinen Erfolg präsentieren konnte. Euch. Ihr dürft stolz sein!« Sabre hatte tatsächlich so gesprochen, als würde er fest an seine Worte auch glauben. Die Mädchen hielten sich da zurück. Keine von ihnen gab einen Kommentar ab.

Sabre drehte sich und schloss die Tür auf. Er ließ sie noch zu, ballte die Hände, lächelte den Girls zu und zog behutsam die Tür auf. Als Erster verschwand er in dem dahinterliegenden Raum. Ein Mädchen hüstelte. Keine von ihnen traute sich, einen Fuß über die Schwelle zu setzen, doch Sabre gefiel das überhaupt nicht. Er hatte sich gedreht und winkte ihnen zu.

»Kommt endlich, ihr Süßen!«

Da betraten sie den Raum. Zögernd, vorsichtig, bereit, sich sofort wieder umzudrehen und zu verschwinden.

Aber die Furcht fiel von ihnen ab, denn sie fühlten sich an ihren Arbeitsplatz zurückversetzt. Der Kellerraum war als Garderobe und gleichzeitig als Frisiersalon eingerichtet, wenn auch nicht so modern wie in ihrem Laden, aber man konnte sich schon wohl fühlen.

Der Gang zwischen den Tischen, Spiegeln und Plakaten war nur so breit, dass kaum zwei Personen nebeneinander stehen konnten.

Mit seinem Körper verdeckte Sabre die Perücken. Er bat Lydia, die Tür zu schließen.

Das tat sie und hatte gleichzeitig eine Frage. »Es fehlt noch jemand?«

Sabre lächelte. »Leider konnte Lisa nicht kommen. Sie ist krank geworden.«

Die Mädchen sahen sich betroffen an. Bevor eine von ihnen weiterfragen konnte, fuhr Lucien schnell fort: »Keine Sorge, es ist nichts Ernstes, glaubt mir. Jetzt wollen wir Lisa vergessen.« Er trat einen Schritt zur Seite, sodass die Mädchen freies Blickfeld hatten. »Was seht ihr dort?«, fragte er.

Keine von ihnen antwortete. Sie waren einfach zu überrascht, so etwas völlig Normales zu sehen. Bis Harriet die Schultern anhob und sagte: »Das sind ja Perücken!«

»Stimmt, es sind Perücken!«

»Und das ist so außergewöhnlich?« Dora lachte leise. »Kann ich mir nicht vorstellen.«

Die anderen Mädchen stimmten ihr zu.

»Ich habe sie erfunden«, erklärte Lucien flüsternd. »Jede ist anders, und jede ist für euch gemacht. Ihr werdet sie aufsetzen, das ist meine Überraschung.«

»Und dann?«

»Arbeitet ihr weiter.«

Lydia drängte sich vor und machte sich zur Sprecherin der anderen vier Mädchen. »Wir verstehen das nicht. Um uns diese Perücken zu zeigen, hätten Sie doch nicht einen so großen Wirbel zu machen brauchen, Chef. Entschuldigen Sie, aber diese künstlichen Haarteile sind nicht einmal alle originell.«

»Das weiß ich.«

»Und?«

»Trotzdem sind sie etwas Besonderes, meine Lieben. Ich

möchte euch bitten, sie aufzusetzen. Erst wenn das geschehen ist, sehen wir weiter. Dann werdet ihr es merken.« Er schaute Lydia direkt an. »Willst du den Anfang machen?«

Plötzlich fühlte sich das Mädchen unbehaglich. Ein Schauer rann über Lydias Rücken. Sie kannte den Grund nicht. War es vielleicht eine Warnung des Unterbewusstseins? Stimmte etwas mit den Perücken nicht? Sie sah sich um.

An den Wänden hingen die Spiegel, dazwischen die Plakate. Sie nahm den Geruch wahr, diese Mischung aus Schweiß, Puder und Schminke, die sich beim Atmen schwer auf ihre Lungen legte.

»Du kannst die Schwarze haben«, sagte der Stylist.

»Dann sehe ich aus wie ein Igel.«

Die anderen lachten nach dieser Antwort.

Lucien verzog das Gesicht. »Eigentlich hatte ich die für dich ausgesucht.«

Lydia hob die Schultern. Sie wollte keine Spielverderberin sein und nickte.

»Bitte, komm«, bat Sabre mit flüsternder Stimme und nahm die Perücke vorsichtig vom Styroporkopf herunter. Er balancierte sie auf den Handflächen, streckte die Arme aus und hielt sie Lydia entgegen, die auf ihn zutrat und einen Schritt vor dem Mann in die Knie ging, damit Sabre ihr die Perücke aufsetzen konnte.

Lydia schielte zu ihm hoch. Die anderen Mädchen enthielten sich eines Kommentars. Sie alle waren äußerst gespannt, und sie fühlten sich plötzlich nicht mehr besonders wohl in ihrer Haut.

»Jetzt wirst du es erleben!«, hauchte der Stylist und zog die Perücke mit dem hochgekämmten Stachelhaar über den Kopf des Mädchens.

Ein Schauer rann über Lydias Haut, als Sabre die Perücke zurechtrückte.

Er war zufrieden. Durch ein Nicken deutete er es an und zeigte durch eine Handbewegung, dass sie sich aufrichten könne.

»Wie fühlst du dich?«, fragte er.

Lydia stand starr. Sie hob die Schultern. »Gut.« Es klang etwas zögernd, als wollte sie den Gastgeber nicht beleidigen.

»Nicht besser als sonst?«

»Nein. Es ist ein leichter Druck vorhanden.«

»Der wird wieder verschwinden«, erklärte der Stylist. »Reine Gewöhnungssache.« Er schob sie sacht zur Seite. »Bitte, jetzt sollen die anderen kommen.« Da sich keine traute, übernahm Lucien Sabre wieder die Initiative.

»Harriet.«

»Ja, ich komme.«

Sabre setzte ihr die grüne Perücke auf. Dieses raue, scharfe Haar verfremdete ihr Gesicht, es passte jedoch zu den leicht grünlich schimmernden Augen.

»Wunderbar siehst du aus«, flüsterte er und strich mit seinen Fingerkuppen über ihr Gesicht.

Die Nächste war an der Reihe. Es war Eve. Sie wurde mit der blonden Glatthaarperücke bedacht, über die der Mann noch mit einer Hand strich, damit auch kein Härchen abstand.

Für Dora hatte er die grellrote Perücke vorgesehen. »Von der Punkerin zur Hexe«, sagte er dabei.

»Wieso?«

»Hör zu, Schatz. Das Haar auf dieser Perücke hat einmal einer Hexe gehört. Verstehst du? Einer echten Hexe!«

Dora wusste nicht, was sie sagen sollte. Sie wurde verlegen. Sabre verabschiedete sie mit einem gehauchten Kuss. Dabei war er sehr nahe an das Mädchen herangetreten, sodass Dora seinen widerlich riechenden Atem bemerkte.

Sie trat hastig zurück, spürte aber gleichzeitig, dass ihr Blut schneller durch die Adern lief, und diese Tatsache nahm dort ihren Anfang, wo die Perücke saß.

Eine blieb übrig. Sie nahm der Mann hoch. Es war die Perücke mit dem grauen, strähnigen Haar, das verfilzt wie Draht wirkte. »Die habe ich für dich ausgesucht, Kim!«, erklärte er.

Kim wollte nicht so recht. Sie schaute die anderen an, blickte dann auf die Perücke und schüttelte den Kopf.

»Gefällt sie dir nicht?«, fragte Sabre.

»Ehrlich gesagt, nein.«

»Du willst doch nicht kneifen oder dich gegen mich stellen?«, erkundigte er sich lauernd.

»Natürlich nicht.«

»Dann komm her zu mir.«

Kim ging vor. Sie ahnte, nein, sie wusste, dass sie etwas falsch machte, aber sie fand nicht den Mut, sich umzudrehen und einfach aus dem Keller zu laufen.

Sabre wartete auf sie. Die Perücke lag auf seinen Handflächen. Er wartete lächelnd. In seinen Augen tanzten kleine Funken. Keines der Mädchen ahnte seine Gedanken. Niemand wusste, welch Böses sich hinter seiner Stirn manifestiert hatte.

Und Kim kam zu ihm. Sie hatte ein schmales Gesicht und blondes Haar. Das Gesicht zeigte die Blässe des Unbehagens.

»Geh etwas in die Knie!«, bat Sabre.

Kim tat es. Ihr Gewissen schrie dagegen auf, doch die Kraft zur Umkehr war nicht vorhanden.

Und so wurden auch ihr die fremden Haare aufgesetzt. Sabre begleitete den Vorgang mit seinem Kommentar. »Es ist die letzte Perücke«, erklärte er. »Ich freue mich darüber, denn nun habe ich es geschafft. Weißt du, von wem das Haar stammt?«, fragte er.

»Nein.«

Sabre ließ sich mit der Antwort Zeit, da er das Haar noch zurechtzupfte. »Von einer Toten. Ja, ich habe es einer Leiche abgeschnitten und daraus dieses kleine Kunstwerk hergestellt.«

Kim wollte schreien, dagegen protestieren, doch ihre Kehle war plötzlich wie zugeschnürt. Die letzten Worte hatten ihr eine schreckliche Angst eingejagt. Sie drückte sich hoch und wurde gleichzeitig von Sabre zur Seite geschoben, damit er alle Mädchen im Blickfeld hatte.

Die fünf waren ungewöhnlich still geworden. Keine von ihnen fühlte sich wohl. Vielleicht war ihnen bewusst geworden, dass sie etwas Falsches getan hatten, nur wagten sie nicht, dies ihrem Chef ins Gesicht zu sagen. Der ging zurück, lehnte sich gegen den Perückentisch und deutete auf die sechste. »Sie werde ich für Lisa verwahren.« Er strich mit der Hand über das Haar. »Schaut genau hin, ihr Hübschen. Seht es euch an. Dann werdet ihr euch wundern.«

Und die Mädchen sahen, dass mit den Haaren etwas geschah.

Sie bewegten sich.

Jede einzelne Strähne gehorchte dem Mann, als wäre er der große Guru. »Das sind keine Haare!«, flüsterte er dabei. »Das ist etwas ganz anderes. Wisst ihr es schon?«

Sie schwiegen.

»Dann will ich es euch sagen. Schlangen. Was ihr hier seht, sind Schlangen. Ja, und aus ihnen habe ich diese Perücke hergestellt.« Er lachte. »Ungewöhnlich, wie?«

Abermals erfolgte keine Reaktion, und er fuhr deshalb fort: »Aber nicht nur diese Perücke hier ist ungewöhnlich. Eure sind es ebenfalls, meine Lieben.« Er richtete den Blick gegen die hell getünchte Decke, als gäbe es dort etwas Besonderes zu sehen. »Jede Perücke ist ein Kunstwerk für sich. Ich schwärme für Kunst. Für mich ist sie nicht tot, sie lebt, und so ist es auch mit euren Haaren. Auch sie leben. Sie sind mit einer ihnen eigenen Kraft erfüllt, und sie werden dafür sorgen, dass sie die Kontrolle über euch bekommen. Diese Perücken sind ungemein wichtig, das kann ich euch versprechen. So wichtig, dass sie ein Stück von euch sind und ihr es nicht mehr schaffen werdet, sie abzunehmen, es sei denn, ich will es.«

Für den Anfang hatte er genug gesagt. Jetzt wollte er die Reaktion abwarten.

Sie bestand aus – Schweigen!

Kein Mädchen fühlte sich in der Lage, etwas zu sagen. Sie waren einfach zu überrascht, sie standen da und sahen so verfremdet aus. Die Perücken hatten andere Wesen aus ihnen gemacht.

Von schön bis schaurig reichte die Palette. Am schlimmsten wirkte Kim mit den Haaren einer Toten, die so grau und verfilzt ihren Kopf umgaben.

Eve übernahm plötzlich die Initiative. Sie war eigentlich ein ruhiger Typ, doch in diesem Fall überwand sie sich selbst. »Ich will es nicht!«, schrie sie. »Ich will dieses verdammte Haar nicht auf meinem Kopf haben.« Sie hob die Arme an und fasste mit allen zehn Fingern in die blonden Strähnen, um sich die Perücke vom Kopf zu reißen. Normalerweise hätte ein Ruck ausgereicht; sosehr sie sich aber bemühte, sie bekam die Perücke nicht vom Kopf.

Die anderen vier beobachteten sie teils ängstlich, teils skeptisch. Nur Lucien Sabre nicht. Er wusste schließlich genau, weshalb er den Mädchen die Perücken aufgesetzt hatte. Sein Lächeln war wissend, schmierig und triumphierend zugleich. In seinen Augen lag ein fahler Glanz. Und mit der Zungenspitze leckte er sich gierig über die Lippen.

Lässig schnippte er mit den Fingern. »Du kannst alles versuchen, Eve, aber du schaffst es nicht. Du wirst die Perücke nicht abnehmen können, und das gilt auch für die anderen Girls. Sie bleiben auf euren Köpfen. Und zwar so lange, wie ich es für richtig halte. Ich habe die Perücken erschaffen, und sie werden mir gehorchen. Hinzu kommt noch etwas!«, sprach er in das entsetzte Schweigen der Mädchen hinein. »Diese Perücken sind von einer Kraft erfüllt, die ihr nicht begreifen könnt. Sie hat etwas mit Magie zu tun. Und Magie kann gefährlich sein, obwohl sie für mich das Höchste überhaupt ist. Aber sie wird euch verändern. Sie dringt ein in eure Schädel. Sie verändert euch. Die Menschen würden euch als böse bezeichnen. Ja, so soll es sein. Böse werdet ihr. Böse, gemein, gefährlich, und ihr dient allein dem Satan und mir. Du, Eve, trägst die Haare einer Toten. In ihnen steckt die Kraft der Leiche, doch es ist eine untote Kraft. Verstehst du? Deshalb wirst du auch wie ein Zombie reagieren, wie eine lebende Leiche. Oder du, Dora, wirst zur Hexe werden und die entsprechenden Kräfte besitzen. Wer dir zu nahe kommt, muss damit rechnen, vernichtet zu werden. Jede von euch reagiert anders, aber jede handelt in meinem und im Sinne des Teufels. Jetzt gehört ihr ihm. Habt ihr das Bild in meinem Zimmer gesehen? Ja, ihr habt es. Ich sah, wie ihr es betrachtet habt, und ich war glücklich. Aber jetzt bin ich euphorisch. Wir werden nach oben gehen und noch eine Flasche Champagner trinken. Wir trinken auf den, der uns die Kraft gegeben hat. Auf den Satan. Er lebe hoch!«

Sabre war nicht mehr zu halten. Seine Augen leuchteten. Der Blick war böse, durchdringend und fanatisch.

Die Mädchen sagten nichts.

Aber sie spürten die sich ankündigende Veränderung. Sie sahen zwar noch aus wie Menschen, doch sie waren dabei, sich innerlich in gefährliche Mörderinnen zu verwandeln.

In Bestien und Hexen.

Ich hatte nur wenige Stunden geschlafen, fühlte mich ziemlich down, und auch das Wetter trug nicht gerade dazu bei, den Kreislauf irgendwie zu fördern.

Es würde ein mieser, nasskalter Tag werden. Wahrscheinlich vermischt mit Schnee und Regen. Dazu kam der Wind, der kalt durch die Londoner Straßen blies.

Davon merkte ich nichts, als ich zum Büro fuhr. Suko saß neben mir. Ihm hatte ich den Fall erzählt, und auch er war der Meinung, dass wir unter Umständen in ein magisches Wespennest gestochen hatten.

Der Verkehr war wieder einmal superdicht. Dennoch hatten wir Glück und trafen einigermaßen pünktlich beim Yard ein.

Glenda, im dunkelroten, dicken Pullover, war bereits da. Nach der Begrüßung kam sie sofort zur Sache. »Du sollst einen Oberinspektor Finley anrufen, John.«

»Ja, ich weiß Bescheid.«

»Kann ich erfahren, um was es geht?«

»Wir hatten Ärger in der vergangenen Nacht.« Ich lächelte. »Aber sobald ich deinen Kaffee rieche, geht es mir besser.«

»Die Tassen sind schon fertig.«

»Ob Finley eine Spur gefunden hat?«, fragte Suko, als er mir gegenüber Platz nahm.

»Möglich.« Ich griff zum Hörer. »Das werden wir bald wissen.« Glenda hatte seine Rufnummer auf einen Zettel geschrieben, und ich tippte die Zahlen ein.

Finley bekam ich nicht sofort an den Apparat, dafür einen Vertreter, der mich weiterverband.

»Ja, endlich, Sinclair!«, hörte ich die Stimme des Kollegen. »Ich hoffe, dass er noch nicht bei Ihnen ist.«

»Wer?«

»Ein gewisser Barney Brookman.«

»Oh, das ist interessant. Wer ist der Mann?«

»Lisas Bruder. Ihn haben wir als einzigen Verwandten erreichen können, als wir das Leben der Toten durchleuchteten. Ich habe noch in der Nacht mit ihm gesprochen.«

»Hat er mit Informationen dienen können?«

»Leider nicht. Der Tod seiner Schwester hat ihn hart getroffen. Da ich annehme, dass Sie weiterhin in diesem Fall herumrühren wollen, habe ich Mr Brookman Ihren Namen hinterlassen. War das in Ihrem Sinne?«

»Natürlich.«

»Gut, dann wünsche ich Ihnen noch viel Glück. Und wenn Sie den Fall gelöst haben, lassen Sie mich es wissen.«

»Gern – und vielen Dank noch.«

Suko hatte mitgehört. »Ist das eine Spur, John?«

»Ich hoffe es.«

Suko legte seine Stirn in Falten. »Was, so frage ich mich, kann eine Person wie Lisa dazu veranlasst haben, so eine Perücke aus Schlangen aufzusetzen? Ich komme da nicht mit.«

»Sie wird es nicht freiwillig getan haben.«

»Das denke ich auch. Dann frage ich mich, wer dahintersteckt. Wem traust du so etwas zu?«

Ich wiegte den Kopf. Glenda brachte den Kaffee. Der Duft stieg verlockend in meine Nase. Suko wurde ebenfalls verwöhnt und erhielt seinen Tee hingestellt.

»Erfolg gehabt?«, fragte sie.

»Das steht noch in den Sternen!«

»Ich wünsche es euch.« Sie lächelte uns zu und ging.

Ich nahm den ersten Schluck und freute mich darüber, dass der Kaffee heiß meine Kehle hinabrann. »Um noch einmal auf deine Frage zurückzukommen, Suko, es gibt ja einige Typen, denen ich so etwas zutraue. Denk an Samaran, an Asmodis, der Spuk ist auch nicht aus dem Rennen.«

Mein Freund lachte. »Das hätte ich dir auch sagen können. Jedenfalls müssen wir alle in Betracht ziehen.«

»So ist es.«

Glenda rief an. Ich hob den Hörer ab, und sie gab mir zu verstehen, dass unser Besuch eingetroffen wäre.

»Okay, führe ihn herein.«

Wenig später betrat hinter Glenda ein Mann das Büro, dem man ansah, dass er geweint hatte. Ich schätzte ihn auf ungefähr dreißig. Er hatte braunes Haar, trug einen Oberlippenbart und eine gefütterte Lederjacke sowie Cordhosen. Seine Füße steckten in halbhohen Stiefeln.

Suko und ich waren aufgestanden, stellten uns vor und reichten ihm dabei die Hand.

Ich wies auf den Besucherstuhl. »Bitte, nehmen Sie Platz, Mr Brookman.«

Er setzte sich so vorsichtig hin, als hätte er Angst, den Stuhl zu zerbrechen.

»Eine Tasse Kaffee trinken Sie doch mit uns, nicht?«

Glenda hatte mich gehört. »Ich hole eine«, sagte sie und war sehr schnell wieder zurück.

Brookman bedankte sich mit einem scheuen Nicken und traute sich kaum, einen Schluck zu nehmen. Erst nach unserer Aufforderung trank er vorsichtig.

»Schmeckt er Ihnen?«, fragte Suko.

»Ja, er ist hervorragend.«

»Sonst hätten Sie es sich mit Miss Perkins verdorben. Sie ist die beste Kaffeeköchin der Welt.«

Die Worte schienen Brookman etwas von seinen Depressionen genommen zu haben. Er lächelte, knetete seine Finger und schaute uns fragend an. »Sie wollen sich also um den Tod meiner Schwester kümmern?«

»Ja.«

Suko hatte wieder gesprochen, und Brookman schüttelte den Kopf. »Ich kann es noch immer nicht fassen, dass sie tot sein soll. Sie war ein so lebenslustiges Mädchen. Wir haben uns gut verstanden, auch wenn wir uns nicht sehr oft sahen. Nach dem Tode unserer Eltern habe ich eine Art Schutzpatronat für sie übernommen, doch ich muss nun eingestehen, dass ich versagt habe.«

»Das haben Sie nicht«, widersprach ich. »Sie konnten Ihre Schwester doch nicht Tag und Nacht beschützen. Das war unmöglich. Außerdem stand sie auf eigenen Füßen.«

Er ging auf meine Worte nicht ein. »Sie muss erhängt worden sein, wie man mir sagte. Und es hat noch einen zweiten Toten gegeben. In der U-Bahn. Aber ich weiß nicht …«

»Der zweite Tote braucht Sie nicht zu interessieren«, sagte ich. »Wir möchten von Ihnen mehr über Ihre Schwester wissen. Was sie den Tag über getan hat. War sie berufstätig, wo wohnte sie?«

»Sie hatte sich ein kleines Zimmer gemietet. Das liegt erst zwei Monate zurück. Zuvor wohnte sie mit ihrer Arbeitskollegin zusammen. Aber sie wollte frei sein.«

»Wo war sie beschäftigt?«

Er hob den Kopf. »Lisa gehörte zu den gefragtesten Friseurinnen in der Stadt. Sie hat schon an Wettbewerben teilgenommen und einen sogar für sich entscheiden können. Sie war gut.« Er nickte, und ich sah in seinen Augen die Tränen schimmern.

»Aber wo hat sie gearbeitet?«, fragte Suko.

»Bei Lucien!«

Suko und ich sahen uns an. Brookman schnäuzte sich. Er

hörte unser Flüstern nicht. »Friseurin und Perücke, das passt wunderbar zusammen!«, hauchte ich meinem Freund zu.

»Und Lucien?«

»Hört sich nach Friseur an.«

Den letzten Satz hatte Brookman verstanden. Während er sein Taschentuch in die Tasche stopfte, sagte er: »Ja, Lucien ist ein Friseur, obwohl Sie ihn damit beleidigen, wenn Sie ihn so bezeichnen. Er hält sich für einen Stylisten. Er ist der Mann, der Frauen schöner macht. Er formt neue Menschen, er will den modernen Typ. In London steht er mit an der Spitze. Er ist ein Begriff geworden. Wer Rang, Namen und Geld genug hat, geht in seinen Salon, um sich von ihm bedienen zu lassen. Dabei können Sie alles bekommen. Kosmetik und Massage. Die Kunden trinken Champagner, während sie bedient werden. Lisa hat oft davon erzählt. Sie war total begeistert.«

»Und diesen Lucien? Kennen Sie ihn persönlich?«

»Nein, Mr Sinclair. Ich sprach nie ein Wort mit ihm. Ich habe ihn nur hin und wieder gesehen, wenn ich Lisa abholte. Uns beide trennen Welten.«

»Sie mögen ihn nicht.«

Er schaute uns an. »Ich kann über ihn nichts sagen. Wieso fragen Sie so intensiv? Verdächtigen Sie Lucien Sabre, etwas mit dem Tod meiner Schwester zu tun zu haben?«

»Das wäre zu viel gesagt, Mr Brookman. Wir haben bisher nur keine Spuren und müssen uns jetzt auf die Suche begeben. Deshalb wollen wir bei Mr Sabre anfangen. Ist er Franzose?«

»Das weiß ich nicht mal. Oft legen sich diese Leute auch Pseudonyme zu.«

»Und er hat gut zu tun?«

Brookman lachte auf. »Gut ist untertrieben. Sie müssen sich Wochen vorher anmelden, um überhaupt einen Termin bei ihm zu bekommen. Und wenn ihm ein Kunde nicht passt, dreht er durch.«

»Und wie ist er zu seinen Mitarbeitern?«

»Er beschäftigt nur Mädchen. Die himmeln ihn an. Sie lesen

ihm jeden Wunsch von den Lippen ab und bemuttern ihn. Wahrscheinlich deshalb, weil er vom anderen Ufer ist.«

»Das kann ich mir vorstellen«, murmelte Suko. Er wandte sich an mich. »Ich frage mich nur, John, wie wir uns bei ihm einen Einstieg verschaffen können, ohne dass er merkt, dass wir von der Polizei sind.«

»Können Sie uns helfen, Mr Brookman?«

»Mich kennt er nicht.«

Ich lächelte. »Er wird wissen, dass Lisa tot ist. Wenn er sich wirklich mit seinen Angestellten so gut versteht, wird er auch nichts dagegen haben, Lisas Bruder zu empfangen. Ich komme dann mit Ihnen, und Sie stellen mich als Cousin vor.«

»Wenn das klappt.«

»Keine Sorge, das schaffen wir.«

»He«, sagte Suko. »Mir ist da noch etwas eingefallen. Von uns kennt niemand diese Type, weil wir noch immer zum Friseur an der Ecke gehen. Aber wie ist es mit Sheila? Die kennt sich doch in der Szene aus. Wenn sie zum Friseur geht, macht sie eine Staatsaktion daraus.«

»Du hast ja Verstand!«, staunte ich.

»War dir das bisher unbekannt?«, fragte er zurück.

Ich hielt den Hörer bereits in der Hand. »Ja. Ich habe immer gedacht, du zählst zu den Menschen, in die noch Verstand hineingehört. So kann man sich täuschen.« Ich hatte bereits gewählt und hörte die Stimme des kleinen Johnny. Von Bill wusste ich, dass er an diesem Tag schulfrei hatte.

»Hier ist Onkel John. Kann ich die Mummy mal sprechen?«

»Warte, warte.« Ich hörte ihn wegrennen und musste lächeln. Wenig später meldete sich Sheila.

»Wolltest du wirklich mich?«, fragte sie.

»Ja.«

»Das wird Bill ärgern.«

»Wo steckt er denn?«

»Er holt frische Brötchen. Wir haben etwas länger geschlafen. Um was geht es denn?«

»Um deinen Friseur.«

»Willst du mich ...?«

»Nein, ich will dich nicht, Sheila. Wer ist dein Friseur?«

»Ich habe da mehrere.«

»Gehört auch ein gewisser Lucien Sabre dazu?«

»Ja.«

»Wunderbar. Was ist das für ein Typ?«

»Völlig überspannt, einfach verrückt, aber in gewisser Weise ein Genie. Er gehört zu den Trendsettern in der Haarstylistik. London hört auf ihn. Im letzten Jahr erst ist er hochgekommen und hat seinen Laden zu einer wahren Goldgrube gemacht. Wenn du dir bei ihm die Haare schneiden lässt, dann musst du dich früh genug anmelden.«

»Das wollte ich nicht gerade.«

»Interessiert er dich beruflich?«

»Ja.«

»Bill hat mir von dem Fall berichtet. Das tote Mädchen und der junge Mann ...«

»Das Mädchen war bei Lucien beschäftigt.«

Sheila schwieg. Dann räusperte sie sich. »Willst du damit andeuten, dass Lucien Sabre mit irgendwelchen Mächten in Verbindung steht?«

»Ich weiß es nicht, Sheila. Wie gesagt, Sabre ist nicht mehr als eine Spur.«

»Brauchst du sonst noch Informationen?«, fragte sie.

»Vorerst nicht.«

»Und Bill?«

»Sag ihm mal nichts.«

Als ich aufgelegt hatte, schauten mich Brookman und Suko an. »Bleibt es bei deinem Plan?«, fragte der Inspektor.

»Ja.«

»Dann müsste ich ihn zuvor anrufen«, meinte Barney.

Ich war dagegen. »Er würde versuchen, uns abzuwimmeln. Wir werden hinfahren, Mr Brookman.«

»Und ich?«, fragte Suko.

»Siehst dir mal sein Haus an. Oder wohnt er im Geschäftshaus?«

»Nein, Mr Sinclair.« Brookman wusste sogar die Privatadresse des Friseurs. Und die lag nicht einmal weit entfernt von dem Ort, wo Lisa gestorben war.

»Ich glaube«, sagte Suko, als er sich erhob, »da tut sich etwas.«

Der Ansicht war ich auch. Nicht eine Sekunde länger wollte ich in meinem Büro bleiben.

Lucien Sabre wartete auf mich. Ich war sehr gespannt auf diesen außergewöhnlichen Mann.

Suko war nicht mit dem Motorrad gefahren, er hatte sich einen Leihwagen genommen und ein Stück von seinem Ziel entfernt abgestellt. Den Rest war er zu Fuß gegangen.

Die Gegend, in die sich Lucien Sabre nach Feierabend zurückzog, machte keinen mondänen Eindruck. Sie gehörte nicht zu den außergewöhnlichen Londoner Wohnvierteln. Man konnte sie als bürgerlich bezeichnen.

Läden, Pubs und Imbissstuben waren ebenfalls vertreten. Suko sah eine Kirche, in der Nähe lag die Schule, und der Baumbestand in dieser Gegend war gut erhalten.

Einmal schritt er an dem Haus vorbei, in dem Sabre wohnte, kam wieder zurück und sah eine junge Frau aus der Haustür treten.

Sie fragte er nach Sabre.

»Der ist nicht hier«, erklärte die Frau, wobei sie ihr Kopftuch zurechtrückte.

»Aber er wohnt doch hier.«

»Ja«, sie deutete nach nebenan. »Er lebt in diesem umgebauten Lebensmittelladen.«

»Kennen Sie ihn besser?«

Ihr Lächeln wurde verächtlich. »Den süßen Bruder? Nein, aber ich sage Ihnen, in der vergangenen Nacht war vielleicht was los! Da hatte er das Haus voller Mädchen.«

»Sagen Sie nur.«

Sie redete sich in Fahrt. »Klar doch. Ich bin ja nicht

neugierig, aber diese Geräusche aus der Wohnung waren einfach nicht zu überhören, wie Sie sich denken können. Das war einfach grauenhaft.«

»Was haben Sie denn gehört?«

»Schreie, Mister.« Sie nickte heftig und beugte sich vor. »Als wäre dort jemand ermordet worden.«

»Das sagen Sie doch nur so!«

Sie trat wieder einen Schritt zurück. Ihr Gesicht nahm einen verschwörerischen Ausdruck an. »Diesem Pinsel traue ich alles zu, glauben Sie mir.«

»Ja, ich bedanke mich.«

»Und was wollen Sie von ihm?«

»Es geht da um eine Versicherungssache.«

»Davon habe ich keine Ahnung. Viel Glück.« Sie ging hastig und mit schwingenden Hüften davon.

Suko aber dachte nach. Auch wenn die Frau eine Klatschbase gewesen war, die Schreie oder den Lärm der vergangenen Nacht hatte sie sich bestimmt nicht eingebildet. Was war in der Wohnung vorgefallen?

Suko schaute auf die Tür. Extra gesichert war sie nicht. Ein zweiter Blick auf das Schloss sagte Suko, dass es leicht zu knacken war. Aber durfte er dies? Wenn er es tat, setzte er sich über geltende Bestimmungen hinweg, die ein Polizist unbedingt einzuhalten hatte. Andererseits stand die Aussage der Frau. Sie hatte in der Nacht Schreie vernommen und sicherlich nicht gelogen.

Um das Haus herum konnte der Inspektor nicht gehen. Es gab keine Zwischenräume oder Einfahrten. Und von der normalen Haustür aus würde es wohl kaum eine Verbindung zu Lucien Sabres Wohnung geben. Demnach blieb Suko nichts anderes übrig, als die Tür hier vorn zu öffnen.

Er hatte sich schon relativ lange am Haus herumgetrieben. Zudem war er unbekannt in dieser Gegend und aufgefallen. Ein Bobby schlenderte herbei. Er lächelte Suko freundlich zu, als er stehen blieb und nach dem Ausweis fragte.

Der Inspektor wies sich aus.

»Sorry, Sir, aber ich wusste nicht, dass Sie …«

»Ich muss in das Haus.«

»Zu Sabre?«

»Ja.«

»Er ist nicht da.«

»Das weiß ich, aber eine Frau hat in der Nacht Schreie gehört. Es besteht der dringende Verdacht, dass ich dort eine Leiche finde. Können Sie hier auf mich warten?«

»Natürlich, Sir.«

»Gut.« Suko holte sein Besteck hervor. Allzu wohl fühlte er sich nicht dabei.

Durch seinen Spezialdietrich hatte er die Tür sehr bald offen. Auch die Haustür ließ sich leicht nach innen schieben. Suko warf noch einen Blick zurück.

Der Polizist nickte. Er würde warten.

Suko betrat den umgebauten Lebensmittelladen. Der Bewohner hatte die Vorhänge zugezogen. Nur wenig Licht drang in den großen Raum, und Suko blieb zunächst im Düstern stehen, um etwas von der Atmosphäre zu erschnuppern, die sich vor ihm ausbreitete.

Er nahm einen süßlichen Geruch wahr, »schweres« Parfüm.

Allmählich schälten sich die Umrisse der einzelnen Möbelstücke aus der Finsternis. Suko war von der Anzahl der Sitzgelegenheiten überrascht. Hier hatte nicht nur jemand Möbel in den großen Raum gestellt, sondern regelrechte Wohnlandschaften kreiert, die dem Chinesen gefielen. Außer ihm befand sich niemand mehr im Raum, und so entschloss sich der Inspektor, das Licht einzuschalten. Als er den Schalter gedrückt hatte, wurden die vier Strahler an der Decke hell, und ein Lichtbalken traf ein Bild, das sofort Sukos Aufmerksamkeit erregte.

Es zeigte den Teufel!

Ein widerliches Abbild des Asmodis, gemalt in einem dunklen Rot und auf schwarzem Hintergrund.

Hart presste Suko die Lippen zusammen. Plötzlich wusste er, dass er richtig war. Dieser Sabre führte nach außen hin das

Leben eines Trendsetters oder großen Erfinders, aber er bezog wahrscheinlich seine Kräfte aus dem kalten Glanz der Hölle.

Suko trat an das Bild heran.

Es war täuschend echt gemalt. Man konnte den Eindruck haben, als würde der Teufelskopf leben und im nächsten Moment anfangen, höhnisch zu grinsen.

Vielleicht steckte in dem Gemälde auch eine gewisse Magie. Suko nahm sich vor, sich später um dieses Bild zu kümmern. Zunächst wollte er sich die Wohnung genauer ansehen.

Er fand außer dem großen noch zwei kleine Räume vor. Zum einen eine Küche, zum anderen ein Bad, dessen Wände mit schwarzen Kacheln bedeckt waren, die als Muster rote Punkte zeigten, sodass sie aussahen wie mit Blut besprenkelt.

Weder in der Küche noch im Bad hatte Suko eine Leiche entdeckt. So zog er sich wieder in den Wohnraum zurück. Er fand aber noch eine dritte Tür. Sie lag ziemlich versteckt hinter einem Raumteiler aus Glas und Holz. Auf diese Tür ging Suko zu, öffnete sie und sah vor sich eine Treppe, die in den Keller führte. Sicherlich hatte er früher einmal als Lager für Lebensmittel gedient.

An diesem Morgen wehte dem Inspektor ein anderer Geruch entgegen. So roch oder duftete es in einem Friseurladen, in dem lange nicht mehr gelüftet worden war. Parfüm, Puder und Schweiß hatten sich miteinander vermischt, und dieser Geruch wurde intensiver, je mehr Stufen der Chinese hinter sich ließ.

Vor einer weiteren Tür blieb er stehen. Die Beleuchtung war nicht gut, aber sie reichte für ihn aus. Er öffnete die Tür, fand den Lichtschalter links davon und konnte sich endlich umsehen.

Ein relativ langer Raum lag vor ihm. Eine Garderobe, die in ein Theater gepasst hätte. Rechts und links standen an den Wänden die Schminktische. Darüber hingen ziemlich blinde Spiegel, auch Plakate waren dazwischen zu sehen. Sie zeigten die Motive aus den alten Hollywood-Zeiten.

Ansonsten war der Raum leer.

Nur etwas ließ Suko stutzig werden. Wieder war es der Geruch. So intensiv wie sonst nicht im Haus nahm er ihn wahr. Allerdings mit einer noch anderen Komponente dazwischen.

So roch Blut!

Suko gelangte zu dem Schluss, dass auch noch Modergestank mit in diesem Konglomerat vereinigt war. Ein bestimmter Modergestank.

Der Inspektor war neugierig geworden. Er konzentrierte sich darauf und hatte plötzlich Gewissheit.

Ja, jetzt wusste er Bescheid.

So wie es hier an manchen Stellen roch, so stanken die widerlichsten aller Dämonen.

Ghouls!

Sukos Gesicht wurde hart. Kantig traten die Knochen an den Wangen hervor. Auch seine Augen zeigten einen anderen Ausdruck. Wenn er überhaupt irgendwelche Dämonen hasste, dann waren es Ghouls, diese widerlichen Leichenfresser, die oft auf alten Friedhöfen hausten und immer versuchten, an Opfer zu gelangen.

Ghouls waren von Natur aus schleimige Gestalten, aber sie konnten auch aussehen wie Menschen, ohne allerdings den Leichengeruch, der ständig von ihnen ausging, ganz auszuschalten. Aus diesem Grunde fielen sie auch öfter auf, als ihnen angenehm war.

Der Inspektor durchquerte den Raum. Am Ende hatte er einen quer stehenden Tisch entdeckt, auf dem etwas stand, das ihn aus der Ferne ein wenig erschreckt hatte.

Köpfe!

Zunächst wollte Suko seine Waffe ziehen. Als er jedoch näher kam, atmete er beruhigt aus.

Nein, diese Köpfe waren nicht gefährlich. Sie bestanden aus Styropor und waren dazu ausersehen, Perücken aufzunehmen, damit man sie bequem kämmen konnte.

Der Inspektor zählte nach.

Er kam auf sechs.

Plötzlich begann er zu schlucken. Sechs Köpfe, sechs Perücken vielleicht?

Nein, das stimmte nicht. Fünf leere Köpfe standen vor ihm. Der sechste aber war besetzt.

Auf ihm lag eine Perücke. Und ihre dichten Haare ähnelten Schlangen.

Keinen Schritt ging der Chinese weiter. Er wusste von John Sinclair, wie das Mädchen Lisa gestorben war. John hatte ihm von Bill Conollys Erlebnissen berichtet. Der Reporter hatte eine Perücke gesehen, die aus Schlangen und nicht aus Haaren bestand.

Hier lag sie vor ihm.

Sogar verschiedene Farben zeigte sie. Rotbraun und Grün. Immer abwechselnd und ungefähr so dick wie drei nebeneinander gelegte Finger.

Die Perücke sah aus wie ein toter Gegenstand. Nur wollte Suko daran nicht glauben. Er griff unter seine Jacke, um die Dämonenpeitsche hervorzuholen.

Wenn irgendetwas geschah, wollte er wenigstens abwehrbereit sein. Einmal schlug er einen Kreis über den Boden, sodass die drei starken Riemen herausrutschen konnten.

Mit einem leisen Laut klatschten sie auf den Boden. Noch bewegte sich der Inspektor nicht.

Dafür die Perücke.

Es sah so aus, als wollte sie von dem Kunststoffkopf wegwandern. Die Haare schoben sich in Sukos Richtung.

Sie lebten!

Und es waren Schlangen!

Widerliche, magisch geladene Reptilien, sogar mit kleinen Mäulern, die sich öffneten und winzige gespaltene Zungen sehen ließen. Der Inspektor hob den rechten Arm.

Im selben Augenblick verließ die Perücke den Kopf und hob ab!

Der Laden war nicht zu übersehen. In einer leicht roten, in sich verschlungenen Schrift leuchteten die Buchstaben auch am Tage und wiesen dem Kunden an, wohin er zu fahren hatte. Nämlich um die Ecke des Hauses auf einen Parkplatz, der zum Geschäft gehörte.

Ich folgte dem Weg, fand aber nur eine Lücke, die für den Bentley zu klein war.

Also wieder zurück.

»Sonst ist alles dicht!«, sagte Brookman und schaute sich um.

Das war es zwar, aber ich wollte mich damit nicht abfinden. Polizisten besitzen in gewissen Situationen nun mal gewisse Privilegien, und die spielte ich aus.

Ich fuhr den Wagen auf den Parkstreifen vor einem Möbelgeschäft, der für Kunden reserviert war, und bat den Geschäftsführer, ihn dort abstellen zu dürfen.

Er stimmte erst zu, nachdem er meinen Ausweis gesehen hatte, dann auch noch ärgerlich.

Der Schneeregen war mittlerweile in Nieselregen übergegangen. Die Leuchtreklame strahlte in den feinen Sprüh hinein. Sie sah aus, als würde ein roter Vorhang davor hängen.

Zwar wirkte die nach außen hinweisende Fensterfront protzig, aber man konnte nicht in den Laden hineinschauen, da eine Gardine den Blick verwehrte. Die im Innern arbeitenden Angestellten waren nur schattenhaft zu erkennen.

Brookman hielt sich zurück. Er ging hinter mir und war sehr nervös. Kein Wunder. Bevor wir eintraten, nickte ich ihm aufmunternd zu. »Keine Sorge, das bringen wir schon.«

»Wenn Sie meinen.«

Eine andere Welt nahm uns jenseits der breiten Glastür auf. Eine Welt des Schönen, des Feinen, zudem ein Refugium der Düfte, der hektischen Lautlosigkeit und der Lichter. Vor uns befand sich ein Glastresen, auf dem eine ebenfalls gläserne Kasse stand, die dem Betrachter ihr veraltetes Innenleben zeigte.

Tiegel, Flaschen, Dosen, Pülverchen, Pinsel, Lippenstift, Spiegel, Kämme. Es war ein wohlgeordnetes Sammelsurium, das sich unter der Glastheke verbarg und um die Wette mit den Champagnerkübeln strahlte, die an jedem Kundensessel standen.

Zahlreiche Mädchen bedienten die Kundschaft. Von einem Mann sah ich vorerst nichts.

Dafür schwebte eine andere Person auf uns zu. Bevor sie uns erreicht hatte, flüsterte mir Brookman ihren Namen ins Ohr. »Das ist Lydia, aber sie hat ihre Haare anders.«

»Eine Perücke?«

»Kann sein.«

Wie alle Mädchen trug auch Lydia ihre Arbeitskleidung. Eine halblange Jacke aus rotem Stoff, mit einem tiefen V-Ausschnitt. Die Beine wurden von einer weißen, leicht gemusterten Strumpfhose umschmeichelt, wie sie in Mode war. Die roten, halbhohen Stiefel sollten wohl an die Winterzeit erinnern. Lydias Haare waren wirklich sehenswert. Sie trug eine pechschwarze Igelperücke. Nur waren diese Stacheln hier breiter und erinnerten an Messer.

Lydia lächelte neutral. Wahrscheinlich ließ sie uns ziemlich unten in der Schublade verschwinden, denn wir waren nicht entsprechend angezogen.

»Sie haben einen Termin?«, fragte sie. Ihre Stimme klang leicht nasal. Dabei hob sie die nachgezogenen Augenbrauen und stemmte die linke Hand lässig in die Hüfte.

Ich hatte abgemacht, dass Barney Brookman sprechen sollte. Er redete auch, leider sehr leise. Man merkte ihm an, dass er sich unwohl fühlte. »Wir sind nicht angemeldet.«

»Oh.« Es klang gedehnt. »Das müssen Sie aber bei uns. Wir sind nicht irgendjemand.«

Barney hatte einen Geistesblitz. »Wir auch nicht, Lydia.«

»Sie kennen mich?«

»Ja, ich bin Barney Brookman. Der Bruder von …«

»Von Lisa«, sagte sie. Plötzlich wurde ihr Lächeln freundlicher. »Was ist denn mit ihr? Ich hörte, sie wäre krank.«

Barney wollte schon die Wahrheit sagen, das sah ich seinem Gesicht an und reagierte im letzten Augenblick. Mein Tritt auf seine Zehen ließ ihn zusammenzucken. Er begriff sofort.

»Ja, ja, sie ist krank. Deswegen bin ich ja gekommen. Wir wollten sie länger abmelden. Das ist übrigens ein Cousin. Er ist zufällig in London.«

Lydia nickte mir zu und hatte die Lippen verzogen. Tja, ich war wohl nicht ihr Typ.

»Kann ich denn Mr Sabre sprechen?«

»Wegen Lisa?«

»Natürlich.«

Sie drehte sich um und schaute in den Raum hinein. Durch die Bewegung war der Ausschnitt ein wenig verrutscht. Ungewollt verschaffte sie mir einen interessanten Einblick.

»Ich weiß nicht, ob es ihm genehm ist. Lucien ist nicht da. Er wollte auch nicht arbeiten. Er war heute Morgen sehr sensibel und hat seine kreative Phase.«

»Aber ich muss mit ihm reden!«

»Gut, dann warten Sie. Ich frage nach. Aber halten Sie sich ein wenig zurück. Unsere Kunden lieben diese Oase der Ruhe und völligen Entspannung, wenn Sie verstehen.«

Sie schwebte davon. In mir stieg der Zorn hoch. So etwas Arrogantes hatte ich selten erlebt. Nicht einmal bei den Lords oder Geldmagnaten. Da kam nur noch der Geheimdienst mit.

»War die immer so?«, fragte ich meinen Begleiter.

»Keine Ahnung. Ich spreche heute zum ersten Mal mit ihr. Lisa ist mit ihr immer gut ausgekommen. Mich wundert es nur, dass Lydia noch nichts vom Tod meiner Schwester weiß.«

»Mich wundert es nicht.«

»Wieso?«

Ich winkte ab. »Lassen wir das.« Lydia hatte uns zwar geraten, kein Aufsehen zu veranstalten, doch an so dumme Sprüche hatte ich mich selten gehalten. Ich wollte nicht wie ein Zinnsoldat vor der Theke stehen bleiben und setzte mich in Bewegung, um das Arbeitsfeld der Friseurinnen zu erforschen.

Mit Licht hatte man nicht gespart. Die Becken bestanden aus grünlich schimmerndem Marmor.

Auf den bequemen Ledersitzen hockten die Ladys, um sich behandeln zu lassen. Da wurden Haare frisiert, Nägel lackiert, Finger gewaschen und Gesichter mit Gurken belegt. Letzteres geschah in kleinen, abgeteilten Kabinen, wo sogar tragbare Fernsehgeräte standen, damit sich die Damen nicht langweilten.

Das war mir zu viel Schau, die zudem einen Haufen Geld kostete. Andererseits durfte man froh sein, dass sich Menschen wie Lucien Sabre so entfalten konnten. Denn auch so etwas war ein Teil der demokratischen Freiheit.

Wenn ich bei meinem Friseur an der Ecke saß, las ich Illustrierte oder hörte mir den neuesten Klatsch aus der Nachbarschaft an. Die Damen hier lasen auch, aber die internationalen Modemagazine.

Mir stachen die Mitarbeiter ins Auge.

Ich achtete weniger auf die Figuren der Mädchen, sondern auf ihre Haare. Jede trug eine Perücke. Besonders stark fiel mir ein Mädchen mit grünem Drahtkopf auf. Ihre Haare erinnerten tatsächlich an zusammengerollte Bürsten. Sogar ein grauhaariges, junges Mädchen ging an uns vorbei. Da sie uns sehr nahe passierte, nahm ich ihren Geruch auf.

Sie stank nach Spray und nach etwas anderem.

Erst wollte ich es nicht wahrhaben, bis mir einfiel, dass es tatsächlich Moder gewesen war.

Ich schluckte.

Die Kleine war schon zu weit entfernt, als dass ich sie noch hätte festhalten können. Zudem kehrte Lydia zurück. Bei jeder Bewegung wippten die Stacheln auf ihrem Kopf mit.

»Mr Sabre lässt bitten. Aber höchstens drei Minuten, denn der Maestro befindet sich in keiner guten Stimmung. Wir haben viel zu tun. Lisa ist leider ausgefallen.«

»Dann sagen Sie Ihrem komischen Meister doch, dass er selbst die Schere und den Kamm in die Hand nimmt und mal mitschnipselt.« Diese Bemerkung hatte ich mir einfach nicht verkneifen können und wurde von Lydia angestarrt, als hätte ich von ihr und ihrem Meister etwas Verbotenes verlangt.

»Das hätten Sie nicht sagen dürfen!«, hauchte Barney. »Dieser Kerl ist für die Mädchen wie ein Gott.«

»War er es auch für Lisa?«

»Leider.«

Lydia schritt vor uns her. Sie wusste genau, wie sie zu gehen hatte. Der Rand des Kittels bedeckte knapp ihr Hinterteil, das von einer Seite auf die andere schwang.

»Was halten Sie von ihr?«, fragte mich Brookman.

»Nicht viel. Ich mag Menschen nicht, die andere nur nach dem Geldbeutel einschätzen. Und so ein Typ scheint mir diese Lydia zu sein.« Wir schritten einem Hauch von Vorhang zu, der einen halbrunden Durchgang bedeckte und dicht über dem Boden flatterte. Lydia hatte ihn zur Seite geschoben. Ein durch indirekte Beleuchtung und mit hellbeigem Teppichboden ausgelegter Gang nahm uns auf. Ausstellvitrinen, gefüllt mit teuren Parfüms und exotischen Wässerchen, standen an einer Wandseite, die mit Reklamebildern bedeckt war. Zumeist zeigten diese Bilder schöne Frauen oder Männer in schicken Kleidungen und Frisuren.

Die Türen an der linken Seite führten zu Massage- und Ruheräumen. Aber auch das Büro des Trendsetters und Haarstylisten lag dort. Eine dunkle Mahagonitür wurde von Lydia geöffnet.

Sie lächelte uns knapp zu, bevor sie meldete, dass wir da waren.

»Ja, ich gebe ihnen drei Minuten.« Die Stimme klang überheblich, nasal und gleichzeitig so, als hätte der Sprecher überhaupt keine Lust, noch irgendein Wort hinzuzufügen.

Wir durften das Allerheiligste des Meisters betreten, und zum ersten Mal in meinem Leben stand ich Lucien Sabre gegenüber.

Wer oder was die Perücke leitete und dafür sorgte, dass sie sich vom Kopf erheben konnte, war Suko unbekannt und gleichzeitig egal. Er wollte nur nicht, dass ihn die Schlangen erwischten und erwürgten. Das Schicksal des Mädchens Lisa war ihm Warnung genug.

Soweit es der enge Gang zuließ, sprang Suko zurück und schlug in der Rückwärtsbewegung zu.

Vielleicht ahnten die magischen Schlangen etwas von der Gefahr, die da auf sie zukam. Sie zuckten zurück, schafften es jedoch nicht, auszuweichen, und sie mussten den Treffer voll nehmen.

Die drei Riemen erwischten sie.

Suko sah zu, wie sie sich um das Gebilde wickelten und es in der Luft zur Seite schleuderten. Zunächst glaubte er, dass die Perücke an den Riemen festkleben würde, bis sie schließlich zu Boden fiel und dort liegen blieb.

Die Schlangen verdorrten.

Sie nahmen eine andere Farbe an, wurden brüchig und zerfielen zu Staub.

Es war für Suko eine leichte Übung gewesen, die lebende Perücke zu vernichten. Allerdings hatte er sie auf Distanz halten können und sie nicht unterschätzt.

Sehr vorsichtig ging er weiterhin ans Werk. Der Inspektor durchsuchte die Garderobe und die Schränke nach weiteren Perücken, aber er fand keine.

Deshalb blieb der Schluss, dass Lucien Sabre die anderen mitgenommen hatte. Da gab es wohl nur ein Ziel.

In sein Geschäft.

In der Wohnung hatte Suko das weiße Telefon gesehen. Er wollte nach oben gehen und versuchen, John Sinclair anzurufen. Vielleicht konnte er ihn warnen.

Rasch lief er die Stufen hoch und erreichte den extravagant eingerichteten Raum.

Noch brannte das Licht. Ein Strahl traf weiterhin das Bild mit der Satansfratze.

Als Suko hinsah, stutzte er. Seiner Ansicht nach hatte sich

das Bild verändert. Zwar war die rote Dreiecksfratze noch immer vorhanden, aber der Mund hatte sich verzogen, und es sah aus, als würde der Teufel schief lächeln.

Sollte das Bild leben?

Suko schob sich an der roten Sitzgelegenheit mit der welligen Rückenlehne vorbei, um sich das Gemälde aus der Nähe anzusehen.

Er hatte sich nicht getäuscht.

Sogar die kalten Augen innerhalb der Fratze bewegten sich, als wollten sie ihm eine Botschaft zusenden.

Der Inspektor zog seine Waffe.

Geweihte Silberkugeln konnten den Satan zwar nicht zerstören, aber sein Bild sicherlich, auch wenn es mit einer teuflischen Magie angefüllt war.

Er streckte den rechten Arm vor und schoss.

Die zahlreichen Polstermöbel im Zimmer dämpften den Abschussknall zwar etwas, dennoch hatte der draußen wartende Polizist etwas gehört, riss die Tür auf und wollte in den Raum stürmen.

»Bleiben Sie weg!«, rief Suko scharf.

Der Mann verschwand wieder.

Suko hatte nicht ohne Grund gerufen. Die Kugel war direkt in die breite Stirn der Fratze gejagt, hatte dort ein Loch hinterlassen, das aussah wie ein drittes Auge.

Dabei blieb es nicht.

Weiße Magie stellte sich gegen die schwarze. Und plötzlich hörte der Chinese ein sattes Knirschen, als würde jemand dicke Pappe zerreißen. Nicht Pappe oder Papier zerriss, sondern die Leinwand des Bildes wurde in Fetzen geschlagen.

Im Nu stand das Bild in Flammen.

Dicker Rauch quoll aus dem Rahmen. Er wurde Suko entgegengeweht. Dazwischen sah er das Sprühen, und glühende Teile schleuderten geschossartig in den Raum hinein, sodass Suko sich gezwungen sah, Deckung zu nehmen.

Er schlug einen Bogen, lief zur Tür und huschte nach draußen, wo ihn der Beamte anstarrte. »Was ist denn passiert?«

»Rufen Sie die Feuerwehr an! Es brennt!«

Der Mann traute sich nicht, eine Gegenfrage zu stellen. Er tat, wie ihm geheißen worden war.

Man hatte die Bobbys mit Sprechfunkgeräten ausgestattet. Ein solches holte der Mann hervor und gab die Meldung an sein Revier durch.

Von dort wurde die Feuerwehr alarmiert.

Suko aber dachte an John Sinclair und wünschte sich, ebenfalls in diesem Frisierladen zu sein …

Himmel, war das ein Fluppi!

Ein anderer Ausdruck fiel mir nicht ein, als ich den großen Meister und Macher des Londoner Frisurentrends sah. So etwas von gelangweilt und desinteressiert hatte ich selten erlebt. Er kam mir vor wie eine alte Jungfer, die mal wieder unter ihrer Migräne litt.

Als wir eingetreten waren, zeigte er uns sein Profil. Seine Beine lagen auf dem Schreibtisch aus Plexiglas. Auch das Telefon war durchsichtig.

Alles war genau zu sehen, aber uns interessierte das Innenleben nicht, wir wollten uns mit dem Mann beschäftigen, der außerdem so irre modisch gekleidet war.

Auf seinem Seidenhemd waren grün eingefärbte, talergroße Nerzstücke verteilt wie Rosinen in einem Kuchen. Die Hose aus weichem Stoff zeigte ein rot-weißes Karomuster, er selbst hatte sein Gesicht geschminkt, und zwar in einem Grauton, der haargenau zu seinen dünnen, ondulierten und hochzementierten Haaren passte. Seine Augenbrauen waren nachgezogen, die Lippen an den äußeren Rändern ebenfalls, und seine langen, unterschiedlich dicken Finger hatte er ausgebreitet und mit den Kuppen jeweils gegeneinander gelegt.

So saß er also da.

Barney Brookman warf mir einen Blick zu und hob die Schultern. Ich sagte nichts, denn ich konzentrierte mich auf etwas anderes, das ich plötzlich spürte.

Dieser Kerl war mir nicht koscher.

Das hatte mit seiner Kleidung und seinem Äußeren wenig zu tun – jeder konnte herumlaufen, wie er wollte –, nur ging von diesem Typ eine Strahlung aus, die mich überraschte und anwehte wie ein Hauch, denn auch mein Kreuz hatte sie gespürt.

Es war ein magischer Odem.

Ich behielt dieses Wissen für mich, aber ich würde abwarten und Sabres Reaktion genau studieren.

Vielleicht fiel auch ihm auf, dass ich nicht gerade zu seinen Freunden zählte. Oft genug haben Dämonen und dämonische Diener ein sehr entwickeltes Gefühl für diese Dinge.

Der Sessel, der ihm als Sitzgelegenheit diente, kam aus der Werkstatt eines italienischen Künstlers. Er sah mehr aus wie eine Liege, hatte als Rückenteil ein Oval mit einer kleineren, ebenfalls ovalen Öffnung in der Mitte.

»Können Sie uns einen Augenblick zuhören, Mr Sabre?«, fragte Barney Brookman leise.

»Ungern!«, klang es hinter dem Schreibtisch hervor. Er hatte uns nicht einmal angesehen.

»Es geht um Lisa.«

»Ja, sie ist krank.«

»Nein, Sir.«

Er rührte sich noch immer nicht. Dann lächelte er plötzlich. »Oder wollen Sie mir sagen, dass man sie wieder gesundgeschrieben hat?«

Barney wusste nicht mehr weiter. Er kämpfte mit sich selbst. Ich sah in seinen Augen wieder das Tränenwasser, nickte ihm zu und hielt es für angemessen, seinen Part der Unterhaltung zu übernehmen.

»Dass Lisa Brookman weder krank noch gesund ist, wissen Sie ebensogut wie wir, Mr Sabre«, sagte ich. »Sie kann beides nicht mehr sein, denn sie ist tot!«

Ich hatte das letzte Wort ziemlich laut gesprochen, und es schwang noch als Echo nach.

Reagierte Sabre jetzt?

Ja, er tat es. Fast genüsslich zog er die Beine an, nahm sie vom Schreibtisch und drehte den Stuhl so, dass er uns ansehen konnte. Eine winzige Haarlocke störte ihn. Mit einer weibisch anmutenden Bewegung legte er sie zurecht.

»Tot, sagten Sie?«

»Ja.«

Er nickte. »Ein Unfall?«

»Nein, sie wurde ermordet. Aber das, Mr Sabre, wissen Sie wahrscheinlich besser als ich, nicht wahr?«

Eine Antwort gab er mir zunächst einmal nicht. Er schwieg, bewegte nur seine langen Finger, wobei ich das Gefühl nicht loswurde, als könnte er seine Haut an den Gelenken eindrücken.

»Wieso sollte ich das eigentlich schon wissen?«, erkundigte er sich und schaute mich tückisch an. Er hatte rehbraune Augen. Die passten zu ihm wie die Faust aufs Auge. »Außerdem möchte ich gern von Ihnen wissen, was Sie hier zu suchen haben!«

Sollte ich auch weiterhin mein Inkognito wahren?

Ja, es war besser, wenn ich es tat. Bei dem Wort Polizei würde sich Sabre sicherlich völlig verschließen. Außerdem hielt ich für ihn noch einige Überraschungen parat.

»Ich bin ein Freund von Lisa«, erwiderte ich auf seine Frage.

Sabre zeigte sich gut informiert. »Nicht der Cousin?«, erkundigte er sich und schob seine Brauen noch mehr in die Höhe.

»Auch.«

Sein Lächeln wurde süffisant. Man konnte meinen, dass er alles durchschaut hatte, aber nichts sagte. »Verarschen willst du mich doch nicht, oder?«, hauchte er mir entgegen.

»Nein.«

»Cousin, Freund – was soll das? Was wollt ihr von mir? Verschwindet!«

»Lisa ist tot!«, sagte ich hart.

»Na und?«

Barney Brookman konnte nicht mehr an sich halten. »Und

Sie tragen daran die Schuld!«, fuhr er den Superfriseur an. »Nur Sie allein. Sie haben meine Schwester ins Grab gebracht!«

Lucien Sabre sagte überhaupt nichts. Man konnte sein Schweigen schon als Einverständnis ansehen. Gelassen griff er nach einer Zigarette und schob das Goldmundstück zwischen seine Lippen. Er blies den Rauch gegen die Decke und wiederholte mit ziemlich normal klingender Stimme ungefähr Barney Brookmans Antwort. »Ich soll also schuld am Tod Ihrer Schwester sein?«

»Ja.«

»Habe ich sie getötet?«

»Nein, du Pinsel, das hast du nicht!« Barney bekam plötzlich einen Wutanfall. »Du hast sie nicht getötet. Dazu bist du dir zu fein. Aber du hast die Fäden gezogen, du warst der Mann im Hintergrund, das weiß ich genau. Du bist nicht der, für den du dich ausgibst. Lisa wurde erwürgt. Von einer Perücke, und die anderen Mädchen hier tragen auch Perücken. Wahrscheinlich hast du mit ihnen das Gleiche vor, du Hund. Aber dazu wird es nicht mehr kommen!«

Die beiden Männer starrten sich an. Sabre saß jetzt aufrecht. Er nuckelte an seinem Glimmstängel und pustete uns den Rauch entgegen, der wolkenartig über die Platte seines Schreibtisches wehte. »Das hast du doch nicht im Ernst gemeint, du Spinner?«

»Doch, das habe ich!«

»Raus!«, keuchte er. »Haut ab, ihr widerlichen Drecksäcke! Verschwindet, ich will euch nicht mehr sehen!«

Ich hatte mich bewusst zurückgehalten und den anderen genau beobachtet. Lucien Sabre stand mehr unter Druck, als er zugeben wollte. Er schwitzte trotz der dünnen Kleidung. An der Wärme konnte das nicht liegen, er musste innerlich auf hundert sein. Und auf seinem Gesicht lagen Schweißtropfen.

Barney Brookman ließ sich nicht aufhalten. Er hatte in den letzten Stunden viel durchgemacht, alles schlucken müssen, und er wusste, dass dieser Mensch vor ihm etwas mit dem Tod seiner Schwester zu tun hatte. Das ließ ihn alle Vorsicht vergessen und durchdrehen.

Er ballte die Hände, während der Friseur den Mund öffnete, um noch einmal zu schreien.

Barney startete. Er warf sich über den Schreibtisch hinweg nach vorn. Damit überraschte er selbst mich. Bevor ich ihn zurückhalten konnte, hatte er schon einige Gegenstände von der Platte gefegt, unter anderem auch das durchsichtige Telefon, dann griff er zu. Die rechte Hand verkrallte sich in Sabres Pelzhemd, er zerrte daran und ließ auch nicht los, als ihm der andere die glühende Zigarette ins Gesicht schnippte.

Barney schüttelte nur den Kopf, wurde wütender und rammte seine linke Faust in den Körper.

Ich hörte den weichen Aufschlag, als hätte jemand in Teig geschlagen. Sabre knickte etwas zusammen, seine Haut warf plötzlich dicke Rollen, in die der andere hineingriff und auf einmal große Augen bekam, als er seine Rechte zurückzog.

Zwischen seinen Fingern befand sich Fleisch oder Haut.

Sabre wich zurück. Auch ihm passte das nicht. Er blickte an sich hinab, was ich aus dem Augenwinkel verfolgte, denn mich interessierte allein die »Beute«, die Barney zwischen den Fingern hielt und von der eine Flüssigkeit nach unten tropfte.

»Was ist das?«, flüsterte er.

Ich ging auf ihn zu und roch es.

Moder, Leichengestank wehte mir von dem entgegen, was er zwischen den Fingern hielt.

Die Haut eines Menschen, zu einer schleimigen Masse geworden, und ich wusste Bescheid.

»Lass es fallen!«, flüsterte ich Barney zu. »Los, weg mit dem Zeug!«

Er nickte, öffnete seine Faust, und die Masse klatschte zu Boden. Sie fiel vor seine Füße und blieb dort liegen. Fester Schleim, gallertartig, widerlich.

Ich sagte noch nichts und drehte mich nur um.

Mit Spuren des Ekels im Gesicht zog sich Barney bis an die

Wand zurück. Für ihn war die Sache vorerst gelaufen. Jetzt war ich an der Reihe. Und ich hielt Lucien Sabre, der sich so hochtrabend Trendsetter nannte, fest im Blick.

»Sieh mal an!«, sagte ich leise. »Sieh mal an, wen wir da haben. Ich wusste, dass Sie etwas Besonderes sind, aber dass ich es mit einem Ghoul zu tun bekommen würde, damit hätte ich beim besten Willen nicht gerechnet.«

Er sagte überhaupt nichts. Mit seinen Kugelaugen starrte er mich an. Der kleine Mund stand offen. Die Haare lagen ebenfalls nicht mehr so wie zuvor. Sie bildeten auf seinem Schädel ein wirres Durcheinander. Barney musste fest zugegriffen haben. Aus der Wunde, die sein Griff hinterlassen hatte, rann eine zähe Flüssigkeit und sonderte dabei einen widerlichen Gestank ab.

»Ein Ghoul also!«, flüsterte ich. »Du bist ein verdammter Ghoul. Ein Leichenfresser mit widerlichem Modergestank. Deshalb nimmst du wohl so viel Parfüm – oder?«

Er stierte mich an. In seinem Gesicht zuckte es. Aber nicht normal, sondern verlangsamt, weil sich unter seiner Haut die geleeartige Masse zusammenschob und das Gesicht allmählich teigig werden ließ.

Solche Symptome waren mir nicht unbekannt. Es konnte durchaus sein, dass der Ghoul dicht vor einer Verwandlung stand, dann würde er zu einem Schleimklumpen werden und irgendwie versuchen, mich aus der Welt zu schaffen.

So etwas hatte ich schon des Öfteren erlebt. Aber er sollte sich geschnitten haben.

Sabre war zurückgewichen. Nicht aus Angst, er wollte nur die Wand im Rücken haben, und das schaffte er auch.

Anders reagierte Barney Brookman. Sein erster Schreck war vorbei, er kam auf mich zu und fragte: »Was ist das?«

»Ein Ghoul!«

»Wieso? Ich …«

»Lass es, Barney. Das wirst du nicht begreifen. Ghouls sind

ganz besondere Wesen. Man kann sie als die Aasgeier unter den Dämonen bezeichnen, glaube mir.«

»Ich verstehe nicht.«

»Lass das Fragen, später werde ich dir einiges erklären. Ich muss mich auf ihn konzentrieren.«

»Okay denn!«

Obwohl man Sabre zu den dämonischen Wesen zählte, dachte er doch so wie ein Mensch. Und er hatte über unseren Besuch sinniert. Wahrscheinlich sagte er sich, dass wir unter Umständen mehr wussten, als wir bisher zugegeben hatten.

»Wer bist du?«, wollte er wissen.

»Kein Dämon!«

Er grinste breit. Von seiner Stirn lösten sich kleine Tropfen und rannen in zähen Bahnen an seinem aufgequollenen Gesicht entlang nach unten. So kannte ich die Wesen, wenn sie dicht vor einer Verwandlung standen. Ich glaubte fest daran, es bald mit einem vollwertigen Ghoul in seiner schleimigen Urstandsform zu tun zu haben, denn nur so konnten sie sich am besten wehren.

»Sag es!«

»Mein Name ist John Sinclair. Ich bin auch nicht der Freund der toten Lisa, sondern Polizeibeamter.«

»Der Geisterjäger!«, ächzte er.

»Genau. Ich sehe, du weißt Bescheid. Wer hat es dir gesagt, Sabre? Mit wem stehst du in Verbindung?«

»Der Teufel schützt mich!«

Ich lachte kalt. »Glaubst du wirklich, dass Asmodis dich jetzt noch beschützen kann?«

»Ja.«

»Nein, Sabre, und abermals nein. Nicht der Satan. Er hat oft genug versucht, mich zu vernichten, er hat es nicht geschafft. Und für dich halte ich eine Silberkugel bereit. Ich kann dich aber auch mit meinem Kreuz erledigen. Egal, such es dir aus!«

Er funkelte mich an. Ich hatte Ghouls erlebt, die bei solchen Worten zusammengezuckt waren und von einer so großen Furcht erfasst wurden, dass sie wie Schleim zerfielen.

Nicht Sabre. »Wenn du es auch nur versuchst, sterben die anderen auch.«

»Wen meinst du?«

»Es sind fünf Mädchen. Sie zählen zu meinen Dienerinnen. So wie ich mich auf den Teufel verlassen habe und von ihm lange Jahre beschützt worden bin, so verlassen sich die Mädchen auf mich, denn sie stehen unter meinem Bann.«

»Wieso?«

»Kennst du Roboter?«

»Natürlich. Aber ich habe auch deine Mitarbeiterinnen gesehen. Es sind keine Roboter.«

»Nein, das sind sie nicht.« Er begann schrill zu kichern. »Und doch befinden sie sich in meiner Hand. Jeder, egal ob Ghoul oder Vampir, will sich weiterentwickeln. Mir ergeht es auch so. Ich habe Karriere gemacht. Niemand konnte mich stoppen. Ich war sehr angesehen, ich hatte Fortune, und der Teufel schaute mit Wohlgefallen auf mich. Aber ich wollte etwas Besonderes sein und erfand was völlig Neues.«

»Die Perücken!«

Meine Antwort wunderte ihn. »Du hast schon sehr viel über mich gelernt, Sinclair.«

»Es bleibt nicht aus. Ich habe die Mädchen gesehen. Sie alle trugen Perücken, nicht?«

»Gut beobachtet.«

»Und es sind deine Erfindungen?«, fragte ich.

So etwas wie Stolz erfüllte ihn plötzlich. »Meine und die Erfindungen des Teufels. Du darfst nie vergessen, dass er als Pate an meiner Seite gestanden hat.«

»Und was bewirken die Perücken?«, hakte ich nach. »Man setzt sie auf und wird zu einer anderen Person, vergleichbar mit einem Roboter. Oder sehe ich das falsch?«

»Nein, das ist richtig.«

»Dann bitte weiter!« Ich gab ihm die Chance, sich zu artikulieren. Das tat ihm gut, würde möglicherweise sogar sein Selbstbewusstsein steigern, und ich erfuhr einiges von den Hintergründen.

»Ich habe lange an ihnen gearbeitet, habe Ideen gehabt, die Perücken geformt, sie modelliert. Ich habe mich mit verschiedenen Magien beschäftigen müssen, ich drang ein in eine Welt, wo andere Gesetze herrschten, und ich erfuhr, wie wenig die Menschen noch wissen und wie leicht sie deshalb zu beeinflussen sind. Hexenkult, Schwarzer Zauber, all das interessierte mich, und ich setzte meine Kräfte, gestärkt durch die des Teufels, ein, um etwas zu schaffen, das einmalig ist. Sechs Perücken, Haare von Toten, von einer Hexe, magische Schlangen, das alles verarbeitete ich zu kleinen Kunst- und Meisterwerken. Es war wunderbar. Ich schaffte es, der Teufel gab mir die Kraft, und ich holte mir meine Mädchen heran, bezahlte sie gut und bereitete sie auf das große Ereignis vor, das in der vergangenen Nacht über die Bühne gelaufen ist. Fünf Mädchen, fünf Perücken!«

»Nein, sechs!«, widersprach ich.

»Du meinst Lisa!« Er lachte plötzlich blubbernd. »Ja, sie will ich auch noch zählen, obwohl ich einen Fehler gemacht habe, wie ich zugeben muss. Ich wollte sie als Testperson einsetzen, weil ich der Magie noch nicht hundertprozentig traute. Deshalb schickte ich sie weg. Sie sollte sich völlig normal bewegen, leider musste ich sie töten, denn sie ist aufgefallen, durch wessen Schuld auch immer.«

»Ihre war es wohl nicht.«

Er lachte krächzend. »Dann bin ich beruhigt. Aber so etwas wird mir nicht mehr passieren. Euer Weg ist hier zu Ende.«

»Glaubst du das wirklich?«, fragte ich. »Ghouls sind nicht so stark wie der Teufel. Asmodis hat sich verdammt angestrengt, aber es ist ihm nicht gelungen, mich, seinen Erz- und Todfeind, zu vernichten. Schon öfter habe ich einem Ghoul gegenübergestanden und bin bisher immer Sieger geblieben. Das nur zur Information.«

Er krümmte sich.

Von einer Sekunde auf die andere geschah dies, und das wiederum überraschte mich sehr. Plötzlich fiel er dem Boden entgegen, doch bevor er aufprallte, fing er sich wieder, streckte schwerfällig einen Arm aus und stützte sich an der Wand ab.

Was war geschehen?

Ich hatte noch keine Waffe gezogen, rechnete aber mit einem Trick, obwohl sich Sabre abmühte, seine Kräfte wiederzugewinnen. Er schwitzte zwar weder Blut noch Wasser, aber von seiner Gestalt aus drang mir ein Pesthauch entgegen, der mir die Luft raubte. Es kam mir so vor, als hätten sich zahlreiche Gräber geöffnet und den Moder langer Jahre aufsteigen lassen.

Hinter mir würgte Barney Brookman. »Verdammt, das halte ich nicht mehr aus!«, keuchte er. Ich sah ihn nicht, hörte nur seine Schritte, und die näherten sich der Tür.

Das passte mir überhaupt nicht. Wenn er verschwand und den fünf Mädchen in die Arme lief, konnte das für ihn böse Folgen haben. Deshalb sagte ich schnell: »Halte noch einige Minuten aus.«

»Ja.« Er holte ein Tuch und presste es gegen die Lippen.

Der Ghoul erholte sich wieder. Er nahm noch nicht seine Urgestalt an, diesen aufgerichteten Schleimklumpen, halb Mensch, halb Masse. Aber seine Haut war gelber geworden, teigiger, und die dünnen Haare, verklebt und verschwitzt, saßen auf seinem weichen Schädel wie eine durchnässte Haube.

Was war geschehen?

Hatte allein meine Anwesenheit diesen plötzlichen Verfall bei ihm bewirkt?

Nein, so überheblich durfte ich nicht denken. Da musste es einen anderen Grund geben.

Er stand. Aber er kämpfte mit sich. Sein Gewicht schien für die Beine zu schwer zu sein. Immer wieder knickte er ein, benötigte die Wand als Stütze, und ich brauchte eigentlich nur zu warten, bis er zusammenbrach.

Ich hatte ihn nach dem Grund des plötzlichen Wandels fragen wollen, als er den Kopf schüttelte. »Es verbrennt!«, keuchte er. »Verdammt noch mal, es verbrennt.« Er presste die Hände auf seinen Leib. Ich erkannte, dass seine Finger in die weiche Masse hineinstachen.

So erlebte ich die Qualen eines Ghouls.

Aber was verbrannte?

Das war die große Frage. Er sicherlich nicht, dann hätte Feuer aus seinem Körper schlagen müssen. Falls es einen Vorgang gab, der ihn so mitnahm, dann spielte sich dieser nicht hier in unserer Nähe ab, sondern woanders.

Wieder verging eine Minute. Ich zögerte weiterhin, ihm eine geweihte Silberkugel zu geben. Dieser Ghoul wusste mehr. Er kannte ein Geheimnis, das er noch nicht preisgegeben hatte, es aber wollte, wie ich seinem Blick entnehmen konnte.

»Was ist los?«, fragte ich.

»Das Bild!« Die Antwort war schlecht zu verstehen, weil sie über seine Lippen pfiff. »Das verdammte Bild in meiner Wohnung. Es war alles für mich. Der Teufel, es ist zerstört. Jemand hat es vernichtet.«

Mehr brauchte er nicht zu sagen, denn ich wusste Bescheid, da ich Suko in Lucien Sabres Privathaus geschickt hatte. Eine gute Idee, wie ich im Nachhinein feststellen musste. Wahrscheinlich hatte mein Freund das Bild des Teufels gesehen und es, aus welchen Gründen auch immer, zerstört. Auch die Perücke?

Danach fragte ich Sabre, denn ich war überzeugt davon, dass er die sechste Perücke irgendwo aufbewahrte.

»Ja!«, keuchte er.

»Somit ist auch dein Ende eine beschlossene Sache!«, erklärte ich ihm.

Das hätte ich wohl nicht sagen sollen, denn ein erneuter Kraftstrom durchtoste seinen Körper. »Mein Ende?«, schrie er mir entgegen. »Nein, mein Ende ist keine beschlossene Sache. Noch lebe ich, noch existiere ich und habe auch nicht aufgegeben. Ich will stärker sein als du!«

Er stand geduckt vor mir. Beim Sprechen hatte er sich anstrengen müssen. Um seine Füße hatte sich bereits eine gallertartige Lache gebildet. Die schicke Kleidung klebte an seinem Körper. Sie und der Schleim bildeten eine Masse. Auch sein Gesicht befand sich in ständiger Bewegung. Da verschoben sich in dem sich allmählich auflösenden Fleisch die Nase und die Augen.

Ich hörte Schritte. Neben mir blieb Barney Brookman stehen. »Mach doch ein Ende!« Seine Stimme klang dumpf unter dem Tuch.

»Ja, das werde ich wohl!«

Jetzt erst zog ich mein Kreuz hervor. Ich wollte keine Silberkugel verschwenden.

Brookman ging zurück. Er näherte sich bereits der Tür, während der Ghoul große Augen bekam, als er plötzlich auf mein geweihtes Silberkreuz starrte. Mit einer träge wirkenden Bewegung verbarg er seine Augen hinter der rechten Hand, damit er nicht auf das Kreuz blicken musste.

Da flog die Tür auf.

Alles ging sehr schnell, obwohl ich mir vorkam wie ein Astronaut, der sich wegen der Schwerelosigkeit nur langsam bewegen konnte. Ich fuhr herum, sah Barney dicht an der Tür, der nicht mehr ausweichen konnte, getroffen wurde und sich so heftig die Nase stieß, dass die Nase zu bluten anfing.

Er taumelte zurück.

Davon ließ sich die Person, die den Raum betrat, nicht abhalten. Es war das Mädchen mit der rabenschwarzen Stachelperücke.

»Lydia!« Der Ghoul hatte den Schrei ausgestoßen, der einem Befehl oder einer Anfeuerung gleichkam.

Und sie handelte.

Der über ihre Lippen dringende Schrei glich dem Pfiff einer alten Dampflok. Sie hatte sich heftig abgestoßen, und ihr Ziel war nicht ich, sondern Barney Brookman.

Er war geschockt, starrte auf dieses Mädchen mit der schwarzen Stachelhaarperücke, das den Kopf gesenkt hielt und auf den jungen Mann zulief.

Weg kam Brookman nicht mehr. Er nahm den Stoß voll.

Und die harten Stachelhaare drangen durch die Kleidung und weiter bis in seine Brust.

Er schrie, als er gegen die Wand gepresst wurde. Ich sah das Blut aus zahlreichen Wunden strömen, hörte den Schrei des Ghouls, schleuderte mein Kreuz in seine Richtung und fuhr herum.

Das Mädchen hatte Barney voll getroffen.

Er saß am Boden, lehnte mit dem Rücken an der Wand und konnte das Blut nicht stoppen, das aus den zahlreichen Wunden seiner Brust drang.

Lydia aber fuhr herum.

Jetzt hatte sie sich einen neuen Gegner ausgesucht.

Mich!

In gefährlichen Situationen durfte man alles verlieren, nur nicht die Nerven.

Und die behielt ich in diesem Fall.

Sie war gefährlich. Durch ihre verdammte Perücke, deren schwarze Spitzen rot von Barneys Blut waren.

Dann kam sie.

Im letzten Augenblick drehte ich mich geschmeidig zur Seite.

Nein, sie huschte nicht vorbei. Es wäre ja auch zu schön gewesen. Als sie mich fast erreicht hatte, streckte sie ihren Arm aus und erwischte mich in der Bewegung.

Durch den Druck und den Schwung geriet ich ins Taumeln und wurde bis an den Schreibtisch zurückgedrückt, wo ich zunächst für Sekunden zur Ruhe kam.

Mein Blick flog dorthin, wo sich der Ghoul befinden musste. Und da erlebte ich die nächste Enttäuschung. Ich hatte fest damit gerechnet, ihn getroffen zu haben, das war leider nicht der Fall. Das Kreuz lag zwar dort, aber der Ghoul war verschwunden, und zwar in Richtung Tür, wie ich unschwer an den Schleimspuren auf dem Boden erkennen konnte.

Das hatte mir noch gefehlt.

Außerdem machte mir das Stöhnen schwer zu schaffen, das ich hinter mir hörte. Mein Begleiter stieß es aus, er musste unter starken Schmerzen leiden, kein Wunder bei den Verletzungen. Dabei konnte ich nur hoffen, dass er es überlebte.

Und Lydia?

Sie hatte sich wieder gedreht, griff aber noch nicht an, weil sie plötzlich in die Mündung meiner Beretta schaute. Sie war zwar dämonisch beeinflusst, aber etwas in ihrem Innern reagierte noch so menschlich, dass sie die Warnung genau verstand.

»Keinen Schritt weiter!«, flüsterte ich.

Sie blieb tatsächlich stehen. Ich eilte sofort um den Schreibtisch herum, ohne Lydia aus den Augen zu lassen. Die Mündung der Pistole blieb stets auf sie gerichtet.

Mein Kreuz lag dicht neben der Wand. Ich nahm es an mich und ließ es zunächst in der Tasche verschwinden.

Wenn alle wie Lydia reagierten, und davon musste ich ausgehen, hatte ich es mit fünf Gegnern zu tun. Nein, mit sechs, denn Sabre durfte nicht unterschätzt werden.

Das Böse ging von den tödlichen Perücken aus. Sie sorgten dafür, dass Menschen verändert wurden, und ich befahl dem Mädchen, die Perücke zu entfernen.

Sie lachte nur.

»Weg damit!«

»Nein, ich kann nicht!« Ihre Antwort glich einem Kreischen.

Ob sie mich nun angelogen hatte, war mir nicht bekannt. Ich hätte es mir leicht machen und schießen können, das allerdings brachte ich nicht fertig, da ich immer das Gefühl gehabt hätte, auf einen Menschen zu feuern.

Ich ging langsam zurück, ohne Lydia aus den Augen zu lassen. Weit hatte ich es nicht. Nur lag das Telefon am Boden. Aber das brauchte ich, um meine Kollegen und einen Arzt anrufen zu können.

Man spürt es, wenn sich etwas verdichtet. Hier war es so. Ich konnte die Spannung fast greifen. Irgendwann in den nächsten Sekunden musste es zu einer Entscheidung kommen, deshalb wollte ich mich beeilen. Wenn ich mich bückte und den Apparat hochhob, befand sich für die Dauer einer Sekunde der Schreibtisch zwischen dem Mädchen und mir. Auch wenn er durchsichtig war, so gab er mir dennoch einen gewissen Schutz.

Ich riskierte es.

Ich ging in die Knie, griff mit der linken Hand nach dem Apparat und wollte ihn hochheben, als sich Lydia blitzschnell bewegte.

Sie musste mich erreichen und hatte plötzlich Unterstützung.

In der Tür stand die zweite Frau. Ihre grellroten Haare wirkten wie erstarrte Flammen. Die Augen funkelten in der gleichen Farbe, und die Perücke hatte ihr die Kraft einer Hexe gegeben.

Ich verspürte den Schlag, obwohl mich kein sichtbarer Gegenstand am Arm erwischte. Trotzdem wurde meine Hand nach unten gedrückt, das Ziel entschwand, und die Beretta riss mir jemand aus den Fingern, um sie irgendwohin zu schleudern.

Gegen die Wand prallte sie, klatschte dort ab und blieb am Boden liegen.

»Jetzt kill ich dich!«

Lydia befand sich auf dem Weg zu mir, als sie den Schrei ausstieß. Ich nahm ihr dieses Vorhaben unbesehen ab, aber wehrlos wollte ich mich nicht niedermachen lassen.

Als sie über den Schreibtisch hinweghechtete, lag ich schon auf dem Rücken, hatte die Beine angewinkelt und stieß sie im nächsten Moment mit aller mir zur Verfügung stehenden Kraft vor.

Es wurde nicht nur ein Volltreffer. Lydia flog so hoch, dass sie beinahe die Decke berührt hätte. Mit den Füßen klatschte sie dagegen, ich aber warf mich herum, da ich unbedingt an meine Beretta wollte.

Mittlerweile war Lydia wieder zu Boden geknallt. Sie

interessierte mich im Moment nicht, wichtig war die zweite Person an der Tür. Sie sah aus wie eine Hexe und besaß auch die Kräfte.

Es sah kraftvoll aus, wie ich meiner Waffe entgegenhechtete, wurde aber zur Lächerlichkeit degradiert, als sich die Pistole plötzlich selbstständig machte und durch die Kraft der Hexe einige Yards zur Seite rutschte, sodass ich ins Leere griff.

Sie lachte schrill und freute sich teuflisch über diese gelungene Aktion.

Ich war der Gelackmeierte, kam wieder hoch und musste erkennen, dass die Hexe die Waffe bereits durch ihre unnatürlichen Kräfte in die Hand bekommen hatte.

Nie war ich schneller als eine Kugel.

Aber ich besaß zum Glück noch eine zweite Waffe, die ich lange Zeit nicht hatte einsetzen können.

Es war der Silberdolch!

Lange genug hatte er sich in den Klauen des Götzen Baal befunden. Jetzt war er wieder mein.

Und ich riss den Dolch hervor.

Das Mädchen, zu einer Hexe geworden, hielt mittlerweile meine Beretta in der Hand. Sie brauchte die Pistole nur noch zu drehen, um auf mich zielen zu können.

Ich schrie ihr eine Warnung zu, auf die sie nicht einging. Sie stand voll unter dem Einfluss des Teufels und würde seinen Befehlen folgen. Ich musste handeln und schleuderte den Dolch, auch wenn ich sie nicht töten wollte.

Plötzlich schrie sie auf.

Es hörte sich an, als hätte jemand eine Sirene angestellt. Sie wankte zurück, ihre Augen erstarrten, das Leben wurde aus ihnen herausgesaugt, aber das rote, böse Leuchten ging zurück, und für einen Moment sah ich auf meinem Silberdolch das Zeichen des Allsehenden Auges aufblinken, das in der christlichen Religion das Zeichen für die Dreifaltigkeit ist und von den alten Ägyptern übernommen worden war.

Ein Strahl der Hoffnung durchzuckte mich, denn die

Zeichen auf der Waffe waren verschwunden gewesen, dafür hatte Baal gesorgt. Kehrten sie jetzt allmählich wieder zurück?

Das Mädchen lag am Boden. Der Dolch steckte in seiner Seite. In der rechten, sogar ziemlich hoch zur Schulter hin. Hoffentlich war die Verletzung nicht tödlich.

Ich lief auf die am Boden Liegende zu. Sie war nicht bewusstlos geworden, sondern schaute mich aus ihren dunklen Augen an, während ihr Gesicht einen schmerzerfüllten Ausdruck zeigte.

Das Allsehende Auge auf meiner Waffe war nicht mehr zu sehen. Ich nahm mir die Zeit, kniete neben der Frau und schaute auf den Silberdolch. Er war zum Glück nicht zu tief in den Körper eingedrungen. Hinterlassen hatte er eine Fleischwunde.

Deshalb riskierte ich es und zog ihn mit einem heftigen Ruck wieder hervor.

Die Hexe zuckte zusammen. Ich nahm sofort mein Taschentuch, presste es auf die Wunde und führte ihre linke Hand auf die Wunde, damit sie mit dem Taschentuch die Blutung stoppte. Dann kümmerte ich mich um die Perücke. Beim ersten Ziehen bekam ich sie nicht vom Kopf weg. Die Verletzte schrie, ihr Gesicht war kalkbleich, ich startete einen nächsten Versuch und hatte das Gefühl, als würden sich unsichtbare Finger am Haar festgekrallt haben und mich behindern.

Diese höllische Zweitfrisur besaß mehr Kräfte, als ich ihr zugetraut hatte.

Dann nahm ich mein Kreuz, legte es auf die Perücke, und plötzlich zischte es auf, ohne zu brennen.

Die Verletzte schrie. Sie wand sich. Und ich riss ihr mit einer heftigen Bewegung die Perücke herunter. Dann schleuderte ich die Reste fort.

Das war der erste Erfolg. Ich wusste jetzt, dass mein Kreuz gegen diese teuflische Art der dämonischen Beeinflussung etwas ausrichten konnte. Blieb noch Lydia.

Auch sie hatte es erwischt. Mein kraftvoller Stoß in die Höhe war zu einer ebenso starken Gegenreaktion ausgeartet. Sie war auf den Boden geknallt, lag verkrümmt und stöhnte. Lydia lebte!

Wir schauten uns an, als ich neben ihr kniete.

In ihren Augen loderte der Hass. Sie wollte sich aufrichten, hob den Kopf an, und ich brachte mein Gesicht rasch in Sicherheit, sodass die gefährlichen Haare an mir vorbeiwischten. Sie schleuderte mir Flüche entgegen, die wildesten Beschimpfungen steckte ich ein, und sie verstummte erst, als ihr Blick auf das Kreuz in meiner Hand fiel.

Schlagartig war sie ruhig.

Ich bin kein Exorzist, aber ich wusste genau, was ich zu tun hatte. Ich ließ das Kreuz auf ihre Perücke fallen, dort entfaltete es seine Kraft.

Diesmal bäumte sich Lydia nicht auf. Sie blieb starr auf dem Rücken liegen. Ihre Pupillen nahmen einen fahlen Glanz an, doch es war nicht der Glanz des Todes.

Die gefährlichen Haarstacheln auf ihrem Kopf rollten sich zusammen, als bestünden sie aus dünnem Metall. Es geschah lautlos, und sie sonderten gleichzeitig dicke Tropfen ab, die zu Boden fielen und aussahen wie Teerflecken.

Nur stanken diese hier nach Schwefel. So wie auch manchmal der Teufel, wenn er sich manifestierte.

Als ich die Perücke vom Kopf riss, hatte ich die Mundwinkel verzogen. Dieser Ausdruck blieb, während ich zum Telefon ging und endlich dazu kam, meinen Anruf zu tätigen.

Man hatte ihn schon erwartet. Sofort wurde zu Sir James durchgestellt, dem ich einen knappen Bericht gab. Er teilte mir mit, dass sich Suko ebenfalls auf dem Weg befand.

Ich verlangte nach einem Arzt und nach Beamten, die das Haus umstellten. »Hier ist wirklich die Hölle los, Sir.«

»Wie viele Leute brauchen Sie?«

»Vielleicht ein Dutzend.«

»Geht in Ordnung.«

»Danke. Und wann kann ich Suko erwarten?«

»Es handelt sich höchstens um Minuten«, erwiderte der Superintendent.

Damit war das Gespräch beendet. In diesem extravagant eingerichteten Büro sah es schlimm aus. Am schlechtesten ging es Barney Brookman. Ich sah ihn mir noch einmal an.

Vorhin hatte er noch mit dem Rücken an der Wand gesessen. Jetzt lag er auf der Seite. Er hatte sich nicht mehr halten können und war bewusstlos geworden.

Zwar waren die Stacheln nicht sehr tief in den Körper eingedrungen – die dicke Winterkleidung hatte ihnen einen Teil der Wucht genommen –, dennoch sahen die zahlreichen kleinen Wunden gefährlich aus. Zudem hatte er viel Blut verloren.

Ich tätschelte seine Wange, auch wenn er es nicht spürte. »Okay, Barney, du schaffst es schon.«

Dann richtete ich mich auf und ging auf die Tür zu. Das Kreuz hängte ich vor meine Brust und verließ mich zudem noch auf die Beretta und den Dolch.

Ich musste die restlichen drei Mädchen stoppen, aber vor allen Dingen wollte ich Lucien Sabre, den Ghoul.

Der Ghoul war geschwächt, aber nicht vernichtet. Und so schleppte er sich weiter.

Noch sah er aus wie ein Mensch, doch er befand sich in einem Zwischenstadium, wo das Ghoulhafte immer stärker zum Ausbruch kam. Bei jedem Schritt, den er sich voranbewegte, bildeten sich neue Schleimbeutel, die in langen Bahnen an seinem Körper herabrannen.

Seine Kleidung und die weiche Haut hatten sich miteinander vermischt. Er benötigte Kraft, um sich zu halten. Zwar war ihm körperlich nichts geschehen, doch innerlich fühlte er sich ausgebrannt und leer, denn die Unterstützung des Teufels war ihm versagt geblieben.

Jemand hatte das Bild zerstört.

Sinclair kämpfte. Er würde seine Schwierigkeiten haben,

und Sabre sah die Hexe im Gang. Er hatte all seine Mädchen durch gedankliche Befehle erreichen können. Dora kam ihm jetzt entgegen; ihre Blicke verrieten ihre hündische Ergebenheit.

Der Ghoul stoppte. Er verzog und öffnete den Mund. Die Zunge bewegte sich auf und nieder, als er sprach. Sie wirkte ebenfalls wie ein schleimiger Klumpen.

»Macht unseren Feind fertig! Du findest ihn in meinem Büro. Geh hin, Dora, und zeige ihm, was eine Hexe ist.«

»Ja. Meister, ja.«

Sie bewegte sich an ihm vorbei. Sabre selbst drehte sich nicht mehr um. Es war ihm zu anstrengend. Sein Blick war starr nach vorn gerichtet. Er wollte seinen Laden erreichen und damit die anderen Dienerinnen.

Seine geistigen Befehle hatten sie bereits vernommen. Er konnte sicher sein, dass sie auch befolgt wurden.

Der Ghoul erreichte den Vorhang. Er krallte seine schleimige Linke um den Stoff und riss ihn zur Seite.

Jetzt hatte er freies Blickfeld in den Laden!

Drei seiner Dienerinnen befanden sich noch dort. Harriet, Eve und Kim. Sie hatten seine Befehle verstanden. Es war etwas passiert, das es noch nie gegeben hatte.

Die letzten drei Mädchen hatten die Kunden verjagt. Praktisch unter der Haube weggeholt. Ob sie schon fertig gewesen waren oder nicht, war ihnen egal gewesen.

Eine war noch an der Tür. Sie schaute auf Kim, die vor ihr stand, und sie redete heftig auf das Mädchen mit den Perückenhaaren eines Toten ein.

»Das werden Sie bereuen. Ich werde allen sagen, was dies hier für ein Mistladen ist.« Sie sah lächerlich aus mit den Lockenwicklern in den blondierten Haaren, zu dem das ungeschminkte und schon älter wirkende Gesicht gar nicht passen wollte.

Kim erwiderte nichts. Hätte sie ein langes Leichenhemd getragen, hätte sie kaum etwas von einer Toten unterschieden. Aber das Mädchen wusste genau, was zu tun war.

Noch stand die Kundin auf der Schwelle. Die Friseurin aber

packte die Tür an der Kante und warf sie heftig zu. Die Kundin sprang nicht schnell genug zurück. Sie wurde von dem dicken Glas voll getroffen.

Ihr Schrei wurde von allen überhört, und die Reaktion der Frau wirkte wie eine Pantomine, als sie zurücktaumelte und auf dem Gehsteig fast zusammenbrach. Zwei Männer fingen sie auf.

Der Ghoul grinste nur schief und schaute zu, wie Kim die Tür verschloss. Erst nachdem dies geschehen war, löste er sich von seinem Platz und schwankte durch den Salon.

Immer, wenn er einen Fuß aufsetzte, erklang ein dumpfes Platschen.

Die auf dem Fußboden liegenden und ausgelaufenen Champagnerkübel zeugten davon, wie chaotisch die Flucht der Kundinnen gewesen sein musste. Die Eisstücke waren längst geschmolzen und hatten Wasserlachen gebildet.

Aus dem Hintergrund löste sich Harriet. Sabre hatte auch Eve einen gedanklichen Befehl gegeben, sodass sie ebenfalls auf ihn zuging. Nur von der entgegengesetzten Seite her.

Beide Mädchen trugen nach wie vor ihre Perücken. Harriet das grüne Stachelhaar, das mit einer magischen Elektrizität aufgeladen war und bei Berührungen starke Verbrennungen verursachte.

Auf Eves Kopf saß die Perücke mit dem glatten Blondhaar. Sie sah am harmlosesten aus, aber man durfte sich nicht täuschen lassen. Diese dünnen Strähnen waren allesamt giftig, und wehe dem, über dessen Haut sie fuhren.

Sabre sah die drei an. Die Mädchen wunderten sich nicht über sein Aussehen, denn er hatte sich ihnen in seiner ursprünglichen Form gezeigt, nachdem er ihnen die Perücken aufgesetzt hatte.

»Einem unserer mächtigsten Feinde ist es gelungen, bis zu uns vorzudringen«, erklärte er. »Sollte er es tatsächlich schaffen, Lydia und Dora zu besiegen, sind wir auch noch da. Wenn er erscheint, werdet ihr euch seiner annehmen.«

Die drei nickten.

»Noch eine Frage?« Die Worte fielen dem Ghoul schwer. Fast jede Silbe war von einem Blubbern begleitet.

Harriet wollte etwas wissen. »Wo sollen wir ihn erwarten?«

»Hier im Salon.« Der Ghoul drehte sich. Wo er stand, lag ein Schleimklumpen auf dem Boden. »Es gibt genügend Verstecke. Verbergt euch hinter den Sesseln und behaltet den Eingang genau im Auge. Stellt es geschickt an, dann hat er keine Chance.«

»Wo wirst du sein?«, fragte Kim.

»Ich verlasse euch jetzt, um neue Kräfte zu sammeln. Aber keine Sorge, ich komme zurück. Ich werde euch nicht im Stich lassen.«

Sie umstanden ihn und starrten ihn an. Niemand widersprach. Vielleicht hätten sie es versucht, wenn sie normal gewesen wären, so aber standen sie unter dem Bann des Meisters Lucien Sabre, und sie gehorchten ihm.

Noch eine Frage lag auf Eves Zunge. »Ist er bewaffnet?«

Der Ghoul log nicht. »Ja, er besitzt Waffen. Gefährliche sogar, auch ein Kreuz. Aber wenn ihr es geschickt anstellt, werdet ihr ihm keine Chance lassen.«

»Wo willst du denn hingehen?«

»Ich nehme den normalen Eingang.« Der Ghoul wollte nicht mehr zurück und Sinclair in die Arme laufen. Er hatte seinen Dienerinnen nicht gesagt, wie gefährlich das Kreuz war, und vor allen Dingen nicht, wie mächtig. Das sollten sie selbst herausfinden.

Die Wirkung der Waffen hatte zwar bei ihm starke Spuren hinterlassen, aber sie ließ allmählich nach.

Der Ghoul erholte sich.

Und er hörte die Schreie aus den hinteren Räumen. Ihm war klar, dass Sinclair sie nicht ausgestoßen hatte, also war er mit seinen beiden Gegnerinnen fertig geworden.

Sabre beeilte sich.

Er stieß einen leergelaufenen Kübel an, der scheppernd zur Seite rollte. Im Schaum des aus der Flaschenöffnung geströmten Champagners blieb er liegen.

Der Ghoul setzte seinen Weg fort. Noch nie war er ihm so schwer gefallen wie in diesen Minuten. Er wusste, dass er sich beeilen musste, erreichte die Tür und suchte nach dem Riegel.

Da der ziemlich tief angebracht worden war, musste er sich bücken.

Nachdem er ihn zurückgezogen und sich wieder aufgerichtet hatte, sah er den Polizisten.

Zwei Wagen parkten schräg auf dem Gehsteig. Fünf Uniformierte zählte er, aber auch ein Mann in Zivil stieg aus.

Suko!

Und der zögerte keine Sekunde. Er hatte mit einem Blick durch die Scheibe festgestellt, wer sich dicht dahinter befand.

Dieser unförmige Klumpen, diese Mischung aus Mensch und Schleim konnte nur ein Ghoul sein.

Suko trat gegen die Tür. Sie flog auf und klatschte gegen den feisten Körper des widerlichen Dämons und stieß diesen zurück.

Der Weg war frei. Die Beamten stürmten hinter Suko in den Salon, und die drei Mädchen fuhren herum, um sich den Männern entgegenzustellen …

In diesem Augenblick erreichte ich durch den Gang den Salon. Ob ich von den drei Perückenträgerinnen gesehen worden war, wusste ich nicht. Sie jedenfalls hatten sich den neuen Gegnern zugewandt, während ich Suko nahe der Tür entdeckte und das hohe, schrille Schreien des Ghouls hörte.

Die Gefahr hatte sich schlagartig verdichtet. Nicht so sehr für mich, mehr für die Beamten, die nicht wussten, was auf sie zukommen würde und meine erste Warnung in den Wind schlugen.

Sie rannten auf die Mädchen zu.

Die aber handelten schnell. In drei verschiedene Richtungen liefen sie weg, sodass sich die Polizisten ebenfalls aufteilen mussten. Einen rothaarigen, noch jungen und ungestümen Burschen erwischte es zuerst. Er hatte sich ausgerechnet

Harriet ausgesucht, die die Perücke mit dem grünen Stachelhaar trug.

Harriet senkte den Kopf. Sie umarmte ihn gleichzeitig, der Polizist war irritiert, um einen Augenblick später wie ein Wilder aufzuschreien, als ihn das Haar am Gesicht erwischte.

Seine rechte Gesichtshälfte schien zu brennen. Er torkelte zurück, kippte in ein Haarwaschbecken, drehte sich dort und prallte mit einem dumpfen Laut zu Boden.

Wir alle sahen seine Wangen.

Sie waren hautlos geworden. Der Anblick war schockierend. Ich musste unbedingt handeln.

Die anderen Polizisten standen wie unter einem Bann, sodass ich Zeit hatte, um auf das Mädchen loszustürmen.

Ich musste noch einen zur Seite räumen, um freies Wurffeld zu haben.

Wiederum verzichtete ich auf eine Kugel. Diese Mädchen waren keine Dämoninnen, man hatte ihnen nur den Willen genommen, den sie durch mich vielleicht wieder zurückerhalten konnten.

»Da, fang!«, brüllte ich.

Harriet ließ sich irritieren. Sie schaute mich in dem Augenblick an, als sich das Kreuz bereits auf der Reise befand und in einer Reflexbewegung von ihr aufgefangen wurde.

Starr hielt sie es fest, stierte darauf und drehte sich plötzlich um die eigene Achse, bevor sie anfing zu schreien. Einen Sekundenbruchteil später erwischte sie die Magie voll und setzte das grüne Haar in Brand. Es waren winzige Flammenzungen, die wie kleine, zuckende Teufel wirkten und einen Ring um ihren Kopf gelegt hatten.

Vom Kreuz aus strahlte die Magie ab, sie würde auch das Mädchen vernichten, wenn ich nicht eingriff.

Und ich war schneller, riss sie an mich und zog ihr die Perücke vom Kopf.

Obwohl ich in die Flammen fasste, wurde ich nicht verbrannt. Auch das Mädchen hatte Glück gehabt, dass »nur« ihre Kopfhaut versengt war.

Ich schleuderte sie in einen der Ledersessel hinein, wo sie liegen blieb. Jetzt konnte ich mich um die anderen kümmern.

Zwei Polizisten standen mir im Weg, die ich wegscheuchte. »Gehen Sie in den Gang und hinter den Vorhang. Los, beeilen Sie sich! Das hier ist meine Sache!«

Ob sie es gern taten, wusste ich nicht. Jedenfalls gehorchten sie und zogen sich zurück.

Eines der Mädchen kam auf mich zu. Ihr Haar war grau, stumpf und verfilzt. Auf mich wirkte es, als würde es von einem Zombie oder einer alten Leiche stammen.

Ich wartete auf sie.

Aber ich hörte den Schrei und den Fall.

Blitzschnell fuhr ich herum.

Das Mädchen mit der Blondhaarperücke hatte zugeschlagen und diesmal keine Rücksicht genommen. In ihren Armen hielt sie einen der Polizisten.

Der Kollege war tot, das erkannte ich an seinen gebrochenen Augen.

Suko hatte genau gewusst, dass er John Sinclair das übrige Feld überlassen konnte. Er konzentrierte sich auf den Dämon, den er durch die Tür so weit zurückgeschleudert hatte. Der Ghoul war bis zum Kassentisch befördert worden. Einer seiner Arme lag auf der Glaskasse, und der von seinen Fingern tropfende Schleim rann über das Gehäuse.

Sabre stemmte sich wieder hoch. Noch hatte er nicht aufgegeben, aber Suko war besser.

Kaum befand sich der Ghoul in der Senkrechten, als der Inspektor bereits zuschlug.

Die flache Hand klatschte gegen den zerfließenden Körper und drückte ihn zurück. Gleichzeitig rollte sich der Ghoul nach rechts, und zwar weg von der Kasse. An dieser anderen Seite fand er keinen Halt mehr.

Wie ein mit nassem Lehm gefüllter Sack klatschte er zu Boden und blieb dort liegen.

Suko nahm die Dämonenpeitsche. Hier Rücksicht walten zu lassen wäre genau falsch gewesen. Ein Ghoul war ein schwarzmagisches Wesen, das nichts anderes im Sinn hatte, als zu töten und Unglück über die Menschen zu bringen.

Und Suko schlug zu.

Dreimal hieb er in die Masse hinein. Er hörte den Ghoul jaulen, sah die tiefen Risse, die die Peitschenschnüre hinterlassen hatten, und konnte den Weg der sich auflösenden Kreatur genau verfolgen.

Der Schleim strömte in alle Richtungen weg. Er kroch über den Boden, und die Gliedmaßen, die er mit sich riss, lösten sich ebenfalls auf, sodass von dem Ghoul vorerst nur die breiten Schleimspuren und der schreckliche Geruch nach Tod und Verwesung übrig blieben.

So also sah das Ende eines Trendsetters und großen Meisters der Haarkunst aus.

Ich hatte abgedrückt!

Es war ein Reflex gewesen. Ich hatte einfach nicht anders gekonnt. Als ich den toten Polizisten in den Armen der jungen Frau sah, war bei mir eine Sicherung durchgebrannt.

Zum Glück hatte sich die junge Frau nicht bewegt. So jagte die Kugel in ihre Schulter.

Die Aufprallwucht schleuderte sie zurück. Sie öffnete den Mund. Ein leiser Schrei wehte hervor, und das geweihte Silber der Kugel arbeitete in ihrem Körper.

Zuerst rutschte ihr der Tote aus den Händen. Sie brach ebenfalls zusammen, und gleichzeitig wurde sie von einem zuckenden Leuchten umgeben, das ihren Kopf erfasste.

Konnte ich etwas tun?

Nein, die Kraft in dieser gefährlichen Perücke war einfach schneller. Sie vernichtete deren Trägerin.

Und so starb Eve auf grauenvolle Art und Weise vor unseren Augen. Als sie den Boden erreichte, hatte sie kein Gesicht mehr.

»John, Vorsicht!«

Ich schüttelte den Schock ab und fuhr herum.

Die Letzte kam.

Ihre Totenhaare wehten wie eine Fahne. Sie hielt die Arme ausgestreckt. Zwischen ihnen erkannte ich das verzerrte Gesicht. Auf Tod war sie programmiert, und mir musste etwas einfallen.

Suko handelte.

Er war wie ein Phantom. Aus dem Vordergrund des Salons tauchte er auf. Die Peitsche schlagbereit haltend. Diesmal bewies er seine Kunst. Er konnte mit der Dämonenpeitsche nicht nur vernichten, sondern auch so genau schlagen, dass nur bestimmte Dinge getroffen wurden.

Flach, aber kopfhoch wischten die drei Riemen durch die Luft und trafen haargenau ihr Ziel, die Perücke.

Kim wurde im Lauf erwischt. Für einen Moment blieb sie stehen, der Ausdruck auf ihrem Gesicht änderte sich. Ungläubiges Staunen breitete sich darauf aus, als sie dem Totenhaar nachschaute, das die Peitschenriemen ihr vom Kopf gerissen hatten.

Die Perücke klatschte genau auf die Sitzfläche eines leeren Sessels. Das wollte Kim nicht wahrhaben. Sie rannte hin, ich startete ebenfalls und gleich schnell.

Mein Hieb katapultierte sie zur Seite. Lieber eine Beule als tot. Dann kümmerte ich mich um die Perücke.

Das Kreuz sorgte für ganze Arbeit. Die einzelnen Haare verbrannten mit einem düsteren Glühen.

Tief atmete ich durch, drehte mich um und sah Suko, der die Schultern hob, mir zunickte, sich drehte und zur Tür ging, um drei Männer in weißen Kitteln einzulassen.

Einer von ihnen war der Arzt.

Ich blieb an seiner Seite und ging mit ihm in Sabres Büro, wo genug Arbeit auf ihn wartete.

Eve und der Polizist hatten tatsächlich nicht überlebt. Zusammen mit Ches Grady und Lisa Brookman hatte der Fall vier Tote gekostet.

Ich fühlte mich mies. Manchmal war ich wirklich nahe daran, die Brocken hinzuwerfen. Aber das ging nun mal nicht.

Erst gegen Abend erfuhren wir, dass die anderen es überleben würden. Dies wiederum war eine gute Nachricht.

Wir saßen bei unserem Chef und diskutierten den Fall noch einmal durch. Sir James hatte die Stirn in Falten gelegt und schüttelte den Kopf. »Manchmal kann ich nicht begreifen, wie es möglich ist, dass sich ein Ghoul so lange hält.«

»Ich auch nicht«, gab ich zu. »Vielleicht wendet die Hölle diese Maulwurftaktik an.«

»Wieso?«

»Sie hat überall ihre versteckten Spione. Wenn die Zeit reif ist, geben sie sich zu erkennen.«

»Und davon sind Sie überzeugt, John?«

»Leider.«

»Dann kann uns noch einiges bevorstehen.«

Ich wischte den Einwand weg. »Daran möchte ich jetzt nicht denken, Sir, denn es gibt Dinge, die sollte man nicht aufschieben.«

»Welche, zum Beispiel?«

»Ein gutes Abendessen. Die Conollys haben uns eingeladen. Es gibt da neuerdings ein Lokal in London, da zahlt man keine festen Preise, sondern gibt freiwillig eine bestimmte Summe. Wenn es einem gut geschmeckt hat, greift man tiefer in die Tasche.«

Sir James lächelte. »Ich weiß.« Er stand auf und holte seinen Mantel. Suko und ich wunderten uns. »Wollen Sie jetzt schon Feierabend machen, Sir?«, fragte der Inspektor.

»Ja. Ich bin nämlich auch zum Essen eingeladen worden.«

»Darf man den Namen des großzügigen Spenders erfahren?«

Sir James nickte. »Die Conollys – wer sonst?«

ENDE

Der Herold des Satans

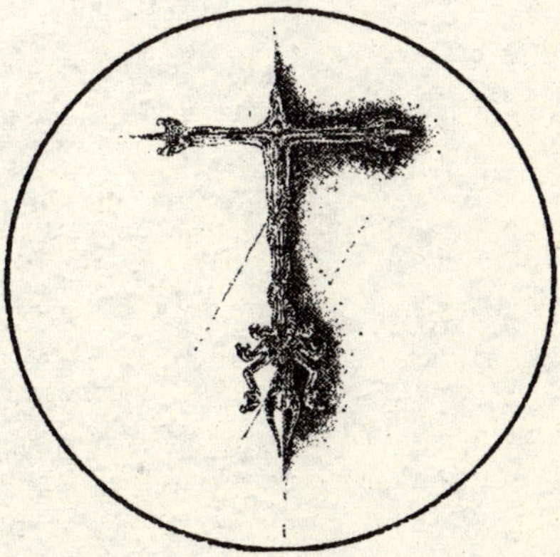

Das Gesicht des Mannes neben mir leuchtete so bleich wie der Mond, und die Stimme des Franzosen konnte ich mit dem kühlen Windhauch vergleichen, der von der Loire zu uns herüberwehte. »In wenigen Minuten ist es so weit, John. Das kann ich Ihnen versprechen.«

»Ich hoffe es auch.«

»Keine Sorge. Mich belügt man nicht.«

Ich lächelte in mich hinein. Der Mann neben mir hieß Gerald Gress. Er war Reporter und ein Bekannter meines Freundes Bill Conolly. Ich war nach Frankreich gefahren, an die Loire, um einer bestimmten Sache nachzugehen, die in der Gegend der Romantikschlösser für einiges Aufsehen gesorgt hatte.

Wir warteten in Gress' Wagen, einem Peugeot 504. Geparkt hatte er das blaue Fahrzeug in einer Scheune. Von dort aus sah man bei Tag den Fluss und das Château, ein prächtiges Schloss. Die Nacht jedoch hatte ihr dunkles Tuch über die Landschaft gesenkt und ließ die Berge verschwinden …

Der Ort hieß ebenfalls Medoque. Er war klein, die Häuser schmiegten sich an die weichen Hügelketten, und die Menschen lebten zumeist vom Tourismus.

Jetzt war allerdings Nebensaison. Auf den Bergen lag der erste Schnee. Auch in den Tälern hatte es vor einer Woche noch eine weiße Schicht gegeben, aber die war inzwischen getaut.

Gress zündete sich wieder eine Schwarze an. Er holte sie aus einer hellblauen Packung. Die vierte Zigarette innerhalb einer Stunde. Seine schmalen Finger waren nikotingelb, und als er mir die Schachtel hinhielt, schüttelte ich den Kopf.

»Nicht meine Marke.«

»Wenn Sie in Frankreich leben würden, hätten Sie sich längst daran gewöhnt.«

»Ich bin aber Engländer.«

Er ließ das Feuerzeug aufleuchten und schielte mich über die Flamme hinweg an. »Nicht Europäer?«

»Ich möchte es gern sein.«

»Dann dürfen Sie sich kein Beispiel an den Politikern nehmen.«

»Das sowieso nicht.«

Gerald Gress gehörte zu den Typen, die man als zäh, windig und neugierig umschreiben konnte. Er reichte mir gerade bis zur Schulter. Sein Gesicht erinnerte mich an zerknitterten Stoff. Sein Haar war grau, künstlich gelockt und hinten lang, weil es modern war. Wie eine Nadel stach die spitze Nase aus dem Gesicht des Mannes hervor. Über ihr wölbten sich die dunklen Augenbrauen wie gebogene Balken. Gress trug seine »Berufskleidung«: Lederjacke, Cordhose, Hemd und Pullover. Natürlich durften auch die Turnschuhe mit den drei Streifen nicht fehlen.

»Gesehen hat ihn noch nie jemand, oder?«, fragte ich.

»Nein, nur gehört.«

»Woher wollen Sie wissen, dass man uns nicht reingelegt hat?«

Er zwinkerte mir zu. »Wie meinen Sie das denn?«

»Ich denke da an einen Recorder.«

Er winkte mit der Zigarette in der Hand ab. Die Asche fiel zwischen seine Beine auf den Sitz, was ihn nicht weiter kümmerte. »Nein, das habe ich schon überprüft. Keiner aus dem Ort hätte daran Interesse.«

»Dann warten wir ab.«

Gress warf einen Blick auf die Uhr. »Gleich Mitternacht. Dann kommt er wieder.«

»Sollen wir den Wagen verlassen?«

Der Franzose grinste. »Das wäre im Prinzip nicht schlecht. Es könnte aber gefährlich werden.«

Ich hob die Schultern. »Gefahr gehört zu meinem Job. Leider, muss ich sagen.«

»Kleiner Supermann, wie?«

»Nein, genau das Gegenteil.«

»Hat auch Bill gesagt. Er ist ein guter Typ. Ich kann mich auf sein Urteil verlassen.« Gress schnippte die Kippe aus dem Fenster.

Ich stieg aus. Auch Gress verließ den Wagen. Vor der Kühlerhaube trafen wir wieder zusammen.

Die alte Scheune stand außerhalb des Dorfes. Sie wurde schon seit Jahren nicht mehr benutzt. Dementsprechend verfallen sah sie aus. Ein Wunder, dass sie noch nicht eingestürzt war.

Wieder blickte Gress auf die Uhr. »Noch zwei Minuten bis Mitternacht.«

»Bleiben wir hier stehen?«

»Wäre nicht schlecht.«

Ich deutete nach vorn. Etwa zehn Meter weiter führte die Straße vorbei. Mehr ein Weg, der nur stellenweise asphaltiert war. »Eigentlich könnten wir uns dort aufbauen«, schlug ich vor.

Mein Begleiter erschrak. »Sind Sie eigentlich wahnsinnig?«, fragte er. »Sie begeben sich in Gefahr.«

»Wer kommt denn dort an?«

»Das wissen wir ja nicht, aber es gibt Vermutungen, was die Familie Medoque angeht.«

Ich nickte. »All right, mein Lieber, warten wir also bis Mitternacht.«

Gress stellte den Kragen seiner Jacke hoch, als könnte ihn dieser vor irgendwelchen Gefahren schützen.

Fünf Sekunden nach Mitternacht geschah es. Da wurde die Stille plötzlich unterbrochen.

Gress stieß mich an. »Hören Sie es auch?«, wisperte er. »Ich meine ...«

»Mensch, sei mal ruhig.«

»Bon. Entschuldige.«

»Schon vergeben.«

Ich drückte mich jetzt weiter vor und presste mich rechts des Scheunentores gegen die Wand.

Und ich hörte die Schritte. Nach rechts musste ich den Kopf drehen, denn dort waren sie aufgeklungen. Die Person musste sich auf dem schmalen Weg bewegen, der sich jenseits des Dorfes in den Hügeln verlief.

Auf dem Weg war trotz des Mondlichts nichts zu erkennen. Auch Gress sah nichts. Er stand mir gegenüber. Ich hörte sein scharfes Flüstern. »Verdammt, er ist wieder nicht zu sehen.«

Ich gab dem Reporter keine Antwort. Stattdessen wartete ich ab und konzentrierte mich voll auf die Schritte. Sie waren lauter geworden. Ich ging davon aus, dass der andere mich irgendwann, wenn er die Richtung beibehielt, erreichte.

In meinem Nacken spürte ich das Kribbeln. Jeder Schritt des nicht Sichtbaren knirschte auf dem Boden, aber wir sahen niemanden. Mir drängte sich eine Frage auf: Gab es unsichtbare Menschen?

Ich hatte mal mit einem CIA-Agenten namens Mark Baxter zusammengearbeitet, der sich hatte unsichtbar machen können. Auch Geister sind unsichtbar. Meine erste Vermutung, dass jemand ein Tonband ablaufen ließ, verwarf ich.

Ich starrte auf den Weg.

Den Echos nach zu urteilen, musste sich der andere mit mir auf gleicher Höhe befinden, aber ich sah ihn nicht.

»Jetzt ist er vorbei.«

Diese Bemerkung war für mich so etwas wie ein Startsignal. Ich setzte mich in Bewegung, lief dabei ziemlich schnell, aber noch flinker war Gress. Er erreichte mich, bevor ich einen Fuß auf den Weg setzen konnte. Seine Hand fiel auf meine Schulter. »Nein, Sinclair, nicht so. Warten Sie, es kommt noch etwas.«

Die Schritte entfernten sich, während wir hier herumstanden. Ich blickte Gress scharf an.

Sein faltiges Gesicht hatte sich verzogen. Der Wind spielte mit den grauen Locken, und in den Augen las ich die Sorge, die sich der Mann machte. »Glauben Sie mir«, flüsterte er.

Ich war einverstanden. »Okay, folgen wir dem Unsichtbaren. Wenn er aber verschwunden ist, ohne dass ich ihn …«

»Er wird nicht verschwunden sein. Ich kenne das Spielchen. Es kommt noch einiges auf uns zu.«

Ich hatte mich überreden lassen. Wir gingen jetzt schneller. Die Schritte des Unsichtbaren waren allmählich deutlicher zu vernehmen, während wir auf Zehenspitzen gingen. Eigentlich war es verrückt, einen Unsichtbaren zu verfolgen. Ich hätte auch nicht an dessen Existenz geglaubt, wenn nicht die Schritte gewesen wären.

Wir gingen nun über buckliges Kopfsteinpflaster hinweg. Manche Steine bildeten regelrechte Stolperfallen. Entsprechend vorsichtig verhielten wir uns.

In das Dorf hinein führte der Weg in einer weiten Rechtskurve. Rechts und links der Fahrbahn standen die kleinen, sauberen Häuser. Viele Fachwerkhäuser waren darunter.

Die meisten Bewohner vermieteten Fremdenzimmer und brauchten sich in der Saison über Besuchermangel nicht zu beklagen. Es gab auch Weinbauern im Ort, die es verstanden, einen inhaltsreichen Roten zu keltern.

Ich war leider erst mit Beginn der Dämmerung eingetroffen, deshalb hatte ich die malerische Schönheit des Dorfes noch nicht genießen können.

Auf der Straße sah ich außer uns keinen Menschen. Danach fragte ich den Reporter.

»Sie alle wissen hier Bescheid, aber sie trauen sich nicht, aus den Häusern zu gehen. Sie haben Angst!«, hauchte er. »Verdammte, hündische Angst.«

»Sie auch?«

»Sinclair, ich bin ein harter Brocken, das haben sogar die Weiber gesagt. Zweimal war ich verheiratet, aber beide Frauen sind mir davongelaufen. Doch wenn ich an diesen Unsichtbaren denke, der da vor uns hergeht, rutscht mir das Herz in die Hose. Du hörst ihn, aber du siehst ihn nicht!«

»Bitte, seien Sie mal ruhig.«

Gress war nicht zu bremsen. »Dabei frage ich mich, ob er uns nicht schon längst entdeckt hat. So ein Geist kann im Dunkeln bestimmt sehen. Finden Sie nicht auch?«

Ich legte einen Zeigefinger auf meine Lippen und sah sein Nicken. »Okay, ich halte ja schon die Schnauze, aber so etwas kann einen wirklich nervös machen.«

Wir waren bereits ziemlich tief in das Dorf hineingegangen.

Alte Laternen gaben der Straße und den Hausfassaden einen romantischen Touch. Viele Mauern zeigten Malereien. Fast alle Motive beschäftigten sich mit dem Weinbau.

Und kein Mensch ließ sich blicken. Ich hatte das Gefühl, in einem Geisterdorf zu sein. Selbst die am Straßenrand parkenden Fahrzeuge kamen mir fremd vor. Sie passten einfach nicht in diese Kulisse.

»Die wissen alle Bescheid«, wisperte mein Begleiter. Auch wenn sie die Schritte nicht hören, sie bleiben sicherheitshalber in ihren Buden hocken.«

Ich sah ihn strafend an. Gress nickte mit zusammengepressten Lippen.

Hoffentlich blieb er ruhig.

Die Schritte hatten zwar nicht an Lautstärke zugenommen, dennoch hörte es sich so an, weil sie zwischen den Häusern ein Echo erzeugten.

Es passte ebenfalls zu der gesamten düsteren Atmosphäre, die hier herrschte, und ich spürte, wie mein Mund trocken wurde. Vielleicht lag es an der Aufregung oder Spannung, genau wusste ich das nicht zu deuten.

Vor uns lag der Marktplatz. Das stuckverzierte Rathaus und der Brunnen lagen zentral. Drumherum gruppierten sich Bistros, Weinlokale, Restaurants – allesamt verschlossen und zur Straße hin abgedunkelt.

Nur einmal sah ich ein Gesicht. Es schimmerte hinter einem Dachfenster, dicht unter dem Giebel. Als der Zuschauer meinen Blick bemerkte, zog er schnell die Fensterläden zu.

Und die Schritte verstummten.

Genau vor einem alten Brunnen, der eine sechseckige Form hatte und wie graues Blei aussah.

Gerald Gress neben mir nickte, denn auch wir waren stehen geblieben. »Gleich!«, hauchte er. »Gleich passiert es. Das kann ich dir sagen.« Er bewegte hektisch die Finger. »Das ist nicht zu fassen!«

Da er von allein verstummte, hielt auch ich den Mund und harrte der Ereignisse, die dort kommen sollten.

Ich schreckte wie unter einem Schlag zusammen, als plötzlich ein greller Fanfarenstoß durch das stille Dorf hallte, gegen den düsteren Himmel schmetterte und sich in den vom Platz abzweigenden Gassen verlor, wo er als Echo zwischen den Wänden wetterte.

Gress und ich rührten uns nicht. Wir standen so lange still, bis das letzte Echo verklungen war.

»Mann, das geht an die Nerven!«, hauchte der Reporter. »Was passiert jetzt?«

»Lass dich überraschen!«

Der Fanfarenstoß war längst verklungen, hallte aber in meinen Ohren noch immer nach. Es hatte den Anschein, als wollte er mit meinem Trommelfell spielen.

Wir warteten. Am Rand der Straße hatten wir uns aufgebaut. Unser Blick konnte in einem schrägen Winkel den gesamten Marktplatz erfassen. Jenseits der gegenüberliegenden Hausfronten wälzte sich die Loire durch ihr Flussbett. Nur wenn man sehr genau hinhörte, war etwas vom Rauschen des Wassers zu vernehmen.

Dann hörten wir wieder Schritte.

Diesmal allerdings von mehreren Menschen. Und keinen von ihnen konnten wir sehen. Sie alle waren unsichtbar und blieben es auch. Nur ihre heftigen Tritte und Schritte drangen an unsere Ohren.

Ich spürte meine innere Vibration und hatte mehrmals das Gefühl, von einem Windhauch oder kaltem Luftzug gestreift zu werden. Es blieb nicht bei den Schritten. Stimmen klangen auf. Manche sehr laut, obwohl wir sie nur gedämpft verstanden, als stünde eine Wand zwischen den Sprechern und den Zuhörern.

Es war mit dem normalen Verstand kaum zu fassen. Wir standen als einzig Sichtbare zwischen zahlreichen unsichtbaren Personen, die uns umgaben, sehr aufgeregt waren, durcheinander redeten und auf einen bestimmten Punkt zuliefen.

Das war der Marktplatz. Hier mussten sie sich versammeln.

Ja, ich vernahm das Scharren der Füße, Kinder weinten, aber dann trat allmählich Stille ein.

Ein paar Nachzügler erschienen, und es wurde völlig ruhig.

Diesmal war ich es, der nicht schweigen konnte. Deshalb wandte ich mich an Gress. »Sie kennen die Schau ja hier. Was läuft gleich ab?«

»Eine Rede wird gehalten.«

»Die wir hören können?«

»Genau.«

»Und was sagt der Knabe?«

»Habe ich nie richtig verstanden«, erklärte Gress. »Die Worte sind in einem sehr alten Französisch gesprochen. Ich bin nicht so gut oder noch nicht so alt.« Er lachte über seinen eigenen Witz und verstummte dann, als die Stimme des Unsichtbaren so plötzlich aufklang wie vorhin der Fanfarenstoß.

Okay, ich kannte die Sprache dieses Landes. Aber wenn Gress sie schon nicht verstand, würde ich auch nicht begreifen, was da gesprochen wurde. Dennoch hörte ich hin, konzentrierte mich und konnte wenigstens einige Brocken aufnehmen.

Ein Wort fiel mehrmals.

Loup.

Ich brauchte nicht lange nachzudenken, um zu wissen, um was es sich dabei handelte. Loup heißt nichts anders als Wolf, und Gress musste es auch gehört haben.

Ich sprach ihn darauf an.

Er nickte. »Oui, oui«, sagte er schnell. »Das habe ich auch immer verstanden.«

»Was kann es bedeuten?«

Gress war ärgerlich, dass ich ihn abgelenkt hatte, aber er antwortete mir. »Früher müssen hier zahlreiche Wölfe gelebt haben. Ich habe davon gelesen. Noch im letzten Jahrhundert hat man welche gesehen. Davon wird wohl bei diesem Sprecher die Rede gewesen sein, meine ich. Von den Wölfen.« Er war wieder so nervös, dass er eine Zigarette aus der Packung fischte und hastig rauchte.

Ich aber konzentrierte mich wieder. Der Unsichtbare erntete keinen Widerspruch. Die Menschen lauschten seinen Worten. Es gab keine Kommentare oder Diskussionen. Mir schien es, als hätte der Sprecher seine Rolle auswendig gelernt oder würde die Worte von einem, nur für ihn sichtbaren Blatt ablesen.

Seine Stimme steigerte sich nicht, als er zum Ende seiner Rede kam. Ich wunderte mich nur darüber, dass es plötzlich so still war und er überhaupt nichts mehr sagte.

»Was passiert denn jetzt?«, wollte ich wissen.

»Er geht wieder.«

»Wohin?«

»Zurück. Wir können ihn ja verfolgen. Allein habe ich mich das nie getraut.«

Die Idee war nicht schlecht, aber auch nicht so überzeugend, dass ich zustimmte. Ich warf einen Blick auf meine Uhr. Eine halbe Stunde war vergangen – oder?

Nein, meine Uhr zeigte noch immer Mitternacht.

Kalt lief es über meinen Rücken. Plötzlich hatte ich das Gefühl, in einen Wirbel schwarzer Magie hineingeraten zu sein. Ich blickte noch einmal hin, die Zeit blieb, aber meinem Begleiter fiel dies auf.

»Was haben Sie denn?«

»Meine Uhr steht!«

Er sah mich an, wollte erst lachen, dann blickte er auf seine. »Komisch, meine geht. Wir haben jetzt genau 0 Uhr 43. So lange hat es immer gedauert. Er wird jetzt gehen und …«

»Ja, ja, schon gut. Wird wohl ein Defekt gewesen sein.« Überzeugt davon war ich allerdings nicht.

Der Marktplatz hatte sich inzwischen wieder »geleert«. Obwohl wir nichts sahen, hatten wir die Schritte der davoneilenden Menschen gehört und vernahmen Sekunden später wieder die Tritte, denen wir auch gefolgt waren.

Der Unsichtbare ging zurück.

Wenn mich nicht alles täuschte, nahm er sogar den gleichen Weg.

Gerald Gress stand neben mir wie jemand, der nicht wusste, ob er weglaufen oder stehen bleiben sollte. Er trug seine Kamera bei sich, aber da war nichts, das er hätte fotografieren können. Stattdessen sah er zu, wie ich die Kette über den Kopf streifte.

»Was ist das denn?«

»Ein Kreuz.«

Gress staunte. »Das ist es also«, murmelte er. »Wirklich außergewöhnlich, Monsieur.«

»Kennen Sie es?«

»Nein, aber Bill Conolly hat davon berichtet. Sie scheinen ihm sehr zu imponieren.«

Ich winkte ab. Das Thema interessierte mich nicht. Viel wichtiger war der Unsichtbare. Er befand sich mit uns ungefähr auf einer Höhe und würde uns in den nächsten Sekunden passiert haben. Das wollte ich vermeiden, da ich keine Lust hatte, hinter ihm herzurennen.

Bevor ich startete, warf ich einen letzten Blick auf das Kreuz. Es zeigte sich nicht verändert. Wie immer sah das Silber matt aus. Nichts deutete auf eine Aktivierung hin.

»Ich werde ihn stellen!«

Gress hatte die Worte verstanden. Er wollte mich davon abhalten, aber ich ließ mich nicht aus dem Konzept bringen.

Mit raumgreifenden Schritten überwand ich die Distanz zu dem Unsichtbaren. Den Brunnen hatte ich bereits passiert und wandte mich nach rechts, um ihn zu überholen.

Das war schnell geschafft.

Gress folgte mir zögernd, während ich schon wieder stand und auf die Schritte lauschte.

Sie näherten sich mir.

Das Knirschen blieb in meinem Gedächtnis. Ich verglich die Lautstärke und wusste in etwa, wann der andere mich erreicht haben würde.

Vielleicht vier, fünf Meter noch.

Ich streckte mein Kreuz vor. Gress' leiser Ruf drang an meine Ohren. Er sagte irgendetwas von aufhören, aber den

Gefallen würde ich ihm nicht tun. Zuerst wollte ich den Unsichtbaren.

Ich sah ihn nicht, ich spürte ihn. Etwas rieselte über meinen Körper. Es kam nicht von innen heraus, sondern die Anwesenheit des Unsichtbaren hatte damit zu tun. Auch mein Kreuz blieb nicht mehr »stumm«. Es erwärmte sich.

Kontakt!

Es war wie ein Sturmwind. Ich kriegte auf einmal keine Luft mehr, Schwindel überfiel mich. Vor mir hatten die Schritte schlagartig aufgehört. Ein helles Strahlen umgab mich, und ich hörte einen gurgelnden Laut. Hastig öffnete ich die Augen.

Das Kreuz hatte sein Ziel erreicht.

Vor mir stand der, der einmal unsichtbar gewesen war. Es war wie ein Schlag in den Magen.

Ich starrte in die hässliche Fratze eines Werwolfs!

Es war einfach fürchterlich. Mit diesem Wesen hätte ich nicht gerechnet. Das Monster trug Kleidung, die nicht in diese Zeit passte.

So lief man im frühen Mittelalter herum, zur Zeit der großen Schwertkämpfe und Kreuzzüge. Über das bläulich schimmernde Kettenhemd war ein rotes Wams gestreift worden. An einem Gürtelgehänge steckte die lange Scheide, in der die Schwertklinge verschwunden war, und nur der Griff ragte hervor. Die Schultern trugen ebenfalls einen Panzer aus Eisen. Aus ihm und den Schultern wuchs der fellbedeckte Kopf des Werwolfs hervor.

Es war ein hässliches Gesicht, aber keine direkte Wolfsschnauze. Menschliche und tierische Züge hielten sich die Waage. Nur das Maul zeigte sich stark verändert. Weiß schimmerten die Reißzähne, gelblich der Geifer dazwischen.

Mehr war von seinem Kopf nicht zu sehen, denn der Rest wurde von einem Helm verdeckt. Und noch etwas fiel mir auf. Die Fanfare hatte er über seine Schulter gehängt, und seine linke Pranke umklammerte den Griff einer Lanze, während er in der anderen die Schriftrolle hielt, von der er vorgelesen hatte.

Er sah mich, ich sah ihn.

Wir beide sagten nichts, maßen uns mit Blicken, ich starrte in seine Augen und glaubte, in den düsteren Pupillenschächten ein gelbes Leuchten zu sehen.

Noch hielt ich mein Kreuz.

Ich spürte den Kranz der Magie, aber ich wusste auch, dass ich ihn nicht mehr lange aufrechterhalten konnte, denn ich hatte meinen Talisman nicht aktiviert.

Plötzlich verschwand er!

Es geschah von einer Sekunde auf die andere. Wieder begann das Strahlen, diesmal nicht so stark, und dann war von dem Werwolf nichts mehr zu sehen.

Der Herold hatte wieder das Reich betreten, in das wir als Menschen nicht schauen konnten.

Ich stand mitten auf der Straße und fühlte mich wie ein begossener Pudel. Als ich vorging und etwas testen wollte, spürte ich weder einen Widerstand noch irgendeine Magie.

Gerald Gress näherte sich. Er ging langsam, und seine Füße schleiften dabei über den Boden.

Ich blickte ihn an.

Gress blieb vor mir stehen und schüttelte den Kopf. »Können Sie mich mal kneifen, Sinclair?«

»Weshalb?«

»Glauben Sie denn, dass ich geträumt habe?«

Ich schüttelte den Kopf. »Nein, es war kein Traum. Wir beide haben den Werwolf tatsächlich gesehen.«

Gress fing an zu lachen, wobei es sich bei ihm mehr wie ein Greinen anhörte. »Bin ich denn verrückt?«, fragte er. »Es gibt doch keine Werwölfe oder so was.«

»Aber auch keine Unsichtbaren!«

»Da haben Sie Recht.« Er hob die Schultern und warf einen Blick über den Marktplatz, sofern das bei dieser Dunkelheit möglich war. »Und keiner hat sich gezeigt. Die Leute haben alle Angst.« Er nickte. »Ich glaube, Sinclair, die wissen Bescheid.«

»Das müsste man herausfinden.« Ich wollte noch etwas hinzufügen, schwieg aber, weil ich abermals Schritte vernommen hatte, die nur dem Werwolf gehören konnten.

Sie entfernten sich.

Gress stieß mich an. »Sollen wir nicht hinterher?«

»Weshalb?«

»Ja, ich meine, wir ...«

»Nein, Monsieur Gress. Ich sehe das anders. Es ist wohl besser, wenn wir hier im Ort bleiben. Der Werwolf ist nicht ohne Grund erschienen. Er hat sich als Herold betätigt, weil er eine Nachricht überbringen wollte. Eine Botschaft für die Bewohner.«

»Das kann ich mir nicht vorstellen.«

»Mit wem hätte er sonst reden sollen?«

Gress hob die Schultern. »Es ist vielleicht einfacher, als wir denken. Er ist unsichtbar. Vielleicht sind die Leute, für die diese Nachricht bestimmt war, ebenfalls nicht sichtbar. Das ist doch alles möglich, finden Sie nicht auch?«

Ich überlegte und fand, dass Gress' Theorie gar nicht so schlecht war. Vielleicht war dieser Ort wirklich etwas Besonderes. Nur hatten wir es noch nicht herausgefunden.

»Sie haben doch mit den Leuten geredet. Was erzählte man Ihnen denn alles?«

»Wenig genug. Die Menschen sind verschlossen. Die tauen nur im Sommer auf, wenn Touristen hier sind oder man mit ihnen zur Weinprobe geht. Das habe ich getan. Sobald das Thema wechselte und interessant wurde, gaben sie keine Antwort mehr. Die Angst verschloss ihnen den Mund.«

»Haben Sie denn nichts gehört?«

Er nickte. »Etwas schon, das gebe ich zu. Ein alter Weinbauer sprach davon, dass ich mich hüten sollte, den Medoques zu nahe zu kommen. Sie würden noch immer herrschen.«

»Und wer sind die Medoques?«

»Die Schlossbesitzer. Ihnen gehören die größten Weinberge.«

»Dann ist das Schloss also noch bewohnt.«

»Klar.«

Ich strich mein Haar zurück. »Ob man denen vielleicht einen Besuch abstatten könnte?«

»Das habe ich versucht.«

»Und?«

Gerald Gress zog die Nase hoch. »An der Treppe fingen sie mich schon ab. Da gab es Zunder. Ich bin wirklich nicht feige, aber gegen diese Leute komme ich allein nicht an.«

»Wie viele Mitglieder der Familie existieren noch?«

»Das weiß keiner so genau. Jedenfalls ranken sich um die Person der Manon Medoque die tollsten Geschichten.«

»Inwiefern?«

»Ich weiß es auch nicht. Sie soll ein Rasseweib sein, aber auch kalt und ungerecht. Sie …«

Weder er noch ich sprachen weiter, denn wir hörten plötzlich das unheimlich klingende Heulen, das von weither klang, aber schaurig durch das Dorf hallte.

Gress bekam eine Gänsehaut. »Das gibt es doch nicht!«, hauchte er.

»Haben Sie es zum ersten Mal gehört?«

»Ja.« Er räusperte sich. »Und ich frage mich nach dem Grund, verdammt.«

Ich blickte auf meine Uhr. Komisch, jetzt lief sie wieder. Sie zeigte genau eine Stunde nach Mitternacht an. Die Geisterstunde war vorbei. Lief jetzt alles normal weiter?

»Haben Sie feststellen können, aus welcher Richtung das Heulen kam?«

»Nicht direkt, aber das muss schon am Fluss gewesen sein.«

»Und wo steht das Schloss?«, fragte ich.

»Wie meinen Sie?«

»Auf welcher Seite des Flusses?«

»Ach so.« Gress lachte. »Auf dieser Seite. Sie brauchen den Fluss nicht zu überqueren.«

Mich allerdings interessierte mehr die Familie, das merkte der Reporter. Er fragte: »Sie wollen zu den Medoques, nicht wahr?«

»Das hatte ich vor.«

»Glauben Sie tatsächlich, dass Sie dort die Lösung des Falles finden?«

»Man kann es ja versuchen.«

»Aber nicht mehr heute Nacht. Ich wäre dafür, dass wir uns aufs Ohr legen. Ihr Zimmer ist reserviert. Es liegt meinem gegenüber. Kein Superhotel, aber sauber.«

»Okay, gehen wir.«

Der Reporter hatte mitgedacht und ein Haus ausgesucht, das am Marktplatz lag. Einen Portier oder etwas Ähnliches gab es nicht. Dafür hatte sich Gress einen Türschlüssel geben lassen. Meinen Zimmerschlüssel trug er auch schon bei sich und drückte ihn mir in die Hand.

Im Hotel war es ruhig. Auf dem schmalen Rezeptionstresen brannte nur eine schwache Kugelleuchte. Sie erhellte die kleine Halle notdürftig.

Über eine enge Treppe stiegen wir in die oberen Etagen. Auch hier gab es mehr Schatten als Licht. Wenn die Stufen unter unseren Gewichten knarrten, hatte ich das Gefühl, alle, die hier schliefen, aufzuwecken.

Das Haus war zwar nicht breit, dafür relativ hoch. Unsere Zimmer lagen in der zweiten Etage. Der Gang war nicht viel breiter als die Treppe. Vor der dritten Tür blieb er stehen. »Also gute Nacht. Ich heiße übrigens Gerald.«

»Okay, ich bin John.«

Er hob den Arm. »Dann versuche zu schlafen und nicht von Werwölfen zu träumen.«

»Mach ich.«

Das Zimmer war tatsächlich nicht groß, aber wirklich sauber. Sogar eine Dusche gehörte dazu. Sie war in eine Nische hineingebaut worden.

Ich schaltete die Stehlampe ein, die neben dem Holzbett stand. Mein Koffer befand sich noch in Gress' Wagen. Jetzt noch einmal zurückzulaufen hatte keinen Sinn. Ich wollte ihn am Morgen holen.

Das Fenster führte nicht zum Marktplatz hin, sondern in die Richtung, wo der Fluss lag.

Ich öffnete es und lehnte mich hinaus.

Kühle Luft traf mein Gesicht. Da ich aus der zweiten Etage schaute und das Haus zudem an einem Hügel gebaut war, konnte ich über die Dächer der meisten Häuser hinwegblicken. Bei Tageslicht hätte ich sicherlich den Fluss sehen können, so sah ich nur die dunklen Umrisse der Berge und den dunstigen Streifen davor. Es war der dünne Nebel, der über dem Wasser lag.

Das Rauschen des Flusses drang bis an meine Ohren. Ein fernes, monotones Geräusch. Bei offenem Fenster hätte es auf mich sicherlich einschläfernd gewirkt.

Vom Schloss der Medoques sah ich nichts. Auch der Werwolf war nicht mehr zu hören. Über dem gesamten Gebiet lag eine nahezu unnatürliche Stille. Vielleicht täuschte ich mich auch, aber als normale Nachtruhe wollte ich sie nicht bezeichnen. Es schien mir, als würde bald etwas passieren.

Den Mond sah ich als fast runden Fleck zwischen zwei gewaltigen grauen Wolkenbänken. Er stand dort wie ein stummer Wächter, der alles genau beobachtete.

Die kühle Luft erfüllte das Zimmer und vertrieb den muffigen Geruch. Ich hätte mir den Ort gern einmal genauer angesehen, das jedoch musste ich verschieben.

Als ich mich zurückziehen wollte, um ins Bett zu gehen, hörte ich das Geräusch.

Diesmal waren es keine Schritte. Dafür ein kurzes, abgehackt klingendes Bellen, dem ein jaulendes Heulen folgte.

Hund oder Werwolf?

Plötzlich stand ich unter Spannung. Wieder breitete sich die zweite Haut auf meinem Rücken aus, und sie rann auch über mein Gesicht. War diese Nacht für mich noch nicht beendet?

Fast schien es so.

Plötzlich entdeckte ich den Schatten.

Schräg unter mir huschte jemand vorbei. Ob Mensch oder Tier, das war nicht genau zu erkennen, aber diese Bewegung hatte meine Neugierde angestachelt. Ich wollte mehr wissen.

Dazu musste ich nach draußen.

Noch einmal sah ich nach, wo sich die Gasse befand. Ich merkte mir die Stelle, und mein Blick glitt an der Fassade des Hauses entlang nach unten.

Das sah sogar günstig aus.

Und so machte ich mich daran, aus dem Fenster zu klettern …

Wer das Haus gebaut hatte, wusste ich nicht. Ich war ihm jedoch im Nachhinein dankbar, dass er mit Erkern, Simsen und kleinen Vorbauten nicht gespart hatte, auf denen ich Halt finden konnte.

Das klappte bis zur ersten Etage einigermaßen gut, dann wurde es kritisch, denn ich musste den Rest springen.

Dieses Risiko ging ich ein. Die Suche nach einer bequemeren Möglichkeit hätte mich zu viel Zeit gekostet.

Ich stieß mich ab und sah im Fallen die Gasse unter mir. Hart landete ich, der Schwung riss mich nach vorn, sodass es mir nicht mehr gelang, mich auf den Beinen zu halten. Ich musste mich über die Schulter abrollen, aber das hatte ich oft genug trainiert und überstand es, ohne Schaden zu nehmen. Die Kleidung war allerdings reif für die Reinigung.

Für einen Moment blieb ich lauschend stehen. Sicherlich hatte man mich gehört, nur erntete ich keine Reaktion.

Wo steckte der andere?

Ich rekapitulierte und gelangte zu dem Schluss, dass ich die Gasse durchlaufen musste, vorbei an den alten Fassaden malerischer Weinbauernhäuser. Das Rauschen verstärkte sich. Deshalb würde ich bald den Fluss erreichen, wenn ich so weiterging.

Von dem Schatten sah ich nichts. Auch dann nicht, als ich den Uferweg erreichte.

Er lag höher, man konnte ihn mit einem Damm vergleichen, der nicht bewachsen war. Vor mir wälzte sich die Loire durch ihr Bett. Ein breiter Strom, über den es viele Geschichten gab. Bei der Schneeschmelze im Frühjahr führte er regelmäßig Hochwasser, jetzt allerdings wälzte er sich träge dahin.

Hatte ich mich getäuscht? War überhaupt kein Schatten vorhanden gewesen? Hatten mir meine Nerven vielleicht einen Streich gespielt? Es war alles zu vage, nicht greifbar. Ich sah meinem Atem nach, der als Wolke vor den Lippen stand und sich mit dem vom Fluss wehenden Dunst vereinigte.

Die Sicht war hier unten ziemlich schlecht. Hinter mir befand sich der Ort. Seine Häuser lagen in tiefem Schweigen.

Wahrscheinlich lief ich doch einem Phantom nach und dachte schon daran, wieder umzukehren, als ich eine Bewegung am Ufer sah.

Bis zum Rand des Dammes rannte ich vor, blickte in die Tiefe und sah die geduckt dastehende Gestalt neben einem Kahn, den sie auf den Uferkies geschoben hatte.

Der andere hatte mich noch nicht gesehen. Wahrscheinlich wollte er über den Fluss, denn er löste bereits die Ruder und stemmte sich gegen das Heck, um das Boot ins Wasser zu schieben.

Ich war neugierig geworden und überwand den steilen Abhang. Meine Geräusche verrieten mich. Leider konnte ich nicht geräuschlos laufen, der andere hörte mich, hielt in seiner Tätigkeit inne und fuhr herum.

Er sah mich, ich sah ihn.

Und ich wusste Bescheid.

Das war kein Mensch, sondern ein Monster. Der Kopf bestand aus einer übergroßen dunklen Masse, in dessen oberer Hälfte zwei Augen funkelten. Und es war nicht der Werwolf, den ich durch mein Kreuz sichtbar gemacht hatte. Hier stand ein anderer vor mir.

Ich hatte meine Überraschung schneller überwunden als er und lief auf ihn zu.

Noch immer blieb er geduckt stehen und blickte mir starr

entgegen. Dann aber kam Bewegung in seine Gestalt. Er lief nicht weg, sondern riss mit seiner unwahrscheinlichen Kraft den Kahn hoch. Zuerst glaubte ich, dass er ihn als Deckung vor seinen Körper halten wollte, dann rannte er damit ein paar Schritte vor und schleuderte den Kahn auf mich zu.

Ich war so überrascht, dass ich zu spät reagierte. Das Ducken nutzte insofern etwas, dass mich der Kahn nicht am Kopf, sondern am Rücken erwischte.

Es war ein brettharter Schlag, der mich von den Beinen holte. Für einen Moment kriegte ich keine Luft. Ich lag auf dem Kies, atmete keuchend und hörte das scharfe Grollen des Werwolfs, der sich drehte und in die entgegengesetzte Richtung floh.

Ich rappelte mich wieder auf.

Obwohl ich bisher nur zwei dieser Bestien gesehen hatte, wurden sie allmählich zur Plage, und die wollte ich stoppen. Noch immer hatte ich Mühe mit der Atmung. Jeder Schritt versetzte den Lungenflügeln einen Stich.

Zudem schmolz der Vorsprung leider nicht, denn der Werwolf verfügte über andere Kräfte als ich. Er rannte nicht wie ein Mensch, mir kam er vor, als wäre er der Teufel persönlich, der mit riesigen Bocksprüngen vor mir floh.

Auf dem Uferweg war es dunkel. Zwar schien der Mond, doch sein kaltes Licht konnte die langen Schatten der Finsternis nicht vertreiben, die den Weg bedeckten.

Ich holte leider nicht auf, aber der Werwolf konnte auch keinen Vorsprung gewinnen.

Er war kein Mensch und kannte das Wort Kondition nicht, aber er machte einen Fehler.

In einer huschenden Bewegung und aus vollem Lauf drehte er sich plötzlich nach links, um die steile Böschung hochzurennen. Da hatte er Pech. Der Untergrund war rutschig und zu steil.

Ich sah, wie er ins Wanken geriet und versuchte, mit rudernden Armen das Gleichgewicht wiederherzustellen.

Vergeblich. Er kippte nach hinten. Mit dem Rücken zuerst schlug er auf und rollte den Hang hinab.

Aber ich hatte ihn unterschätzt. Geschmeidig wie eine Katze kam er wieder auf die Beine.

Ich war noch zu weit von ihm entfernt, als dass ich ihn hätte greifen können. Noch einmal wuchtete ich mich vor, aber die Bestie war auch diesmal schneller. Sie jagte bereits die Böschung hoch, als ich noch an deren unterem Rand stand. Und diesmal schaffte der Werwolf es. Er hatte sich weiter vorgebeugt, krallte sich mit Händen und Füßen an dem braunen Wintergras fest und kletterte so höher.

Ich folgte ihm.

Gewarnt durch den ersten Fall der Bestie, ging ich im schrägen Winkel hoch.

Und das klappte besser.

Ich hörte ihn fauchen, denn wir hatten gleichzeitig den Uferweg erreicht.

Er fuhr herum, ich ebenfalls.

Ja, er war ein Wolf und keine Mischung aus Mensch und Bestie. Dieses Wesen hatte die lange Schnauze, die gefährlichen Pranken, den mit Fell bewachsenen Körper, die Reißzähne, die es mir in den Körper schlagen wollte.

Ich ließ die Pistole stecken und zog meinen Dolch, den ich zum Glück wiederhatte.

So erwartete ich ihn.

Er sprang nicht. Auch nach fünf, sechs Sekunden geschah nichts. Der Werwolf blieb vor mir stehen, und er wich nach einer Weile sogar zurück. Schritt für Schritt, als hätte ich ihm Angst eingejagt. An meinem Kreuz konnte es nicht liegen, das hatte ich wieder verschwinden lassen. Es musste einen anderen Grund geben.

Ich folgte ihm. Und dabei ging ich schneller. Es war nur mehr eine Frage der Zeit, wann ich ihn erreicht haben würde.

Den Grund seines Rückzugs sah ich nicht, den hörte ich nur. Es war ein schnelles, dumpfes Tappen, vermischt mit einem hasserfüllten und gefährlichen Knurren.

Sofort blieb ich stehen, schaute an meinem Gegner vorbei und sah schon die beiden Schatten herbeieilen, die sich wie vierbeinige Phantome aus der Finsternis gelöst hatten.

Es waren zwei gefährliche und auf Mann dressierte Bluthunde!

Mir blieb zwar das Herz nicht stehen, aber die Gefahr wuchs mit jeder Sekunde. Trotz der Dunkelheit konnte ich ihre aufgerissenen Mäuler erkennen und die heraushängenden Zungen.

Der erste Bluthund wuchtete auf mich zu. Es war ein gewaltiger Sprung, der davon zeugte, welch eine Kraft in diesem Körper steckte. Wenn mich sein Gebiss erwischte, konnte ich einpacken, deshalb drehte ich mich nach links und rammte meinen rechten Arm in die entgegengesetzte Richtung. In der Hand hielt ich noch den Dolch. Dessen Klinge jagte tief in den Körper des Bluthunds hinein.

Das wütende Knurren veränderte sich und wurde zu einem schmerzerfüllten Jaulen, als der Hund zusammensackte, sich überrollte und mit den Pfoten um sich schlug.

Ich hatte die Klinge wieder hervorgerissen und erwartete den Angriff des zweiten Viehs. Inzwischen nützte der Werwolf die Gelegenheit, sich wieder zurückzuziehen.

Laufen lassen wollte ich ihn nicht.

Meine freie Hand zuckte zur Beretta. Das war ein Fehler, denn auf diese Bewegung war der Bluthund abgerichtet. Er zögerte nicht eine Sekunde und war plötzlich da.

Diesmal konnte ich nicht ausweichen. Übergroß kam er mir vor. Sein Maul war weit aufgerissen, der Speichel klatschte mir wie warme Regentropfen ins Gesicht, und ich stieß beide Hände in die Höhe, wobei ich in einer den Dolch hielt.

Der auf Menschen abgerichtete Körper prallte gegen mich und riss mich von den Beinen. Ich fiel auf den Rücken.

Ich bin ein Tierfreund. Mir tut es weh, wenn eine Kreatur stirbt, doch hier konnte ich nicht anders. Um mein eigenes Leben zu retten, musste ich das Tier töten.

Bevor das Gebiss meine Kehle packen und zubeißen konnte, stieß ich das von beiden Händen geführte Messer nach oben. Die Klinge traf, warmes Blut pulste aus der Brustwunde. Mit einem Tritt beförderte ich den Bluthund zur Seite.

Er blieb neben seinem Artgenossen liegen, der ebenfalls von der Klinge tödlich erwischt worden war.

Mein Gott, das hatte ich geschafft!

Innerlich zitterte ich. Ich spürte die Nervosität, mein Magen schien mit Blei gefüllt zu sein, aber ausruhen konnte ich mich nicht, denn da war noch der Werwolf.

Ich rappelte mich auf und wischte mir das Blut aus dem Gesicht.

Da sah ich die nächste Gestalt.

Sie schien aus dem Nichts gekommen zu sein, hockte auf einem Pferd, trug einen langen Umhang oder Mantel, und ich sah ein bleiches, gespenstisch wirkendes Gesicht, das sich unter dem Rand eines Hutes abzeichnete.

Das kann eine Frau sein, dachte ich, und dann wischte auch schon von der Seite her etwas auf mich zu.

Der Reiter hatte nur seine Hand bewegt, aber die lange Peitschenschnur fand genau ihr Ziel. Sie wickelte sich um meine Fußknöchel. Ein Ruck reichte, und ich lag am Boden.

Das Pferd bekam die Sporen zu spüren. Schrill wiehernd stieg es auf seine Hinterläufe und wurde dabei um die Hand gedreht. Ich wusste, was man mit mir vorhatte. Im Wilden Westen hatte man so Menschen zu Tode geschleift.

Noch hielt ich den Dolch in der Hand. Als sich die Peitschenschnur spannte und der Reiter sich in Bewegung setzen wollte, zerschnitt ich mit der scharfen Klingenseite die Schnur.

Ich hörte noch ein singendes Geräusch, gleichzeitig galoppierte das Pferd los, aber ohne mich.

Ich blieb auf dem Bauch liegen und schaute hinterher. Die Hufe hämmerten dumpf auf dem Boden. Sie rissen die Erde auf. Grassoden und Lehmklumpen flogen in die Höhe, als der Reiter im Dunkel der Nacht verschwand.

Auch den Werwolf sah ich nicht mehr. Wären nicht die beiden toten Bluthunde gewesen, hätte ich an einen Spuk glauben können. So aber musste ich mich mit der Realität abfinden.

Einige Sekunden länger als gewöhnlich blieb ich liegen, um meinen Atem zu beruhigen. Erst dann stemmte ich mich hoch, atmete schnaufend aus und spürte erst jetzt die Schmerzen, die nicht allein meinen Rücken durchzogen, sondern sich fast überall verteilt hatten.

Schwankend und breitbeinig blieb ich stehen, das Gesicht gegen den kühlen Wind gerichtet, der wenigstens meinen Schweiß trocknen sollte.

Langsamer als auf dem Hinweg ging ich wieder zurück. Diesmal kletterte ich nicht durch das Fenster, sondern schlich in den schmalen Gassen umher, bis ich den leeren Marktplatz erreicht hatte.

Es war wirklich geisterhaft still. Die Menschen mussten gewusst haben, dass in dieser Nacht das Grauen unterwegs war. Sie hatten sich typisch verhalten. Um nicht selbst in Gefahr zu geraten, blieb man lieber in den Häusern.

Zum Glück hatte ich meinen Zimmerschlüssel eingesteckt, an dessen Bund auch der Schlüssel zur Haustür hing. Ich öffnete sie, durchquerte die kleine stille Halle und ging zur zweiten Etage hoch.

Wer mich gesehen hätte, wäre weggelaufen, denn in meinem Gesicht klebte noch das Blut des Hundes.

Es war schon weit nach Mitternacht, aber das war mir egal. So konnte ich mich nicht hinlegen. Ich zog meine Klamotten aus, die ebenfalls schmutzig waren, und stellte mich unter die Dusche.

Das Wasser war nur lauwarm, aber es spülte mir zum Glück das Blut vom Körper.

Danach legte ich mich hin. Das Fenster hatte ich zuvor geschlossen. Als ich einschlief, begann bereits der Traum. Ich sah Hunderte von Werwölfen und Bluthunden, die um mich herum einen makabren Reigen tanzten.

Hoffentlich war das kein Omen für die nahe Zukunft.

Stunden später, ich lag noch im tiefen Schlaf, weckte mich das harte Klopfen an der Tür. Gerald Gress betrat mein Zimmer und stellte mir den Koffer direkt neben das Bett.

»Ist das ein Service?«

Ich richtete mich verschlafen auf. Meine Knochen schmerzten. Wenn ich tief durchatmete, spürte ich das Stechen in der Brust und tastete sicherheitshalber meinen Körper ab.

Gress bemerkte dies und fragte: »Hast du was, John?«

»Kaum, ich will nur prüfen, ob ich ganz bin.«

»Es scheint noch alles bei dir dran zu sein.«

»Zum Glück.«

Gerald verstand mich nicht. »Was, zum Henker, ist denn los? Du machst den Eindruck, als hättest du kaum geschlafen.«

»Geschlafen habe ich gut, danke der Nachfrage, aber ...« Ich stand auf und winkte ab. »Geh schon vor, wir treffen uns beim Frühstück.«

»Wie du meinst.«

Als Gress kopfschüttelnd verschwunden war, stellte ich mich wieder unter die Dusche. Diesmal war das Wasser warm. Ich rasierte mich, zog andere Kleidung an, steckte auch die Waffen ein und ging nach unten. Auf halbem Weg drang bereits Kaffeeduft in meine Nase, und vor dem Frühstücksraum erwartete mich die Pensionswirtin.

Sie war eine nette Frau, ziemlich rundlich. Sie hatte eine weiße Schürze umgebunden und das grau-schwarze Haar hinten zu einem Knoten gebunden.

»Ich bin Madame Dijon!«, erklärte sie mir. »Herzlich willkommen bei uns.«

»Danke sehr, Madame.« Ich reichte ihr die Hand und stellte mich ebenfalls vor. Weder sie noch ich verloren ein Wort über die vergangene Nacht. Wenn die Frau etwas bemerkt haben sollte, behielt sie es für sich.

»Trinken Sie Kaffee, Monsieur Sinclair?«
»Ja, bitte.«
»Bon, ich bringe Ihnen eine Kanne. Gehen Sie schon vor.«
Ich trat über die Schwelle. Der Raum fasste vier Tische. Durch die Fenster konnte ich auf den Marktplatz schauen, wo reger Betrieb herrschte. Händler hatten ihre Stände aufgebaut, es wurde tatsächlich ein Markt abgehalten. Das Leben lief normal weiter, als wäre nichts geschehen. Für Dezember war es einfach zu warm. Eine bleiche, fahl wirkende Sonne stand am Himmel. Ihr Licht fiel auf den großen Platz und übergoss den Brunnen mit einem unnatürlichen Glanz.
Gerald Gress hatte sich einen Tisch am Fenster ausgesucht. Der Reporter winkte mir zu. »Ein herrlicher Tag, nicht wahr? Als wenn nichts gewesen wäre.«
»Das kannst du wohl sagen.« Ich zog meinen Stuhl heran und nahm Platz. Auf dem Tisch standen frische Croissants, Butter, Konfitüre und Käse. Die Wirtin kam mit dem Kaffee.
»So, Monsieur, ich hoffe, es wird Ihnen munden.«
»Das glaube ich schon. Sie haben sich sehr viel Mühe gegeben, Madame.«
»Oh, vielen Dank.«
Ich schenkte mir Kaffee ein. Er war heiß und fast schwarz. Der würde wirken wie ein Herzschrittmacher.
Als ich ein Croissant aufgeschnitten hatte und Konfitüre nahm, konnte es mein Gegenüber nicht mehr länger aushalten. »Sag schon, John, was ist in der vergangenen Nacht geschehen?«
Zuerst aß und trank ich. Nach dem ersten Bissen begann ich mit meinem Bericht.
Staunend hörte Gress zu. Er hatte nicht nur die Augen weit geöffnet, sondern auch den Mund aufgeklappt, denn für ihn war es fast unbegreiflich, das alles zu erfassen.
»Und du saugst dir da nichts aus den Fingern?«, fragte er.
Ich schüttelte den Kopf, weil ich den Mund voll hatte.
Gress zündete sich eine Zigarette an. Die brauchte er wohl auf den ersten Schreck. »Das ist ja kaum zu fassen!«, flüsterte

er. »Also, ich komme da nicht mit, ehrlich. An so etwas hätte ich nie im Leben gedacht. Bluthunde – wer hat die schon?«

»Ja, wer hat sie? Weißt du es?«

»Nein.«

»Wir könnten die Wirtin fragen.«

»Wäre am besten.« Er paffte drei hastige Züge. »Und wer war die Gestalt auf dem Pferd?«

»Keine Ahnung. Ich weiß nicht mal, ob ich es mit einem Mann oder einer Frau zu tun gehabt habe. Die Person war wie ein Schatten. Sie kam ebenso schnell, wie sie verschwand. Tut mir Leid.«

Der Reporter nickte und dachte nach. »Wenn ich mir das alles so richtig überlege, haben wir es wahrscheinlich mit einer regelrechten Verschwörung zu tun. Oder was meinst du?«

»Kann sein. Nur von wem wurde sie angezettelt?«

Gress ließ mich erst einen Kaffee trinken, bevor er die Antwort gab. Dabei strich er mit dem Zeigefinger über die Tischdecke. »Das ist alles viel zu vage. Außerdem kenne ich mich hier nicht aus.«

»Wir fragen die Wirtin.« Sie kam soeben herein und erkundigte sich, ob wir noch einen Wunsch hätten.

»Oui, Madame«, sagte ich, »den haben wir tatsächlich. Und zwar möchten wir eine Antwort von Ihnen haben.«

»Ja, bitte?« Sie ging einen halben Schritt zurück. Ihr Lächeln wirkte verklemmt.

»Kennen Sie jemanden, der sich auf Menschen abgerichtete Bluthunde hält, Madame?«

Sie erschrak. Um Zeit zu gewinnen, wiederholte sie den letzten Teil der Frage. »Ja, Monsieur«, sagte sie dann. »Die Familie Medoque hält sich Hunde, die ihr Schloss bewachen.«

»Und die laufen frei herum?«

»Im Schlossgarten schon.«

»Waren Sie mal dort?«

»Non, Monsieur«, erklärte sie fast entrüstet. »Ich doch nicht. Kaum einer aus dem Dorf darf die hohen Herrschaften besuchen. Die würden sich mit uns auch gar nicht abgeben.«

Ich musste lächeln. Die Frau vermittelte mir ein Bild aus dem letzten Jahrhundert, so obrigkeitshörig war sie.

»Dann wissen Sie auch nicht, ob die Medoques gern reiten?«, fragte ich weiter.

»Da habe ich keine Ahnung.«

»Auch nicht der Schlossherr?«

»Monsieur, ich weiß es nicht!«

Ich lächelte freundlich. »Madame, Sie wissen doch sicherlich, wer auf dem Château wohnt. So etwas spricht sich im Ort herum, auch wenn die Distanz zwischen den beiden gesellschaftlichen Schichten noch so groß ist.«

Sie wand sich. Am liebsten wäre sie fortgelaufen, das verbot ihr wohl die Höflichkeit. Zudem hatte sie außer uns beiden keine anderen Gäste zu versorgen.

»Wir behalten es auch für uns, Madame!«, sagte Gress.

»Ja, da wohnen die Medoques noch. Die Herrschaft hat eine Frau. Manon Medoque. Sie ist die Herrin.«

»Und nicht verheiratet?«, fragte ich.

»Angeblich ist ihr Mann tot. Vor einigen Jahren kam er um. Ein Unfall, wie man erzählte.«

»Mehr wissen Sie nicht?«

»Nein.«

»Auch nicht, wie groß die Anzahl der auf dem Schloss lebenden Personen ist?«

»Das kann man nur schätzen.«

»Bitte, seien Sie so nett.«

»Da gibt es noch einige Verwandte. Einen Bruder, glaube ich. Und natürlich das Personal, das noch zahlreich vertreten ist.«

»Kommt Manon Medoque auch mal ins Dorf?«

»Einmal in der Woche.«

»Und wann ist das?«

»Heute.« Die Wirtin deutete auf das Fenster. »Wir haben Markt. Irgendwie lässt sie es sich nicht nehmen, ihn zu besuchen und einzukaufen. Begleitet wird sie stets von ihrem Kammerdiener.«

Ich horchte auf. »War sie heute schon hier?«

»Nein, Monsieur. Sie kommt immer gegen zehn Uhr. Ein Parkplatz wird extra für sie freigehalten.«

Was wir da hörten, war sehr interessant. Ich schaute auf meine Uhr, die wieder normal lief. Bis zehn Uhr waren es noch mehr als fünfzehn Minuten.

Das musste reichen.

»Kann ich sonst noch etwas für Sie tun?« Die Wirtin sah uns beide fragend an.

»Nein«, sagte ich.

Erleichterung zeichnete ihr Gesicht. Das Spiel aus Frage und Antwort war ihr doch unangenehm gewesen.

Gerald Gress zündete sich seine zweite Schwarze an. »Na, John, was sagst du?«

»Es hätte schlechter kommen können.«

Gress strich über seine Nase. »Wie ich dich einschätze, wirst du dem Markt einen Besuch abstatten.«

»Klar.«

»Und danach?«

»Das Schloss interessiert mich.«

Gress lachte. »Mich auch. Nur frage ich mich, ob sie uns reinlassen werden.«

»Das wird sich herausstellen.« Ich tupfte mit der Serviette meine Lippen ab und stand auf. »Los, sehen wir uns den Markt einmal genauer an. Bin gespannt, ob uns diese Manon über den Weg läuft.«

»Das hoffe ich für dich.«

Die Wirtin stand in der kleinen Halle und sprach mit einem jungen Mädchen, das einen Kittel trug und Bettwäsche über einem Arm hängen hatte. Die Kleine bedachte uns mit scheuen Blicken, im Gegensatz zu ihrer Chefin, die uns erleichtert zulächelte, als wir auf die Haustür zuschritten. Sie wünschte uns noch einen schönen Tag.

»Den werden wir wohl kaum haben«, meinte Gress und setzte seine dunkle Brille auf, weil die Sonne zu sehr blendete.

Zum ersten Mal sah ich die Umgebung bei Tageslicht. Ich

beschattete mit der Hand meine Augen, blickte in die Ferne und sah die herrlichen Berge. Auf dem Gipfel lag Schnee. Weiter tiefer, an den Hängen, die von der Sonne verwöhnt wurden, erkannte ich die Rebstöcke, wo der weltberühmte Loire-Wein wuchs.

Die Lese war vorbei, deshalb wirkten die Rebenwälder ziemlich kahl. Den Fluss konnte ich nicht erkennen, hörte aber das Tuten einer Schiffssirene.

Um den Marktplatz zu erreichen, mussten wir um das Haus herumgehen. Es herrschte ein großer Trubel. Die Händler hatten ihre Stände aufgebaut und boten die Waren an. Obst, Gemüse, Gewürze, Stoffe und Kleinvieh. Es wurde gefeilscht, gehandelt und gekauft. An einem Stand, wo nur Blumen angeboten wurden, blieben wir stehen. Wir befanden uns nicht weit von den Parkplätzen entfernt. Genau hier würde Manon Medoque eintreffen, dann konnten wir sie bereits beobachten.

Noch tat sich nichts. Wir wurden als Fremde erkannt und beobachtet. Die Blicke waren allesamt nachdenklich und ein wenig abschätzend.

Gress holte schon wieder einen Glimmstängel hervor.

»Hast du überhaupt noch eine Lunge?«, fragte ich.

»Non, ich qualme bereits auf der Leber.«

»Mach nur so weiter, dann fällst du auseinander.«

»Du nimmst mir auch jede Freude.«

Ich ging darauf nicht ein und deutete auf die Straße, die zum Marktplatz führte.

Dort schob sich ein Wagen langsam näher. Es war ein schwarzer Mercedes der gehobenen Preisklasse. Wegen der abgedunkelten Scheiben konnte ich nicht in das Fahrzeug hineinschauen, war mir aber sicher, die Schlossherrin darin zu wissen.

Der schwarze Wagen wurde tatsächlich in eine freie Parklücke gelenkt und rollte dort sanft aus. Ebenso sanft öffnete der Fahrer erst seine, dann die rechte Fondtür und ließ die Fahrerin aussteigen.

Auf sie konzentrierte sich mein Interesse. Es war eine sehr elegante Frau, die den Wagen verließ. Sie trug einen violetten Mantel, mehr einen Umhang, lässig über die Schultern gelegt. Der Kragen war sehr weit und wuchtig geschnitten und lief nach vorn hin in einem spitzen Ausschnitt aus. Unter dem Mantel schimmerte der Stoff eines schlicht wirkenden grauen Kostüms. Der breitkrempige Hut passte in der Farbe dazu. Eine violette Feder stand ab wie ein gespreizter Finger. Das Haar war schwarz und streng nach hinten gekämmt, wie ich sehen konnte, als sich die Frau lässig herumdrehte.

Gress neben mir nickte anerkennend. »Mann, das ist vielleicht ein Feger. Klar, dass die Leute so eine Type nicht anzusprechen wagen.«

Welchen Adelstitel sie trug, wusste ich nicht. Jedenfalls benahm sie sich wie eine Königin, denn sie schritt hoheitsvoll daher, begleitet von ihrem Leibwächter oder Diener, einem stiernackigen Mann à la Rambo.

Als die beiden die Stände ansteuerten, machte man ihnen respektvoll Platz. Die Menschen hier wussten, was sie einer Person wie dieser Madame schuldig waren.

»Und? Ist sie das?«, fragte mich Gress.

»Ich weiß es nicht genau. In der Nacht war es verdammt finster, und jetzt ist sie zu weit entfernt.«

»Das ist Pech.«

»Aber ich werde sie mir aus der Nähe ansehen!«, erklärte ich. »Lass uns mal hingehen.«

»Direkt?«

»Nein, das soll wie zufällig aussehen.«

Wir schlugen einen Bogen. Gress, der wieder paffte, hielt sich dicht an meiner Seite. Er hatte die Hände in die Taschen gesteckt, die Schwarze klemmte dabei in seinem rechten Mundwinkel.

Ich fing einige Gesprächsfetzen auf und konnte feststellen, dass sich Manon Medoques Ankunft bereits herumgesprochen hatte. Die Menschen redeten über sie. Einige nannten sie respektvoll Gräfin, andere, die jüngeren, sahen in ihr eine verdammte Ausbeuterin und hochnäsige Person. Sie trauten sich aber nicht, es ihr direkt ins Gesicht zu sagen.

Der Markt war in viereckiger Form angelegt worden. Durch einen breiten Gang wurde er in zwei Hälften geteilt, und durch diesen Gang schritten wir.

Manon Medoque kam uns entgegen. Neben ihr ging ihr Diener, der die Uniform eines Chauffeurs trug. Madame gab sich sehr lässig. Sie war mal hier, mal dort, nahm Obst und Gemüse in die Hand, prüfte es, um es anschließend mit einer beinahe unwilligen Geste wieder fallen zu lassen.

Die Händler sagten nichts. Auch wenn sie sich ärgerten, zeigten sie es nicht. Im Gegenteil, sie bedankten und verneigten sich noch.

Das wäre nichts für mich gewesen.

Wir näherten uns immer mehr dem ungleichen Paar. Es würde nicht mehr lange dauern, dann stießen wir zusammen.

Vor uns drückten sich die normalen Marktbesucher bereits rechts und links gegen die Stände, damit die Schlossherrin nur nicht auf die Idee kam, jemand wolle sie aufhalten.

Gress hielt sich hinter mir. Ich hörte sein Lachen. »Gleich geht es rund!«, flüsterte er.

»Meinst du?«

»Klar, wenn du nicht zur Seite weichst.«

»Das hatte ich eigentlich vor.«

Wir waren dem Diener bereits aufgefallen. Unter dem dunklen Schirm der Mütze musterte er uns scharf. Ihm gefiel es nicht, dass wir noch keinen Platz geschaffen hatten, seine wedelnden Handbewegungen zeugten von Ärger und Ungeduld.

Einen Teufel taten wir und gingen in der Mitte des Weges weiter. Das war dem Knaben wohl noch nie passiert. Sein Gesicht zeigte plötzlich Erstaunen und Ärger. Trotz der Sonnenstrahlen, die auch ihn nicht verschonten, sah seine Haut grau und teigig aus. Er hatte ein fliehendes Kinn, die Augen wirkten klein, ebenso wie die Nase.

Madame hatte noch nichts bemerkt. Jedenfalls tat sie so und

sah sich auch weiterhin die Auslagen an. Bis ihr Diener plötzlich stehen blieb, weil er mich sonst gerammt hätte.

Ich rührte mich nicht.

Wir fixierten uns.

Ich las aus seinem Blick die Härte und Unnachgiebigkeit. Dann sprach er mich an. »Aus dem Weg! Ich warne nur einmal!«

»Danke. Aber wollen Sie nicht Platz machen?«

»Nein!« Er fügte keine weiteren Erklärungen hinzu, dafür sprach seine Herrin. »Was ist denn los, zum Teufel? Ich will weiter. Jean, schaff sie weg!«

Jean hatte bereits die rechte Hand zur Faust geballt. Bevor er jedoch zuschlagen konnte, handelte ich. Ich trat zu. Als Ziel hatte ich mir seinen rechten Lackschuh ausgesucht.

Plötzlich öffnete er den Mund und gleichzeitig die Faust. Ein Ächzen floss über seine Lippen. Er hob den rechten Fuß an, hinkte zur Seite und lehnte sich gegen einen Stand.

Manon Medoque konnte es nicht fassen. Sie starrte ihren Leibwächter an.

»Madame!«, sprach ich sie an.

»Was ist?«

Zum ersten Mal sahen wir uns aus der Nähe. Ich betrachtete sie aufmerksam.

War sie tatsächlich die Person, die mich in der Nacht hatte zu Tode schleifen wollen?

So genau konnte ich es nicht erkennen. Ihr Gesicht mit der straffen Haut wirkte streng und herrisch. Man konnte sie als eine herbe Schönheit bezeichnen.

»Ich möchte Sie sprechen, Madame!«

»Und?«

»Es könnte etwas länger dauern, deshalb.«

Ihr scharfes Lachen ließ mich verstummen. »Ich weiß nicht, wer Sie sind, aber ich habe gesehen, wie Sie meinen Diener behandelten. Glauben Sie im Ernst, dass ich Ihnen noch eine Chance gebe, mit mir zu reden? Geben Sie den Weg frei! Und der Zwerg neben Ihnen soll auch zur Seite treten.«

Da hatte sie Gress aber empfindlich getroffen. »Madame«, sagte er grinsend und trotzdem mit ernster Stimme. »Es kommt nicht allein auf die körperliche Größe an.«

»Werden Sie nicht unverschämt.« Ihre Stimme hatte einen gefährlichen Unterton.

Jean, der die Blamage nicht auf sich sitzen lassen wollte, sah sich genötigt, einzugreifen. Um an eine Waffe zu gelangen, musste er zunächst einige Knöpfe seiner uniformähnlichen Jacke öffnen, das gab mir Gelegenheit, meine eigene Pistole zu ziehen und ihn in die Mündung schauen zu lassen.

»War wohl nichts, Jean.«

Sein Arm sank nach unten. Die uns umstehenden Gaffer hielten den Atem an, aber ich wollte weitere Konfrontationen vermeiden, deutete eine spöttische Verbeugung an und sagte: »Wir sehen uns bestimmt noch, Madame.«

»Das hoffe ich nicht.«

»Warten Sie es ab.« Dann ging ich, und Gress folgte mir auf dem Fuß. Er lachte. »Denen hast du es aber gegeben, John. Und das noch vor Zeugen. So etwas verzeihen sie dir nie.«

»Das sollen sie auch nicht.«

»Hast du sie bewusst gereizt?«

»Ja, ich will diese komische Familie ein wenig aus der Reserve locken. Mal sehen, wie sie sich benehmen.«

»Das kann auch ins Auge gehen.«

»Ich weiß.«

Wir hatten inzwischen den Platz verlassen. Gress deutete auf die offene Eingangstür eines Bistros. »Also, wenn du mich fragst, könnte ich einen Schluck vertragen.«

»Gemacht.«

Wir nahmen an einem runden Tisch Platz, der direkt neben dem Fenster stand, sodass wir nach draußen sehen und den abgestellten Mercedes beobachten konnten.

Gress hatte zwei Rote bestellt. Der Wirt brachte sie.

Gerald hob sein Glas vorsichtig an. »Auf wen oder was sollen wir trinken?«

»Nicht auf Manon.«

Er lachte meckernd. »Das habe ich mir schon gedacht. Trinken wir auf uns.«

»Einverstanden.«

Der Wein war kühl. Gress verdrehte die Augen. »Das ist der frische Beaujolais, der geht runter wie Saft, auch wenn er nicht so süß ist.« Er trank noch einmal.

Ich aber schaute aus dem Fenster, denn ich hatte Manon und ihren Leibwächter gesehen. Die beiden gingen zum Wagen. Diesmal hatten sie nichts eingekauft.

Die Frau ging normal, Jean aber humpelte. Sein Gesicht zeigte einen verbissenen Ausdruck. Beide passierten das Bistro-Fenster, und Jean entdeckte uns plötzlich.

Er blieb stehen.

Gress winkte ihm noch zu. »Lass es lieber sein«, warnte ich ihn. »Der macht dich sonst fertig.«

»Er kann es ja versuchen.«

Jean tat nichts, doch in seinen Augen las ich den kalten Hass. Wenn es noch einmal zu einer Begegnung zwischen uns kam, würde er wahrscheinlich versuchen, uns zu töten.

So ging er zum Wagen, öffnete seiner Herrin die Tür und stieg danach selbst ein.

Dann fuhren sie weg.

»Du kommst mir vor wie einer im Westernfilm«, sagte Gress. »Kaum in der Stadt und schon Feinde.«

»Deshalb will ich auch von hier verschwinden.«

»Ach. Und dein nächstes Ziel?«

»Ist die Höhle des Löwen. Das Schloss der Medoques.«

Hoffentlich war es kein zu schlechtes Zeichen für unsere Aktion, denn die Sonne verschwand hinter grauen Wolken.

Wir saßen wieder in Gress' Peugeot, hatten den Ort verlassen und fuhren in Richtung Schloss. Das jedenfalls hatte er mir gesagt, obwohl ich von dem Prachtbau noch nichts sah.

Dafür sah ich herrliche Weinberge, die, aneinander geschmiegt, eine sanfte, hügelige Kette bildeten. Die Straße führte in Windungen hinab in ein Tal, begleitet vom breiten Strom, durch den sich schwere Schlepper schoben.

Am Talgrund stand ein altes, aus klotzigen Steinen errichtetes Fährhaus. Die breite Fähre hatte angelegt, aber niemand wollte hinüber, und so wartete der Fährmann im Schatten eines Vordachs. Wir passierten ihn, das Tal öffnete sich, und mein Blick fiel auf ein Märchenschloss.

So ähnlich kann ich es nur beschreiben. Ich kannte ja unsere englischen Schlösser, aber einen so verspielten Bau wie diesen hatte ich bei uns noch nicht gesehen, wo oft die klaren, romanischen Formen vorherrschten.

Gerald Gress hatte mein Erstaunen bemerkt. Er stoppte am Straßenrand und lachte leise. »Beeindruckt, John?«

»Das kann man wohl sagen.« Ich starrte das Schloss an, dessen eine Seite im fahlen Schein des wieder hervorgekommenen Sonnenlichts lag.

»Dabei gehört es nur zu den mittelprächtigen Schlössern an der Loire«, erzählte mir Gress. »Das bekannteste ist das Schloss Chambord. Bei dem Bau musst du dir einmal seine Dachlandschaft ansehen. Die besteht nur aus Türmen und Türmchen.«

Jemand hatte dieses Gebiet mal als den Garten Frankreichs bezeichnet. Da konnte ich nur zustimmen. Vom Klima verwöhnt, wuchs hier nicht nur ein vorzüglicher Wein, auch Gemüse und Obst fanden einen idealen Nährboden in dieser Tallandschaft mit den mehr als hundert Schlössern.

Weiter südlich begannen die großen Laubwälder. Da wurde die Loire flacher, sodass viele gelbe Sandinseln zum Vorschein kamen. An diesen Uferregionen wächst oft genug ein urwaldartiges Dickicht, und aus den Wäldern erheben sich die prächtigen Schlösser, sodass die Gegend wie eine Märchenlandschaft wirkt.

Ich schaute auf die breite Seite des Schlosses. Lange Fensterfronten, prächtige Giebel, zahlreiche kleine Türme auf dem Dach und ein weitläufiger Garten, besetzt mit monumentalen Skulpturen, über die im Sommer hohe Laubbäume ihr schützendes Dach aus Blättern ausbreiteten.

Gebaut worden waren diese Schlösser in der großen Zeit der Renaissance, der Erneuerung. Zeitlich konnte man das 16. Jahrhundert dafür angeben.

Aber nicht nur Könige haben die Schlösser bewohnt, auch Künstler und Wissenschaftler sowie Mätressen. Katharina von Medici hatte hier ebenso einige Jahre ihres Lebens verbracht wie Leonardo da Vinci.

»Für einen nüchtern denkenden Engländer ist das allerhand, nicht wahr?«, fragte Gress.

»In der Tat.« Ich hüstelte. »Wenn ich bedenke, dass dieses Schloss bestimmt hundert und mehr Zimmer hat, möchte ich gern das Personal sehen, das die Räume in Ordnung hält.«

»Du hast das Problem erfasst!«, erklärte der Reporter. »Aus diesem Grunde stehen auch große Teile der Schlösser leer. Vieles verkommt, außerdem ist nicht das Geld da, um die Schlösser zu erhalten. Und nicht alle Besitzer haben ihre Objekte zu Hotels umfunktioniert.«

»Okay, Gerald, fahren wir weiter. Du kennst dich ja gut aus. Stammst du aus der Gegend?«

»Nein, ich bin aus dem Elsass, aber man kommt in meinem Job eben viel herum.«

»Ist das Gebäude umzäunt?«

Gress schüttelte den Kopf. »Die Bewohner haben das nicht nötig. Jeder Popel weiß, dass er das Gelände nicht betreten darf. Und für neugierige Touristen sind Warnschilder aufgestellt worden.«

»Die wir übersehen werden.«

Er grinste nur.

Es hatte den Anschein, als würden wir genau auf die prächtige Fassade zurollen, aber in dem Tal machte der Weg einen Schlenker nach links und kroch allmählich wieder den nächsten Hügel hoch, wo dichter Mischwald stand.

Auf ihn rollten wir zu.

Gress war raffiniert. Er fand den schmalen Weg auf Anhieb, stellte den Wagen in eine gute Deckung und stieg aus.

Auch ich verließ den Peugeot. Ein viel zu warmer Wind

wehte durch das Tal. Obwohl der Winter noch nicht richtig begonnen hatte, roch es schon nach Frühling.

Das Wetter spielte in der letzten Zeit immer verrückter.

»Hast du einen Plan?«, fragte Gress.

»Ja, ich werde ordnungsgemäß schellen, klopfen oder läuten. Mal sehen, wie es dann weitergeht.«

»Man wird uns abwimmeln. Wenn es dabei bleibt.«

»Denkst du, dass es schlimmer kommt?«

»Ich sage nur Jean.«

Ich zuckte mit den Schultern und setzte mich in Bewegung.

Wir verließen den Wald und überquerten vor einem mit Gemüse beladenen Lastwagen die Straße, um uns dem eigentlichen Schlosspark zu nähern.

Schon sahen wir die Warnschilder. Sie waren so aufgestellt, dass sie nicht übersehen werden konnten. Es war verboten, das Gelände zu betreten. Der Rasen war geschnitten worden. Die kleinen Teiche schimmerten im Sonnenlicht wie Quecksilberinseln.

Ich schüttelte den Kopf. In diese märchenhaft schöne Landschaft passten Werwölfe so gar nicht hinein.

Gress zog seine Jacke zurecht. »Dann wollen wir mal«, sagte er und setzte als Erster seinen Fuß auf den »heiligen« Boden.

Ich folgte ihm vorsichtig, denn ich rechnete mit Überwachungsanlagen. Wer einen so großen Besitz hatte, musste sich einfach absichern.

Es blieb friedlich.

Von der anderen Seite des Flusses wehte ein sanfter Wind. Er umsäuselte die hellen Steinfiguren, die an den kleinen Teichen standen.

Es waren menschliche Skulpturen. Wer hier einmal gelebt hatte, musste die alten Griechen verehrt und eine Vorliebe für Jünglinge gehabt haben, denn die meisten der dort stehenden Bildnisse zeigten eben diese Jünglinge in verschiedenen Positionen.

Auch Gress war dies aufgefallen. Er grinste schief, bevor er fragte: »Ob diese Manon vielleicht scharf auf junge Männer ist?«

»Du kannst sie ja mal fragen.«

»Bestimmt.«

Das Schloss vor uns schien in dem weitläufigen Park kaum näher zu kommen. Eine bedrückende Stille herrschte. Niemand arbeitete.

Gress bewegte sich unbehaglich. Seine Stimme klang nicht mehr so sicher und voller Optimismus, als er sagte: »Ich warte nur darauf, dass sie uns abschießen wie Hasen. Das Gelände ist ziemlich frei. Wenn sich jemand mit einem Gewehr in eines der Schlossfenster legt, durch ein Zielfernrohr peilt ...«

»Es reicht! Wenn du Angst hast ...«

»War nur alles rein theoretisch.«

»Ach so.« Völlig unbegründet war die Vermutung nicht.

Gress wollte unbedingt bei mir bleiben, als ich den Vorschlag einer Trennung gemacht hatte.

»Gemeinsam kämpfen, gemeinsam untergehen«, hatte er mir entgegnet.

Untergehen wollte ich nicht. Zum Glück erreichten wir eine Baumgruppe. Gress blieb in ihrem Schutz stehen.

»Was hast du?«, fragte ich, als er aufstöhnte.

»Nun ja, ich denke immer an die Bluthunde, von denen du erzählt hast.«

»Die haben sich bisher nicht blicken lassen.«

»Zum Glück.«

Ich war zwischen zwei Bäumen stehen geblieben und sah mir das Haus an. Es war tatsächlich ein Risiko, sich dem Schloss auf dem freien Gelände zu nähern, deshalb schlug ich vor, einen großen Bogen zu schlagen, um an die Rückseite des prunkvollen Baus zu gelangen.

»Und warum das?«, fragte Gress.

Ich zwinkerte ihm zu. »Weil ich aus Erfahrung weiß, dass die hinteren Seiten dieser Bauten oft wesentlich interessanter sind als deren Vorderfronten.«

»Kennst du dich da aus?«

»Sicher.«

»Gut, ich komme mit.« Er räusperte sich. »Was aber ist, wenn wir eine offene Tür finden?«

»Unverschlossenen Türen habe ich noch nie widerstehen können.«

»Oh, ein kleiner Einbrecher.«

»Das nicht gerade.«

Noch immer schien die falsche Dezembersonne. Doch über den Weinbergen jenseits des Flusses ballten sich allmählich Wolken zusammen, die nach Regen aussahen.

Wenn wir die Rückseite erreichen wollten, mussten wir noch eine Anzahl kleiner Teiche passieren.

Inzwischen konnte ich die Fassade besser erkennen. Auch den Wagen, der vor dem Schloss stand, sah ich. Es war der dunkle Mercedes. Er wirkte vor dem Prunkbau klein und verloren.

»Madame ist zu Hause!«, murmelte Gerald. »Und Jean bestimmt auch.«

»Der ist deine große Sorge, wie?«

»Kannst du wohl sagen. Wo der zuhaut, wächst kein Gras mehr.« Er schüttelte sich. »Aber die Sache mit dem Zehentritt war stark. Die muss ich mir merken. Hast du das selbst erfunden?«

»Nee, von Terence Hill und Bud Spencer übernommen.«

»Kann ich mir vorstellen.«

In den folgenden Minuten waren wir sehr aufmerksam, aber vom Schloss her tat sich nichts. Keiner griff uns an, der Klotz lag dort in einer nahezu gespenstisch wirkenden Stille.

Auf der Rückseite sah es ähnlich aus wie an der Vorderfront. Nur der Park wirkte dort ein wenig ungepflegter, weil dichter bewachsen. Sehr nahe kamen wir an den Bau heran.

Erst jetzt spürten wir etwas von dieser kolossalen Größe. Auch hier war die Fassade nicht glatt. Zahlreiche Erker, Vorsprünge, Türmchen, Figuren und Skulpturen schmückten sie. Sogar eine in den Stein gehauene Uhr konnten wir erkennen.

Natürlich auch zahlreiche Fenster sowie breite Scheiben und Türen. »Davon können wir uns einige aussuchen!«, sagte Gress. »Welche nehmen wir?«

»Bleib du mal zurück.«

»Wieso?«

»Nicht, dass ich dich nicht mithaben will, aber du kannst mir Rückendeckung geben, während ich mir die Dinge einmal genauer ansehe.«

Er hatte zwar keinen Widerspruch eingelegt, ich sah ihm jedoch an, dass er nicht sehr begeistert war.

Ich hatte die Fassade bald erreicht und entdeckte erst jetzt die Fenster, die in Bodenhöhe lagen. Die mussten zu den Kellern oder Kerkern gehören, zudem waren sie vergittert.

Das beunruhigte mich ein wenig. Wer Fenster vergitterte, der hatte etwas zu verbergen.

Vier vergitterte Fenster lagen nebeneinander, wie bei einem Gefängnis.

Ich trat an das erste Fenster heran, kniete mich hin und untersuchte es.

Scheiben fand ich keine vor, nur eben die Stäbe. Als ich zwischen sie leuchtete, riss der dünne Strahl meiner Bleistiftlampe die Dunkelheit auf.

Menschen entdeckte ich keine. Das Gefängnis schien leer zu sein. Eigentlich hatte ich die nächsten Fensteröffnungen auch nicht weiter untersuchen wollen, als mir etwas auffiel.

Es war ein Geräusch, das mich misstrauisch werden ließ. Ein leises Fauchen und auch Tappen.

Es war aus dem Fenster gedrungen.

Ich ging einen Schritt weiter, dann noch einen und konnte auf die nächsten Gitter schauen.

Im Vergleich zu der Größe des Schlosses war dies hier alles klein und irgendwie lächerlich.

Als weniger spaßig allerdings empfand ich die beiden Pranken, die sich um zwei Stäbe geklammert hatten.

Es waren keine normalen Hände, sondern fellbewachsene Klauen, die nur einem Werwolf gehören konnten.

Dieser Anblick hatte mich so überrascht, dass ich zunächst einmal gar nichts tat und nur abwartete. Die Pranken sah ich zwar, den Werwolf allerdings nicht. Er musste sich unterhalb des Gitterfensters versteckt halten und hatte nur die Arme ausgestreckt.

Werwölfe am hellichten Tag?

Das war so eine Sache. Wenn sie sich verwandelt hatten und auch so blieben, dann hielten sie sich in der Finsternis auf, wie sie in diesem Keller vorherrschte.

Da sich die Pranken nicht von den Stäben lösten, kam mir eine Idee. Ich holte mein Kreuz hervor, um es gegen die eine Pranke zu drücken, aber der Instinkt hatte die Bestie sofort gewarnt. Sie zog sich hastig zurück.

Innerlich triumphierte ich. Wir hatten uns genau die richtige Stelle ausgesucht. Diese Madame Medoque schien einiges auf dem Kerbholz zu haben. Sie würde mich mit Lügen nicht mehr abweisen können, das hatte ich mir fest vorgenommen.

Ich leuchtete wieder durch die Stäbe. Irgendwo musste sich der Werwolf ja herumtreiben. Als ich den Arm bewegte und der Lampenstrahl mitschwang, entdeckte ich ihn.

Er hockte auf dem Boden. Sein Körper war fellbewachsen, das Maul stand offen. Auch die Augen leuchteten mich an. Ich sah die Kälte darin, bevor sich der Werwolf zur Seite drehte und mit einem Satz aus dem Lichtkreis verschwand.

»Ich freue mich schon auf einen Besuch bei dir!«, murmelte ich und wollte mich wieder zurückziehen.

Bevor ich mich umdrehen konnte, hörte ich das dumpfe Geräusch. So, als wäre jemand zu Boden gefallen.

Ich drehte mich um.

Mein Blick fiel auf eine Gestalt, die rücklings und wie tot im Gras lag. Es war Gerald Gress.

Auf einmal verschwand meine Euphorie. Was war geschehen? Von allein war mein Partner bestimmt nicht zu Boden gegangen, da musste jemand nachgeholfen haben. Aber wer?

Langsam kam ich wieder in die Höhe. Meine Hand näherte sich der Waffe, ohne sie jedoch zu ziehen, denn ich sah kein Ziel. Nur eben Gress, der sich nicht mehr rührte.

War er tot?

Dieser Gedanke gefiel mir überhaupt nicht. Ich spürte den Druck im Magen, das Gefühl der Spannung, das mich festhielt und sich auch immer weiter ausbreitete.

Etwas stimmte da nicht. Irgendjemand belauerte mich, aber ich konnte ihn nirgendwo entdecken.

Wieder spürte ich den Wind. Diesmal kam er mir kühler vor. Mit vorsichtigen Schritten näherte ich mich dem Reporter. Er lag nicht weit von einer Buschinsel entfernt, auf der unser Gegner durchaus lauern konnte, denn sie war mit Pflanzen bewachsen, die auch im Winter ihre Blätter nicht verloren.

Sosehr ich mich auch bemühte, erkennen konnte ich hinter dem dichten Blättervorhang nichts.

Trotzdem roch es meilenweit nach einer Falle. Aber konnte ich Gress einfach liegen lassen?

Nein, das brachte ich nicht fertig. Wenigstens wollte ich ihn in Deckung ziehen.

Eine Wunde erkannte ich bei ihm nicht. Ich sah auch kein Blut. Wer immer ihn erwischt hatte, war ein Meister seines Fachs gewesen. Er hatte sehr hart und präzise zugeschlagen.

Bevor ich mich um ihn kümmerte, warf ich noch einen raschen Blick in die Runde.

Klar und rein war die Luft. Sie roch nach Frühling. Völlig unnatürlich zu dieser Jahreszeit, und ich wunderte mich, welche Gedanken mich befielen. Möglicherweise hing es mit der Unnatürlichkeit der gesamten Szene zusammen. Es war hellichter Tag, ich kam mir trotzdem vor wie ein Gefangener oder als Hauptakteur in einem Streifen, der dicht vor einer entscheidenden Szene stand.

Neben Gress kniete ich mich nieder. Aber in einer Haltung,

die es mir erlaubte, sofort wieder auf die Füße zu springen. Wenn ich den Blick senkte, konnte ich direkt in sein blasses Gesicht schauen. Auch dort sah ich weder eine Wunde noch Blut.

Aber an der Seite. Da genau hatten sie ihn erwischt.

Und mich erwischten sie auch.

Alles in mir zog sich zusammen, als ich das sich triumphierend anhörende Hecheln vernahm.

»Wenn du dich bewegst, zerreißen sie dich!«, schrie jemand.

Noch immer war meine unmittelbare Umgebung leer, dennoch war ich angesprochen worden. Und plötzlich starrte ich in eine Mündung. In diesem Augenblick tauchten zwei Bluthunde auf. Ich erstarrte in der Bewegung. Eigentlich war ich ein Trottel, ich hätte nicht in diese Falle hineinzulaufen brauchen.

Sekunden vergingen.

Ich hatte das Gefühl, als wollte man mich nervös machen. Und der Kerl, der mich angesprochen hatte, war mir ebenfalls nicht unbekannt. Auf dem Markt hatten seine Zehen Bekanntschaft mit meinem Absatz gemacht. Jetzt war für Jean die Chance gekommen, mit mir abzurechnen.

»Waffe weg!«

Dem Befehl war nichts mehr hinzuzufügen. Ich schob meine Hand vorsichtig unter die Jacke, und die Fingerspitzen berührten den Griff der Beretta. Ebenso langsam zog ich die Pistole hervor. Zwei Sekunden später lag sie im Gras, nicht weit entfernt von Geralds Füßen. Doch der war bewusstlos.

Aus dem Gebüsch erscholl das hässliche Lachen. »So, du Füßetreter, jetzt sehen wir weiter. Bleib nur so sitzen. Wenn du nur den kleinen Finger rührst, zerbeißen dir meine Freunde die Kehle. Zwei hast du in der Nacht killen können. Die Brüder dieser Hunde freuen sich darauf, mit dir abzurechnen.« Ein scharfer Zischlaut erklang, der den beiden Tieren galt.

Die Zweige bewegten sich plötzlich heftiger, das Blattwerk zitterte, dann kamen sie.

Bisher hatte ich die hellen, leicht gefleckten und auf Mann dressierten Bestien nur gesehen, wenn sie sich heftig bewegten und auf ihre Opfer zusprangen.

Diesmal schlichen sie.

Es war noch schlimmer.

Ich saß in der Hocke, schaute sie an, und ich fühlte mich verdammt mies, denn ich befand mich mit ihnen fast auf gleicher Höhe. Das heißt, sie überragten mich sogar, und ihre aufgerissenen Schnauzen erinnerten an finstere Morddrohungen.

Das Fell war glatt, als wäre es frisch gebürstet worden. Aus den Lefzen tropften Speichel und Geifer. Das Hecheln der Hunde begleitete jeden sanft gesetzten Schritt. In den Augen las ich eine Tücke und Kälte, gepaart mit einer gewissen Menschenverachtung.

Von zwei Seiten schlichen sie heran. Ich hätte es trotzdem versucht und mich gewehrt, wenn da nicht noch die Mündung gewesen wäre, die mich wie ein totes Auge zwischen den Blättern des Gebüschs her anglotzte.

Auf meinem Körper lag eine kalte Schweißschicht. Auch ich bin ein Mensch mit Nerven, und diesmal reagierten sie besonders stark.

Endlich blieben sie stehen!

So nahe bei mir, dass ich ihren Geruch wahrnehmen konnte. Aus ihren Mäulern drang der faulige Atem. Von zwei Seiten umwehte er meinen Kopf.

Plötzlich spürte ich ihre Reißzähne an meinem Hals.

Locker, sanft, aber tödlich. Wenn sie die Mäuler zuklappten, war es aus mit mir.

Starr blieb ich sitzen. Obwohl der Boden fast teppichweich war, wurde diese Haltung doch allmählich unbequem.

Wann endlich würde Jean kommen?

Er war ein kleiner Sadist, denn er genoss es, mich still sitzen zu sehen. Neben mir standen die Bluthunde. Noch immer atmeten sie hechelnd. Ihre Körper blieben nie ruhig.

Endlich bewegten sich die Zweige und Blätter. Die Mündung wanderte höher, wurde dann gekippt.

Schräg wies sie auf mich. Wenn Jean abdrückte, würde die Ladung meinen Kopf zerblasen, denn dieser ungewöhnliche Diener hielt eine Schrotflinte in den Händen.

Er war sich seiner Stärke voll bewusst. Er war der Sieger, ein Rambo mit zwei Bluthunden.

Die Schrotflinte hielt er ziemlich lässig. Davon jedoch wollte ich mich nicht täuschen lassen. Leute, die mit ihren Waffen so sicher umgingen wie andere mit dem Essbesteck, hatten Übung darin. Vorsicht war geboten.

Jean war ein Mensch, der keine Rücksicht nahm.

Er zertrat das Buschwerk einfach. Zwei Schritte noch, dann stand er vor mir, die Mündung zeigte nach wie vor auf mich. Jetzt drückte er sie mir gegen die Stirn. Der Lauf verschwamm vor meinen Augen. Ich hörte ein Grunzen und ein rauhes Lachen.

»Wenn ich jetzt abdrücke, bleibt von deinem Schädel nichts mehr zurück, Zehentreter.«

Ich wurde frecher. »Das wagst du nicht.«

»Glaubst du?«

»Ja!«

»Du hast recht.«

Mutig schaute ich an dieser breitbeinig dastehenden Gestalt hoch, sah das Gesicht. Es kam mir vor wie ein weicher Teigklumpen.

Wer war dieser Jean?

Wirklich nur ein Leibwächter und Chauffeur? Daran konnte ich nicht glauben. Hinter dieser brutalen Maske musste mehr stecken, als ich bisher angenommen hatte.

»Du wirst jetzt langsam aufstehen und deinen Kumpel über die Schulter werfen.«

»Was ist dann?«

»Ich sage es dir noch.« Er zog die Mündung zurück und hob meine Beretta auf, die er sofort verschwinden ließ. Dabei behielt mich seine Waffe immer unter Kontrolle.

»Beweg dich!«

»Nimm erst die Hunde weg!«

Er zog scharf den Atem ein. »Du wärst nicht der Erste, den sie zerrissen hätten.«

»Gehen sie auch an Werwölfe heran?«

Jean kümmerte sich nicht um meine Frage, sondern gab wieder einen zischenden Befehl.

Die Bluthunde, schon regelrechte Kälber, gehorchten aufs Wort. Geschickt drehten sie ab, blieben aber in angespannter Haltung hinter mir und ließen mich nicht aus den Augen.

Ich stand auf, um mich anschließend wieder zu bücken. Zum Glück war Gress kein Schwergewicht. Ich wuchtete ihn über die Schulter.

Jean starrte mich an. »Du bist hergekommen, um dir das Schloss anzusehen. Das kannst du jetzt haben. Geh vor!«

Ich blieb noch stehen. »Wohin denn?«

»Wie es sich für Besucher gehört. Wir werden durch den Vordereingang das Schloss betreten.«

Vordereingang war leicht untertrieben. Das war schon alles verdammt prunkvoll. Der Eingang passte zu diesem großen Palast. Als ich ihn fast erreicht hatte, spürte ich das Gewicht des bewusstlosen Reporters. Meine linke Schulter wurde allmählich taub. Die Freitreppe hatte ich bei unserer Ankunft nur vage wahrgenommen. Jetzt musste ich sie hochsteigen.

Es waren sehr breite, geschwungene Stufen. Bestimmt waren berühmtere Menschen als ich über die Stufen gegangen, aber wohl kaum jemand, der einen Bewusstlosen über seiner Schulter liegen hatte.

Die Bluthunde begleiteten mich. Sie kontrollierten jeden Schritt. Ich konnte keine Bewegung machen, ohne dass sie nicht registriert worden wäre.

Da die Tür erst noch geöffnet werden musste, glitt Jean an mir vorbei. Ich sah zwei eiserne Klopfer, aber auch eine große Klinke, die mein Bewacher nach unten drückte.

Er musste Kraft aufwenden, um die Tür aufzuziehen. Sie

bestand aus massivem Holz. Kunstschreiner hatten sie mit zahlreichen Motiven, Bildern und Intarsien versehen.

In der Halle blieb ich staunend stehen.

Ich habe in meinem Leben schon oft Schlosshallen betreten, aber nie eine von diesen Ausmaßen. Das war schon gewaltig und phänomenal. Allein der Fußboden war es wert, länger betrachtet zu werden, denn er bestand aus bestem Parkett und wurde angestrahlt von einem überdimensionalen Leuchter, der sicherlich ein Vermögen gekostet hatte.

Die Renaissance hatte hier prächtige Urständ gefeiert. Das erkannte ich auch an den wertvollen Teppichen, die wie Seide glänzten und sicherlich aus China stammten.

Mein Blick war in die Halle gefallen. Im Gegensatz zu dem des Leibwächters Jean, der hinter mir stand und nur meinen Rücken sah.

Ein wenig deplatziert wirkten in all dieser Pracht die beiden kälbergroßen Bluthunde, deren Augen jetzt rot gerändert waren.

»Du kannst ihn ablegen!«

Damit war Gress gemeint. Ich ließ ihn von meiner Schulter gleiten und bugsierte ihn vorsichtig auf einen der wertvollen Seidenteppiche. Dann richtete ich mich auf. Es tat gut, das Gewicht nicht mehr zu spüren. Die linke Armseite war schon fast taub geworden.

Wie ging es weiter? Dass man mich nicht stundenlang hier stehen lassen würde, war mir klar. Jean gehörte nicht zu den Typen, die Befehle gaben, höchstens an die Hunde. Ansonsten nahm er sie selbst entgegen.

So wartete ich.

Und ich hörte Schritte.

Zuerst rechnete ich mit der Ankunft von Madame. Das war nicht der Fall. Mit Gress hatte ich darüber gesprochen, dass ein Schloss wie dieses nur mit einem großen Personalaufwand unterhalten werden konnte. Den gab es tatsächlich hier.

Die Halle hatte verschiedene Türen. Sie führten zu anderen Räumen, Hallen oder Trakten des Prachtbaus. Diese Türen standen halb offen. Diener traten heraus.

Zwölf Personen zählte ich insgesamt. In ihrer Kleidung passten sie irgendwie nicht zur Pracht des Schlosses. Wie Jean, so waren auch sie dunkel angezogen. Die Gesichter der Dienerschaft blieben ausdruckslos. Mir erschienen diese Männer wie Marionetten in der Hand eines anderen, und sie warteten nur darauf, Befehle entgegenzunehmen.

Mir gefiel das Schweigen nicht, deshalb unterbrach ich es mit einer Frage. »Bleiben wir hier?«

»Warte es ab!«

Ich hob die Schultern. Diese Bewegung gefiel den Bluthunden nicht. Sie fingen an zu knurren. Ich verstand und rührte mich zunächst nicht. Mein Hals war mir wichtiger.

Natürlich führte von der Halle aus eine gewaltige, freischwebende, geschwungene Treppe in die Höhe. Und genau dort erschien sie.

Madame Medoque, die Königin!

Anders konnte ich sie nicht beschreiben. Würdevoll schritt sie die Stufen hinab. Sie schwebte beinahe. Auf dem Gesicht lag ein königliches Lächeln, das ihrem Gesicht dennoch die Strenge nicht nahm, die mir schon bei der ersten Begegnung aufgefallen war. Merkwürdigerweise war Madame Medoque nicht standesgemäß angezogen. Ihr fehlte die prächtige Kleidung der vergangenen Jahrhunderte. Dafür trug sie wieder das dunkelgraue Kostüm, in dem ich sie schon auf dem Markt gesehen hatte.

Niemand sprach. Die Diener standen stocksteif, aber sie verfolgten das Auftreten ihrer Herrin genau. Und sie genoss es. Sie war sich ihrer Wirkung bewusst. Die Blutohrringe schwangen bei jedem Schritt mit. Jetzt trat sie auf mich zu.

Einen verächtlichen Blick warf sie auf Gerald Gress, der sich nicht rührte.

Drei Schritte von mir entfernt blieb sie stehen. Kalt sah sie mich an. Ich wich dem Blick dieser dunklen Augen nicht aus. Je länger ich hineinschaute, umso mehr hatte ich das Gefühl, als würde sich ihr Ausdruck verändern und immer raubtierhafter werden.

So betrachtete eine Schlange das vor Angst starre Kaninchen.

»Sie sind also doch gekommen!«, stellte sie fest und nickte, als wollte sie sich selbst bestätigt sehen.

»Ja, das musste ich.«

»Wieso?«

»Weil ich gern diejenige Person kennen lernen wollte, die mich in der Nacht attackierte.«

»Das musste sein. Sie besaßen schließlich die Frechheit, zwei meiner besten Tiere zu töten.«

»Sie griffen mich an.«

»So sehe ich das nicht. Nachts haben die Bewohner von Medoque nichts auf den Straßen zu suchen. Das ist ein ehernes Gesetz, denn in der Nacht wird die Vergangenheit zur Gegenwart. Jeder, den meine Freunde und ich erwischen, muss daran glauben.«

»Die Zeiten der Despoten sind aber vorbei!«, widersprach ich. »Wir leben in einer Demokratie. Jeder kann sein Haus verlassen, wann immer er will.«

»Aber nicht bei mir. Außerdem sind die Leute nicht lebensmüde. Sie wissen genau, was passiert.«

»Wenn der Herold kommt.«

»Auch das.«

»Und was hat es mit ihm auf sich?«

Sie schüttelte den Kopf. »Zu viele Fragen, Monsieur. Ich mag darauf keine Antworten geben.«

»Wie Sie wollen.«

»Aber ich will Ihren Namen erfahren.«

»Bitte, Sinclair, John Sinclair. Ich komme aus London und bin dort bei einer ...«

»Es reicht, Geisterjäger!«

Jetzt war ich überrascht, und ich hörte ihr Lachen. »Ja, ich weiß, wer Sie sind. Ihr Ruf eilt Ihnen voraus. Man kennt Sie unter den Werwölfen, und es gibt jemanden, der Sie ungemein hasst.«

»Da kommen viele in Frage.«

»Aber nur eine Lupina!«

Jetzt war ich überrascht. »Sie kennen Lupina?«

»Wer sich mit den Werwölfen beschäftigt und deren Geheimnis erforscht, kommt an ihr nicht vorbei.«

»Da stimme ich mit Ihnen überein.«

»Und ich sage Ihnen, dass es die letzten Fragen waren, die ich beantwortet habe. Wir werden zur Sache kommen!«, erklärte sie kalt. »Ihnen ist ja klar, dass Sie und Ihr Begleiter das Schloss nicht lebend verlassen ...«

»Das habe ich mir gedacht.«

»Aber zuvor muss ich meinem treuen Diener Jean einen Gefallen erweisen, um den er mich gebeten hat.« Sie lächelte kalt, bevor sie weitersprach. »Erinnern Sie sich noch an die Szene auf dem Markt?«

»Wie könnte ich sie vergessen?«

»Wir auch nicht!« Madame Medoque hatte eine solche Betonung in die Antwort gelegt, dass ich bereits ahnte, was auf mich zukam. Der Versuch, sich zu wehren, wäre zwecklos gewesen, weil die beiden Bluthunde schneller waren als ich.

Nicht sie bewegten sich, sondern Jean. Er trat seitlich an mich heran. Zum ersten Mal entdeckte ich in seinen Augen ein gewisses Gefühl, das mir jedoch Angst machte.

Es war die Vorfreude auf die Rache.

Er senkte seinen Blick und starrte auf meine Füße. Ich wusste, was er vorhatte. Wenn dieser kräftige, gewalttätige Mann zutrat, blieb von meinem Fuß kaum etwas übrig. Wenigstens konnte ich die Zehen vergessen.

Mir brach der Schweiß aus, was mir überhaupt nicht gefiel, dann nämlich sahen die anderen meine Furcht und würden sich daran weiden.

Er kam von der Seite. Schlich heran, gierig darauf, sich an mir zu rächen.

»Es wird erst fürchterlich schmerzen!«, versprach er mir. »Dann aber wirst du die Engel singen hören.«

»Sie wollen treten?«

»Und wie!«

Seine Augen glänzten noch stärker. Er hob bereits den rechten Fuß, nahe genug bei mir stand er ja.

Dann rammte er ihn nach unten.

Ich spürte keinen Schmerz, ich hörte auch nicht die Engel singen. Es war ein Reflex, der mich hatte so handeln lassen. Beinahe unbewusst hatte ich den Fuß im letzten Augenblick weggezogen, sodass die Hacke des Franzosen auf den Boden hämmerte und ich gleichzeitig die Linke vordrosch, die sich in seinem Leib versenkte.

Er bückte sich, hob aber den rechten Arm, und ich beging den Fehler, mich zur Seite zu bewegen.

Der Hieb traf mich voll.

Es war ein so genannter Hammerschlag, ein klassischer Knockout. Jean hatte mir das Singen der Engel versprochen. Das hörte ich zwar nicht, dafür sah ich die Sterne des Alls in rasender Geschwindigkeit um meinen Kopf sausen, bis auch diese explodierten und ich von nichts mehr wusste …

Es ist immer das gleiche Gefühl, das einen Menschen überfällt, wenn er aus der Bewusstlosigkeit erwacht. Ich habe oft genug darüber geschrieben, auch in diesem Fall erging es mir so, wenn auch mit einer gewissen Variante.

Da war jemand, der ständig gegen mein Gesicht schlug, sodass im Kopf die Schmerzen ihre langen Bahnen zogen.

Nicht nur das fühlte ich, gleichzeitig vernahm ich eine raue Stimme.

»John, komm zu dir. Wach endlich auf, verdammt! Alles ist beschissen. Los!«

Ich reagierte nicht. Der verdammte Kerl sollte mich doch in Ruhe lassen, vielleicht konnte ich noch schlafen, aber er ließ einfach nicht locker und schlug weiter.

Irgendwann wurde es mir zu viel. Ich öffnete die Augen, schloss sie sofort wieder und gab ein leises Stöhnen von mir.

»Endlich«, sagte der andere.

»Was ist denn?«, fragte ich.

»Du sollst aufwachen, verdammt!«

»Lass mich!«

»John, komm zu dir. Sonst sargen sie uns hier ein! Warte ...«

Es blieb mir nichts anderes übrig. Um irgendetwas zu unternehmen, war ich viel zu schwach. Die Kopfschmerzen, ein pausenloses Donnern, peinigten mich sehr.

Dabei war es nur der Strahl meiner kleinen Bleistiftleuchte, mit dem mich Gerald Gress anleuchtete.

»Merkst du das?«

»Hör auf damit!«

»Okay, aber nur, wenn du nicht einschläfst.«

»Ich versuche es.«

Gress nahm die Lampe tatsächlich zur Seite. Es wurde wieder dunkler, und mir ging es besser. Ich lag auf dem Boden, hatte aber keine Lust mehr, aufzustehen, außerdem würde ich mich kaum auf den Beinen halten können.

Vorsichtig öffnete ich zum zweiten Mal die Augen. Diesmal ging es besser.

Es war also nicht völlig dunkel, und ich sah den rechts neben mir hockenden Gress als kompakten Schatten.

»Habe ich noch einen Kopf?«, fragte ich ihn.

»Ja, wieso fragst du?«

»Weil ich das Gefühl habe, hier ohne Schädel zu liegen.«

»Der ist aber noch dran.«

»Wie gut.«

»Dich hat es hart erwischt.«

»Kann man wohl sagen.«

Gress bewegte sich neben mir. Er warf einen Blick auf die Uhr. Um die Zeiger erkennen zu können, musste er das Ziffernblatt dicht vor seine Augen halten. »Draußen ist es schon dunkel«, erklärte er. »Wir haben bereits Abend.«

Ich erschrak. »Das kann doch nicht sein!«, flüsterte ich. »Jetzt schon Abend?«

»Ich täusche mich nicht. Da kannst du mal sehen, wie hart

man dich getroffen hat.« Er ließ den Arm wieder sinken. »War es dieser verdammte Leibwächter?«

»Leider.« Mein Nacken schmerzte, obwohl ich ihn kaum spürte.

Als ich unter den Kopfschmerzen zu stöhnen anfing, bekam Gress Mitleid. »Bleib mal erst ruhig liegen, John.«

»Wird mir wohl nichts anderes übrig bleiben.«

»Wie kam das eigentlich?«, wollte Gress wissen.

»Ich sah einen Schatten, und dann ging das Licht aus. Einfach so.«

»Und ich hörte dich fallen, als ich den Werwolf entdeckte, der sich hier im Keller oder Verlies verborgen hielt.«

»Sag bloß.«

Ich ließ Gress nicht länger im Ungewissen und berichtete davon, wie es mir ergangen war und wie ich ihn ins Schloss hatte schleppen müssen.

»Du bist nicht zusammengebrochen?«

»Fast.«

Er nickte und entschuldigte sich dafür, dass er unbedingt eine Schwarze haben musste.

»Lass es sein. Dann wird die Luft noch mieser.«

»Du hast Recht.«

Und mies war die Luft tatsächlich. Stickig und gleichzeitig feucht. Für mich nichts Neues, denn man hatte mich schon des Öfteren in Verliesen ähnlicher Art festgehalten.

Gress senkte seine Stimme. »Wenn die wollen, können die uns hier vermodern lassen. Nicht mal ein Fenster gibt es.«

Das stimmte. Ich kam zu der Überzeugung, dass unser Gefängnis unter dem Werwolfkeller lag.

Dass es mir gut ging, wäre übertrieben gewesen. Doch ich konnte nicht ewig auf dem kalten Boden liegen bleiben. Irgendwann musste ich mal aufstehen und das Gefängnis untersuchen, das sagte ich auch meinem Begleiter.

»Schaffst du das denn?«

»Ich muss es versuchen.«

Behutsam richtete ich mich auf, um in eine sitzende

Stellung zu gelangen. Das nahm mir mein Kopf übel. Ich hatte das Gefühl, in einem Kreisel zu sitzen, so plötzlich kam der Schwindel.

»Verdammt, es geht noch nicht«, flüsterte ich, wobei mir kalter Schweiß auf die Stirn trat.

»Was hattest du denn vor, John?«

»Zumindest das Verlies durchsuchen.«

»Dann löse ich dich ab.«

»Gut.«

Er stand auf, langsamer als sonst, um nur keine falsche Bewegung zu machen. Während er sich aufrappelte, hob er die kleine Lampe vom Boden auf und ließ den fingerdicken Strahl kreisen.

Er tastete sich über die feuchten, dicken, ausbruchsicheren Innenwände des Gefängnisses, als wollte er in die Ritzen und Spalten der dicken Quader eindringen, um diese näher zu untersuchen. Spinnweben und Staub hatten sich zu einer feuchten Schicht vermengt, die grau auf dem Gestein klebte. Der Lehmboden war uneben, aber fest. Die Kälte war unangenehm.

Gerald Gress hatte mit der Lampe einen Kreis geschlagen. Als wir die Tür sahen, schwanden unsere letzten Hoffnungen.

»Merde!«, kommentierte Gress.

Ich brauchte diesem Urteil nichts mehr hinzuzufügen. Der Lampenstrahl wanderte über feuchtes und verschimmeltes Holz. Ein Ausbruch war ohne Werkzeug nicht drin.

Ich konnte auch das Schloss sehen. Eine viereckige Eisenplatte aus Metall, völlig verrostet. Da drehte sich kein Schlüssel mehr. Wahrscheinlich war die Tür an der Außenseite durch Riegel oder Eisenketten gesichert worden.

Gress hob die Schultern. »Hier können wir tatsächlich vergammeln«, sagte er. »Irgendwann in ferner Zukunft wird dann jemand unsere Knochen finden.«

Gress kam wieder zu mir und setzte sich. Zwar grinste er, aber es sah verdammt gequält aus. Ich konnte ihn verstehen, denn uns drückten die gleichen Sorgen.

»Wir können nur warten, bis man uns abholt!«, erklärte ich.
»In hundert Jahren?«
»So geduldig ist Manon Medoque nicht.«
»Ich frage mich nur, John, weshalb sie uns nicht schon längst getötet hat.«
»Sie selbst? Das glaub mal nicht. Die hat noch etwas vor. Außerdem kennt sie mich.«
»Woher?«
»Das hat sie leider nicht gesagt. Ich werde sie noch einmal fragen.«
»So optimistisch?«
»Immer.«
»Dann versuch es mal wieder.«
Er hatte Recht, ich musste mich einfach auf die Beine quälen. So war ich wehrlos. Zunächst aber tastete ich nach meinen Waffen. Die Beretta hatte ich abgeben müssen, doch die anderen beiden waren noch vorhanden, und das gab mir Mut.
Kreuz und Dolch. Es war wie früher. Damit ließ sich schon einiges anfangen.
Gress hatte meine Suche bemerkt. »Dir hat man noch einiges gelassen?«
»Ja, das Kreuz und den Dolch.«
Der Reporter winkte ab. »Eine Kanone wäre mir persönlich lieber gewesen.«
»Das kannst du nicht so sagen. Man soll sich manchmal auf andere Dinge verlassen.«
»Na ja, du bist der Chef.«
»Der seinen Diener mal um Unterstützung bittet.« Ich startete einen zweiten Versuch, richtete mich auf und fühlte die flache Hand des Franzosen in meinem Rücken.
Es klappte leidlich. Als ich saß, wurde ich sogar übermütig und wollte aufstehen.
Das ging schlecht. Wie ein Mensch, der tagelang im Bett gelegen hatte, fühlte ich mich. Ich musste mich breitbeinig aufbauen, und Gress hielt meinen rechten Arm umfasst.

»Geht es?«

»Noch.« Wieder trat mir der Schweiß aus zahlreichen Poren. Die Kleidung klebte nass am Körper. Ich holte tief Luft, die hier unten mehr als schlecht war.

Doch ich hielt mich aufrecht.

Das wiederum gab mir Hoffnung. Auch Gress schaute nicht mehr so düster in die Zukunft.

»Scheint ja doch einigermaßen zu laufen«, sagte er. »Aber wirst du auch kämpfen können?«

»Wenn ich muss, ja.«

»Wir könnten einen Trick versuchen und schreien. Ich hämmere gegen die Tür. Vielleicht kommen sie dann?«

Der Vorschlag gefiel mir nicht. »Die werden schon früh genug hier erscheinen, glaub mir.«

»Mal sehen.«

Dann hörten wir es. Und wir zuckten gleichzeitig zusammen, denn dieses unheimliche Geräusch jagte uns beiden die kalten Schauer der Angst über die Rücken.

Es war das Jaulen der Wölfe.

Aus meiner Erfahrung kannte ich es sehr gut, denn so heulten Werwölfe, wenn sie sich verwandelt hatten und den Vollmond anstarrten.

Klagend, triumphierend, hungrig – eine Palette von Gefühlen enthielt dieser schaurig durch den Keller geisternde Laut.

Gress hörte ihn in dieser Lautstärke zum ersten Mal. »Ich habe das Gefühl, als würde die Bestie direkt neben mir stehen.«

»Daran gewöhnst du dich.«

»Sind es mehrere?«

»Kann sein.«

Der Laut verklang, um einen Augenblick später von neuem zu beginnen. Und das war schlimm, denn jetzt heulten mehrere Bestien miteinander um die Wette.

Gress hielt es neben mir nicht mehr aus. Er wollte genauere Informationen. Geduckt und wie von unsichtbaren Peitschenschlägen begleitet, näherte er sich der Tür, erreichte sie und presste sein Ohr gegen das Holz. Dabei schielte er in meine Richtung. Ich hielt die Lampe und strahlte sein Gesicht an. Im kalten Licht der Leuchte wirkten die Schweißtropfen auf seiner Stirn und den Wangen wie kleine Perlen.

Er wartete, atmete tief ein – und zuckte zurück. Scharf schaute er mir entgegen. »Da ist noch mehr«, flüsterte er.

»Wieso?«

»Ich habe Schritte gehört. Nur sehr undeutlich, aber doch wahr. Die holen uns, John.« Er ging wieder auf mich zu. Seine Augen waren weit geöffnet. »Ehrlich, die kommen.«

»Mensch, reiß dich zusammen.«

Er blieb stehen und wischte sich über das Gesicht. »Du, ich habe noch nie so einen Schiss gehabt.«

»Kann ich sogar verstehen.«

»Und dir geht es mies.«

»Ach, es ging mir schon schlechter.« Ich wollte ihm nicht den Mut nehmen, obwohl es mir nicht gut ging. Der Schwindel packte mich in gewissen Wellen, und wer da über den Gang schlich, wusste ich auch nicht.

Wenig später offenbarte sich uns der andere.

Da hörten wir plötzlich das Geräusch, das wir schon in der Nacht vernommen hatten.

Es war der Fanfarenstoß!

Er hallte durch die alten Gewölbe des Schlosses. Ein schriller, trompetenhafter Stoß, ein Gruß aus der Hölle. Selbst durch diese dicken Mauern war er zu vernehmen, und es dauerte seine Zeit, bis er wieder verklang.

Gress nickte mir zu. »Das war er, John. Der komische Herold ist da.«

»Na und?«

»Du bist gut.«

»Er ist unsichtbar, die anderen sind sichtbar, meine ich.«

»Ich bin mir da nicht sicher. Außerdem weiß ich nicht, was er mit der Madame hier zu tun hat.«

»Wenn wir noch länger am Leben bleiben, werden wir es sicherlich erfahren.«

Nach dem verhallenden Klang des Fanfarenstoßes kam uns die Stille doppelt so schwer vor. Nur unser Atem war zu hören, und wir sahen uns starr an.

»Das ist der Anfang vom Ende«, flüsterte Gress.

Ich legte einen Finger auf meine Lippen, weil ich etwas gehört hatte und mich darauf konzentrieren wollte. Diesmal ging ich zur Tür. Als ich sie erreichte und daran lauschte, löschte ich meine kleine Lampe.

Es waren tatsächlich Schritte, die jenseits der Tür aufklangen. Nicht nur ein Mensch ging dort, auch andere Wesen. Das Trippeln konnte von Wölfen oder Hunden stammen.

Beide waren gleich gefährlich, und mir wurde in den folgenden Sekunden nicht wohler.

Die Schritte entfernten sich nicht, sondern näherten sich der Tür unseres Gefängnisses.

Mein Blick war zu Boden gerichtet. Ich erkannte, dass die Tür mit der Unterseite nicht fugendicht schloss und deshalb ein zuckender, gelbroter Schein durch den Spalt fiel und sich dicht vor meinen Fußspitzen bewegte.

Die Person, die hinter der Tür stand, musste entweder eine Fackel oder eine Kerze halten.

Das war auch Gress aufgefallen.

Ich verließ den unmittelbaren Bereich der Tür, aber nicht, ohne das wahrzunehmen, was auch mir einen weiteren Schauer über den Rücken trieb. Es war das Kratzen und Schaben am Holz.

Verursacht von Pfoten, Krallen oder Fingern. Das konnte ich mir aussuchen. Wie dem auch war. Der oder die Besucher waren nicht allein gekommen, sondern hatten jemanden mitgebracht.

»Wenn das Jean sein sollte, trittst du ihm noch mal auf seine dreckigen Zehen!«, knirschte mein Partner voller Galgenhumor. »Und den Kötern gleich mit.«

Danach schwiegen wir beide, denn typische Schabgeräusche, die beim Zurückziehen eines Riegels entstehen, drangen an unsere Ohren. Jemand öffnete.

»Hätte ich jetzt nur eine Kanone!«, ächzte Gress.

Er hatte keine, und auch ich ließ meine Waffen vorerst stecken. Sie wollte ich als letzten Trumpf einsetzen.

Die Tür schwang nach innen.

Und diese Szene hätte tatsächlich in einen Film gepasst. Denn das Knarren der Scharniere konnte man so gut gar nicht imitieren, da musste eine Tür verdammt alt sein.

Je weiter sie nach innen schwang, umso heller wurde es, denn auf der Schwelle stand eine Person, die in der linken Hand eine brennende Fackel hielt, in der rechten aber eine starke Leine aus Leder, die sich in der unteren Hälfte gabelte und zu zwei Halsbändern führte, die die Kehlen der Bluthunde umschlossen.

Es waren besonders breite Bänder. Ebenfalls aus reißfestem Leder gefertigt, aber mit Verzierungen versehen, auf die sie hätten verzichten können.

Fingernagelgroße, silberne Stifte stachen in die Höhe. Wer die Köter anfassen wollte, würde es auf schreckliche Art und Weise bereuen.

Madame Medoque persönlich hatte sich dazu herabgelassen, uns einen Besuch abzustatten.

Sie blieb auf der Schwelle stehen, sah uns an und lachte.

Es war kein fröhliches Gelächter, sondern ein hässliches und triumphierendes. Dann verhöhnte sie uns. »Na, habt ihr gut geschlafen, Freunde?«

»Zwangsläufig«, erwiderte Gress und wollte einen Schritt nach vorn gehen. Augenblicklich reagierten die Bluthunde. Sie richteten sich trotz der straff gespannten Leinen auf den Hinterläufen auf und bellten scharf. Der Reporter blieb regungslos stehen.

Madame gab ihren Kommentar. »Hier gilt nur das, was ich sage«, erklärte sie.

»Das habe ich bemerkt.«

»Und wie sehen Ihre weiteren Pläne aus?«, fragte ich.

Sie erlaubte sich zunächst ein mokantes Lächeln. So wie sie dastand, die beiden Hunde an der Leine, die Fackel in der anderen Hand, wirkte sie wie eine Märchenfigur. Das tanzende Licht erreichte nicht nur sie und schuf ein unruhiges Muster auf ihrer Gesichtshaut, sondern bedeckte auch die Körper der beiden Bluthunde, sodass sie noch gefährlicher wirkten. Die Schnauzen wurden vom Schein nicht berührt. Als zwei gierige Mäuler schauten sie uns entgegen. Die Zungen schlugen hervor, bewegten sich zuckend und im Rhythmus des Hechelns.

»Meine Pläne stehen fest, Sinclair. Ich hatte Zeit genug, um darüber nachzudenken, und ich habe mir auch vorgenommen, euch beide in sie einzuspannen.«

»Hier im Verlies?«

»Nein, das war nur zu meiner Sicherheit. Ihr werdet den Thronsaal betreten, denn dort werdet ihr erwartet.«

»Von wem?«

»Geduld! Deine Neugierde wird früh genug befriedigt werden, das verspreche ich dir.«

Gress hatte sich bisher nicht eingemischt. Schon in den letzten Minuten hatte ich das Gefühl gehabt, als wäre alles ein wenig zu plötzlich für ihn gekommen. Lange würde er die Nerven nicht mehr behalten, das sah ich ihm an. Er zitterte, bewegte seine Hände, schloss sie zu Fäusten und öffnete sie wieder.

»Bleib cool«, bat ich ihn.

»Verdammt, John.« Er meinte mich und sah dabei die Frau an. »Wir können uns doch hier nicht so einfach abservieren lassen. Schöne Scheiße. Wir müssen etwas tun.«

»Gegen meine Hunde?«, fragte die Medoque spöttisch.

Gress stieß eine Faust vor, was die Tiere mit einem drohenden Knurren quittierten. »Ja, verdammt, auch gegen deine Köter. Wir sind nicht so wehrlos, wir werden ...«

»Nicht wehrlos?«, fragte die Frau.

»Nein!«

»Dann los!«

Sie war eine Sadistin, und sie zeigte es uns, denn sie ging plötzlich vor, und die Hunde wussten genau, was sie zu tun hatten. Obwohl sie noch an der Leine festhingen, sprangen sie uns an!

Ich kam rechtzeitig genug weg, auch wenn ich mit dem Rücken gegen die Wand krachte und mich durch diese Aktion ein wilder Schwindel packte. Gress hatte nicht so viel Glück, er wurde angesprungen. Ich hörte seinen Schrei, sah das Zucken der Flammen, das Spiel aus Licht und Schatten, die aufgerissenen Mäuler, hörte das Knurren und auch die Schreie meines Partners, der mit beiden Armen um sich schlug, damit er sich des Killerhundes erwehren konnte.

Es war ein wilder Kampf.

Der Bluthund hatte sich in Gress' Kleidung verbissen, zerrte daran und brachte es fertig, den nicht sehr sicher auf den Beinen stehenden Reporter umzustoßen.

Gress lag auf dem Boden, und das konnte tödlich für ihn enden. Deshalb musste ich etwas tun.

Ich warf mich auf den Hund und riss meinen Dolch hervor.

Manon Medoque sah das Blitzen der Klinge. Sie brüllte plötzlich auf, aber sie konnte nicht verhindern, dass ich den Dolch tief in das Muskelfleisch an der Flanke des Hundes versenkte.

Er hatte noch nicht zugebissen, weil es Gress gelungen war, den Hals der Bestie zu umklammern. Nur hatte er nicht mehr an das verteufelte Halsband gedacht. Einige der spitzen Gegenstände hatten das Fleisch an seiner Hand aufgerissen.

Ich sah das Blut zwischen seinen Fingern hervorquellen. Es vermischte sich mit dem roten Lebenssaft, der aus der Messerwunde pulste.

Konnte der Hund überleben?

Ich wollte nicht daran glauben, riss das Messer zurück und kassierte einen Schlag in den Rücken. Es war ein kräftiger Hieb, geführt von zwei Pfoten.

Ich wurde nach vorn gestoßen und fiel über den Kadaver des ersten Bluthunds.

Als der heiße Raubtieratem über meinen Nacken strich, wusste ich Bescheid und rührte mich um keinen Millimeter. Wieder hatten die Zähne schon zugepackt. Sie lagen wie eine Klammer um die hintere Hälfte meines Halses.

»Bewegen Sie sich nur nicht, Sinclair. Bleiben Sie ruhig liegen, sonst beißt er Ihnen das Genick durch!«

Ich stand dicht vor der Aufgabe. In meinem Innern spürte ich die Erschöpfung, gleichzeitig war ich stressartig aufgeputscht, und ich hörte noch das Jammern meines Partners.

Manchmal verschwamm der tote Hundekörper vor meinen Augen, und ich dachte daran, dass Manon gewonnen hatte.

Aber das sollte sie nicht. Solange ich noch die Spur einer Chance sah, wollte ich kämpfen.

»Wenn ich dir jetzt befehle, hochzukommen, wirst du sehr langsam aufstehen und nichts mehr versuchen, klar?«

»Ich habe begriffen.«

Der Bluthund hinter mir zog sich zurück, als er den leisen Pfiff seiner Herrin vernahm.

Ich kam hoch.

Auch Gress bemerkte, was los war. Er hatte seine verletzte Hand zurückgezogen und den Arm flach auf den harten Lehmboden gelegt. Auf seiner Handfläche sah ich das Blut.

»Verdammt, John, das stehen wir nicht durch!«

»Wie Recht er doch hat«, höhnte Manon Medoque.

Ich sah die Sache anders, hütete mich aber, ein Wort darüber verlauten zu lassen.

Natürlich war ich schwach. Der Stich mit dem Dolch war eigentlich ein Akt der Verzweiflung gewesen. Wenn ich gegen die viel gefährlichere Manon angehen wollte, musste ich nicht nur schnell sein, sondern auch bluffen können.

Deshalb gab ich mich schwächer, als ich tatsächlich war. Ich taumelte nach zwei entgegengesetzten Seiten. Dabei blieb mir das spöttische Lächeln der Frau nicht verborgen. Sie freute sich über meine Schwäche, dann würde sie es leichter haben.

Der zweite Hund beobachtete mich aus seinen kalten

Augen. Wie gern hätte er mich angesprungen und zerrissen, aber seine Herrin hielt ihn an der straffen Leine zurück.

Der zweite Bluthund lebte nicht mehr. Sein Kadaver lag auf Gerald Gress, der sich bemühte, den schweren Körper zur Seite zu stemmen. Er setzte dabei seine Hände und die Beine ein, trotzdem gelang es ihm nur mühsam, sich Platz zu schaffen.

Als er aufstand, zitterte er, als hätte er stundenlang Schwerstarbeit verrichten müssen.

Ich wusste nicht, ob Manon Medoque das alles so gewollt hatte, wie es gekommen war, und ich fragte mich, ob sie auch weiterhin an ihren Plänen festhalten würde.

Ich jedenfalls hielt meinen Silberdolch auch weiterhin in der rechten Hand. Es musste eine Entscheidung fallen. Ich wollte etwas unternehmen, durfte jedoch nicht überstürzt handeln.

Bisher hatte niemand mehr das Verlies betreten. Manon war nur mit den Bluthunden gekommen, unter dessen Schutz sie sich sicher gefühlt hatte. Jean war zurückgeblieben. Ihn durfte ich auf keinen Fall als Gegner unterschätzen, aber er war nicht der einzige. Auch andere lauerten noch auf mich. Da rechnete ich mit den Werwölfen. Ich hatte einen von ihnen gesehen, fragte mich aber, ob und wie viele Brüder er wohl noch hatte und wo sie sich aufhielten.

Manon hatte von einem Thronsaal gesprochen.

Was konnte das bedeuten? War er der große, geheimnisvolle Opferraum des Prachtschlosses? Und sollte vielleicht jemand inthronisiert werden?

»Du denkst an deine nahe Zukunft, nicht wahr?«

»So ist es.«

»Sie sieht schlecht aus.«

Neben mir atmete Gress heftig. »John, da gebe ich ihr Recht. Unsere Chancen stehen wirklich nicht gut. Wir sollten verschwinden. Noch können wir.«

»Könnt ihr das tatsächlich?« Ihre Frage hatte locker geklungen. Sie schien sicher zu sein, dass wir es nicht schaffen würden.

»Davon gehe ich aus, Madame«, erwiderte ich ebenso locker. »Haben wir eine bessere Geisel als Sie?«

»Ich bin keine Geisel.« Sie bewegte die Hand mit der Fackel in meine Richtung. »Außerdem können Sie mir mit dem Dolch keine Furcht einjagen. Über so etwas lache ich.«

»Er hat schon andere erledigt als ...«

»Fehlt dort nicht etwas?«

Diese Frage alarmierte mich. Woher wusste sie, dass Lilith, eine Verbündete des obersten Höllenherrschers Luzifer, den Dolch manipuliert hatte?

Sie hatte mein Erstaunen gesehen und lachte leise, aber auch wissend. »Ja, manchmal geht das Schicksal eben sehr ungewöhnliche Wege. Irgendwo trifft sich alles. Dein Dolch ist gegen mich wertlos. Ich bestimme in diesem Schloss. Hier regiert meine Magie, und es wird getan, was ich will. Verstanden, Sinclair?«

»Schon, aber nicht einverstanden.«

»Es bleibt Ihnen nichts anderes übrig.« Als wären Gress und ich überhaupt nicht vorhanden, drehte sie sich um und schritt auf die Tür zu. Die Bestie wollte noch bleiben. Manon Medoque musste sie mit Gewalt hinter sich herschleifen.

Ich hörte Gress lachen und sagen: »Verdammt, John, die nimmt uns nicht ernst.«

»Der Meinung bin ich nicht.«

»Will sie mit uns spielen? Will sie uns an der Nase herumführen? Oder vielleicht umbringen?«

»Das finden wir heraus«, gab ich flüsternd zurück.

Der Reporter schüttelte den Kopf. »Tut mir Leid, aber ich kann deinen Optimismus nicht teilen, wir haben uns einen Schritt zu weit vorgewagt. Ich habe das Gefühl, an einem Abgrund zu stehen.«

»Und heute Abend sind wir einen Schritt weiter«, bemerkte ich und sah Geralds Grinsen.

Ein feuchter und düsterer Gang nahm uns auf. Die stickige Luft war kaum zu atmen, und ich spürte im Magen den Druck der inneren Spannung.

Und noch etwas fiel uns auf. Auch Gress bemerkte es und sprach mich darauf an. »Merkst du es auch, John?«

Ich hatte mich schon gewundert. Den Geruch kannte ich zwar, überlegte aber noch, wo ich ihn wahrgenommen hatte.

»Das riecht so scharf, ätzend!«

Ich nickte. »Werwolfgestank.«

Gress blieb stehen. »Du meinst, dass die Bestien hier auch herumgeistern?« Er war so geschockt, dass er sich an den Hals fasste.

»Es ist dunkel, mein Lieber, da sind sie immer unterwegs. Ich kenne mich aus.«

Während unserer flüsternd geführten Unterhaltung waren wir weitergegangen. Es gab für uns nur ein Ziel. Das war der offene Durchgang, wo Manon Medoque stand.

Sie wartete auf uns. Noch immer hielt sie die Leine straff gespannt. Der Hund war unruhig. Vielleicht roch er das Blut seines getöteten Artgenossen. Jedenfalls zog und zerrte er an der Leine.

»Kommt, die Zeit läuft«, sagte sie und winkte wieder mit der Fackel. Ihr Schein war die einzige Lichtquelle in der näheren Umgebung.

Sie drehte sich um und ging.

Dabei kam sie mir vor wie eine Königin, die alles unter Kontrolle hatte. Wir gerieten in den ältesten Bereich des Schlosses, wo der Moder der Jahrhunderte hing und von schlimmen Taten zu erzählen schien, die an diesen Orten begangen worden waren.

Eine dumpfe Angst hatte hier ihre Heimat gefunden. Sie erschwerte das Atmen, und das schwankende Fackellicht konnte ich auch nicht als Hoffnung bezeichnen.

Möglicherweise hing es mit dem scharfen Geruch der Werwölfe zusammen, der in jeder Wandspalte nistete. Auf den Steinen hatte sich das dicke Moos festgesetzt. Es war eine Heimat für Käfer und Kriechtiere geworden. Irgendwo floss oder rann Wasser. Wassertropfen klatschten zu Boden.

Gress hatte sich wieder einigermaßen gefangen, ohne

allerdings seinen Optimismus wiedergefunden zu haben. »Die führt uns doch ins Grab«, wisperte er.

»Lass sie.«

»Und der Köter? Oder die Wölfe? Ich habe das Gefühl, von ihnen belauert zu werden. Die stecken in jeder Ritze, die lauern in fast allen Nischen. So etwas habe ich noch nie erlebt.«

»Wir leben!« flüsterte ich ihm zu. »Das ist wichtig.«

»Fragt sich nur, wie lange noch.« Gress ließ nicht locker. »Weißt du, wohin sie uns schaffen will?«

»In den Thronsaal.«

»Und was ist da?«

»Wir werden es sehen.«

Ich wollte nicht mehr diskutieren, denn Manon Medoque war vor einer sehr langen, in die Höhe führenden Treppe stehen geblieben. Das Feuer der Fackel tanzte über die ersten Stufen. Sie waren sehr breit, aber alt, ausgetreten, mit Mulden im Gestein, wo sich Kondenswasser gesammelt hatte.

Der Bluthund hechelte. Er wurde nur mühsam von der Frau unter Kontrolle gehalten. Immer wieder riss er sein Maul weit auf, ließ die Zunge hervorschnellen, zeigte seine Reißer und starrte uns böse an.

»Sollen wir hoch?«, fragte ich.

»Sicher.«

»Wo endet die Treppe?«

Manon lächelte kalt. »Ich habe euch eine Überraschung versprochen. Und dieses Versprechen halte ich ein.«

»Der Thronsaal wartet also?«

»Auch.«

Ich wollte ihr unsere Position darlegen. »Ist Ihnen eigentlich klar geworden, dass sich unsere Situation gar nicht mal so sehr verschlimmert hat? Wir sind zu zweit, Sie allein. Mit dem Bluthund werden wir fertig. So sind Sie eine perfekte Geisel.«

Ich weiß nicht, ob ich sie mit meinen Worten getroffen hatte, jedenfalls ging sie einen Schritt zurück, und ihr Gesicht verschwand allmählich aus dem Bereich des Feuers. Vielleicht hatte sie auch antworten wollen, aber jedes Gespräch wurde von vornherein durch etwas anderes gestört. Ein Geräusch hallte durch die Gänge, das uns einen Schauer über den Rücken trieb. Wir erschraken beide, denn mit diesem plötzlichen Fanfarenstoß hatten wir nicht gerechnet.

Diesen schrillen Klang hatten wir bereits in der Nacht vernommen, als wir den Unbekannten verfolgten.

Diesmal kam er uns noch lauter und aggressiver vor, als wollte der Bläser sein ganzes Können demonstrieren und anzeigen, wer der Herr in diesem Schloss war.

Wir lauschten dem Klang, der zwischen den alten Wänden wetterte und nur allmählich verklang. Als schwaches Echo lag er noch in der Luft und wurde von einem anderen Laut abgelöst.

Dem Heulen eines Wolfs.

Zunächst nur leise, sich dann steigernd, wobei andere Bestien mit einfielen.

Das höllische Konzert trieb selbst mir Schauer über den Rücken. In meinem Hirn spürte ich das Hämmern des Blutes.

Gress war einen Schritt zurückgegangen. Er flüsterte Worte, die ich nicht hörte. In seinem Gesicht las ich die Angst.

Erst die Fanfare, dann das Heulen!

Zwischen beiden gab es einen Zusammenhang. Wie der genau war, wussten wir nicht, aber wenn wir die Treppe hochgingen, würden wir ihn herausfinden, dessen war ich mir sicher.

Ich nickte Manon Medoque zu. »Wir gehen«, sagte ich.

»Dann los.«

Diesmal hielt sie sich hinter uns. Auch vernahmen wir das scharfe Hecheln des Bluthundes. Es übertönte das Heulen der Bestien, das allmählich leiser geworden war.

Nur noch schwache Töne wurden uns entgegengetragen, sodass wir uns wieder unterhalten konnten.

Gerald Gress zweifelte an sich. »Hätte ich doch nichts gesagt«, beschwerte er sich. »Wärst du doch in London geblieben, verdammt! So hängen wir fest und gehen freiwillig zu unserer eigenen Hinrichtung. Mist auch!«

»Noch lebst du!«

Er strich fahrig durch sein Lockenhaar. »Fragt sich nur, wie lange das noch so weitergeht. Irgendwann kommt der Hammer, das kann ich dir versprechen. Das weiß ich sogar.«

»Man hat uns gerufen. Wir sollten schneller gehen!«

Manon drängte. Sie gab dem Bluthund etwas mehr Leine, der seine Chance sofort nutzte und in unseren Rücken springen wollte, wie ich mit einem Blick über die Schulter feststellte.

Ich wollte schon zustechen, als die Frau den Köter zurückzog.

»Halten Sie ihn zurück, verdammt!«

»Dann beeilt euch auch.«

»Sicher.«

Die Treppe war lang. Sie kam mir vor, als wollte sie kein Ende mehr nehmen.

Aber ich sah bereits die letzten Stufen. Was danach kam, konnte ich nicht erkennen. Jedenfalls würden wir uns in den normalen Zimmern des Schlosses aufhalten.

Langes Gehen strengt an. Ich war zudem nicht fit. Meine Beine hatten schwer zu arbeiten. Der Kopf schien aus einem Brummkreisel zu bestehen, zudem sah ich kein Geländer, an dem ich mich hätte abstützen können. So kämpften wir uns voran.

Endlich lag die Treppe hinter uns. Eine hohe Tür versperrte den weiteren Weg. Davor befand sich so viel Platz, dass Manon Medoque an uns vorbeigleiten konnte.

Sie steckte die Fackel in eine Halterung aus Gusseisen. Bevor sie die Tür öffnete, sprach sie uns an. »Ich werde euch in den Thronsaal führen. Dort ist alles vorbereitet.«

»Was denn?«

»Du bist neugierig, Geisterjäger, zu neugierig. Aber denk an das Wort. Bevor die Menschen waren, gab es die Wölfe. Das kennst du doch – oder?«

»Ja, sehr gut sogar.«

»Dann ist es ja gut.« Manon würdigte uns mit keinem Blick, als sie auf die zweiflügelige Rundbogentür zuschritt.

Gress stieß mich an. »John, jetzt hätten wir doch eine Chance. Wir könnten auf den Ausgang zulaufen und verschwinden. Ist das nichts?«

»Schon, aber nicht gut.«

»Du willst wohl in diesen Thronsaal, wie?«

»So ist es.«

»Und was hast du vor?«

»Ich möchte ergründen, wie Manon Medoque zu den Wölfen steht und was sie vorhat. Wenn ich jetzt versuchen würde, wegzulaufen, käme ich mir wie ein Feigling vor. Hast du gehört? Wie ein Feigling!«

»Aber ich bin nicht du.«

»Mitgegangen – mitgefangen.«

»Davon habe ich auch …«

Ein quietschendes Geräusch unterbrach ihn, denn die Frau hatte die Tür aufgestoßen, und wir konnten in einen großen Saal schauen.

Er war düster, durch die Fenster drang kaum Licht. Man hatte die schweren Vorhänge zugezogen.

»Geht vor!«

Wir folgten dem Befehl. Gress weniger als ich, denn ich musste ihn praktisch ziehen. »Reiß dich jetzt zusammen!«, wisperte ich. »Das überstehen wir schon.«

»Dein Wort in meinem Gehörgang.«

Unter unseren Sohlen befand sich ein glatter Steinboden. Fast fugenlos schlossen die einzelnen Stücke miteinander ab. Zwar konnten wir nichts sehen, aber ich spürte und wusste auch, dass wir nicht allein waren. Erstens hatte sich mein Kreuz erwärmt. Es merkte genau, dass sich eine fremde Magie konzentriert hatte. Und zweitens nahm ich sehr genau den Geruch wahr, der mir entgegenschwang.

So scharf, anders als der eines Menschen.

Raubtierhaft eben.

Auch mein Begleiter hatte ihn vernommen. »Sie sind in der Nähe!«, wisperte er und erschrak über seine eigene Stimme, die in dem Saal so laut klang.

Wie hoch die Decke war, sah ich nicht. Dem Echo der Schritte nach zu urteilen, besaß sie eine gewaltige Höhe, fast zu vergleichen mit einer Kirchendecke.

»Bleibt stehen!« Manons Befehl war hinter uns erklungen. Sie hielt einen sicheren Abstand.

Wir kamen der Aufforderung nach. Noch immer war es einfach zu dunkel. Nur schwach schälten sich gewisse Umrisse hervor, die ich wahrnehmen konnte.

Ich glaubte, vor mir lange Schatten zu sehen, die sich aufteilten, dann wurde ich abgelenkt, weil Manon an uns vorbeiging.

Sie entschwebte uns und mit ihr der Hund, diese hechelnde Bestie, die noch den Kopf drehte und uns aus ihren kalten Augen gierig anstarrte.

»Dem möchte ich den Hals umdrehen!«, keuchte mein Nebenmann.

»Ich auch.«

»Warum tun wir es denn nicht?«

»Sei ruhig!«

Er schwieg, denn es war besser so, weil andere die Initiative ergriffen.

Ich spürte die Spannung in meinem Innern. Das Herz klopfte schneller. Es war mir klar, dass ich vor einer großen, entscheidenden Begegnung stand, denn Manon Medoque wusste sehr viel. Sie hatte nicht allein von den Wölfen geredet, sondern auch deren Urmagie erwähnt. Wer darüber Bescheid wusste, der kannte einiges.

Sie entschwand wie ein Schatten. Nur ihre Schritte hörten wir. Dazwischen klang manchmal etwas anderes auf. Ein Hecheln oder scharfes Atmen, das sicherlich nicht von einem Menschen stammte.

Hinzu musste ich den Geruch zählen, dessen strengen Geschmack ich bereits auf meiner Zunge spürte. Er lag dort wie eine zweite Schicht.

Von dem Herold hatten wir nichts gesehen. Ich wurde aber das Gefühl nicht los, dass er sich als Unsichtbarer innerhalb des Raumes herumtrieb und wir mit ihm noch einige Überraschungen erleben würden.

Wohin sich Manon Medoque verzogen hatte, wusste ich nicht, aber ich bekam etwas anderes mit.

Gress, der bisher neben mir gestanden hatte, war dabei, heimlich den Rückmarsch anzutreten. Ich wollte ihn aufhalten, fasste aber ins Leere.

»Mensch, bleib!«

»Nein, John, ich hau ab. Ich will weg. Hier drehe ich durch. Tut mir Leid.«

Hinterher konnte ich nicht und verwünschte den Mann innerlich, aber er war nicht mehr zu halten.

So blieb ich zurück.

Sekunden vergingen. Etwas musste geschehen. Manon Medoque hatte uns nicht ohne Grund in diesen Saal geführt. Und dann vernahm ich ein Geräusch, das sich wie ein erstickter Schrei anhörte.

Dass ich dabei sofort an meinen Begleiter dachte, lag auf der Hand. Ich hätte gern nachgesehen, aber diesmal kam ich nicht dazu, denn plötzlich wurde es hell.

So alt die Magie der Wölfe auch war, sie wurde in die heutige Zeit übertragen, und schon sah alles ganz anders aus. Da half man sich gegenseitig, die Technik spielte eine wichtige Rolle, und auch hier verließ sich niemand mehr auf das Licht von Fackeln, sondern auf den dünnen Schein, der aus zahlreichen in die Decke eingearbeiteten Leuchten dem Boden entgegenfiel und den gewaltigen Thronsaal mit einer rötlichen Helligkeit erleuchtete.

In den Nischen blieb es noch dunkler, das Zentrum des Saals aber wurde erhellt.

Es war ein langer Tisch, ein Esstisch. Und wie zum Essen aufgereiht, hatten sie dort ihre Plätze eingenommen.

Zwölf Werwölfe!

Es war ein Bild des Schreckens. Ein Bild, das lebte und nicht etwa gemalt war.

Zwölf Bestien saßen an der Tafel! Sie waren wie Menschen gekleidet, beinahe uniformhaft, und ich wusste auch, mit wem ich es zu tun hatte.

Es war Manon Medoques Personal. Sie hatte sich mit Werwölfen als normalen Dienern umgeben.

Das musste ich zunächst einmal verdauen. Hitzewellen durchtosten mich, als ich auf die Gestalten schaute, die sich zwar ruhig an der langen Tafel gegenübersaßen, aber so wirkten, als wären sie bereit, jeden Augenblick aufzuspringen und anzugreifen.

Zwölf Gegner. Das war eine Zahl, bei der mir schon das Herz in die Hose rutschen konnte.

Auf meiner Stirn lag Schweiß. Dahinter hämmerten die dumpfen Schmerzen.

Außer den Bestien waren im Thronsaal auch die anderen versammelt.

Das waren Manon Medoque und ihr gefährlicher Leibwächter Jean.

Und der hielt Gress fest.

Gerald hatte das Pech gehabt, ausgerechnet ihm in die Arme zu laufen. Darauf schien Jean nur gewartet zu haben. Der Griff, mit dem er ihn gepackt hielt, war schmerzhaft. Er hatte die Pranke in Geralds Nacken gelegt und umklammerte den Hals mit seinen fünf Fingern. Wie eine Puppe hing Gress fest.

Jean sah mich stehen. Er drehte den Kopf um eine Idee nach links und grinste dreckig. Sein Gesicht war, wie auch alle anderen, von einem rötlichen Schleier überzogen.

Jean sah aus wie ein Sieger!

War ich dann der Verlierer?

Plötzlich erschrak ich, denn Jean hatte den Griff gelöst. Gress fiel zu Boden. Er schlug mit der Stirn zuerst auf, und in mir tobte es plötzlich.

Egal, ob da zwölf Bestien saßen oder nicht, ich wollte Jean an den Kragen.

Der nutzte seine Überlegenheit schamlos aus. Ihm war mein Zucken aufgefallen. Fast lässig griff er unter seine Kleidung und holte meine Beretta hervor.

Ich kam nicht mal dazu, einen Schritt auf ihn zuzugehen. Er ließ mich in die Mündung schauen und grinste.

Auch ohne große Worte hatte ich ihn verstanden und nickte.

Zunächst einmal konnte ich ihn vergessen, eine andere Person war wichtiger.

Manon Medoque!

Sie hielt sich am Fuß- oder Kopfende der Tafel auf. Dort stand sie und ließ sich bewundern.

Die Werwölfe hatten ihre Köpfe gedreht. Aus den gelblich funkelnden Raubtieraugen starrten sie die Person an. Manchmal drang ein böse klingendes Zischen aus einem der Mäuler, aber keine der Bestien verließ ihren Platz. Sie blieben sitzen.

Manon sonnte sich.

Ich sah es ihren Gesichtszügen an, die einen weicheren Ton angenommen hatten. Sie war froh, endlich unter Freunden zu sein. Ihr Lächeln wirkte verklärt.

Bisher hatte sie den Bluthund stets an der Leine gehalten. Urplötzlich änderte sich dies. Manon gab die Leine frei, und der Köter witterte augenblicklich Morgenluft.

Ich mag Hunde, aber keine Bluthunde, die auf Menschen abgerichtet sind, wobei die Tiere an sich nicht die Schuld haben, sondern diejenigen, die sie dressieren.

Und dieser Bluthund war »gut« abgerichtet. Er bewegte sich schnell und aufgepeitscht. Um Jean sprang er herum, um seinem eigentlichen Ziel zuzuhetzen.

Das war ich!

Er war flink, und es sah so aus, als ob er mich anspringen würde. Ich kantete bereits den Dolch, als das Tier vor mir abstoppte, sich auf seine Hinterpfoten hockte, den Schädel hob und mich lauernd anstarrte.

Das Hecheln fiel mir auf den Wecker. Am liebsten hätte ich ihm den Dolch in den Hals gestoßen, doch ich wollte die Lage nicht unnötig verschärfen. Danach wären wahrscheinlich die Bestien über mich hergefallen und hätten mich zerrissen.

So blieb ich ruhig, denn die »Musik« spielte woanders.

Endlich übernahm Manon Medoque die Initiative. Sie brauchte nicht weit zu gehen, um auf den Tisch zu steigen. Mit einer geschmeidigen Bewegung schaffte sie es, die Platte zu erreichen, wo sie stehen blieb und sich umschaute.

Von oben herab fiel ihr Blick auf die pelzigen Schädel ihrer Diener. Das Lächeln auf dem Gesicht wirkte wie hingegossen. Ich sah es ihr an, wie wohl sie sich fühlte.

Ich fragte mich, was sie auf der Tischplatte zu suchen hatte. Die allerdings breit genug war, um ihr einiges an Bewegung zu erlauben.

Es hatte niemand gesprochen, dennoch veränderte sich die Stille. Sie wurde noch intensiver, und ich hatte das Gefühl, als würde in den nächsten Minuten etwas Entscheidendes geschehen.

Manon gab sich sehr konzentriert. Auf ihrem Gesicht entdeckte ich keinerlei Gefühle mehr. Sie blieb dabei sehr angespannt, legte den Kopf in den Nacken und schaute gegen die Lampen, als würde sich ihr dort der Himmel öffnen und ihr etwas offenbaren.

Für eine Weile konzentrierte sich die Frau noch stärker, bis sie den Mund öffnete und anfing zu sprechen.

Es waren keine lauten Worte, die sie ausstieß, aber wegen der guten Akustik waren auch die leise gesprochenen für jeden im Thronsaal zu verstehen.

»Ich, Manon Medoque, habe es geschafft. Ich bin die größte auf dieser Erde geworden. Ich weiß genau, meine Teure, dass man dich gefangen hat. Du lebst in einem Zwischenreich, du bist noch nicht reif für eine Rückkehr, aber ich will deine Pläne auf dieser verdammten Welt fortsetzen und in deinem Sinne handeln. Ich weiß, dass du mich nicht hören kannst, aber das werde ich ändern, meine große Gebieterin.«

Ich schluckte und begann gleichzeitig zu überlegen. Große Gebieterin, hatte sie gesagt. Hinzu kam der Begriff der

Gefangenschaft in einem Zwischenreich. Außerdem musste ich die versammelten Werwölfe mit in die Rechnung einbeziehen, und da gab es eigentlich nur ein Resultat:

Lupina!

Die Königin der Wölfe, die letzte Überlebende der Mordliga. Bisher hatte sie in einem Zwischenreich gelebt. Zusammen mit Fenris, dem Götterwolf.

Es lag schon einige Monate zurück, da hatte ich sie erlebt, als mich ein Fall auf das Schiff der Bestien führte. Dort war sie als Projektion erschienen, da hatte ich gespürt, dass der Wille vorhanden war, wieder zurückzukehren.

Und hier?

Es gab immer wieder Menschen, die ihr dienten, die von ihr gehört hatten und fasziniert waren.

Wie Manon!

Sie musste meine Überraschung gesehen haben, denn ihr Lachen galt einzig und allein mir. Zudem schaute sie mich jetzt an, und ich hörte ihre Frage.

»Weißt du, Geisterjäger, von wem ich spreche?«

»Lupina!«

»Sehr richtig!«

»Und du willst sie zu dir holen?«

»Ich werde in ihrem Sinne und in ihrem Geist weiterarbeiten«, erklärte sie. »Die Medoques waren bereits seit altersher den Werwölfen verbunden. Sie gehörten zu ihnen, denn einer meiner Vorfahren war ein Lykantroph. Maurice de Medoque, der vor einigen hundert Jahren hier gelebt hat und als Herold über Land ging, berichtete den Menschen, wie Kriege ausgegangen waren und welche Erlasse die Herrscher an das Volk gerichtet hatten. Man nannte ihn den Herold des Satans. Den Botschafter des Grauens. Wenn seine Fanfare erklang, zitterten die Menschen, dann war das Grauen nah. Tagsüber Mensch, in den Vollmondnächten Werwolf, so trat er auf, und er blieb nicht allein, denn er scharte zwölf Diener um sich, die auf ihn hörten. Bis jemand kam und seinen Terror stoppte, denn er wurde zu mächtig. Es war Fenris persönlich, der ihn nicht mehr wollte und mattsetzte, aber nicht tötete, denn er wusste genau, dass er ihn irgendwann einmal brauchen konnte. Seine Fanfare ruft die zusammen, die den gleichen Drang spüren wie er. Er ist ihr Bote, er ruft sie herbei, er kann alles, und auch ich spüre den Drang in mir. Ich bin ein echter Nachfahre der Medoques. Ich habe sein Signal aus dem Unsichtbaren vernommen, aus dem er ebenfalls zurückgekehrt ist, um die alten Zeiten wieder aufleben zu lassen. Lange Zeit habe ich mich mit dem Thema Lykanthrophie beschäftigt. Ich weiß viel darüber. Mir wurde immer klarer, dass ich ebenso werden will wie sie. Das wird in der nächsten Zeit geschehen. Ich habe die Erlaubnis, hier als Königin der Wölfe zu herrschen. Ich will Lupinas Nachfolge antreten. Sie ist eine Frau, ich bin eine Frau. Solange sie nicht freigelassen wird, kann ich in ihre Fußstapfen treten. Die Menschen im Dorf ahnen es, sie sprechen nur nicht darüber, denn die Furcht des Mittelalters hat sich bis in die heutige Zeit gehalten. Weißt du jetzt Bescheid, Geisterjäger?«

»Sehr gut sogar.«

»Ich weiß auch«, sprach sie weiter, »dass dir Lupina nicht unbekannt ist. Sie gehört zu den Wesen, die du niemals vernichten konntest. Ihren Sohn hast du geschafft, sie selbst aber nicht, und das wird dir das Genick brechen.«

Manon wartete auf eine Antwort. Ich gab sie ihr. »Viele haben versucht, Lupina nachzueifern. Sie schafften es nicht.«

»Aber ich werde es schaffen. Denn ich besitze die Macht und die Helfer. Wer hatte denn schon eine solche Unterstützung? Wer konnte sich auf den Herold des Satans verlassen? Doch nur ich. Und deshalb werde ich diejenige sein, die die Macht der Wölfe an sich reißt. Ich will endlich, dass die Urzeiten anbrechen. Die Wölfe sollen das Land überschwemmen, denn sie sind die wahren Herren der Welt.«

Eine eindrucksvolle Rede, die mich jedoch kalt ließ. Zu oft hatte ich schon große Worte und Versprechungen gehört, die letztendlich nicht eingehalten wurden.

»Du schweigst?«

»Ja, ich warte darauf, dass etwas geschieht. Bisher hast du nur von deinen Plänen berichtet. Setze sie in die Tat um!«

»Das Spotten wird dir vergehen!«, versprach sie mir und ging sehr langsam vor. Sie bewegte sich auf die Mitte des langen Esstisches zu, um genau dort stehen zu bleiben.

Ich war sehr gespannt darauf, ob sie ihre Versprechungen in die Tat umsetzen würde, und darauf, ob Lupina tatsächlich erschien.

Wieder spürte ich das Schweigen. Selbst der neben mir hockende Bluthund verhielt sich ruhig. Ich hatte mich an das scharfe Hecheln gewöhnt gehabt, jetzt fiel mir auf, dass es nicht mehr vorhanden war.

Es gab sehr große Probleme, dieses Tier zählte ich zu den allergrößten. Wenn ich etwas tat oder eingriff, musste es zunächst einmal überwunden werden.

Das würde schwierig werden.

Manon Medoque tat nichts. Möglicherweise wartete sie darauf, dass ihr jemand half. Sie hatte den Herold erwähnt, wir hatten seinen Fanfarenklang gehört, und eigentlich hätte er in der Nähe sein müssen. Möglicherweise war es das, denn als Unsichtbarer lagen alle Vorteile auf seiner Seite.

Ich hörte ihn.

Überraschend schmetterte der Trompetenstoß durch den hallenartigen Raum. So laut wie nie blies er seine Fanfare. Das Echo rollte durch die Halle und zerrte an meinen Trommelfellen.

Ein Ruf wie Donnerhall, auf den Manon Medoque so sehnsüchtig gewartet hatte. Sie riss die Arme hoch.

Man kann sich in Wasser baden oder in Eselsmilch, wie es Kleopatra getan hatte. Manon badete sich in der Fanfare. Ihr Gesichtsausdruck veränderte sich dabei. Sie war froh, die Augen leuchteten, da sie plötzlich direkt vor dem Ziel stand, nach dem sie so lange getrachtet hatte.

Es war für sie das Größte!

So geschmeidig wie eine asiatische Tempeltänzerin bewegte

sie ihre Finger. Es mussten Zeichen sein, die von einer anderen Person gesehen oder verstanden werden sollten.

Noch schwebte der Fanfarenklang durch den Raum. So laut und aggressiv hatte ich ihn nie gehört. Aus dem Unsichtbaren war er in unsere Welt geschickt worden, zusammen mit dem, der ihn produziert hatte.

Maurice de Medoque, der Herold des Satans!

Es geschah das Gleiche wie in der vergangenen Nacht auf dem Marktplatz. Nur schälte er sich diesmal ohne mein Zutun aus dem Zwischenreich hervor. Genau an der Stelle, wo Manon vorhin gestanden hatte, schien die nicht sichtbare Hand eines geheimnisvollen Zeichners eine Figur zu malen. Eben diesen Werwolf in seiner mittelalterlichen Kleidung, den Helm auf dem Bestienkopf, den Waffen und der Schriftrolle in der Hand.

Es war ein schauriges, gleichzeitig faszinierendes Bild. Das aus den Strahlern fallende Licht traf ihn, es hüllte ihn ein wie ein schwacher Mantel und gab ihm den rötlichen Schimmer, der auf mich wirkte wie ein schleierartiges Gewand.

Die Fanfare ließ er sinken, bevor er sie in den Gürtel schob. Er steckte auch die Schriftrolle weg, und seine kalten Augen richteten sich auf Manon Medoque. Noch nie hatte ich erlebt, dass sich diese Person verneigte. Als sie ihren Ahnherrn sah, beugte sie den Oberkörper nach vorn und hieß den Werwolf willkommen.

Der nickte nur.

Dann aber sprach sie: »Ich habe dich aus dem Zwischenreich holen müssen, denn du bist derjenige, der mir den Weg zu ihr zeigen kann. Dein Fanfarenstoß erst hat es möglich gemacht, dass ich den Kontakt zu ihr aufnehmen konnte. Nur du bist es gewesen, und ich wünsche mir sehnlichst, dass uns Lupina erhört hat.« Sie atmete tief durch. Dann brüllte sie so laut los, dass selbst ich mich erschreckte.

»Lupina!«

Es war ein irrer, wilder Schrei, der durch den Saal hallte und die Wände erzittern ließ.

Wurde er gehört?

Wenn ja, musste sich die Königin der Wölfe zeigen. Noch tat sich nichts, und Manon sprach den Herold an. »Dich habe ich kommen lassen, damit dein Ruf von ihr vernommen wird. Du solltest sie herholen, nur du allein, Maurice. Hast du es geschafft?«

Der Herold gab ihr keine Antwort, dafür geschah etwas anderes. Ich hatte es seit ihrer ersten Erklärung erwartet und wurde nicht enttäuscht.

Lupina meldete sich, und wieder einmal kreuzten sich unsere beiden Wege.

Es war kein Schrei, kein Ruf, sie tauchte nicht einmal selbst auf, trotzdem war sie vorhanden.

Als Projektion.

Aus dem Unsichtbaren, der Zwischenwelt heraus, leuchtete der Schein. Ein langer und breiter Strahl, der auf den Tisch fiel und dort einen Kreis malte.

In ihm sahen wir sie.

Eine Gestalt zeichnete sich dort als finsterer Schatten ab. Scharf konturiert, nichts verschwamm an seinen Seiten. Deutlich war der Wolfskörper zu erkennen und auf den Schultern das schöne Frauenantlitz mit den blonden Haaren.

Lupina persönlich!

Der Kreis blieb nicht auf die Tischplatte begrenzt. Seine Ränder berührten die am Tisch hockenden Werwölfe und vertrieben von ihren fellbedeckten Körpern das von der Decke fallende rötliche Licht. Auch ihre Schnauzen und Schädel zeichneten sich scharf ab und ebenfalls die Reißzähne, wenn sie die Mäuler geöffnet hatten.

Lupinas Projektion aber stand, und sie befand sich dort, wo sich Manon hinbewegte. Noch einen Schritt musste sie vorgehen, um in der Mitte des Kreises zu stehen. Es sah so aus, als wollte der Schatten der Wolfskönigin an ihr hochwandern und sie umkrallen.

Die am Tisch sitzenden Bestien blieben ebenfalls nicht mehr

ruhig. Sie hatten die Veränderung der Lage begriffen und mussten festgestellt haben, dass eine mächtige Magie über sie gekommen war.

Die Urmagie der Wölfe, die ihnen noch mehr Kraft und Stärke gab.

Manon Medoque stand unter Hochspannung. Zwar verhielt sie sich ruhig, aber das Zittern war bei genauem Hinschauen einfach nicht zu übersehen. Ihre große Stunde war angebrochen, und sie kostete sie weidlich aus, denn sie streckte abermals beide Arme aus, als wollte sie ihre große Königin umfassen.

»Ich danke dir, Lupina, dass du mir die Chance gibst, dich zu vertreten. Du hast den Ruf des Herolds gehört, du hast dich gezeigt, ich spüre dich und deine Kraft in mir, und ich fühle etwas von der Stärke, die du bereit bist, mir zu geben. Als Mensch habe ich nur existiert, als Werwolf werde ich leben. Um eines möchte ich dich bitten: Gib mir die Macht und die Kraft, dass ich so werden kann wie du. Darum nur bitte ich dich, große Lupina. Lass mich nicht im Stich!«

Die Spannung verdichtete sich.

Sogar Jean war vorgetreten. Neben ihm lag Gress und rührte sich nicht. Was der Leibwächter dachte, las ich nicht aus seinem Gesicht ab. Aber er hielt noch meine Beretta fest, zudem bewachte mich der Bluthund sehr genau, sodass ich zunächst einmal außer Gefecht gesetzt war.

Selbst das Kreuz konnte ich nicht einsetzen. Ich hätte mich bewegen müssen, doch auf so etwas wartete der Köter nur.

Langsam ging das Licht aus, als hätte jemand an einem Dimmer gedreht.

Die Lampen unter der Decke wurden düsterer. Sie erinnerten mich an Augen, die sich allmählich schlossen.

Aber es wurde nicht völlig dunkel, denn die Projektion blieb.

Der helle Kreis, darin das Abbild Lupinas und die lebendige Frau, die unbedingt zu einer Werwölfin werden wollte.

Zwölf Diener rahmten sie ein, und diese sahen auch zu, wie Manon Medoque anfing, sich zu entkleiden …

Einmal im Jahr, und zwar in der Weihnachtszeit, strengen sich die Bühnen und Theater der großen Städte an, auch den Kindern etwas Besonderes zu bieten.

Meist stehen dann Stücke auf dem Programm wie die Oper »Hänsel und Gretel«.

Diese Oper hatten die beiden Conollys zusammen mit ihrem Sohn Johnny besucht.

Der Kleine war ganz hingerissen gewesen. Auch noch auf der Heimfahrt konnte er an nichts anderes denken.

»Mummy, warum wollte die Hexe denn den Jungen nicht mehr haben?«

»Weil sie böse war.«

»Er und seine Schwester haben ihr doch nichts getan.«

»Das stimmt. Nur ist es manchmal so.«

»Aber so etwas passiert mir nicht – oder?«

»Nein, Johnny, das war ein gespieltes Märchen.«

Johnny Conolly nickte. »Sogar Engel sind darin vorgekommen. Vierzehn habe ich gezählt. Die haben die Kinder beschützt, nicht?«

»Ja.«

»Habe ich auch einen Schutzengel?«

»Sicher, den hat jeder. Daddy, ich …«

»Auch Onkel John?«

»Der auch.«

»Und Nadine. Hat die einen Wolf als Schutzengel?«

Sheila lachte. »Das kann ich dir nicht genau sagen, aber möglich ist alles.«

Nach dieser Antwort gab Johnny einige Zeit Ruhe. Er musste das Gehörte zunächst einmal verdauen.

Bill, der fahren musste, schimpfte über das Wetter. Es regnete. Die Lichter der zahlreichen Autoscheinwerfer spiegelten sich auf der nassen Straße und in den großen Pfützen.

Nass glänzten die zahlreichen Autos, die sich vor jeder auf Rot stehenden Ampel stauten.

Großstadtverkehr am frühen Abend. Regen, Nässe, Lichter von künstlichen Tannenbäumen der Weihnachtsreklame, die sich ebenfalls in den Pfützen und auf der Straße spiegelten.

Geschmückte Geschäfte, Fußgänger unter Schirmen und der nieselnde Regen.

Nur etappenweise ging es voran.

Johnny schaute aus dem Fenster. Er sah die Lichter in den Schaufenstern, die weihnachtliche Reklame, und bekam große Augen. Seine Gedanken aber drehten sich nach wie vor um seinen Schutzengel, denn er ging ihm nicht aus dem Kopf.

»Mummy?«

»Was ist denn?«

»Warum kann ich meinen Schutzengel nicht sehen? Wenn ich ihn doch habe, kann er ja mal kommen, damit ich ihm die Hand geben kann.«

»Johnny, der Schutzengel ist ein Geist. Und Geister sind unsichtbar. Sie passen nur auf, dass Kindern nichts passiert, wenn wir einmal nicht dabei sind.«

»Trotzdem würde ich ihn gern einmal sehen.«

Sheila lachte. »Das kann ich verstehen. Sogar sehr gut. Auch ich hätte das gern getan, aber so etwas ist unmöglich.«

»Schade.«

Damit hatte sich der Kleine zufrieden gegeben, denn er stellte keine weiteren Fragen mehr. Als Sheila sich nach einigen Minuten umdrehte und nach ihm schaute, war er eingeschlafen.

Sie machte Bill darauf aufmerksam.

Der Reporter nickte. »Ich würde auch gern schlafen.«

»Bist du so müde?«

»Und wie. Vielleicht liegt es am Wetter. Die letzte Nacht war nicht gerade besonders.«

»Oder denkst du an John?«

Bill lächelte und trat wieder auf die Bremse. »Wie kommst du denn darauf?«

»Weil wir nichts von ihm gehört haben.«

»So ungewöhnlich ist das nicht. Der befindet sich schließlich in Frankreich.«

»Wo du ihn hingeschickt hast.«

»Klar.«

»Kein schlechtes Gewissen?«

»Im Prinzip nicht. Ich kenne Gerald Gress. Er ist ein Mann, auf den man sich verlassen kann. Zwar anders als ich, aber seine Spürnase ist berühmt.«

»Auch für Übersinnliches?«

Bill nahm die Hände vom Lenkrad und hob die Schultern. »Bisher nicht. Als er mir aber Bescheid sagte, hat seine Stimme glaubwürdig geklungen.«

»Obwohl John ja anrufen wollte.« Sheila gab noch keine Ruhe.

»Stimmt. Nur wird er dazu nicht gekommen sein.«

»Vielleicht war er nicht in der Lage?«

Bill winkte ab. »John ist ein alter Profi. Der weiß genau, was er zu tun hat.«

»Hoffentlich.«

Sie fuhren wieder an. »Sag mal, Sheila, weshalb machst du dir um ihn so große Sorgen?«

»Weil ich einfach Furcht habe. Es gibt zwar keinen konkreten Grund, nur das Gefühl sagt mir, dass etwas schief gelaufen sein könnte.«

»Wir werden sehen.«

Das Theater hatte sich in der City befunden. Die Conollys wohnten im Londoner Süden und mussten über die Themse.

Durch Chelsea waren sie gefahren und nahmen die Albert Bridge, um auf die andere Seite des Flusses zu gelangen. Schon vor der Brücke war der Verkehr abgeflacht. Jenseits davon kamen sie wesentlich besser voran. Zudem kannte der Reporter einige Abkürzungen.

Johnny sagte nichts. Für ihn reichte der Platz im Porsche sogar aus, um sich hinzulegen.

Die Gegend wurde allmählich ruhiger und dunkler. Kleine

Villen oder Einfamilienhäuser standen rechts und links der Straßen und versteckten sich hinter Mauern und Gärten.

Die einzelnen Laternen konnte man an zwei Händen abzählen, aber Sheila wurde von Minute zu Minute nervöser. Immer häufiger schaute sie durch das Fenster in die Düsternis hinein, sodass es Bill Conolly ebenfalls auffiel.

»Was hast du denn?«

Nervös strich sie durch ihr Haar. »Das kann ich dir nicht sagen. Die Unruhe wächst in mir.«

»Und?«

»Du willst den Grund wissen, klar, aber den kann ich dir nicht nennen. Ich weiß auch nicht, ob es mit John zusammenhängt oder es einfach an diesem scheußlichen Wetter liegt. Jedenfalls ist das nicht mein Tag.«

»Warte noch zwei Minuten, dann sind wir zu Hause.«

»Ja.«

»Du sagst das so komisch.«

»Vielleicht hängt damit meine Unruhe zusammen.«

Bill lachte. »Aber Sheila, was soll das? Wir haben unser Haus gesichert. Du machst dir nur unnötig Gedanken und dich selbst verrückt. Nimm gleich ein heißes Bad, ich werde eine gute Flasche Roten aus dem Keller holen, und dann machen wir es uns gemütlich.«

»Dein Wort in Gottes Ohr.«

»Bist du so ängstlich?«

»Ja.«

Bill betätigte den Blinker und bog in die schmale Straße ein, in der ihr Bungalow lag.

Langsam rollte der Wagen an das Außentor heran. Es ließ sich vom Wagen aus durch eine Fernbedienung öffnen.

Im hellen Licht der beiden Scheinwerferlanzen glitt das Tor zur Seite. Die fingerdicken Stahlstäbe glänzten vor Nässe. Tropfen fielen nach unten, und der feine Regen nieselte weiter. Hinter dem Tor begann die ziemlich lange Auffahrt zum Haus. Sie führte durch den hübsch angelegten Vorgarten und endete erst vor der breiten Doppelgarage neben dem Haus.

Alles Nebensächlichkeiten, zur Routine gewordene Dinge, die Bill gar nicht mehr wahrnahm und auch nicht darüber nachdachte, als er den Wagen startete und auf das Grundstück fuhr.

Bis Sheila schrie!

Im Gurt presste sie sich nach vorn, streckte den Arm aus und zeigte durch die Scheibe.

»Bill, da!«

Der Reporter stoppte, obwohl er kaum etwas gesehen hatte. Dafür aber Sheila, die den Gurt löste und schon aus dem Wagen sprang, als sich der Gurt aufrollte.

Die Tür hatte sie offen gelassen. Feiner Sprühregen trieb in den Wagen und legte sich auf den Sitz nieder. Der Reporter beugte sich nach links. »Was ist denn?«, rief er Sheila nach, die auf den Weg gelaufen war, sich um die Worte nicht kümmerte, am Porsche vorbei und in Richtung Gartentor rannte.

Jetzt hielt auch Bill nichts mehr. Er sprang aus dem Wagen. Was Sheila dazu veranlasst hatte, so rasch zu verschwinden, wusste er nicht. Er sah ihre Gestalt auf dem Gehsteig hinter dem Tor, wo sich Sheila gegen die von vorn fallenden, dünnen Regenschleier presste.

Er hatte sie schnell erreicht und umfasste beide Schultern. »Was ist denn geschehen?«

Sheila deutete nach vorn. »Da ist sie gelaufen, als wir das Tor öffneten.«

»Wer lief da?« Bill schaute in das nasse Gesicht mit den weit offenen Augen. »Nadine natürlich«, erklärte Sheila mit einem leicht vorwurfsvollen Ton in der leisen Stimme.

Bill zuckte zurück. Er wollte lächeln, das misslang. »Wieso Nadine?«, fragte er.

»Sie hat den Garten verlassen.«

»Aber das ist doch Unsinn!«

»Nein, ich habe sie erkannt.«

Der Reporter schüttelte den Kopf, legte den Arm um Sheilas Schulter. »Jetzt hör mal zu, Mädchen. Du hast bestimmt etwas gesehen, das glaube ich dir. Möglicherweise auch ein Tier, aber bei diesem Wetter sieht man in der Dunkelheit oft etwas, was überhaupt nicht existiert. Verstehst du?«

Heftig löste sich Sheila. Ihre Stimme nahm einen ärgerlichen Klang an. »Was ich gesehen habe, das habe ich gesehen.« Sie schlug mit dem Handballen gegen ihre Stirn. »Ich bin doch nicht blind, Bill.«

»Das habe ich nicht gesagt.« Auch seine Stimme klang aggressiver.

»Wir werden sehen, wer Recht behält.« Sheila ließ ihren Mann stehen und setzte sich in den Wagen.

Johnny war wieder wach geworden. »Mummy, sind wir schon zu Hause? Kann ich jetzt aussteigen?«

»Noch nicht. Dad fährt erst bis zur Garage.«

Bill stieg ein und warf den Wagenschlag zu. »Und überhaupt, das Haus war abgeschlossen. Wie sollte sie entkommen können?«

»Wir werden ja sehen, wer Recht hat.«

»Stimmt genau.«

Bill ließ den Motor kommen und nahm die weite Kurve zur Garage. Er ärgerte sich über seine Frau, obwohl er tief in seinem Innern doch ein wenig skeptisch geworden war. Trotzdem stieg er schnell aus.

Während sich Bill um seinen Sohn kümmerte, lief Sheila auf die Haustür zu. Aber sie ging nicht hin, sie blieb seitlich davor stehen, wo sich das kleine Fenster befand.

»Bill, komm!«

Der Reporter trug den schlafenden Johnny auf den Armen. Vor dem kleinen Fenster blieb er stehen.

»Hatte ich Recht?«, fragte Sheila.

Bill nickte nur, denn er sah die zerstörte Scheibe. Da die Glassplitter draußen lagen, war klar, dass die Scheibe von innen eingeschlagen worden war. Da musste jemand auf diese unkonventionelle Art und Weise das Haus verlassen haben.

Tatsächlich Nadine?

Sheila schloss bereits die Haustür auf. Beide Conolly kannten das Ritual, wenn sie zurückkehrten. Zumeist waren sie schon von der Wölfin gehört worden, die ihnen stets entgegenkam.

Diesmal nicht.

Sheila war weiter in die Diele gegangen. Bill stellte Johnny ab, der unbedingt wissen wollte, wo Nadine blieb, denn er kannte die Begrüßungszeremonie.

Bill schloss die Haustür. Er wollte es noch immer nicht glauben, deshalb rief er die Wölfin. Seine Stimme hallte durch den Bungalow. Nur eine Antwort erhielt er nicht.

»Sie ist weg«, sagte Sheila.

Auch Bill nickte jetzt. »Ja, es läuft alles darauf hinaus.«

»Und jetzt?«

Der Reporter war überfragt, hob die Schultern und schaute seine Frau an. »Tut mir Leid, dass ich dir nicht geglaubt habe. Doch dein Gefühl scheint dich nicht im Stich gelassen zu haben.«

Sheila zog ihren Mantel aus, dann kümmerte sie sich um Johnny. Sie tat dies mit automatischen Bewegungen. Es war ihr anzusehen, dass sich ihre Gedanken mit anderen Dingen beschäftigten. »Weshalb ist sie fortgelaufen?«, fragte sie flüsternd, als sie den Mantel aufhängte. »Weshalb nur, Bill?«

»Ich weiß es nicht.«

»Ob das mit John zusammenhängt?«

»Ich weiß es nicht und kann es mir auch kaum vorstellen.« Der Reporter ging in den Wohnraum und schaltete dort einige Lampen ein. Er trat an den fahrbaren Diener, auf dessen Platte einige Flaschen und Gläser standen. Jetzt konnte er einen Whisky gebrauchen.

Bill nahm einen Doppelten. Als er trank und sich zur Tür hindrehte, betraten Sheila und Johnny den Raum. Der Kleine hielt sich an der Hand seiner Mutter fest. Er war noch immer nicht richtig wach.

»Bill?«, fragte Sheila. »Was kommt da auf uns zu?«

»Ich weiß es nicht. Tut mir Leid.«

Obwohl sich die Frau auszog, hätte ich diesen Vorgang nicht als Striptease angesehen. Dafür fehlte einfach die Atmosphäre. Wer sich im Kreis von zwölf Bestien seiner Kleidung entledigte, der wollte niemanden mit Reizen provozieren, der hatte ein wesentlich anderes Motiv. Die Jacke hatte sie bereits fortgeschleudert. Darunter trug sie eine weiße Bluse mit dunklen Knöpfen, die sie der Reihe nach öffnete, sich dabei drehte und ständig auf die Tischplatte schaute, wo sich der Wolfsschädel abmalte.

Bevor sie die Bluse abstreifte, griff sie nach dem Rocksaum.

Um das Bild nicht zu stören, nahm sie den Rock und schleuderte ihn in den Saal hinein.

Manon Medoque hatte einen fast jugendlich wirkenden Körper. Der knappe BH und der Tanga verhüllten kaum etwas. Und als sie die auch noch auszog, präsentierte sie sich meinen Blicken so, wie Gott sie erschaffen hatte.

Ihr Busen zitterte bei jeder Bewegung mit. Ihre Gesichtszüge waren angespannt, und die um den Tisch herumsitzenden zwölf Werwölfe hoben die Köpfe, um ihre Herrin anzuschauen.

Einmal drehte sie einen Kreis, dann sank Manon zusammen, um sich auf die Platte und mitten in den Kreis mit Lupinas Abbild zu setzen. Ich kam leider nicht umhin, ihre Bewegungen zu bewundern. Sie musste irgendwann einmal eine Ausbildung als Tänzerin gehabt haben, denn es war außergewöhnlich, wie locker und graziös sie eine demutsvolle Haltung einnahm und sich hinkniete.

Nun streckte sie die Arme aus und legte ihre Hände flach auf die Oberschenkel. In dieser Pose blieb sie. Nur den Kopf legte sie noch in den Nacken, weil sie unbedingt in die Höhe schauen wollte, um von dort das große Ereignis zu empfangen.

Es blieb ruhig.

Der Hund neben mir hechelte leise. Sein Körper war im Schatten kaum zu erkennen.

Und vorn?

Wie auf einer Bühne kniete die Frau. Eine Person, die darauf zu warten schien, dass sich der Vorhang endlich öffnete. Aber die fremde Magie, die ihr helfen sollte, die letzte menschliche Barriere zu überwinden, ließ sich Zeit.

Ich konnte sie nicht in Sekunden oder Minuten fassen, dazu fehlte mir einfach die innere Ruhe, aber ich sah plötzlich, dass ein Zucken durch den Körper der Frau lief.

Als hätte sie einen Schlag erhalten. Zudem stöhnte sie auf, senkte ihr Gesicht und schüttelte gleichzeitig den Kopf. Dann fuhr sie mit den Fingern durch das glatte Haar und löste mit einer geschickten Bewegung die Spange im Nacken.

Jetzt fiel das Haar locker auf ihre nackten Schultern.

Aus dem Mund der Frau drang ein röhrender Laut. Tief in der Kehle geboren, und sie richtete sich wieder auf, denn sie musste gespürt haben, dass man sie nicht im Stich lassen wollte.

Gleichzeitig bewegte sich der Herold. Er stand etwas außerhalb des Lichtkreises, deshalb konnte ich seinen Arm nicht erkennen.

Er setzte das Mundstück der Fanfare an seine Werwolfschnauze, und einen Augenblick später riss ein kurzer, schriller Fanfarenstoß Manon aus ihrer Lethargie.

Sie jagte in die Höhe.

Es war ein bewundernswerter Sprung, und sie landete sicher.

Das fiel zusammen mit dem Verklingen des Fanfarenstoßes. Vielleicht hatte es dieses Zeichens nur bedurft, um die Verwandlung der Frau in eine Bestie endgültig einzuleiten, denn der breitbeinig dastehende Frauenkörper veränderte sich.

Nach wie vor behielt er seine Form, nur wuchsen plötzlich aus den zahlreichen Poren kleine Haare.

Beide Schatten hatten sich praktisch vereinigt, und es war zu einer regelrechten magischen Entladung gekommen sowie zu einer Zusammenarbeit.

Ich hatte schon zahlreiche Verwandlungen miterlebt und war stets davon fasziniert gewesen, wenn sich ein Mensch in einen Werwolf verwandelte. Aber so etwas wie hier hatte ich noch nicht erlebt, das war auch mir neu.

Eine Frau gab sich mit allem, was sie hatte, den schwarzen Mächten hin. Sie schenkte sich dem Unheil.

Sie hob einmal den rechten Arm, dann wieder den linken, und jedes Mal war das Fell dichter geworden.

Grau und flaumig hatte es zuerst ausgesehen. Jetzt wirkte es dicht und schwarz, dabei leicht glänzend, als hätte man seine Oberfläche mit Öl bestrichen. Nur noch das Gesicht war frei. Sie wirkte jetzt wie Lupina, die Königin der Wölfe. Auch sie hatte einen fellbedeckten Wolfskörper, aber auch ein menschliches Gesicht.

Nur wurde es bei Manon Medoque nicht verschont.

Erste Schatten erschienen. Sie begannen am Hals und wanderten allmählich höher, erfassten die Wangen und hinterließen dort dunkle Flecke.

Manon fühlte sich wohl. Mit beiden Händen strich sie gegen die Laufrichtung über das Fell. Die einzelnen Haare stellten sich aufrecht und fielen, wenn die Hände vorbeigeglitten waren, wieder zurück.

Ich beobachtete diesen Vorgang, und ich sah auch, wie das Gesicht immer mehr zuwuchs. Dichter und dichter wurde das Fell. Dabei veränderte sich auch die Gesichtsform. Die Nase und der Mund schoben sich zusammen, nur als Schatten zu erkennen, dennoch deutlich sichtbar. Aus zwei wurde eins.

Die Zähne wuchsen, Nägel verwandelten sich in gefährliche Krallen.

Von der schwarzen Haarflut war nichts mehr zu sehen. Die grüngelben Pupillen ähnelten kalten, grausamen Sonnen.

Noch einmal drehte sich die Verwandelte, als wollte sie prüfen, ob jeder mit ihr zufrieden war.

Die zwölf Werwölfe erhoben sich von ihren Plätzen, um ihre neue Herrin zu streicheln. Manon Medoque genoss diese Berührungen.

Auf mich achtete sie dabei nicht.

Dafür behielt mich der Bluthund im Auge. Ich versuchte es und bewegte vorsichtig meine rechte Hand.

Sofort begann der dressierte Killer zu knurren. Er stellte sich gleichzeitig auf, sein kurzer Schwanz bewegte sich hektisch, das Maul stand offen, und sein gefährlicher Blick wurde lauernd.

Vom Tisch her drangen ächzende und fauchende Laute an meine Ohren. Dort umringten die Bestien ihre neue Königin. Sie fassten sie an, ihre Pranken vergruben sich in dem dichten, schwarzen Fell.

Nur der Herold stand wie angegossen da.

Zwei kurze helle Stöße schmetterte er auf seiner Fanfare in die Halle hinein, und die Bestien verstanden das Zeichen.

Sie ließen von Manon ab.

Gehorsam nahmen sie auf den Stühlen Platz und schauten in meine Richtung.

Und Manon starrte mich ebenfalls an, während sie um den langen Tisch herumging. Sie bewegte sich geschmeidig wie ein Raubtier.

Konnte sie noch reden?

Bei Lupina war es der Fall gewesen, und auch diese Verwandelte gab Laute von sich, die ich als Worte identifizierte. Sie sagte: »Ich habe mit Lupina Kontakt gehabt. Ich will ihre Vertretung übernehmen, aber sie hat mir gleichzeitig mitgeteilt, dass *ihre* Feinde jetzt auch *meine* Feinde sein werden und ich sie deshalb töten muss. Du, als ihr größter Feind, hast es geschafft, in mein Schloss vorzudringen. Es war eine Leistung, doch es ist gleichzeitig dein Todesurteil. Im Thronsaal der Familie Medoque wirst du dein Leben aushauchen, damit die Mächte der schwarzen Magie jubeln können. Ich kann dich erschießen oder zerreißen lassen. Was ist dir lieber, John Sinclair?«

»Keines von beiden.«

»Dann bestimme ich. – Jean!«

Er erschien aus dem Dunkel wie auf einer Bühne. Und er war bereit, mir eine Silberkugel zu verpassen.

Ob er ein guter Schütze war, wusste ich nicht, ich wollte es aber nicht darauf ankommen lassen.

Wie konnte ich mich aus dieser Lage befreien? Vor allen Dingen musste ich den Killer irritieren.

Ich kam mir vor wie an der Wand eines Erschießungskommandos. Nur schaute ich nicht in die Mündungen mehrerer Gewehre, sondern in die kalten Killeraugen der zwölf Wölfe, die bisher noch nicht eingegriffen hatten.

Manon hatte die Arme erhoben wie ein Dirigent.

»Wenn ich sie fallen lasse, wirst du schießen!«, befahl sie ihrem Leibwächter.

Jean nickte.

Noch zögerte Manon. Sie wollte sehen, wie ich in Todesangst verging.

ENDE

Ein Grab aus der Vergangenheit

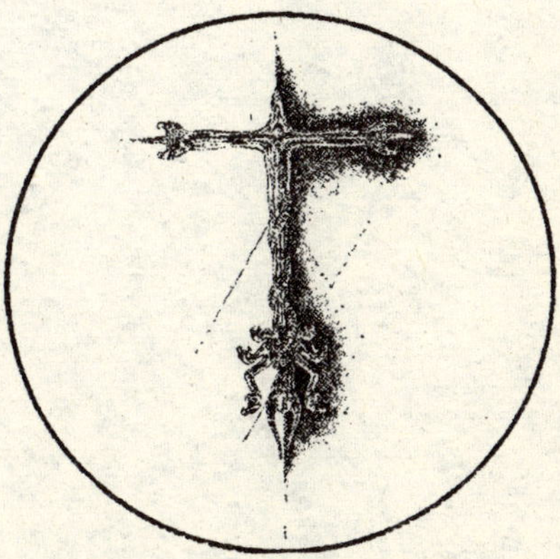

Die Situation stand nicht nur auf des Messers Schneide. Ich sollte gekillt, mit meiner eigenen Beretta erschossen werden. Die Waffe befand sich in der Hand eines Mannes namens Jean, und Manon Medoque, eine Werwölfin, wollte das Zeichen geben. Dann sollte Jean abdrücken. Sie genoss regelrecht meine Todesangst, und dieses Zeitschinden empfang ich als winzige Chance, auch wenn ich dabei noch von einem auf den Mann dressierten Bluthund bewacht wurde.

In der rechten Hand hielt ich meinen Silberdolch. Mit ihm hatte ich bereits eine Bestie erledigt. Das gab Mut. Bevor also der nächste Angriff erfolgte, riskierte ich es!

Meine Rechte stieß vor.

Es ging da um Bruchteile von Sekunden. Ich musste alles genau timen, und der kalbgroße Bluthund stieß sich ab, kaum dass er das Zucken meiner Hand bemerkt hatte.

Ich war auch nicht langsam, sogar den berühmten Sekundenbruchteil schneller als das gefährliche Tier. Dicht unter der Schnauze drang die Klinge in seinen breiten Hals, deshalb schnappte das Maul ins Leere. Ich hörte noch ein Knirschen und anschließend das gefährliche Jaulen des gewaltigen Tieres, das noch einmal hochzuckte, bevor es schwer getroffen zusammensank.

Der letzte Vorgang hatte sich innerhalb weniger Sekunden abgespielt, und mit meiner Reaktion hatte ich nicht nur den Bluthund überrascht, auch seine Herrin, Manon Medoque.

Ich wollte noch einen Schritt weitergehen und den toten Hund durch einen Tritt dem Killer mit der Beretta entgegenschleudern, als ich einen verzweifelten Schrei vernahm.

»Joooohnnnn!«

Gerald Gress, mein Begleiter und von Beruf Reporter, hatte ihn ausgestoßen.

Er lebte! Bis zu diesem Zeitpunkt hatte er bewegungslos neben den Füßen des Killers Jean gelegen. Er war von dem Kerl niedergeschlagen worden, doch das hatte ich nicht gesehen.

Erst jetzt schaute ich zu ihm.

Und ich sah, dass er mit einer Hand den Knöchel des Schießers umfasst hatte und kräftig daran riss.

Das verkraftete auch ein Kerl wie Jean nicht. Schon als er abdrückte, ruderte er mit den Armen. Der peitschende Klang der Beretta hallte wie der Fanfarenstoß des Werwolf-Herolds durch den Raum, aber die Kugel erreichte mich nicht. Sie jagte auch in keinen anderen Körper, sondern schräg in die Decke, wo sie stecken blieb.

Dann fiel er.

Durch den Thronsaal des Schlosses flutete rotes Licht. Als mir der Mann entgegenkippte, sah ich noch die Überraschung und den Schrecken auf seinem Gesicht, danach knallte er hart auf den Steinboden, und ich hörte ihn erstickt schreien.

Ob vor Wut oder Schmerz, wusste ich nicht. Jedenfalls hatte ihn mein Begleiter außer Gefecht gesetzt, und ich startete wie ein Sprinter.

Wenn ich jetzt noch etwas aus dem Feuer reißen wollte, musste ich schnell sein, denn gegen die Übermacht der Werwölfe hatte ich nicht den Hauch einer Chance. Auch Gress stand auf den Beinen. Er blickte mir entgegen und sah, wie ich in die Nähe des Killers Jean kam, der sich aufrichtete, mir sein blutverschmiertes Gesicht zeigte und auf mich anlegte.

Aus dem Lauf heraus trat ich zu. Es war ein gezielter Karatetritt, den mir mein Freund Suko beigebracht hatte. Am Handgelenk wurde der andere erwischt. Die volle Wucht des Treffers riss nicht nur seinen Arm in die Höhe, sie schleuderte ihm auch die Beretta aus den Fingern, und das genau hatte ich gewollt.

Schnell bückte ich mich. Ich bekam meine Beretta zu fassen und kreiselte mit ihr im Anschlag herum. Es wäre besser gewesen, sofort zu fliehen, aber ich dachte an Gress, meinen Lebensretter.

Die Werwölfe, zwölf an der Zahl, hatten sich an einem langen Tisch gegenübergesessen und Manon Medoques Verwandlung vom Menschen zur Bestie miterlebt.

Nun standen sie angriffsbereit, sie warteten auf das Kommando ihrer Anführerin.

Das erfolgte noch nicht.

Nur einer versuchte es. Der so schwer getroffene Bluthund. Er schleppte sich mit allmählich schwindenden Kräften weiter und hinterließ dabei eine rote Spur auf dem Boden.

Wiederum stieg die Spannung. Okay, einige Kugeln steckten im Magazin der Beretta, damit konnte ich ein paar Bestien vernichten, aber was war mit den anderen?

Konnten mein Dolch und das Kreuz sie schaffen?

Das Risiko war mir einfach zu groß, deshalb wollte ich mich zurückziehen und das Schloss erst einmal verlassen. Vielleicht konnte ich den zwölf Bestien irgendwo eine Falle stellen, in die sie hineinliefen. Zu den zwölf Bestien kamen Manon Medoque und der Herold, er war der Ahnherr der Medoque, mit dem praktisch alles begonnen hatte. Durch sein Auftauchen war ich an die Loire gekommen. Gress, ein Reporter, hatte sich mit Bill Conolly, einem guten Freund von mir, in Verbindung gesetzt, und der wiederum hatte dafür gesorgt, dass ich nach Frankreich flog.

In Medoque, so hieß auch das Dorf, war uns dann der Herold begegnet. Zunächst als Unsichtbarer, dann sichtbar, als ich ihn mit dem Kreuz berührte.

Die Spur hatte uns in Manon Medoques Schloss geführt, wo die Besitzerin versuchte, die Rolle der im Zwischenreich existierenden Königin der Wölfe zu übernehmen. Und sie hatte Lupinas Segen erhalten. Ihre Projektion war durch den Fanfarenstoß des Herolds in die Gegenwart geholt worden, und aus ihr hatte Manon Kraft schöpfen können.

Gress und ich hatten in dem ehemaligen Thronsaal sterben sollen. Jetzt standen die Chancen etwas besser, gewonnen hatten wir deswegen noch lange nicht.

Leider lief mir Manon nicht vor die Mündung. Sie hielt sich hinter den fellbedeckten Körpern ihrer Diener auf.

Auch Jean erhob sich wieder. Er war ein harter Knochen, den auch eine gebrochene Nase nicht aus der Bahn warf.

»Bleib da!«, fuhr ich ihn an. »Auf den Boden mit dir. Leg dich auf den Bauch, verdammt!«

Jean gehorchte.

Dann kam Gress zu mir. Er schlug einen Bogen. Das war gut, so geriet er nicht in die Schusslinie.

In der Halle hatte sich ein widerlicher Geruch ausgebreitet. Wenigstens für mich als Mensch. Die Werwölfe sandten mir einen raubtierhaften, scharfen Gestank entgegen, dem auch ein Duft von Fäulnis beiwohnte.

Ich konnte mir vorstellen, aus welch einem Grund Manon nicht den Befehl zum Angriff gab. Sie hätte gewonnen, aber sie wollte keinen ihrer Diener opfern, die sie noch benötigte. Die Wölfin wusste genau, dass in meiner Beretta geweihte Silberkugeln steckten, die für Werwölfe tödlich waren.

Die Folgen des Niederschlags hatte ich mittlerweile einigermaßen weggesteckt. In diesen Momenten stand ich unter einem so großen Stress, dass ich daran nicht denken konnte.

Wir mussten weg.

Das würde schwierig genug werden, denn wir kannten das große Schloss nicht, wussten auch nicht, wie viele Zimmer es hatte. Ich hatte von einem anderen Schloss gehört, das vierhundert Zimmer haben sollte.

Dieses hier war zwar kleiner, aber zweihundert würden auch völlig ausreichen. Den einzigen Weg, den Gress und ich kannten, war der vom Verlies her in den Thronsaal.

»Meinetwegen können wir verschwinden!«, flüsterte Gress. »Ich fühle mich hier verdammt unwohl.«

»Ebenfalls.«

»Worauf wartest du dann noch?« Seine Stimme klang drängend. Er wollte weg, aber ich hatte es nicht so eilig. Zwar näherte ich mich rückwärts gehend der Tür, doch dieses Schloss konnte zu einer Falle für uns werden, bei all seinen Räumen und Zimmern. Es musste einfach jemanden geben, der uns den Weg nach draußen wies.

»Geh du zur Tür!«, flüsterte ich Gress zu.

»Und du?«

»Geh schon, verdammt!« Ich wurde ärgerlich. Je mehr Zeit verging, ohne dass etwas passierte, umso mieser standen die Chancen für uns. Noch war ich am Drücker.

Gress verschwand. Aber er war damit nicht einverstanden, wie ich seinem leisen Schimpfen entnahm.

Ich rief Manons Namen. »Komm her zu mir!«

»Nein!«

Trotz der Verwandlung in eine Bestie konnte sie noch sprechen, und das war auch bei Lupina der Fall gewesen. »Feige bist du auch«, hielt ich ihr vor.

Sie gab mir ihre Antwort. Wie sie sich mit den Werwölfen verständigt hatte, kriegte ich nicht mit, jedenfalls setzten sich einige von ihnen in breiter Front in Bewegung und kamen auf mich zu.

Das gefiel mir nicht.

Gut, ich hätte geschossen, die Ziele waren noch gut auszumachen, bis zu dem Augenblick, als das Licht ausging. Die rote Helligkeit fiel in sich zusammen. Mir schien es, als hätte ein Windstoß die Lampen unter der Decke ausgepustet, und schlagartig sank die Dunkelheit über uns zusammen.

Das genau hatten die verdammten Bestien gewollt.

Im Nu war die Hölle los!

Sie war eine Wölfin, doch in ihr steckte die Seele eines Menschen. Und zwar einer Frau, der ehemaligen Filmschauspielerin Nadine Berger.

Und diese Wölfin hetzte durch das abendliche London, getrieben von der Angst und dem Wissen, dass etwas Schlimmes passierte.

Sie hatte die Signale empfangen und augenblicklich gehandelt. Obwohl sie damit den Menschen, bei denen sie lebte, keinen Gefallen tat, war sie von ihnen weggelaufen. Die Conollys würden sich wundern, wenn sie zurückkamen, das jedoch war der Wölfin egal. Sie wusste genau, was sie zu tun hatte.

Die zurückkehrenden Conollys hatten sie noch gesehen, aber nicht mehr eingreifen können, weil sie einfach zu schnell gewesen war.

Und so hetzte sie durch London.

Die regennasse und abendlich dunkle Stadt schluckte sie. Nadine war sehr schnell und auch gewitzt. Wenn es möglich war, hielt sie sich in Deckung irgendwelcher Gemäuer oder Hausfronten, aber die dunkleren Gegenden der Stadt hatte sie bald verlassen und geriet direkt hinein in das gewaltige Lichtermeer.

Eine Brücke musste sie überqueren. Unter ihr gurgelte das Wasser der Themse. Eine graue, sich träge dahinwälzende Flut mit langen Schaumstreifen auf der Oberfläche und hin und wieder aufblitzenden Reflexen. Fahrzeuge überholten sie oder kamen ihr entgegen. Die Scheinwerfer der auf sie zufahrenden Autos wurden zu kleinen, manchmal explodierenden Sonnen, wenn die Wölfin ihren Kopf hob und in sie hineinschaute.

Sie wurde von den Fahrern nicht immer gesehen. Und wenn, dann nur als huschender Schatten. Die meisten Zeugen hielten Nadine für einen entlaufenen Hund.

So jagte sie weiter. Nass war ihr Fell.

Mit sicherem Instinkt fand sie ihr Ziel, denn nur dort konnte sie etwas erreichen.

Einen Vorteil hatte sie den Autofahrern gegenüber. Sie brauchte sich nicht an Straßen oder Wege zu halten. Wenn es eben möglich war, konnte sie die Grünflächen der Parks durchqueren und so gewaltige Stücke abkürzen.

Das tat sie auch.

Schattenhaft huschte sie in die düsteren Parks. Katzen, die frei herumliefen und unter Büschen hockten, nahmen fluchtartig Reißaus, als sie den großen Wolf sahen.

Nadine kümmerte sich nicht darum. Außerdem hätte sie die Katzen nie angegriffen, denn in ihrem Körper wohnte die Seele eines Menschen, und dieser Mensch, die Schauspielerin, war in ihrem Leben eine friedliche Person gewesen.

Nadine konnte man als einen geistigen Zwitter bezeichnen. Äußerlich war sie ein Tier und besaß den Instinkt und die Sensibilität eines Tieres. So nahm sie vieles wahr, was den Menschen verborgen blieb.

Da gab es zahlreiche Personen, zu denen sie sich hingezogen fühlte. Und einer dieser Menschen hieß John Sinclair.

Als Nadine Berger hatte sie ihn einmal geliebt. Dann war der grausame Schlag des Schicksals gekommen, und für Nadine endete ihr menschliches Leben mit dem Tod. Gleichzeitig begann ein neues. Das der Wölfin, mit dem sie sich zuerst nicht hatte abfinden wollen, bis es den Conollys gelungen war, sie bei sich aufzunehmen, wo sie über die Familie und besonders über den kleinen Johnny wachte.

Jetzt hatte sie die Conollys im Stich gelassen. Es tat ihr Leid, doch sie hatte keine andere Chance gesehen, das Blatt noch zu ihren Gunsten zu wenden.

Und so jagte sie weiter.

Erfüllt von einer Unruhe und einem wie Feuer brennenden Drang, der ihr die nötige Kraft gab.

Kraft und Stärke brauchte sie, um ihr Ziel erreichen zu können. Gefährlich wurde es für sie, wenn sie Straßen überqueren musste, die allesamt befahren waren.

Oft konnte sie schlecht abschätzen, wie weit die einzelnen Fahrzeuge noch von ihr entfernt waren. Manchmal waren sie schneller heran, als sie dachte, aber es gelang ihr immer wieder, den gefährlichen Blechkarossen zu entgehen.

So näherte sie sich der City, wo das von ihr anvisierte Ziel lag.

Es ging um John Sinclair. Sie hatte gespürt, in welch einer Gefahr er steckte, denn gerade Nadine als Wölfin wusste von der Gefahr, die Werwölfe bringen konnten.

Und sie kannte auch die Person, die im Hintergrund lauerte und noch nicht zurückkehren konnte.

Lupina!

Ihr Einfluss war da. Nadine reagierte auf ihn so wie sensible

Menschen auf die Strahlung des Mondes. Sie nahm den Einfluss auf, sie dachte darüber nach, obwohl sie ein Tier war, und sie kam zu dem Ergebnis, dass man etwas tun musste.

London lag im weihnachtlichen Glanz. Die Wölfin zeigte sich irritiert von den hohen Tannenbäumen, die an vielen Plätzen standen und ihre Strahlenkränze ausbreiteten. Funkelnde Lichter, vorweihnachtlicher Glanz inmitten einer geschäftstüchtigen Hektik.

Einmal hatte sie Pech. Eine Horde Jugendlicher entdeckte sie. Die Leute hielten sie für einen Hund, der gejagt werden konnte. Sie saßen auf Motorrädern und rasten hinter der Wölfin her. Mit viel Geschick und Schnelligkeit gelang es Nadine, die Burschen abzuhängen.

Noch war Scotland Yard weit, und sie war ausgepumpt. Müde und mit hängendem Kopf schlich sie an den Fassaden der Häuser entlang, wurde zweimal von Bobbys entdeckt und verschwand blitzschnell, bevor die Polizisten Jagd auf sie machen konnten.

Das Ziel der Wölfin lag in der Victoria Street und trug einen weltberühmten Namen.

Scotland Yard!

Genau dort wollte sie hin. Ein Wahnsinn, eine Verrücktheit, aber sie sah darin die einzige Chance, etwas zu erreichen.

Auch am Abend herrschte auf der Victoria Street ziemlich viel Verkehr. Die einzelnen Scheinwerferpaare waren für die Wölfin nicht mehr zu unterscheiden. Heranrollende Wagen bildeten breite Lichterketten, die gegen ihr Gesicht strahlten.

Die Wölfin senkte den Kopf. Die Zunge schlug aus ihrem Mund, schleifte mal über den Boden. Nadine nahm die Gerüche auf und dachte daran, dass sie sich vor dem Ziel nicht noch erwischen lassen sollte.

Da war sie wieder wie ein Mensch. Unter diesem doppelten Zustand hatte sie ungemein stark gelitten, und es war auch jetzt, Jahre nach der Verwandlung, noch nicht vorbei.

Der Yard war für sie John Sinclair. Nadine wusste, dass sie hier Hilfe erhalten konnte, wenn alles so lief, wie sie es sich vorgestellt hatte. Menschen verließen das Gebäude. Sie achteten nicht auf den neben dem Eingang kauernden »Hund« mit dem nassen Fell. Nadines Augen waren auf die Tür gerichtet. Sie wollte in das Gebäude hineinhuschen, wenn die Luft rein war. Nur kurze Zeit musste sie warten, dann nahm sie die Chance wahr und huschte durch die Tür.

Die Halle war groß und ihr alles fremd. Nadine spürte, dass John Sinclair hier gewesen war. Sie witterte seine Spuren, die er hinterlassen hatte, und aus diesem Grunde hatte sie keine Angst.

Es verging einige Zeit, bis sie entdeckt wurde. Erst ein zufällig daherkommender Beamter, der eine Akte unter dem Arm trug, blieb plötzlich stehen, als hätte ihm jemand einen Hammer gegen den Kopf geschlagen. Er schaute Nadine an und ging unwillkürlich zwei vorsichtige Schritte zurück. Die Wölfin wies eine beachtliche Größe auf.

»He, Mr Doyle!«, rief der Beamte. »Schauen Sie sich das mal an. Hier ist ein Wolf in der Halle.«

Doyle war der Portier. Bisher war er damit beschäftigt gewesen, Notizen in sein Wachbuch einzutragen. Als er den Ruf hörte, schreckte er hoch, schaute durch das Glas der Frontscheibe und sah den Beamten aufgeregt winken.

»Ein Wolf, Mr Doyle!«

Erst jetzt erkannte ihn Doyle. Der Mann zuckte zusammen und wurde bleich.

»Sie müssen etwas tun, Doyle!«

»Ja, natürlich.« Doyle hatte gesprochen, ohne von dem anderen gehört zu werden, da die Glaskabine den Schall schluckte. Aber er wusste, was er zu tun hatte.

Alarmierung der Bereitschaft!

Sollten die sich um den »Köter« kümmern. Dass es ein Wolf war, wie der Kollege behauptete, daran wollte er nicht glauben, und so hatte er die Verantwortung abgeschoben.

Das von ihm ausgelöste Signal musste die anderen alarmieren. Er kannte die Truppe. Sie würden in einer knappen Minute in der Halle sein und sie absperren.

Davon ließ sich Nadine nicht irritieren. Sie hatte sich ungefähr in die Mitte der Eingangshalle zu Boden gelegt und wartete darauf, dass etwas passierte.

Dies geschah sehr schnell.

Plötzlich hörte sie die Echos der laut gesetzten Schritte. Von allen Seiten drangen sie an ihr Gehör, sie richtete sich auf und sah die Männer, die sie eingekreist hatten und schwere Waffen in den Händen hielten. Die Mündungen richteten sie auf die Wölfin.

Nadine, mit der Seele eines Menschen in ihrem Tierkörper, ahnte plötzlich, dass es nicht gut um sie stand. Die Gesichter der sie umgebenden Männer zeigten Ablehnung, etwas Angst, aber auch den Willen, abzudrücken.

Deshalb rührte sie sich nicht. Nadine wollte nicht provozieren. Sie legte sich wieder hin, die anderen warteten ab, auch ihre Haltungen entspannten sich wieder ein wenig, und jemand fragte: »Was sollen wir denn jetzt machen?«

Da war guter Rat teuer. Erste Vorschläge klangen auf.

»Abschießen!«

»Rauswerfen!«

»Ins Tierasyl!«

Einigen konnte man sich nicht, und Nadine hörte die Worte der so entschlossen wirkenden Männer. Sie hätte ihnen gern gesagt, welch eine Gefahr auf sie alle lauerte, wenn die großen Pläne der Werwölfe sich durchsetzten, doch es gab leider keine Verständigung zwischen Mensch und Tier.

Einem Mann fiel etwas auf. Er war ein junger Beamter, etwas sensibel, der stets versuchte, andere Menschen zu verstehen. Er besaß gleichzeitig ein gutes Verhältnis zu Tieren und hatte sich Nadine sehr genau angesehen. »Schaut euch nur mal die Augen an, Leute!«

»Was ist mit denen?«

»Das sind keine Tieraugen, sage ich euch.«

»Was dann?«

Der junge Beamte hob die Schultern. Er fühlte sich selbst nicht wohl bei dem, was er sagen wollte. Stockend brachte er es über die Lippen. »Das, das sind die Augen eines Menschen.«

Zuerst waren die Männer stumm. Sie wechselten Blicke. In ihnen stand zu lesen, dass sie den Sprecher für einen Spinner hielten.

»Hör mal, Slater, du erzählst da Unsinn! Wie soll ein Wolf Menschenaugen haben?«

»Sir, es *ist* so, sehen Sie genau hin.«

Nicht nur der Einsatzleiter bückte sich mit angeschlagener Waffe, auch andere Beamte, die inzwischen die Halle betreten hatten, waren näher getreten.

Ein beinahe ehrfürchtiges Schweigen breitete sich zwischen den Wänden aus. Ein jeder war überrascht, und nach einer gewissen Weile stand Slater mit seiner Meinung nicht mehr allein da.

»Tatsächlich!« Zwei andere stimmten ihm staunend zu. Sie hatten selbst Tiere zu Hause. »Das ist ein Hund mit Menschenaugen.«

»Oder ein Wolf«, meinte ein Dritter.

»Kann auch sein.«

Ratlosigkeit breitete sich aus. Slater fühlte die Röte in seinem Gesicht. Er hatte durch seine Bemerkung praktisch die Lage gekippt, und er fühlte sich bemüßigt, die Dinge auch weiter in die Hand zu nehmen und einen Test durchzuführen.

Als er sein Gewehr senkte, wurde er schon skeptisch beobachtet. Die Blicke der anderen erstarrten jedoch, als sie sahen, dass Slater auf das Tier zuging.

»Bleiben Sie zurück!« Der scharfe Befehl klang durch die Halle, aber Slater kümmerte sich nicht um ihn. Er brauchte nur zwei Schritte zu gehen, um das Tier zu erreichen.

Neben ihm hockte er sich nieder.

Mit beiden Händen strich er über das glatte, nasse Fell. Er hatte überhaupt keine Angst, als das Tier den Kopf drehte und ihn anschaute.

Aus kurzer Distanz schaute er der Wölfin in die Augen, deren Blick sich verändert hatte.

Slater glaubte, Vertrauen und gleichzeitig eine Bitte darin zu lesen. Die Wölfin drückte ihren Kopf gegen seinen Arm, dann stand sie auf und stieß ihn an. Danach lief sie einen Schritt, blieb stehen, drehte den Kopf und ging wieder vor.

Schweigend und staunend beobachteten die Zuschauer diesen Vorgang. Sie wussten nicht, wie sie ihn kommentieren sollten, aber Slater reagierte anders.

»Die will etwas von uns. Sie ist nicht ohne Grund hier erschienen, glaubt mir das.«

»Und was will sie?«, fragte sein Chef.

»Das kann ich leider nicht sagen. Aber etwas ist nicht richtig, ich spüre es genau.«

»Sie können ihr ja folgen.«

»Mal sehen.« Slater hatte sich wieder erhoben. Er ging auf die Wölfin zu, die ihren Kopf gedreht hatte und ihn anschaute. Der junge Beamte las in ihrem Blick eine Aufforderung, ihr zu folgen.

Nadine schritt auf den Kreis der Menschen zu. Noch bildeten die Leute eine Mauer, die sich jedoch öffnete, als die Wölfin sie erreicht hatte. Der Weg war frei.

Auch der zu den Fahrstühlen, und ihn schlug Nadine ein.

Die Beamten des Einsatzkommandos hatten eine Gasse gebildet und kamen aus dem Staunen nicht heraus. So etwas hatten sie noch nie erlebt. Da reagierte ein Tier tatsächlich so wie ein Mensch. Das war einfach unbegreiflich für sie.

Slater hielt sich dicht hinter dem Tier. Die Wölfin wollte zum Lift, das lag auf der Hand, doch sie kam nicht dazu, einzusteigen, denn in diesem Augenblick war die Kabine unten und stoppte.

Die Tür schwang auf.

Einer der ranghöchsten Beamten beim Yard verließ die Kabine. Ein schon älterer Mann, der eine Brille mit sehr dicken Gläsern trug, den grauen Wintermantel noch nicht zugeknöpft hatte. Der Bowlerhut saß korrekt auf seinem Kopf, die Krücke des Regenschirms hing über seinem linken Arm. Der typische englische Gentleman.

Es war kein Geringerer als Sir James Powell, der die Kabine verließ, nach einem Schritt stehen blieb, zuerst die Männer des Einsatzkommandos ansah, bevor sein Blick auf die Wölfin fiel, die geradewegs auf ihn zukam.

Hinter den dicken Brillengläsern bewegten sich die Augen blinzelnd. Auch die Lippen zuckten. Erstaunen ergriff von dem Gesicht Besitz, und Slater war stehen geblieben, als er sah, wie sich die Wölfin an das rechte Bein des Superintendenten schmiegte.

»Sir … Sir, ich meine, ich habe versucht …«

»Schon gut.« Sir James hob die Hand. »Und weg mit den Waffen«, sagte er. »Ich kenne das Tier.«

»Wieso?«, fragte der Einsatzleiter. »Das ist doch …«

»Diese Wölfin wollte zu mir.«

»Was?«

»Ja oder zu Mr Sinclair. Ich werde sie mit in mein Büro nehmen. Sie können den Einsatz abbrechen.« Als Sir James diese Worte gesagt hatte, war ihm längst klar geworden, dass aus seinem Feierabend und dem Besuch im Club nichts wurde.

Nadines Auftauchen war eine Warnung.

»Gehen Sie!«, wies Sir James die Leute an.

Sie zogen sich zurück, während er mit der Wölfin den Fahrstuhl betrat. Nadine hielt sich dicht bei ihm, als hätte sie Furcht davor, wieder weggeschickt zu werden.

Natürlich wusste Sir James, dass die Wölfin bei den Conollys lebte. Also mussten die Conollys sie geschickt haben. Aber weshalb waren sie nicht selbst gekommen?

Da stimmte etwas nicht, davon war der Superintendent fest überzeugt. Irgendwas war schief gelaufen, und Sir James dachte sofort an John Sinclair.

Er war nach Frankreich gefahren, um sich dort um einen geheimnisvollen Fall zu kümmern. Gab es unter Umständen einen Zusammenhang mit seinem Fall und Nadines Auftauchen hier beim Yard?

Die Antwort würde ihm die Wölfin wohl nur selbst geben

können, aber die war nicht in der Lage, sich menschlich auszudrücken.

Sir James dachte noch darüber nach, als er das Büro erreicht hatte und den Telefonhörer abnahm. Er kannte die Rufnummer der Conollys auswendig.

Schon nach dem zweiten Durchläuten wurde abgehoben. Sir James hatte das Gefühl, als hätten die beiden neben dem Apparat gewartet. Auch Bills Stimme klang gehetzt.

»Hier Powell. Vermissen Sie etwas?«

Bill stöhnte auf. »Natürlich, Sir. Nadine.«

»Sie ist bei mir.«

Der Reporter war sprachlos. »Das gibt es doch nicht!«, flüsterte er. »Verdammt, das …«

»Ist möglich«, vollendete der Mann den Satz. »Sie befindet sich tatsächlich in meinem Büro. Von allein hat sie den Weg zum Yard gefunden. Das ist allerdings verwunderlich.«

»Finde ich auch, Sir.«

»Kann ich Ihrer Antwort entnehmen, dass Sie auch nicht Bescheid wissen?«, fragte Sir James.

»So ist es.«

»Nun, ja, dann weiß ich nicht mehr weiter. Wenigstens im Augenblick nicht.«

»Sir, soll ich zu Ihnen kommen?«

»Nein, warten Sie erst einmal ab. Sie wollte ja zu uns. Vielleicht finde ich heraus, was sie vorhat. Ich werde jedenfalls Suko zu mir bitten. Dann müssen wir weitersehen.«

»Aber wenn sich etwas ergibt, Sir, geben Sie mir bitte Bescheid.«

»Versprochen.« Der Superintendent legte auf.

Nadine lag dicht neben dem Schreibtisch auf dem weichen Teppichboden. Sie schaute den Mann mit einem bittenden Ausdruck in den Augen an, sodass Sir James den Kopf schüttelte. »Wenn ich nur wüsste, was du willst. Geht es um John?«

Die Wölfin hatte ihn verstanden. Der Ausdruck ihrer Augen änderte sich. So etwas wie Zustimmung war darin zu lesen.

»Aber der ist in Frankreich. Wir können ihn nicht erreichen.« Sir James war ratlos. Das hatte er noch nie erlebt. Was sollte er tun? Wie verständigte er sich mit dem Tier? Und vor allen Dingen stellte sich die Frage, ob es tatsächlich einen Zusammenhang zwischen Sinclairs Fall und dem Auftauchen der Wölfin beim Yard gab.

Vielleicht konnte Suko helfen.

Sir James rief ihn an. Als Shao, die abnahm, hörte, dass Sir James ihren Partner zu sprechen wünschte, reagierte sie leicht sauer und pikiert. »Am Abend möchte ich mal mit meinem Freund allein sein.«

»Das kann ich durchaus verstehen, aber es gibt Dinge, die wichtiger sind.«

»Okay, hier ist er.«

Suko meldete sich, und Sir James ließ ihn gar nicht erst groß zu Wort kommen. Mit drei Sätzen war alles gesagt, und damit hatte er Suko alarmiert.

»Okay, Sir, ich bin schon auf dem Weg.«

Der Superintendent war zufrieden. Mehr hatte er nicht tun können. Er zog seinen Mantel aus und hängte ihn in den Schrank. Auch der Schirm und der Hut verschwanden. Danach sagte er seinem Chauffeur Bescheid, dass er nicht in den Club fahren würde.

Stattdessen tat er etwas anderes. Nach kurzer Suche hatte er ein Gefäß gefunden, das er mit Wasser füllte. Aus dem Waschraum hatte er es geholt.

Nadine hatte Durst, der lange Weg zum Yard war nicht spurlos an der Wölfin vorübergegangen.

Sie trank wie eine Verdurstende.

Sir James stand neben ihr und schüttelte mehr als einmal den Kopf, wobei er fragte: »Wenn ich nur wüsste, was ich mit dir machen soll, Nadine.«

Sie hatte ihn verstanden, hörte auf zu trinken und hob den Kopf. In ihren Augen las Sir James die Trauer …

Dunkelheit. Zwölf und noch mehr standen gegen mich, das konnte einfach nicht gut gehen. Die Chancen lagen nicht auf meiner Seite, und Manon, die Werwölfin, hatte dies genau erkannt.

»Zerreißt ihn!«

In ihren Schrei fiel der Schuss. Ich hatte abgedrückt. Das fahle Leuchten des Mündungsfeuers gab mir für höchstens eine halbe Sekunde ein wenig Licht, sodass ich den Schatten der Bestie erkennen konnte, der dicht vor mir hochwuchs.

Sie hechtete genau in die Silberkugel.

Den Einschlag hörte ich nicht, aber ich bekam die Reaktion genau mit. Ein schreckliches Heulen jagte durch den Raum, der schmerzliche Schrei einer gepeinigten Kreatur, die wusste, dass sie es nicht überleben würde. Als ich mich drehte, um den Ausgang zu erreichen, hörte ich hinter mir den Aufschlag.

Es hatte den Werwolf von den Beinen gerissen, und ich wurde verfolgt von einem wütenden Fauchen, zu vergleichen mit einem Höllensturm. Meine Kugel hatte nicht nur eine der Bestien erledigt, sondern mir auch etwas Luft verschafft, denn die anderen wollten alle gleichzeitig über ihren gefallenen Artgenossen hinwegspringen. So gerieten sie sich gegenseitig ins Gehege, stießen sich an, und es dauerte etwas, bis sie sich wieder gefangen hatten.

Ich erreichte die Tür, die Gerald Gress schon aufgerissen hatte, um uns beide rauszulassen.

»Geh schon!«

Er schlüpfte als Erster durch die Tür. Ich warf noch einen Blick zurück und sah die Masse der Wölfe als tanzende, sich heftig bewegende Schatten, in deren oberem Drittel gelbe, kalte Augen wie Sterne leuchteten.

Dann rammte ich die Tür von der anderen Seite her zu und suchte vergeblich nach einem Schlüssel.

Aber wir mussten weg.

»Wohin?«

Mein Begleiter hatte die Frage gestellt, auf die ich ebenfalls keine Antwort wusste. Wo lag der Thronsaal?

Den Weg in die Verliese und Keller wussten wir genau. Aber da wollten wir nicht hin, wir hätten dort wie Ratten in der Falle gesessen.

Zum Glück war das Schloss von innen beleuchtet. Nicht strahlend erhellt, es gab noch immer viele Schatten, aber man konnte sich orientieren.

Rechts von uns begann ein langer Gang, eine regelrechte Flucht, die in einen bestimmten Trakt führte.

Durch den Gang liefen wir.

Zu beiden Seiten befanden sich hohe Türen. Sie begannen am Boden und endeten fast an der Decke. Leider sahen wir keine Fenster, sodass ich nicht wusste, in welch einem Stockwerk des Schlosses wir uns befanden.

Wir rannten, was die Beine hergaben. Natürlich hatten es auch die Werwölfe geschafft, den Thronsaal zu verlassen, und sie nahmen die Verfolgung auf.

Ihre klatschenden, hämmernden Schritte hörten wir hinter uns. Ob sie aufholten, war nicht zu erkennen. Ich hoffte nur, dass wir genügend Vorsprung herausholten, um ihnen entwischen zu können. Irgendwo musste es ein Versteck geben, jeder Gang hat mal ein Ende.

»Kennst du dich nicht bei diesen Renaissanceschlössern aus?«, fragte mich Gress keuchend.

»Nein.«

»Verdammt, ich auch nicht.«

So liefen wir weiter, bis der Gang plötzlich vor einer nach oben führenden Treppe endete. Sie war aus Stein und hatte ein Geländer, das Verzierungen aufwies. Uns blieb nichts anderes übrig, als über die breiten Stufen zu hetzen.

»Wo die hinführt, ist die Welt zu Ende!«, keuchte Gress.

Ich ließ Gress vorlaufen, weil ich noch nach den Wölfen schauen wollte. Einige schwache Deckenleuchten schufen Lichtinseln. Schatten glitten fast lautlos hindurch, und ich jagte die nächste Silberkugel aus dem Lauf. Ob ich getroffen hatte, konnte ich nicht sehen, jedenfalls sah ich die Bestien zur Seite spritzen.

Das reichte mir, ich musste hinter Gress her, der schon zahlreiche Stufen vorgelaufen war. Bei jedem Schritt schlug er seine flache Hand auf das Steingeländer, aber er war mit der Zeit wesentlich langsamer geworden. »Verdammt«, keuchte er, »das geht an die Kondition!«

»Wie wär es mit einer Schwarzen?«, fragte ich.

»Hör auf, Mensch.«

Gress war Kettenraucher, ich nicht. Außerdem befand ich mich immer im Training und war besser von der Kondition her.

Ich hatte damit gerechnet, dass weitere Gänge in den folgenden Stockwerken von der Treppe her abzweigen würden. Diese Hoffnung musste ich leider begraben, denn die Treppe lief durch.

Auch Gress regte sich darüber auf. »Verdammt, John, das kriegen wir nicht in den Griff. Wir landen bestimmt in irgendeinem Turmzimmer und können uns dort verbarrikadieren.«

»Abwarten.«

Wir mussten immer höher. Aber die Treppe änderte sich. Sie wurde wesentlich schmaler, nahm schließlich nur noch die Hälfte ihrer eigentlichen Breite ein, und es kam noch etwas hinzu. In diesem Teil existierten keine Lampen mehr, die unseren Weg beleuchteten.

Schon sehr bald bewegten wir uns im Finstern weiter. Es wäre auch finster geblieben, wenn ich meine kleine Lampe nicht bei mir gehabt hätte und sie nun einschaltete.

Das dünne Licht tanzte über die Stufen, zeichnete dort die Flächen und Kanten nach, und ich leuchtete auch gegen die Decke, wo ich Flecken und Spinnweben sah. Diesen Teil des Schlosses hatte man wohl weniger gepflegt als die repräsentativen Räume.

Gress keuchte hinter mir. Er musste einfach reden und kam auf ein Märchen zu sprechen. »Hat Dornröschen nicht auch hundert Jahre in einem Schlossturm schlafend verbracht?«

»Ja.«

»Vielleicht treten wir ihre Nachfolge an.«

»Und von wem willst du wachgeküsst werden?«, fragte ich.

»Nicht von einem Werwolf.«

»Kann ich mir vorstellen.«

Es war uns kaum aufgefallen, aber die Form der Treppe hatte sich wieder verändert. Die Wendeltreppe wurde noch schmaler, und ich, der die Spitze übernommen hatte, hörte hinter mir das Keuchen des Reporters. Zweimal stolperte er. Dann fluchte er, was sein Wortschatz hergab.

Ich sah im Licht der Lampe das Ziel.

Es war ein kleiner, runder Raum, der tatsächlich Ähnlichkeit mit dem aufwies, der in dem Märchen Dornröschen beschrieben worden war. Nicht nur klein, auch rund und mit mehreren lukenartigen Fenstern im Mauerwerk versehen.

Ein altes Sofa fand ich dort vor, auf dem ich mich niederließ und darauf wartete, dass Gress auftauchte.

Er stolperte herbei, lehnte sich gegen die Wand, drückte seinen Oberkörper nach unten und atmete keuchend. »Verdammt, das hätte ich nicht lange mehr durchgestanden.«

»Kann ich mir vorstellen.« Im Sitzen bewegte ich meine rechte Hand und ließ den Strahl wandern. Der helle Finger huschte über die tapezierten Wände, brach sich im Glas der kleinen Fenster und erfasste eine Tür, die einen Schimmer der Hoffnung in mir weckte. Auch Gress hatte sie entdeckt.

»Mensch!«, rief er, sprang hoch, lief auf die Tür zu und wollte sie aufreißen.

Sie war verschlossen. Gress, der die alte Klinke zu heftig bewegt hatte, rutschte ab, drehte sich um und fluchte. »Von einer Scheiße in die andere!«, beschwerte er sich.

Ich hörte nicht hin, da ich aufgestanden war und dorthin ging, wo die Treppe in das Turmzimmer mündete. Ich wollte herausfinden, ob uns die Werwölfe folgten.

Wenn es tatsächlich der Fall war, mussten sie sich verdammt lautlos bewegen. Und daran wollte ich nicht glauben. Da ich keine Geräusche vernahm, konnte ich allmählich davon ausgehen, dass die Bestien zurückgeblieben waren.

»Was ist denn?«, fragte Gress.

Ich drehte mich wieder. »Wahrscheinlich haben wir Glück gehabt.«

»Wie?«

»Sie sind nicht da.«

Seine Augen weiteten sich. »Soll das heißen, dass die Brut es aufgegeben hat?«

»So ungefähr.«

Der Reporter sah so aus, als wollte er vor Freude einen Luftsprung machen. Ich dämpfte seinen Optimismus ein wenig. »Warte erst einmal ab, ob das nicht ein Trick ist. Denen traue ich alles zu.«

»Klar, John, klar. Wie gesagt, ich will hier nicht ewig hängen.«

»Das brauchst du auch nicht.«

Gress wollte gehen, ich hielt ihn an der Schulter fest, bevor er seinen Fuß auf die erste Stufe setzen konnte. »So nicht, mein Lieber. Wir werden einen anderen Ausgang nehmen. Und zwar die Tür.«

»Aber die ist verschlossen.«

»Kein Problem.«

Er hob die Schultern. »Wenn du meinst.« Dann sah er mir zu, wie ich zur Tür ging. Zunächst einmal probierte ich die Klinke aus, drückte sie nach unten und zerrte daran.

Es hatte keinen Sinn, die Tür war verschlossen und ließ sich nur mit Gewalt öffnen.

»Wir könnten sie ja eintreten!«, schlug Gress vor.

»Oder es anders versuchen.« Ich hatte bereits meinen Dolch hervorgeholt. Das Schloss war in den letzten zweihundert Jahren nicht mehr ausgewechselt worden. Es sah nicht nur alt aus, es hatte auch Rost angesetzt. Ich schob die Dolchklinge in die Lücke zwischen Schloss und Rahmen.

Den Dolch benutzte ich als Hebel und drückte sehr vorsichtig, weil ich nicht wollte, dass die Klinge brach.

Die Tür bewegte sich, blieb aber hängen. Ich zog den Dolch wieder hervor und trat einen Schritt zurück.

Gerald Gress hatte mich bereits verstanden. »Sollen wir es doch nach meiner Methode versuchen?«

Ich nickte. »Ja, eintreten.«

Gress rieb seine Hände, als er zurückging. Neben mir blieb er stehen. Gemeinsam nahmen wir einen kurzen Anlauf. Ich ging davon aus, dass die Tür im Laufe der langen Jahre doch Schaden gelitten hatte und nicht mehr so stabil war.

»Los jetzt!«

Das Startsignal hatte ich gegeben, und gemeinsam rannten wir die kurze Strecke.

Gress warf sich gegen die Tür, ich trat davor, hörte ihn schreien und vernahm das Knirschen, als das Holz brach.

Gress konnte sich nicht mehr halten. Seine Gestalt verschwamm in einem Regen von Splittern vor meinen Augen, während ich gestoppt hatte und zusah, wie die splitternde Tür kippte.

Sie schlug irgendwo auf. Gress fluchte, während ich mit dem rechten Fuß letzte hindernde Holzreste zur Seite trat.

Endlich war der Weg frei.

Kühler Wind wehte gegen mein Gesicht. Die Berge sah ich als hohe Schatten in der Ferne. Ich erkannte das dunkelgraue Band der Loire und davor den weitläufigen Schlosspark.

Okay, wir standen im Freien. Gress lag am Boden und erhob sich stöhnend. Er war auf eine Galerie gefallen, die auf dem Dach des Schlosses verlief und einzelne aufgesetzte Türme miteinander verband.

»Wenn man mit dem Kopf durch die Wand will, holt man sich leicht Beulen«, sagte Gress und streckte mir seinen Arm entgegen.

Ich half ihm hoch. Er stemmte sein Gesicht gegen den Wind und sah sich um. »Ist ja schon gewaltig«, gab er zu. »Nur würde mir der Ausblick tagsüber besser gefallen.« Er blickte mich fragend an. »Willst du an der Mauer entlang nach unten klettern?«

»Nur im Notfall.«

»Und den haben wir nicht?«

»Nein.«

»Optimist.

Ich deutete den Galeriegang entlang. Der nächste spitze Turm befand sich vielleicht dreißig Meter entfernt. Ich vermutete, dass dieser Weg sämtliche Türme miteinander verband, die auf dem Dach des Schlosses standen und die Breitseite des Gebäudes einnahmen.

Natürlich war die Galerie durch eine Mauer abgesichert worden. Nur hüfthoch, aber immerhin gab sie leichten Schutz. Gress beugte sich über die Mauer.

»Nur das Dach ist da!«, meldete er.

Ich schaute ebenfalls nach. Schräg lief es am unteren Ende der Brüstung weg. Ich änderte meine Blickrichtung und blickte in den Park. Er wirkte wie eine gewaltige, dunkle Insel, die nur an wenigen Stellen durch Laternen erleuchtet war.

Mancher Lichtschimmer glitt auch über die Äste eines Baumes und gab ihnen einen silbrigen Glanz.

Auf mich wirkte der Park wie ein geheimnisvolles Refugium, das unter seinem Schutz das Unheil verbarg. Gress deutete schräg in die Höhe. Seine Fingerspitze wies dabei auf den Mond. »Schau hin, Sinclair, der ist fast voll. Ideal für Werwölfe und Vampire.«

»Lass die Blutsauger aus dem Spiel. Die ersten reichen mir schon.«

»Hast du schon mal gegen Vampire gekämpft?«

»Sicher.«

Er räusperte sich, wollte noch etwas sagen und verschluckte das Wort. Ebenso wie ich war er zusammengezuckt, denn mit dem grellen Fanfarenstoß hatten wir nicht gerechnet.

Diesmal hallte er nicht durch die Räume des Schlosses, sondern wehte wie ein unheilvoller Gruß über die blattlosen Bäume des Schlossparks hinweg, bevor er irgendwo über dem Fluss verhallte.

Danach war es still.

Gress hatte trotzdem eine Gänsehaut bekommen. Als er mich anfasste, zitterte seine Hand. »Verflucht, John, ich habe das Gefühl, als wäre hier zur zweiten Attacke geblasen worden.«

»Kann schon sein.«

»Aber wo?« Er schlug mit der flachen Hand auf die Brüstung. »Verdammt, wo kann sich der Typ versteckt halten? Hast du ihn nicht gesehen?«

»Nein, vielleicht ist er wieder unsichtbar geworden.«

»Das hätte mir noch gefehlt.« Gress trat vorsichtig von mir weg und sah sich ängstlich um.

Auch mir gefiel der Platz auf der Brüstung nicht besonders. Wir waren ohne Deckung. Wer im Hinterhalt lag, konnte uns töten.

Es wurde Zeit, dass wir uns auf den Weg zum zweiten Turm machten. Der Meinung war auch Gress.

»Du kannst sagen, was du willst, John. Ich werde jetzt losziehen. Sobald ich im Park bin, geht es mir besser. Die luftige Höhe hier habe ich noch nie gemocht.«

Dafür hatte ich Verständnis. Er ging. Ich schaute noch einmal in den Garten und dachte dabei an die Fanfare des Herolds. Der Bote hieß Maurice de Medoque und gehörte zu den Ahnen der jetzigen Schlossherrin. Vielleicht war er der erste Werwolf in der langen Reihe der Familie gewesen. Durch seinen Fanfarenstoß war es ihm gelungen, Lupina als Projektion aus dem Zwischenreich zu holen, damit sie Manon Medoque die Kraft hatte geben können.

Der große Schlosspark lag ruhig da. Schatten konnte ich zwar erkennen, aber sie bewegten sich nicht. Still lagen sie inselartig innerhalb des gewaltigen Areals.

Ich drehte mich um – und hörte den Schrei!

Gänsehaut jagte über meinen Rücken. Wer so schrie, so dumpf und erstickt, war in Lebensgefahr.

Ich flirrte herum – und sah das Schreckliche.

Gerald Gress taumelte mir rückwärts gehend entgegen. In seiner Brust steckte die Lanze, die einmal dem Herold des Satans gehört hatte …

Es war ein furchtbares Bild.

Als Akt letzter Verzweiflung hatte der Reporter seine Hände um den Schaft gekrallt, ohne allerdings etwas bewirken zu können.

Eine eiskalte Faust schien mein Herz zu umklammern und es immer stärker zusammenzudrücken. Mir wurde sofort klar, dass Gerald Gress verloren war und ich als Nächster auf der Liste des unheimlichen Herolds stand.

Dem wollte ich mich widersetzen.

Schon einmal war es mir gelungen, ihn sichtbar zu machen. Wozu hatte ich mein Kreuz?

Als Gress fiel, befand ich mich bereits in der Hocke. Mit einer Hand stützte ich ihn ab, damit er nicht zu hart auf den Steinboden schlug, mit der anderen holte ich mein Kreuz hervor.

Der Herold musste sich auf der Galerie befinden. Im Ort hatten wir seine Schritte vernommen, doch er würde sich auch lautlos bewegen können, dessen war ich mir sicher.

Um ihn auszuschalten, musste ich ihn sehen. Ein gutes Gefühl hatte ich nicht. Wenn er sich schon so weit genähert hatte, dass er mit seiner zweiten Waffe, dem Schwert, zuschlagen konnte, sah es böse für mich aus. Deshalb schleuderte ich das Kreuz halbhoch über den Boden der Galerie hinweg.

Ich traf.

Zwar fand das Kreuz keinen direkten Widerstand, doch genau dort, wo sich der andere befand, strahlte es plötzlich auf, und aus dieser silbrig flimmernden Helligkeit schälte sich die Gestalt des Werwolfes hervor, der wie ein mittelalterlicher Bote gekleidet war und sogar einen Helm auf seinem Fellschädel trug.

Meine Annahme über die zweite Gefahr war nicht aus der Luft gegriffen worden, denn mein Gegner war dabei, das Schwert aus der Scheide zu ziehen. Seine Hand lag auf dem Griff, und zur Hälfte war es bereits aus der Scheide geglitten.

In dem Augenblick griff ich ihn an. Wo das Kreuz lag,

wusste ich nicht. Wichtig war, dass es nicht auf das Dach gefallen war und ich hinterherklettern musste.

Der Herold wurde voll von mir getroffen. Ich rammte ihn schneller, als er mit seiner freien Pranke zuschlagen konnte. Er wurde weit zurückgeschleudert. Ich sah ihn taumeln, mit beiden Armen um sich schlagen, und er fand die Brüstung der Galerie, auf der er sich abstützen konnte.

Fast wäre er gefallen.

Ich zog die Beretta.

Er sah die Bewegung und zeigte mir, wie geschmeidig und schnell Werwölfe reagieren können. Ehe ich abdrücken konnte, hatte er seinen Körper schon in die Höhe gewuchtet, die Pranke auf die Brüstung gedrückt und sich über sie hinweggeschwungen.

Jenseits der Mauer prallte er auf die Dachpfannen. Ich hörte den harten Aufschlag, auch das Brechen einiger Pfannen und drehte mich um neunzig Grad, um ihn sehen zu können.

Er überrollte sich noch, und ich wusste sofort, was er vorhatte. Ein Werwolf konnte einen Fall aus dieser Höhe überleben. Wieder schoss ich.

Im Duell geht es oft um den berühmten Sekundenbruchteil. Diesmal war ich langsamer. Vielleicht hatte ich in der Hektik und der Dunkelheit auch nicht genug gezielt, jedenfalls gelang es dem Herold, sich über die Dachkante zu rollen und zu verschwinden.

Mehrmals hörte ich ihn aufschlagen, aber keinen Schrei oder einen anderen Ausdruck der Todesangst.

Ich hob mein Kreuz auf, drehte mich um und spürte das Zittern überall. An den Beinen, den Armen, in den Schultern. Was ich jetzt tun musste, war schlimm: einem Sterbenden letzte, tröstende Worte sagen oder einem schon Toten die Augen zudrücken.

Ich ging zu ihm.

Er sah mich, denn er lebte noch, aber um die Brust herum war alles voller Blut. Die Lanzenspitze hatte sich tief in seinen Körper gebohrt und einiges dort verletzt.

»He, Partner.«

Ich hörte die geflüsterten Worte, als ich mich neben ihn kniete. Ich spürte auch das Würgen in der Kehle. Eigentlich hätte ich Werwölfe jagen müssen, darauf verzichtete ich jetzt. Dieser Mann ging vor. Ich hatte ihn gemocht, den kleinen Gerald Gress, der so gern seine Schwarze rauchte, sich manchmal feige gab, aber doch raffiniert war und mir sogar das Leben gerettet hatte.

Ich konnte nichts mehr für ihn tun. Oder doch?

Er legte seine blutbefleckte Hand gegen mein Gelenk. »John, tu mir noch einen Gefallen, bevor mich der Himmel verschlingt.«

»Okay, was möchtest du?«

»Eine Schwarze. Sie stecken in meiner Jackentasche.«

Klar, ich würde ihm diesen Wunsch erfüllen. Die letzte Zigarette, vielleicht der letzte Zug in seinem Leben, was machte das schon? Während ich stumm war und die Schachtel suchte, hörte ich ihn leise, stockend und ächzend reden.

»Irgendwie hast du mir gefallen, Engländer. Aus uns hätte noch ein starkes Team werden können, aber dieser verdammte Sensenmann ist einfach stärker. Weißt du, dass mir plötzlich kalt ist, John? An den Füßen spüre ich es. Es ist nicht der Wind, das ist der Tod, der seine Knochenklaue ausgestreckt hat.«

Ich hatte die Schachtel gefunden, ihr die Schwarze entnommen und sie zwischen meine Lippen gesteckt. Mit einer Hand schirmte ich die Flamme gegen die Windböen ab, zündete sie an, bevor ich Gerald die Zigarette reichte.

»Danke.«

Seine Augen hatten einen ungewöhnlichen Glanz angenommen. Ob es der Ausdruck der Freude oder der schon neben ihm stehende Tod war, konnte ich nicht sagen. Ich hoffte nur, dass er glücklich war.

Gerald nahm einen Zug. Er saugte den Rauch in die Lungen. Zum Ausatmen kam er nicht mehr. Die Zigarette kippte nach vorn weg und fiel ihm von der Unterlippe.

Zusammen mit dem Rauch drangen Schaum und Blut aus seinem Mund. Der Blick brach, wurde starr, und ich drückte ihm die Augen zu.

Ein kurzes Gebet sprach ich noch, dann stand ich auf und stemmte mein Gesicht gegen den Wind. Beide Hände hatte ich geballt. Die Nägel drangen in das Fleisch der Ballen. Jetzt stand ich allein gegen die verdammte Meute.

Ich musste den Reporter so liegen lassen. Sollte ich überleben, würde ich dafür sorgen, dass er ein anständiges Begräbnis erhielt.

»Au revoir«, sagte ich dann leise und ging. Gemeinsam hatten wir vorgehabt, den Weg durch den zweiten Turm zu nehmen. Das verwarf ich jetzt. Ich ging die gleiche Strecke zurück, die ich gekommen war. Wenn es nicht anders möglich war und ich keinen Ausgang fand, wollte ich eine Fensterscheibe in den unteren Geschossen einschlagen, um dort das Gebäude zu verlassen.

Herzklopfen bekam ich schon, als ich das leere Turmzimmer durchquerte und die Treppe hinabstieg. Da ich von unten her keinerlei verdächtige Geräusche vernahm, riskierte ich es, die Lampe einzuschalten, deren dünner Strahl mir den Weg wies und über die Treppenstufen tanzte. Den Turmbereich hatte ich bald hinter mir gelassen und schritt über die breitere Treppe weiter.

Hin und wieder wurde sie vom Schein einer Lampe erhellt. Ich brauchte meine Leuchte nicht mehr.

Überall suchte ich nach den Spuren der Wölfe und fand nichts. Unangefochten erreichte ich den Gang mit den vielen Türen und gelangte in den Thronsaal.

Hier wurde ich vorsichtiger.

Die Tür stand offen. Mein Blick fiel in den großen Saal, der dunkel vor mir lag.

Die meisten Stühle waren umgekippt, der Tisch stand schief, wie ich im Licht meiner Lampe erkennen konnte.

Kein Werwolf hielt sich mehr im Thronsaal auf. Dennoch hatte ich das Gefühl, als wären sie noch da. Sie waren zwar nicht zu sehen, aber zu spüren. Ich roch sie, ich konnte sie fast neben mir stehen sehen. Ihr dampfender Odem hatte sich gehalten, und über meine Haut rann ein Schauer.

Es war Zufall, dass ich den Schalter entdeckte. Mit der Fußspitze stieß ich gegen ihn. Dicht neben einem Tischende befand er sich im Boden eingelassen.

Ich kickte ihn herum, und die Lampen unter der Decke strahlten ihr Licht ab.

Der rote Schein legte sich wie ein dünner Teppich über den großen Saal. Auch mich umfing er, aber das war nicht wichtig. Für mich zählte die zweite Tür, die ich bei der ersten Flucht aus diesem Raum nicht gesehen hatte.

War das meine Chance?

Ich eilte auf sie zu, probierte die Klinke und lächelte knapp, als die Tür aufschwang. Das lief besser, als ich gedacht hatte. Dahinter lag ein kurzer, breiter Gang, der in einen anderen Saal führte. Prunkvoll ausstaffiert, mit einer von Blattgold überzogenen Decke und prächtigen Bildern an den Wänden.

Das alles erkannte ich im Schein der Wandleuchten, die ich eingeschaltet hatte.

Wertvolle Teppiche dämpften meine Schritte. Mir gegenüber befand sich eine breite Tür.

Ich ging vorbei an einem Piano, mehreren barocken Sitzgruppen, einem Kamin, aus dem es nach kalter Asche roch, mehreren kleinen, mit Flaschen überladenen Tischen auf krummen Metallbeinen, sah auch die typischen Barockschränke mit ihrer geschwungenen Linienführung und die handwerklich hervorragende Intarsienarbeit auf dem Holz.

Hier standen Werte, um die ich mich nicht kümmerte, denn meine Aufgabe war eine andere.

Ich musste die Wölfe stoppen!

Wie ich das allerdings anstellen sollte, war mir ein Rätsel. Ich war gespannt, was hinter der großen Doppeltür lag, öffnete eine Seite und schaute abermals in einen anderen Raum.

Und der musste mich zum Ausgang bringen, denn er erinnerte mich an eine Empfangshalle.

Auch hier brannte das Licht. Ich sah die breiten Sessel, eine prächtige Standuhr, wieder einen Kamin, dunkle Schränke mit Glasfronten und Teppiche.

Und natürlich die Ausgangstür.

Sehr hoch, auch breit. Dass sie nach draußen führte, war leicht zu erkennen. Sie stand einen Spaltbreit offen, und durch die schmale Öffnung wehte der Nachtwind.

In der großen Halle mit der bemalten Decke fühlte ich mich ein wenig verloren, als ich auf die Tür zuging. Ich schob sie weiter auf, wollte nach draußen gehen und blieb wie vom Blitz getroffen stehen.

Mein Blick war auf einen Teil des Vorgartens gefallen, und dort bewegten sie sich.

Es waren tatsächlich die Wölfe.

Ich sah sie umherhuschen. Ihre Füße trommelten dumpf über den weichen Grasboden.

Die Wölfe hatten ein gemeinsames Ziel.

Das waren die zahlreichen Pferde, die unter den kahlen Kronen der Bäume standen. Die Tiere wurden unruhig, als sie bemerkten, wer sich ihnen da näherte.

Doch eine helle, keifende Stimme brachte die Tiere schnell wieder unter Kontrolle.

Gesprochen hatte Manon Medoque. Man sah ihr an, dass sie die Chefin war. Über ihren Werwolfkörper hatte sie einen dunklen Umhang gehängt, der bei jedem Schritt, den sie ging, wie eine Glocke schwang.

Ich spürte den Klumpen im Magen. Eine helle Welle überflutete mich. Verdammt, diese Bestie war an allem schuld. Sie hatte mich nicht entdeckt, ich aber sie.

Sollte ich ihr eine geweihte Silberkugel auf den Pelz brennen?

Es war zu spät, denn andere Wölfe traten vor sie und nahmen mir die Sicht. Die Bestien hatten es tatsächlich geschafft und sich die Pferde geholt. Damit wollten sie wegreiten.

Das hatte ich noch nie erlebt. Werwölfe, die auf Pferden saßen?

Ich schluckte und zog die Tür behutsam weiter auf. Ein Pferd hatten sie zurückgelassen. Es musste dem Werwolf gehört haben, den ich erledigt hatte.

Das konnte für mich sein.

Sie saßen jetzt alle auf den Rücken ihrer Tiere. An der Spitze der Kavalkade hielt sich Manon Medoque auf. Für einen Moment tauchte sie in das Silberlicht des Mondes.

Deutlich hob sich ihre Kontur ab.

Ich griff nach der Beretta.

»Rühr dich nicht, Engländer! Eine falsche Bewegung nur, und du bist tot!«

Gesprochen hatte Jean. Und der stand genau hinter mir!

Ich ließ die Beretta los, als wäre sie glühend heiß. Ob Jean bewaffnet war oder nicht, konnte ich nicht sehen, rechnete aber stark damit.

Draußen ritten die Werwölfe an.

Ein fauchender Schrei, ausgestoßen von Manon, jagte in die Nacht hinein. Er war das Zeichen für die Pferde, die sich in Bewegung setzten. Ich konnte zusehen, wie die wilde Horde über das grasbewachsene Areal preschte und in der Finsternis verschwand.

Jetzt hätte ich mich auf das Reservepferd schwingen und sie verfolgen können, das jedoch war nicht möglich.

Jean fasste sich in Geduld. Erst als das Donnern der Hufe verstummt war, sprach er mich wieder an. »Komm langsam zurück und dreh dich dann erst um.«

»Okay.«

Ich ging sehr zögernd. Unter meinen Sohlen spürte ich den harten Steinboden, der bald darauf von einem weicheren Teppich abgelöst wurde. Auf dieser Brücke musste ich stehen bleiben und durfte mich erst jetzt umdrehen.

Jean war tatsächlich bewaffnet. Woher er gekommen war, wusste ich nicht. Es zählte nur die verdammte Waffe in seiner Hand, und sie war kein Spielzeug.

Ich kannte diese handlichen israelischen Maschinenpistolen der Marke Uzi.

Und Jean hatte den Finger am Abzug.

Ich lächelte kalt. Im Vergleich zu seiner Figur wirkte die Waffe in seinen Pranken beinahe lächerlich. Er stand im Licht. Trotzdem erinnerte mich sein Gesicht an graues Fett. Der Mund war zu einem Halbmond verzogen, die Augen sahen aus wie dunkle, kalte Steine.

Wir starrten uns an. So lange, bis Jean nickte. »Darauf habe ich gewartet!«, erklärte er. »Du weißt doch, dass zwischen uns noch eine Rechnung offen steht. Ich lasse mich nun mal nicht gern treten. Verstehst du doch, oder?«

»Klar, aber ich habe dich nicht mit einer Maschinenpistole bedroht.«

»Der eine so, der andere anders.«

Dieser Mann wollte mich töten, das war klar. Ein Typ wie Jean nahm keine Waffe in die Hand, wenn er nicht vorhatte, zu schießen. Ich stand ihm zwar nicht waffenlos gegenüber, aber ich hatte keine Chance, an meine Beretta heranzukommen.

Allmählich kroch ein Angstgefühl in mir hoch. Ich kannte die Symptome genau. Dann floss das Blut schneller durch die Adern, wobei ich das Gefühl hatte, als würde es sich allmählich erwärmen und mir in den Kopf schießen.

Ein Ausweg war nicht in Sicht. Ich stand auf freier Fläche, konnte keinen Gegenstand greifen, um ihn Jean an den Kopf zu schleudern, außerdem war eine Kugel immer schneller.

Was also tun?

Er war neugierig, denn er stellte Fragen und gab mir so eine Galgenfrist. Während er sprach, wich die dunkle Mündung der MPi um keinen Millimeter zur Seite. Sie glotzte mich an wie eine leere Augenhöhle.

»Wieso bist du gekommen?«

»Man rief mich.«

»Und wer?«

Da Gerald Gress nicht mehr lebte, konnte ich seinen Namen ruhig erwähnen.

Jean nickte. »Das hatten wir uns gedacht. Der Schnüffler schlich schon öfter durch die Gegend. Ich wollte ihn bereits vorher killen, aber Manon war dagegen.«

»Und welche Pläne verfolgt sie?«

»Sie nimmt eine Spur auf.«

»Aha. Mehr sagst du nicht?«

»Nein!«

Das letzte Wort hatte mir verdammt endgültig geklungen. Ich konnte damit rechnen, dass er jeden Augenblick den Zeigefinger krümmen würde und den Abzug nach hinten riss. Auch während des Gesprächs mit ihm hatte ich fieberhaft nach einer Möglichkeit gesucht, der Garbe aus der Uzi zu entkommen, und mir war etwas eingefallen.

Ich hob die Schulter und ließ sie sofort danach wieder zurücksinken. »Ich weiß, dass du mich töten kannst, aber ich flehe dich an, Jean. Gib mir noch eine Chance!«

Er grinste kalt. »Welche?«

Ich fiel auf die Knie, ohne eine Antwort gegeben zu haben. Dabei war ich nach hinten gerutscht, an den Rand des Teppichs.

»Ach, er bettelt!«, sagte Jean und begann zu lachen. »Ein Bulle, der um sein Leben bettelt, das habe ich mir schon immer gewünscht. Wirklich, du bist ein Weichling.«

Ich kam mir selbst dumm und widerlich vor, aber ich musste das einmal begonnene Spiel durchhalten. Deshalb hob ich meinen Kopf an und schaute ihm flehend ins Gesicht. »Bitte, Jean, noch eine letzte Chance.«

»Welche, verdammt?«

»Ich möchte noch einmal auf deine verdammten Füße treten, du …«

Meine weiteren Worte gingen in seinem wütenden, fast tierischen Schrei unter. Er zuckte zusammen, sogar seine MPi bewegte er dabei zur Seite, da zog ich bereits mit aller Kraft an der geknüpften Brücke …

Suko hatte sich beeilt, war sofort zu Sir James hochgefahren und fand den Superintendenten an seinem Schreibtisch vor. Er nippte an seinem kohlensäurefreien Wasser.

Kaum hatte er die Bürotür aufgestoßen, da lief ihm Nadine bereits entgegen. Suko schien es so, als hätte sie auf ihn gewartet. Als sich die Wölfin an ihn schmiegte, kniete sich der Inspektor hin und kraulte ihr das inzwischen wieder trocken gewordene Fell.

Sir James erhob sich und stützte beide Hände auf die Schreibtischplatte. Er schaute auf Suko und Nadine. Dabei sagte er kopfschüttelnd: »So war es auch bei mir. Sie wollte meine Nähe, vielleicht unsere Nähe, aber ich kenne den Grund nicht.«

Ohne das Streicheln zu lassen, gab Suko die Antwort. »Ich weiß es nicht hundertprozentig genau, aber es muss mit einer Wolfsmagie zusammenhängen und damit auch mit John Sinclair, der sich an der Loire herumtreibt.«

»Können wir ihn dort erreichen?«

»Nein, nicht telefonisch. Ich müsste schon hin, ansonsten sind uns die Hände gebunden.«

»Vielleicht mit ihr?«

»Das wäre vielleicht eine Möglichkeit.«

Während des Dialogs hatte Nadine den Kopf gedreht und Suko ständig angeschaut. Er sah den Blick ihrer Augen, er wusste Bescheid, dass die Wölfin alles verstanden hatte.

Nur konnte sie nicht reden.

Aber ihre Augen sprachen Bände. Angst und Trauer lagen darin. Suko fragte sich nach dem Grund. Hing dieser Ausdruck tatsächlich mit John Sinclairs Fall in Frankreich zusammen?

Alles deutete eigentlich darauf hin.

Suko stand wieder auf. Auch Nadine, die gesessen hatte, sprang auf und lief weg. Zwischen Schreibtisch und Sitzgruppe hockte sie sich hin.

Sir James und Suko sahen sich gegenseitig an. »Was hat sie vor?«, fragte der Superintendent.

»Keine Ahnung.«

»Ich habe das Gefühl, als wollte sie uns etwas zeigen oder auch beweisen.« Sir James griff zum Glas und leerte es. Seine Stirn hatte er in Falten gelegt, ein Zeichen dafür, wie scharf er darüber nachdachte, was dieser Besuch zu bedeuten hatte.

Noch tat Nadine nichts.

Sie lag nur auf dem Boden. Plötzlich drehte sie den Kopf und öffnete die Schnauze. Ihr menschliches Stöhnen erinnerte an ihr früheres Leben.

Selbst Sir James bekam eine Gänsehaut. »Das ist ja furchtbar«, flüsterte er.

»In der Tat, Sir!«

Das Stöhnen blieb. Dabei zuckte Nadine mit den Pfoten, und dieses Zittern erfasste auch ihre Flanken. Sie machte den Eindruck, als würde sie unendliche Leiden ausstehen.

Die beiden Männer gerieten ins Schwitzen. »Können wir denn nichts tun?«, hauchte Sir James.

Suko schüttelte den Kopf.

Noch einmal stöhnte die Wölfin herzzerreißend auf. Schmerzen spiegelten sich in ihren Augen wider. Sie sank zusammen und blieb regungslos liegen, die Beine von sich gestreckt.

Suko wagte es nicht zu sagen, aber Sir James, der sich mit der Handfläche über das schweißnasse Gesicht fuhr, sprach die Worte flüsternd aus, die Suko ebenfalls dachte.

»Ich glaube, sie ist tot!«

Sie ist tot!

Der Satz hallte in Sukos Kopf wider. Er fragte sich gleichzeitig, wie er es Bill Conolly oder John sagen sollte, wenn dieser aus Frankreich zurückkehrte.

Zwischen den beiden Männern stand das Schweigen wie eine düstere Wand. Sie blickten sich gegenseitig an. Jeder hatte irgendwie ein schlechtes Gewissen, aber niemand sprach darüber.

»Soll ich hingehen?«, fragte Sir James schließlich. »Ich habe sie nicht so gut gekannt wie Sie.«

»Danke, Sir!«

Es sollte nicht dazu kommen, denn das Telefon meldete sich. Sie empfanden beide den Laut als unangenehm, und Sir James meldete sich wegen der Störung unwirsch.

Suko hörte nicht hin, was er sagte. Er wollte auch nicht wissen, mit wem Sir James sprach. Sein Blick galt einzig und allein der liegenden Wölfin, die den Kopf zur Seite gedreht hatte und den glanzlosen Blick ihrer Augen auf Suko gerichtet hielt.

Der Chinese drehte den Kopf. Er konnte es einfach nicht sehen, nicht fassen, nicht mehr hinschauen. Meine Güte, Nadine! Das war unmöglich. Sie hatten immer noch Hoffnungen auf sie gesetzt, dass sie wieder zu einem normalen Menschen wurde, aber jetzt?

Sir James sprach mit ihm, und der Mann musste seine Bemerkung wiederholen, um überhaupt verstanden zu werden. »Bill Conolly kommt. Er ist bereits im Haus.«

Suko erschrak. »Hätten Sie ihn nicht zurück …?«

»Nein, das hätte ich nicht.«

Dann wurde die Tür aufgestoßen. Bill stand auf der Schwelle und sah, was geschehen war. Er blieb auf dem Fleck stehen, als hätte man ihn angenagelt. Sein Blick richtete sich auf Nadine, auch er sah die leblosen Augen. Erst nachdem einige Sekunden vergangen waren und er sämtliche Farbe aus seinem Gesicht verloren hatte, kippte er gegen den Türpfosten.

Er wollte sprechen, räusperte sich zweimal und fragte mit kaum verständlicher Stimme: »Ist sie tot?«

»Wir haben noch nicht nachgesehen«, erwiderte Suko ebenso leise.

»Warum nicht? Vielleicht hätte man ihr helfen können!« Bills Stimme klang aggressiv. Niemand nahm ihm das übel.

»Es ist erst kurz vor Ihrem Eintreffen geschehen.«

»Ach so.« Bill und die übrigen Conollys hatten sehr an

Nadine gehangen. »Wie sage ich es nur Johnny?«, fragte der Reporter flüsternd. »Und Sheila.« Er schüttelte den Kopf. »Da läuft Nadine von uns weg, um hier zu sterben. Das kann ich einfach nicht begreifen. Ihr etwa? Verdammt, sagt doch was!«

»Bill, wir wissen nichts.«

»Aber ich will wissen, ob sie tot ist. Tut mir Leid, ich muss einfach zu ihr gehen.« Er nickte den beiden anderen zu und setzte sich entschlossen in Bewegung.

Je näher er Nadine jedoch kam, umso unsicherer wurden seine Schritte. Es sah zum Schluss so aus, als traute er sich nicht näher an den leblosen Körper heran.

Schließlich musste der Reporter stehen bleiben. Seine Fußspitzen berührten bereits das Fell. Er senkte seinen Kopf, schaute die Wölfin an und hatte dabei das Gefühl, als wäre die Farbe des Fells eine andere geworden. Nicht mehr so seidig und glänzend, sondern stumpf. Wie bei einem Tier, das schon lange unter der Erde gelegen hat und hervorgeholt worden war. Er hörte jemanden kommen. Es war Suko.

Neben Bill blieb er stehen. Die beiden berührten sich sogar. »Du hast noch nicht den Puls gefühlt?«

»Nein, verdammt!« Bill verzog den Mund. »Ich, ich schaffe es einfach nicht.« Er verstummte, holte tief Luft und wechselte das Thema. »Nadine war für uns wie ein Kind, verstehst du?«

»Sprich nicht in der Vergangenheit!«, erklärte Suko. Er hatte sich den innerlichen Ruck längst gegeben und beugte sich zu der Wölfin hinab. Mit einem Knie stützte er sich ab, den rechten Arm streckte er aus. Seine Finger glitten über das Fell, dann hoch in Richtung Hals, weil er dort nachfühlen wollte.

Auch Suko musste die Zähne zusammenbeißen und ein Zittern gewaltsam unterdrücken. Dann hatte er den bewussten Punkt erreicht.

Der Chinese fühlte – nichts.

Von Bill kam die Frage. »Was ist, Suko? Lebt sie?«

»Ich bin mir nicht sicher«, antwortete Suko kratzig. »Gib mir noch etwas Zeit.«

Die Zeit brauchte Suko auch, um die Worte zu formulieren, die er seinem Freund Bill mitteilen wollte. »Ich – es tut mir Leid, Bill. Ich spüre nichts.«

Jetzt war es heraus, und Suko hörte den erstickt klingenden Laut, der aus Bills Kehle drang. Er stand wieder auf, sah Bill schwanken und stützte ihn ab.

Das Blut war aus dem Gesicht des Reporters gewichen. Die Haut wirkte wie mit Kreide eingerieben. Ohne dass Bill es richtig bemerkte, wurde er von Suko zu einem Sessel geführt und auf die Sitzfläche gedrückt.

»Ich muss Sheila anrufen!«, murmelte er. »Ich muss telefonieren. Ich werde jetzt anrufen.« Er war völlig durcheinander.

»Du wirst gar nichts«, sagte Suko. »Du bleibst hier sitzen und rührst dich nicht vom Fleck. Okay?«

»Ja, nein …«

Sir James hatte die beste Idee. Aus seinem Schreibtisch holte er eine Flasche Whisky und ein Glas hervor. Der Reporter erhielt einen Doppelten. Er musste das Glas schon mit beiden Händen halten, so stark zitterte er. Er schüttelte sich den Whisky in den Rachen, und bald kehrte die Farbe in sein Gesicht zurück. Er fand auch die nächsten Worte und fragte leise: »Weißt du, wie ich mich fühle, Suko?«

»Nein.«

»Wie jemand, der mehr tot als lebendig ist. Sie kommt zu euch und legt sich zum Sterben nieder. Was ist das nur für ein Grauen, in das wir hineingeraten sind?« Er schlug die Hände vor sein Gesicht und schüttelte den Kopf.

Suko konnte ihm keine Antwort geben. Vielleicht wäre es John Sinclair gelungen, aber der kämpfte irgendwo im Loiretal auf verlorenem Posten.

»Was ist das?«

Es war mehr ein Ruf als eine Frage, und Sir James hatte ihn ausgestoßen.

Suko drehte sich um. Bill ließ seine Hände sinken, und die drei Männer starrten wie gebannt auf die liegende Wölfin.

Sie selbst hatte sich nicht verändert. Aber die nähere Umgebung war eine andere geworden. Nadine lag zwar noch auf dem Teppich, aber sie war eingekreist worden.

Aus dem Nichts war das Licht gekommen, hatte seinen Kegel auf den Boden geworfen und gleichzeitig einen Schatten gezeichnet.

Den der Werwölfin Lupina!

Plötzlich »schwamm« der Killer. Der Teppich unter seinen Sohlen rutschte weg und zog ihn mit. Aus dem Schwimmen wurde ein Rudern, denn er stach mit beiden Armen in die Luft und gab dabei eine ziemliche lächerliche Figur ab. Wie ein Tänzer, der Takt und Rhythmus verloren hatte, kam er mir vor, aber er drückte trotzdem noch ab.

Die Salve hämmerte gegen die Decke und ließ dort die Vertäfelung splittern. Als wahrer Regen fielen die Einzelteile zu Boden. Das alles kümmerte mich nicht. Für mich zählte nur, dass ich nicht getroffen worden war.

Er konnte sich nicht mehr halten, sosehr er es auch versuchte. Der Aufprall wurde schlimm für ihn.

Jean donnerte auf den Rücken. Der Boden erzitterte. Ich hörte den wütenden Schrei, als ich bereits auf dem Weg zu ihm war. Aber auch Jean war schnell. So leicht gab dieser in zahlreichen Kämpfen und Schlachten gestählte Typ nicht auf, denn er drehte sich um, damit er auf mich anlegen konnte.

Ich befand mich bereits im Sprung.

Bevor eine zweite Garbe den Lauf verließ, sprang ich ihn an. Es war ein wuchtiger Satz, ich traf voll und hämmerte beide Füße hart auf seine Brust, sodass ihm die Luft aus den Lungen getrieben wurde. Dieser Kampf ging um Leben und Tod. Jean würde keine Rücksicht kennen, auch ich musste hart sein, denn an Kampfkraft und hinterhältigen Tricks war er mir sicherlich überlegen.

Ich hatte ihn sehr hart erwischt. Jean sackte auf dem Boden zusammen. Sein Gesicht verzog sich im wilden Schmerz, und ich trat wieder zu.

Diesmal gegen das rechte Handgelenk. Dabei erwischte ich die Finger, die gelähmt wurden und es nicht mehr schafften, die Waffe zu halten.

Für mich war es eine Freude zu sehen, wie die Uzi über den glatten Parkettboden glitt und erst von der nächsten Teppichbrücke gestoppt wurde. Vielleicht hatte ich eine Sekunde zu lange der davongleitenden Waffe nachgeschaut, denn als ich hinter ihr herjagen wollte, kam ich nur einen Schritt weit. Das linke Bein konnte ich nicht mehr vorsetzen. Die Hand des Franzosen umklammerte mein Gelenk wie eine Stahlklammer, zudem drehte er seine Finger, sodass ich ebenfalls zu Boden musste. Da er das Bein auch ruckartig nach hinten gezogen hatte, wurde mein Fall verdammt schnell. Zum Glück konnte ich mich mit beiden Handflächen aufstützen und dem Aufprall einen großen Teil seiner Wucht nehmen.

Jean hatte mich losgelassen, sodass ich wieder auf die Beine kommen konnte.

Auch er war so weit. Den heftigen Tritt hatte er überwunden. Geduckt jagte er auf mich zu, den Kopf eingezogen, um ihn in meinen Unterleib zu rammen.

Ich brachte es in diesem Augenblick nicht fertig, mein Knie hochzureißen und es in sein Gesicht zu rammen. Mit einem blitzschnellen Sidestep wich ich aus und stellte ihm ein Bein.

Fast hätte er einen Salto geschlagen. Ich hörte ihn fluchen, aber ich erkannte meinen Fehler im selben Augenblick. Durch den Schwung war er verdammt nahe an seine weggerutschte MPi herangekommen. Jean wäre ein Dummkopf gewesen, hätte er diese Chance nicht genutzt.

Das Risiko war mir einfach zu groß, deshalb stieß ich mich hart ab und spielte Flieger.

Wie ein bulliges Geschoss landete ich in seinem Rücken und drückte ihn zu Boden. Er hatte die Arme ausgestreckt, die angewinkelten Fingerspitzen bewegten sich über das glatte Parkett. So versuchte er verzweifelt, an seine Waffe zu gelangen.

Wenn er noch ein paar Millimeter weiterkam, hatte er es geschafft.

Die Chance ließ ich ihm nicht.

Mit einer Hand hielt ich ihn fest, mit der anderen schlug ich zu. Es waren zwei Karatehiebe, die ihn ins Reich der Träume schickten.

Unter mir wurde er schlaff. Seine Fingerspitzen stießen direkt gegen den Griff der Uzi, ohne die Waffe allerdings festhalten zu können. Ich war schneller gewesen.

Durch eine Drehung nach rechts ließ ich mich von ihm herabrollen, blieb auf dem Boden liegen und atmete zunächst einmal tief durch. Ich war mehr innerlich geschafft als äußerlich, drückte mich in eine sitzende Stellung und holte eine aus reißsicherem Kunststoff bestehende Acht hervor. Die modernen Handfesseln.

Den schweren Tisch konnte ich schlecht bewegen, also rollte ich den bewusstlosen Jean in seine Nähe und klemmte den zweiten Kreis der Fessel um das Bein.

Jetzt sollte er mal versuchen, sich zu befreien. Mochte er noch so stark sein, diesen massiven Holztisch auf die Schulter zu nehmen, schaffte auch er nicht.

Wie lange der Kampf gedauert hatte, war mir unbekannt. Jedenfalls zu lange, denn die elf Werwölfe samt ihrer Anführerin mussten schon einen gewaltigen Vorsprung haben, den ich unmöglich aufholen konnte. Zudem dachte ich an den Herold. Der konnte sich durchaus noch in der näheren Umgebung herumtreiben.

Auf die Maschinenpistole verzichtete ich. Ich nahm nur das Magazin heraus und schleuderte es zwischen die Büsche. Dann suchte ich nach dem Ersatzpferd.

Ich wusste noch genau, wo es angepflockt gewesen war, aber dort stand es nicht mehr.

Es lag auf dem Boden.

Und der Kopf zwei Schritte daneben. Jemand hatte ihn mit einem glatten Streich vom Rumpf getrennt …

Plötzlich bekam ich eine Gänsehaut. Ich ahnte, wer für diese ruchlose Tat verantwortlich war. Maurice de Medoque, der Herold des Satans!

Er war hier, er musste in der Nähe sein, denn das aus der Wunde strömende Blut war noch warm und dampfte. Meine Gänsehaut blieb, und es war besser für mich, Deckung zu suchen.

Ich fand meine Deckung hinter dem Baum, an dem das Tier angebunden gewesen war. Die Furcht blieb. Es ist nicht jedermanns Sache, gegen einen Unsichtbaren zu kämpfen. Der konnte überall lauern, nur eine Handspanne von mir entfernt, ohne dass ich ihn sah.

Wenn er sich durch ein Geräusch verriet, konnte ich das Kreuz schleudern. So aber blieb mir nichts anderes übrig, als auf das Glück des Tüchtigen zu vertrauen.

Bewaffnet war er mit einem Schwert. Es konnte auch sein, dass er sich die Lanze zurückgeholt hatte, die in der Brust des toten Gress steckte.

In meiner unmittelbaren Umgebung blieb es ruhig. Nur die Geräusche der Nacht umgaben mich. Hin und wieder ein geheimnisvolles Rascheln, dann das Wehen des Windes, wenn er durch die Büsche und Kronen der Bäume strich. Auch die Tiere der Nacht blieben nicht lautlos. Das Flattern erschreckte mich, es war nur eine Eule, die über meinem Kopf ihre Bahn zog und in der Dunkelheit verschwand.

In den ersten Minuten war ich dicht am Baumstamm stehen geblieben. Das änderte sich, und ich begann damit, meine Kreise zu ziehen. Etwas musste ich einfach tun, und wenn ich noch mal zurück in das Schloss ging, um es zu durchsuchen. Irgendwo musste es schließlich Unterlagen über dessen Besitzerin geben.

Aber er war draußen. Der Herold des Satans verhöhnte mich sogar, denn ich erschrak, als ich den Fanfarenstoß vernahm. Kurz und schmetternd klang er auf und verstummte sehr schnell wieder, sodass ich nicht herausfinden konnte, aus welcher Richtung er kam.

Wenn mein Gegner mich damit hatte locken wollen, so war ihm das nicht gelungen. Ich blieb in Deckung der Baumgruppe, wartete dort ungefähr noch eine Minute ab und lief in die dem Schloss entgegengesetzte Richtung, wo die Weite des Parks begann und ich einen der Teiche erreichte. Er war nett angelegt. Eine ovale Bank stand an einer Rundung. Aus dem dunklen Wasser wuchsen lange Schilfarme, die im Nachtwind zitterten. Mir gegenüber stand eine hohe Skulptur. Sie zeigte eine Frau, die ihre Arme angewinkelt und die Hände hinter dem Nacken verschränkt hatte. Wen die Figur darstellen sollte, wusste ich nicht. Mich interessierte nur der Herold, von dem ich nichts entdeckt hatte.

Ich stand nahe der Bank und lauschte.

Über mir schien der Mond. Wenn er wolkenfrei war, wurden das Schloss und der Garten in einen matten Glanz gebracht. Ansonsten war die Dunkelheit doch ziemlich dicht.

Wieder verging Zeit.

Ich gab zu, dass Manon Medoques Plan verdammt raffiniert gewesen war. Zwei ihrer gefährlichsten Helfer hatte sie zurückgelassen, um sich ungestört bewegen zu können.

Nur – was hatte sie vor?

Wenn ich daran dachte, dass die Bestien auf ihren Pferden in das schutzlose Dorf geritten waren, wurde mir übel. Die konnten über die Bewohner herfallen, ohne ihnen die Spur einer Chance zu geben.

Das Klatschen erschreckte mich. Ein Frosch war vom seichten Ufer des Teichs her ins Wasser gesprungen und verschwunden. Es blieb nicht bei diesem Geräusch. Auch ein anderes, viel gefährlicheres vernahm ich.

Zuvor jedoch warnte mich das Kreuz. Da ich es in der linken Hand hielt, spürte ich die sanfte Erwärmung des Metalls.

Gefahr!

Ich duckte mich blitzschnell weg und sah vor meinen Augen die gefährliche Schwertklinge. Ein langgezogenes Blitzen, dann hieb die Waffe in die Rückenlehne der Bank.

Der Hieb war so wuchtig geführt worden, dass das Metall stecken blieb, ich ein wenig Zeit gewann und sofort handelte. Ich schleuderte das Kreuz nach links und hielt es dabei an der Silberkette fest.

Volltreffer!

Vor mir zischte es, als hätte jemand Wasser auf eine glühende Herdplatte geschüttet.

Gleichzeitig begannen sich Umrisse einer Gestalt in der Luft abzuzeichnen, und der Werwolf stand vor mir.

Er hatte eine gebückte Haltung eingenommen. Mit einer Pranke umklammerte er den Schwertgriff und wollte die Waffe aus dem tiefen Spalt im Holz ziehen.

Ich war schneller.

Meine Faust war wie ein Geschoss, blieb aber dicht vor der Bestie in der Luft stehen, und zwar so, dass sie genau auf das Kreuz schauen musste. Ihre kalten Raubtieraugen funkelten. Angst las ich darin, und der Herold rührte sich nicht mehr vom Fleck.

So standen wir uns gegenüber.

Keiner wollte nachgeben. Ich erst recht nicht, denn der Herold hatte genug Schrecken gebracht.

Ich wusste nicht, ob er mich verstand, aber ich sprach ihn an. »Du hast verloren, ich brauche nur die Hand vorzustoßen, dann hat es dich gegeben. Das weißt du!«

Aus seinem Maul drang ein Geräusch, das ich als Zustimmung auffassen konnte.

»Gut, dann weiter. Ich will von dir wissen, wo die anderen hingeritten sind. Wo kann ich sie finden?«

Jetzt erhielt ich die Antwort. Grunzend ausgestoßene Worte, nur bruchstückhaft zu verstehen, »eingehüllt« in den Dampf, der aus seinem Maul quoll.

Mein Französisch war ohnehin nicht besonders, doch in das Kauderwelsch des Herolds bekam ich überhaupt keinen Sinn.

Möglicherweise wollte er mich auch nur hinhalten, und als er dann zurückzuckte, hatte er es geschafft, die Klinge wieder aus der Bank hervorzuziehen.

Gleichzeitig verschwammen seine Umrisse, er wollte untertauchen, doch das Spiel machte ich nicht mit.

Wieder warf ich mich nach vorn. Und diesmal stoppte ich meine Faust nicht. Voll traf sie das Gesicht der Bestie. Ich hörte das schreckliche Ächzen des Herolds.

Verzweifelt versuchte er, in sein Zwischenreich zu entschwinden, aber ein matter Silberglanz hüllte seinen Körper bereits ein, sodass es ihm nicht möglich war, mir zu entkommen. Ich vernahm sein Schreien, die dumpfen, grunzenden, manchmal keuchenden Laute, und er schlug wie ein Wilder mit den Armen um sich.

Ich hielt die nötige Distanz ein, denn die Krallen konnten mir leicht Kleidung und Haut zerfetzen.

Noch einmal raffte er sich auf. Das Maul stand weit offen, und ein furchtbares Heulen drang aus seinem Maul. Das Geräusch stieg gegen den Himmel und verklang als schaurige Botschaft in der düsteren Nacht.

Ich konnte aufatmen und zusehen, wie der Werwolf zerfiel. Das Fell, vor Sekunden noch glänzend gewesen, wurde grau und struppig. Es hatte keinen Halt mehr und rieselte von der Haut wie alter Staub.

Ein altes Gerippe, das ich zertrat, sodass es zu hellem Staub zerrieselte.

Ich war beruhigt. Ein starker Gegner weniger. Manon hatte durch seine Vernichtung schon ihren zweiten Trumpf verloren. Sollte ich mich auf der Siegerstraße befinden?

Kaum, auch wenn es mir jetzt besser ging und ich beruhigter sein konnte. Die Spur zu den anderen Wölfen hatte ich noch immer nicht aufnehmen können.

Wenn ich darüber nachdachte und mir durch den Kopf gehen ließ, was ich alles über diese Bestien wusste, gab es eigentlich nur eine Lösung. Diese Kreaturen mussten auf dem Weg nach Medoque sein, um dort aufzuräumen.

Dort wollte ich auch hin.

Zu Fuß war es zu weit. Das Auto des toten Gerald Gress war meine Chance. Nur besaß ich keinen Schlüssel.

Also lief ich noch einmal zu dem Toten zurück und durchsuchte dessen Taschen. Es fiel mir nicht leicht, aber ich sah keine andere Möglichkeit. Der Wagenschlüssel steckte in seiner Hosentasche. Ich nahm ihn an mich und ging wieder.

Es war nicht leicht, den Weg zum Wagen zu finden. Als ich die Straße erreichte, atmete ich auf, sah auf meine Uhr und stellte fest, dass in einer knappen Stunde Mitternacht war.

Ich überquerte die Straße, lief den schmalen Weg hoch und fand nach einigem Suchen den im Wald abgestellten Peugeot. Man lernt es mit der Zeit, fremde Autos zu fahren, so bereitete mir auch dieser Wagen keine Schwierigkeiten. Mich störte nur die zu weiche Federung.

Mit herabgekurbeltem Seitenfenster fuhr ich an. Die Wölfe hatten auf Pferden gesessen, und Pferde können sich nicht lautlos bewegen. Wenn die Kreaturen in die Nähe des Dorfes kamen, musste ich sie einfach hören. Deshalb die heruntergekurbelte Scheibe.

Während der Rückfahrt beruhigte ich mich allmählich, ohne allerdings voll entspannen zu können. Ich stellte nur fest, dass der ganz harte Stress von mir abfiel und sich meine Wehwehchen wieder bemerkbar machten. Da war der Druck im Nacken, der ziehende Schmerz im Kopf und manchmal das Zittern in den Armen.

Wenn Jean wach gewesen wäre, hätte ich ihn nach Manon Medoques Zielen gefragt, so war ich weiterhin auf mein Gefühl und meinen Instinkt angewiesen.

Eine so große Kavalkade musste auffallen. Falls sie in den Ort geritten war.

Und dem näherte ich mich. Mir kam auch in der Dunkelheit einiges bekannt vor. Die ersten Häuser erschienen im Schein der Leuchten. Gierig tasteten die gelben Strahlen darüber hinweg, aber ich entdeckte nichts Verdächtiges. Der Ort lag in einer nächtlichen Ruhe. Von Werwölfen keine Spur. Durch die engen Gassen lenkte ich den Peugeot bis zum Marktplatz, wo ich ihn abstellte und ausstieg.

Einige Laternen schufen helle Flecken. Durch die trieb

leichter Dunst. Kein Fenster war mehr erleuchtet. Die Außenbeleuchtung der Gaststätten war ebenfalls ausgeschaltet worden.

Ein Geisterdorf.

Aber auch menschenleer?

Oder hatten sie bereits hier ihre grausamen Spuren hinterlassen?

Wenn das der Fall war, konnte es nur wenige Überlebende gegeben haben. Eine solche Horde hinterlässt Spuren, aber ich sah keine. Alles wirkte völlig normal.

Mein Blick fiel in den dunklen Himmel. Da stand der Mond. Als wollte er allein diesen Ort bescheinen, so kam er mir vor. Und der Mond gab den Geschöpfen der Nacht die Kraft, die sie für ihre ruchlosen Taten benötigten.

Vielleicht hatten die Bewohner längst die Konsequenzen gezogen und das Dorf verlassen. Ich würde es ihnen wünschen, aber diese Hoffnung trog, denn ich hörte das Quietschen einer Tür. Da es hinter mir aufgeklungen war, musste ich mich umdrehen.

Ein Mann stand auf der Schwelle. Er trug eine Pelzmütze und eine kurze gefütterte Jacke. Gesehen hatte ich ihn noch nie. Aber er trat offen in das Licht einer Straßenlaterne, und ich unterstellte ihm keine bösen Absichten.

Der Mann musste in meinem Alter sein. Er hatte ein weiches Gesicht, in dem die dunklen Augenbrauen besonders auffielen. Mit einem Nicken begrüßte er mich.

Ich sprach ihn an. »Sind Sie der Einzige hier in Medoque?«

»Nein, Monsieur!« Er deutete in die Runde. »Alle Menschen sind da. Sie zeigen sich nur nicht.«

»Dann wissen sie, was geschehen ist?«

»Sie ahnen es zumindest.«

»Aber ich weiß Bescheid.«

Er nickte. »Das habe ich mir schon gedacht.«

»Wieso?«

»Ich kenne Monsieur Gress. Er hat davon gesprochen, dass er Hilfe holen wollte. Und Sie müssen der Mann sein.«

»Der bin ich tatsächlich. Aber hatte Monsieur Gress so viel Vertrauen zu Ihnen?«

»Ja.«

»Wer sind Sie?«

»Ich bin ein Mensch, der leider zu spät gekommen ist. Erst heute Abend traf ich wieder hier ein. Ich war bei meinen Brüdern im Kloster. Ich bin Priester.« Er streckte mir die Hand entgegen. »Mein Name ist Abbé Bloch.«

Ich atmete nicht nur auf, auch ein Gefühl der Freude durchzuckte mich. »Und ich heiße John Sinclair.«

»Das hörte ich schon. Wo ist der Reporter?«

Als ich meine Hand aus der seinen löste, gab ich ihm die Antwort. »Er ist tot.«

Das Gesicht des Abbés vereiste. »Tot«, murmelte er nach einer Weile. »Wie ist es gekommen?«

»Maurice de Medoque, der Herold des Satans, hat ihn umgebracht. Ich konnte ihm leider nicht helfen.«

»Und der andere?«

»Kämpfte gegen mich und verlor.«

»Dann haben Sie dieses Relikt aus der Vergangenheit vernichtet.«

Der Abbé atmete tief durch. »Ich wusste, dass es einmal so kommen würde. Er musste seinen Meister einfach finden. Der Fluch der Medoques darf nicht bis in alle Ewigkeiten bestehen bleiben. Man muss etwas dagegen tun.«

»Dazu bin ich bereit. Elf Diener hat diese Frau …«

»Werwölfe?«

»Ja.«

Der Priester schluckte und schüttelte den Kopf. »Himmel, das ist mehr, als ich dachte.«

»Aber Sie haben gewusst, dass es diese Wesen gibt?«

»Natürlich. Nur nicht in dieser Konzentration. Den Menschen hier war bekannt, dass in Vollmondnächten der Geist aus der Vergangenheit erschien und seine Fanfare blies. Er war dazu verdammt, den Schrecken anzukündigen, aber ich frage mich jetzt, was die anderen Werwölfe vorhaben.«

»Sie werden das Dorf hier überfallen.«

»Nein, das glaube ich nicht.«

Ich war überrascht. »Was macht Sie so sicher, Abbé?«

»Was sollen sie hier?«

»Menschen ...«

»Bitte, Monsieur, lassen Sie mich ausreden. Menschen sind für sie wichtiger als Objekte. Aber Manon Medoque, dieses Satansweib, verfolgt einen anderen Plan.«

»Und der wäre?«

»Sie will bestimmt zu der alten Ruine. Der Fluss führte wenig Wasser. Es hat nicht sehr viel geregnet. Jetzt liegen die Mauern frei. Es gibt bei uns eine Sage, die sich um die Ruine rankt. Es ist eine Spur in die Vergangenheit.«

Da war schon wieder dieser Satz, über den ich stolperte. Jean hatte ihn bereits erwähnt.

»Was bedeutet diese Spur, die in die Vergangenheit führt?«

»Wie gesagt, es ist der Weg zur Ruine, sogar zu einem alten Friedhof, der die Mauerreste umgibt. Das ist alles Jahrhunderte her. Die Loire hatte sich damals zu einem reißenden Strom entwickelt und ganze Gebiete überschwemmt. Auch einen kleinen Friedhof und die Mauern eines Schlosses. Da müssen sich sogar Berge verschoben haben.«

»Bitte, werden Sie konkret, Abbé. Wer hat dort gelebt?«

»Ein sehr bekannter Mann hier im südlichen Frankreich. Er hat ungemein viel Einfluss und Macht. Man sagte ihm nach, dass er sowohl mit Gott als auch mit dem Teufel im Bunde stehen würde. Die Geschichtsbücher haben ihn zum größten Teil vergessen. Aber in den neueren Forschungen tauchte der Name immer öfter auf. Er hatte doch mehr Wissen und Macht, als man noch vor Jahren annahm. Ich bin sicher, dass Sie, Monsieur, den Namen schon einmal gehört haben.«

»Bitte, reden Sie.«

Der Abbé sah mich an. Ich spürte die Spannung und hatte plötzlich das Gefühl, etwas sehr Wichtiges zu erfahren. »Sein Name ist Hector de Valois!«

Das genau war es!

Die Spur in die Vergangenheit. In eine rätselhafte Zeit des Mittelalters, wo die Kreuzritter und Templer gelebt hatten und ein Mann namens Hector de Valois wie ein Komet aus den Tiefen einer Schlucht in den Himmel gestiegen war.

Hector de Valois, der Templer!

Einer der Mächtigen, der Mann, den ich verzweifelt suchte, der mir Aufschlüsse über den Dunklen Gral, Aibon, die Stadt Jerusalem und mein Kreuz geben sollte.

Ein Mensch, der Zusammenhänge gekannt hatte und dessen Spur sich immer wieder im Dunkel der Geschichte verloren hatte. Mein Hals war trocken geworden, und ich dachte daran, dass der Name dieses Menschen zu einem Stein des Schicksals auf dem Weg meines Lebens geworden war.

Hector de Valois! Ich hatte ihn schon gesehen, als ich Diablita und ihre Mörder-Gnome kennen lernte, aber es war mir damals nicht gelungen, mich näher mit ihm zu beschäftigen. Nie hätte ich gedacht, hier seine Spur wiederzufinden, aber ich sah keinen Grund, dem Abbé zu misstrauen. Nur brannten mir die Fragen förmlich auf der Zunge, und ich fragte den Priester, weshalb er so interessant für die Werwölfe war.

Der Abbé konnte oder wollte nicht antworten. Stattdessen blickte er mich scharf an. »Sie kennen ihn?«

»Ja, und wie.« Ich hob die Schultern. »Er ist wie ein Phantom in meinem Leben aufgetaucht. Ich habe das Gefühl, als würde sich alles um ihn drehen. Meine stärkste Waffe, das Kreuz, muss einmal mit ihm in einem unmittelbaren Zusammenhang gestanden haben.«

»Welches Kreuz?«

Ich brachte dem Priester vor mir Vertrauen entgegen. Als ich meinen silbernen Talisman hervorholte und ihn dem Abbé zeigte, wurden dessen Augen groß.

»Gott!«, flüsterte er. »Das, das ist es!«

»Kennen Sie das Kreuz?«

Er nickte heftig. »Ja, ja, ich kenne es. Ich habe es schon

einmal gesehen. Aber natürlich nicht bei Ihnen, sondern bei Hector de Valois. Vielmehr in dessen Aufzeichnungen, die sich in unserem Kloster befinden. Wir haben etwas gefunden. Leider ist es verbrannt. Wieso, das weiß ich nicht, aber es muss das Kreuz sein.« Er war völlig durcheinander. »Sagen Sie mir bitte, wie Sie daran gekommen sind!«

»Ich bin sein Erbe. Man nennt mich den Sohn des Lichts.« Mit dem Zeigefinger der Linken deutete ich auf den Talisman. »Dieses Kreuz ist uralt. Der Prophet Hesekiel hat es in der babylonischen Gefangenschaft hergestellt. Von dort aus ist es seinen langen Weg durch die Zeiten gegangen und muss verschiedene Besitzer gehabt haben. Ich rechne damit, dass auch Hector de Valois dazu gezählt hat.«

»Ja, das stimmt!« Der Abbé schaute gegen den dunklen Himmel. »Welches Schicksal mag uns zusammengeführt haben? Und das ausgerechnet zu diesem Zeitpunkt?«

»Weil die Zeit einfach reif ist«, erwiderte ich. »Finstere Mächte versuchen, Einfluss zu gewinnen. Sie haben zum großen Schlag an allen Fronten ausgeholt, und ich stelle mich ihnen. Wir sind nur wenige Freunde, die Bescheid wissen, aber wir versuchen alles.«

Das Nicken des Abbés unterbrach mich. »Das befürchte ich auch. Ähnliche Anzeichen habe auch ich erfahren. Alte Flüche leben auf, die Werwölfe sind unterwegs.«

»Und weshalb wollen Sie zu der Ruine?«

Erstaunt blickte mich der Priester an. »Das wissen Sie nicht?«, fragte er.

»Nein!«

»Dort ist er doch begraben worden. Dort liegt Hector de Valois!«

Wenn das so weiterging, erlitt ich noch einen Herzschlag. Eine Überraschung jagte die andere. Was ich in den letzten Minuten erfahren hatte, war mehr gewesen als in den langen Wochen zuvor. »Sagen Sie das noch mal!«, flüsterte ich.

»Dort liegt Hector de Valois begraben.«

»Das gibt es doch nicht!« Ich stöhnte auf und ging einen Schritt zurück.

Der Priester sprach weiter. »Dieses Grab ist tatsächlich die Spur in die Vergangenheit, glauben Sie mir. Ob er damals das Schicksal hat beeinflussen können, ist mir nicht bekannt, aber das Grab ist nicht immer zu sehen, das wissen Sie. Nur wenn die Loire wenig Wasser führt, ansonsten ist es verschwunden.«

»Wie lange ist es offen?«

»Vielleicht bis morgen. Es braucht nur einmal kräftig zu regnen, schon sieht alles anders aus. Wenn wir dem Grab einen Besuch abstatten wollen, müssen wir uns beeilen, Monsieur Sinclair. Wir müssen sehr schnell sein.«

»Ja, in dieser Nacht noch.«

»Eben.«

»Und wie kommen wir dorthin?«

Der Abbé schaute mich starr an. »Monsieur Sinclair, ich weiß, dass Sie ein besonderer Mann sind. Ich kenne Sie natürlich nicht genau, aber ich spüre es. Deshalb möchte ich Sie auf die Gefahren hinweisen, die uns unter Umständen erwarten werden.«

»Das kann ich mir alles vorstellen. Aber die Person des Hector de Valois ist auch eng mit meinem Leben oder meinem Schicksal verknüpft. Verstehen Sie jetzt, dass ich nicht anders kann? Ich habe mein Leben dem Kampf gegen die Mächte der Finsternis verschrieben. Ich bin quasi auserwählt worden, wenn Sie so wollen, und ich kann einfach nicht kneifen, so groß sich die Probleme auch auftürmen.«

Der Abbé dachte über meine Worte nach und nickte schließlich. »Ja, das sehe ich ebenfalls so. Sie haben Recht, und den Beweis dafür tragen Sie bei sich. Das Kreuz!«

»Eben.«

Er reichte mir die Hand. »Schließen wir einen Pakt. Ich kenne mich hier aus und werde Sie begleiten. Gemeinsam untersuchen wir das Grab dieses Mannes, falls wir es finden. Die Spur in die Vergangenheit darf nicht erkalten.«

»Sie sprechen mir aus dem Herzen.«

»Dann kommen Sie.«

»Moment noch.« Ich war wie vor den Kopf geschlagen und musste meine Gedanken erst sammeln. »Ich bin mit dem Wagen des toten Reporters hier in den Ort gekommen. Können wir ihn benutzen?«

»Können ja, aber wir kämen nicht an das Grab heran. Das Ufergelände am Fluss ist sehr dicht, manchmal auch dschungelartig bewachsen. Sie werden das vielleicht gesehen haben, deshalb schlage ich vor, dass wir vom Wasser aus die Insel erreichen.«

»Sie haben ein Boot?«

»Ja.« Er lächelte. »Wir werden uns eines ausleihen. Das geht schon in Ordnung.«

»Wenn Sie das sagen, Abbé.«

Er lächelte zuversichtlich und ging los. Ich folgte ihm langsamer. In meinem Kopf drehte sich alles. Himmel, da war ich hergekommen, um Werwölfe zu jagen, und traf plötzlich auf Hector de Valois. War es wirklich ein Zufall?

Nein, ich hatte es mir abgewöhnt, daran zu glauben. Für mich stellte sich das Leben als ein gewaltiger Kreislauf von verschiedenartigen Teilen dar, die beim ersten Hinsehen nichts miteinander zu tun hatten, sich irgendwann jedoch alle trafen, damit sich der Kreislauf schließen konnte.

Mit zwei raschen Schritten hatte ich den Abbé eingeholt und stellte ihm die nächste Frage. »Können Sie sich vorstellen, was die Werwölfe am Grab des Verstorbenen wollen?«

»Da kann ich nur raten. Wahrscheinlich erhofft sich Manon gewisse Informationen. Auch die Mächte des Bösen streben nach Vollendung. Hector de Valois war ein Mensch, der sich auskannte. Er gehörte damals zu den Genies. War Alchimist, war Templer, Höllenforscher und was weiß ich nicht alles. Möglicherweise ist in seinem Grab etwas verborgen, das auch für die Werwölfe von großer Wichtigkeit sein kann.«

»Dann ist es noch verschlossen?«

»Natürlich.«

Ich nickte entschlossen. »Okay, Abbé Bloch, es wird Zeit, dass wir es öffnen!«

Lupina!

Keiner der drei Männer sprach den Namen aus, doch jeder von ihnen wusste, dass es allein ihr gefährlicher Schatten war, der sich dort auf dem Boden abzeichnete und auch Nadine, die Wölfin, in seinen Bann hielt.

Der Schatten hatte die Männer völlig verwirrt. Vielleicht dachte jeder das Gleiche, nur traute sich keiner, seine Gedanken auszusprechen.

Er stand dort wie ein Mahnmal, wie ein nicht fassbarer Grabstein für eine tote Wölfin.

Die drei kamen sich vor wie auf einer Bühne. Sir James zwischen und gleichzeitig hinter Suko und Bill an seinem Schreibtisch. Er hatte die Hände aufgestützt, sein Blick war auf den Körper und den Schatten gerichtet, und er war es auch, der als Erster die Sprache wiederfand.

»Dass es Lupina ist, wissen wir, aber wie kommt ihr Schatten in mein Büro?«

Bill drehte den Kopf. »Da bin ich überfragt, Sir.«

Suko fügte ebenfalls etwas hinzu. »Wenn wir da eine konkrete Antwort haben wollen, müssten wir Nadine fragen.«

»Das ist doch lächerlich. Sie kann nicht sprechen und …«

»Sir, schon einmal hat sie uns Informationen übermittelt, wenn ich darauf hinweisen darf. Nicht als Wölfin, sondern als Nadine Berger. Es ist ihr damals gelungen, durch welche Kraft auch immer, Seele und Körper voneinander zu trennen. Bill müsste es besonders gut wissen. Er hat sich damals in der Urzeit befunden.«

»Und Sie glauben, dass jetzt das Gleiche passiert?«

»Ich hoffe es zumindest.«

»Die Verhältnisse hier sind andere. Nadine wird vom Geist dieser Lupina beherrscht. Sie kann es nicht zulassen, dass sich

Körper und Seele wieder trennen. Da muss einfach ein anderes Ereignis eintreten als dieses hier. Tut mir Leid.«

Da Sir James in seiner Meinung ziemlich festgefahren war, hielten die beiden anderen den Mund.

Bill Conolly wollte nicht nur stehen und starren, er fühlte sich gezwungen, etwas zu unternehmen, denn Lupinas Schatten war nicht umsonst entstanden.

So ging er vor.

Dabei bückte er sich und streckte einen Arm aus. Wenn seine Hand das Fell berührte, kam sie auch mit dem Schatten in Verbindung. Es war also nicht ungefährlich, aber Bill musste einfach Klarheit haben.

Seine Hand berührte das Fell.

Nichts geschah.

Er wurde mutiger, streichelte die Wölfin, wühlte das Fell auf, spürte die Wärme der Haut und zuckte plötzlich zurück, wobei er sich noch umdrehte.

»Was ist los?«

»Suko, sie hat sich bewegt!«, hauchte der Reporter.

»Tatsächlich?«

»Ja, ich habe …«

Bill verstummte, auch die anderen beiden stellten keine Fragen mehr, denn in den folgenden Sekunden erlebten sie einen Vorgang, der nur mit dem Begriff *konzentrierte Magie* umschrieben werden konnte.

In dem dunklen Schatten bildete sich ein zweiter, der wesentlich heller war und die Formen einer Frau, die alle Versammelten vom Ansehen her kannten, annahm.

Nadine Berger!

Der Abbé und ich hatten den Fluss erreicht und eine freie Stelle gefunden, wo wir dicht an das Wasser herangehen konnten. Der Platz war vom dichten Ufergestrüpp befreit worden und wurde als Bootsliegeplatz genutzt.

Es waren normale Kähne, die hier lagen, man musste

rudern, um den Fluss zu überqueren. Der Abbé blickte über das Wasser. »Wir haben sehr großes Glück«, sagte er.

»Wie meinen Sie das?«

»Sehen Sie sich die Strömung an. Sie wird uns gegen die Insel treiben.«

»Dann brauchen wir nicht zu rudern?«

»Wahrscheinlich nicht.«

»Und welches Boot nehmen Sie?«

»Die Auswahl ist nicht groß. Irgendwie sind alle gleich. Was schlagen Sie vor?«

Ich deutete auf einen heller gestrichenen Ruderkahn, der mir noch am vertrauenerweckendsten aussah. Auf den Planken sah ich einen feuchten Fleck. Dort war das letzte Regenwasser verdunstet.

»Ja«, meinte der Abbé, »damit bin ich einverstanden.«

Es waren drei Ruder vorhanden. Eines diente als Ersatz. Auch das gefiel mir. Ich hatte mich schon gebückt und drückte den Kahn in das Wasser. Mit dem Kiel schabte er über Kiesel und Sand. In der Tat führte der Fluss sehr wenig Wasser, denn die langen Streifen, die wie Finger in die Strommitte hineinzeigten, waren bei normalem Wasserstand nicht zu sehen. Nasse Füße holte ich mir trotzdem, und dem Abbé erging es ebenso.

Schließlich, als wir das Ende eines dieser fingerartigen Streifen erreicht hatten, enterten wir den Kahn und griffen zu den Rudern.

Wir brauchten unser Boot nur ein wenig zu drehen, um in die Strömung zu gelangen, die uns dem neuen Ziel entgegentrieb.

»Wissen Sie eigentlich genau, wo sich das Grab befindet?«, fragte ich den Abbé.

»Die Insel ist nicht sehr groß.«

Dieser Antwort entnahm ich, dass er auch nicht genau Bescheid wusste.

Wir hatten die Ruder nicht eingezogen, hielten sie nur fest und ließen die Blätter eingetaucht. Zur Mitte hin wurden wir abgetrieben, was nicht weiter tragisch war, wie mir der Priester sagte.

Schiffsverkehr herrschte nicht mehr. Ruhig wälzte sich der Strom durch sein Bett.

Über uns befand sich der weite Nachthimmel. Der Mond begleitete unsere Reise wie ein stummer Beobachter. Als schwachgelbes Auge stand er am Himmel und wirkte wie mit einem Zirkel aus der Finsternis herausgeschnitten.

Mein Begleiter zog sein Ruder ein und richtete sich auf. Er blieb allerdings knien, um einen besseren Blick zu haben. »Noch können wir uns so treiben lassen«, sagte er.

»Wie weit ist es weg?«

»Wir müssen jedenfalls am Schloss der Medoques vorbei.«

Das würde noch eine Weile dauern. Ich berichtete dem Abbé, wie Gerald Gress ums Leben gekommen war und dass ihm der Herold keine Chance gelassen hatte.

»So sind sie immer, die Teuflischen«, sagte der Priester. Er ballte eine Hand zur Faust.

»Bekämpfen Sie die Wesen?«

»Ich versuche es.« Er drehte den Kopf. Seine Augen glänzten. Der feste Wille war darin zu lesen. »Leider finde ich nicht überall Gehör. Selbst bei meinen eigenen Brüdern nicht, die mich für einen zu konservativen und reaktionären Priester halten. Sie lassen die Finger von den alten Dingen, aber ich versuche, ein wenig Ordnung zu schaffen. Das Böse hat es gegeben, das Böse wird es immer geben, nur müssen wir versuchen, es auch einzukreisen.«

»Stimmt.«

»Elf Werwölfe und ihre Anführerin«, murmelte er. »Wie wollen wir sie bekämpfen?«

Ich hob die Schultern. »Erstens durch mein Kreuz, dann besitze ich eine mit geweihten Silberkugeln geladene Pistole, außerdem noch einen Silberdolch. Das könnte reichen.«

»Finde ich auch.«

»Und welche Waffen haben Sie?«

»Geweihtes Wasser, ebenfalls ein Kreuz und einen silbernen

Pflock. Ich habe ihn selbst hergestellt und auch geweiht. Damit müssten wir es schaffen.«

»Falls sie uns über den Weg laufen.«

»Das werden sie, verlassen Sie sich darauf.«

»Bisher habe ich sie nicht gesehen.« Das stimmte. Immer wieder hatte ich das nähere linke Ufer abgesucht, dort aber nichts entdeckt. Wenn die Werwölfe tatsächlich das gleiche Ziel hatten wie wir, mussten sie es sehr geschickt angefangen haben.

Wahrscheinlich hatten sie die Insel längst erreicht. Es war vom Schloss aus nicht sehr weit.

Darüber sprach ich mit dem Abbé. Er nickte. »Sicher, wir müssen damit rechnen.«

»Ist sie so groß, dass sich zwölf Bestien mit ihren Pferden dort verbergen können?«

»Ja, möglicherweise. Man kann nie wissen, wie viel das Wasser von ihr freigegeben hat.«

Ich hatte noch eine Frage. »Wie sind Sie eigentlich nach Medoque gekommen, Abbé? War es ein Zufall?«

»Das nicht. Ich habe in alten Büchern gelesen und die Spur gefunden.«

»Und mich hat man gerufen.«

»Es ist gut, dass wir uns getroffen haben. Allein hätte jeder seine Probleme gehabt.«

»Das können Sie laut sagen.«

Und weiter trieben wir über den düsteren Strom. Manchmal glitten Blätter oder Gestrüpp an uns vorbei, das von der Strömung schneller als unser Kahn befördert wurde.

Meiner Berechnung nach hatten wir den Schlosskomplex bereits passiert, und der Abbé sprach mich darauf an.

»Sie brauchen nur noch ungefähr zehn Minuten zu warten. Bei Tageslicht würden wir die Insel schon sehen.«

So entdeckten wir sie als Schatten. Sie kam mir vor wie ein Wall, der mitten auf dem Wasser stand. Dicht bewachsen und mit einem fast undurchdringlichen Unterholz an ihren Rändern versehen.

Jetzt ruderten wir wieder. Gegen Wirbel mussten wir ankämpfen und brachten unser Boot zu dem dünnen Streifen Wasser, der sich zwischen der Insel und dem Ufer befand.

Die Straße konnte ich nicht mehr sehen. Dafür fiel mir auf, dass die Berge sehr nahe an den Fluss herangerückt waren. Dunkle, unheimlich wirkende Klötze mit diesmal steilen Hängen.

Keine Spur von den Wölfen. Auch ihre Reittiere sahen wir nicht. Vielleicht hatten wir sogar Glück und konnten die Insel als Erste betreten.

Ich blickte auf meine Uhr. Mitternacht war schon vorbei. Die Geisterstunde war angebrochen.

Auch wenn ich das Ruderblatt sehr flach eintauchte, spürte ich das Kratzen, als es über den steinigen Grund glitt. Das gleiche Phänomen erlebte der Abbé an seiner Seite, und wenig später trieb uns die Strömung mit dem Bug zuerst auf eine Sandbank.

Ich kniete mich hin. »Bleiben wir hier?«

»Ja.«

Nach der Antwort verließ ich das Boot. Ich sprang auf die Sandbank und sank ein wenig ein. Auch der Priester hatte das Boot verlassen. Gemeinsam zogen wir es aufs Trockene und drehten uns zur Insel hin.

Schweigend lag sie vor uns. Von der Ruine war nichts zu erkennen. Sie musste hinter dem dichten Gestrüpp verborgen sein. Ich wunderte mich sowieso darüber, dass noch Bäume oder Buschwerk wuchsen, wo die Insel doch zumeist unter Wasser lag.

»Das ist ein Phänomen«, erwiderte der Priester, als ich ihn darauf ansprach. »Aber wer weiß schon, welche Kräfte auf dieser Insel regieren. Ich nicht.«

Das mussten wir herausfinden. Mich hatte die Spur in die Vergangenheit regelrecht heiß gemacht. Wenn ich Hectors Grab tatsächlich fand, konnte ich sicherlich Aufschlüsse über das Leben der Templer erhalten.

Um zur Insel zu gelangen, mussten wir durch das Wasser.

Es reichte mir bis zu den Knien. Ich hatte die Führung übernommen, betrat das Eiland auch als Erster und glaubte, mich auf einer Dschungelinsel in Brasilien zu befinden.

»Eine Machete müsste man haben!«, flüsterte ich und zeigte auf das Dickicht.

»Versuchen wir es so.«

Ich hielt mich an zwei Ästen fest und zog mich hoch. Gleichzeitig gab ich mir Schwung, brach in das Buschwerk ein und hörte es unter mir knacken, als es von meinem Gewicht zerdrückt wurde. So aber hatte ich mir wenigstens einen Weg schaffen können. Der Abbé folgte mir. Ich hatte mich gedreht, reichte ihm die Hand und zog ihn hoch.

Beide standen wir nebeneinander, umgeben von einem Wirrwarr an Zweigen und Gras. Hohe Bäume wuchsen hier nicht, uns reichte aber das Übrige schon.

Dann hörten wir ein Geräusch, das uns beide zusammenzucken ließ. Es war ein dumpfes Trommeln, wie ein Gewitter, das irgendwo in der Ferne grummelte, aber nicht näher kam.

»Wissen Sie Bescheid?«, fragte der Abbé.

»Ja, das sind Pferde.«

»Genau.«

Ich schaute zum Ufer hin, aber ich sah sie nicht. Der Wald und die Dunkelheit verbargen sie. So konnten wir nur lauschen, wie das Trommeln immer leiser wurde und schließlich völlig verstummte.

»Jetzt möchte ich gern wissen, ob die Werwölfe in den Sätteln gesessen haben oder nicht«, murmelte der Pfarrer und knetete sein Kinn.

»Das werden wir bald erfahren.«

Der Abbé nickte. »Bon, durchsuchen wir die Insel. Ich will endlich das Grab sehen.«

»Fragen Sie mich mal.«

Wir schlugen uns in die Büsche, und dies im wahrsten Sinne des Wortes. Es war nicht einfach, durchzukommen. In den folgenden Minuten vergaß ich die Werwölfe, da ich mich auf meine Arbeit konzentrieren musste. Es wurde tatsächlich besser. Nachdem wir den ersten dichten Ufergürtel hinter uns gelassen hatten, war das Gelände sogar ziemlich frei. Zwar wuchsen nach wie vor Büsche wie kleine Hindernisse, auch Krüppelbäume streiften mit ihren Ästen unsere Haare, sodass wir uns des Öfteren ducken mussten.

Der Boden war sehr weich, Spuren entdeckten wir keine.

Die Insel schien so jungfräulich geblieben zu sein, wie sie es bei ihrer Entstehung gewesen war.

»Und die Ruinen?«, fragte ich.

Der Abbé lächelte. »Sie sind sehr ungeduldig.«

»Das ist mein Problem.«

»Ich war noch nie hier, aber wir werden sie finden, darauf können Sie sich verlassen. Und dann haben wir auch das Grab.«

»Hoffentlich.«

Es war schon eine gewaltige Sache für mich, so dicht an einem entscheidenden Punkt zu stehen. Ich gehöre zu den Menschen, die immer versuchen, mit der Umgebung ins Reine zu kommen. Sei es ein Zimmer, ein Wald oder eine Insel wie hier, immer herrschte eine etwas andere Atmosphäre. So auch hier.

Die Luft war zwar klar, aber sie roch muffig, als läge ein Schleier der Feuchtigkeit über dem Eiland. Vom Wasser her trieb ein fauliger Geruch an unsere Nasen, der Ähnlichkeit mit dem Gestank eines alten schottischen Hochmoores aufwies.

Alles war nass, klamm, und über dem Boden lagen dünne Dunstschleier, die sich in den Morgenstunden sicherlich zu Nebelwolken verdichten würden.

Meine Lampe ließ ich stecken. Auch den kleinsten Lichtpunkt sieht man in der Dunkelheit über große Entfernungen. Sollten sich die Werwölfe auf der Insel verborgen halten und uns bisher noch nicht gesehen haben, wollte ich sie nicht unbedingt auf mich aufmerksam machen.

Da wir davon ausgingen, dass sich die Ruine auf der Inselmitte befand, orientierten wir uns in diese Richtung. Und tatsächlich wurde das Gelände freier. Ich hatte allmählich das Gefühl, am Rande einer größeren Lichtung zu stehen.

Der Abbé stolperte als Erster. Er fluchte leise, als er auf das rechte Knie fiel. Dann rappelte er sich wieder auf und rieb sein Bein. »Da, sehen Sie!«, sagte er. »Der Stein!«

Es war eine Platte aus dunklem Stein. Sie ragte knöchelhoch aus dem weichen Boden. Als ich meinen Blick senkte, erkannte ich, dass es sich um einen alten Grabstein handeln musste.

»Und damit haben wir den Friedhof erreicht«, flüsterte ich.

Der Priester nickte. »So sieht es aus. Es gibt mir Hoffnung. Es ist alles so, wie ich es in den Unterlagen gefunden habe. Der Friedhof auf der Insel.«

»Wer liegt hier begraben?«

Er hob die Schultern. »Möglicherweise sind es Hectors Verbündete.«

»Die Templer«, murmelte ich.

Der Abbé hatte meine Worte vernommen. »Was haben Sie da gesagt? Templer?«

»Ja.«

»Hat de Valois zu ihnen gehört?«

»Sicher.«

»Dann ist mir vieles klar.«

»Wieso?«

Er lächelte. »Wie Sie wissen, Monsieur, waren die Templer etwas Besonderes. Vor allen Dingen stellten sie eine Macht dar, die der damaligen Amtskirche nicht gefiel. Deshalb wurden sie ausgeschlossen und gingen ihrem eigenen Glauben nach.«

»Wobei Hector de Valois ihr Anführer war, wie ich inzwischen erfahren habe.«

Der Priester bekam eine Gänsehaut. Ich sah es, weil er nahe an mich herangetreten war. »Hoffentlich versündigen wir uns nicht!«, hauchte er.

»Wie meinen Sie das?«

»Man darf die Gräber der Templer nicht öffnen.«

»Das habe ich auch nicht vor.«

Der Abbé nickte. »Gut, suchen wir weiter!«

So leise wie möglich bewegten wir uns durch das Gelände. Sehr schnell stellten wir fest, dass wir tatsächlich auf einem Friedhof gelandet waren, denn nicht nur eine Grabplatte mussten wir übersteigen, sondern uns gleich an mehreren Grabsteinen vorbeiwinden, die nicht alle ein kreuzförmiges Aussehen hatten.

Manche sahen aus wie ein großes X. Das Andreaskreuz, auch ein Zeichen der Templer.

Mir lief ein Schauer über den Rücken. Nie hätte ich damit gerechnet, in diesem Fall auf einem längst vergessenen Templer-Friedhof zu landen, aber das Schicksal lenkte mich immer wieder auf neue Pfade.

Die ersten Trümmer entdeckte ich. Wir hatten den alten Friedhof praktisch verlassen, ohne Hectors Grab entdeckt zu haben. Vor einer hüfthohen, brüchigen Mauer blieb ich stehen und wartete, bis der Abbé mich erreicht hatte.

Der Priester nickte. »Das muss ein Teil seiner Burg gewesen sein«, flüsterte er.

»Wer hat sie damals zerstört?«

»Ich weiß es nicht. Jedenfalls hat es ein schreckliches Unglück gegeben, das ist mir bekannt. Doch die Chroniken schweigen sich leider darüber aus.«

Die Brüstung bildete praktisch den äußeren Ring. Um tiefer in das Gelände der ehemaligen Burg einzudringen, überkletterte ich die Mauer und gelangte auf steinige Erde.

Zwar waren die Felsen oder Quader im Laufe der Zeit durch Moos und Pflanzen überwuchert worden, aber ich spürte an dem harten Widerstand die andere Geländeform.

Auch der Abbé war misstrauisch geworden. Seine Augen hatten sich verengt. »Allmählich stoßen wir vor in das Zentrum!«, hauchte er.

Viel war nicht zu sehen. Nur geschwärzte und überwachsene Fragmente, die die Jahrhunderte überdauert hatten.

Wir schlichen weiter.

Niemand sprach mehr. Ohne darüber geredet zu haben, hatten wir beide das Gefühl, dicht vor dem Wendepunkt des Falles zu stehen. Die Spur in die Vergangenheit war in greifbare Nähe gerückt.

Auch ich spürte die innere Nervosität. Davon konnte sich niemand freisprechen, auch nicht ein Mann wie ich, der ich zahlreiche Abenteuer hinter mir hatte.

Keines davon war mit dem anderen gleich. Irgendwie gab es immer wieder Varianten, wie auch hier.

Da sich die Bestien nicht gezeigt hatten und sich demnach wohl nicht auf der Insel befanden, holte ich meine dünne Leuchte hervor und schaltete sie ein.

Der Abbé war dagegen. »Ist das nicht gefährlich?«

»Ich will das Grab sehen, und wir müssen das Risiko einfach eingehen.«

»Wie Sie meinen.«

Wir zogen einen Kreis, der dann immer enger wurde. Sogar ein alter Torbogen hatte die Zeit noch überstanden. Durch ihn schritten wir und verließen wieder das ehemalige Burggelände.

»Allmählich verliere ich die Geduld«, sagte der Abbé.

Ich lächelte schief. »Das sollte man nicht.«

»Und wenn alles eine Täuschung gewesen ist?«

»Konzentrieren wir uns auf die Wölfe.«

»Das sagen Sie so einfach.«

Die Erfahrung hatte mich gelehrt, mehr Geduld als andere zu zeigen. Und so ging ich auch vor. Noch einmal suchte ich das Gelände hinter dem Torbogen ab und geriet dabei in den Bereich, der bereits von dschungelartigem Pflanzenwuchs überwuchert wurde.

Dicht davor und fast flach auf dem Boden sah ich etwas Dunkles schimmern. Nur für einen winzigen Moment, weil der Lampenschein darüber hinweggehuscht war.

Ich holte ihn zurück und leuchtete genauer.

Dabei ging ich zwei Schritte vor und wusste plötzlich, dass ich Hector de Valois' letzte Ruhestätte gefunden hatte.

Das musste einfach sein Grab sein.

»Abbé Bloch!«, rief ich.

Er hörte mich und kam. Als er eine Frage stellen wollte, deutete ich auf die dunkle Platte.

»Ist es das?«, fragte ich.

Er starrte hin, seine Stirn legte sich in Falten, dann hob er die Schultern. »Ja, das kann sein.«

Ich fiel auf die Knie, leuchtete die Platte an und maß die Umrisse ab. Sie waren größer als die eines normalen Sarges. Auf der Platte lag noch ein Deckel. Und er war ebenfalls aus Stein. Wahrscheinlich zu schwer für uns beide.

Ich zog meinen Dolch, was den Abbé wunderte. »Was wollen Sie denn damit anstellen?«

»Das Moos abkratzen. Schauen Sie sich das doch mal an. Das ist die Patina der Natur. Bitte, halten Sie die Lampe.«

Er tat mir den Gefallen, und ich begann mit meiner Arbeit. Mit dem Dolch schabte ich über den Stein. Was die Schneide alles abkratzte, setzte sich aus Moos, Flechten und Dreck zusammen. Diese Dinge waren eine zähe, fast gummiartige Verbindung eingegangen.

Wenn tatsächlich das Grab von Hector de Valois vor mir lag, durfte die Entdeckung an diesen banalen Dingen nicht scheitern.

Verbissen machte ich weiter. In das Kratzen der Klinge hinein stieß mein scharfer Atem. Schnell war ich schweißnass, aber ich dachte nicht an Aufgabe.

Ich fühlte Unebenheiten unter der Schicht, als hätte jemand etwas in die Grabplatte hineingeritzt.

Ein Zeichen, Motiv oder Sigill.

Nach einer Viertelstunde war ich so weit. Die Platte lag fast frei vor mir, nur an den Rändern zeigte sich noch eine Schicht, aber das störte mich nicht. Zudem ragte sie etwas aus dem Boden hervor. Wenn wir sie hochheben wollten, konnten wir mit den Händen auch unter die Ränder fassen.

»Und?«, fragte der Abbé

»Geben Sie mir die Lampe.«

»Was ist denn?«

»Machen Sie schon.« Ich war plötzlich aufgeregt, denn ich hatte die Motive auf der Grabplatte erkannt, wollte aber auf Nummer sicher gehen und leuchtete drauf.

An der Oberseite begann ich.

Dort befand sich das erste Motiv. Es war der Kopf eines Mannes, und man hatte ihn als Profil in den Stein geritzt. Dieser Kopf wurde von einem Kranz umgeben, der mich nicht weiter interessierte, denn meine Aufmerksamkeit galt dem Gesicht.

Kannte ich es?

Wahrscheinlich, denn so fremd waren mir die Züge nicht. Ich hatte das Gesicht allerdings nicht so in der Erinnerung, sondern wesentlich jünger, straffer und nicht so eingefallen.

»Das muss er sein!«, flüsterte der Priester.

»Meinen Sie Hector de Valois?«

»Genau den.«

Der Gedanke an Widerspruch kam mir nicht. Auch ich war zu der Überzeugung gelangt, den Kopf des Mannes vor mir zu sehen, den ich als Mann in den besten Jahren bei meiner Reise in die Vergangenheit kennen gelernt hatte.

Er war alt geworden, hatte sich stark verändert. Sein genaues Alter aber war mir ebenso unbekannt wie das Sterbedatum des Mannes.

»Dann müssen seine Gebeine unter der Platte liegen!« Der Priester hatte die Worte rau geflüstert. Man merkte, wie sehr der Mann unter Stress stand.

»Ja, vielleicht.«

»Und was ist noch auf der Platte? Leuchten Sie mal weiter, Monsieur Sinclair.«

Das tat ich. Ich hatte es schon geahnt, gesehen und auch gefühlt, aber ich wollte die Bestätigung und leuchtete den Gegenstand auf der Platte an, der sich im unteren Drittel befand.

»Mein Gott, das ist es!«, sagte der Priester mit kaum verständlicher Stimme.

Er hatte Recht, das war es auch.

Und zwar mein Kreuz!

Sie waren wie die Wilde Horde der Germanen durch die finstere Nacht gejagt. Ihre Pferde hatten sie fast bis zur Erschöpfung vorangetrieben, sodass den Tieren der Schaum vor die Mäuler trat und der Wind ihre Mähnen hochstellte.

An der Spitze ritt Manon Medoque. Sie spürte die Kraft einer Großen in sich. Seit der Herold es geschafft hatte, Lupina zu projizieren, war viel von dem, an das sie glaubte, auf Manon übergegangen. Aus diesem Grunde fühlte sie sich auch so wohl und sicher. Manchmal lachte sie auf. Dann flog ihr dieses Lachen wie ein schauriger Gruß voraus.

Es war ihre Welt, es war ihre Nacht. Hier würde sie allein gewinnen. Kein anderer sollte ihr mehr in die Quere kommen. Auch nicht dieser Fremde. Er sollte merken, dass er am Ende seines Weges angelangt war. Nicht umsonst hatte sie ihren Leibwächter und den Herold zurückgelassen. Die beiden konnten sich mit ihm beschäftigen.

Die Hänge waren sie hochgeritten, in die Wälder hineingejagt, aber sie hatten keine Menschen überfallen, denn auf Manon Medoque wartete eine große Aufgabe.

Und so hatte sie ihre Horde nach einer Weile wieder zum Fluss hinuntergetrieben, wo die Bestien von den Pferden stiegen und die Tiere wegjagten.

Zurück blieben Manon und elf ihrer Diener.

Diese hatten einen Kreis um ihre Anführerin gebildet und starrten ihr aus gelben Raubtieraugen ins Gesicht. Auch in ihrer menschlichen Gestalt waren sie immer Befehlsempfänger gewesen, jetzt konnten sie nicht anders reagieren.

Manon nickte. Sie wusste, dass sie sich auf die Bestien verlassen konnte, und sie drehte sich um, damit sie über das Wasser zeigen konnte.

Auf einen Fleck inmitten der breiten, aber nicht sehr tiefen Wasserfläche konzentrierte sich die Fingerspitze.

Es war die Insel, ihr Ziel!

Und sie nickte den Werwölfen zu, die das Gleiche taten wie sie. Sich umdrehten und in das Wasser stiegen.

Einige von ihnen schlugen einen großen Bogen, sodass sie von allen Seiten auf die Insel waten oder zuschwimmen konnten.

Damit nahm das Schicksal seinen Lauf …

Es war das Kreuz, es war mein Kreuz, denn ich sah genau die gleichen Zeichen, bis auf eine Kleinigkeit.

Die magischen Bannsprüche in der Mitte des anderen Kreuzes waren da noch vorhanden.

Bei mir jedoch nicht. Da hatte Lilith, die große Hure und Verbündete Luzifers meinen Talisman entzaubert.

Ich hatte den Atem angehalten und spürte wieder die Stiche in meinem Kopf. Für einen Moment war mein Denken völlig ausgeschaltet. Ich schaute nur auf das Kreuz und fragte mich, wie es auf die Oberseite dieser Grabplatte gekommen war.

»Wissen Sie es?«

Der Abbé hatte verstanden. »Nein, es tut mir Leid. Ich kenne mich da nicht so aus. Sie haben doch gesagt, dass Ihr Kreuz eine lange Reise hinter sich gehabt hat.«

»Das stimmt.«

»Dann muss es sich auch mal in Hectors Besitz befunden haben. Wie hätte es sonst auf der Grabplatte abgebildet werden können? Ich sehe da keine andere Möglichkeit.«

Eigentlich hätte ich mich wie ein Mensch fühlen müssen, der eine lange Reise hinter sich hat und endlich am Ziel seiner Wünsche angelangt war. So fühlte ich mich aber nicht. Im Gegenteil, etwas wühlte mich innerlich auf. Ich konnte es nicht genau sagen, aber ich rechnete damit, noch böse Überraschungen zu erleben. Es war einfach der Gedanke daran, dass ich diesen Hector de Valois zu wenig kannte. Er war einer der mächtigsten Templer gewesen, okay, aber was er alles gekonnt hatte, wusste ich nicht.

Die flüsternde Stimme des Abbés hörte ich dicht neben meinem rechten Ohr. »Dieser Mann muss das Kreuz sehr geliebt haben, sonst hätte er es sich nicht auf seinen Sargdeckel einmeißeln lassen.«

Ich hob die Schultern. »Tut mir Leid, aber ich weiß nicht, ob er so gläubig gewesen ist.«

Der Abbé war erstaunt. »Du zweifelst an der gerechten Sache der Templer?«

Mich wunderte sein vertrauter Tonfall, ich sagte aber nichts. »Ja, daran zweifle ich.«

Abbé Bloch lachte leise. »Weshalb bist du dann mit mir gegangen?«

Jetzt brachte er mich durcheinander. »Das verstehe ich nicht. Warum sollte ich nicht mit dir gehen?«

»Weil ich ein Templer bin!«

Wäre ich besser in Form gewesen, hätte ich mit der Faust auf die Grabplatte geschlagen. So aber saß ich ganz still da, dachte über die Worte nach und fragte schließlich mit leiser Stimme: »Stimmt das?«

»Ja, ich lüge nicht.«

»Wieso? Was sagt die Kirche dazu?«

»Nichts. Sie weiß es nicht. Es gibt nicht nur mich, John Sinclair, auch andere Ordensleute haben sich zusammengefunden und wollen die alten Zeiten wieder aufleben lassen. Die Templer waren nicht schlecht, sie sind nur schlecht gemacht worden, und das bis in die heutige Zeit. Ich wusste, dass du kommen würdest, ich habe dich praktisch erwartet, denn unsere Verbindungen sind gut. Ich kenne auch dein Kreuz. Wir haben dich lange beobachtet, ohne dass du etwas davon gewusst hast. Aber wir sind da. Du bist uns bisher nicht in die Quere gekommen, jetzt aber müssen wir aufpassen, dass du nicht zu viel zerstörst, denn auch wir sind noch auf der Suche nach den alten Lehren.«

Ich atmete laut auf. »Rede nicht mehr weiter, sonst platzt

mir noch der Schädel. Aber ich frage mich, wie du zu mir stehst. Bist du jetzt mein Freund oder mein Feind?«

»Ich bin neutral.«

»Und lässt mich die Arbeit machen.«

»Vielleicht.«

Da musste ich lachen. »Toll, auf der einen Seite die Wölfe, auf der anderen du.«

»Moment, John Sinclair«, sagte er wieder leise und jeden Konsonanten dabei betonend. »Du vergisst eines: Die Werwölfe sind auch meine Feinde. Sie und ich haben nichts miteinander zu tun, aber sie wollen ebenfalls an das Grab heran.«

»Was ist der Grund?«

»Sie müssen alles Weißmagische ausmerzen, das sich in ihrem Bereich befindet. Ich bin sicher, dass sie kommen werden. Bis dahin sollten wir das Grab geöffnet haben.«

Dem war ich nicht abgeneigt, aber ich wollte noch etwas wissen. »Wenn du so viel weißt und selbst zu den Templern zählst, dann sag mir, was sich hier unter der Platte«, ich klopfte auf sie, »befindet.«

»Das ist eben unser Problem«, erklärte er, »ich weiß es nicht. Wir neuen Templer müssen vieles aus entlegenen Teilen Europas und des Orients zusammentragen. Wir stehen erst am Beginn des Aufbaus. Der Orden muss mächtig werden, aber das kostet Zeit. Vielleicht ist mit dem Fund dieser Grabstätte der Beginn gemacht worden.« Er legte eine kurze Pause ein und kam wieder auf das alte Thema zu sprechen. »Gut und Böse vertragen sich nicht miteinander. Wir brauchen freie Bahn.«

Ich nickte, bevor ich eine Antwort gab. »Du hast eine gewaltige Aufgabe übernommen. Wirst du alles schaffen?«

»Keine Sorge, es ist für vieles.« Er verstummte plötzlich und stand auf.

Auch ich erhob mich. Dabei fiel mein Blick noch einmal auf das Kreuz. Täuschte ich mich, oder verbreitete es tatsächlich einen schwachen Silberglanz? Am Mondlicht konnte es nicht liegen, das hatte einen anderen Farbton.

Der Abbé war einige Schritte zur Seite gegangen und stehen geblieben. Er schüttelte den Kopf. »Etwas stimmt hier nicht«, sagte er. »Ich habe das Gefühl, als würden wir belauert.«

»Die Wölfe?«

»So muss es sein.« Er duckte sich leicht. »Tun Sie mir einen Gefallen. Löschen Sie das Licht!«

Ich schaltete die Lampe aus. Gebracht hatte die Leuchtkraft nicht viel. Jetzt aber wurde es wieder stockfinster. Meine Augen mussten sich allmählich daran gewöhnen, und ich konzentrierte mich auch nicht auf eine bestimmte Stelle, sondern ließ den Blick kreisen.

Da sah ich die gelben Augen. Die gelben Augen der Werwölfe.

Also hatten sie es doch geschafft, klammheimlich die Insel zu betreten. Obwohl ich meine Waffen bei mir trug, spürte ich ein dumpfes Gefühl in der Magengrube. Eine Faust schien sich dort hineingewühlt zu haben, und ich atmete zunächst nur durch die Nase.

Hatte auch der Abbé sie gesehen?

Falls er nicht blind war, musste er das, und er sprach mich auch darauf an.

»Jetzt wird es sich zeigen, wer stärker ist!«, hauchte er und hob einen Arm. »Wollt ihr nicht kommen?«, rief er laut in die Finsternis hinein. »Wir haben euch längst gesehen.«

Genau diese Sätze waren das Zeichen. Die Zweige des Buschwerks bewegten sich. Auch hinter den alten Mauern der Schlossruine tauchten sie auf, und eine Person blieb genau dort stehen, wo sich der Bogen befand.

Es war Manon Medoque!

In all ihrer Scheußlichkeit präsentierte sich dieses Weib, das zur Bestie degeneriert war. Sie trug einen langen, dunklen Umhang, aus dem praktisch nur der Werwolfschädel mit dem kurzen, fellbewachsenen Hals ragte. Verlassen konnte sie sich auf ihre elf Diener, die uns umstellt hatten.

Zwei gegen zwölf!

Wie das endete, konnte ich mir ausrechnen.

Manon Medoque hatte nur Augen für mich. Ich spürte den Blick, wie er auf meiner Haut brannte. Und ich fühlte mich plötzlich unwohl. Wahrscheinlich war sie von meiner Anwesenheit überrascht worden, und das wurde mir gleich darauf bestätigt.

»Du bist hier?«, sprach sie mich mit ihrer kratzigen Stimme an.

»Wie du siehst.«

»Und die beiden anderen?«

»Deinen Fanfarenbläser habe ich leider vernichten müssen. Er war mir ein wenig zu gierig. Doch Jean lebt. Nur wird es ihm schwer fallen, den Tisch zu bewegen, an den ich ihn gekettet habe. Manchmal läuft eben nicht alles glatt.«

»Das habe ich bemerkt, aber jetzt wird uns niemand mehr aufhalten. Auch ihr nicht.« Sie löste sich vom Fleck und hob beide Arme. Es war das Zeichen für die übrigen Wölfe, ihre Verstecke zu verlassen.

Sie kamen nicht sehr schnell, eher vorsichtig und abwartend, als würden sie dem Frieden nicht so recht trauen.

Der Abbé stand neben mir. Als ich ihn ansah, entdeckte ich in seinen Augen keinerlei Resignation. Allein der Wille, nicht aufzugeben und dem Kampf nicht auszuweichen, war vorhanden.

Die Bestien bewegten sich geschmeidig. Im Buschwerk fanden sie Lücken, durch die sie glitten, und ihre Herrin, Manon Medoque, genoss es, von diesem Schutz umgeben zu sein. Leider war es zu dunkel, um Einzelheiten erkennen zu können. Ein Feuer hätte gut getan.

Die Werwölfin bewegte sich in meine Richtung. Ich überlegte, ob ich ihr ausweichen sollte, als mich der Abbé anstieß. »Wir dürfen keine Angst zeigen!«, flüsterte er. »Die wollen etwas anderes als uns. Wenigstens zuvor, aber sie werden sich wundern.«

»Du weißt mehr!«

»Nein, John, kaum.«

Über die Rolle des Abbés würde ich noch nachdenken müssen. Abbé Bloch – welch eine Rolle hatte er in diesem magischen Puzzle?

Manon blieb stehen. Wir musterten uns gegenseitig. Ich sah ihre veränderten Augen, die mich so kalt und grausam anstarrten. Das Gesicht war mit einem dichten Fell bewachsen, dennoch schimmerte an einigen Stellen die hellere Haut durch.

Konnte es sein, dass Manon noch nicht ihre gesamte Menschlichkeit verloren hatte?

Ich sah mir ihre Hände an. Sie waren zu Pranken geworden. Die Nägel wiesen jetzt die dreifache Länge auf. Zur Spitze hin waren sie gebogen. Sie konnten schlimme Wunden schlagen.

Noch hatte ich mich nicht bewegt. Wahrscheinlich wusste Manon nicht, dass ich inzwischen meine Beretta wieder bei mir trug. Ich würde den Teufel tun und mich zuvor verraten, sie war jetzt am Zug, und sie enttäuschte mich nicht.

Dass ihr das Sprechen Mühe bereitete, war zu sehen. Sie öffnete ihr Maul, rang nach Formulierungen und hatte eine merkwürdige Aussprache. Zudem roch ich sie. Der typische Gestank eines Werwolfs ging von ihrem Fell aus.

»Du hast die Insel gefunden, aber es wird dir nichts mehr nützen, weil wir diejenigen sein werden, die das Kommando übernehmen. Uns gehört die Welt. Der alte Familienfluch hat sich erfüllt. Mir obliegt es, die Wölfe zu führen, und ich werde auch das Grab öffnen, das ihr für uns gefunden habt.«

»Warum willst du das tun?«, fragte ich sie. »Weshalb lässt du das Grab nicht in Ruhe?«

»Weil nicht zwei Magien nebeneinander bestehen können. Das andere ist unser Feind, und Feinde müssen vernichtet werden. Das weißt du selbst, John Sinclair. Ich spüre die Kraft in mir. Lupina hat sie mir gegeben. Ich rief die Königin der Wölfe an, sie erhörte mich und stellte sich nicht gegen meinen Wunsch. Sie akzeptierte es, dass ich die Führung übernahm.«

»Weißt du, was sich in diesem Grab befindet?«

»Ein Toter.«

»Möglich.«

»Es ist nicht leer!«, fuhr sie mich an. »Sonst wärt ihr nicht gekommen, um …«

Ich wunderte mich darüber, dass sie nicht weitersprach. Plötzlich senkte sie den haarigen Schädel, ein grunzender Laut drang aus ihrem Maul, und sie knirschte mit ihren Reißzähnen.

Etwas musste sie beschäftigen und ablenken. Sie war durcheinander, auch die anderen Wölfe merkten es. Ich hörte ihre »Unterhaltungen«. Mehr fauchende, zischende Laute, manchmal von einem abgehackt klingenden Schrei begleitet.

Was Manon Medoque beschäftigte, wusste ich nicht und fragte deshalb den Abbé.

»Ich habe keine Ahnung!«, flüsterte er. »Etwas muss sie stören. Vielleicht dein Kreuz.«

»Kann sein.«

Dann hob Manon den Kopf. Gleichzeitig schnellten ihre Pranken vor, und dann hatte sie mich. Ich spürte die scharfen Krallen auf den Schultern, doch sie verletzten mich nicht. Manon blieb so stehen, als wollte sie mit mir eine enge Tanzhaltung einnehmen.

Ich hatte meine Hand in die Tasche geschoben, wo die Finger das Kreuz fanden. Wenn die Werwölfin durchdrehte, würde ich mich schon zu wehren wissen.

Aber sie blieb vernünftig. Nur eine Frage hatte sie. »Was ist das?«, keuchte sie. »Was hast du gemacht?«

»Nichts!«

»Doch!« Sie hob den Kopf an. Ich schaute jetzt direkt in ihre Augen. »Eine fremde Kraft ist da. Eine Seele, ein Geist, der mich stört. Er muss in unsere Verbindung hineingeraten sein.«

»In welche?«

Die Pranken der Wölfin rutschten von meinen Schultern ab. »In die zwischen mir und Lupina. Sie ist auch eine Wölfin, aber anders, sie stemmt sich gegen mich.«

Ich verstand die Welt nicht mehr. Ohne dass ich etwas

dazugetan hätte, sackte die Bestie vor mir zusammen. Sie wirkte erschöpft und konnte sich kaum auf den Beinen halten.

Auch mein Begleiter wunderte sich. »Damit habe ich nichts zu tun!«, verriet er. »Schade, ich wollte, ich hätte es.«

»Wer ist es?« Ich sprach die Werwölfin direkt an. Wenn sie mich verstand, musste sie auch eine Antwort geben können.

Manon Medoque breitete ihre Arme aus. »Sie, sie kennt dich genau, verdammt! Ja, sie hat sogar deinen Namen erwähnt. Sie ist eine Wölfin, aber fast ein Mensch. Sie ist ein Zwitter und gefährlich. Sie muss uns einfach kennen. Du musst sie kennen. Sie hat sich geteilt. Sie spürte die Magie der anderen, ist hineingeraten. Kennst du sie?«

Nach der letzten Frage hatte Manon den Kopf erhoben. Das Maul stand offen. Geifer rann daraus hervor. Er tropfte klatschend zu Boden und fiel genau zwischen ihre schräggestellten Füße, wo er eine schaumige Lache bildete.

Der Abbé stieß mich an. »Das muss mit dir und deinem Schicksal zusammenhängen«, sagte er. »Wer ist diese andere?«

»Keine Ahnung.«

»Wirklich nicht?«

Die Frage hatte so geklungen, als würde er mir nicht glauben. Verdammt, ich hatte eine Ahnung, aber ich konnte mir selbst kaum trauen. Es gab noch eine Wölfin, die so reagierte, wie Manon es gesagt hatte.

»Du musst sie kennen. Sie versucht, dich zu retten. Sie hat es gespürt, dass du auf verlorenem Posten stehst, aber sie wird es nicht schaffen!« Auf einmal bäumte sich ihr Körper auf. Sie bog den Rücken durch, riss die Arme hoch und schüttelte den Kopf. »Nein, sie wird es nicht schaffen! Lupina ist stärker. Zurück! Zurück in deinen Körper!«

Da wusste ich Bescheid.

Manon Medoque konnte nur von Nadine Berger gesprochen haben!

Also doch – sie war es!

Es war ihr gelungen, das magische Gefängnis zu durchbrechen und sich zweizuteilen.

Wie damals, dachte Bill Conolly. *Genau wie damals in der Urwelt. Sollten hier etwa die gleichen Verhältnisse herrschen?*

Bills Gedanken wurden unterbrochen, denn er musste sich auf den Körper konzentrieren, der über dem Wolf schwebte. Ein feinstofflicher Körper mit menschlichen Umrissen. Das geisterhafte Abbild der echten Nadine Berger.

Kaum zu fassen.

Aber weshalb war sie aus dem Körper ausgetreten? Es musste einen Grund geben, den weder Sir James, Bill noch Suko kannten. Dieser Grund musste ungemein stark sein.

Sir James schwitzte. Er hatte Mühe, die Fassung zu bewahren, denn es kam nicht oft vor, dass er so hautnah mit einer starken Magie konfrontiert wurde.

Und ausgerechnet mit einer, die noch nicht erklärbar war, aber Nadine meldete sich.

Plötzlich konnte sie sprechen. Sie formulierte Worte, die den Männern nur als ein Hauch entgegenwehten.

»Ich habe ihre Macht gespürt – und die Gefahr, die von ihr ausging. Sie lebt in einem Zwischenreich, aber man hat sie nicht vernichtet. Sie spinnt die Fäden, sie hat sich wiederum eine Helferin geschaffen.«

»Wen?«, fragte Bill ächzend.

»Es ist Manon Medoque, eine Werwölfin mit ihren Dienern. Und sie haben John!«

Das war es also!

Bill wurde blass. Auch Suko ähnelte plötzlich einem Zombie, und Sir James stieß zischend den Atem aus.

»Ist er tot?«, fragte Bill schluchzend.

Sie ließ sich Zeit. Noch schwebte sie über ihrem leblosen Wolfskörper und innerhalb des von Lupina geworfenen Schattens. Nadine stand nicht auf der Seite der mächtigen Wölfin, sie kämpfte gegen sie, war aber zu schwach, um Lupina vernichten zu können.

Trotzdem spürte sie sehr deutlich, wenn ihre große Feindin etwas gegen sie oder ihre Freunde unternahm, wie in diesem Fall gegen John Sinclair. Aber sie war nicht stark genug, sosehr sie auch versuchte, den drei Männern etwas mitzuteilen.

Nadine Bergers Gesichtszüge hatten sich nicht verändert. Auch als Geist sah sie noch so hübsch aus wie früher.

Ein paarmal öffnete sie den Mund, um weitere Erklärungen zu geben, bis zu dem Moment, als die Gestalt wieder zusammenfiel.

Das geschah blitzschnell. Keiner der Zuschauer griff ein, sie sahen nur, wie sich der Geistkörper wieder mit dem des Wolfes vereinigte. Aus zwei Personen war eine geworden.

Für einen Moment schloss Bill die Augen. Als er sie wieder öffnete, hatte Suko seinen Platz gewechselt und sich neben Nadine gekniet, die nicht mehr im Schatten der Wolfskönigin Lupina lag.

Der Inspektor wollte wissen, ob Nadine noch lebte. Sehr genau fühlte er nach.

Sir James und Bill Conolly warteten gespannt. Sie sahen, dass der Chinese nickte. »Ja«, murmelte er. »Ja, ich glaube, wir haben es geschafft. Die ist nicht tot.«

Die Männer waren erleichtert. Bill fühlte sich schwindlig. Er ließ sich in einen der Sessel fallen, blieb dort hocken und schüttelte den Kopf. »Das ist hart!«, flüsterte er. »Das ist verdammt hart.« Er holte tief Luft.

Sir James reagierte gelassener. »Und Sie haben sich nicht geirrt, Suko?«

»Nein.«

»Gut, dann können wir ja zur Sache kommen.« Er holte ein Tuch aus der Tasche und wischte sich den Schweiß von der Stirn. »Versuchen wir mal, die Emotionen zur Seite zu schieben. Nadine ist in Lupinas Magie geraten und hat uns eine Botschaft überbringen wollen.« Er schaute die beiden an. »Sie können sich vorstellen, von wem? Oder haben Sie es sogar gehört?«

Bill war noch nicht fähig, eine Antwort zu formulieren. Er schaute nur Nadine an, die nach wie vor wie tot auf dem Boden lag.

Dafür redete Suko. »Es geht im Prinzip um John.«

»Ja!«, bestätigte Sir James. »Er ist nach Frankreich gefahren, um gegen einen Geist zu kämpfen, Mr Conolly.«

»Sicher, Sir.«

»Da wir nichts von John gehört haben, möchte ich Sie fragen, Bill, ob Sie den genauen Ort kennen, an dem John agiert.«

Der Reporter schüttelte den Kopf. »Den kenne ich leider nicht, verdammt. Irgendwo an der Loire. In einem Schloss, an einem Schloss, im Wald, im Fluss, in einem Dorf – was weiß ich?«

Sir James schüttelte den Kopf. »Ich glaube, wir haben hier einen Fehler gemacht.«

Suko verstand ihn. »Klar, ich hätte mitfahren sollen. John wird keine Gelegenheit gehabt haben, uns zu informieren.«

»Das sehe ich auch so«, erklärte Sir James und sprach weiter. »Ist Ihnen beiden vielleicht etwas aufgefallen, während …«, er stutzte für einen Moment, »Nadine sprach?«

»Wir haben ihre Worte gehört!«, meinte Suko.

»Korrekt.« Sir James griff nach einem Lineal und schlug auf seine linke Handfläche. »Wir haben ihre Worte sehr genau gehört, und ich muss sagen, dass mir einiges dabei aufgefallen ist.« Als er die gespannten Blicke der beiden Männer auf sich gerichtet sah, fuhr er fort. »Was Nadine uns berichtete, hörte sich zwar schlimm an, aber sie hat nicht gesagt, dass John tot ist. Ihm geht es sicher schlecht, unter Umständen befindet er sich sogar in Lebensgefahr, aber ich habe das Gefühl, dass er es schaffen kann. Da muss noch etwas anderes gewesen sein, dass Nadine uns hatte erklären wollen, wozu sie aber leider nicht gekommen ist.«

»An was denken Sie dabei?«, fragte Bill.

»Das kann ich Ihnen leider nicht sagen. Es ist alles viel zu vage. Ich möchte nur festhalten, dass wir etwas optimistischer in die Zukunft sehen sollten. Von dieser Manon habe ich noch nichts gehört. Wir wissen nur, dass es sich bei ihr nicht um Lupina handelt, und das ist auch schon etwas, finde ich.«

Die anderen beiden begriffen Sir James nicht so recht. Bill sagte dann: »Gut, Sir, Sie denken anders als wir. Aber Lupina ist auch eine Macht. Wenn sie hinter allem steckt …«

»Das wird sich herausstellen.«

»Und was wollen Sie tun?«

»Mr Conolly!« Sir James wurde jetzt förmlich. »Können wir überhaupt etwas tun?«

Bill ließ sich nicht mal Zeit mit seiner Antwort. Er schüttelte den Kopf und sagte: »Ich glaube nicht.«

»Eben.«

Suko sah es zuerst. »Da«, sagte er. »Nadine. Sie bewegt sich. Sie ist okay.«

Auch die anderen schauten hin und erkannten tatsächlich, wie die Wölfin mit ihren Pfoten zuckte, den Kopf anhob und versuchte, sich auf die Beine zu stellen.

Sie schaffte es nicht, weil sie zu schwach war.

Bill sprang hin. Er fasste sie unter, drehte den Kopf und schaute in ihre Augen, die einen sehr traurigen Ausdruck angenommen hatten.

»O verflucht!«, keuchte der Reporter. »O verflucht, wenn wir doch nur wüssten, was in Frankreich vor sich geht!«

Mir brannte die Frage nach Nadine auf der Zunge, aber ich verschluckte die Worte zunächst. Wie Manon aussah, würde sie mir sowieso keine Antwort geben.

Sie stand vor mir, hatte die Arme erhoben, das Fell zitterte, als würde es von einem heftigen Windstoß gekämmt, dann öffnete sie ihr Maul noch weiter, sodass ich den roten Rachen erkennen konnte, wo sich die lange Zunge zwischen den helleren Gebissreihen bewegte.

»Zurück in den Körper. Du kannst den Kreis nicht stören. Du kannst ihn nicht retten!«

Ich hielt nicht mehr länger an mich. »Ist es Nadine?!«, rief ich laut. »Verdammt, sag es! Ist es Nadine Berger, die ihren Körper verlassen hat? Ich will eine Antwort!«

Sie kümmerte sich nicht um mich. Dafür legte der Abbé seine Hand auf meine Schulter. »John, reiß dich zusammen! Was ist plötzlich los mit dir? Was hast du?«

Ich ließ mich nicht beirren. »Ist es Nadine Berger? Geriet sie in euren verfluchten Kreislauf?« Ich schwitzte stark, ein Zeichen der Erregung. Mein Herz klopfte schneller, und diesmal war ich es, der die Wölfin nicht in Ruhe ließ.

Meine Waffen nahm ich nicht. Das hätte falsch ausgelegt werden können. Besonders von Manons Helfern. Mit bloßen Händen packte ich zu und riss die Bestie herum.

»Antworte!«

Jetzt hätte sie mich mit einem Biss in meinen deckungslosen Hals töten können, aber sie tat es nicht. Dafür begann sie zu sprechen. Zusammen mit ihrem scharfen Atem wehten mir die abgehackt formulierten Sätze entgegen.

»Sie hat es versucht. Sie hat Lupinas Magie gespürt. Sie wollte sich einmischen. Sie kennt dich und sagte deinen Freunden, dass es dir schlecht geht. Aber sie hat es umsonst getan. Nichts ist mehr so, wie es einmal war. Hier habe ich das Sagen, hier habe ich gewonnen. Verstehst du? Nur ich!«

Ja, ich verstand, ließ sie los und ging wieder zurück. Schwindel erfasste mich. Es war etwas viel gewesen, was ich in den letzten Sekunden vernommen hatte.

Als ich nach vorn schaute, sah ich ihre wilden Diener. Sie waren in der Düsternis zu noch dunkleren Schatten geworden, eigentlich nur an ihren gefährlichen Augen zu erkennen.

Aber auch die blieben nicht still. Die Werwölfe tanzten. Ich schüttelte den Kopf, schloss die Augen, öffnete sie wieder, spürte den Druck in meinem Schädel und dachte daran, mich auszuruhen. Es kam vieles bei mir zusammen. Die Nachwirkungen des Schlages, die letzten überraschenden Ereignisse, da musste man schon verdammt auf der Höhe sein, um das alles verdauen zu können.

»John, du musst einen klaren Kopf bewahren. Es wird alles gut. Ich habe dafür gesorgt!« Die Stimme des Abbés drang irgendwie gefiltert an meine Ohren, und ich drehte den Kopf.

Erst jetzt merkte ich, dass mich der Mann festhielt und mich hart anschaute.

Ich nickte. »Okay!«, flüsterte ich. »Du hast ja Recht. Es war wohl zu viel für mich.«

»Versuche jetzt einmal, Erinnerungen auszulöschen. Denke an die Gegenwart.«

»Das versuche ich ja.«

»Und daran, dass die Wölfe das Grab öffnen wollen.«

»Meinetwegen.«

»Aber sie werden eine Überraschung erleben, das kann ich dir versprechen. Für so etwas war Hector de Valois noch immer gut. Auch der Tod ist manchmal nicht endgültig. Das Erbe der im Leben mächtigen Menschen existiert bis in die Zukunft.«

Es waren Worte, über die ich nicht nachdachte, weil mich die Ereignisse ablenkten.

Für Manon Medoque war die Begegnung mit der unsichtbaren Nadine Berger nicht mehr als eine Episode gewesen. Sie musste sich um andere Dinge kümmern.

Sie selbst hatte mir gesagt, dass sie es nicht haben konnte, wenn zwei verschiedenartige Magien nebeneinander existierten. Deshalb musste sie die andere zerstören.

Der Abbé und ich standen dicht zusammen, ihr jedoch auch im Weg. Sie kümmerte sich nicht darum und stieß uns kurzerhand zur Seite, sodass der Weg zum Grab für sie frei war.

Ihr Schreiten war gleichzeitig das Startsignal für die übrigen elf Wölfe. Bisher hatten sie nur Statistenrollen innegehabt. Das änderte sich schlagartig.

In ihre schweren und plump wirkenden Körper geriet Bewegung. Von verschiedenen Seiten liefen sie auf ihre Herrin zu, um sie in die Mitte zu nehmen und sie zum Grab zu führen.

Ich wollte ihnen folgen, aber der Abbé hielt mich zurück.

Die Finger seiner rechten Hand umklammerten meinen Oberarm. »Nein, John, du wirst nicht gehen. Lass sie es tun.«

»Warum? Es ist Hector de Valois' Grab.«

»Ich weiß.«

Wir starrten uns an. Ich hatte meine Augen verengt. Das Gesicht meines Gegenübers blieb glatt. Nichts von seinen innerlichen Gefühlen zeichnete sich dort ab.

Ich gelangte allmählich zu der Überzeugung, dass er mich ein wenig an der Nase herumführte und die Regie übernommen hatte. »Du bist ein Templer«, sagte ich leise.

»Das stimmt.«

»Und Templer besitzen Wissen.«

»Häufig.«

»Was weißt du?«

Er lächelte. Dabei hob er die Augenbrauen an, sodass sich auf seiner Stirn Falten bildeten. »Viel zu wenig, John. Ich weiß viel zu wenig, glaub mir.«

Mit einer heftigen Bewegung riss ich mich los. »Tut mir Leid, das kann ich dir nicht glauben.«

Abbé Bloch wollte keine Diskussion mehr. Er hatte einen Arm angehoben und deutete auf die Rücken der mächtigen Bestien. Die Werwölfe hatten bereits einen Halbkreis um die Grabstätte gebildet, in der Mitte aber eine Lücke gelassen, sodass wir Manon Medoque erkennen konnten, die bereits vor der Grabstätte kniete und mit sich selbst sprach. Jeder, der sie verstand, hörte den Hass in ihrer Stimme.

»Wer immer du gewesen sein magst, dein verdammtes Kreuz kann mich nicht schrecken, das glaub mir. Ich sehe es, aber es hat keine Kraft. Ich werde es einfach ignorieren und das, was im Sarg liegt, endgültig vernichten. Das schwöre ich!«

Und sie griff zu!

Der Abbé und ich standen sehr günstig, sodass wir jede ihrer Bewegungen verfolgen konnten. Manon hatte den schweren Steindeckel in der Mitte und von beiden Seiten umklammert. Ich wusste, dass Werwölfe immense Kräfte besitzen, aber diese Steinplatte war selbst für eine solche Bestie zu schwer. Die übrigen Wölfe halfen nicht. Erst auf ihr Zeichen hin setzten sie sich in Bewegung.

Fünf von ihnen bückten sich und umklammerten den Steindeckel an verschiedenen Stellen.

Ich kümmerte mich nicht um sie, dafür sah ich den Mann neben mir an.

Der Abbé blieb ruhig. Er stand neben mir wie ein Denkmal. Aber seine Augen bewegten sich, ohne dass er den Kopf drehte. Und die Lippen hatten sich ein wenig verzogen, als wollte er lächeln, sich jedoch nicht trauen, seine Gefühle zu zeigen.

»Du weißt etwas!«

Der Abbé hob die Schultern. »Ich möchte dir trotzdem einen Rat geben, John! Wenn es so weit ist und sie den Deckel angehoben haben, halte dir die Hände vor die Augen.«

»Weshalb?«

»Das wirst du schon merken. Jedenfalls denk an meine Worte und tu dir den Gefallen.«

Allmählich wurde auch ich nervös. Das Grab aus der Vergangenheit musste einen sehr brisanten Inhalt bergen. Womit konnte man rechnen? Mit Staub? Mit irgendwelchen magischen Beigaben oder mit einem Menschen, der nicht gestorben, sondern zu einem uralten Zombie geworden war und jetzt zurückkommen wollte, um Rache zu nehmen?

Es gab zahlreiche Möglichkeiten. Trotz dieser Überlegungen hatte ich das Gefühl, dass die Wahrheit alles andere übertreffen würde.

Ein Rascheln aus der Umgebung ließ mich stutzig werden. Ich wollte mich umdrehen, weil ich plötzlich das Gefühl hatte, belauert zu werden, aber der Abbé merkte etwas von meinem Vorhaben und legte mir eine Hand gegen die Hüfte.

»Lass es lieber sein!«

»Dann sag mir …«

»Nein!«

Es war genau der Zeitpunkt, als die Werwölfe es geschafft

hatten. Die gemeinsame Kraft hatte geholfen, und sie schleuderten förmlich die schwere Steinplatte in die Höhe, um sie hinter sich zu kippen, wo sie mit einem dumpfen Laut zu Boden fiel und liegen blieb.

»Jetzt ist es so weit!«, flüsterte der Abbé.

Er behielt Recht. Noch in derselben Sekunde erlebte ich, wozu die Magie der alten Templer-Ritter auch in der Gegenwart noch fähig war …

Drei Boote waren es, die von der Strömung mitgenommen wurden.

Die Männer hockten darin und schwiegen. Worte waren überflüssig. Jeder wusste genau, was er zu tun hatte.

Es waren besondere Männer. Sie trugen dunkle Kleidung, aber mit einem Zeichen versehen.

Auf ihrer Brust war ein silberfarbener Kreis mit einem T darin. Das Zeichen für die Templer.

Und dieses T schimmerte ebenfalls in einem silbrigen Ton. Es war wie ein Fanal, ein Zeichen, ein Beweis für die Kraft dieser Gruppe von Menschen.

Zu rudern brauchten sie kaum. Die Strömung schob die Boote nahe an das Ziel heran.

Düster war der Fluss. Die Wellen glichen dahinfließenden Schatten, die nur manchmal einen hellen Streifen zeigten, wenn sich der Schaum auf ihre Kämme setzte und sie quirlend begleitete. Weder Strudel noch Kreisel konnten die Boote aufhalten, und der Mond schaute wie ein fahles Auge zu.

Die Gesichter der Männer waren angespannt bis konzentriert. Sie alle wussten von der großen Aufgabe, die ihnen Abbé Bloch übertragen hatte. Auf sie kam es an, ob ihre Magie gewann oder eine andere die Oberhand behielt.

Dabei unterschätzten sie die Wölfe keineswegs. Sie wussten sehr genau, wie alt deren Magie war und wie gefährlich die Werwölfe reagieren konnten.

Als die Menschheit noch nicht existierte, da gab es bereits die Wölfe, und dem würden sie Rechnung tragen.

Den von Abbé Bloch ausgeklügelten Zeitplan hatten sie bisher exakt eingehalten. Sie würden fast auf die Minute pünktlich an ihrem Ziel erscheinen, um dort für ihre Sache zu kämpfen.

Sie wollten töten.

Doch es war kein Mord im eigentlichen Sinne. Wer dort vernichtet wurde, der verdiente ein Leben nicht. Er war ein Feind der Menschen, fast jeglicher Kreatur, und sie allein waren in der Lage, dem einen Riegel vorzuschieben.

Das Gewässer wurde flacher. Das erste Boot trieb bereits dem Ufer entgegen. Sie hatten den Kurs ändern müssen, da die Insel relativ nahe am Ufer lag.

Hätte die Loire nicht Niedrigwasser geführt, wäre das alte Grab wohl weiterhin in Vergessenheit geblieben, so aber war die Insel aufgetaucht, und deshalb hatten die Templer reagieren müssen.

Sie gehörten zu den wenigen, die genau wussten, dass sich im Tal der Loire die Magie hatte ausbreiten können. Über die Jahrhunderte hinweg war dies möglich gewesen, überhaupt war Frankreich in der Vergangenheit zu einer Wiege schwarzmagischer Explosionen geworden. Vieles hatte von diesem Land aus seinen Ursprung gehabt und war hinaus in die übrige Welt geschleudert worden.

Der Mann, der sich am Bug des ersten Boots aufhielt, richtete sich auf und hob seinen Arm. Es war ein Zeichen für die Männer in den beiden anderen Booten, den Kurs zu wechseln.

Nur der erste Kahn behielt den alten Kurs bei.

Die übrigen wurden hart gerudert, auch gegen die Strömung gedrückt, sodass sie die Insel von verschiedenen Seiten anlaufen konnten.

So sah es der Plan vor. Hier konnte sich einer auf den anderen verlassen. Nichts würde schief gehen, das hatten sie schon des Öfteren bewiesen, denn diese Aktion war nicht die erste ihrer Art gewesen.

Obwohl die einzelnen Passagiere der Boote keinen Sichtkontakt zueinander hatten, wusste jeder von ihnen, was seine Aufgabe war. Von drei verschiedenen Seiten wurden die Boote so dicht an die Insel herangesteuert, wie es eben möglich war.

Die Männer sprachen nicht.

Was gesagt werden musste, war vor dem Einsatz abgesprochen worden. Ansonsten verständigte man sich durch Zeichen und Gesten. In jedem Boot saß ein Führer. Er ging auch als Erster an Land, bahnte sich einen Weg, und die anderen folgten.

Auf das Zeichen des Führers hin griffen sie unter ihre Kleidung und holten etwas hervor.

Metallene Masken schimmerten plötzlich zwischen ihren Händen.

Passend für jedes Gesicht.

Masken aus geweihtem Silber, mit deren Hilfe sie dem Dämonenspuk den Garaus machen wollten.

Ihre Bewegungen zeigten an, dass sie es gewohnt waren, die Masken aufzusetzen. Alles klappte wie am Schnürchen, sie waren ein perfekt eingespieltes Team, diese zwölf Templer.

Und sie drangen gemeinsam gegen die Mitte der Insel vor …

Der Abbé hatte mich gewarnt. Ich wurde deutlich daran erinnert, als die Werwölfe den Deckel zur Seite geschleudert hatten.

Da passierte es.

Vielleicht für die Dauer einer halben Sekunde hielt ich die Augen noch geöffnet. Ich sah die Körper der Werwölfe, wie sie unfreiwillig in die Höhe schnellten, hörte ihr Schreien, bevor sie, von einer gewaltigen Macht getroffen, zur Seite flogen. Dabei hoben sie sogar vom Boden ab und krachten irgendwo in die Büsche hinein, wo sie liegen blieben und laut anfingen zu schreien.

Auch ich hätte schreien können, so sehr schmerzte die

plötzliche Blendung. Nicht allein meine Augen wurden von dem strahlend hellen Licht erwischt, ich hatte das Gefühl, als hätte jemand meinen Schädel mit zahlreichen Pfeilen durchbohrt. Dicht neben meinem linken Ohr vernahm ich eine Männerstimme.

»John, ich habe es dir gesagt. Du kannst dieser Kraft nichts entgegensetzen. Sie ist so gewaltig. Sie wird dich blenden!«

Ich tat nichts. Geduckt stand ich da, mit den Händen vor den Augen, während der Abbé neben mir reagierte, mich anfasste und zu Boden schleuderte.

Er machte es sogar ziemlich hart, denn er drückte mein Gesicht ins feuchte Gras, sodass ich tatsächlich nichts mehr mitbekam.

Aber ich konnte hören.

Es waren furchtbare Laute, die über die kleine Insel hallten. Ein schreckliches Heulen, ein wildes Schreien, gepeinigt, schmerzerfüllt, denn es musste die Bestien erwischt haben.

Sie trampelten über den Boden, ich spürte die Vibrationen, und das heftige Schreien wurde zu einer furchtbaren Qual, die diese Kreaturen durchlitten.

Dazwischen lachte und sprach der Abbé. »Sie wollten die Magie der Templer herausfordern und haben die Hölle gefunden.«

Es gefiel mir überhaupt nicht, dass der Vorgang ohne meine direkte Einwirkung ablief, aber ich konnte nichts dagegen unternehmen, lag einfach da und presste mein Gesicht auf den Boden.

Es war grauenvoll.

Die Zeit wurde bedeutungslos. Ob Minuten oder nur Sekunden vergangen waren, wusste ich nicht, aber der Abbé sprach mich irgendwann an und bedeutete mir, aufzustehen.

»Es ist alles vorbei!«, fügte er noch hinzu.

Dennoch blieb ich vorsichtig. Nur sehr behutsam drückte ich mich in die Höhe, kam auf die Knie, hielt nach wie vor meine Hände gegen das Gesicht gepresst, bis sie der Abbé ergriff und nach unten drückte.

Weil ich kniete, musste er gebückt vor mir stehen. »Wir haben es geschafft, John.«

»Sind sie tot?«

»Nein, das nicht.« Er lachte leise, aber ich kümmerte mich nicht mehr um ihn, sondern um mich selbst, da ich herausfinden wollte, ob ich tatsächlich keinen Schaden zurückbehalten hatte.

Ein paarmal blinzelte ich, schaute zu Boden, sah nur Schatten, hob den Kopf an und drehte ihn, um die Büsche oder kleinen Bäume sehen zu können, die am Rand der Lichtung wuchsen. Und ich hörte die Frage des Abbés.

»Geht es wieder?«

»Ich weiß nicht.«

Der Abbé griff nach meiner Schulter. Ich spürte den Zug und wusste, was er wollte. Mit seiner Unterstützung ließ ich mich auf die Beine ziehen, kämpfte erfolgreich gegen einen ersten Schwindel an und atmete auf, als ich feststellte, dass meine Augen unverletzt waren.

Ja, ich konnte sehen.

Und ich blickte auf ein Chaos.

Die elf Werwölfe hatten nicht so reagiert wie ich. Sie waren von der aus dem Grab dringenden Magie voll erwischt, aber nicht getötet worden. Die meisten von ihnen hatte es zu Boden oder zwischen die Büsche geschleudert.

Dort knieten oder lagen sie, heulend, jammernd, mit sich selbst nicht im Reinen.

Nur wenige Schritte entfernt lag eine Bestie auf dem Rücken. Sie richtete sich jetzt auf. Da ich direkt auf sie blickte, konnte ich in ihr Gesicht starren.

Es hatte sich verändert.

Zwar stach nach wie vor die aufgerissene Schnauze aus dem dichten Fell, aber die Augen darüber waren nicht mehr die, die ich in Erinnerung hatte.

In den Schlitzen leuchtete kein kaltes, raubtierhaftes Gelb mehr. Sie waren stattdessen von einer grauen, stumpf wirkenden Schicht oder Masse bedeckt.

Keine Pupille mehr, keine Iris, nur diese Masse, und ich hörte die Erklärung des Abbés.

»Die Magie hat sie geblendet. Sie sind von ihr überrascht worden. Du hast noch rechtzeitig genug reagiert. Sie nicht. Es ist der heilige Fluch, der über Hector de Valois Grab lag.«

»Du wusstest von ihm?«

»Ja.«

»Weshalb hast du mich nicht eingeweiht?«

»Zwar kämpfst du gegen die Mächte der Finsternis, John Sinclair, aber du bleibst für uns Templer trotzdem ein Fremder. Vielleicht können wir einmal Freunde werden, wenn wir mehr über dich wissen. So aber möchte ich dich als einen Verbündeten bezeichnen, und dabei bleibe ich. Doch auch einem Verbündeten muss man Vertrauen entgegenbringen. Ich weiß, dass du unbedingt Hectors Geheimnis herausfinden willst. Er wusste viel über Dinge, die dich interessieren. Ich erinnere da nur an Aibon oder den Dunklen Gral. Du bist eng damit verwachsen, und ich will dir auch das Grab nicht vorenthalten. Deshalb möchte ich dich bitten, einen Blick hineinzuwerfen. Lass uns gehen.«

Was blieb mir anderes übrig, als der Person zu folgen, die mehr wusste als ich?

Ich kam mir vor wie ein kleines Kind, als ich neben ihm herging.

Natürlich schaute ich nach links und rechts. Die Werwölfe hatte es allesamt erwischt. Sie erholten sich allmählich und begriffen nun, was mit ihnen geschehen war. Dabei reagierten sie unterschiedlich. Einige warfen sich zu Boden, schlugen ihre Pranken in das Gras und die feuchte Erde. Andere wiederum heulten zum Steinerweichen und führten uns irre Tänze vor.

Nur Manon sah ich nicht.

Als ich den Abbé auf sie ansprach, hob er nur die Schultern. »Sie wird es auch erwischt haben, keine Sorge.«

»Ich weiß nicht. Diese Person ist sehr schlau, wie ich mir denken kann.«

»Es entkommt niemand!«

»Außerdem sollten wir uns nicht zu sicher fühlen. Die Bestien leben noch. Sie haben zwar keinen Verstand wie wir Menschen, aber ihr Instinkt ist nicht zu unterschätzen. Sie werden riechen, wo wir uns aufhalten. Noch müssen sie über ihr Schicksal nachdenken. Warte noch einige Minuten, dann können wir uns ...«

»Du brauchst keine Sorgen zu haben.« Er sah mich während der Antwort lächelnd an, und mir gefiel dieses Grinsen nicht. Es war mir einfach zu wissend.

Noch zwei Schritte, dann hatten wir Hectors Grabstätte erreicht.

Ich spürte wieder das heftige Schlagen meines Herzens. Was würde ich vorfinden? Überhaupt noch etwas, oder war dieser Rest möglicherweise mit dem Licht der weißen Magie verschwunden?

Auch die Stimme des Abbés hatte sich verändert. Sie klang sehr rau und kratzig. Er streckte seinen Arm aus und deutete in die offene Grabstätte. »Da, schau.«

Ich sah hin.

Vor mir stand ein Sarg aus Stein oder Marmor. Das alles war zweitrangig, mich interessierte der Inhalt.

Auch wenn Hector de Valois gestorben war, so war er dennoch vorhanden. Im Sarg lag – ein silbernes Skelett!

Plötzlich spürte ich einen Druck an meinem Kopf, als würde er von verschiedenen Händen umklammert werden. Gleichzeitig setzte sich ein Kloß in meinem Magen fest, denn ich hatte mit allem gerechnet, nur nicht mit einem Skelett aus Silber.

»Und das ist er?«, hauchte ich.

»Ja«, flüsterte der Abbé. »Wir haben ihn gefunden. Endlich. Jetzt wird die Macht der Templer zurückkehren.«

Ich sah mir das Skelett genau an. Das Silber war nicht mal oxidiert. Keine dunkle, graue oder schwarze Stelle war zu sehen. Vom Schädel bis zu den knochigen Zehen glänzte und schillerte das wertvolle Edelmetall.

Das Skelett hatte seine silbernen Knochenarme angewinkelt, und die Hände lagen auf dem Brustkorb. In den Augen sah ich nichts. Sie waren leer, ebenso wie die Löcher an der Nase.

»Was sagst du jetzt, John?«

Ich hob die Schultern. »Ist er tatsächlich tot?«

»Ja.«

»Aber wie kommt das Silber ...?«

»Es ist ein Geheimnis, das du möglicherweise später einmal erfährst. Für heute lass es genug sein. Du hast schon mehr erlebt, als du eigentlich durftest, das muss ich dir noch sagen. Es ist ein Geheimnis unseres Templer-Ordens, deshalb werde ich dich bitten, das Skelett so rasch wie möglich wieder zu vergessen. Hast du verstanden? Vergiss das Skelett, denke nie mehr daran, höchstens, wenn sich unsere Pfade einmal wieder kreuzen sollten.«

»Das hörte sich verflixt endgültig an.«

Der Abbé nickte. »So habe ich es auch gemeint. Es ist endgültig. Ich werde dich wegschicken. Du verlässt die Insel ...«

Ich fühlte mich wieder fit. Auch meine Stimme hatte an Stärke gewonnen. »Moment mal, Meister, so einfach ist das nicht. Du vergisst wohl, dass die Werwölfe nicht ausgeschaltet, sondern nur geblendet worden sind. Oder?«

»Das habe ich nicht vergessen. Aber sie bedeuten keine Gefahr für uns. Wir werden damit schon fertig.«

»Was heißt *wir?*«

Abermals zeigte er mir dieses überhebliche und wissende Lächeln, das mich so aufbrachte.

»Dreh dich um, John Sinclair!«

Das tat ich. Kaum hatte ich den Kopf bewegt, da sah ich bereits in Kopfhöhe das silberfarbene Glänzen. Es stammte weder vom Mond noch von den Sternen ab, sondern von den Masken, die sich die Männer vor ihre Gesichter gebunden hatten.

Im ersten Augenblick wirkten sie erschreckend auf mich. Bis ich genauer hinschaute, die Augenschlitze sah, auch die Öffnungen für den Mund und auch erkannte, dass es keine Dämonen waren, die sich die Masken aufgesetzt hatten, sondern Menschen.

»Meine Brüder, die Templer!«, sagte der Abbé mit einer fast feierlich klingenden Stimme.

Ich nahm mir die Zeit, sie zu zählen.

Es waren zwölf.

Mit dem Abbé sogar dreizehn.

»Glaubst du nun an unsere Chance?«, fragte er mich.

»Ich weiß nicht so recht.«

Der Abbé hob die Schultern. »Ich danke euch, Brüder, dass ihr gekommen seid. Wir werden ihn aus dem Grab holen, aber zuvor haben wir eine Aufgabe zu erledigen. Ihr wisst, was ich meine.«

Zwölf Köpfe nickten, und der Abbé lächelte.

Ich hatte mich sowieso über die Werwölfe gewundert, die zwar vorhanden waren, aber nichts taten, als nur blind und mit ausgestreckten Armen durch die Gegend zu laufen. Sie konnten einander nicht ausweichen, rempelten sich an, wurden zur Seite gedrückt, fingen sich wieder, gingen weiter und stießen abermals zusammen.

Es war für mich ein groteskes Schauspiel. Man konnte sogar Mitleid mit ihnen haben.

Nur eine sah ich nicht. Manon Medoque. Sie musste tatsächlich entkommen sein.

Ob blind oder nicht, sie jedenfalls durfte nicht zurückbleiben.

»Wir haben lange genug gewartet. Es wird Zeit für uns!«, sprach der Abbé. »Von dir möchte ich mich verabschieden. Verlasse die Insel, setze dich in deinen Wagen und fahre zurück nach England. Uns vergisst du am besten, John Sinclair. Wie auch das silberne Skelett.«

»Das kann ich nicht.«

»Na gut, du wirst sehen!«

Damit war für den Abbé die Sache erledigt. Er verließ seinen Platz und ging einen Schritt vor. Mich ließ er einfach stehen. Dafür sah ich, wie er unter seine Jacke griff und die anderen zwölf Männer es ihm nachmachten.

Sie alle holten die gleiche Waffe hervor.

Pflöcke aus Silber!

Der Abbé stieß seine rechte Hand in die Luft. Die Spitze des Pflocks wies in die Finsternis. »So lasst uns denn zur Tat schreiten!«, rief er mit lauter Stimme.

Das Drama begann!

Dreizehn Templer gegen elf blinde Werwölfe!

Ein wilder, erbarmungsloser Kampf, den die Bestien verlieren mussten.

So etwas hatte ich noch nie gesehen. Ich selbst zog zwar meine Beretta, aber ich schoss nicht, denn das Töten übernahmen andere.

Die Templer gingen mit einer nahezu grausamen Präzision vor, als hätten sie diese Art der Vernichtung lange Zeit geübt.

Die Werwölfe hatten nicht die Spur einer Chance. Präzise und gnadenlos stießen die Templer zu.

In die Rücken, die Köpfe, in die Brust der Bestien.

Ich war ein in Schweiß gebadeter Zuschauer, sah die Bestien fallen, hörte ihre wehenden, manchmal erstickt klingenden Schreie, sah sie zucken und vergehen.

Einer rollte vor meine Füße. Er blieb auf dem Rücken liegen, und ich sah, wie sich sein Fell zurückbildete, aber kein Mensch vor mir liegen blieb, sondern ein alter, grauer Körper, der sich schon zusammengezogen hatte.

Jeden holten sich die Templer.

Einer versuchte zu fliehen. Er war auch schon in das Buschwerk eingedrungen, aber der Abbé persönlich nahm ihn sich vor. Er schleuderte seinen Pfahl, der wuchtig in den Rücken der Bestie drang und sie zu Boden warf.

Doch auch der Abbé war nicht unfehlbar. Seinen Silberpflock hatte er aus der Hand gegeben. Als er ihn sich holen wollte, erschien neben ihm der Schatten.

Der Instinkt hatte die blinde Bestie geleitet, und sie stürzte sich auf den Mann.

Die anderen hatten davon nichts gesehen. Sie kümmerten sich um die letzten beiden Werwölfe.

Jetzt war ich an der Reihe, und ich musste verdammt schnell sein, denn ich hörte bereits das gierige Keuchen des Werwolfs.

Mit Brachialgewalt brach ich mir Bahn und konnte erkennen, dass sich der Abbé in einer miesen Lage befand. Er lag auf dem Rücken, der Werwolf drückte ihn zu Boden, wollte beißen, da fiel der Schuss.

Ich hatte abgedrückt und ihm die geweihte Silberkugel in den Körper gejagt.

Der Werwolf zuckte in die Höhe. Ein mörderischer Laut drang aus seinem Maul, er schlug noch um sich, aber er schaffte es nicht, den Abbé zu treffen, denn seine Pranken hackten den weichen Untergrund auf.

Der Abbé wälzte sich zur Seite, drehte sich um und erkannte mich.

Ich nickte ihm zu. Es war zwar fast dunkel, trotzdem sah ich die Erleichterung auf seinem Gesicht. Er wollte etwas sagen, diesmal jedoch war ich an der Reihe und kam ihm zuvor. »Das ist meine Art, mich zu verabschieden, Abbé Bloch«, sagte ich.

»Du hast mir das Leben gerettet.« Er stand auf. Ich sah ihn zum ersten Mal konsterniert.

»Manchmal gehört das eben dazu, wenn man verbündet sein will.« Mit diesen Worten verabschiedete ich mich von ihm. Von der Insel wollte ich noch nicht weg, sondern ging dorthin, wo der große Kampf stattgefunden hatte.

Die Templer hatten die Werwölfe oder deren Reste auf die Lichtung vor dem Grab gelegt.

Ich zählte rasch nach.

Leider kam ich nur auf die Zahl elf. Wie ich es mir gedacht

hatte, Manon Medoque fehlte. Ich nahm kaum an, dass die Templer noch Interesse an ihr zeigten, denn sie beschäftigten sich bereits mit für sie wichtigeren Dingen.

Die Templer bargen das Skelett!

Sehr behutsam gingen sie mit der silbernen Gestalt um, als sie das Skelett aus der Grube holten. Abbé Bloch hatte sich inzwischen zu ihnen gesellt und gab Anweisungen.

Ich aber zog mich zurück. Mochte die Aufgabe der Templer erledigt sein, meine war es nicht.

Ich wollte Manon Medoque!

Und ich rechnete mir aus, wo ich sie finden würde.

Dort, wo alles begonnen hatte, sollte es auch sein Ende finden. In ihrem Schloss!

Da ich keinen Wagen zur Verfügung hatte, musste ich mich zu Fuß auf den Weg machen. Wir waren mit dem Kahn am Schloss vorbeigefahren, also schritt ich am Ufer den Weg zurück.

Meine Sinne waren sehr gespannt. Es konnte sein, dass die Wölfin der Blendung entgangen war und jetzt irgendwo in der Finsternis lauerte.

Meine Vorsicht war umsonst. Niemand griff mich an, meine einzigen Begleiter waren das Rauschen der Loire und das manchmal leise Säuseln des Windes. Ich dachte an Nadine, die mich hatte warnen wollen, weil sie spürte, dass Lupina den Kreislauf durchbrechen würde. Das alles konnte ich nun vergessen. Ich hatte es überstanden.

Etwas mehr als eine halbe Stunde war ich unterwegs, als ich das Schlossgelände erreichte.

Noch immer warfen im Park die einsam stehenden Laternen ihr Licht auf die Skulpturen, die Teiche und den sehr gepflegten Rasen der Anlage.

In dieser von Dunkelheit überdeckten Weite des Parks kam ich mir ziemlich verloren vor und wirkte noch kleiner, als die gewaltigen Ausmaße des Schlosses vor mir erschienen.

Das Gebäude wirkte düster, wie von einem Todesschatten umweht. Tatsächlich hatte hier ein guter Mann sein Leben lassen müssen. Seine Leiche lag noch oben auf der Galerie.

Ich beschleunigte meine Schritte, da mir ein Gefühl sagte, dass die Wölfin in der Nähe lauern musste. Nahe des Eingangs wurde ich sehr vorsichtig. Sie war nicht ganz geschlossen. Aus dem Spalt drang ein schenkeldicker Lichtbalken ins Freie, den ich durchquerte und die Tür dann weiter aufzog.

»Wer immer du bist, Mann, komm rein und befreie mich von dieser verdammten Fessel!«

Die Stimme kam mir bekannt vor. Wenig später schaute ich, noch an der Tür stehend, Jean an.

Er sah mich ebenfalls. Über sein Gesicht flog ein verzerrtes Grinsen. »Verdammt, ausgerechnet du. Hau ab, Schnüffler! Mach, dass du wegkommst! Ich will ...«

»Du willst mir jetzt Fragen beantworten!«

Er lachte mich schallend an. »Ich denke nicht daran.«

Meine Blicke waren durch die Halle geglitten. Außer ihm und mir befand sich keine weitere Person im Raum. Wenn sich Manon tatsächlich hierher zurückgezogen hatte, hielt sie sich bestimmt versteckt.

Ich schob einen Stuhl nahe an Jean heran und setzte mich. Er saß am Boden. Sein Nacken war angeschwollen. Fast körperlich spürte ich den Hass, der mir von ihm aus entgegenstrahlte.

»Okay, Jean, du hast verloren!«, begann ich das Gespräch. »Ihr habt alle verloren.« Ich zählte anschließend auf, wer alles vernichtet worden war, und der Franzose presste hart seine Lippen zusammen.

»Bis auf Manon, die ich mir jetzt holen werde. Ich will von dir wissen, wo sie sich aufhält!«

»Auch wenn ich es wüsste, glaubst du wirklich, dass ich das sage?«

»Sie ist hier. Draußen vor der Tür habe ich ihre Spuren gesehen.« Es war ein Bluff. Ich hoffte, dass er ihn schluckte.

»Na und?«

»Also doch.«

»Nein, Bulle!« Er bewegte sich zu heftig und dachte nicht mehr an seinen gefesselten Arm. An seinem Gelenk erkannte ich bereits einen roten Streifen, dort war die Haut aufgeplatzt.

»Warum bist du so verbohrt? Es könnte nur dein Vorteil sein, wenn du dich kooperativ zeigst. Auch englische Bullen können bei der französischen Polizei ein gutes Wort einlegen.«

»Interessiert mich nicht.«

»Dann werde ich sie suchen.«

»Bitte.«

Ich stand auf. Gern tat ich es nicht. Das Schloss hatte einfach zu viele Räume. Doch in den folgenden Sekunden änderte sich einiges. Ich hörte einen dumpfen Ton hinter mir, drehte mich um und sah bereits den Schatten durch den Saal huschen.

Manon!

Auch der Gefesselte hatte sie entdeckt. »Verdammt, bleib zurück!«, brüllte er.

Sie hörte nicht.

Sehr unsicher lief sie auf den Kamin zu, weil sich dort Waffen befanden. Schwere Schürhaken, zum Beispiel. Einen davon schnappte sie sich und drehte sich um.

Erst jetzt erkannte ich, dass Abbé Bloch Recht gehabt hatte. Auch Manon war geblendet worden. Wo einmal ihre Augen gesessen hatten, sah ich nur die flachen, grauen Flecken. Der Instinkt musste sie hergetrieben haben, und er hatte auch dafür gesorgt, dass sie die Waffe fand.

Mit einer spielerisch anmutenden Leichtigkeit wuchtete sie den schweren Schürhaken in die Höhe.

Etwa drei Schritte von meinem Sitzplatz entfernt war ich stehen geblieben. In einer lockeren Haltung. Die Beretta hielt ich in der rechten Hand. Noch baumelte der Arm an meiner Seite, ich hob ihn an, als Manon auf mich zukam.

Die Werwölfin ging längst nicht mehr so sicher wie sonst.

Sie taumelte ein wenig, schwang mal nach rechts, dann zur anderen Seite und musste sich zusammenreißen, um wieder den Mittelweg zu finden.

Den Griff des schweren Schürhakens hielt sie mit beiden Pranken fest und hob ihn hoch.

Ich sprach sie an. »Du hast keine Chance mehr, Manon. Niemand kann dir mehr helfen. Ich habe das Spiel gewonnen. Und ich werde dich so vernichten, wie ich auch deinen Herold vernichtet habe. Wesen wie du haben kein Recht auf Existenz, weil sie töten wollen.«

»Ich werde dich töten!«, ächzte sie und wollte zuschlagen.

Sie war für einen gezielten Treffer noch zu weit entfernt. Ich wollte aber ein Ende machen und schoss.

Irgendwo unter ihrem Hals schlug das geweihte Silbergeschoss ein, während der peitschende Klang des Schusses durch die Halle schmetterte. Manons Lauf wurde gestoppt. Sie ging plötzlich nicht mehr weiter, konnte sich nicht mehr auf ihren starken Beinen halten und brach zusammen.

Zuerst schlug der Schürhaken mit einem dumpfen Laut auf und rutschte mir vor die Füße.

Dann kippte sie.

Auf dem Bauch blieb sie liegen. Mit einer für sie unheimlichen Anstrengung hob sie den Kopf und schaute mich an.

Ich wich dem Blick nicht aus.

»Du …«, ächzte sie.

»Hör auf!«, brüllte Jean, der seine Herrin nicht sterben sehen konnte.

Aber sie redete weiter. »Du verdammter …« Mehr konnte sie nicht sagen. Ihr hässliches Gesicht verzog sich noch mehr. Es wurde zu einer Grimasse des Schreckens. Das Fell rieselte wie Staub und wurde vom Wind erfasst. Der Kopf fiel nach vorn, die Stirn prallte gegen den Boden, und dieser Laut hörte sich an wie das endgültige Todeszeichen.

Ich drehte mich um.

Fassungslos starrte mich Jean an. »Was hast du getan?«, keuchte er. »Was hast du Schwein getan?«

»Ich habe das getan, was getan werden musste«, erwiderte ich und verließ Manon Medoques Schloss …

Weshalb ich hinunter zum Fluss ging und mich dort auf einen Stein setzte, wusste ich nicht. Es war irgendeine Kraft, die mich trieb. Mutterseelenallein saß ich da, spürte weder die Kälte noch den nassen Dunst und starrte nur auf das rauschende Wasser.

Ich wollte nachdenken, aber selbst das schaffte ich nicht. Es gibt Augenblicke, da ist man innerlich leer.

So erging es mir.

Wie viel Zeit vergangen war, wusste ich nicht. Jedenfalls schreckte ich plötzlich hoch, als ich etwas Dunkles auf dem Wasser treiben sah. Es war ein Schiff. Der tuckernde Motor war kaum zu hören. Das Schiff fuhr gegen die Strömung. Es hatte keine Lichter gesetzt, aber ich glaubte, an Bord etwas glänzen zu sehen.

Die Templer fuhren vorbei.

Vielleicht hatten sie mich gesehen. Jedenfalls nahmen sie mich nicht zur Kenntnis. Kein Gruß wurde zu mir herübergewinkt. So lautlos, wie sie aufgetaucht waren, verschwanden sie auch wieder.

Ganz einordnen konnte ich sie nicht.

Waren sie Freunde, waren sie Feinde?

Freunde sicherlich nur bis zu einem gewissen Punkt. Wurden aber ihre Interessen berührt, reagierten sie eiskalt.

Ich atmete noch einmal tief die frische Luft ein und erhob mich dann. Als einsamer Wanderer ging ich durch die Nacht. Irgendwann erreichte ich den Wagen des toten Reporters.

Mit ihm fuhr ich los. Ich wollte nicht mehr zurück ins Dorf, sondern in die nächstgrößere Stadt, wo es eine Polizeistation oder ein Kommissariat gab.

Auf der Ablage fand ich eine Packung mit schwarzen Zigaretten. Ich lächelte, als ich mir ein Stäbchen zwischen die Lippen klemmte. Gerald Gress hätte es mir sicherlich erlaubt.

Und so rauchte ich diese Zigarette in Erinnerung an einen Mann, der, wenn man es im Nachhinein betrachtete, sehr tapfer gewesen war. Leider gehörte er jetzt der Vergangenheit an.

Ich aber dachte schon wieder an die Zukunft.

Dass dabei ein Mann namens Hector de Valois eine Rolle spielte, verstand sich von selbst. Immer stärker kristallisierte sich hervor, dass gerade er zu einem Meilenstein auf meinem langen Schicksalsweg werden würde …

ENDE

Ich stellte die Killer-Mumien

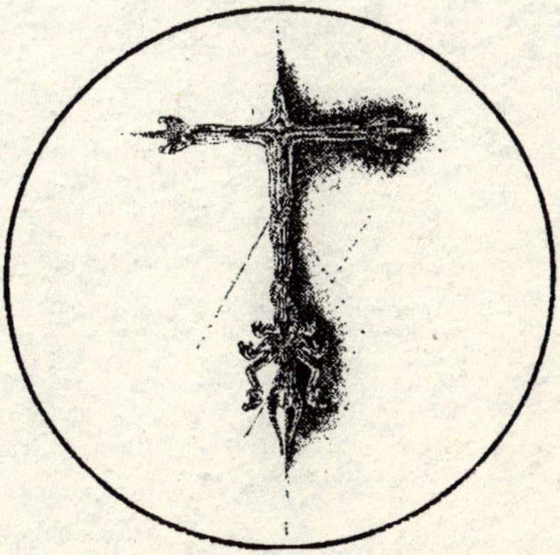

Der alte Magier hatte sie gewarnt und von einer Nacht des Todes gesprochen!

Darum kümmerten sich die beiden Männer nicht, die sich zum Schutz in dunkles Sackleinen gehüllt hatten und den schlittenähnlichen Gegenstand durch den feinen Wüstensand zogen. Sie gingen geduckt, die Riemen des Zugeschirrs hingen über ihren Schultern. Der Wind, ein letzter säuselnder Rest eines tagelang tobenden Sandsturms, wehte ihnen entgegen. Sie hatten die Tücher vor die Lippen gebunden und schmeckten trotzdem die Körner im Mund. Die rau auf der Zunge lagen, im Rachen klebten oder zwischen ihren Zähnen knirschten.

Sie waren Söhne der Wüste, sie kannten die Gesetze der Natur und lebten danach, aber auf die Warnungen des Magiers hatten sie nicht geachtet. Die anderen hatten ihnen mehr versprochen, wenn sie ihnen das brachten, was diese forderten.

Die geforderten Mumien lagen wohlverpackt auf dem schlittenähnlichen Gegenstand hinter ihnen.

Bereit, ins Grab gelegt zu werden, um in Vergessenheit zu geraten. Aber nicht, wenn es nach den Fremden ging, die aus den Tiefen des Himmels gekommen waren und mit den Söhnen der Wüste Kontakt aufgenommen hatten.

Sogar ihre Sprache hatten sie gesprochen, deshalb wussten die Wüstensöhne, was die anderen wollten.

Und sie hatten die Mumien geholt.

Der Magier, der sie warnte, konnte mit niemandem mehr darüber reden. Zwei Messerschnitte hatten seine Kehle durchtrennt.

Und jetzt waren die Mörder unterwegs.

Die Wüste war weit, aber endlich. Der Himmel über ihnen, schwarzblau und mit einem Zelt aus Sternen übersät, schien in die Unendlichkeit hineingreifen zu wollen.

Aus dieser für die beiden Wüstensöhne nicht fassbaren Ferne waren auch die Fremden gekommen, um sie zu besuchen. Aber der Sandsturm hatte die Landschaft verändert und ihr völlig neue Formen gegeben.

Wo vor sieben Monden noch die wellige Hügellandschaft die Wüstenebene durchbrochen hatte, war das Gelände jetzt flach.

Die Männer hatten schon des Öfteren Sandstürme erlebt. Weil sie sich nach den Sternen richteten, verloren sie auch in einer veränderten Landschaft nie die Orientierung.

Sie gingen weiter.

Ihre Füße schleiften durch den Sand, der sehr weich war und sie bei jedem Schritt einsinken ließ. Manchmal tanzten feine Schleier in der Luft. Immer dann, wenn ein Windstoß herbeifuhr und die feinen Körner in die Höhe schleuderte.

Die Särge waren schwer. Sie hatten sie nicht extra befestigt. Durch ihr Gewicht würden sie nicht von dem Schlitten herabfallen.

Längst war die Tageswende überschritten, und noch immer zogen die beiden Männer ihre Bahn. Hätte ein Vogel sie begleitet, er hätte aus der Luft ihre Spuren verfolgen können.

Die Männer hörten sich selbst keuchen, und sie vernahmen das Klatschen des Wassers in den Schläuchen aus Ziegenlederhaut, die sie sich um die Hüften gebunden hatten.

Irgendwann konnten sie nicht mehr. Sie waren ausgelaugt, nahmen den Schutz von den Gesichtern, gingen noch einige Schritte und hatten dabei das Gefühl, als würde ihnen die Last die Schultern zerreißen.

Ihre Beine waren schwer geworden. Sie zu heben kostete immer mehr Mühe. Manchmal dachten sie schon daran, sich in den Sand fallen zu lassen, doch der eiserne Wille trieb sie voran.

Bis sie den Hügel erreichten.

Sein Sand hatte einen hellen Glanz, den das Mondlicht aus weiter Ferne zur Erde sandte. Wie eine glatte Fläche kam er ihnen vor, und er breitete sich so weit aus, dass es ihnen unmöglich erschien, ihn zu umgehen.

Sie sahen sich an und traten dabei auf der Stelle, weil ihre Beine einfach nicht mehr wollten und die Kraft aus ihren Körpern gewichen war. Trotzdem rissen sie sich zusammen.

Wenn sie die anderen nicht trafen und die Häscher des Pharaos sie erwischten, würde man sie wegen des Mordes bestrafen und in siedendes Öl stecken.

Noch einen Versuch starteten sie. Es war zwecklos, sie brachten den Schlitten mit seiner Last kaum noch von der Stelle.

Dann brachen sie gleichzeitig zusammen, als hätten sie sich untereinander abgesprochen.

Sie fielen in den Sand. Sie spürten beim Fall, wie die Riemen über ihre Gesichter glitten und schmerzhaft in die Haut schnitten. Das war ihnen egal. Es war ihnen überhaupt alles egal. Sie wollten nur liegen bleiben und sich von der gewaltigen Anstrengung erholen.

Sie hielten die Augen geöffnet, atmeten schwer, blickten zum Sternenhimmel und dachten daran, dass aus dieser Unendlichkeit die Fremden kommen würden.

Aber sie kamen nicht, und so verging wieder Zeit. Irgendwann erholten sie sich wieder. Als sie sich bewegten, blieben auch die Wasserschläuche nicht ruhig. Sie hörten das Klatschen der Flüssigkeit, stemmten sich auf die Knie und wussten, was sie zu tun hatten.

Beide tranken.

Das Wasser tat ihnen gut. Zudem war es noch kühl, denn das Leder hielt die Temperatur.

So erholten sie sich, wuschen auch die Gesichter und die durch den feinen Sand entzündeten Augen.

Erst jetzt sprachen sie miteinander. Es waren nur kurze Sätze, und sie überlegten, ob sie fliehen sollten.

»Wir werden bis zum Morgengrauen warten«, schlug der eine vor und erntete ein zustimmendes Nicken.

Dazu aber kam es nicht mehr. Der erste Sprecher hatte nach seinen Worten einen Blick in den Himmel geworfen. Die Augen wurden plötzlich groß. Sein scharfer Blick hatte genau den Punkt der Sternenpracht ausgemacht, der sich am schnellsten bewegte. Der Punkt wurde rasch größer und schien zu landen.

Kaum waren die beiden Männer auf die Beine gesprungen, als sich hinter dem Hügel ein blau-weißes Licht ausbreitete, das stark blendete und wie eine Schlange über den Rand des Hügels hinwegkroch.

Das Licht gab dem Sand eine andere Farbe. Er sah plötzlich aus, als würde er aus Metall bestehen, und das Licht nahm noch an Intensität zu, sodass es in die Augen der Männer drang und dort schmerzte. Sie drehten die Köpfe zur Seite, auch das reichte nicht, deshalb schlugen sie die Hände vor die Gesichter und pressten ihre Finger gegen die Augen.

Was um sie herum geschah, konnten sie nicht erkennen. Über die Hügel hinweg kroch ein langer Arm. Er war sehr dünn und bestand aus einem glänzenden Stoff. An seinem Ende schimmerte eine große, geschliffene Glasperle, die alles genau absuchte, in die Höhe schwang, nach rechts und links glitt, sich sogar gegen den weichen Sandboden drückte und auch die beiden knienden Männer beobachtete.

Erst als dieser Taster festgestellt hatte, dass die Luft rein war, zog er sich wieder zurück und sandte ein Signal aus. Ein hoher, quietschender Ton, der gehört wurde, sodass andere Dinge in Angriff genommen werden konnten.

Es sah gespenstisch aus, wie plötzlich hinter dem Hügel die beiden Greifarme erschienen. Sie waren mit langen Krallen versehen, und sie schlugen einen Bogen über die Männer hinweg, um schließlich das schlittenähnliche Gefährt zu erreichen.

Dort packten sie zu.

Es war ein sehr sicherer Griff, und die beiden Särge, in denen die Beute lag, wurden in die Höhe gehievt.

Es lief lautlos ab, als die Greifarme dieser anderen Wesen mit einer hochentwickelten Technik die Beute über die Hügel hinwegzogen und sie in ihrem Raumschiff verstauten.

Das sahen die beiden Ägypter nicht, die sich auch jetzt nicht trauten, die Fremden anzusehen. Man hatte ihnen einen Lohn versprochen, aber daran dachten sie jetzt nicht.

Die Mörder bibberten vor Angst.

Sie zitterten auch dann noch, als das Raumschiff mit einem pfeifenden Laut in die Höhe jagte, einen bläulich kalten Feuerstreif gegen die Erde presste und den Sand dort verglaste.

Einen Pendelschlag später waren die Unbekannten in der Tiefe des Alls verschwunden.

Die Männer aber lagen im Sand und richteten sich erst nach einer Weile auf. Sie schauten sich an, trauten sich aber nicht, etwas zu sagen. Erst als sie den leeren Schlitten sahen, waren sie beruhigt. Man hatte die Spuren gelöscht.

»Machen wir uns auf den Rückweg?«

»Ja.«

Wieder stemmten sie sich in das Geschirr, umspannten damit ihre Schultern und zogen den jetzt leeren Schlitten weiter.

Sie gingen in den Morgen hinein, sahen die Dämmerung am Horizont, aber auch die Reihe der Reiter, die dort wie angewurzelt stand. Da wussten sie, dass man ihnen keine Chance mehr lassen würde. Gemeinsam sanken sie in den Sand, hörten das Huftrommeln der Reittiere und das Knallen der Peitschen, bevor die Lederriemen ihre Rücken erreichten und dort die Kleidung zerfetzten.

Anschließend packte man sie und warf sie bäuchlings über zwei Kamelrücken.

So wurden sie den Weg zurückgeschafft, um ihrer eigentlichen Bestrafung entgegenzusehen …

Das heiße Öl stank wie verschmorte Haut!

Der Folterknecht persönlich hatte die Flammen unter den Rosten angeheizt und die Kessel aufgesetzt. Das Öl kochte nicht, es wurde aber sehr heiß, begann zu stinken, und über seiner Oberfläche lag ein wabriger Dunst. Er trieb gegen das Licht der Fackeln, dessen Flammen das Verlies erhellten. Die Wände bestanden aus Lehm, der Folterkeller selbst lag unter dem Palast, und der hier regierende Folterknecht hatte sich schon oft an den Schreien seiner Opfer ergötzen können.

Die beiden aus der Wüste lagen schon bereit. Man hatte sie mit Hanfbändern gefesselt und bis auf einen dünnen Lendenschurz völlig entkleidet.

Die erste Tortur hatten sie bereits hinter sich. Ihre Körper zeigten die Spuren. Lange Striemen, blutunterlaufene Flecken, Beulen und geschwollene Gesichter. Zudem kleine Wunden, die von glühenden Folterinstrumenten hinterlassen worden waren.

Aber sie waren nicht bewusstlos geworden. Der Folterknecht galt als Spezialist für Qualen, er wusste genau, wo er anzusetzen hatte, und das Schlimmste stand den beiden noch bevor.

Jede Todesart wurde von einem beinahe beamtenhaften Ritual begleitet. Dieses Ritual bezog sich auf die Pausen zwischen den Folterungen, und es würde noch jemand kommen, der den Bestraften einige Fragen stellte, um diese niederzuschreiben.

Noch waren die Wüstensöhne mit dem Folterknecht allein. Das Verlies war ziemlich groß und trotz der Fackeln düster. Sie befanden sich dem Feuer gegenüber. Ihr Widerschein zeichnete Spiele aus Hell und Dunkel auf die schweißnassen und verzerrten Gesichter der Männer. Einer von ihnen blutete aus der Nase.

Der Folterknecht trug ebenfalls nur einen Lendenschurz und bis zu den Knien hochgeschnürte Sandalen. An seinem Gürtel hatte er seine Peitschen befestigt, die sich bei jedem Schritt, den er zurücklegte, bewegten und gegen seine nackten Beine klatschten.

Er war ein Mensch ohne Gefühl, erledigte seine Aufgabe und schaffte später auch die Leichen für das unehrenhafte Begräbnis fort.

Er gehörte zu den großen Menschen. Sein schwarzer Vollbart ließ ihn noch unheimlicher erscheinen, als er tatsächlich schon war. Manchmal blieb er neben den beiden Opfern stehen, musterte sie und weidete sich an den Qualen der Männer.

In einer Ecke des Verlieses lag gespaltenes Holz. Hin und wieder nahm der Bärtige einen Klotz und warf ihn in die Flammen.

Er war es auch, der trotz dicker Mauern die Schritte hörte. Sie näherten sich der Verliestür, und als dumpfe Schläge von außen gegen das Holz dröhnten, ging er hin und öffnete.

Es war der Schreiber, der Einlass begehrte. Ein mickriges Männchen, spindeldürr, mit einem hageren Gesicht und verschlagen blickenden Augen. »Lass mich rein, du Bär«, sagte er respektlos. Er konnte sich dies erlauben, da er unter dem persönlichen Schutz des Pharaos stand.

Schweigend trat der Folterknecht zur Seite. Der Schreiber ging sofort zu den beiden Gefangenen hinüber, die auf einer harten Holzliege lagen, und schaute auf sie nieder.

Sein Blick war fast amüsiert, und in einem ziemlich lockeren Tonfall sprach er sie an. »Na, ihr beiden, habt ihr die erste Tour schon hinter euch?« Er lachte und schüttelte den Kopf. »Ihr hättet den Magier nicht ermorden sollen. Wir haben sehr schnell herausgefunden, wer es war, dann konnten die Häscher eure Spur aufnehmen, und jetzt bin ich an der Reihe. Ich will euch nur eines fragen. Wenn ihr nicht wollt, gehe ich wieder. Habt ihr noch etwas zu sagen?«

Die Mörder lagen so, dass sie sich nicht ansehen konnten, aber sie hatten sich bereits vor der Tortur abgesprochen, und so stimmten beide praktisch im gleichen Atemzug zu.

»Ja, wir wollen sprechen.«

»Ist es viel?«

»Nein, aber sehr wichtig.«

Der Schreiber verzog das Gesicht. »Wichtig?« Er kicherte. »Was kann bei einem Mörder schon wichtig sein?«

»Was wir erlebt haben, kann auch anderen passieren«, erhielt er zur Antwort.

»Na ja, ich höre.« Der Schreiber hatte ähnliche Worte schon des Öfteren gehört. Jeder Verurteilte nahm sich wichtig. Alle hatten sie etwas zu sagen, dabei war es oft nur Geschwätz. Der Schreiber rollte seinen Papyros aus.

»Ich höre«, sagte er und nahm an einem kleinen Tisch Platz. Die beiden Verurteilten sprachen abwechselnd. Sie redeten ziemlich stockend, sehr langsam dazu, aber später brach es aus ihnen hervor. Da kam der Schreiber kaum mit, so schnell redeten sie.

Der bärtige Folterknecht stand im Hintergrund des Verlieses, wurde vom Schein der Fackel umschmeichelt und wartete mit einer stoischen Geduld ab.

Der Schreiber notierte weiter. Als die beiden endlich schwiegen, war auch er schweißgebadet. Es geschah nicht oft, dass er Kommentare gab, hier konnte er ihn sich nicht verkneifen und drehte sich auf dem Schemel um.

»Was habt ihr euch da alles zurechtgesponnen?«

»Es ist die Wahrheit!«

»Sie sollen aus dem Himmel gekommen sein?«

»Ja, das stimmt.«

»Und die Mumien sind mitgenommen worden?«

»So ist es.«

Der Schreiber begann zu lachen. »Ich habe es hier niedergeschrieben und werde dem Pharao davon berichten.«

»Dann tu es schnell.«

»Nach eurem Tod.«

»Aber wenn er etwas von uns wissen will? Wir könnten noch mehr sagen.«

Der Schreiber kannte die Tricks. Er stand auf und schüttelte den Kopf. »Niemals. Ich kenne Leute wie euch. Ihr habt versucht, euren Hals zu retten, das ist euch nicht gelungen. Ihr werdet eingehen in das Reich der Dunkelheit. Ihr bekommt keine eigenen Gräber, keine Totenbarke und keine Nahrung mit auf die Reise ins Totenland. Ihr werdet vergehen, verhungern, erfrieren …«

Der Bärtige kam und deutete auf die Tür.

»Ja, ich gehe schon«, sagte der Schreiber. Er schaute die beiden Verurteilten nicht einmal mehr an. Um sie kümmerte sich der Bärtige. Da er nicht beide zugleich in die Kessel mit dem heißen Öl hineinstecken konnte, hörte einer das schreckliche Schreien des anderen und konnte sich ausmalen, was ihm bevorstand.

So starben denn beide Mörder, ohne noch weitere Informationen über den ungewöhnlichen Besuch hinterlassen zu haben …

Der Pharao aber hörte sich den Bericht des Schreibers genau an und verlangte nach den beiden Mördern. Man teilte ihm mit, dass sie getötet worden wären, was ihn ärgerte.

Zum ersten Mal bekam auch der Schreiber zu spüren, was es hieß, sich den Ärger des Pharaos aufzuladen. Er wurde ausgepeitscht und in ein Verlies geworfen.

Der Pharao aber nahm den Papyros an sich und hütete diese Schriftrolle wie einen kostbaren Schatz. Er gehörte zu den Menschen, die an die Magie glaubten und sich gleichzeitig der Wissenschaft verschrieben hatten. Seiner Ansicht nach konnte es durchaus sein, dass Fremde von den Sternen gekommen waren, um die Mumien zu holen.

Er fragte sich nur, was sie mit den Toten wollten und ob sie diese für immer behalten würden. Jedenfalls hatten ihn die letzten Worte der Verurteilten so nachdenklich gestimmt, dass er reagierte und Kundschafter ausschickte. Gleichzeitig bestimmte er Männer, die den Himmel beobachten sollten. Vielleicht kehrten die Fremden irgendwann einmal zurück.

Es dauerte nicht einmal zehn Tage, als das Ufo tatsächlich aus dem nächtlichen Himmel stieß.

Die Späher des Königs beobachteten, wie es in der Wüste landete.

Stunden später hatten Reiter den Platz erreicht. Sie fanden den Sand geschmolzen, und sie sahen die beiden Sarkophage, in denen die Mumien lagen.

Man hatte sie also zurückgebracht.

Sofort wurde der Pharao benachrichtigt, der die Meldung mit Interesse aufnahm und nun bestimmte, dass die Mumien in seinen Palast gebracht werden sollten.

Das geschah auch.

Der Pharao sah sich die beiden Sarkophage an und später auch die Mumien.

Er konnte keinerlei Veränderungen feststellen, trotzdem glaubte er, hier ein Geheimnis zu haben. Er brachte die Mumien in einen Abstellraum.

Es vergingen Monate, da starb der Pharao. Viele sprachen von einer rätselhaften Krankheit, die viertausend Jahre später den Namen Krebs erhalten sollte. Andere wieder, es waren die Magier, waren fest davon überzeugt, dass es sich um die Rache eines mächtigen Gottes aus der Welt zwischen den Sternen handelte.

Der Pharao wurde in seiner prunkvoll ausgestatteten Pyramide zur letzten Ruhe gebettet. Man gab ihm die beiden Mumien zur Seite, um die er kurz vor seinem Tod gebeten hatte.

Danach wurde das Grab verschlossen und versiegelt.

Niemand sollte es mehr aufbrechen und die Ruhe des Pharaos stören.

An manchen Tagen kommt alles zusammen. Und diese geballte Ladung an negativen Vorzeichen nennt man dann Pech.

So erging es mir. Ich hatte tatsächlich Pech, denn ich kam einfach aus Frankreich nicht weg. Den Wagen des toten Reporters Gerald Gress konnte ich nicht einfach nehmen, ich hatte ihn der Polizei in Verwahrung gegeben.

Meine Flugkarte konnte ich ebenfalls vorerst stecken lassen, denn die Flüge fielen wegen Nebels aus. Paris war zu. Ich hatte auch mit der Schweiz telefoniert, aber Zürich meldete ebenfalls diese graue Suppe.

Ich aber wollte nach London. Telefoniert hatte ich schon mit meiner Dienststelle, und es war ein verdammt langes Gespräch geworden. Sir James, Suko und Bill hatten ebenfalls Qualen durchgestanden, als Nadine, die Wölfin, in den geheimnisvollen Zauber mit hineingerissen worden war. Den Werwolf-Terror hatte ich brechen können, ein anderes Rätsel aber blieb und würde wohl auch in der Zukunft bleiben.

Da ging es um die Templer.

Ich hatte einen gewissen Abbé Bloch kennen gelernt, der sich mir als einer der Führer eines Templer-Ordens zu erkennen gab. Zusammen hatten wir Hector de Valois' Grab gesucht und auch gefunden. Nach der Öffnung hatte ich gesehen, was von dem ehemaligen Templer-Führer de Valois übrig geblieben war.

Ein silbernes Skelett.

Diese Tatsache würde mir weiterhin Rätsel aufgeben, dessen war ich mir sicher. Zudem hatte der Abbé nie etwas richtig zugegeben, sondern Informationen für sich behalten.

Skeptisch machte mich auch, dass mich die Mitglieder des Ordens unter Beobachtung gehalten hatten. Sie waren oft genug über meine Einsätze informiert gewesen, denn sie wussten, dass sich unsere Wege irgendwann einmal kreuzen würden.

Ich hatte keinen Grund, den Worten des Abbés nicht zu trauen, denn in Frankreich hatte vieles begonnen, mit dem wir uns in der Zukunft bestimmt noch beschäftigen würden.

Mir schossen so viele Gedanken durch den Kopf, dass ich sie kaum sortieren konnte.

Ich war nach Valence gefahren, in die nächstgrößere Stadt, hatte dort zum Glück hilfsbereite Kollegen getroffen und dachte nun daran, was vor mir lag.

Das war ganz einfach.

Eine Zugfahrt.

Ich wollte zunächst mit dem Zug nach Paris fahren. Hatte sich der Nebel bis dahin gelichtet, konnte ich in der französischen Hauptstadt noch immer in einen Jet umsteigen.

Die Fahrkarte steckte bereits in meiner Tasche. Nur auf den Zug musste ich warten.

Ich hielt mich bereits am Bahnhof auf. Auch über ihm lag eine dünne Nebelschicht. Sie dämpfte die Geräusche, und die zahlreichen Menschen bewegten sich oft nur wie Schatten.

Natürlich hatten auch die Züge Verspätung, aber die Zeiten hielten sich in Grenzen.

Ich hatte ein kleines Bistro aufgesucht, um etwas zu essen. Kaffee gab es auch. Mit beiden Händen musste ich die bauchige Schale umfassen, wenn ich das heiße Getränk zu mir nahm.

Der Lärm und der Wirrwarr der Stimmen um mich herum ließen mich kalt. Ich starrte auf meine Kaffeetasse und fühlte mich in dem dichten Zigarettenrauch wie ein Fremdkörper. Ich saß ziemlich weit hinten an der Wand, und der zweite Stuhl neben dem runden Tisch war noch frei.

Immer wenn die Tür geöffnet wurde, geriet die Rauchwand durcheinander. Gleichzeitig drang ein Schub Kälte in das Bistro, und die alte Glocke schlug an.

An der Theke standen Männer und Frauen zusammen. Sie alle warteten auf die Züge, schimpften über das Wetter und vertrieben sich mit einem Drink die Zeit.

Auch die Kellnerin fror. Sie kam und stellte mir den Salat auf den Tisch.

»Möchten Sie noch etwas trinken, Monsieur?«

»Ja, bringen Sie mir einen Roten.«

»Gern.« Das Mädchen verschwand. Es hatte eine dunkle Haut. Wahrscheinlich stammte sie aus Algerien oder Marokko. Der Salat kam bald. Ein paar grüne Blätter mit Thunfisch dazwischen sowie vier Scheiben Brot wurden dazu gereicht.

Ein Windzug traf mich von oben her. Ich blickte gegen die Decke und stellte fest, dass jemand einen Ventilator eingeschaltet hatte, der Rauch und Mief durcheinander quirlte.

Das Mädchen brachte den Roten. Bis zum Rand war das Glas voll.

Ich bedankte mich und zahlte gleich.

»Sie warten auf einen Zug?«, fragte sie.

»Ja, ich will nach Paris.«

»Der müsste in einer halben Stunde kommen, aber der ist schon mit Verspätung in Marseille abgefahren.«

»Kennen Sie den Grund?«

»Nein, ich hörte es nur.« Sie nahm den Schein entgegen und bedankte sich, da ich auf das Wechselgeld verzichtete. »Man flüstert da etwas«, erklärte sie mir noch.

»Und was?«

»Irgendeine geheimnisvolle Ladung soll dort noch aufgenommen worden sein.«

»Oh.«

»Ja, Monsieur. Etwas unheimlich Wertvolles.«

»Gold?«, fragte ich.

Sie schüttelte den Kopf. »Nein, das ist aus Ägypten gekommen und für Paris bestimmt. Irgend so ein altertümlicher Kram, der gefunden worden ist. Soll in Paris ausgestellt werden.«

Ich zündete mir eine Zigarette an. »Ist bestimmt eine Mumie oder so.«

»Kann sein.« Sie lächelte mir zu. »Gute Fahrt, Monsieur.«

»Danke sehr.«

Ich griff nach den Zigaretten und zündete mir ein Stäbchen an, während ich den Roten in kleinen Schlucken trank. Den Salat hatte ich nur zur Hälfte gegessen, er war mir einfach zu trocken gewesen.

Der Wein war herb, aber nicht sauer. Ich lehnte mich auf dem kleinen Stuhl so weit zurück wie möglich, streckte die Beine aus und fühlte, dass mich die Müdigkeit überfiel.

Wahrscheinlich lag es an der schlechten Luft. Nur durfte ich nicht einschlafen, dann hätte ich unter Umständen den Zug verpasst.

Auf der Fahrt würde ich schon Gelegenheit finden, ein Nickerchen zu machen.

Drei Männer betraten das Bistro. Ich sah sie an der Tür, wo sie für einen Moment stehen blieben und sich umschauten. Ich stufte sie schon beim ersten Blick als knochenharte Typen ein. Sie trugen weiche Ledermäntel, Hüte und leichte

Koffer in den Händen. Zwei von ihnen hatten Oberlippenbärte.

Der dritte, er war etwas kleiner als seine Begleiter, hatte ein bleiches Gesicht mit grauen Schatten auf den Wangen. Er musterte auch mich, und ich wich seinen Augen nicht aus. Für die Dauer von zwei Sekunden blieben unsere Blicke ineinander gekrallt, dann wandte er den Kopf und folgte den anderen zwei Typen, die sich an die Theke quetschten und sehr schnell einen Platz fanden, weil man ihnen dort bereitwillig aus dem Weg ging.

Die Männer nahmen nicht mal die Hüte ab, als sie bestellten. Einer holte Zigaretten hervor und gab eine Runde Glimmstängel aus.

Mein Interesse an den Typen verlor sich. Es war das berufliche Misstrauen, deshalb hatte ich sie mir etwas genauer angesehen. So aber kümmerte ich mich wieder um meinen Wein und schaute auch nicht auf, als die Tür geöffnet wurde und der nächste Schwall an kalter Luft durch das Bistro fuhr und mich traf.

Erst als ich angesprochen wurde, hob ich den Kopf.

»Ist der Platz noch frei, Monsieur?«

Vor mir stand eine Frau. Ich war aus meinen Gedanken gerissen worden und so überrascht, dass ich vergaß, was sich für einen Kavalier gehörte. »Natürlich, Madame, gern.«

»Merci.«

Die Frau war, wie man so schön sagt, nicht nur eine, sondern gleich mehrere Sünden wert. Sie hatte glutvolle dunkle Augen, eine schwarze Haartracht und ein nur leicht geschminktes Gesicht, das durch seine Ebenmäßigkeit überzeugte. In der Serie *Dallas* spielte eine Schauspielerin namens Mandy Winger mit, und eine gewisse Ähnlichkeit zwischen den beiden war nicht zu leugnen.

Mir gefiel der hellblau eingefärbte, weit geschwungene Pelzmantel, den sie mit einer lässigen Bewegung von ihren Schultern gleiten ließ und aufhängte. Ich hatte ihr dabei zugeschaut und sah ihr Lächeln.

»Ein unangenehmes Wetter, finden Sie nicht auch?«

»Da sagen Sie etwas.«

Als die Frau ihren Platz einnahm, erhob ich mich kurz. Sie trug ein elegantes Reisekostüm, dessen Flanellstoff aus blauschwarzen Quadraten bestand. Das Kostüm zeigte einen spitzen Ausschnitt.

Die Kellnerin kam und fragte nach den Wünschen.

Meine Tischnachbarin drehte sich, schlug die Beine aufreizend übereinander und bestellte das Gleiche wie ich. Sie trug moderne Strümpfe mit einem hübschen Muster.

Da passte eben alles.

Die schöne Unbekannte hatte ihre Handtasche auf den kleinen Tisch gestellt. Sie suchte und fand ihre Zigaretten. Ich gab ihr Feuer.

»Danke sehr.« Als sie den Rauch ausstieß, warf sie einen Blick auf die Uhr. Ob sie mich mit den nächsten Worten meinte oder zu sich selbst sprach, wusste ich nicht. Jedenfalls erzählte sie irgendetwas von einer Verspätung.

»Ja, damit müssen wir rechnen.«

Sie nickte betrübt und legte die Zigarette in den Ascher. »Dabei will ich nach Paris.«

»Dann haben wir dasselbe Ziel.«

»Oh.« Ihre Augen blitzten. »Das ist nett. Aber Sie sind kein Franzose, Monsieur.«

»Engländer.«

Da lachte sie. »Und wo kommen die meisten Engländer her? Aus der Hauptstadt London. Das ist wie bei den Franzosen. Aber nicht alle sind Pariser.«

»Zufällig komme ich aus London.«

»Und sitzen hier, weil Sie das Flugzeug nicht nehmen können. Stimmt es?«

»Exakt.«

Sie erhielt ihren Wein, zahlte und sog wieder an der Zigarette. »Dann können wir nur hoffen, dass der Zug nicht zu viel Verspätung hat.« Sie probierte den Wein und nickte. »Ja, der ist gut.«

»An der Loire wächst ein hervorragender Tropfen.«

»Sie sind Weinliebhaber?«

»Auch.«

Da lachte sie. »Ja, ihr Engländer. Whisky ist wohl euer Leib- und Magengetränk.«

»Nicht unbedingt.« Ich hatte mich entschlossen, meinen Namen zu nennen.

»Sinclair also«, sagte sie. »Hört sich das nicht ein wenig schottisch an?«

»Meine Vorfahren stammen aus Schottland.«

»Habe ich mir gedacht. Ich bin übrigens Cecile Villard und komme aus Marseille.«

»Die Stadt kenne ich noch nicht.«

»Sollten Sie aber, John.« Ihr Tonfall war locker geworden. »Es gibt dort viel zu sehen. Manche behaupten, dass Marseille mehr Atmosphäre hätte als Paris. Ich bin nicht so vermessen und würde beide gleichstellen, weil ich des Öfteren in Paris zu tun habe.«

»Da ist man besser Diplomat. Fahren Sie die Strecke oft mit dem Zug?«

»Hin und wieder«, gab sie zu. Sie schüttelte den Kopf, nahm noch einen Zug und drückte die Zigarette dann aus. »Der Tag war überaus hektisch. Ich freue mich schon auf einen gemütlichen Platz im Zug und werde dort auch etwas essen.«

»Darf ich Ihnen dann Gesellschaft leisten?«

»Oh, sehr gern. Dann können Sie mir mehr über London und Schottland erzählen.«

»Meinetwegen.«

Cecile Villard hatte es tatsächlich geschafft, meine Müdigkeit zu vertreiben. Es war auch besser, etwas Unterhaltung auf der langen Zugfahrt zu haben, denn von der Landschaft war bei Nebel und Dunkelheit nichts zu sehen.

Wir redeten noch ein wenig über das Wetter, als plötzlich die Durchsage kam.

In wenigen Minuten würde der Express Marseille–Paris in den Bahnhof einrollen.

»Endlich!«, stöhnte Cecile und erhob sich. Diesmal half ich ihr in den Mantel. Seidenweich glitt das Fell durch meine Finger. Es musste eine Stange Geld gekostet haben. Ich kam mir in meiner Lederjacke und dem Pullover direkt schäbig vor.

In dem Bistro herrschte Aufbruchstimmung. Die Leute waren nicht mehr zu halten. Sie drängten zur Tür. Jeder schien Angst zu haben, den Zug zu verpassen.

Cecile und ich hielten uns zurück. Aber auch die drei Männer in den Ledermänteln, die in unserer Nähe standen. Nur der Bleiche schaute uns an. Mich dabei besonders lange. Er sagte aber nichts, sondern verließ vor uns das Bistro.

Ein kalter Bahnsteig empfing uns. In dicken Wolken trieben die Nebelschwaden über die Gleise und dampften gegen die Laternen, wo sie zu gelblich schimmernden Wolken wurden.

Ein schriller Pfiff gellte uns entgegen. Einer der Bahnbeamten hatte ihn auf seiner Pfeife ausgestoßen. Der Mann stand unter einer großen Normaluhr und hatte ein Fahrtenbuch unter den linken Arm geklemmt. Cecile stand neben mir und hüllte sich eng in den Mantel. »Ich hasse dieses Nebelwetter. Es macht depressiv. In Marseille dagegen scheint öfter die Sonne.«

»Kann ich mir vorstellen.«

»Wir sollten übrigens zusehen, so rasch wie möglich einen Platz im Speisewagen zu ergattern. Der ist immer sehr schnell voll.«

»Einverstanden.«

Sie lächelte. Vielleicht hatte sie noch etwas sagen wollen, doch der Zug rollte dann bereits ein. Die Lok glänzte feucht. Nebelschwaden umwallten sie. Dann folgte die Kette der Wagen.

Sogar zwei Gepäckwagen führte der Zug mit. Mir fielen wieder die Worte der Kellnerin ein, die von einer wertvollen Ladung aus Ägypten gesprochen hatte, und ich fragte mich, woher die Kleine das überhaupt wusste.

Die Schlange der Wagen rollte vorbei und wurde mit jeder

ablaufenden Sekunde langsamer. Auch den Speisewagen sahen wir. Er befand sich ungefähr in der Mitte des Zuges. Da wir sehr günstig standen, hielt er fast vor unseren Füßen.

Cecile und ich stürmten den Speisewagen und nahmen an einem Zweiertisch Platz. Da wir nur leichtes Gepäck mit uns führten, konnten wir es unter dem Tisch verstauen. Die weichen Sessel waren gemütlich. Auch Cecile war dieser Meinung. Sie streckte die Beine aus, berührte mich zufällig – und blieb auf Kontakt.

Ich registrierte dies mit einem innerlichen Lächeln. Wenn das so weiterging, würde uns die Reise noch mehr Vergnügen bereiten.

Wir hörten das dumpfe Schlagen der Türen, sahen Menschen wie Schatten über den Bahnsteig huschen, eingehüllt in träge dahinfließende Dunstschwaden.

Noch ein Pfiff hallte über den Bahnsteig. Es war das Zeichen zur Abfahrt des Zuges.

Sehr weich setzte sich die Wagenschlange in Bewegung. Ich nickte Cecile zu. »Auf eine gute Reise«, sagte ich.

»Das, John, wünsche ich auch.«

Ihr anschließendes Lächeln versprach viel.

Die Lichter glitten vorbei, sie wurden weniger, leuchteten dann und wann nur noch vereinzelt und waren schließlich ganz verschwunden.

Die Nacht hatte die stählerne Schlange geschluckt. Ein Ober lief durch den Speisewagen und verteilte Karten.

Wir hatten gut daran getan, uns direkt die Plätze zu sichern, denn der Speisewagen wahr sehr schnell besetzt worden. Es gab keinen freien Platz mehr.

An das Fahren hatte ich mich gewöhnt. Ich kam mir vor, als säße ich in einer Sänfte. Trotz meiner hübschen Begleitung hatte ich Mühe, die aufkommende Müdigkeit zurückzudrängen.

Cecile studierte die Karte. Ich schlug sie ebenfalls auf. Vier

Menüs wurden angeboten. Die Gerichte waren nach Preisklassen gestaffelt. Ich bestellte beim Ober einen Salat mit warmer Kalbsleber und als Hauptgericht dünne Entenfiletstreifen. Als Dessert wurden Feigen mit Vanilleeis angeboten.

Als ich die Karte weglegte, hatte auch Cecile Villard schon gewählt. »Die Nummer eins«, sagte sie.

»Das möchte ich ebenfalls.«

»Da haben Sie gut gewählt«, lobte der Ober.

Als Begleitgetränk entschieden wir uns für einen trockenen Rosé.

»Es wird noch einen Moment dauern«, wurde uns gesagt.

»Wir haben ja Zeit.«

»Sehr wohl.«

Inzwischen fühlte ich mich so gelöst wie selten. Die ganze Spannung der letzten Tage war abgefallen wie eine alte Haut. Ich genoss es, im Wagen zu sitzen und gefahren zu werden.

Nur etwas störte mich.

Es war der »Bleiche«, der mit seinen anderen beiden Begleitern mir schräg gegenübersaß, sodass sich unsere Blicke zwangsläufig des Öfteren trafen. Ich legte in meinen eine gewisse Gleichgültigkeit hinein, der andere aber musterte mich des Öfteren verschlagen.

Hatte er etwas gegen mich?

Die Stimme der Frau riss mich aus den Gedanken. »John, ich will ja nicht indiskret sein, aber darf man fragen, was Sie hier in Frankreich zu tun hatten?«

»Ich musste beruflich an die Loire. Angestellt bin ich bei einem Maklerbüro. Jemand möchte sein Schloss verkaufen. Das habe ich mir angesehen.«

»Waren Sie zufrieden?«

»Ja. Nur ist der Kasten sehr groß. Ich frage mich, wer den Kaufpreis bezahlen und das Schloss anschließend unterhalten kann.«

Sie nickte. »Das ist in der Tat ein Problem.«

Unser Wein wurde gebracht. Ich kostete, war zufrieden und ließ den Ober einschenken.

Cecile und ich prosteten uns zu. »Auf dass es eine angenehme Reise wird«, sagte ich.

»Das wünsche ich mir auch.«

Es dauerte nicht lange, da brachte der Ober bereits die Vorspeise. Der Salat sah frisch aus, die Kalbsleber dampfte leicht.

Schweigend aßen wir. Cecile nahm hin und wieder einen Schluck Wein, aß den Teller aber nicht leer. »Sonst habe ich Schwierigkeiten mit dem Hauptgericht.«

»Kann ich mir vorstellen. Wenig war es ja nicht gerade.« Auch ich lehnte mich zurück. »Da Sie meinen Beruf kennen, würde mich interessieren, was Sie so treiben, um Geld zu verdienen.«

Sie lachte hell. »Darauf kommen Sie nie.«

»Abwarten.«

»Dann raten Sie mal!«

»Modebranche?«

Sie schüttelte den Kopf und lächelte. »Nein, nicht jede Französin hat etwas mit Mode zu tun. Da liegen Sie völlig falsch.«

»Aber ich habe Recht, wenn ich behaupte, dass Sie einen ungewöhnlichen Beruf haben.«

»Das stimmt.«

»Vielleicht ...«

»Ach, lassen Sie, John, darauf kommen Sie nie.«

»Dann klären Sie mich auf.«

Sie trank noch einen kleinen Schluck. »Sie suchen alte Schlösser, ich tendiere beruflich auch in diese Richtung, aber ich denke da mehr an sehr alte Dinge. Sachen, die uns begeistern, weil sie vor Jahrtausenden schon erschaffen wurden.«

»Sind Sie Archäologin?«

»Ja und nein. Auch Geschäftsfrau. Ich arbeite für mehrere private Museen hier in Frankreich als Scout.«

»Dann kommen Sie viel in der Welt herum.«

»Das kann man wohl sagen.«

»Darf ich fragen, was Ihr wertvollstes Stück war, das Sie bisher entdeckt haben?«

»Ja, es war eine alte ...« Sie lachte plötzlich und schlug sich gegen die Stirn. »Es hört sich dumm an. Aber es war tatsächlich eine alte chinesische Vase, die ich auftreiben konnte. Nicht in Peking, ich war nach Hongkong gefahren, dort hat sie einer der Filmmogule besessen und wollte sie loswerden, weil er in plötzlichen Schwierigkeiten steckte. Da habe ich zugegriffen und eine gute Provision kassieren können.«

»Muss eine interessante Aufgabe sein.«

»Das ist es.«

»Aber nichts für eine verheiratete Frau, oder?«

»Nein, John, das habe ich hinter mir. Ich bin seit einigen Jahren geschieden, es ist besser so.«

Unser Hauptgericht wurde gebracht. Sehr sorgfältig auf den Tellern dekoriert, lagen die dünn geschnittenen Filetstreifen der Ente. Eine feine Soße überzog sie, vier Croquetten lagen ebenfalls daneben, umgeben von leichtem Gemüse.

Wir wünschten uns gegenseitig guten Appetit.

Ich hatte schon des Öfteren in englischen Speisewagen gegessen und war oft genug enttäuscht gewesen, hier aber erlebte ich eine angenehme Überraschung. Das Fleisch hatte einen vorzüglichen Geschmack, den auch die Sauce nicht erschlug.

Wir waren beide zufrieden.

Der Zug wurde langsamer, rollte aus. Ich konnte den Namen der Stadt nicht lesen. Noch immer trieb Nebel durch die Luft und hängte sich wie ein Tuch über die Schilder auf dem Bahnsteig.

Der Stopp war auch nur kurz. Nach drei Minuten setzte sich der Zug wieder in Bewegung.

Im Wagen war es ruhiger geworden. Gespräche schliefen während des Essens ein. Cecile griff nach ihrer Tasche, erhob sich und nickte mir zu. »Entschuldigen Sie mich bitte für einen Moment.«

»Natürlich.« Ich sah ihr nach, wie sie zur Tür ging, und ich war nicht der Einzige.

Dabei fiel mir etwas auf. Von den drei Männern, die ich

schon im Bistro gesehen hatte, saß keiner mehr am Tisch. Waren Sie in ein Abteil gegangen? Möglich.

Es hatte auch keinen Sinn, sich darüber Gedanken zu machen. Trotzdem bekam ich sie einfach nicht aus dem Kopf.

Hinter mir sprachen zwei Reisende davon, dass der nächste große Ort Lyon sein würde. Dort sollte der Zug noch einmal voll werden.

Auch ich wollte mich vor dem Dessert ein wenig frisch machen. Der Ober hatte dafür Verständnis.

Ich verließ den Speisewagen, blieb aber im Bereich der ersten Klasse. Als ich an den Abteiltüren vorbeiging, blickte ich automatisch durch die Scheiben. Es gab keinen besonderen Grund dafür, man tat so etwas eben.

Einige Menschen schliefen schon. Andere lasen, wieder andere starrten vor sich hin, und manche unterhielten sich auch.

Es war eben die typische Reiseatmosphäre.

Man konnte erkennen, ob die Waschräume belegt oder frei waren. Über den Innentüren der Züge leuchtete jeweils eine bestimmte Schrift auf. Im Augenblick war alles frei.

Der Zug fuhr seidenweich. Es gab kaum laute Geräusche, deshalb öffnete ich die Tür beim Verlassen des Waschraums sehr leise. Es war nicht mal bewusst geschehen. Sofort spitzte ich die Ohren, als ich eine bekannte Stimme hörte.

Cecile Villard sprach. Mit wem, das konnte ich nicht sehen, weil sie hinter der Ecke im Gang stand. Aber ich hörte zwangsläufig ihre Worte, und die machten mich stutzig.

»Nein, Marco, da läuft nichts.«

»Hast du dich an den Kerl rangeschmissen?«

»Der Zufall ergab dies.«

»Ist er ein Bulle?«

»Nein, er kauft Schlösser.«

»Da bist du dir sicher?«

»Er hat es gesagt.« Ihre Stimme klang drängend. »Außerdem muss ich jetzt zurück. Wir sehen uns hinter Lyon wieder.«

»Ja, dann geht es los. Versuche irgendwie herauszufinden, ob er tatsächlich harmlos ist. Der hat schon im Bistro so dumm geschaut. Das ist ein Bullenblick gewesen, weißt du?«

»Und daran glaubst du?«

»Ich habe oft genug mit Bullen zu tun gehabt, Süße.« Er lachte. »Jetzt sei schön brav und denke daran, dass du ihn hinter Lyon abschütteln musst, wenn wir die Sache durchziehen.«

»Klar, ich gehe mit ihm in das Abteil.«

»Sehr schön.«

Das Gespräch war beendet. Ich handelte und zog mich wieder in den Waschraum zurück. Sehr vorsichtig schloss ich ab. Die Lage hatte sich verändert. Plötzlich war ich nicht mehr so entspannt. Ich sah mein Gesicht im Spiegel. Kleine Schweißtropfen lagen auf der Stirn. Es war das innere Feuer, das in mir brannte.

Cecile steckte mit den drei Männern unter einer Decke, und die vier hatten etwas vor.

Aber was?

Ich zerbrach mir den Kopf, ohne auf eine Lösung zu kommen, doch ich nahm mir vor, Cecile hin und wieder eine Fangfrage zu stellen. Sie wusste ja nicht, dass ich das Gespräch belauscht hatte.

Mit diesem Vorsatz verließ ich den Waschraum – und wäre fast gegen den Bleichen gelaufen, der sich vor der Tür aufhielt. Er starrte mich an, ich in sein Gesicht und sah das gelbe Funkeln in seinen Augen.

Dieser Kerl war gefährlich. »Schon wieder!«, zischte er.

»Na und?«

Er trat einen Schritt zurück. Da er kleiner war als ich, musste er den Kopf anheben, um mir ins Gesicht blicken zu können. »Ich mag es nun mal nicht, wenn man mich anglotzt.«

»Sie können ja den Platz wechseln.«

»Weshalb ich?«

»Weil ich dazu keine Lust habe. Schöne Reise noch,

Monsieur.« Mit diesen Worten drückte ich mich an ihm vorbei. Als ich sein Zischen hörte, drehte ich mich um.

Diesmal drohte er. »Lauf mir nicht noch mal über den Weg und benimm dich dumm. Sonst ...«

»Was sonst?«

Er hob den rechten Arm an. Aus dem Ärmel seines gestreiften Jacketts schoss etwas Blitzendes, Schmales, Spitzes hervor. Die Klinge eines Stiletts. »Es geht durch deinen Leib wie durch Butter!«, versprach er mir. »Die wühlt dich auf.«

Am liebsten hätte ich ihm eine reingehauen, riss mich aber zusammen, drehte mich um und ging. Dass ich ihm den Rücken zudrehen musste, gefiel mir überhaupt nicht.

Cecile fand ich im Speisewagen. Sie aß bereits das Dessert. »Oh, John, ich habe Sie schon vermisst.« Sie lächelte und tat, als wäre nichts gewesen und ich einer ihrer besten Freunde.

Ich ging auf das Spiel ein. *Du falsche Schlange,* dachte ich, sagte aber: »Tut mir Leid, dass Sie haben warten müssen, aber auch ich war beschäftigt.«

Mit dem Löffel deutete sie auf mein Eis. »Essen Sie, John, es ist hervorragend.«

»Tatsächlich?«

»Ja.«

Gelogen hatte sie nicht. Auch mir mundete die Mischung aus Feigen und Vanilleeis.

Meine Gedanken jedoch drehten sich um die drei Männer und die Frau. Ein ungewöhnliches Quartett, und ich fragte mich schon wieder, welche Pläne sie verfolgten.

Auf Fangfragen reagierte Cecile nicht. Sie gab sich sehr moderat, wich stets geschickt aus, lächelte viel und brachte das Gespräch auf unverfängliche Themen.

Bis ihr einfiel, den Platz zu wechseln. »In Lyon wird es voll. Da sollten wir uns einen Platz im Abteil gesichert haben.«

»Wie Sie meinen, Cecile.«

»Außerdem möchten andere auch speisen.«

Der Ober kam sehr schnell. Er schien unsere Aufbruchstimmung gespürt zu haben. Ich bat um die Rechnung und beglich sie. Cecile bedankte sich dafür. Sie erschrak nicht über den hohen Preis im Gegensatz zu mir, denn ich würde wieder Ärger mit der Spesenabteilung bekommen.

Den Pelz hängte sich die Frau locker über den Arm. Die Tasche konnte an einem Riemen über die Schulter gehängt werden. Der Koffer war nur klein. Sie trug ihn, als wäre er leer.

Auch mein Koffer war nicht schwer. Nur schmutzige Wäsche lag darin. Die Waffen trug ich bei mir. Wir suchten und fanden ein noch leeres Abteil in der ersten Klasse.

Sehr weiche, bequeme Polster luden zum Sitzen ein. Mit einem wohligen Laut auf den Lippen ließ sich Cecile in den Sitz fallen, verschränkte die Hände hinter dem Kopf und schlug die Beine übereinander. Sie lächelte mich an. »Finden Sie nicht auch, dass es hier gemütlicher ist?«

»Sogar intimer.«

»Richtig.«

Wir saßen uns gegenüber, und beide konnten wir durch das Fenster schauen.

Die Dunkelheit wurde von Lichterketten zerrissen. Sie standen hoch und wirkten wie auf einer Schnur aufgereiht. Dunst umwaberte sie. Es sah aus, als wäre er inzwischen dünner geworden.

»Bald sind wir in Lyon«, sagte Cecile.

»Und?«

Sie lächelte. »Wir sollten unser kleines Refugium verteidigen.«

»Wenn es möglich ist, ja.«

Der Zug rollte bereits durch die Vororte. Über Brücken hinweg, vorbei an den dunklen Fassaden irgendwelcher Wohnburgen und durch Industriegelände.

Kleine Bahnhöfe wurden durchfahren. Die Geschwindigkeit des Zuges verzerrte ihre Perspektiven, dazwischen blitzten Lichter wie weit entfernte Lampen.

Der Bremsvorgang wurde nur allmählich eingeleitet, und zwar so, dass die Passagiere kaum etwas davon merkten.

Wenig später liefen wir ein.

Cecile hatte sich hingestellt. Wir schauten beide durch die Scheibe, und unsere Körper berührten sich fast. Ich nahm den Duft ihres Parfüms wahr, sah den Seitenblick und das »Lächeln« in ihren Augenwinkeln.

Bahnsteige erschienen aus dem Dunkel. Einige wirkten gespenstisch leer. Auf unserem standen die Reisenden dichtgedrängt. Der Zug rollte aus.

Ich vernahm die Lautsprecherdurchsage, hörte das Schlagen der Türen, die Stimmen der Reisenden, die sich gesteigert hatten und sich einfügten in das Karussell der Hektik.

»Wir sollten es uns wieder bequem machen«, schlug Cecile vor und nahm Platz. Rasch hatte sie ihre weichen Stiefel ausgezogen und streckte die Beine aus. Sie zeigte sehr viel Bein. Normalerweise hätte mich das nicht unberührt gelassen, aber in diesem Fall dachte ich anders.

Das Gespräch zwischen ihr und diesem Marco war noch zu frisch in meiner Erinnerung. So schön sie auch tat, sie wollte mich eiskalt reinlegen. Aber ich tat ihr den Gefallen und setzte mich ebenfalls.

Es ist immer das Gleiche. Menschen gehen an der Abteiltür vorbei, schauen durch die Scheibe, sehen die Mitreisenden, fühlen sich irgendwie als Störenfriede und gehen weiter.

Bis auf einen dickbäuchigen Mann, Typ Vertreter. Er riss die Tür auf, wir zuckten zusammen. Als er seinen Hut in den Nacken schob, klebten die Blicke förmlich auf Cecile Villard fest.

»Ist hier noch frei?«

»Nein!«

Dieses eine Wort aus dem Munde der Frau reichte aus, um den Mann zusammenzucken zu lassen. Seine Forschheit verschwand urplötzlich. Er schüttelte den Kopf, räusperte sich und brachte es sogar fertig, sich für sein Eindringen zu entschuldigen.

»Na ja, dann viel Spaß noch.« Er drückte sich wieder in den Gang und zog seinen Koffer hinter sich her.

Cecile aber lachte. »Na, haben wir es dem nicht gegeben?«, fragte sie. »Das ist doch herrlich – oder?«

Ein Blick in unser Abteil reichte den meisten Platzsuchenden, um sich zu verdrücken.

Cecile rieb ihre Hände. »So muss das sein«, murmelte sie.

Und es blieb so bis zur Abfahrt. Erst als der Ruck durch den Zug ging, atmeten wir auf.

»Wann halten wir wieder?«, fragte ich.

»Das dauert noch. Aber Sie können sich beim Schaffner erkundigen, ob Sie …«

»Nein, nein, nicht nötig.«

Cecile lächelte. »Wissen Sie, John, was ich jetzt vertragen könnte?«

»Nein.«

»Einen Kaffee.«

»Ich werde Ihnen einen holen.«

»Das wäre nett.«

Mehrmals schon hatte ich den Mann gesehen, der mit einem Kaffeewagen durch die Gänge fuhr. Ich traf ihn drei Waggons weiter in Richtung Lok. Er verkaufte mir zwei Kännchen. Auf meine Bitte hin gab er mir sogar ein Tablett. Darauf balancierte ich die beiden Kännchen und die dazugehörigen Tassen aus Kunststoff zu unserem Abteil zurück.

Ceciles Augen glänzten, als sie mir die Tür öffnete. »Da ist der Kaffee ja. Warten Sie, ich nehme Ihnen die Dinge ab.« Bevor ich protestieren konnte, hielt sie das Tablett bereits in der Hand, und sie ließ es sich auch nicht nehmen, selbst einzuschenken. Dabei fiel mir etwas auf. Während dieser Tätigkeit wandte sie mir demonstrativ den Rücken zu.

Nun kann ein schöner Rücken auch entzücken, aber nicht in diesem Fall, denn die schöne Cecile hatte einen Trick vor. Einen kleinen Schritt ging ich zur Seite, sodass ich über ihre Schulter hinwegblicken konnte. Es war nicht genau zu erkennen, ob sie bereits in einer Tasse eine Pille versteckt hatte. Wenn es geschehen war, musste sich dieses Gift bereits aufgelöst haben.

Die zweite Tasse schenkte sie normal voll. Dann reichte sie mir die erste.

»Den haben wir uns verdient.«

»Finde ich auch.«

Mit der Tasse in der Hand setzte ich mich. Jetzt musste mir nur ein Trick einfallen, um Cecile abzulenken. Allmählich fühlte ich mich wie James Bond, der auf eine Gelegenheit wartet, seine Gegenspielerin mit einem Trick zu überlisten.

Als ich saß, schwang ich mein rechtes Bein hoch und stieß so »unglücklich« gegen Ceciles Arm, dass die Tasse ins Schwanken geriet und der Kaffee überschwappte. Ich hörte ihren leisen Schrei, sie sprang zurück, weil sie keine Kaffeeflecken auf ihr Kostüm haben wollte.

Mich konnte sie nicht beachten. Ich tat so, als wollte ich ihr helfen und meine Tasse zur Seite stellen, aber sie winkte ab, was mir entgegenkam.

»Nein, nein, das mache ich schon.«

Der Augenblick war günstig. Meinen Kaffee konnte ich nicht auf den Boden kippen, dafür zwischen Sitz und Rückenlehne. So rasch wie in diesem Moment war ich selten gewesen. Ich hoffte nur, dass sich das Zeug nicht allzu weit ausbreitete und der aufsteigende Dampf mich verriet.

Sofort stellte ich mich vor den Sitz und zog eine Schau ab, während ich die leere Tasse absetzte, damit es aussah, als hätte ich getrunken.

»Tut mir Leid, Cecile, ich bin wirklich ungeschickt. Aber …« Mein Achselzucken fiel hoffentlich sehr überzeugend aus, sie aber winkte ab.

»So etwas ist verzeihlich. Das kann jedem mal passieren.«

Ich »trank« und »schluckte«. »Es freut mich, dass Sie es so sehen, Cecile.«

»Na ja.« Ihre Stimme hatte locker geklungen, der Blick war das Gegenteil davon. Sehr genau beobachtete sie mich und schien zufrieden zu sein, als sie sah, wie ich die leere Tasse abstellte.

»Jetzt brauche ich trotz allem noch einen Schluck«, sagte sie.

Wir hatten noch eine volle Kanne. Vorsichtig schenkte sich Cecile von der dunklen Brühe ein, während ich wie auf heißen Kohlen saß, denn hinter mir dampfte es tatsächlich.

Der Frau fiel es nicht auf.

Sie probierte und nickte. »Der lässt sich trinken, nicht wahr?«

»Das meine ich auch.«

»Hat er Ihnen geschmeckt?«

»Natürlich. Weshalb fragen Sie?«

Sie lächelte unecht. »Weil Engländer oft einen anderen Geschmack haben. Deshalb.«

»Aber nicht ich. Schließlich komme ich beruflich viel in der Welt herum.«

So weit hatte mein Bluff also geklappt. Jetzt musste ich nur noch darüber nachdenken, wie es weiterging. Leider war ich gezwungen zu schauspielern, und ich dachte verzweifelt darüber nach, was diese Frau mir wohl in den Kaffee getan haben könnte.

K.o.-Tropfen waren es nicht gewesen, eher eine kleine, weiße Pille, die im Prinzip die gleiche Wirkung hatte. Wahrscheinlich lief der Vorgang so ab, dass ich müde wurde und mir irgendwann die Augen zufielen. Das alles musste ich vorspielen.

Cecile Villard hatte sich wieder gesetzt. Die Fahrt ging weiter. Wir hatten Lyon hinter uns gelassen. Schnurgerade führten die Gleise in die Landschaft hinein.

Man hätte sich ausruhen und entspannen können, doch Cecile wirkte nun anders auf mich. Ihre an sich weichen Gesichtszüge hatten sich verändert. Sie kam mir vor wie eine Frau, die lauerte und auf irgendein Ereignis wartete.

Gelassen nahm sie einen Schluck Kaffee. Mit der Zungenspitze holte sie noch einen Tropfen von der Unterlippe. »Manchmal hat man eben das Pech, diese Missgeschicke zu erleben«, sagte sie. »Aber wir wollen uns deshalb die Fahrt nicht vermiesen lassen, oder möchten Sie in ein anderes Abteil, John?«

Ich winkte ab. »Nein, natürlich nicht. Was ich eingebrockt habe, muss ich ausbaden.«

»Das meine ich auch.«

Cecile streckte sich. Sie erinnerte dabei an eine Katze. »Irgendwie genieße ich dieses Leben. Diesen Beruf, der mir doch eine Menge Freiheit gibt. Das muss Ihnen ähnlich ergehen, John.«

»In der Tat.« Ich hatte mich entschlossen, meine schauspielerischen Fähigkeiten unter Beweis zu stellen. Als ich den rechten Arm hob und über die Stirn wischte, geschah dies mit einer trägen Bewegung, als würde mir dies Mühe bereiten.

Cecile sprang darauf sofort auf. »Haben Sie etwas, John?«

»Wie, wieso?«

Sie schaffte es tatsächlich, einen besorgten Ausdruck auf ihr Gesicht zu zaubern. »Ja, Sie wirken irgendwie langsam. Auf einmal abgeschlafft, als hätten Sie Mühe …«

»Ich fühle mich nicht wohl.«

Die Französin setzte sich gerade hin. »Nicht wohl? Aber das ist doch nicht möglich. Sind Sie vielleicht …? Oder ist Ihnen das Dinner nicht bekommen? Ich habe Tabletten bei mir. Wenn Sie eine haben wollen, ich gebe Sie Ihnen gern.«

Ich spielte weiter. Sogar das gequälte Lächeln setzte ich auf und wehrte gleichzeitig ab. »Nein, lassen Sie mal, das wird wohl nicht nötig sein. Ich komme auch so zurecht.«

»Wirklich?«

»Ja. Vielleicht gehe ich gleich in den Waschraum, dort ist die Luft …«

Sie stand auf und spielte die besorgte Frau. Ich lag mehr im Sitz, als dass ich saß. Cecile kniete sich hin, ihre Augen zeigten einen Ausdruck der Sorge. Sie streckte die Arme aus und legte die Handflächen gegen meine Stirn.

Da es warm im Abteil war, schwitzte ich tatsächlich ein wenig. Vielleicht war meine Haut auch heiß, ich hoffte nur, dass ich Cecile überzeugen konnte.

Sie nickte dann auch. »Tatsächlich!«, flüsterte sie. »John, es tut mir Leid, dies zu sagen, aber Sie haben Temperatur. Ja, ich fühle es genau.«

»Das glaube ich Ihnen nicht. Dann würde ich mich ja noch schlechter fühlen.«

»Das kann noch kommen.«

Ich verzog das Gesicht. »Ausgerechnet jetzt.«

»Wie meinen Sie das?«

»Ganz einfach. Da ist man mit einer schönen Frau zusammen, will diesen Zustand genießen – und jetzt das.«

»Schmeichler«, erwiderte sie. »Ich habe nicht gewusst, dass Engländer so charmant sein können.«

»Ausnahmen bestätigen die Regel.«

»Das wird schon wieder vergehen, John. Und dann sieht alles anders aus. Zudem ist die Fahrt lang. Bis Paris haben wir viel Zeit.« Ihr Gesicht rückte noch näher zu mir heran, und ich spürte plötzlich ihre Lippen wie einen leichten Hauch auf den meinen. »Sie sollten sich entspannen, John. Das klappt am besten, wenn Sie sich hinlegen. Einverstanden?«

Ich gab ihr eine nur sehr undeutliche Antwort. Schließlich wollte ich sie nicht enttäuschen. Sehr lahm brachte ich den Satz *Ich freue mich* hervor.

Cecile richtete sich wieder auf. Von oben blickte sie auf mich herab. Ich beobachtete sie unter den halb geschlossenen Lidern hinweg. Ihr Gesicht zeigte keinen Spott, dafür eine gewisse Genugtuung, es geschafft zu haben.

»Schlafen Sie ruhig, John, das tut Ihnen gut. Schlaf bringt vieles wieder ins Lot. Mich müssen Sie nur entschuldigen. Ich komme gleich wieder. Ich muss einen Flecken aus meinem Kostüm reiben. Bis gleich dann. Und Sie werden sehen, dass wir auf der Fahrt noch viel Spaß miteinander haben werden. Das ist sicher.«

Nach diesen Worten ging sie zur Tür, öffnete sie und verschwand aus dem Abteil.

Zurück blieb ein Hauch ihres Parfüms. Eine duftende Erinnerung an eine schöne Frau, mehr nicht.

Es war mir schwer gefallen, den Kranken zu spielen. Noch

schwerer fiel es mir allerdings in den nächsten Sekunden, ruhig zu bleiben und abzuwarten.

Aber es ging nicht anders, ich musste der Französin einen genügend großen Vorsprung lassen.

Erst als zwei Minuten verstrichen waren, stand auch ich auf und machte mich an die Verfolgung ...

Ich hatte zum Glück gesehen, in welche Richtung sie gegangen war. Nach dem Verlassen des Abteils hatte sie sich nach links gewandt, sie lief also zum Anfang des Zuges.

Ich befand mich allein auf dem Gang und erreichte den nächsten Wagen. Im Bereich der zweiten Klasse war wesentlich mehr los. Auf einen Kontrolleur traf ich ebenfalls, der sich meine Fahrkarte ansah, zufrieden nickte und mir freundlich eine gute Reise wünschte.

Ich warf immer wieder einen schnellen Blick in die Abteile. Im Gegensatz zur ersten Klasse waren diese Wagen überfüllt. Nicht nur in den Abteilen saßen die Reisenden, einige von ihnen hatten es sich auch auf dem Gang bequem gemacht. Vor allen Dingen jüngere Leute hockten auf ihren Koffern oder Reisetaschen, unterhielten sich, lachten oder dösten, und manche spielten auch Karten.

Keine Spur von Cecile.

Und auch nicht von den drei Kerlen, die ich mittlerweile zu ihren Verbündeten zählte.

Was konnte diese Gruppe vorhaben? Im Bereich des Möglichen lag natürlich ein Anschlag auf den Zug. Sollten sie dies geplant haben, musste ich sie zu den Terroristen zählen. Daran wollte ich eigentlich nicht recht glauben, weil diese Männer für meinen Geschmack zu auffällig gekleidet gewesen waren.

Ich erinnerte mich an Berichte, die über den Kanal bis auf unsere Insel gedrungen waren. In der letzten Zeit waren in Frankreich mehrmals Fernzüge ausgeraubt worden. Die Banden stiegen irgendwo zu und sahnten auf brutale Weise ab.

Das Zittern des Bodens unter mir trug nicht dazu bei, meine Nervosität zu dämpfen. Ich hatte es im Gefühl, dass etwas in der Luft lag – und betrat den nächsten Wagen.

Auch dieser war überfüllt. Über die Köpfe schaute ich hinweg. Wenn Cecile und ihre Verbündeten nicht in den Abteilen steckten, dann mussten sie sich bis in die Gepäckwagen durchgeschlagen haben.

Wieder schaute ich in jedes Abteil. Ich sah Familien mit Kindern, Männer und Frauen, die sich unterhielten und die Beine ausgestreckt hatten. Andere lasen Zeitung, aber ich konnte Cecile nicht entdecken.

Allmählich wurde ich unruhig. Ein junger Mann, der sich trotz der Enge sehr breit gemacht hatte, stieß mir seinen Ellbogen gegen die Rippen, als ich an ihm vorbeiging.

»He, du Penner! Kannst du nicht aufpassen?«

Ich schaute ihn an. Er hatte seine Mähne durch ein gelbes Stirnband gebändigt, trug helle Kleidung und sah mich verschlagen an. »Tut mir Leid, aber Sie haben sich sehr ausgebreitet.«

»Hau ja ab, du Spießer!«

Mein Blick wurde hart, er grinste frech und sah mein Nicken. »Natürlich, entschuldigen Sie.«

»So ist das richtig.«

Ich schüttelte den Kopf und war froh dabei, dass ich es mit dem Sprichwort »Der Klügere gibt nach« gehalten hatte. Zwei weitere Abteile durchsuchte ich mit Blicken.

Es waren die beiden letzten. Und wiederum hatte ich Pech. Dort saßen zwar sechs Männer, sie mussten aber einem Verein angehören, denn sie hatten ihre Standarte aufgestellt und spielten Karten.

Es blieben die Gepäckwagen.

Ich wusste auch nicht, wieso mir plötzlich die Worte der Kellnerin einfielen. Hatte sie nicht von einer wertvollen Fracht gesprochen, die in Marseille eingeladen worden war? Mit ihren Worten hatte sie es als einen altertümlichen Kram aus Ägypten bezeichnet, der in Paris ausgestellt werden sollte.

Cecile Villard beschäftigte sich mit diesen Dingen. Sie war gewissermaßen eine Altertumsforscherin und wusste genau, welche Preise man mit diesen Dingen erzielen konnte.

Hatten sie und die drei Männer es möglicherweise auf die Ladung abgesehen?

Je länger ich darüber nachdachte, umso wahrscheinlicher kam mir diese Lösung vor. Ich öffnete die letzte Tür und stand vor dem ersten Gepäckwagen. Die Tür ließ sich nur mit einem Vierkantschlüssel öffnen. Ich ging näher heran und erkannte, dass dieses nicht normale Schloss unberührt aussah. Wenn die Gruppe tatsächlich im Gepäckwagen steckte, musste einer der Typen einen Schlüssel haben.

War sie verschlossen oder nicht?

Beim ersten Hinsehen konnte ich es nicht genau erkennen, ich musste schon die Probe aufs Exempel machen.

Das aber wurde mir erspart.

Plötzlich wurde die Tür von innen geöffnet. Ich konnte mich mit einem Sprung rechts neben ihr in den toten Winkel drücken, hörte einen leichten Frauenschritt und sah Cecile Villard.

Sie hatte mich noch nicht entdeckt. Ich wartete mit klopfendem Herzen so lange ab, bis sie sich umdrehte und die Tür wieder andrückte.

Da trafen sich unsere Blicke.

Selten habe ich jemanden gesehen, der sich so erschreckte. Aus dem Gesicht der Frau wich sämtliches Blut, sie wurde weiß wie eine Kalkmauer, aber sie schrie nicht, und das war gut.

Ich fasste mich schneller, deutete eine spöttische Verbeugung an und fragte: »Wollten Sie hier im Gepäckwagen Hilfe für mich holen, Madame?«

Cecile Villard, diese so moderne, emanzipierte Person war einfach sprachlos. Sie stand da, starrte mich an, zitterte und hatte die Unterlippe vorgeschoben. Die Tasche hing an ihrer linken Schulter, sie war offen, und die Hand hatte sie auf die beiden Ränder gelegt.

»Nun?«, fragte ich. »Wo bleibt Ihre Antwort?«

»Sie?«

»Ja, ich.«

»Aber Sie sind doch krank! Sie haben …«

»Den Kaffee getrunken, den Sie mir so selbstlos eingeschenkt haben«, sagte ich spöttisch.

»Ja.«

»Was taten Sie hinein?«

»Nur eine …« Sie schüttelte den Kopf. »Ach, hören Sie doch auf, Sinclair! Nichts tat ich hinein.« Sie hatte sich wieder gefangen und holte tief Luft. »Ich weiß überhaupt nicht, was Sie von mir wollen. Wir sind nicht verheiratet und gehören auch sonst nicht zusammen. Deshalb bin ich sauer, wenn man mir nachschnüffelt.«

»Irrtum, Madame. Es ist kein Nachschnüffeln gewesen.«

»Was dann?«

»Ich mag es nicht, wenn man mich durch irgendwelche Pillen ausschalten will.«

Sie ging wieder einen Schritt zurück und lehnte sich demonstrativ gegen die Tür. »Das, Sinclair, müssen Sie mir erst beweisen.«

»Meine Beobachtungen sind Beweise genug.«

»Für mich nicht.«

»Sie werden lachen, Cecile, es ist mir egal. Ich möchte etwas anderes wissen.«

»Und was?«

»Sagen Sie mir, weshalb Sie den Gepäckwagen betreten haben und in welch einer Verbindung Sie zu einem gewissen Marco stehen!«

Der letzte Teil der Frage hatte sie wohl aus der Fassung gebracht, denn sie senkte den Blick und schaute für einen Moment zu Boden. »Marco?«, fragte sie dabei.

»Ja, einer der drei Kerle, die mir schon im Bahnhofsbistro aufgefallen sind.«

»Den kenne ich nicht.«

»Lügen Sie nicht. Sie sprachen mit ihm, und ich wurde Zeuge. Nur haben Sie mich nicht gesehen. Erinnern Sie sich nicht? Ich kam nach Ihnen in den Speisewagen zurück und war natürlich nicht so dumm, schon dort meine Karten offen auf den Tisch zu legen. Das habe ich hiermit getan.«

Ihr Blick wurde lauernd. »Sie kommen sich wohl vor wie der große Bluffer – oder?«

»Wieso?«

»Nun ja. Welcher normale Mann steigt schon bewaffnet in einen Zug? Glauben Sie im Ernst, dass ich Ihnen das Märchen von dem Makler abgenommen habe?«

»Das ist mir egal. Allerdings glaube ich Ihnen Ihren Beruf.« Mein Mund verzog sich zu einem schmalen Lächeln. »Als ich noch allein am Tisch des Bistros saß, berichtete mir die Kellnerin von einer wertvollen Ladung, die dieser Zug mit sich führt. Alte Fundstücke aus Ägypten. Das ist doch Ihr Gebiet, nicht wahr?«

»Stimmt.«

»Und Sie haben die Aufgabe, diese Fundstücke nach Paris zu begleiten?«

»Auch das ist wahr.«

»Dann wären die Fronten ja geklärt. Da Sie außerdem mit diesen drei Typen nichts zu tun haben, wie Sie selbst sagten, wird es Ihnen doch sicherlich nichts ausmachen, mich in den Gepäckwagen zu lassen, damit ich mir die Fundstücke ansehen kann.«

Sie lachte hart. »Wie käme ich dazu?«

»Wollen Sie den Beweis Ihrer Integrität nicht antreten?«

»Nein!«

»Dann werde ich allein gehen.«

Cecile erwiderte nichts. Sie starrte mich an, und ich hatte das Gefühl, als würde sich allmählich ein Feld der Spannung zwischen uns beiden aufbauen. Da schien die Luft regelrecht zu knistern. Zu viel Zeit hatte ich auch nicht, deshalb drängte ich sie.

»Nun machen Sie schon, Cecile! Lassen Sie uns in den Wagen gehen, damit sich alles zu Ihren Gunsten aufklärt.«

Cecile hob die Schultern. »Wenn Sie so hartnäckig sind, muss ich zustimmen.«

»Das bin ich.«

»Aber glauben Sie mir.« Die Französin schaute mich aus ihren großen Augen an. »Es ist wirklich harmlos. Ich bin mitgefahren, um die Gegenstände zu bewachen.«

»Und die drei Kerle in den Ledermänteln?«

»Gehören zu mir«, gab sie zu. »Es sind speziell ausgebildete Männer einer privaten Sicherheitstruppe, die ich angeheuert habe. Sie wissen doch selbst, welch ein Vermögen die Fundstücke darstellen.«

»Weshalb das Schlafmittel?«

»Das müssen Sie mir verzeihen, John, aber ich musste vorsichtig sein, da wir Informationen hatten, dass eine andere Gruppe hinter den wertvollen Fundstücken her ist.«

»Haben Sie mich zu dieser Gruppe gezählt?«

Sie schauspielerte hervorragend, als sie zu einem zögernden Nicken ansetzte.

Gestört wurden wir nicht. Hierher verirrte sich kein Reisender. In den Abteilen der Wagen war es viel gemütlicher.

Ich deutete auf die Tür. »Bitte, Madame!«

Sie griff in die Tasche. Dabei hatte ich sie nicht aus den Augen gelassen, und ihre Bewegung war mir einfach zu schnell. Plötzlich wusste ich, dass sie keinen Schlüssel hervorholen wollte. Deshalb sprang ich vor.

Ich hätte eine Sekunde früher reagieren müssen. Zwar schaffte sie es nicht mehr, die Pistole auf mich zu richten, aber sie schlug damit zu und traf mich hart an der Stirn.

Es war ein böser Treffer. Sterne blitzten vor meinen Augen. Für einen Augenblick sah ich nichts, griff trotzdem zu, und meine Hand rutschte an ihrer Schulter ab.

Cecile wich zurück. Sie hatte jetzt Oberwasser, und ich hörte ihren Befehl. »Rühr dich nicht!«

Der Schmerz verebbte. Nur ein leichtes Ziehen blieb

zurück. Ich schaute die Frau an und sah die Waffe in ihrer Hand. Die Mündung der Mauser-Pistole zielte auf meine Brust.

Gelassen nickte sie. »Es wäre besser für Sie gewesen, wenn Sie den Kaffee getrunken hätten. So aber haben Sie Pech. Es ist nie gut, wenn man seine Nase in fremde Angelegenheiten steckt. Hatten Sie nicht den Gepäckwagen betreten wollen? Bitte, ich habe nichts mehr dagegen. Sie können es. Schließen Sie auf.«

In der anderen Hand hielt sie bereits den Vierkantschlüssel. Lässig warf sie ihn mir entgegen.

Ich schnappte ihn und drehte mich um, dabei wissend, von der Mauser bedroht zu werden.

Vorsichtig schob ich den Schlüssel in die Öffnung. »Sie müssen ihn zweimal drehen, Sinclair. Das Schloss hakt ein wenig. Und jetzt beeilen Sie sich, verdammt!«

Ihre Stimme klang ärgerlich. Mir war klar, dass ich mich im Augenblick auf der Verliererstraße befand, sah es aber nicht als so schlimm an, denn meine Gegner würden sich hüten, schon jetzt eine Leiche zu hinterlassen, wo ihr Plan noch nicht einmal ausgeführt worden war.

Die Tür ließ sich leicht öffnen. Ich drückte sie nach innen und hörte Cecile sprechen. »Schaut mal, wen ich da bringe!«

Die drei Typen in den Ledermänteln fuhren herum. Einer von ihnen, es war Marco, richtete sofort die Mündung der Maschinenpistole auf mich, und damit waren meine Chancen noch mehr gesunken.

Der Bleiche zog ein erstauntes Gesicht. Seine Augen nahmen einen nahezu kindlichen Ausdruck an. Dann aber verzerrte ein böses Lächeln sein Gesicht, und er sagte: »Komm ruhig näher, Langer. Auf dich habe ich gewartet. Du stinkst mir nämlich.«

Der Bleiche war ein Psychopath, anders konnte ich ihn nicht bezeichnen. Und gerade diese Typen, bei denen eine große Schraube locker ist, sind oft am gefährlichsten.

Da er wieder sein Stilett aus dem Ärmel schnellen ließ, blieb ich schon nach zwei Schritten stehen, sah aber nicht den Bleichen an, sondern die anderen beiden Männer.

Sie hätten Brüder sein können, so sehr glichen sie sich. Vielleicht war der mit dem Namen Marco in den Schultern etwas breiter, aber Oberlippenbärte trugen beide, und sie hatten auch diese dunklen Augen, die so teilnahmslos blicken konnten. So etwas kannte ich von gefährlichen Killern her, die den Mord an einem Menschen als Geschäft ansahen und völlig gefühllos waren.

Zum Glück hatten sie sich zusammengerissen und die beiden Bahnbeamten, die sich im Gepäckwagen aufhielten, nicht getötet. Die Männer waren nur bewusstlos geschlagen und gefesselt worden.

Man ließ mir die Zeit, mich umzusehen. Das Licht war sehr hell, da es von Leuchtstoffröhren stammte, die wie armlange, weiße Würmer unter der Decke klebten. Der Wagen war fast leer. An den Seiten standen einige Kartons, die durch Metallbänder vor dem Umkippen bewahrt wurden. In der Mitte standen die beiden Dinge, um die sich letztendlich alles drehte.

Zwei Särge oder Sarkophage aus Stein.

Und sie enthielten die so wertvollen Relikte aus einer fernen Vergangenheit.

Mumien!

In Paris hatten diese wertvollen Stücke ausgestellt werden sollen, aber wenn es nach Cecile ging, würden sie Frankreichs Hauptstadt nicht erreichen. Der Mann, den ich unter dem Namen Marco kannte, sprach die Französin an. »Ich habe gedacht, du hättest ihn ausgeschaltet. Deine Tabletten sind doch angeblich so gut.«

»Er hat etwas bemerkt.«

»Ach.« Marco grinste. »Ein Schnelldenker also.«

»Die habe ich am liebsten«, sagte der Bleiche.

Jetzt mischte sich auch der dritte Mann ein. »Kann er uns gefährlich werden, Cecile?«

Die Frau schaute mich kalt an. »Immerhin trägt er eine Waffe. Wir sollten uns vorsehen, René.«

»Gib sie her!« Der Bleiche hatte es befohlen, und Marco schwenkte seine MPi ein wenig.

Diese Typen waren zu allem entschlossen. Es hatte keinen Sinn, wenn ich mich wehrte, außerdem wollte ich wissen, was sie mit den Mumien vorhatten.

Der Bleiche beobachtete mich. Manchmal zuckte er mit den Augenlidern, ein Zeichen, dass er unter Spannung stand. Er wollte noch weiter auf mich zugehen, doch Marco hielt ihn zurück.

»Bleib stehen, Coucou!«

Ich hatte meine Waffe inzwischen gezogen. Sie lag auf der offenen Handfläche. Als ich die Hand drehte, polterte sie zu Boden.

Sofort bückte sich Cecile. Sehr genau prüfte sie die Pistole.

»Ist das eine Bullen-Waffe?«, fragte René.

Sie hob die Schultern. »Ich kenne mich da nicht so genau aus. Benutzen Bullen Berettas?«

»Hier nicht.«

»Er ist Engländer, das glaube ich ihm sogar.« Sie fügte ein leises Lachen hinzu. »Aber bestimmt kein Makler, der Schlösser an- und verkaufen will.« Sie starrte mich an. »Habe ich Recht?«

Ich hob die Schultern.

Coucou wurde wütend. »Soll ich ihn mit der Klinge kitzeln? Der wird reden, wie ein Wasserfall sprudelt.«

Marco war dagegen. »Lass es. Für solche Dinge haben wir heute keine Zeit. Wir müssen jetzt noch mehr aufpassen.«

Cecile erschrak. »Ist es schon so weit?«, fragte sie.

»Fast.«

»Wann muss ich los?«

»In zwei Minuten.«

Cecile atmete tief durch. Es sah so aus, als wollte sie mit mir reden, denn sie blickte mich an, aber sie schloss den Mund und presste die Lippen heftig zusammen, als wollte sie mir ein Zeichen geben, dass der Kontakt zwischen uns endgültig gerissen war.

Ich war natürlich gespannt, wie der Zug gestoppt werden sollte. In unseren Zeitungen hatte ich von den französischen Gangsterbanden gelesen, die darauf spezialisiert waren. Die gingen nicht gerade zart mit Passagieren und dem Bahnpersonal um. Da waren Bomben gelegt und Schienen gesprengt oder Reisende überfallen worden. Es hatte Verletzte und auch schon Tote gegeben. Mein Blick fiel auf die Notbremse. Marco sah es und grinste.

»Keine Sorge, Sinclair. Die Notbremse wird es nicht sein. Wir machen es auf die sanfte Tour. Der Lokführer gehört zu uns. Wir haben ihn in der Hand.«

Genauere Erklärungen gab er nicht. Coucou und Cecile schritten bereits auf die Tür des Packwagens zu. Sie würden ihn als Erste verlassen.

Ich schaute auf die Särge.

Wahrscheinlich waren es nicht die echten Sarkophage, die sie mitgenommen hatten. Diese beiden Behälter sahen mir eher wie Imitationen aus. »Du wirst uns übrigens helfen«, sagte René zu mir. »Am besten ist es, wenn du dich nützlich machst und die Mumien heraushebst. Wir haben sie so präpariert, dass ihnen nichts geschehen kann. Cecile ist da wirklich eine Fachfrau.«

Das glaubte ich dem Gangster aufs Wort. Ich musste mich gegen die eine Innenwand lehnen, die der Tür gegenüberlag. Kaum stand ich dort, als der Bremsvorgang eingeleitet wurde.

Der Gepäckwagen war nicht so gut gefedert wie die normalen Reisewagen. Ich musste mich festhalten, um nicht das Gleichgewicht zu verlieren. Den anderen war die nervliche Anspannung von den Gesichtern abzulesen. Sie sahen mal zu mir hin, dann zu beiden Sarkophagen, als wollten sie sich dort überzeugen, dass die Mumien auch nicht hervorkletterten.

Der Blick nach draußen war mir verwehrt. Die Fenster lagen zu hoch. Ich stellte mir allerdings vor, dass wir uns mitten in einem freien Gelände befanden und der nächste Bahnhof kilometerweit entfernt war.

Noch fuhren wir.

Cecile zielte mit ihrer Waffe auf mich. »Du weißt, Sinclair, wenn du dich rührst, bist du verloren.«

»Klar.«

Ich dachte über den Lokführer nach. Der musste verrückt gewesen sein, sich mit solchen Typen einzulassen. Vielleicht war er auch zur »Mitarbeit« gezwungen worden.

Aus den anderen Wagen hörte ich laute Stimmen. Die Leute wunderten sich offenbar, dass der Zug so langsam geworden war.

Dann standen wir.

Ein letztes Nachrucken noch. Aus.

Die Gangster entspannten sich, lauschten, und Marco deutete mit dem MPi-Lauf auf die Tür.

René wusste, was er zu tun hatte. Er löste die Verriegelung. Gemeinsam mit Cecile schob er die Tür weit auf, sodass mein Blick nach draußen fiel. Wir standen auf einem höher gelegenen Bahndamm. Kalter Wind fuhr in den Wagen und brachte graue Nebelfetzen mit, die sich rasch auflösten.

Ich erhielt den Befehl. »Los, nimm dir die erste Mumie! Aber sei verdammt vorsichtig damit.«

Als ich den Sarg erreicht hatte, war René schon nach draußen gesprungen. Er schrie gegen fragende Stimmen an und schoss plötzlich.

Das Knattern der Salve ließ nicht nur mich zusammenzucken. Die Gesichter von Cecile und den beiden anderen wurden blass. Sie trieben mich zur Eile an. Mit beiden Händen fasste ich den Deckel, bückte mich und spürte die kalte Mündung meiner eigenen Beretta im Nacken.

»Mach nur keinen Unsinn, John!« Cecile flüsterte gefährlich leise. »Du hast keine Chance.«

»Ich weiß.«

Der Druck verschwand. Ich wollte den Deckel wegstemmen, als mir auffiel, dass ich so viel Kraft nicht erst einzusetzen brauchte. Der Sargdeckel bestand aus einem Material, das relativ leicht war.

Coucou machte sich am zweiten Sarkophag zu schaffen. Cecile sprang nach draußen. Ich sah ihren Körper verschwinden und hörte gleich darauf ihr gellendes Schreien.

Marco tat nichts. Er kontrollierte die Lage mit seiner Maschinenpistole. Auf seinem Gesicht lag Schweiß. Ein Zeichen, dass auch er ziemlich unter Strom stand.

Mein Blick fiel in den Sarkophag. Ob tatsächlich eine Mumie dort lag oder nicht, war nicht so genau zu erkennen, denn man hatte den Gegenstand eingepackt.

Die Umhüllung bestand aus einem glänzenden Material, vielleicht Alufolie. Darunter spürte ich die Umrisse eines Körpers und dachte daran, wie leicht Mumien zerstört werden konnten, wenn man sie aus den alten Gräbern holte.

Diese hier schienen widerstandsfähiger zu sein, denn ich konnte meine Mumie ohne Schwierigkeiten in die Höhe heben. Marco trieb mich wieder an.

»Beeil dich, Sinclair!«

Ich sagte nichts. Wenig später lag die in der glänzenden Hülle eingewickelte Mumie in meinen Armen. Diese Mumien sind normalerweise leicht. Das war hier nicht der Fall. Ich schätzte sie auf das normale Gewicht eines Menschen.

Sogar über die Schulter konnte ich das Relikt aus vergangener Zeit hieven.

Dann ging ich zum Ausstieg.

Coucou hatte sich die zweite Mumie geschnappt. Das Gesicht des Bleichen war verzogen. Seine Augen blickten böse und gemein. Er stierte mich von der Seite an.

Auf meinen Handflächen spürte ich den feuchten Schweiß. Ich blieb in der offenen Tür stehen und schaute nach draußen.

Es war nicht stockfinster. Zwar trieben lange Nebelschwaden durch das Dunkel, aber Signallampen gaben ihr blau-weiß schimmerndes Licht ab und schufen kleine Inseln, durch die der Nebel wie dicke Watteschleier wogte.

Marco stand einige Schritte vom Zug entfernt. Er hatte sich breitbeinig aufgebaut und hielt die Maschinenpistole schussbereit. Sein Gesicht war verzerrt.

Dann schoss er.

Dabei schwenkte er die Waffe. Vor der Mündung zuckte es hell auf, die Garben trafen aber keine Menschen. Er jagte sie über die Dächer der Wagen. Erst jetzt zogen sich die letzten lebensmüden Neugierigen zurück.

»Verdammt noch mal, spring!«

Ein scharfer Befehl erreichte mich. Zusammen mit ihm spürte ich den Stoß der anderen MPi-Mündung im Rücken und stieß mich ab.

Wie gesagt, wir standen auf einem Damm, der zu beiden Seiten steil abfiel.

Und auf diesem steilen Abhang kam ich auf.

Es war klar, dass ich mich nicht halten konnte. Ich rutschte weiter, kippte nach vorn, prallte mit der Schulter auf und überschlug mich. Die Mumie rutschte mir von der Schulter und machte sich selbstständig. Ich hatte Angst, dass sie zerstört wurde. Das nämlich hätte man mir angekreidet.

Dem Bleichen erging es nicht anders. Auch Coucou ließ die Mumie fallen. Er rutschte ebenfalls weiter, und gemeinsam blieben sie liegen. Die Mumie in Reichweite.

»Hoch!«

Marcos scharfer Befehl peitschte mir entgegen. Ich kam wieder auf die Beine und sah René springen.

Jetzt hatten wir alle den Wagen verlassen.

René kümmerte sich um die zweite Mumie. Cecile lief zu mir und bedrohte mich wieder mit meiner eigenen Beretta. »Spiel mit, Sinclair, sonst killen wir dich!«

Sie blieb auch neben mir, als ich mir zum zweiten Mal die Mumie auf die Schulter wuchtete. Aus schmalen Augen beobachtete sie mich. René brüllte etwas, und Marco jagte eine letzte Garbe aus dem Lauf.

Danach verschwanden wir.

Der Nebel lag zwar nicht dicht wie eine Wand, er sorgte aber dafür, dass wir schon nach wenigen zurückgelegten Metern vom Zug aus nicht mehr zu erkennen waren.

Dieser außerplanmäßige Halt war generalstabsmäßig

geplant, und es hatte zum Glück keine Toten gegeben. Nur die beiden bewusstlosen Begleiter im Wagen.

Wie ein Spuk waren wir verschwunden. Ich aber hatte mir die Reise nach Paris anders vorgestellt. Anstatt im Abteil zu liegen und die Augen zu schließen, rannte ich mit einer 4.000 Jahre alten Mumie auf der Schulter durch die Gegend.

Verrückte Welt!

Dort, wo der Nebel dichter wurde, blieben wir stehen. Wir waren schnell gelaufen, und ich spürte das Blei in meinen Beinen.

Gleichzeitig vernahm ich ein anderes Geräusch. Ein direktes Rauschen war es nicht, aber das Plätschern ließ auf die Nähe eines Flusses schließen. Von einer menschlichen Behausung war weit und breit nichts zu sehen. Wir befanden uns im flachen Gelände und dabei in der weiten Senke, die von einem kleinen Fluss durchquert wurde.

Marco hatte die Führung übernommen. Er erlaubte uns, die Mumien abzulegen.

Sofort war Cecile da und richtete die Mündung auf mich. »Am besten ist es, wenn du die Hände hebst!«

»Warum?«

»Ich bin mir bei dir nicht sicher.«

»Sorry, aber ich habe wirklich nichts …«

Der Bleiche schlich schnell heran, gelangte in meinen Rücken und schlug mir die Faust in den Nacken. »Hast du nicht gehört, was sie gesagt hat?«

»Ja, verstanden.« Ich hob die Arme und schüttelte das dumpfe Gefühl ab. Coucou hatte zum Glück nicht sehr fest zugeschlagen. Er war kein Mann der Fäuste, solche Typen verließen sich lieber auf ihre Messer oder andere bösartige Instrumente.

Marco war zufrieden. Ihn interessierten jetzt nur die Mumien. Er übergab die MPi an René, der seine Pistole wegsteckte. Wir alle sahen zu, wie er ein Messer hervorholte und sich hinkniete. Um die Mumien zu erreichen, brauchte er nur den Arm auszustrecken. Dass er sie nicht zerstückeln wollte, war mir klar. Er ging sehr vorsichtig zu Werke, als er die Silberhaut auftrennte, in die sie die Mumien eingewickelt hatten.

»Darf ich fragen, was ihr mit ihnen vorhabt?«, fragte ich die hinter mir stehende Cecile.

»Ja, wir werden sie einem Sammler geben.«

»Wer sammelt denn Mumien?«

»Das sollte dich nicht interessieren. Aber es gibt ihn. Und er ist reich, Sinclair. Verdammt reich sogar.«

»Verrat ihm nicht zu viel!«, warnte René.

»Keine Sorge. Außerdem wird er sein Wissen kaum mehr verwenden können.«

Als der Bleiche die Worte hörte, stieß er ein meckerndes Lachen aus. Wahrscheinlich freute er sich darauf, mich ins Jenseits befördern zu können. Sein Blick jedenfalls sagte mir genug.

Marco war fertig. Er hatte beide Hüllen aufgeschlitzt und die Verpackung nach rechts und links zur Seite gedrückt. Frei lagen die beiden Gegenstände vor uns.

Nicht zum ersten Mal sah ich Mumien. Ich hatte bereits meine Erfahrungen mit ihnen gesammelt, und die konnte man durchaus als übel bezeichnen, denn einige Male schon hatte ich gegen lebende Mumien antreten müssen. Ein alter Fluch war da zu einer grausamen Tatsache geworden und hatte die Grabräuber getroffen.

Diese hier waren tot.

Dennoch unterschieden sie sich von den Mumien, wie ich sie kannte. Diese hier waren größer und in weißes Linnen gehüllt. Jedenfalls waren es keine grauen Tücher, wie ich sie von ähnlichen Gestalten her kannte.

Als hätte Cecile meine Gedanken erraten, gab sie mir eine Erklärung. »Was du hier siehst, Sinclair, ist einmalig auf der Welt. Diese Mumien haben schon im alten Ägypten eine lange Reise hinter sich gehabt. Freunde von mir fanden einen noch sehr gut erhaltenen Papyrus und schafften es, ihn zu entziffern. Ein damaliger Schreiber hat das Schicksal dieser Toten beschrieben.«

»Und was hatten sie hinter sich?«

Cecile lachte leise. »Man kann sie als reisende Mumien bezeichnen. Als die mächtigen Männer starben, sollten sie für lange Zeiten erhalten bleiben. Sie wurden mumifiziert und sollten eigene große Gräber erhalten. Bevor dies geschah, wurden sie gestohlen. Man fand die beiden Diebe und erpresste ein Geständnis. Da berichteten die Männer, dass sie die Mumien in die Wüste geschafft hätten, und zwar zu einem Ort, den man ihnen genau beschrieben hatte. Es war eine Stelle, wo die Männer aus dem Himmel warteten. Wir würden heute Raumfahrer oder Außerirdische sagen. Die alten Ägypter nannten sie die Boten aus dem Himmel. Diese nahmen sich der Mumien an, brachten sie jedoch wieder zurück. Wahrscheinlich haben sie die beiden untersucht, bevor sie wieder in ihr Raumschiff stiegen und zu den Sternen flogen, um dort bis zum Ende der Zeiten zu bleiben. Das alles fanden wir auf der Schriftrolle bestätigt, und gerade deshalb sind die Mumien so ungemein wertvoll. Verstehst du nun, Sinclair?«

»Ja, ich glaube.«

Sie lachte. »Die Summe, die man uns für diese beiden Körper bot, ist immens. Keiner von uns kann in seinem ganzen Leben so viel verdienen. Deshalb sind wir entschlossen, alles aus dem Weg zu räumen, was uns stören könnte. Die Mumien werden ihr Ziel erreichen, aber ein anderes, als ursprünglich vorgesehen.«

Als ich diese Worte hörte, wusste ich, dass meine Chancen verdammt gering standen. Hier ging es um sehr hohe Summen. Ich wusste, dass meine Gegner über Leichen gehen würden.

Nur einer war unruhig geworden. Marco schien der Coup nicht ganz zu passen. Er schaute René an. »Fällt dir eigentlich etwas auf?«

»Nein – wieso?«

»Denk mal nach. Ich habe das Gefühl, als wären wir zu weit vom verabredeten Ort abgekommen.«

»Wie das?«

»Oder siehst du den Wagen?«

»Der Nebel ...«

»Nein, der Lokführer. Wahrscheinlich hat der Idiot an einem anderen Signal gestoppt. Der muss ja vor Angst vergangen sein.«

»Ich hätte seine Frau killen sollen!«, warf Coucou dazwischen, doch Marco winkte ab.

»Wir müssen eben laufen.«

»Und in welche Richtung?«, fragte Marco höhnisch.

René hob die Schultern.

Ich hatte allmählich das Gefühl, dass diese Typen die Übersicht verloren. Das war nicht gut. Unter Umständen ließen sie ihre Wut an mir aus.

»Wir müssen aber weiter!«, meinte Cecile.

Marco fuhr heftig zu ihr herum. »Weiß ich selbst, verdammt, dass wir weitermüssen.«

»Da!« Coucou hatte laut gerufen. Sein Schrei klang gequält.

Wir alle fuhren herum, sahen ihn stehen und auf die beiden Mumien zeigen.

Sie lagen nicht mehr auf dem Rücken, sondern waren dabei, sich zu erheben!

Noch vor kurzem hatte ich an die lebenden Mumien gedacht. Nun erlebte ich diesen Vorgang hautnah mit und wusste plötzlich, dass sich die Gefahr verdichtet hatte.

Aus der zwischen uns liegenden Spannung war das kalte Grauen geworden. Ich erinnerte mich an die Fälle, als es mir nur unter gewaltigen Mühen gelungen war, lebende Mumien zu stoppen, und ich fühlte die Kälte meines Blutes, als es durch die Adern floss.

Auch die Bande war überrascht. Hinter mir hörte ich Cecile

stöhnend atmen. »Das kann doch nicht sein!«, hauchte sie. »Verdammt, das ist doch nicht möglich!«

Die Männer sprachen nicht. Sie standen einfach und waren bleich geworden.

Als hätten sich die beiden Mumien abgesprochen, so richteten sie sich plötzlich auf. Für einen Moment hielten sie die sitzende Haltung bei, drehten auch die Köpfe, sodass ich den freien Spalt zwischen dem Leinen in ihren Gesichtern sehen konnte.

Darin entdeckte ich zwei Augen.

Weiße, runde Steine. Leer und kalt. So jedenfalls kamen sie mir vor. Und doch brannte in ihnen ein Feuer, das aber nicht von dieser Welt stammte. Etwas wehte gegen uns, dem auch ich mich nicht entziehen konnte. Es war der Hauch einer fernen Zeit, einer Unendlichkeit, den beide Mumien gespeichert hatten.

Oder war es das Wissen einer uralten, fremden Intelligenz?

Auch ich spürte Furcht, als ich einen Schritt zurückging, um aus der Reichweite dieser in Leinen gepackten Monstren zu gelangen. Niemand hinderte mich daran, die anderen hatten genug mit sich selbst zu tun.

Cecile stand jetzt neben mir. Die Mündung der Beretta wies zu Boden. Ich hätte ihr die Waffe vielleicht aus der Hand nehmen können, aber da war noch Marco mit seiner MPi. Er hatte die Übersicht verloren und wartete lauernd ab. Auf seinem Gesicht lagen die Schatten der Furcht. Die Mundwinkel zuckten. Er sah so aus, als wollte er etwas sagen.

Der Bleiche ging zurück und drückte seinen Arm vor. Aus dem Ärmel schnellte plötzlich die Klinge. Sehr lang, scharf und spitz. Sie wies auf beide Monster.

»Wir müssen sie killen!«

René hatte die Worte gesagt. Es sah so aus, als wollten die anderen dagegen protestieren, doch sie hielten sich zurück. Wahrscheinlich deshalb, weil sie keinen besseren Vorschlag hatten.

Hatte sich René schon entschieden? Ich war mir sicher, dass

er mit Kugeln nichts gegen die Mumien ausrichten konnte, die jetzt standen und sich drehten.

Eine in Renés Richtung, die andere wandte sich uns zu, und wir schauten in ihre Augen.

Da peitschte der Schuss.

René konnte sein Ziel überhaupt nicht verfehlen, er stand einfach zu nahe bei der Mumie. Da sie mir den Rücken zudrehte, sah ich nicht, wie die Kugel einschlug, aber die Mumie zuckte zusammen und krümmte sich nach vorn. Dabei streckte sie die Arme aus, als wollte sie dem Mann, der geschossen hatte, die Hand drücken.

Ich hörte René lachen, vielleicht glaubte er sich am Ziel, das jedoch erwies sich für ihn als tödlicher Irrtum, denn plötzlich hatte die Mumie ihn.

Sie bewegte sich nicht so geschmeidig wie ein Mensch, eher ungelenk, aber sie fiel gegen ihn und packte zu.

Im nächsten Augenblick hörten wir ihn schreien. Zugleich drehte sich die Mumie um, sodass wir sie jetzt frontal anblicken konnten.

Es war grauenhaft.

Nicht so sehr für uns wie für René.

Er war von ihr so hart umklammert worden, dass er sich nicht mehr bewegen konnte. Zugleich drückte sie ihn fest an sich, aber René war es gelungen, seinen Kopf in den Nacken zu legen, sodass er die Mumie anschauen musste, ob er wollte oder nicht.

Das war sein Ende.

Wir sahen ihn sterben. Wurden Zeuge einer furchtbaren Tat und auch einer unheimlichen Macht, die von der Mumie ausging, denn sie erdrückte ihn nicht, wie es vielleicht ein Gorilla getan hätte, nein, ihre Kraft musste sie aus den Tiefen des Alls geholt haben, denn die Augen strahlten plötzlich auf wie zwei Sterne. Das Licht, sehr stark und gebündelt wie Laser, traf das Gesicht des Franzosen.

Der Mann wurde zerstört.

Es begann am Kopf, wo die Haut plötzlich nicht mehr zu

sehen war. Dafür die Knochen, weiß und gleichzeitig hell, als würden sie von einem strahlenden Feuer umgeben, das alles zerstörte.

Auch den Menschen.

Er konnte nicht mal mehr schreien, so schnell lief der für ihn tödliche Vorgang ab.

Wir waren entsetzt, denn zwischen den zupackenden Pranken der Mumie war plötzlich nichts mehr. Nur noch Staub rieselte zu Boden und verteilte sich dort.

Heller, flimmernder, glitzernder Staub, fein wie Asche. Das also war einmal ein Mensch gewesen. Man hatte ihn mit der Kraft der Sterne konfrontiert, und er hatte nicht überleben können.

Sogar seine Kleidung war vernichtet worden.

Wir standen da und waren sprachlos. Die Angst peitschte in uns hoch. Ich fühlte mich verdammt schlecht, dieser stumme, grausame Mord hatte mich entsetzt, und jetzt bewegte sich auch die zweite Mumie.

Sie hatte sich ein neues Ziel ausgesucht.

Die entsetzt und reglos dastehende Cecile Villard!

Mochte sie auch zur anderen Seite gehören und hätte sie wahrscheinlich auch auf mich geschossen, das alles zählte in diesen Augenblicken nicht, denn ich musste ein menschliches Leben retten. Es war unmöglich, sie den Kräften der unheimlichen Mumie zu überlassen, deshalb tat ich das einzig Richtige.

Ich sprang Cecile an.

Es hatte sein müssen, denn die Mumie griff bereits nach ihr. So geriet auch ich in Gefahr, dass sie mich streifte, aber ich hatte Glück, die Hand wischte an mir vorbei.

Gemeinsam landeten Cecile und ich auf dem weichen Boden. Cecile lag unter mir. Vor Angst hatte sie die Kontrolle verloren. Sie strampelte und versuchte, sich zu befreien. Das hätte tödlich für sie enden können, und ich brüllte sie an.

Cecile erstarrte.

Ich rollte mich von ihr, kam auf die Knie und zog sie an den Schultern aus der unmittelbaren Gefahrenzone, denn beide Mumien befanden sich in Bewegung und suchten neue Ziele.

Marco und Coucou hatten den Kreis größer gezogen. Die beiden wollten den Reichweiten der zupackenden Arme entfliehen und standen besser postiert als wir.

Meine heftigen Worte trieben Cecile Villard auf die Beine. Ich riet ihr zur Flucht, und sie taumelte auch weg. Mein Pech war, dass ich nicht mehr an die Beretta dachte, aber sie ihr jetzt wegzunehmen war nicht der richtige Zeitpunkt.

Ich stellte mich der Killermumie. Mir blieben der Dolch und das Kreuz. Würde das Kreuz reichen?

Ich holte es hervor, während ich gleichzeitig Distanz zwischen ihr und mich brachte.

Auf meinem Kreuz waren die geheimnisvollen Zeichen verewigt. Unter anderem auch das Allsehende Auge, das schon bei den alten Ägyptern als heiliges Symbol bekannt gewesen war und danach von der christlichen Religion übernommen wurde.

Gegen altägyptische Magie hatte es mir bereits geholfen, würde es auch hier reagieren?

Die Mumie starrte das Kreuz an.

Für einen Moment zögerte sie, ich aktivierte meinen Talisman ebenfalls noch nicht, aber ich kam auch nicht mehr dazu, die berühmte Formel zu sprechen.

Die Mumie warf sich nach vorn.

Ein schneller, überraschender Angriff, dem ich nur durch einen blitzschnellen Sprung entgehen konnte. Dabei stolperte ich über einen Stein, rutschte aus, fiel hin und befand mich plötzlich in großer Gefahr.

Da schoss Cecile.

Sie konnte mit der Waffe umgehen. Die beiden Silberkugeln jagten in die Körper der Mumie. Wo sie das Linnen durchstießen, blitzte es auf, ich rechnete schon mit einem Sieg, als sich die Mumie herumwarf und die Macht des Silbers regelrecht abschüttelte.

Dann lief sie weiter.

Bis ich die Formel sprach.

»Terra pestem teneto – Salus hic maneto!«

Ich hatte ihr die Worte laut entgegengeschrien, um das Monster zu stoppen, und das gelang mir auch. Doch auf eine andere Art und Weise, als ich es mir vorgestellt hatte.

Normalerweise verbreitete das Kreuz seinen strahlenden Glanz, um die Gegenmagie zu vernichten. Hier aber reagierten die sich an den Enden befindlichen Zeichen der Erzengel nicht. Sie blieben einfach stumm, dafür entfaltete das Allsehende Auge seine Kraft.

Das Oval des Auges befand sich innerhalb eines Dreiecks. Das Auge selbst war von einem Kranz aus Strahlen umgeben, während die Pupille dunkler schimmerte.

Aus ihr drang ein tiefrotes, unheimliches Leuchten, das sich zu einem einzigen Strahl vereinigte und das Kreuz verließ, wobei er sich sehr schnell in zwei Hälften aufspaltete, sodass beide Mumien voll getroffen werden konnten.

Sie reagierten, als hätten sie von einer mächtigen Hand starke Schläge erhalten. Das rote Licht riss sie von den Beinen, schleuderte sie hoch und jagte sie davon.

Als wären sie nur Spielbälle, so wurden sie in die Luft geschleudert und stießen hinein in die Dunkelheit des Himmels. Wie zwei Geschosse fuhren sie den Sternen und den Wolken entgegen, als wollten sie dort für immer verschwinden.

Wir staunten.

Auch ich stand mit offenem Mund da, denn mit einer solchen Reaktion hätte ich nie gerechnet.

Die Mumien jagten weg, als hätte sich der Himmel für sie geöffnet, um ihnen das unendlich große Grab im All zu geben. Das rote Licht verlosch. Die Umgebung wurde wieder normal. Schwärze hüllte uns ein, die sich für uns erst später auflöste, als sich unsere Augen an die Dunkelheit gewöhnt hatten.

Cecile Villard, Coucou und Marco hatten überlebt. René aber war zu Staub geworden, und der Schreck über dessen Tod stand in den Gesichtern der anderen geschrieben.

Cecile kam langsam näher. Dass sie meine Pistole hielt, war ihr egal. Auch meine Reaktion kümmerte sie nicht, denn ich nahm ihr die Beretta mit einem blitzschnellen Griff ab.

Sie fragte nur: »Wo sind sie?«

»Vielleicht dort, wo sie hergekommen sind!«, antwortete ich ihr und erntete nur ein Kopfschütteln.

Sie hatten mich verstanden, aber nicht begriffen. Um das Begreifen ging es auch mir. Ich konnte es einfach noch nicht fassen, dass mein Kreuz die Mumien vertrieben hatte.

Waren sie wirklich für alle Zeiten verschwunden?

Ich hatte sie als ganze Körper davonjagen sehen, nicht zerrissen oder zerstört, auch nicht zu Staub zerfallen. Mir schien es so, als hätten sie noch Kontakt zu den Sternen gehabt, wo diejenigen lauerten, mit denen sie einmal Bekanntschaft gemacht hatten.

»War es das?«, fragte Cecile. Ihre Stimme zitterte.

»Möglich.«

Coucou lachte. Es war das Kichern eines Irren. »Ich habe es gesehen!«, kreischte er dann. »Verdammt, ich habe es gesehen. René ist zu Staub geworden, es hat ihn erwischt. Die verfluchten Mumien waren stärker, und jetzt sind sie weg!«

Ich ging vor, und Marco dachte nicht mehr daran, die MPi zu heben. Plötzlich waren wir zu Verbündeten geworden. Ohne dass wir uns darüber abgesprochen hatten, glaubte wohl keiner von uns, eine endgültige Entscheidung herbeigeführt zu haben.

Die Mumien waren verschwunden, aber nicht vernichtet. So wie ich sie und ihre Kraft einschätzte, konnten sie ohne weiteres wieder zurückkehren.

»Tut mir Leid«, sagte ich, »aber ich habe alles versucht. Die Macht der Sterne war stärker.«

»Das ist doch Scheiße!«, schrie Coucou. »Die Macht der Sterne ...«

»Halt die Schnauze!«, fuhr Marco ihn an. »Sei nur ruhig, sonst bist du als Nächster an der Reihe. Ich habe dich sowieso nur unter Protest mitgenommen. Jetzt reiß dich zusammen!«

Der Bleiche duckte sich, als er die Worte vernahm. »Und was ist mit ihm?«, fragte er. Sein Arm bewegte sich dabei auf mich zu. Es war der, aus dessen Ärmel die Klinge ragte. »Verdammt, er ist doch unser Feind. Vielleicht steckt er mit der Mumie unter einer Decke.«

»Du redest Unsinn!«, fuhr ich ihn an.

Coucou fühlte sich angegriffen. Er kam auf mich zu, hatte den rechten Arm erhoben und wollte die Klinge in einem Halbkreis auf mich zuführen.

Marco schleuderte die MPi gegen ihn. Der Bleiche wurde hart erwischt, geriet aus dem Gleichgewicht und taumelte an mir vorbei. Erst einige Schritte weiter konnte er sich fangen, aber da war Marco schon bei ihm und drosch mit der flachen Hand mehrmals zu.

Der Kopf des anderen flog zur Seite. Coucou heulte, und Marco machte ihm klar, dass wir alle vier im selben Boot saßen. Hoffentlich begriff er dies auch.

Cecile unterhielt sich mit mir. »Sie haben ein Kreuz!«, flüsterte sie. »Das ist nicht normal.«

»Stimmt.«

»Und wieso?«

Ich winkte ab. »Nehmen Sie es einfach hin. Die korrekte Erklärung würde zu lange dauern.«

Cecile musterte mich sehr nachdenklich, bevor sie einen Kommentar gab. »Sie sind nicht der, als der Sie sich ausgeben, John Sinclair.«

»Wie kommen Sie darauf?«

»Ich bin eine Frau mit starken Gefühlen. Und eines dieser Gefühle sagt mir einfach, dass Sie ein anderer sein müssen. Kein Makler.«

»Nein.«

»Was dann?«

»Polizist!«

Sie schaute mich an. So überrascht, dass sie keinen Kommentar abgeben konnte.

Auch Coucou und Marco hatten einen Teil unseres Dialogs mitbekommen. Der Bleiche blieb am Boden hocken, da er noch genug mit sich selbst zu tun hatte.

Anders Marco. Er kam zu uns und hatte seine Augen verengt. »Stimmt das?«, erkundigte er sich lauernd.

»Es stimmt.«

»Da haben Sie bestimmt einen Ausweis.«

»Natürlich.« Ich holte das Dokument hervor und drückte es ihm in die Finger. Er musste es dicht vor seine Augen halten, um überhaupt etwas lesen zu können. Danach lachte er auf und ließ den Arm sinken. »Ja«, sagte er zu Cecile, »er ist tatsächlich ein Bulle, aber ein englischer, Scotland Yard sogar.«

Die Französin konnte es nicht fassen. »Ich bin dem Yard bisher noch nicht aufgefallen. Wieso jagen Sie uns?«

»Nicht euch«, erwiderte ich. »Es war nur ein Zufall, dass ich auf Sie getroffen bin.«

»Ich hasse Bullen«, erklärte Marco leidenschaftslos, »aber ich sehe ein, dass ich mit diesem Gefühl hier nicht weiterkomme. Wir sind Verbündete geworden – oder?«

»Das scheint so.«

»Gut, dann können Sie uns auch verraten, was Sie da für eine Waffe besitzen.«

»Ein Kreuz.«

»Kreuze gibt es viele.« Er schüttelte den Kopf. »Aber nicht so eines, wie Sie es haben. Was ist das für ein Kreuz?«

»Ich habe Cecile bereits erklärt, dass ich mich darüber nicht auslassen werde. Nehmen Sie es zur Kenntnis, und nehmen Sie es weiterhin als gegeben hin, dass ich dieses Kreuz besitze. Mehr will ich nicht von Ihnen. Alles klar?«

»Nein, natürlich nicht, aber im Moment werde ich nicht weiterfragen.«

»Das ist vernünftig, da wir darüber reden sollten, wie es jetzt weitergeht. Eine Frage. Wo befinden wir uns?«

»Zwischen Lyon und Dijon.«

Ich nickte. »Toll, das hätte ich auch gewusst. Nur müssen Sie damit rechnen, dass man schon längst Alarm gegeben hat. Die Polizei wird unterwegs sein. Ringfahndung.«

»Halt dein Maul!« Marco regte sich auf. Für mich ein Zeichen seiner Unsicherheit.

»Wir sollten wirklich verschwinden!«, stand Cecile mir bei.

»Ja, das weiß ich auch. Aber zu Fuß?«

»Steht kein Wagen in der Nähe?«, fragte ich.

»Es hätte einer da sein sollen. Aber in der Dunkelheit und dem verdammten Nebel ist nichts zu erkennen. Der Lokführer braucht nur einen Kilometer vor dem vereinbarten Ziel angehalten zu haben, und schon geht alles in die Hose.«

Der Spieß hatte sich gedreht. Eigentlich war ich jetzt in der Lage, Bedingungen zu stellen, und dies kostete ich auf eine gewisse Art und Weise auch aus. »Da wir uns nicht in der Wüste Gobi befinden, müssten wir irgendwann auf einen Ort stoßen. Ich jedenfalls habe keine Lust mehr, hier herumzustehen. Ob Sie mir folgen wollen oder nicht, ist mir egal. Ich werde gehen.«

Und das tat ich auch.

Ein unangenehmes Gefühl hatte ich schon, als ich den dreien den Rücken zuwandte, aber es war niemand da, der auf mich schoss, selbst der bleiche Coucou hielt sich zurück.

Den Spieß hatte ich zwar herumdrehen können, doch die Gefahr lag nach wie vor in Reichweite.

Irgendwann hörte ich ihre Schritte hinter mir. Sie hatten aufgeholt. Ich lief durch die Nacht und hoffte, irgendwann einen Weg oder eine Straße zu erreichen, die in einen Ort führte.

Diese Hoffnung hatte mich bisher getrogen.

Sosehr ich auch meinen Blick kreisen ließ, Lichter sah ich nicht. Nur weit in der Ferne noch dunklere Schatten als der Nachthimmel. Es waren Berge.

Den kleinen Fluss oder schmalen Bach hatten wir einige

Male überqueren müssen, denn er schlängelte sich in zahlreichen Windungen und Kehren durch das Land. War er zu breit, ragten zum Glück Steine aus dem Wasser, über die wir trockenen Fußes an das andere Ufer gelangen konnten.

An einem kleinen Wäldchen schritten wir vorbei. Danach aber sahen wir in der Ferne kleine, helle Punkte. Sie standen versetzt, sodass sie durchaus zu einem Dorf oder einer kleinen Stadt gehören konnten.

Marco hatte mich inzwischen eingeholt und hielt sich an meiner Seite. Er tat, als wäre ich sein Partner. An seine MPi dachte er nicht mehr. »Da wir den Wagen verfehlt haben, Sinclair, werden wir uns dort in der Stadt einen holen.«

»Kennen Sie den Ort?«

»Ja, das müsste Burgeont sein.«

»Ist er groß?«

»Zwanzigtausend Einwohner ungefähr. Da ist alles, was wir brauchen.«

»Nur werde ich keinen Wagen stehlen.«

»Dann bleiben Sie zurück.«

»Aber als Leiche!«, keifte Coucou hinter mir und fing sich von Marco einen Rüffel ein.

Ich hatte die Bemerkung überhört und versuchte, die Distanz zwischen uns und der Stadt abzuschätzen. Es war in der Dunkelheit kaum möglich, weil Lichter weit zu sehen waren und Entfernungen dadurch kaum berechnet werden konnten.

Auch mussten wir in eine Senke hinein und erreichten dort nach etwa zehnminütiger Laufzeit einen Vorposten der Zivilisation.

Es war ein Stacheldrahtzaun. Er umfriedete eine Weide. Wir kletterten rüber, schritten durch saftiges Gras und wurden weiterhin vom matten Leuchten der Sterne begleitet.

Einen kleinen Vorteil hatte die Nacht gebracht. Der Nebel war verschwunden. Klare Sicht, auch gegen den Himmel, wo die Mumien verschwunden waren.

Bisher hatten wir sie nicht sehen können. Aber ich traute dem Frieden nicht. So liefen wir über die Wiese, und Cecile entdeckte den Schatten, der groß und hoch aus dem Gras hervorwuchs.

»Das ist ein Haus!«

»Na und?«, fragte der Bleiche. »Kann uns das interessieren? Wir müssen weiter.«

»Möglicherweise wohnt dort jemand«, meinte Marco. Er grinste. »Wenn ja, hat er sicherlich ein Auto. Das könnten wir ihm ja abkaufen.« An seine Worte schien er selbst nicht zu glauben.

»Ich werde mich jeder Gesetzesübertretung widersetzen«, warnte ich den Mann.

»Ja, schon gut.« Er grinste scharf.

»Los, sehen wir uns das Haus an!« Coucou drängte jetzt. »Ich habe keine Lust mehr, hier durch die Gegend zu laufen.«

Ich auch nicht, aber ich fand mich damit eben ab.

Und wir mussten uns auch mit etwas anderem abfinden, denn dort, wo die kleine Stadt lag, erschien ein Punkt am Himmel. Sichtbar und auch laut. Dabei typische Geräusche von sich gebend, die jeder von uns sofort erkannte.

Cecile sprach es aus. »Verflucht, ein Hubschrauber.«

»Und?«, fragte der Bleiche.

Marco fuhr herum. »Die suchen uns!«

»Kann ich mir nicht vorstellen.«

»Wir sollten zum Haus!«, schlug ich mit ruhiger Stimme vor, ohne die Maschine aus den Augen zu lassen, die jetzt in unsere Richtung flog. Wir sahen die Positionsleuchten blinken und einen Scheinwerferstrahl.

Es lag auf der Hand, wem die Suche galt.

Der Weg, für den wir so lange gebraucht hatten, konnte von dem Hubschrauber innerhalb einer kurzen Zeitspanne überwunden werden. Und dann saßen wir in der Falle! Das Haus vor uns schien unerreichbar fern zu sein.

Cecile startete zuerst. Sie übersah einen Holzzaun, fiel hinein und durchbrach das Gitter. Schnell raffte sie sich auf und huschte um das Haus herum.

Über unseren Köpfen steigerte sich das Dröhnen zu einem

infernalischen Geräusch. Während ich neben Marco herrannte, beobachtete ich den Hubschrauber und stellte fest, dass der Scheinwerferstrahl abdrehte.

Coucou hatte uns schon überholt. In das dumpfe Trampeln seiner Schritte mischte sich sein pfeifender Atem. Beim Laufen schleuderte er seine Arme vor und zurück.

Wir sprangen über die zerbrochene Stelle im Zaun hinweg und landeten in einer Pfütze, deren Wasser hoch aufspritzte.

Noch befand sich die Maschine nicht direkt über unseren Köpfen, aber der Lichtkegel des Suchscheinwerfers huschte über das Dach des einsam stehenden Hauses hinweg.

Das sollte Folgen haben.

Der Pilot hatte bemerkt, dass sich auf dem Boden ein Ziel befand. Und er wollte sich dieses Versteck aus der Nähe anschauen. Deshalb schwenkte er seine Maschine.

Cecile und Coucou hatten den Eingang erreicht. Die Tür stand offen. Wir waren nur noch ein paar Schritte entfernt. Ich rannte geduckt, hielt mich dabei dicht an der Wand, um so viel Schatten wie möglich zu haben. Dann hechtete ich nach links über die Schwelle. Ich fiel zu Boden, rollte mich über die Schulter ab und sah, noch bevor ich auf die Beine gekommen war, Marco anrennen.

Sein Körper tauchte in die Lichtfülle des Suchscheinwerfers. Da riss bei ihm der Faden. Er stieß seine MPi in die Höhe, eine Wahnsinnstat, von der ich ihn auch nicht durch einen Schrei abhalten konnte, denn in diesen Laut hinein klang das Tackern der Waffe.

Der Motorlärm hallte über das Haus hinweg und verschluckte auch das Splittern des großen Scheinwerfers, den der Franzose durch seine Kugelgarbe ausgepustet hatte.

Marco freute sich. Ich sah den wilden Triumph in seinem Gesicht, als er sich umdrehte und sich über die Schwelle warf.

»Tür zu!«, brüllte er dabei.

Coucou hämmerte sie ins Schloss, und über uns fiel die Dunkelheit zusammen.

Wir konnten uns im ersten Moment nicht sehen, hörten aber unseren keuchenden Atem.

Ich richtete mich auf. »Das war der größte Blödsinn, den Sie machen konnten!«, fuhr ich Marco an. »Jetzt weiß man genau, wo wir stecken.«

Er lachte mir aus der Finsternis entgegen. »Na und? Du hast doch nichts zu befürchten.«

»Das sind Polizisten. Sie haben auf die Leute geschossen!«

»Bullen müssen umgelegt werden!«, meldete sich Coucou aus dem Hintergrund.

»Halt den Rand!«, fuhr Cecile ihn an. »Sinclair hat Recht!«, stand sie mir dann bei. »Die hätten uns überhaupt nicht entdeckt. Wir hätten ihnen entwischen können.«

»Dann schießen wir sie eben ...«

»Coucou, sei ruhig!« Cecile sagte es mit einer scharfen Stimme, und der Bleiche hielt tatsächlich den Mund.

Mittlerweile hatten sich unsere Augen wieder an die Lichtverhältnisse gewöhnt. Es war nicht völlig finster. Wir konnten Umrisse und Konturen erkennen, aber wir nahmen auch einen so für das Landleben typischen Geruch wahr.

Nach Gras und Heu roch es, sodass wir zu der Überzeugung gelangten, in einer Scheune gelandet zu sein. Der Bleiche trug eine Taschenlampe bei sich. Er holte sie jetzt hervor und ließ den Lichtstrahl kreisen. Der lange Finger tastete über Wände hinweg, fuhr hoch bis gegen die Tenne, die sich unter dem Dach befand. Wir sahen eine angelehnte Leiter, wir erkannten einige Boxen, die mit Stroh gefüllt waren, und auch auf dem festgestampften Boden – eine Mischung aus Lehm und Stein – war Stroh ausgebreitet worden.

Zum Glück gab es Fenster in Kopfhöhe und nicht, wie bei so vielen Scheunen, dicht unter dem Dach.

Ich lief auf eines der Fenster zu. Dabei hörte ich, wie Marco hinter mir seine MPi nachlud.

Es störte mich, vom Strahl der Lampe verfolgt zu werden. »Mach das verdammte Licht aus!«, fuhr ich den Bleichen an.

Er gehorchte.

Keiner sprach mehr, dennoch hörten wir die Geräusche von draußen her durch die Holzwände schallen.

Ich brauchte erst gar nicht durch das Fenster zu schauen, um erkennen zu können, was dort geschah.

Der Hubschrauber setzte zur Landung an. Als großen Schatten sah ich ihn vom Himmel fallen. Neben dem Fenster hatte ich mich gegen die Wand gepresst und schielte durch die Luke. Das war kein kleiner Hubschrauber. Er gehörte zu den größeren Maschinen, die bei Polizeieinsätzen verwendet wurden.

Mindestens sechs Passagiere konnte er fassen.

Die Maschine sah im Dunkeln aus wie ein stählerner Gigant, als sie zur Landung ansetzte. Über ihr kreiste der starke Rotor. Die Stahlblätter zeichneten einen wirbelnden Kreis in die Luft. In der Maschine selbst war es bis auf die Instrumentenbeleuchtung finster.

Ich hörte die leichten Schritte der Frau. Neben mir blieb Cecile stehen. »Wie sieht es aus?«, flüsterte sie.

»Nicht gut.«

»Die werden angreifen, was?«

Ich nickte heftig. »Jetzt ja«, gab ich flüsternd zurück. »Marco hat sich wie ein Idiot benommen.«

»Merde!«

»Das können Sie laut sagen.«

Der Einstieg auf der anderen Seite des Hubschraubers flog auf, die Polizisten sprangen heraus, aber ich sah so gut wie nichts. Lautlos ging der Einsatz über die Bühne. Für mich ein Beweis, dass man uns eine Spezialtruppe auf den Hals geschickt hatte.

»Die kennen sich aus, wie?«, fragte Cecile.

»Und ob. Diese Burschen sind ausgebildet. Sie werden uns einkreisen, darauf können Sie sich verlassen. Wahrscheinlich gehören sie zu einer Spezialtruppe.«

»Schießen die?«

Ich gab keine Antwort mehr, weil ich betrachtete, wie sich die Leute verteilten.

Sie waren kaum zu erkennen, da sie sich dicht am Boden hielten und sich trotz der unbequemen Gangart sehr schnell bewegten. Die genaue Anzahl hatte ich noch immer nicht feststellen können, aber sechs waren es mindestens.

Und diese Burschen verteilten sich rund um das Haus. Sie zogen einen großen Kreis, ich sah sie nur an zwei verschiedenen Stellen, dann hatten sie alle ihre Deckungen gefunden.

Es blieb still.

Allerdings nicht bei uns. Die Nervosität der Leute musste sich einfach freie Bahn schaffen. Der Bleiche sprach davon, die Hundesöhne aufzuschlitzen, während Marco ihm abermals den Mund verbot.

»Ich will mich nicht zusammenschießen lassen!«, keuchte Coucou. »Und das, weil du so blöd warst und dich hast sehen lassen.«

Eine Antwort konnte Marco ihm nicht mehr geben, denn wir hörten eine fremde Stimme.

Sie war draußen aufgeklungen. Megaphonverstärkt drang sie an unsere Ohren. Die Holzwände der Scheune hielten kaum etwas von dem Klang ab, und die Befehle waren eindeutig.

»Wir wissen, dass ihr euch in der Scheune versteckt habt. Wir geben euch drei Minuten, um waffenlos herauszukommen. Haltet ihr die Zeit nicht ein, schießen wir die Scheune zusammen. Noch eine Warnung. Wir setzen auch Flammenwerfer ein!«

»Verdammte Schweinebullen!«, regte sich Coucou auf.

»Die Zeit läuft!«, hörten wir abermals die Stimme des Sprechers. »Stellt eure Uhren!«

Ich blieb am Fenster, die anderen beiden kamen zu uns. Ich sah sie als Schatten. Marco hielt seine nachgeladene MPi in der rechten Hand. Die Mündung wies zu Boden. »Wir werden auf keinen Fall die Scheune verlassen!«, erklärte er.

»Das ist ein Fehler!«

Er lachte mich scharf an. »Klar, von einem feigen Bullen kann man nichts anderes erwarten.«

»Sehr richtig!«, hechelte Coucou. »Bullen sind verdammt und alle feige.« Er spie aus.

»Mit feige oder nicht feige hat das nichts zu tun«, erklärte ich. »Ihr habt gehört, womit diese Leute bewaffnet sind. Nicht allein Schusswaffen, auch Flammenwerfer …«

»Wir können uns verteidigen!«

»Marco, hör auf!«, mischte sich Cecile ein. »Wir sind hier nicht im Wilden Westen. Ich bin dafür, Sinclairs Vorschlag Folge zu leisten. Das ist am vernünftigsten.«

»Wilden Westen, sagst du? Da kannst du Recht haben. Ich bin fest entschlossen, es auszuschießen.«

Der Mann war überaus dumm. »Denken Sie doch einmal nach«, sagte ich. »Noch haben Sie keinen Toten auf dem Gewissen. Die Strafe wäre nicht zu hoch, die man Ihnen …«

Er lachte mich aus. »Keine Toten? Sinclair, wenn die mich in die Finger kriegen, ist der Teufel los. Die warten doch nur darauf, mich für immer einzulochen. Ich stehe auf ihrer Liste ziemlich weit oben. Ich habe so einige erschossen, auch Bullen, als die mir ans Fell wollten. Nein, die warten nur auf mich. Mit Coucou ist es ähnlich. Den haben sie sogar aus der Legion gefeuert, weil er zwei Kameraden erstochen hat. Sie wollten ihn ja hängen, aber er entwischte. Die Polizei hat davon nichts mitbekommen, aber die Killer der Legion sind hinter ihm her. Fällt er ihnen in die Hände, drehen sie ihn durch die Mangel. Wir werden also kämpfen.« Er hatte schnell und hektisch gesprochen. Dann fügte er noch etwas hinzu. »Wenn ihr beide verschwinden wollt, könnt ihr gehen. Doch sobald ihr einen Fuß über die Schwelle gesetzt habt, jage ich euch eine Garbe in den Rücken, darauf könnt ihr euch verlassen. Und bilde dir nur nicht ein, Sinclair, dass du an deine Kanone herankommst. Die MPi ist auf dich gerichtet. Du hättest das Zeug im Zug saufen sollen.«

Marco bluffte nicht. Dieser Mann war kalt bis in den letzten

Zehennagel. Es sah tatsächlich schlecht für uns aus, und ich hing wieder einmal mittendrin.

Wieder hörten wir die Stimme. »So!«, klang es megaphonverstärkt. »Eure Zeit ist um. Kommt jetzt einzeln heraus, aber waffenlos.«

Mit einem blitzschnellen Griff entriss Coucou Cecile die Handtasche, öffnete sie, schnappte sich ihre Waffe und schleuderte die Tasche dann zu Boden. Er stieß mich zur Seite, stand am Fenster, das keine Scheibe hatte, und brüllte seine Antwort raus.

»He, ihr miesen Bullen! Wenn ihr etwas von uns wollt, müsst ihr uns holen. Verstanden?«

Nach diesen Worten duckte er sich sofort. Das war sein Glück, denn die anderen machten ernst.

Feuergarben blitzten auf. Wir hörten das Tackern der Maschinenpistolen und lagen schneller am Boden, als wir denken konnten. Das Scheunenholz war dünn. Die Geschosse hämmerten hindurch, Splitter flogen umher, die Wände vibrierten und wackelten, während wir geduckt abwarteten.

Ich überschlug mich und geriet in die Nähe der Frau.

Cecile war auf die Leiter zugekrochen, die zur Tenne hochführte. Ihr Gesicht leuchtete fahl. Selbst in der Finsternis las ich die Angst in ihren Augen.

»Das überstehen wir nicht!«, rief sie in das Krachen der Waffen hinein. »Das ist unmöglich.«

Weiterreden konnten wir erst, als die ersten Salven verstummt waren. Eine unnatürliche Stille breitete sich aus. Unterbrochen wurde sie durch ein heftiges Keuchen. Coucou hatte es ausgestoßen. Er lief quer durch die Scheune auf ein anderes Fenster zu, blieb an der Wand hocken und schob seinen Körper langsam hoch.

»Einen nehme ich jetzt mit!«, keuchte er verbissen. Seinen Arm drückte er nach vorn. Zusammen mit der Mündung wollte er durch das Fenster schauen, aber dazu kam es nicht mehr, denn wir alle hatten das Geräusch über unseren Köpfen gehört.

Ich schaute nach oben.

Der Mann musste durch eine Dachluke eingedrungen sein. Jedenfalls stand er jetzt mit schussbereiter Maschinenpistole geduckt auf der Tenne und zielte nach unten.

Uns sah er nicht, da wir uns im toten Winkel befanden, aber er konnte den Bleichen erkennen.

»Weg mit der Waffe!« Noch einmal warnte er.

Da handelte Marco!

Er hatte nichts zu verlieren, das wusste er. Und er reagierte wie ein in die Enge getriebenes Tier. Auf dem Fleck kreiselte er herum, warf sich gleichzeitig zur Seite und feuerte schräg durch die Scheune.

Diesmal vernahm ich sogar das Jaulen der Kugeln, so nahe wischten sie an mir vorbei. Ich riss Cecile mit zu Boden, und wir hörten das Ächzen.

Der Polizist über uns hatte es ausgestoßen. Noch stand er auf der Tenne, ging dann einen zögernden Schritt nach vorn, erreichte den Rand und kippte.

Er fiel stumm. Wir hörten den Aufschlag und sahen, wie der Körper durchgeschüttelt wurde und bewegungslos liegen blieb.

Aus und vorbei.

Marco hatte ihn erschossen, aber Coucou, dieser kleine Sadist, freute sich diebisch. Das schrie dieser Vollidiot auch noch hinaus. »Hört zu, ihr Bullen, wir haben einen von euch erwischt. Das ist aber noch nicht das Ende.«

Die MPi-Salven knatterten plötzlich auf. Kugeln rissen wieder Löcher in die Holzwände. Von vier verschiedenen Seiten aus wurden wir unter Feuer genommen. Diesmal hatten sich die Männer einen anderen Schusswinkel ausgesucht.

Die Projektile hämmerten auch in den Boden und jagten als Querschläger davon.

Ich musste mich unheimlich in Acht nehmen und rechnete

damit, während ich mit Cecile auf dem Boden Deckung suchte, dass sie ihre zweite Drohung wahr machen würden und Flammenwerfer einsetzten.

Urplötzlich verstummte das Schießen.

Den Grund konnte ich mir nicht vorstellen. Doch die nachfolgende Ruhe tat nicht gerade gut. Wir blieben liegen, hörten das Klopfen unserer Herzen und einen jammernden Laut, den Coucou ausgestoßen hatte. »Verflucht!«, keuchte er dann. »Verflucht, mich hat es erwischt.«

»Wie stark denn?«, fragte Marco.

»Ein Kratzer. Am Nacken. Wie ein Stück glühendes Eisen ist die Kugel darüber weggesaust. Ich blute wie ein Schwein.«

Marco kroch zu seinem Kumpan.

»Jetzt hättest du die Chance!«, flüsterte Cecile, die zusah, wie Marco über den Boden glitt. Er robbte davon. Die MPi nahm er mit.

»Wieso?«

»Du könntest sie …«

»Nein, nicht erschießen, aber ich werde versuchen, sie zu entwaffnen. Bleib du hier liegen und rühr dich nicht. Vielleicht klappt es.«

»Und draußen die Bullen?«

»Ich weiß auch nicht, was die haben. Die hocken da und planen irgendetwas. Aber die Zeit kann ich nutzen.«

»Viel Glück.«

Ich machte es Marco nach und robbte durch die Scheune. Als ich an dem toten Polizisten vorbeikam, nahm ich dessen Waffe an mich.

Es war eine kurzläufige Uzi. Ich konnte mit diesen Dingern umgehen.

Diese verdammte Robberei über den mit Stroh bedeckten Boden gefiel mir überhaupt nicht. Die Strohhalme piekten, und der Geruch reizte zum Niesen.

Zum Glück achtete niemand auf mich, denn Marco und Coucou waren mit sich selbst beschäftigt. Sie flüsterten miteinander, als hätten sie vor mir Geheimnisse.

»Stell dich nicht so an!«, vernahm ich die Stimme des Anführers. »Von der Schramme wirst du nicht sterben.«

»Aber das Blut.«

»Nimm ein Tuch!«

Ich hatte die Hälfte der Strecke überwunden und behielt die Tür und die beiden Gangster abwechselnd im Auge. An die Mumien dachte ich nicht. Wir waren von einem unheimlich anmutenden Fall in einen heißen Gangsterkampf hineingeraten, und ich musste zusehen, dass ich wieder mit einem blauen Auge davonkam. Die Polizisten draußen konnten nicht wissen, dass ich ein Kollege von ihnen war.

Noch waren die beiden miteinander beschäftigt. Dieser Bleiche musste ein wahrer Jammerlappen sein. Als sich Marco von ihm wegbewegen wollte, klammerte er sich an ihm fest.

»Mann, hau jetzt nicht ab. Ich …«

Die Lage war günstig. Ich drückte mich lautlos und so behutsam wie möglich in die Höhe, weil ich die beiden überraschen wollte. Einen Schritt kam ich weit und wollte gerade meine Warnung rufen, als etwas geschah, das die Lage grundlegend veränderte und sie praktisch auf den Kopf stellte.

Wir alle wurden von der unheimlichen Macht einer fürchterlichen Magie überrollt!

Die Polizisten waren geflogen, wie man es ihnen befohlen hatte, und sie hatten die Erlaubnis eingeholt, das Gebäude mit Waffengewalt stürmen zu dürfen.

Die Männer gehörten zu einem Spezialkommando.

Fast hätten sie die Gangster nicht entdeckt. Bis einer von ihnen durchdrehte und den Suchscheinwerfer »auspustete«. Der Maschine selbst hatte die Garbe nichts anhaben können. Sie bestand aus schusssicherem Stahl. Es lief alles wie beim Training.

Das Umstellen der Scheune, die Warnungen, die ersten Schusswechsel als Ablenkung, und dann wurde der Mann eingesetzt, der sich durchschlagen und den Weg freikämpfen sollte.

Er war auf das Dach gekommen, hatte einen Einstieg gefunden, doch er war leider erwischt worden.

Der Plan wurde geändert.

Die Männer hatten nicht nur mit Flammenwerfern gedroht, sie setzten sie auch ein. Rücksicht wie normale Polizisten kannten sie nicht, sie unterstanden direkt dem Innenminister. Der deckte fast alles.

Und so machten sie sich zum Sturm bereit.

Dazu aber sollte es nicht kommen. Als sie innerhalb weniger Sekunden eine Lagebesprechung abhalten wollten, passierte es. Einer von ihnen, der zufällig einen Blick zum Himmel geworfen hatte, sah die beiden Punkte, die sich auf gewissen Zickzackbahnen bewegten und sich rasend schnell dem Erdboden näherten.

»Was ist das?«

Seine hart gesprochene Frage ließ den Einsatzleiter, er hieß Robert Gislaine, aufmerksam werden. Er schaute ebenfalls hoch, strich über sein Barett und war überfragt.

»Das ist doch kein Komet – oder?«, fragte ein anderer.

»Nein, der sieht anders aus.«

»Außerdem sind es zwei.«

Robert Gislaine entschied sich innerhalb weniger Sekunden. »Wir verschieben den Einsatz.« Er hatte mit glasklarem Blick erkannt, dass sich die beiden ungewöhnlichen Flugkörper nicht nur dem Erdboden näherten, sondern auch ihren Standort anvisierten.

Das konnte gefährlich werden.

Sie wurden größer. Es waren keine Sterne mehr, sondern längliche Gegenstände, die noch an Geschwindigkeit gewannen, sich einmal drehten und sich plötzlich trennten.

»Die sehen aus wie Menschen!«, hauchte jemand.

»Verflixt, das ist ...« Keiner wusste eine Erklärung, und so warteten die Männer der Kampfgruppe ab, bis sich die beiden Gestalten dem Erdboden genähert hatten.

Sie landeten.

Sacht, federartig, nicht weit von der Gruppe entfernt, die die beiden »Personen« anstarrten.

»Es sieht aus, als wären es Menschen!«

Gislaine hatte den Satz gehört, schüttelte den Kopf und gab selbst eine Erklärung ab. »Mir kommen sie vor, als hätte man sie in helle Laken gewickelt. So etwas hat man früher im alten Ägypten mit Mumien gemacht.«

Einer der Männer lachte leise, doch unter dem Blick seines Chefs verstummte er sofort.

Robert Gislaine wollte es genau wissen. Er bedeutete den anderen, auf ihren Plätzen zu bleiben, und ging allein los. Gislaine war ein harter Mann, gestählt in zahlreichen Schlachten, und die Narben dieser Kämpfe bedeckten seinen Körper. In diesen Augenblicken aber spürte er Furcht. Es war eine Beklemmung, wie er sie bisher nur aus Situationen vor Kämpfen kannte, bei denen er fast sicher war, sie nicht gewinnen zu können. Er wäre am liebsten verschwunden, aber er musste Vorbild sein, das hatte man ihm stets eingehämmert.

Und so riss sich Gislaine zusammen. Kneifen kam für ihn nicht in Frage.

Die beiden Flieger standen, ohne sich zu bewegen. Gislaine hatte das Gefühl, als würden die komischen Gestalten ihn genau beobachten und unter Kontrolle halten. Er war mit einer Maschinenpistole bewaffnet, und sein Finger lag am Abzug. Sollten sich die Gestalten vor ihm nur einmal falsch bewegen, würde er sie niedermähen. Dieser Vorsatz stand fest. Die Mumien rührten sich nicht. Sie schienen den anderen zu ignorieren, was Gislaine wiederum ärgerte. Wer in die Mündung einer MPi schaut, der bekommt normalerweise Angst.

Hinter ihm blieb der Hubschrauber zurück. Die Mumien standen nur wenige Schritte vor ihm.

»Wer seid ihr? Wo kommt ihr her?« Scharf drangen die Fragen über Gislaines Lippen.

Eine Antwort gaben die anderen ihm nicht. Aber sie konnten laufen. Ein wenig schwerfällig setzten sie sich in Bewegung und gingen auf den Mann zu.

Einen Schritt, den zweiten …

Gislaine spürte eine innerliche Warnung. Wenn er jetzt nichts unternahm, waren die anderen stärker. Vor Jahren hatte er so etwas im Kongo einmal erlebt und hatte dann den Rückzug angetreten.

Hier blieb er stehen.

Und er schoss.

Eine kurze Garbe nur jagte er aus dem Lauf. Dieser Feuerstoß traf die rechte der beiden Gestalten in die Brust. Die Menge der Kugeln reichte normalerweise aus, jetzt hätte der andere fallen müssen, aber er steckte die Treffer weg, als wären sie nichts. Auf seinen unförmigen Beinen blieb er stehen, schwankte zwar, schüttelte sich dann, und Gislaine konnte in der Dunkelheit sogar die Kugellöcher sehen, die seine Geschosse hinterlassen hatten.

Aber die Mumie fiel nicht.

Sie ging unbeirrt weiter.

Gislaine »hörte« das Schrillen der Alarmglocken in seinem Kopf. Wenn er jetzt noch etwas unternehmen wollte, musste er sehr schnell sein.

Das war er nicht.

Plötzlich hatte ihn die Mumie. Sie hielt ihn fest, schlug ihm auf die Schultern und drückte zu.

Hinter sich vernahm Gislaine die Stimmen seiner Leute. Gleichzeitig spürte er in seinem Innern das Brennen. Es war ein Gefühl, als hätte man ihn in kochendes Wasser getaucht. Er sah ein, dass er keine Chance mehr hatte, denn die Mumie ließ ihn nicht los.

Dann verging er.

Das Brennen verstärkte sich zu einem furiosen Wirbel.

Gislaine merkte nicht mehr, wie er sich auflöste und wie die Dunkelheit von einer strahlenden Helligkeit abgelöst wurde.

Der Mann verging vor den Augen seiner Männer, er löste sich auf. Sie sahen Gislaine als Staub zu Boden rieseln und dort liegen bleiben. Es war einfach aus und vorbei.

Die Männer schauten sich gegenseitig an. Noch waren sie sprachlos, bis einer schoss. Wieder zuckten Mündungslichter, wieder wurde die Mumie getroffen, auch die zweite verschonte man nicht.

Die Gestalten tanzten unter den Einschlägen der Kugeln. Sie bewegten sich zurück, auch zur Seite, aber sie gingen weiter, als wäre nichts geschehen, und ignorierten die Männer, die vor dem Hubschrauber standen. Nur der Pilot saß noch in seinem Cockpit und bekam genau mit, wie die beiden Mumien auf ihn zugingen.

Sie bewegten sich Schulter an Schulter. Ihre Arme schlenkerten dabei vor und zurück. Es sah so aus, als wollten sie den Hubschrauber entern.

Das merkten die Männer der Einsatztruppe. »Raus aus dem Ding!« Der Pilot hörte den Schrei. Er wollte die Kiste verlassen, doch es war bereits zu spät.

Die Mumie hatte den Hubschrauber erreicht und traf Anstalten, hineinzuklettern.

»Ich werde dir helfen!«, schrie der Pilot. Er stand am offenen Ausstieg. Mehrmals hintereinander trat er gegen den Schädel der Mumie.

Beim dritten Treffer erwischte es ihn.

Plötzlich erkannte er weder das Haus noch seine Kameraden, er stierte nur hinein in eine Fülle aus gleißendem Licht, das alles verbrannte, was nur zu verbrennen war.

In ihm stieg die Hitze hoch, und er starrte auf die kleinen Flämmchen, die über seine Hände, die Arme und sein Gesicht wischten.

Der Schock ließ ihn den Schmerz nicht spüren. Als das erste Schreckgefühl vorbei war, fing er an zu schreien. Da traf es ihn mit einer ungeheuren Wucht.

Plötzlich war er von langen Flammenzungen umgeben. Sie schossen in die Höhe, sie leckten an seinem Gesicht entlang, und als lebende Fackel tauchte er ein in den Hubschrauber, dessen Inneres sich in eine Feuerhölle verwandelt hatte.

Das Feuer war schnell. Wie mit gierigen Händen griff es um sich. Erbarmungslos schlug es zu und fand den Weg auch in die kleinste Nische.

Der Pilot brach zusammen. Das Feuer und die Berührung hatten ihn zu Staub werden lassen. Die Mumien aus dem All besaßen Kräfte, gegen die ein Mensch machtlos war.

Für die Beamten der Sondertruppe waren die Gangster im Haus vergessen. Sie rannten fort, denn sie wussten, dass der Hubschrauber explodieren würde. Der große Tank war mit Kerosin gefüllt.

Es geschah!

Zuerst stand eine grellweiße Lichtglocke wie gemauert in der finsteren Nacht. Sie war aus der Maschine in die Höhe geschossen, und in sie hinein drang der explodierende Ball einer gewaltigen Feuerkraft, die den schweren Transporter restlos zerstörte.

Sie riss ihn auseinander, zerfetzte ihn in zahlreiche Teile, die in die Dunkelheit geschleudert wurden, und das Feuer breitete sich aus. Brennende Benzinlachen speisten einen mörderischen Regen, der in einem weiten Bogen über dem Land niederging und selbst die Mumien nicht verschonte, denn auch sie standen in hellen Flammen.

Als brennende Körper torkelten sie davon. Das Feuer bildete eine gewaltige rote Insel inmitten der Dunkelheit. Wie kleine Raketen schossen die Trümmer davon, und sie klatschten zusammen mit dem Feuer gegen das in der Nähe stehende Haus.

Die Beamten der Sonderkommission blieben unverletzt, aber die Mumien brannten weiter.

Mein Plan wurde durch die Ereignisse umgeworfen. Ich hätte die Chance gehabt, die Gangster zu überwältigen, als der

Wahnsinn begann. Ich sah das Feuer, das gleißende Licht und wusste plötzlich Bescheid.

Der Hubschrauber stand in Flammen.

Und er explodierte.

Als die Mumien brannten, hatte ich das Gefühl, die Welt würde untergehen. Feuer, Rauch, Lärm und eine gewaltige Druckwelle vereinigten sich zu einem mörderischen Inferno, das dem Haus und uns entgegenraste. Es rüttelte an den Grundfesten der Scheune, über mir brachen die brennenden Teile durch das Dach.

Urplötzlich schwebten wir in Lebensgefahr.

Welches Teil da brennend durch das Dach gerast war, konnte ich nicht erkennen, mir war nur klar, dass wir die Scheune verlassen mussten.

Die Druckwelle kam wie ein zweiter Feuersturm und zerriss das Haus. Es war nicht sehr stabil gebaut. Eine Wand flog weg. Sie hatte vor uns gestanden. Ich hörte Coucou wütend schreien, sah Marco am Boden liegen und hechtete selbst in Deckung.

Über und neben mir brach alles zusammen. Die Hölle mit dem Atem des Teufels darin konnte nicht schlimmer sein. In Form gewaltiger Flammenarme griff der Tod nach uns.

Irgendwie schaffte ich es, wieder auf die Beine zu gelangen. Rauch und Feuer umgaben mich. Ich war von umherfliegenden brennenden Splittern erwischt worden, meine Kleidung schwelte, fetter, stinkender Rauch nahm mir den Atem, aber ich wollte zu Cecile.

Die klemmte fest.

Die Französin hatte meinen Rat befolgt und war liegen geblieben.

Ein Fehler, wie ich nun feststellen musste. Das Dach und die Tenne waren zusammengebrochen. Ein Teil der Trümmer hatte die junge Frau unter sich begraben.

Ob sie bewusstlos oder tot war, konnte ich auf die Schnelle nicht erkennen. Jedenfalls musste ich sie unter den verdammten Holztrümmern wegzerren, bevor das ganze Dach zusammenbrach.

Ich strengte mich an, zog und zerrte, hörte sie stöhnen und verdoppelte meine Anstrengungen.

Cecile Villard kam frei.

Nichts war mehr von ihrer einst so eleganten Erscheinung zurückgeblieben. In diesen Augenblicken wirkte sie schmutzig, zerzaust mit verbrannten Haaren und geschwärztem Gesicht.

Die Angst stand deutlich in ihren Zügen zu lesen. Ein stummer Schrei nach Hilfe, den ich nicht »überhörte«. Deshalb bückte ich mich, zog sie hoch und wuchtete sie über meine Schulter.

Ich rannte quer durch das Inferno aus Feuer und Rauch. Die Last auf der Schulter und die schlechte Luft machten mir schwer zu schaffen.

Um die anderen kümmerte ich mich nicht. Für mich war wichtig, Cecile aus dieser Hölle zu retten.

Ich hatte, soweit erinnerte ich mich, die Mumien draußen gesehen, auch, dass sie brannten. Sollte dies tatsächlich geschehen sein, hätte uns nichts Besseres passieren können. Wahrscheinlich vernichtete das Feuer sie.

Ich taumelte gegen einen brennenden Balken, riss diesen einfach um, hörte es über mir knacken und legte noch einen Zahn zu.

Irgendwann traf mich die kalte Luft, der Qualm zerflatterte, und ich konnte wieder Atem holen.

Tief saugte ich die klare Nachtluft in meine Lungen, ich stolperte automatisch weiter, keuchte, hustete und fühlte die Mattheit und das Blei in meinen Knochen.

Nur mühsam gelang es mir, mich auf den Beinen zu halten. Aber ich trug nicht nur die Verantwortung für mich, auch für die Last auf meiner Schulter.

Irgendwann spielte eine Bodenwelle Schicksal. Ich hatte sie übersehen und stolperte. Cecile rutschte mir von der Schulter. Ich blieb in dieser Lage, atmete einige Male tief durch, um die Nebel vor meinen Augen zu vertreiben. Mein Mund stand halb offen, ich spürte die Gänsehaut, gleichzeitig das Zittern und drehte mich um, um zur brennenden Scheune zurückzublicken.

Zwischen ihr und dem Hubschrauber hatten sich zwei Feuerquellen gebildet und miteinander Verbindung aufgenommen.

Hatten alle überlebt?

Ich dachte an Marco und den Bleichen. Aber auch an die Männer des Einsatzkommandos, die keine Chance gehabt hatten, dem Feuersturm zu entgehen.

Weder von der einen noch von der anderen Partei sah ich etwas und auch nichts von den Mumien, die für dieses Inferno verantwortlich waren.

Ich drückte mir selbst die Daumen, dass sie in der Flammenhölle verbrannt waren.

Dann kroch ich zu Cecile.

Der Boden unter mir war feucht. Meine Handballen schmierten durch nassen Lehm, und mit diesen schmutzigen Händen umfasste ich den Kopf der Frau, um ihn anzuheben.

Sie öffnete die Augen.

Wie zwei hellere Kreise wirkten sie in ihrem rauch- und rußverschmierten Gesicht. Sie lächelte mich an und fragte: »Haben wir es überstanden?«

»Zum Teil.«

»Du hast mich rausgeholt, wie?«

»Ja.«

Sie fasste nach meiner Hand. »Danke, dass du mich nicht hast verbrennen lassen.«

Ich hob die Schultern. »Bullen sind nun mal so. Wir haben es gelernt, menschlich zu handeln. Ich glaube, dass du dir die falsche Seite ausgesucht hast.«

»Das scheint mir auch so zu sein.«

Ich wollte ihr keine Moralpredigten halten. Das war auch nicht meine Aufgabe. Andere Dinge waren viel wichtiger. Zudem musste ich wissen, ob sie verletzt war.

»Hast du etwas abgekriegt?«, fragte ich sie.

»Ich weiß nicht so recht. Jedenfalls habe ich mich schon mal besser gefühlt.«

»Versuche aufzustehen.« Ich half ihr dabei und stellte fest, dass sie wankte.

»Irgendwas ist mit meinem Bein!«, flüsterte sie. »Ich weiß nicht, aber da hat es mich erwischt. Au!« Sie stöhnte plötzlich auf, als sie den linken Fuß zu stark belastete. »Das war zu viel.«

»Verstaucht?«

»Nein, ich …«

Ich hatte mich schon gebückt und untersuchte ihr Bein. Es sah nicht gut aus. Das Blut lief bis in den Schuh.

»Okay, ich stütze dich!«

Cecile legte einen Arm um meine Schultern. Dabei lachte sie freudlos. »Verdammt, wir hatten einen Coup landen wollen. Er hätte uns reich gemacht, wirklich. Und jetzt passiert so etwas.«

»Glaubst du denn, die Killer hätten mit dir geteilt?«

»Es wäre ihnen nichts anderes übrig geblieben«, antwortete sie zwischen zwei schweren Atemzügen. »Nur ich hatte die Verbindungen zu dem reichen Käufer. Nur ich.«

Ich ließ sie in ihrem Glauben und sah mich noch einmal um. Hubschrauber und Scheune brannten noch immer. Die Flammen sahen dunkelrot aus. Sie fraßen alles. Der fette Rauch breitete sich glücklicherweise nicht in unsere Richtung aus.

Die neue Lage hatte ergeben, dass sich jede Gruppe, sofern sie überlebt hatte, allein durchschlagen musste. Cecile fragte mich, was ich nun vorhatte.

»Da gibt es nur eine Möglichkeit. Dein Bein muss behandelt werden. Wir suchen einen Arzt auf.«

»Und den findest du?«

»Die kleine Stadt kann nicht weit weg sein.«

»Aber ich kenne Burgeont nicht.«

»Das wird sich ändern.«

Die Richtung hatte ich bereits eingeschlagen. Da wir nur sehr langsam vorankamen, würde es ziemlich lange dauern, bis wir unser Ziel erreicht hatten.

Die Feuersbrunst lag hinter uns, deshalb konnten wir uns auch auf die Lichter der Stadt konzentrieren. Irgendwann in der nächsten Stunde würden wir den Ort erreichen, so hoffte ich jedenfalls.

Cecile hielt sich tapfer an meiner Seite, auch bei einem unebenen Gelände, das wir sehr bald erreichten. In der Nähe floss ein Bach. Das Rauschen des Wassers hätte beruhigend auf meine Nerven wirken können, wenn ich nicht den Druck gespürt hätte, der über uns lag. Die Gefahr war längst nicht gebannt. Ich wusste nicht, wer der Hölle entkommen war und wer nicht.

Außerdem war es nicht sichergestellt, dass die Mumien nicht mehr lebten. Die waren etwas Besonderes, allein das Licht, das sie abstrahlten und Menschen zu Staub zerfallen ließ, konnte ich mit reiner Magie nicht erklären.

Ich dachte auch daran, dass sie in den Himmel gejagt waren, und ich erinnerte mich an die Worte, die Cecile gesprochen hatte und die sie von der alten Schriftrolle her kannte.

Es waren Besucher von den Sternen gekommen. Stammten diese Mumien etwa aus dem All?

Cecile Villard spürte, dass ich an etwas anderes dachte. Sie sprach mich darauf an.

»Ich denke über die Mumien nach.«

»Das habe ich oft genug getan.«

»Mit Erfolg?«

»Kaum.« Sie presste die Worte hervor, denn bei jedem Schritt spürte sie Schmerzen. »Ich habe mich erst geweigert, an den Papyrus-Text zu glauben, allmählich komme ich jedoch zu der Überzeugung, dass an diesen Worten viel wahr sein kann. Wenn nicht alles.«

»Dann rechnest du also damit, dass es in vorchristlicher Zeit Besucher aus dem All gegeben hat?«

»Ja.« Sie nickte. »Inzwischen ja. Ich habe auch die Publikationen und Spekulationen darüber gelesen. Sie haben mich nicht so überzeugt wie das Auftauchen der beiden Mumien. Ich meine, wir haben sie ja praktisch gefunden und auch dafür gesorgt, dass sie aus Ägypten herausgeschafft wurden.«

»Was nicht einfach war.«

»Stimmt. Es ging nur mit einem Bluff. Wenn wir ausstellen, haben die Leute nichts dagegen. Ansonsten ist es natürlich streng untersagt, Kulturgut aus dem Land zu schaffen.«

»Sie werden Schwierigkeiten bekommen!«

»Ich weiß.«

Mehr wollte Cecile zu diesem Thema nicht sagen. Außerdem mussten wir uns auf den Weg konzentrieren, der von nun an ziemlich uneben wurde, aber in Richtung einer Straße lief, die wir als schwaches, graues Band erkannten.

Um sie zu erreichen, mussten wir eine steile Böschung hinunterlaufen. Das war Gift für das Bein der Französin. Ich nahm sie deshalb auf den Rücken wie ein kleines Kind.

»Gott, ich mache dir nur Umstände.«

»Da bin ich andere Dinge gewohnt.« Da ich nicht noch einmal flach liegen wollte, war ich sehr vorsichtig. Schräg lief ich den Hang hinab. Manchmal stemmte ich mich mit der Hacke in das weiche Gelände, verlor nicht einmal den Halt und erreichte schließlich sicher die Straße. Den Ort selbst konnten wir noch nicht sehen. Er lag hinter einer weit geschwungenen Kurve versteckt, außerdem führte die Straße noch durch ein kurzes Waldstück, das wir sehr bald erreichten.

Diese Gegend war tagsüber schon wenig befahren, in der Nacht erst recht nicht. So kam es, dass wir mutterseelenallein über die Straße wanderten. Von den anderen beiden Parteien entdeckten wir nichts. Von den Mumien ganz zu schweigen.

Aber es war jemand da.

Sie hatten rechts und links der Fahrbahn im Unterholz gelauert.

Von zwei Seiten gleichzeitig stachen uns die breiten

Lichtstreifen der Scheinwerfer entgegen und vereinigten sich an ihrem Ziel.

»Stehen bleiben und Hände in den Nacken!«

Eine mir unbekannte Stimme hatte den Befehl gegeben. Unsere Chancen waren gleich null. Das Licht blendete uns, und wir hatten keine andere Wahl, als der Aufforderung Folge zu leisten.

Ich konnte Cecile nicht mehr stützen. Sie musste auf eigenen Beinen stehen und schwankte. Ein leiser Laut des Jammers drang über ihre Lippen, und in ihre Augen traten Tränen.

»Das gilt auch für Sie, Madame!«

»Sie ist verletzt!«, rief ich. »Verdammt, sehen Sie sich ihr Bein an!«

»Das werden wir tun, wenn es uns passt.« Nach dieser Antwort hörte ich Schritte. Sehr schnell waren sie hinter uns, ohne dass sich die Lichtlanzen der Lampen bewegt hätten. Ich schloss daraus, es mit mehreren Männern zu tun zu haben.

Was dann folgte, war Polizeiroutine, die ich persönlich nur allzu gut kannte, weil ich sie oft genug angewendet hatte. Nur war ich diesmal das Opfer. Meine Arme wurden an den Gelenken gepackt und auf den Rücken gerissen. Im nächsten Augenblick spürte ich den kalten Stahl der Handschellen an meinen Gelenken. Das Geräusch, mit dem sie einrasteten, gefiel mir überhaupt nicht, aber ich war wehrlos.

Auch dann, als geschickte Hände mich abtasteten, meine Beretta fanden und sie mir entwendet wurde.

Auch den Dolch nahmen sie mir weg. Um das Kreuz kümmerten sie sich nicht. Cecile wurde ebenfalls durchsucht. Bei ihr fand man nichts.

»Das waren die letzten beiden!«, hörten wir einen der beiden Männer rufen. »Wir können.«

»Gut.« Die Antwort kam vom Rand der Straße her.

Sekunden später war es dann so weit. Es begann mit heftigen Stößen in den Rücken, die uns von der Straße zum Waldrand hin trieben. Wir durchbrachen das Unterholz und erreichten schon wenig später eine kleine Lichtung.

Dort hockten Coucou und Marco.

Die beiden mussten sich gewehrt haben. Im hellen Strahl der Lampen sahen ihre Gesichter böse aus. Coucou blutete an der Unterlippe, auch war ein Auge zugeschwollen, während sich Marco die Nase hielt, die völlig zertrümmert war.

Ein breitschultriger Mann trat auf uns zu und deutete auf die beiden Killer. »Jetzt seid ihr wieder zusammen. Und seht euch die beiden genau an. Sie wollten sich widersetzen.«

»Es ist nicht so, wie Sie denken, Monsieur«, sagte ich. »Wir haben mit der ganzen Sache nur wenig zu tun. Wir …«

Der Mann vor mir hob seine Maschinenpistole. Er sah so aus, als wollte er mir den Kolben ins Gesicht schlagen. Ich dachte an meine Sicherheit und verstummte.

Die Männer hatten es eilig. Sie trieben Marco und den Bleichen mit Tritten in die Höhe.

Das geschah schweigend, nur Cecile traute sich noch, nach dem Ziel zu fragen. Sie erhielt auch eine Antwort. »Wir werden euch in die Stadt schaffen und dort hinter Gitter stecken. Anschließend sehen wir weiter. Für euch ist der Käse gegessen.«

»Mal sehen«, sagte sie nur.

Voller Wut hatten unsere Bewacher die Zellentür hinter uns zugeschlagen, und ich dachte daran, dass sie uns die Schuld am Tod ihrer Kameraden und des Piloten gaben.

Das stimmte nicht.

Der Gang in den Ort war mir vorgekommen wie ein Spießrutenlaufen. Die Bewohner, die von dem Brand nichts mitbekommen hatten, lagen auch weiterhin in ihren Betten und hatten nichts bemerkt.

Der dicke Polizeichef war noch auf den Beinen. Er hatte vor

dem Einsatz der Sondertruppe seine genauen Befehle erhalten. Wohl fühlte sich der Mann nicht in seiner Haut. Er blickte uns manchmal bedauernd an, wenn er in den schmutzigen und kahlen Zellentrakt kam, um noch einiges abzuholen.

Das waren unter anderem unsere Hosengürtel und auch die Papiere.

Dann warteten wir.

Man hatte uns in eine Zelle gesperrt. Ein schmutziges Loch im hintersten Winkel der Polizeistation. Versehen mit einem kleinen Fenster und zwei Pritschen.

An der Decke brannte eine durch ein Gitter gesicherte, trübe Leuchte. Ihr Licht konnte die Schatten aus den Winkeln und Ecken nicht vertreiben.

Cecile war neben mir. Man hatte ihr das Bein verbunden. Manchmal zitterte sie und klapperte mit den Zähnen.

»Ich friere und schwitze«, flüsterte sie. »Das ist doch nicht normal.«

»Nein, du wirst Fieber haben.«

»Wenn das alles ist«, bemerkte Coucou.

Ich sah ihn scharf an. »Halt dein Maul«, knurrte ich. »Du solltest besser darüber nachdenken, was mit dir geschieht, wenn die Mumien wieder auftauchen.«

Marco schüttelte den Kopf. Auch ihm hatte man ein Pflaster auf die zerklumpte Nase geklebt. »Ich glaube nicht daran. Die verdammten Mumien habe ich brennen sehen. Die müssen zu Asche geworden sein.«

»Bist du sicher?«

»Ja.«

»Ich nicht«, stand Cecile mir bei. »Wenn die wirklich aus dem All stammen, überstehen sie auch das.«

Marco lachte. »Glaubst du denn den Mist, der auf dem Papyrus stand?«

»Es ist kein Mist«, flüsterte Cecile. »Ich bin inzwischen davon überzeugt.«

Marco winkte ab. »Ob Weltall oder nicht. Die Flammen haben sie gefressen, und wir sitzen in diesem verdammten

Loch.« Er starrte mich an. »Und wer ist schuld daran? Nur du, Bulle, du allein.«

Ich widersprach. »Ihr hättet die Finger davon lassen sollen. Es gibt Dinge, die sollte man ruhen lassen.«

»Für uns nicht.«

»Den Erfolg habt ihr erlebt.«

Er wurde nicht wütend, sondern grinste breit. »Eins freut mich nur. Nämlich, dass du, ein Bulle, ebenfalls mit eingesperrt worden bist. Das ist doch mal was Neues.«

»Noch bin ich eingesperrt. Aber wir haben unsere Papiere abgeben müssen. Sehr bald wird man erkennen, dass ich auf der anderen Seite stehe.« Als hätte ich durch meine Worte ein Stichwort gegeben, hörten wir draußen auf dem Gang die schweren Schritte des Polizeichefs. Sie näherten sich unserer Zelle.

Wir hatten die Köpfe zur Gittertür gedreht. Hinter den Stäben malte sich die massige Gestalt des Mannes ab. Er klimperte mit einigen Schlüsseln, schob den ersten ins Schloss und öffnete. »Monsieur Sinclair, Sie kommen mit mir.«

Ich stand auf und nickte Cecile beruhigend zu, während mich die anderen beiden wütend anstarrten. Ich trat auf den Gang. Sofort rammte der Dicke die Tür wieder zu. »Nichts als Ärger mitten in der Nacht!«, brummte er und musterte mich aus seinen kleinen Augen. »Man will Sie sprechen.«

Der Dicke ließ mich vorgehen. Zum Glück saß meine Hose auch ohne Gürtel so stramm, dass ich sie beim Gehen nicht verlor. Fünf Männer bevölkerten das Büro des Dicken.

Man starrte mich an.

Der Mann hinter dem Schreibtisch begann zu reden. In seinem Gesicht fiel der breite Streifen einer dunkelroten Narbe auf. »Ich bin Bob Carmus und leite jetzt die Truppe.« Er hob seine Hand. Mein Ausweis klemmte zwischen seinen Fingern. »Woher haben Sie ihn?«

»Er gehört mir.«

Aus seinen dunklen Augen schaute er mich skeptisch an. »Können Sie das beweisen?«

»Verlassen Sie sich erstens auf mein Wort und vergleichen Sie zweitens das Lichtbild.«

»Das will ich eben nicht. Aber wir haben ein Gespräch nach London angemeldet.«

»Umso besser!«

»Sie reden erst, wenn Sie gefragt werden.«

Mir ging das Verhör – oder was immer es sein sollte – auf den Wecker. »Hören Sie zu. Ich bin tatsächlich Oberinspektor bei Scotland Yard. Was soll diese ganze Schau?«

Zwei andere standen auf. Sie litten noch unter dem Tod ihrer Kameraden und wollten sich wahrscheinlich an mir schadlos halten, aber da meldete sich zum Glück das Telefon.

Carmus winkte ab, die Männer setzten sich wieder, sodass der Mann zum Hörer greifen konnte. Er sprach sofort englisch, da wusste ich, dass die Verbindung stand.

Nach einigem Hin und Her wurde er verbunden. »Sie sind Sir James Powell?«

Ich vernahm die Antwort meines Chefs, denn Carmus hatte einen Lautsprecher zugeschaltet.

Ich verfolgte das Gespräch aufmerksam. Und Sir James bestätigte meine Identität.

Der Franzose bedankte sich, aber mein Chef wollte mich noch sprechen. Carmus reichte mir den Hörer.

»John, was ist geschehen? Ich wähnte Sie schon auf dem Flug nach London. Ist der Nebel so schlimm?«

»Nicht mehr, aber mir sind zwei Mumien in die Quere gekommen.« Ich erzählte Sir James in Kurzform von unseren bisherigen Erlebnissen. Er unterbrach mich nicht und stellte erst am Schluss meines Berichts eine Frage.

»Sind die Mumien noch frei?«

»Wir müssen damit rechnen.«

»Und sie leben?«

»Ja, Sir.«

»Dann erledigen Sie den Job, John.« Er pausierte kurz. »Sie kommen doch mit den Behörden klar?«

»Nach diesem Anruf bestimmt.« Damit war das Gespräch

beendet. Bewusst sachte und langsam legte ich den Hörer auf, bevor ich mich umdrehte. Ein betretenes Gesicht zog nur der Polizeichef von Burgeont. Carmus sagte: »Dann wäre ja alles klar.« Ich erhielt meinen Ausweis zurück und auch den Gürtel.

Carmus hatte noch Fragen auf dem Herzen. Erst als meine Zigarette brannte, stellte er sie. »Sie sehen ziemlich verbrannt und schmutzig aus, Sinclair. Sie sind dieser Flammenhölle entkommen, in der Sie mit den anderen gesteckt haben. Um sie geht es uns. Wie sind Sie auf Killer wie Coucou und Marco gestoßen?«

»Zufall.«

»Tatsächlich?«

Ich hatte beschlossen, den Leuten Vertrauen zu schenken, und berichtete von meiner Zugreise. Zudem weihte ich sie in die Hintergründe des Falls ein, und sie glaubten mir sogar, denn die Männer hatten ja den Auftritt der Mumien erlebt.

»Wir verloren den Piloten und unseren Chef. Zudem den Mann in der Hütte. Wer hat ihn erschossen?«

»Marco!«

»Dafür wird er büßen.«

Ich hatte nichts dagegen, wollte aber noch etwas hinzufügen. »Rechnen Sie immer damit, dass die Mumien nicht verbrannt sind. Wenn sie leben, werden sie zurückkehren.«

»Und weshalb?«

»Nach großen Motiven dürfen Sie nicht suchen, Carmus. Nennen wir es einfach Rache. Und jetzt möchte ich meine Waffen zurückhaben.«

Ich erhielt sie anstandslos.

Carmus dachte nach. »Rache«, murmelte er. »Wofür Rache?«

»Weil man ihre Ruhe störte. Vielleicht steckt auch eine fremde Intelligenz dahinter. Wir müssen mit allem rechnen.«

»Sind sie unbesiegbar?«

Ich hob die Schultern. »Das sieht im ersten Moment so aus, aber ich glaube es nicht.«

»Sie widerstanden unseren Geschossen.«
»Mumien muss man anders bekämpfen.«
»Und wie?«
»Mit einer Gegenmagie.«
Die Männer waren zu diszipliniert, um zu lachen. Nur der dicke Polizeichef stieß ein grunzendes Geräusch aus. Er verstummte aber rasch, als Carmus ihn anschaute.
»Und das wissen Sie?«, fragte er.
»Ja.«
»Weshalb haben Sie die Mumien dann nicht zerstört?«
»Man gab mir keine Gelegenheit. Als sie nahe genug herangekommen waren, befand ich mich in der Scheune. Hätte ich sie verlassen, um mich den Mumien zu stellen, wäre ich in die Kugelgarben gelaufen.«
»Das stimmt.«
»Somit stehen wir wieder am Beginn.«
Carmus spielte mit einem Kugelschreiber. »Wenn Sie schon so schlau sind, Sinclair, machen Sie einen Vorschlag.«
Ich ließ mich auf der Kante des Schreibtisches nieder. Es war ein altes Stück, übersät mit Brandflecken und eingeritzten Zeichen sowie Strichen von Kugelschreibern. »Wir müssen auf jeden Fall von hier verschwinden, das ist eine Tatsache. Wenn die Mumien es auf uns abgesehen haben, nehmen sie auf Menschen keinerlei Rücksicht. Wenn Sie die Bewohner dieser Stadt nicht in Gefahr bringen wollen, lassen Sie uns fahren.«
»Und wohin?«
»Das müssten Sie wissen. Ich kenne mich hier nicht aus. Jedenfalls sollten wir uns beeilen.«
Carmus überlegte. »Es gibt nicht weit von hier eine alte Festung. Sie ist zu einem Knast umgebaut worden. Er gilt als ausbruchsicher. Jedenfalls müssten wir in die Berge.«
»Dann los.«
»So schnell geht es nicht.« Er wandte sich an den Polizeichef. »Haben Sie einen Gefangenentransporter hier?«
»Nein.«

Carmus sah mich wieder an. »Dann fällt das auch ins Wasser.«

»Lassen Sie einen kommen. Sie haben vorhin von diesem Gefängnis gesprochen. Dort wird man so etwas haben.«

»Das kostet Zeit.«

»Je früher Sie anfangen, umso schneller kommen wir hier weg.«

Carmus war überredet. Er suchte die Nummer heraus und rief an. Nach fünf Minuten hatte er die andere Seite endlich überzeugt. »Meine Güte, die stellen sich an.«

»Wann kann der Wagen hier sein?«, fragte ich.

»In zwei Stunden.«

Ich blickte auf meine Uhr. Das war nach der Tageswende. Rechnete ich noch einmal die gleiche Zeit hinzu, mussten wir noch in der Dunkelheit das Gefängnis oder die Festung erreicht haben. Marco und Coucou waren dort sicher aufgehoben, Cecile wollte ich nicht dort haben und sprach über sie mit dem Polizeichef.

Ich erklärte ihm, dass sie nicht zur Bande gehörte, aber er verlangte Beweise.

»Sie ist Archäologin!«

Der Dicke schüttelte den Kopf. Auch die anderen Beamten waren dagegen. Sie wollten erst die Untersuchung und Verhöre abwarten.

Da ich mich nicht auf der Insel befand, musste ich mich den Anordnungen leider fügen.

Ab jetzt begann die Warterei. Ich ging wieder zurück in den Zellentrakt und holte Cecile aus dem Loch. Das hatte ich immerhin erreichen können. Sie wollte sich irgendwo waschen.

Man gestattete es ihr.

Aber jemand sollte im Waschraum bleiben. Sie hatte nichts dagegen, dass ich es war.

»Wie läuft es denn für mich?«

Ich zuckte mit den Schultern. »Es geht. Ich habe versucht, dich herauszuhalten. Ist mir aber nicht gelungen.«

Cecile Villard lächelte. »Ich danke dir, aber vor der Polizei habe ich keine Angst.«

»Sondern?«

»Dieser steinreiche Ägypter, dem ich die Mumien besorgen sollte, macht mir Sorgen. Er hat Einfluss und kennt genug Leute, die rücksichtslos töten. Wahrscheinlich werde ich von seinen Killern gehetzt, wenn er erfährt, dass wir versagt haben. Er will nämlich nicht, dass sein Name in die Öffentlichkeit gelangt.«

»Willst du ihn mir sagen?«

»Nein, John, nein. Das ist ganz allein meine Sache.« Sie drehte mir den Rücken zu und wusch sich den Schmutz aus dem Gesicht.

Ich trat an ein vergittertes Fenster heran und warf einen Blick durch die Räume zwischen den Stäben nach draußen. Die Luft war klar geworden. Es gab keine Nebelfetzen mehr, die an der Hauswand vorbeitrieben. Gegenüber befand sich ein hohes Wohnhaus. Auf dem Gehsteig parkten einige Polizeiwagen und ein größerer, dunkler Citroën, der wahrscheinlich den Leuten vom Einsatzkommando gehörte.

Von den Mumien entdeckte ich nichts. Sollte das Feuer es tatsächlich geschafft haben, sie zu zerstören?

Ich hatte Cecile Villard noch nicht gesagt, wie es weiterging. Erst als sie eine diesbezügliche Frage stellte, informierte ich sie.

»Einen Knast, eine Festung.« Sie schüttelte den Kopf. »Aber auch das überstehe ich.«

»Ich hoffe es.«

»Und ich hoffe für mich, dass mein Auftraggeber seine Spitzel nicht auch in den Zellen hocken hat.«

»Du könntest das Land verlassen.«

»Aber ich liebe Frankreich.«

»Auch wenn es dein Leben kosten kann?«

»Reden wir von einem anderen Thema.« Sie tupfte letzte Tropfen mit einem rauen Handtuch aus dem Gesicht. »Werden wir so lange in der Zelle bleiben?«

»Die Männer zumindest. Doch ich werde sehen, was ich für dich tun kann.«

Es gelang mir durch zahlreiche Überredungskünste, Cecile Villard endgültig aus dem Dreckloch zu holen. In einem kleinen Raum neben dem Büro blieb ich mit ihr allein. Wir erhielten auch Kaffee, tranken ihn und rauchten dabei.

So verging die Zeit.

Es dauerte zum Glück nicht die vollen beiden Stunden, bis der Transporter eintraf. Es war einer dieser dunkelgrünen Kastenwagen mit einem hohen Aufbau und schmalen, vergitterten Fenstern im oberen Drittel. Der Aufbau selbst war unterteilt. Rechts und links eines schmalen Mittelgangs befanden sich Zellen mit Gittertüren davor. Hunde hatten oft in ihrer Hütte mehr Platz als Menschen in den Zellen.

Die beiden Männer wurden zu uns geführt. Marco und Coucou waren noch immer gefesselt. Bevor sie die Leiter an der Ladefläche betraten, sahen sie uns hasserfüllt an. Besonders Cecile. »Ich wusste es ja!«, zischte Coucou. »Bullen halten immer zusammen. Ich hätte dich schon im Zug aufspießen sollen. Merde.« Er spie aus.

Marco kletterte schweigend in den Wagen. Sie wurden in verschiedene Zellen geführt. Carmus persönlich schloss die Zellentüren ab.

Als Letzte wurde Cecile eingesperrt. Ihr Lächeln wirkte aufgesetzt. Es war wie ein Abschied, als sie an mir vorbeischritt. Ich wollte sie ansprechen, in meiner Kehle saß jedoch ein Kloß, und so ließ ich sie gehen.

»Tut mir Leid«, sagte Carmus zu mir. »Aber wir können für die Frau keine Sonderbehandlung einführen.«

»Ja, ich weiß.«

Als Carmus hinter ihr zuschloss, zuckte ich zusammen. Der Polizist verließ den Wagen und redete mit dem Fahrer, der im Ort zurückbleiben sollte.

Carmus persönlich wollte den Wagen ans Ziel bringen. In dem uns begleitenden Citroën sollten die restlichen Männer seiner Mannschaft fahren. Der dicke Polizeichef atmete auf, als wir in die Führerkabine stiegen.

Sehr schnell waren wir in den Bergen und damit in einer wilden Landschaft. Auf den Bergkuppen lag noch ein Film aus Schnee. Das Mond- und Sternenlicht fiel auf die weißen Flächen. Es übergoss sie mit einem ungewöhnlichen Schimmer von graublauer Farbe, in den sich die hellen Lichter der Scheinwerfer mischten.

Es waren die Monts du Vivarais, in die wir hineinstießen. Eine stumme Welt unter funkelnden Sternen.

Der Citroën fuhr hinter uns die Straße mit den zahlreichen Kurven und Kehren hoch. Manchmal musste Carmus sein ganzes Können aufbieten, um die engen Kurven zu nehmen. Ab etwa tausend Meter über dem Meer lag noch der Novemberschnee auf der Straße.

Ich rauchte und verfolgte den Weg der Scheinwerfer. »Ist es tief in den Bergen?«

»Nein. Die Straße wird sich gleich gabeln. Nach dem Tunnel. Links führt sie normal weiter. Rechts geht es ab zur Festung.«

»Die ausbruchsicher ist?«

»So sagt man.«

»Wer ist dort untergebracht?«

»Schwerverbrecher, Terroristen.«

Ich räusperte mich. »Cecile ist weder …«

Carmus grinste scharf. »Beruhigen Sie sich. Wir werden sie schon nicht mit irgendwelchem Gesindel zusammentun. Es gibt auch andere Zellen. Ich will nur, dass sie nicht flüchtet.«

»Das hätte sie nicht getan.«

»Kennen Sie die Frau so gut?«

»Nein, ich verlasse mich dabei auf meine Menschenkenntnis.«

»Da sind Sie oft genug verlassen.«

Wir rollten in eine Linkskurve. Leitplanken gab es nicht,

nur Pfähle. Jenseits davon fiel ein mit Schnee bedeckter Steilhang ab. Ein Teil des Gerölls ragte aus dem Weiß hervor.

Gegenverkehr herrschte um diese Zeit nicht. Die Strecke war, das hatte mir Carmus gesagt, auch sonst nicht stark befahren.

»Hinter der Kurve beginnt der Tunnel!«

Ich nickte.

Die Kurve war doch länger, als ich angenommen hatte. Dann erschien der Tunneleingang. Bevor wir ihn erreichten, blickte ich in den zweiten Außenspiegel.

Der Citroën war etwas zurückgefallen. Das war schon öfter der Fall gewesen und kein Grund zur Beunruhigung.

Kurz vor Beginn des Tunnels wurde die Straße schmaler, einspurig wie der Tunnel. Die Vorfahrt war aber geregelt.

Wir rollten hinein. Carmus schaltete das Fernlicht ein. Geisterhaft huschte es über die von Abgasen und Ruß geschwärzten Innenwände des Tunnels.

Auch der Pkw musste den Tunnel bereits erreicht haben. Ich sah wieder in den Spiegel und hatte plötzlich das Gefühl, in einer Eiskammer zu stecken.

Der Wagen war ebenfalls in den Tunnel gefahren, nur sah er jetzt anders aus.

Das grellweiße Licht und die Flammen des Feuers umgaben ihn wie ein gewaltiger Mantel.

Die Mumien!

Mehr dachte ich nicht und schrie dem Fahrer zu, anzuhalten. Carmus trat sofort auf die Bremse. Er brachte den Transporter zum Stehen und wollte die Tür aufstoßen.

»Noch nicht!«

Da zerplatzte der Citroën.

Es war furchtbar. Wir hörten die Detonation. Das Krachen jagte durch den engen Tunnel. Die Echos wetterten zwischen den Wänden, eine Druckwelle traf den Transporter. Er wurde durchgeschüttelt. Uns passierte nichts, obwohl die brennenden Teile des Citroën gegen die Aufbauten hinter uns krachten, an dem harten Panzer aber abprallten.

Die Männer waren nicht mehr zu retten. Ich hatte Carmus für einen gefühllosen Burschen gehalten, nun aber sah ich, dass er weinte. »Sie hatten keine Chance. Verdammt, sie hatten keine Chance!« Er ballte die rechte Hand und hämmerte sie auf den dunklen Lenkradring.

»Denken Sie jetzt nicht an Ihre Leute, Carmus! Wir müssen etwas tun!«

»Und was?«

»Es sind die verdammten Mumien!«

Diesmal wuchtete ich die Tür auf und hatte kaum meinen Körper ins Freie gedreht, als mir bereits die dicken Rauchschwaden entgegentrieben, die der brennende Wagen absonderte.

Er brannte tatsächlich lichterloh. Dunkelrote Flammen, umgeben von schwarzem Rauch, trieben durch den Tunnel und erschwerten das Atmen.

Die explodierenden Teile waren bis gegen die Decke gejagt. Dort klebten sie fest und brannten weiter. Der Treibstoff hatte große Lachen gebildet, über die ein Teppich aus Feuer zuckte.

Die Hitze nahm allmählich unerträgliche Temperaturen an. Meine Augen tränten, ich keuchte und sprang über ein glühend heißes Stück Blech hinweg, das durch die Explosion seinen Weg bis zu unserem Transporter gefunden hatte.

Für mich war es jetzt wichtig, die Gefangenen zu befreien, egal, was sie getan hatten. Noch hielten sich die Mumien zurück, aber sie waren da, denn ich sah ihre Gestalten hinter den wabernden Schleiern der Feuer.

Eine Mumie holte einen verbrannten Polizisten aus den Trümmern und hielt ihn fest. Was sie mit ihm vorhatte, sah ich nicht, denn ich wandte mich der hinteren Tür des Wagens zu.

Auch Carmus hatte das Führerhaus verlassen. Während er die gepanzerte Tür aufschloss, vernahm ich aus dem Innern das Schreien. Die Menschen dort mussten vor Angst vergehen. Hoffentlich behielt Cecile die Nerven.

Endlich war die Tür offen.

Bevor ich in den Wagen stieg, warf ich noch einen Blick zurück. Es war gut so, denn die beiden Mumien hatten ihre Plätze verlassen. Als schaurige Gestalten verließen sie den Flammenvorhang.

Ihre bandagierten Arme schlenkerten vor und zurück. Sie bewegten sich wie ein Uhrwerk, und es war klar, dass sie sich auch noch die letzten Opfer holen wollten.

Mein Platz war nicht auf dem Wagen, sondern draußen, wo ich die Mumien stellen konnte.

»Holen Sie die Leute raus!«, brüllte ich Carmus zu. »Ich bleibe hier.«

Ob er mich gehört hatte, wusste ich nicht. Darauf kam es nicht an. Die Mumien zu beschießen hatte keinen Sinn. Wenn eine Waffe etwas ausrichten konnte, war es das Kreuz.

Das holte ich hervor.

Und ich ging den Mumien entgegen.

Rauch trieb in mein Gesicht. Er brannte im Mund, drang bis in die Kehle. Ich hustete mir fast die Lunge aus dem Leib.

Die Mumien waren einige Male durch das Feuer gelaufen, aber nicht völlig verbrannt.

Grau waren die weißen Lappen geworden, aber nach wie vor ging eine höllische Gefahr von ihnen aus.

Ich suchte nach einem guten Platz, um mich ihnen stellen zu können. Und dann hatte ich eine Idee.

Seitlich führte eine Leiter auf die Ladefläche. Die kletterte ich hoch und stand kaum geduckt auf dem Dach – zum Glück war die Tunneldecke so hoch –, als der erste der Gefangenen sein Gefängnis verließ.

Es war der Bleiche!

Coucou rannte schreiend ins Freie. Er musste irgendwie durchgedreht haben, denn er beging den Fehler, genau auf die beiden Mumien zuzurennen. Seine Waffen hatte man ihm abgenommen, so wollte er mit bloßen Händen gegen sie angehen.

Und die Mumien packten zu.

Die im Tunnel hängende und wabernde Hitze verzerrte meine Blickperspektive ein wenig. Trotzdem konnte ich das Grauenvolle erkennen. Die beiden Mumien hielten den Bleichen gepackt. Eine rechts, die andere links. Einen Moment zögerten sie noch, als wollten sie es genießen, und dann setzten sie plötzlich ihre Magie ein.

Ich schaute zu.

Ja, ich unternahm nichts, aber dieses Zuschauen war ungemein wichtig, denn mich überkam plötzlich eine Blitzidee. Ich konnte den Vorgang haargenau erkennen. Die Mumien mussten sich, wenn sie einen Gegner vernichteten, ebenfalls auflösen. Während sie ihr Licht abgaben, waren sie nicht existent. Da erlebten sie eine Energieumwandlung. Aus Materie wurde Strahlung, die anschließend, wenn der Vorgang beendet war, wieder zurückgeführt wurde.

Ein Vorgang, der mich faszinierte und zum Handeln zwang, denn ich rief die Formel genau in dem Augenblick, als die beiden Mumien nicht mehr Materie waren, sondern Licht.

»Terra pestem teneto – Salus hic maneto!«

Und diesmal funktionierte es!

Mein Kreuz wurde zu einem Fanal aus Licht. Energie kämpfte gegen Energie, aber die geweihte Kraft der vier Erzengel stach voll hinein. Sie hüllte die Mumien und auch den Bleichen ein. Alle drei wurden zu einem Zentrum des Lichts und der reinen Magie.

Sie vergingen!

Für einen Zuschauer wäre dies wie ein Wunder gewesen. Für mich war zwar auch vieles unbegreiflich, aber ich nahm diese Tatsache hin, ohne nach den tieferen Gründen zu fragen. Der Tod und die Vernichtung waren einfach schneller.

Zwei Mumien und ein Mensch zerfielen.

Als die Energie in mein Kreuz zurückkehrte und nicht mehr sichtbar war, sah ich weder von den Mumien etwas noch von dem Bleichen. Vielleicht gab es noch Staub, aber der wurde von den bläulich roten, über den Boden leckenden Flammen verbrannt.

Aus und vorbei!

Mit Zitterknien kletterte ich wieder die Leiter hinunter, sprang zu Boden, hustete und sah Gestalten auf mich zukommen. Bob Carmus lebte ebenso wie Marco und Cecile. Die Frau ging allein. Sie warf sich in meine Arme, während Carmus dem Gangster die Mündung einer Waffe gegen den Nacken presste.

»Vorbei!«, schrie ich.

Der Mann nickte. »Und wohin?«

Ich deutete in die entgegengesetzte Richtung. Dort lag auch ein Ausgang.

Wir waren zu erschöpft, um reden zu können, saßen am Rand der Straße und atmeten nur. Ich ließ mich schließlich nach hinten fallen, schaute in den klaren Nachthimmel, sah die zahlreichen Sterne und dachte an die Mumien, die mit der unheimlichen und nicht erforschten Kraft des Alls gefüllt gewesen waren.

Ich hatte sie zerstören können, obwohl es lange Zeit nicht danach ausgesehen hatte.

Eine Hand berührte mich. Sehr weiche Fingerkuppen fuhren über mein Gesicht.

Ich drehte den Kopf ein wenig nach links und blickte in das feuchte Gesicht der Cecile Villard. »Danke, mein Lebensretter!«, flüsterte sie. »Ich danke dir.«

»Na ja, vergiss es.«

»Wie könnte ich das?«

Ich richtete mich wieder auf. Marco und Carmus saßen ein Stück entfernt am Hang. Der Gangster redete wie ein Buch. Er erzählte alles. Wahrscheinlich stand er unter einem Schock.

Schweigend hörte Carmus zu. In seinem Gesicht regte sich nichts. Er hatte seine Kollegen und Freunde verloren, das musste er zunächst einmal verdauen und auch seinen Vorgesetzten begreiflich machen.

Cecile rückte eng an mich heran. Sie lächelte und sah mit dem rauchgeschwärzten Gesicht eigentlich recht hübsch aus. »Du hättest dich nicht zu waschen brauchen.«

»Das mache ich gern und besonders intensiv. Ich werde die nächste Reinigung als eine rituelle empfinden und mein altes Leben abwaschen. Vielleicht fange ich ein neues an. Unter einem anderen Namen und ganz woanders.«

»Du musst es wissen. Es wäre zumindest in Erwägung zu ziehen.«

»Sicher. Aber vorher hast du bei mir noch etwas gut, John Sinclair. Ganz spontan. Sag, was du einmal im Leben möchtest.«

Gespannt und aus großen Augen sah sie mich an. Sie wartete auf meine Antwort.

Die erhielt sie auch. »Was ich möchte, Cecile? Einmal die Niagara-Fälle hinunterfallen.«

»Und dann?«

»Vom Supergirl gerettet werden.«

Sie stöhnte auf und sank zur Seite. »Engländer!«, rief sie. »O Himmel, seid ihr wirklich so?«

Ich grinste sie an. »Manchmal, nur manchmal.«

ENDE

Zweikampf um die Ninja-Krone

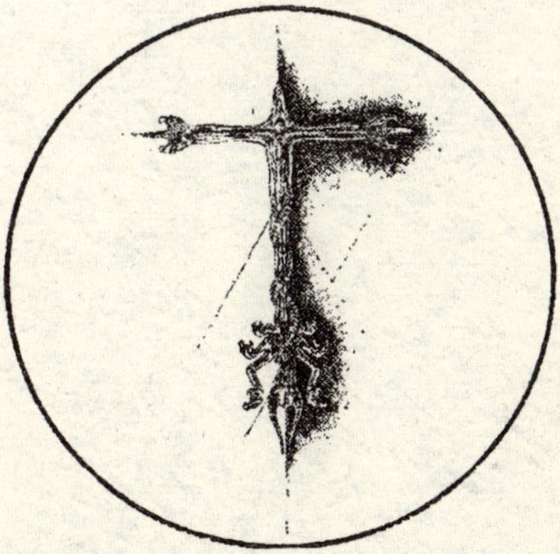

Nur das Quietschen der Eisenrolle war zu hören, als sich der Mann in die Tiefen des alten Klosterkellers hinabließ. Tief unten im Keller lagen die Leichen im Geäst des Totenbaumes und schrien nach Yakup. Der folgte ihrem Ruf, weil er die magischen Regeln genau kannte. Er wusste auch, dass die Toten und der ehemalige Abt des Klosters Einblick hatten in furchtbare Dimensionen und andere Reiche, wo das Grauen zu Hause war und der Schrecken seine Geburtsstätte hatte.

In diese Tiefen durfte nur er selbst. Es sei denn, Yakup, der jetzige Abt des Klosters, brachte einen Freund mit, aber zumeist betrat er die unterirdische Welt allein.

Es machte ihm nichts aus, sich mit seinen kräftigen Händen an dem Seil in die Tiefe zu hangeln. Er war es gewohnt, sein Körper war gestählt und sein Geist konzentriert. Er gehörte zu den Menschen, die kämpfen konnten und es immer wieder unter Beweis stellen mussten.

Seine Wurfsterne, die Schwerter, Stöcke und Bögen beherrschte er meisterhaft, und er durfte sich auch Meister nennen.

Ein Meister des Ninja, des lautlosen Kampfes, des schnellen Tötens. Wobei ihm der letzte Begriff überhaupt nicht gefiel, denn Yakup gehörte zu den Menschen, die Leben schonen wollten und nur zur Waffe griffen, wenn sie gezwungen wurden.

Jetzt hatten die Toten ihn gerufen. Da konnte er sich leicht ausrechnen, dass es bald so weit sein würde und er einen bestimmten Weg gehen musste.

Immer wieder griff er nach. Der aus widerstandsfähigen Weidenruten bestehende Korb hielt noch mehr aus als sein Gewicht. Die Tiefe und die Enge des Schachts schluckten ihn, während sich die Luft verschlechterte. Es stank nach Verwesung.

Für Yakup ein Zeichen, dass er den Grund bald erreicht hatte, denn erkennen konnte er nichts.

Aber Yakup, dem das Kloster zu einer zweiten Heimat geworden war, fand sich auch ohne Licht zurecht. Zweimal noch musste er nachfassen, dann spürte er unter dem Korb Widerstand.

Er war am Ziel.

Yakup löste seine Hände vom Seil, stützte eine Faust auf den Korbrand und schwang sich hinaus. Für einen Moment blieb er stocksteif im Refugium der Toten stehen.

Er lauschte in die Dunkelheit hinein und versuchte, die Schwingungen der Toten in sich aufzunehmen. Sie waren gestorben, man hatte sie nach dem uralten Ritual beerdigt, aber sie lebten auf eine gewisse Art und Weise trotzdem.

Yakup ging los. Zielsicher legte er im Finstern die nächsten beiden Schritte zurück, blieb dann stehen und streckte den rechten Arm aus. Yakup brauchte nicht erst nachzufühlen. Seine Finger fanden fast von allein den Griff der bereitstehenden Pechfackel, die ihm Sekunden später den Weg durch die Finsternis erhellen sollte.

Aus seiner Tasche holte er ein Zündholz hervor und rieb es an. Die Flamme brannte ruhig. Ihr Inneres kam ihm vor wie ein Auge, das alles sah.

Yakup, der Türke war, entzündete die Fackel. Er schaute zu, wie die zuerst kleine Flamme am Pech in die Höhe glitt, mehr Nahrung erhielt und sich ausbreitete, sodass sie zu einem lodernden Feuer wurde, von dem dunkler Rauch gegen die Decke des unheimlich wirkenden Gewölbes stieg und sich dort ausbreitete.

Yakup Yalcinkaya war kein hektischer Mensch. Er bewegte sich ruhig, aber nicht langsam, behielt den Überblick. Seine Ruhe strahlte oft genug auf andere Menschen ab, die spürten, dass sie Vertrauen zu ihm haben konnten.

So ging Yakup tiefer in den Gang hinein, der dort endete, wo der Totenbaum stand. Sein Geäst war für die Leichen wie ein riesiges Grab.

Es war ein Baum, der nicht mehr wuchs, aber auch nicht verdorrte. Ohne Blätter, ohne Blüten existierte er in der Finsternis des Leichenkellers und war für Yakup so ungemein wertvoll.

Er bewohnte das Kloster an der Westküste der USA nicht allein. Bei ihm waren Jane Collins und Ali, ein Junge, den John Sinclair aus Marokko mitgebracht und ihn Yakup zur Ausbildung anvertraut hatte. Zusätzlich hatte er noch gleichgesinnte Kämpfer um sich gesammelt, die den großen Garten bestellten und auch sonst alle Arbeiten verrichteten, die im Kloster anfielen.

Einen Großteil des Tages verbrachten diese Männer aber in der Kampfschule, die Yakup ebenfalls gegründet hatte. Wer sie durchlief, war für das Leben fit. Yakup stellte es ihnen frei, ob sie im Kloster bleiben wollten oder es verließen.

Er selbst hatte es zu seiner zweiten Heimat gemacht und sein Leben radikal umgestellt, nachdem man seine Freundin brutal ermordet hatte.

Der Türke war es gewohnt, leise aufzutreten. Auch jetzt verursachte er kaum ein Geräusch. Manchmal hatte es den Anschein, als würde das Licht der Fackel von allein durch die Finsternis schweben.

Yakup brauchte nicht weit zu gehen. Der dunkelrote Fackelschein streifte oft genug sein Gesicht und ließ die harten Konturen zerfließen. Das Haar des Mannes war blond. Es lag gescheitelt auf seinem Kopf. Unter der hohen Stirn wuchs eine leicht gekrümmte Nase. Hellwach blickten die Augen, die gleichzeitig Ruhe und Gelassenheit ausstrahlten. Yakup hatte keine Muskeln wie Mister Universum, kräftemäßig stand er aber den Bodybuildern in nichts nach, und in seiner Schnelligkeit war der Türke fast unübertroffen.

Das Licht – es hatte bisher die Wände des Ganges gestreift – bekam die Chance, sich auszubreiten, als Yakup den Leichenkeller erreichte und ihn keine Mauern mehr einzwängten.

Er blieb stehen, bewegte die Fackel nach links und ging anschließend den gleichen Weg.

Sein Ziel war der Baum!

Er sah ihn aus dem Boden wachsen. Seine Äste und Zweige bildeten ein schützendes Dach.

Die zahlreichen Toten lagen in den »Nestern«, vermoderten

und mumifizierten. Sie sahen von Monat zu Monat scheußlicher aus. Der Verwesungsgeruch war einfach nicht mehr einzudämmen. Er gehörte in diesen Keller.

Yakup nahm ihn wahr, und er störte sich nicht mehr daran. Anfangs hatte er ihn angewidert, doch er war zu der Überzeugung gekommen, dass es Dinge gab, über denen man einfach stehen musste.

Unter den zahlreichen Toten, die in dem Holzgeäst lagen, war auch der weise Zii. Dieser Mönch hatte Yakup viel mit auf den Weg gegeben. Keine Kampftechnik, sondern Lebensweisheiten, die mithalfen, sich in der Welt zurechtzufinden. Und er hatte ihm von schrecklichen Dämonen berichtet, von menschenverachtenden Feinden, die unvorstellbar grausam waren und die Menschheit bedrohten.

Einen davon hatte Yakup sehr genau kennen gelernt:

Shimada!

Der Dämon aus dem blauen Wasser und der blauen Festung mit dem gefährlichen Todesgarten. Yakup war dieser Festung entkommen. Zusammen mit seinem englischen Freund John Sinclair hatte er Shimada zurückschlagen, aber nicht vernichten können.

Hatten die Geister vielleicht seinetwegen geschrien?

Yakup trat so nahe an den Baum heran, dass er unter den ersten ausladenden Ästen stand, in die Höhe blickte und einige der dahinmodernden Leichen sah.

Nicht weit von seinen Augen entfernt, baumelte eine gespreizte Hand, deren Haut allmählich grau und brüchig wurde. An einigen Stellen war sie schon abgefallen, sodass weiße Knochenknorpel hindurchschimmerten. Andere Finger hatten nur die Nägel verloren und wirkten wie stumpfe Stummelmesser.

Yakup ließ den rechten Arm mit der Fackel sinken. Das Licht züngelte nicht mehr so stark in die Höhe, es verteilte sich mehr über dem Boden, sodass der größte Teil des Leichenbaumes im Schatten blieb.

Yakup wollte mit den Toten sprechen. Sie hatten ihn

gerufen, also musste er ihnen auch eine Antwort geben, da er sicher war, dass sie ihn erwarteten.

In diesem Verlies des Todes sprach man nicht laut, man flüsterte nur, und daran hielt sich der junge Türke. Er sprach Ziis Namen wie einen Hauch aus. Trotzdem kam er sich als ein Störenfried vor.

Und Zii gab Antwort. Sein Flüstern strich über die ausgemergelten Körper der Leichen hinweg und erreichte die Ohren des Türken.

»Es ist etwas Schlimmes geschehen. Die Krone ist aus den Tiefen der Verbannung geschleudert worden. Die Zeiten haben bisher still gelegen, eingepackt wie in schwarze Watte. Nichts hat sich bewegt, aber nun hat jemand den Anstoß dazu gegeben. Es ist eine Frau, die man in den Tiefen des Dunklen Reichs gefangen hält. Sie hat die geheimnisvolle Krone der Ninja an sich genommen. Sie wartet auf ihre Befreiung, auf ihren Retter, und es soll derjenige sein, der die Krone der Ninja in seinen Besitz bringt. Sorge dafür, dass du es bist, Yakup. Wenn nicht, wenn es Shimada gelingt, sich die Krone anzueignen, wird er einige Schritte näher an Amaterasus Vernichtung gekommen sein, sodass sie ewig und für alle Zeiten in ihrem Dunklen Reich schmachten muss. Du willst ihre Befreiung. Hol dir die Krone der Ninja, hol sie dir!«

Yakup hatte gespannt zugehört. Er wusste nicht viel über diese geheimnisvolle Krone, die dem besten aller Ninja zustehen sollte.

Es gab nichts Schriftliches über die Krone, aber die mündlichen Überlieferungen besagten, dass derjenige, der sie in seinen Besitz bringen konnte, auch die Macht hätte, über alle Ninja zu regieren.

Zii sprach weiter. »Ich habe aus den Tiefen des Dunklen Reichs die Botschaft erhalten. Amaterasu will, dass sie keinem anderen als dir in die Hände fällt, aber du musst dich beeilen, denn schlimme Gestalten sind hinter ihr her.«

»Wer?«, fragte Yakup.

Wieder ließ sich der alte Zii mit seiner Antwort Zeit.

»Einmal ist es Shimada, der davon erfahren hat. Zum anderen auch der Teufel, der sich ebenfalls der Krone bemächtigen will. Es wird ein Rennen um sie geben, und ich drücke dir die Daumen, dass du es schaffst. Sie kann überall verborgen sein, deshalb bitte ich dich, die Hilfe deiner Freunde in Anspruch zu nehmen. Suche die Krone und nimm sie an dich. Achte auf die Spuren, die sie hinterlässt.«

Yakup wusste, was er zu tun hatte. Ehrfurchtsvoll verneigte er sich vor den Toten und stellte, als er sich wieder aufgerichtet hatte, eine weitere Frage. »Kannst du mir einen Hinweis geben, wo ich die Krone finde?«

»Nein, ich weiß den Platz nicht. Sie kann in einem Vulkan liegen oder in der Wüste. Es ist auch möglich, dass sie sich in einer großen Stadt befindet. Die Welt ist groß, der Teufel mächtig und Shimada ebenfalls. Sei auf der Hut, mein Freund. Sei nur auf der Hut, denn die Jagd nach der Krone hat bereits begonnen.«

»Ich danke dir für die Warnung, und ich werde alles tun, um dich nicht zu enttäuschen.«

»Mich?« Sogar ein Lachen hatte Yakup aus den Worten herausgehört. »Nein, mich brauchst du nicht mehr zu enttäuschen. Ich bin tot. Du darfst die Menschheit nicht enttäuschen, das ist es, was ich dir mit auf den Weg geben wollte. Enttäusche sie niemals, sie hat es nicht verdient, Yakup, so schlecht sie auch oft genug gemacht wird. Sie soll überleben, nur sie ist unsere Chance. Und jetzt geh, denn ich spüre die Schwäche des Todes, die mich wieder übermannt. Ich existiere dort, wo alles, was für dich wertvoll ist, seine Bedeutung verloren hat.«

Mit diesen Worten schloss der alte Zii, und Yakup Yalcinkaya zog sich nach einer weiteren Verbeugung wieder zurück. Er hatte viel Neues erfahren, er wusste nicht, wie die Krone aussah, wer sie geschaffen hatte und welche Macht sie besaß. Aber er war fest entschlossen, sie zu finden, auch wenn er sich mit Shimada und dem Teufel herumschlagen musste.

Als er sich schon umgewandt hatte, hörte er noch einmal

die Stimme des alten Zii. »Mir ist etwas eingefallen, mein Freund. Ich kann dir eine Spur geben. Begib dich in das Land der aufgehenden Sonne und suche dort das Tal der Schatten. In dieser Schlucht kannst du sie vielleicht finden oder eine Spur von ihr. Aber hüte dich. Der Weg ist voller Gefahren, auch andere werden lauern, und der Teufel hat mächtige Verbündete in Japan.«

Yakup drehte sich um. »Wen meinst du?«

»Es sind die Menschen, die sich zu einer Organisation zusammengeschlossen haben, die auf den Namen Yakuza hört. Hast du verstanden? Yakuza …«

Yakup nickte. »Ja, ich habe dich begriffen. Ich kenne diese Vereinigung. Sie ist wirklich nicht gut.«

Das meinte er auch so, denn Yakuza war der japanische Ausdruck für Mafia.

Die blonde Frau, in deren Brust ein Kunstherz aus Aluminium schlug, hörte hinter sich das Seufzen ihres Schülers und hätte am liebsten selbst gestöhnt.

Stattdessen stand sie am Fenster und schaute auf die Berge, über deren Gipfel eine fahle Dezembersonne leuchtete, wobei ihr Licht die hellen Schneeflächen traf.

Die Frau dachte daran, dass ein Weihnachtsfest vor der Tür stand, und sie erinnerte sich wieder an ihre Zeit in London, wo sie die Tage oft genug mit dem Geisterjäger verbracht hatte.

Das war nun vorbei.

John befand sich noch in London, er war auch bereit gewesen, sie wieder aufzunehmen, aber sie hatte es nicht gewollt und sich bewusst von ihm getrennt.

Jane Collins wollte Abstand von dem gewinnen, was einmal zwischen den beiden gewesen war.

Furchtbar hatte das Schicksal zugeschlagen. An ihre Zeit als Hexe wollte Jane nicht mehr zurückdenken, sie war einfach grauenvoll gewesen, aber sie konnte sie nicht verdrängen, so sehr sich Yakup, in dessen Kloster sie wohnte, auch bemühte.

Am Anfang hatte sie es toll gefunden und sich auch sehr wohl gefühlt, aber die Zeit ging nicht vorbei, ohne dass der Mensch sich entwickelte. Jane bekam zwar die Aufgabe, Ali zu unterrichten, nur war es nicht das, was sie wollte.

Sie musste raus.

In die Stadt, unter die Menschen, und da hakte es schon aus, denn es gab noch ein Problem.

Jane wurde gejagt.

Ihre ehemaligen Hexenschwestern hatten ihr die Rückkehr in das normale Leben nicht verziehen und setzten alles ein, um ihrer habhaft zu werden. Bisher hatten sie die Klostermauern sicher beschützt. War sie allein unterwegs, bot sie eine zu große Angriffsfläche, denn die alten Hexenschwestern witterten genau, wenn sich jemand aus einem gewissen Schutzmantel löste.

Deshalb musste sie bleiben und weiterhin nur an das denken, was sie so gern einmal getan hätte.

Weglaufen, frei sein, lachen, scherzen.

»Jane!« Die Stimme des Jungen Ali unterbrach ihre Gedanken und holte sie zurück in die Wirklichkeit.

Sie drehte sich um, strich eine Haarsträhne aus der Stirn und fragte: »Was ist denn?«

Ali saß an einem Tisch, raufte sein dunkelbraunes Haar und schüttelte den Kopf. »Ich komme einfach nicht klar. Eure Sprache ist zu kompliziert.« Er ließ sich zurückfallen. »Das begreife ich nie. Das brauche ich auch nicht. Ich kann mich doch verständlich machen.«

»Ja, das stimmt. Aber wir haben beschlossen, dass du die Sprache richtig lernst.«

»Viel lieber würde ich mit Yakup kämpfen, wenn es gegen die Typen geht, die John und ich erlebt haben. Du erinnerst dich doch, dass wir beide gefangen waren und …«

Jane Collins kannte die Tricks des Halbwüchsigen. Zu Beginn hatte es der Junge immer wieder dank seiner

Ablenkungskünste geschafft, sie vom Pauken abzubringen. Darauf fiel Jane jetzt nicht mehr herein. Sie trat an den Tisch, sah Ali dabei an und nahm ihm das Übungsheft weg.

Schon beim ersten Blick erkannte sie, dass Ali nicht so schlecht war, wie er sich gemacht hatte. Als Zensur hätte sie ihm eine Drei geben können. Als Ali ihr Nicken sah, stieg Hoffnung in ihm auf. »Na, ist es …?«

Jane ließ das Heft sinken. »Ja, das ist gar nicht schlecht.«

»Prima.«

»Und morgen wird gerechnet.«

Ali verzog den Mund. »Ist das nicht deine schwache Seite?«

»Wenn du so willst, ja, aber ich bin zufrieden. Wenn du wirklich mal so werden willst wie Yakup oder John, musst du lernen, Ali. Leider.«

Er nickte. »Es bleibt mir wohl nichts anderes übrig.« Ali packte seine Sachen zusammen und verstaute sie in einer Tasche. Jane schaute ihm dabei zu. Sie machte den Eindruck, als wäre sie mit ihren Gedanken ganz woanders, das merkte der Junge, denn er schüttelte den Kopf und sprach die ehemalige Hexe an.

»Du kommst mir aber so komisch vor.«

»Ich?« Jane lachte unecht. »Nein, Ali, da wirst du dich getäuscht haben.«

Er stand auf. »Ich spüre es genau, Jane. Dieses Kloster ist ein guter Schutz, doch auch das kann einem mal zu viel werden, wenn ich dich richtig verstehe. Ist es nicht so?«

»Vielleicht.«

»Ich glaube es sogar, Jane. Irgendwie bist du verändert. Yakup würde sagen, dass du einfach zu viel nachdenkst. Und ich bin auch der Meinung. Sollen wir nicht wieder nach Frisco gehen? Yakup hat mich schon ziemlich gut ausgebildet. Wenn die anderen kommen, kann ich mich wehren.«

Jane strich durch sein Lockenhaar. »Das finde ich ja alles toll von dir, mein Junge, trotzdem kannst du mir nicht helfen. Es gibt Dinge, mit denen muss ein Mensch allein fertig werden.«

»Das hat Yakup auch gesagt.« Ali lächelte. »Manchmal

habe ich das Gefühl, als würdest du viel an John Sinclair denken.«

»Das stimmt.«

»Möchtest du wieder zu ihm?«

»Ich weiß es nicht«, erwiderte Jane mit leiser Stimme. Dann wiegelte sie ab. »Außerdem darfst du nicht vergessen, dass London auch meine Heimat ist. Ich habe dort lange gewohnt und gearbeitet. An dieser Stadt hängen die meisten meiner Erinnerungen. Du hast doch auch eine andere Heimat. Jeder hängt daran.«

Ali nickte ernst. »Soll ich dir etwas sagen, Jane? Manchmal, wenn ich in der Nacht nicht schlafen kann, denke ich sogar daran und auch an meine Eltern, die man umgebracht hat.«

»Siehst du.«

Ali nahm seine Tasche. Er war in den letzten Monaten gewachsen und fast schon zu einem jungen Mann geworden. »Ich habe mir vorgenommen, nach dem Winter öfter Frisco zu besuchen. Willst du dann mit?«

»Ich verspreche es.«

Der Junge freute sich. Seine Augen glänzten plötzlich. »Toll, dann machen wir mal einen drauf.« Er ging zur Tür und winkte. »Wir sehen uns heute Abend beim Essen. Ich muss noch etwas trainieren. Meine Knochen sind eingerostet.«

Jane lachte. »Tu das.«

Ali verschwand, und sie blieb noch im Zimmer. Wieder trat sie ans Fenster, und diesmal presste sie ihre Stirn gegen die kühle Scheibe. Der Atem schlug gegen das Glas, und sie sah, wie es beschlug.

Heute war wieder einer der Tage, wo die schlechte Stimmung nicht weichen wollte. In der letzten Zeit geschah das häufig. Vielleicht hing es damit zusammen, dass der Monat Dezember angebrochen war und Jane, wieder ein normaler Mensch, des Öfteren an Weihnachten dachte, das sie früher immer gefeiert hatten. Da blieben die Erinnerungen nicht aus. Sie musste sich einfach damit beschäftigen.

Durch die Nase holte sie Luft. Sie versuchte, alles zurückzudrängen, aber wenn man allein ist, fällt es einem schwer. Auch spürte sie den Kloß im Hals, und als es an der Tür klopfte, wollte ihr das *Come in!* kaum über die Lippen.

Yakup betrat den Raum.

Jane hatte sich langsam umgedreht. Ihre Augen weiteten sich, als sie den Türken sah. Er trug einen Mantel über dem Arm, hatte sich eine Lederjacke übergestreift und seine schwarze Jeans angezogen. Was Jane verwunderte, war der Koffer, den er trug, jetzt abstellte, den Raum betrat und die Tür hinter sich schloss.

»Du willst verreisen?«, fragte Jane leise.

»Ja.«

Sie lächelte. »Gibt es einen Grund?«

Yakup kam nickend näher. Dicht vor Jane blieb er stehen. Seine Augen glänzten. Jane wusste genau, dass Yakup sie mochte, das war allein seinem Blick anzusehen. Doch er würde sich hüten, sie auch nur einmal zu berühren, das verbot einfach seine Erziehung. Erst wenn es Jane wollte und es ihm auch sagte, konnte die Sperre fallen. So blieb es allein bei der Verehrung oder platonischen Liebe.

»Die Leichen riefen mich.«

Jane Collins erschrak. Sie wusste von den Toten, obwohl sie sie auf dem Leichenbaum noch nie gesehen hatte. Den Keller durfte sie ja nicht betreten. Wenn Yakup aber so ernst von ihnen sprach, hatte er seine Gründe! Und er würde sich auch nicht umstimmen lassen.

»Darf ich den Grund erfahren?«

Der Türke nickte. »Natürlich. Sie haben mich in das Land der aufgehenden Sonne gerufen.«

»Japan?« Janes Augen wurden groß. Sie zog dabei die Schultern wie fröstelnd hoch, als würde ihr das Strickkleid nicht genug Wärme geben.

»Ja, in oder nach Japan.«

»Was willst du denn da?«

»Ich muss die Krone der Ninja finden, und die wiederum liegt im Tal der Schatten.«

»Davon habe ich bisher nie etwas gehört«, gab Jane zu.

»Ich auch nicht«, erklärte Yakup. »Die Krone der Ninja war mir schon ein Begriff, obwohl es über sie keine Aufzeichnung gibt. Das Wissen wurde allein mündlich weitergegeben.«

»Kennst du denn den Weg?«, fragte Jane.

»Ich suche ihn noch.«

»Japan ist groß.«

»Es gibt viele Stationen, die ich gehen muss. Man wird mich geleiten. Ich habe Verbündete dort und werde ihnen einen Besuch abstatten. Dort decke ich mich auch mit Waffen ein. Es tut mir Leid, dich allein zu lassen, aber ich kann nicht anders. Es muss einfach sein.«

Jane nickte. »Das kenne ich«, flüsterte sie. »Da bist du wie John. Wenn er etwas tun musste, ließ er sich kaum von einer anderen Person hereinreden.«

»Du bist in guter Obhut. Ich habe den anderen Bescheid gesagt. Sie werden auf dich Acht geben, Jane.«

»Das brauchen sie nicht. Ali hat mir vorhin noch versprochen, mich zu beschützen.«

»Da bin ich froh.« Yakup legte beide Hände auf die Schultern der blonden Frau. »Bevor ich Abschied nehme, will ich noch mit dir reden. Es wird für mich eine schwere Aufgabe werden. Ich muss den Weg erst suchen, aber ich bin fest entschlossen, ihn zu finden. Nichts und niemand soll mich aufhalten, obwohl es sehr gefährlich werden kann. Das Grauen lauert überall. Es kennt keine Grenzen, und ich bin nicht der Einzige, der die Krone der Ninja will.«

»Auch Shimada?«, fragte Jane.

»Er ebenfalls. Aber da ist noch ein Dritter. Es soll Asmodis persönlich sein, der sich gern mit der Ninja-Krone schmücken will. Ich kenne den genauen Grund nicht. Wahrscheinlich sammelt er Pluspunkte im großen Kampf gegen den Spuk.«

»Das kann sein.«

Die beiden hatten noch Zeit. Sie sprachen miteinander, und Jane Collins erfuhr von Yakup gerade so viel, wie dieser noch ihr gegenüber verantworten konnte.

Wenig später ging er.

Jane brachte ihn nach draußen bis in den Garten. Die Luft war kalt geworden. Der Wind wehte über die Gipfel der Berge hinweg und brachte den Geruch von Schnee mit.

Als Yakup abfuhr, winkte er Jane ein letztes Mal zu.

Die Frau winkte zurück. Dass sich ihre Augen mit Tränen füllten, lag nicht allein an dem beißenden Wind, der gegen ihr Gesicht fuhr. Es war auch die Befürchtung, dass Yakup den größten Fehler seines Lebens gemacht hatte.

Das war wieder ein Wetter!

Furchtbar, kann ich nur sagen. Ich war schon eine halbe Stunde früher aufgestanden, um wenigstens pünktlich meinen Schreibtisch zu erreichen, und dann hatte ich freiwillig das Lenkrad übernommen, sodass Suko neben mir sitzen und Zeitung lesen konnte.

Viel sah er nicht. Draußen war es noch dunkel, und über London goss der Himmel all sein Wasser aus, das sich in den Wolken angesammelt hatte. Der Wind peitschte die langen Schleier in die Straßenschluchten hinein. Die Wischer arbeiteten auf Hochtouren, um der Wassermassen Herr zu werden.

Die Staus lösten sich ab. Aus dem Radio kam flotte Musik, und der Sprecher gab noch ein paar Witze für die Staugeschädigten durch, über die ich als Betroffener nicht mal lachen konnte.

Auch Sukos Laune war besser als meine. »Freust du dich nicht, wieder in London zu sein?«

»Und wie!«

»Ja, das sieht man.«

»In Frankreich war das Wetter wirklich besser.«

»Dafür hattest du auch die Mumien.«

»Und die Templer.«

»Vergiss die Werwölfe nicht.«

»Eben!« Das brachte mich wieder auf den Punkt. Ich hatte von Nadine erfahren. Die Wölfin aus London war in den fernen Zauber mit hineingeraten, allein durch Lupinas Projektion, die aus einem anderen Reich in unsere Welt hineingeworfen wurde.

Ich fragte Suko nach Nadine, denn über sie hatten wir nur am Rande gesprochen.

»Es geht ihr wieder gut. Sie hat den magischen Angriff Lupinas, ohne Schaden zu nehmen, überstanden.«

»Bist du sicher?«

»So weit man das kann.«

Der Wagen vor mir, ein Truck, fuhr wieder an. Vor dem Bentleykühler puffte eine hellgraue Abgaswolke hoch. Ich stellte rasch das Gebläse ab, damit die Schwaden nicht in den Bentley drangen.

Ich befand mich seit drei Tagen wieder in London und hatte eigentlich Ruhe gehabt. Dabei war ich sogar dazu gekommen, Weihnachtsgeschenke einzukaufen. Für jeden eine Kleinigkeit, das musste reichen. In einer Woche feierte man das Fest, wobei ich damit rechnete, in London bleiben zu können, denn bisher deutete nichts auf einen Angriff schwarzmagischer Mächte hin oder auf einen neuen Fall.

Es wäre herrlich gewesen, wenn sich das alte Jahr so verabschiedet hätte.

Dabei hatten wir trotzdem einiges zu tun. Das große Rätsel waren eben die Templer. Mit ihnen würden wir uns auch im folgenden Jahr beschäftigen müssen. Wir wussten einfach zu wenig über sie und waren dabei, Material über diese Gruppe zusammenzutragen. Dabei spielte besonders ein Mann namens Hector de Valois eine Rolle. Er war einer der mächtigen Templer-Ritter gewesen, und in Frankreich hatte ich erleben müssen, wie Werwölfe sein Grab öffneten und dann geschockt waren, als sie auf ein silbernes Skelett schauten.

Es war von den heutigen Templer-Rittern mitgenommen worden, die auch die Werwölfe durch Silberpflöcke getötet hatten.

Bis zur nächsten Ampel kamen wir. Da ging nichts mehr. Von vier Seiten staute sich der Verkehr. Ich konnte auf einen

Weihnachtsbaum sehen, dessen Lichter sich hektisch bewegten, weil der Wind wie mit schaufelnden Händen in den Baum hineinfuhr und ihn durchschüttelte.

»Haben wir schon mal so lange gebraucht?«, fragte Suko.

»Ich kann mich nicht erinnern.«

»Dito.«

Auch die längste Fahrt nähert sich mal dem Ende, und als wir unser Ziel erreichten, war ich froh. Den Bentley stellte ich auf dem kleinen Parkplatz ab, hastete geduckt durch den Regen und atmete erst auf, als wir in der Halle standen.

Fünfzehn Minuten waren wir zu spät gekommen. Daran konnte man eben nichts ändern.

Glenda Perkins war natürlich schon im Büro, dessen trockene Luft vom Duft des Morgenkaffees veredelt wurde. Ich bekam glänzende Augen und sah, wie Glenda auf die Uhr schaute. »Mahlzeit«, sagte sie.

»Gleichfalls.«

»Sorry, John, aber ich bin schon einige Zeit hier.«

»Hast du hier übernachtet?«, fragte Suko.

»Nein, ich stand nur rechtzeitig genug auf.«

»Wie schön für dich.«

Glenda trug ein hellblaues Strickkleid, das ihre Figur eng umschmeichelte. Da bekam das Auge eine Hügellandschaft zu sehen, die nicht von schlechten Eltern war, und ich nickte anerkennend.

»Ist was?«, fragte Glenda kokett.

»Darf ich dich nicht anschauen?«

»Gibt es einen Grund?«

»Ja, dein Weihnachtsgeschenk.«

Sie zog die Augenbrauen zusammen. »Wieso das denn?«

Ich hob die Schultern. »Ich sah neulich einen durchsichtigen BH. Das heißt, es war mehr ein winziges Stück Stoff, aber toll gemacht. Vielleicht sollte man …«

Glenda kam zu mir und legte mir ihren Zeigefinger auf die Lippen. »Am frühen Morgen bist du schon so auf Touren?«

»Wenn ich dich sehe, immer.«

»Hau doch nicht so auf den Putz, John! Dir ist wohl der Aufenthalt in Frankreich nicht bekommen.«

»Ganz im Gegenteil, meine Liebe. Es war ausgezeichnet.«

»Hast du da nicht eine etwas suspekte Archäologin kennen gelernt?«, fragte sie.

»Ja, Cecile Villard.«

»Hört sich schon gut an.«

»Die war auch nicht schlecht.« Ich grinste. »Aber leider hielt sie nicht viel von englischen Männern.«

Glenda zeigte mit dem Finger auf mich, und ich fühlte mich wie ein Angeklagter. »Du könntest dir ruhig etwas mehr Mühe geben.«

»Noch mehr?«

»Nimm deinen Kaffee mit.«

Ich schenkte mir die Tasse ein. Den Tee für Suko brachte Glenda persönlich in unser gemeinsames Büro. Suko saß schon am Schreibtisch und kümmerte sich um einen dicken Wälzer. Der Inhalt des Buches beschäftigte sich mit den Templern im Mittelalter. Ich hatte es schon durchgeblättert, mir aber vorgenommen, es noch genauer zu lesen.

Glenda stellte die Teetasse vor Suko ab. »Noch eine Frage?«, erkundigte sie sich.

»Ich danke dir«, sagte der Inspektor.

»Aber ich habe eine«, sagte ich.

»Und?«

»Was machst du denn Silvester?«

»Da feiere ich.«

»Toll. Allein?«

»Mit dir nicht mehr, John. Ich denke da nur an letztes Jahr, wo du am anderen Morgen eine Fischvergiftung hattest. Dabei hast du gar keinen Fisch gegessen, nur eben zu viel getrunken. Dann hat es geschellt, und du standest plötzlich als Kind vor der Tür. Nein, das hat mir gereicht. Ich feiere nur mit dir, wenn du versprichst, dass alles glatt über die Bühne läuft.«

»Das kann ich nicht.«

»Dann hast du Pech gehabt.«

»Darüber werden wir noch reden.«

Glenda stand an der Tür. »Aber bald, mein Lieber. Viel Zeit bleibt dir wirklich nicht mehr.«

Ich nahm Platz und trank den ersten Schluck. Über seine Teetasse hinweg grinste mich Suko an. »Du solltest dich mehr um Glenda kümmern. Sie verödet sonst.«

»Bei dem Job?«

»Stimmt auch wieder. Es ist eben schwer, das alles auf die Reihe zu bringen.« Er stand auf und schaute auf die Uhr.

»Wo willst du hin?«

»Ich sehe mich mal in unserem Archiv um, ob wir da noch etwas über die Templer haben. Wenn nicht, müssen wir irgendwann zu Lady Sarah Goldwyn. Sie hat es uns angeboten.«

»Und wird sich wieder reinhängen.«

»Damit musst du rechnen.«

Suko ging, ich blieb allein zurück, nuckelte an meinem Kaffee und hatte eigentlich gar keine Lust, etwas zu tun. An diesem bewussten Morgen fehlte mir einfach der Biss. Vielleicht drückte auch das trübe und stürmische Wetter auf meine Stimmung, jedenfalls war ich froh, als das Telefon läutete und meine Gedanken unterbrach.

Der Anrufer war im Vorzimmer hängen geblieben. Ich hörte Glendas Stimme, die ungewöhnlich kratzig und gleichzeitig abweisend klang. »John, da ist ein Anruf für dich.«

»Okay, wer denn?«

»Aus den Staaten.«

»Noch besser. Stell durch.«

»Willst du nicht wissen, wer?«

»Doch, natürlich.« Ich holte eine Zigarette hervor und legte sie auf den Schreibtisch.

»Es ist Jane Collins!«

Das war wirklich die Überraschung am frühen Morgen. Zunächst einmal sagte ich nichts, auch Glenda schien nicht mit einem Kommentar gerechnet zu haben, denn sie stellte durch.

Noch immer sagte ich nichts, bis ich die leise, ferne Stimme hörte und dabei glaubte, sogar das Zittern zu vernehmen. »John, bist du es?«

»Ja.«

»Hier ist Jane.«

Ich steckte mir die Zigarette zwischen die Lippen und zündete sie an. Das alles tat ich automatisch, ohne es bewusst wahrzunehmen. Sofort waren die Erinnerungen da.

Jane Collins!

Meine Güte, was hatte ich wegen ihr gelitten und durchgemacht. Die Zeit als Detektivin, dann als Hexe, die anschließende Befreiung mit der Herzverpflanzung, und jetzt lebte sie bei Yakup in einem Kloster nahe San Franzisko.

»Hast du aufgelegt, John?«

»Nein, nein, ich bin noch am Apparat.«

»Das ist gut.«

»Weißt du, Jane, der Anruf kam ein wenig überraschend für mich. Ich habe damit nicht gerechnet.«

»Entschuldige.«

»Mädchen, du brauchst dich nicht zu entschuldigen. Du wirst sicherlich einen Grund gehabt haben, mich anzuklingeln.«

»Den habe ich.«

»Und wie geht es dir persönlich?«

»Ich lebe.«

Die Antwort ließ mich stutzig werden. So sprach jemand, der sich mit seinem Schicksal abgefunden hatte, aber nicht dagegen ankämpfte oder etwas Neues auf die Beine stellen wollte.

»Aber es geht nicht um mich, John, sondern um Yakup. Er ist verschwunden, seit ungefähr zwei Wochen.«

»Einfach weg?«

»Nicht ganz. Yakup musste nach Japan, um dort die Krone der Ninja zu finden.«

Ich lehnte mich zurück und ahnte schon, dass einiges auf uns zukommen würde. Den Rauch blies ich neben den Hörer, als ich Jane bat, mir Einzelheiten zu erzählen.

Das tat sie auch. Es wurde ein langes Gespräch, das ich auf Band aufnahm. Zum Schluss meinte sie: »Ich wusste mir wirklich keinen anderen Rat mehr, als dir Bescheid zu geben. Hier habe ich keinen Menschen, dem ich mich anvertrauen kann. Du verstehst, was ich meine?«

»Sicher.«

»Dann bin ich zufrieden.« Ich hörte ihr scharfes Atmen. »Wirst du etwas unternehmen?«

»Das ist leichter gesagt, als getan.«

»Stimmt, John, aber ich werde das Gefühl nicht los, dass sich Yakup übernommen hat. Schließlich sind auch Asmodis und Shimada hinter dieser Krone her. So etwas kann schief gehen.«

»Das denke ich auch.«

»Wenn du Fragen hast …«

»Nein, nein, du hast ja alles erzählt.« Ich dachte nach. »Hat dir Yakup gesagt, an wen man sich wenden könnte, wenn wir nach Japan fliegen? Gibt es eine Kontaktperson?«

»Nicht dass ich wüsste.«

»So etwas ist natürlich nicht gut. Wenn wir fliegen, befinden wir uns praktisch im luftleeren Raum.«

»Du musst das Tal der Schatten finden, aber da ist noch ein Begriff, der mir Angst macht. Yakup erwähnte ihn noch, bevor er ging. Yakuza.«

Ich schluckte und bekam leichte Magenkrämpfe. Yakuza ist die japanische Mafia. Und diese Burschen waren nicht nur hart, sondern superhart. Das waren eiskalte Typen, die über Leichen gingen, wenn man ihnen in die Quere geriet. Sie gehörten zu einer modernen Killergruppe, gaben sich aber traditionsbewusst, und ihre Mitglieder beherrschten oft genug die alten Kampftechniken.

»Du bist sprachlos, John?«
»Natürlich.«
»Willst du denn nach Yakup suchen?« Ich hörte die Angst aus ihrer Stimme.
»Dir liegt viel daran?«
»Ja, sehr viel.«
Vor der nächsten Frage hatte ich Furcht, aber sie musste einmal gestellt werden. Zudem hatte ich mir schon genug Gedanken darüber gemacht. Vielleicht bekam ich jetzt eine Antwort. »Liebst du ihn eigentlich, Jane?«
Sie schwieg. Klar, das hätte ich auch getan. Ich spürte, wie mein Herz klopfte. Schon machte ich mir Vorwürfe, zu egoistisch gedacht zu haben, denn die Frage hatte Jane sicherlich unvorbereitet getroffen.
»Ich weiß es nicht, John, ich weiß es wirklich nicht. Es ist alles so anders geworden. Ich komme mir vor wie in einem goldenen Käfig. Die Jahre als Hexe haben mich mehr gezeichnet, als ich es hatte zugeben wollen. Tut mir Leid.«
»Das kann ich verstehen. Du hast auch Heimweh?«
»Ja, besonders jetzt, so kurz vor Weihnachten.«
»Okay, Jane, vielleicht sehen wir uns mal in London. Ich jedenfalls würde mich freuen.«
»Und Glenda?«
Ich lachte in den Hörer. »Immer noch die alte Geschichte?«
»Vielleicht.«
Wir sprachen wieder über den Fall. Ich machte Jane klar, dass ich ihr Bescheid geben würde, wenn wir etwas erreicht hatten.
»Dann werdet ihr also fliegen?«
»Ich glaube schon.«
»Danke, John, danke.« Sie unterbrach die Verbindung. Ich hielt den Hörer noch für eine Weile in der Hand und starrte ihn an, als könnte er mir Antwort auf viele Fragen geben, die mir auf der Seele brannten. Als ich ihn endlich auf den Apparat drückte, stand Glenda im Büro. Ich hatte sie nicht eintreten hören. Sie war an der Tür stehen geblieben.

»Was wollte Jane?«

»Sie steckt in Schwierigkeiten.«

»Privat?«

»Nein, nein, das nicht. Es gibt Ärger mit Yakup. Er ist in Japan verschollen.« Ich stand auf und trat ans Fenster. »Seit ungefähr zwei Wochen hat Jane nichts mehr von ihm gehört.«

»War er privat in dem Land?«

»Nein, es geht um einen Fall.« Mit wenigen Worten setzte ich Glenda ins Bild.

»Und ihr sollt ihn suchen. Suko und du.«

»Genau.«

»Willst du fliegen?«

Ich stieß die Fäuste in die Hosentaschen und antwortete mit einem harten »Jawohl«.

Glenda erwiderte nichts. Sie blieb ruhig, blickte zu Boden und hob die Schultern.

»Ich weiß, Glenda, dass es nicht einfach für mich werden wird. Aber ich kann nichts daran ändern. Zudem mischen einige Dämonen mit, die auch uns schwer im Magen liegen.«

»Das ist klar. Du weißt aber nicht, wie lange es ungefähr dauern wird, bis du wieder zurück bist?«

»Nein, das kann ich nicht sagen.«

»Soll ich Suko anrufen?«

»Es wäre nett.«

Glenda ging wieder. Ich konnte mir vorstellen, wie es in ihrem Innern aussah. Noch zu ihrer Zeit als Detektivin waren Jane und sie große Rivalinnen gewesen, und das schien sich bis zum heutigen Tag nicht geändert zu haben. Glenda hatte es nur verdrängt.

Suko kam sehr schnell. Ob er fündig geworden war oder nicht, darüber sprach er nicht und fragte nur: »Liegt ein neuer Fall an? Glenda sprach so seltsam.«

»Ja, wir müssen nach Japan.«

»Wie?«

»Ich erkläre es dir bei Sir James. Dann brauche ich nicht alles zweimal zu sagen.«

So gingen wir zu unserem Chef, und ich fühlte mich, ehrlich gesagt, nicht wohl in meiner Haut.

Mit seinen Außenbezirken war Tokio die größte Stadt der Welt. So jedenfalls stand es geschrieben. Keine direkte Stadt, sondern ein gigantisches Machwerk aus Chaos, Durcheinander, Menschen, Verkehr, Arbeit und Vergnügen. Und das alles zusammengeballt auf engstem Raum, wo eine Familie mit Kindern zufrieden sein konnte, wenn sie eine Zweizimmerwohnung hatte.

Unter uns lag die Stadt wie ein gewaltiger Teppich, als der Jet zur Landung ansetzte. Ich sah auch den Dunstschleier, ein Zeichen, dass Tokio zu einem der größten industriellen Gebiete Japans gehörte.

Unseren freundschaftlichen Beziehungen zur japanischen Botschaft hatten wir es zu verdanken gehabt, dass der Einsatz so reibungslos vonstatten ging. Wir waren angemeldet worden und hatten auch unsere Waffen mitnehmen dürfen, denn die würden wir bestimmt brauchen.

Sir James hatte sich zudem sehr kooperativ gezeigt. Vielleicht war es ausschlaggebend für ihn gewesen, dass auch Asmodis mitmischte, denn ihm gönnte er jede Niederlage.

Die Morgendämmerung lag über dem Land, als wir anflogen. Die Stadt lag wie ein Lichterteppich unter uns. Das Meer hatten wir bereits hinter uns gelassen, und ich bekam ein schlechtes Gefühl, als ich daran dachte, Yakup in einem solchen Wirrwarr suchen zu müssen.

Ich gehöre zu den Leuten, denen die Fliegerei nichts ausmacht. Als wir unser Ziel erreichten, fühlte ich mich topfit, denn ich hatte geschlafen.

Die Landung verlief ohne Schwierigkeiten. Gesprochen wurde kaum. Jeder Fluggast wird bei der Landung von einer merkwürdigen Spannung in Atem gehalten. Erst als die Maschine stand, hatte das Schweigen ein Ende.

Nach der Landung hätten wir eigentlich zur Kontrolle

gemusst, doch zwei Beamte kamen lächelnd auf uns zu und baten uns höflich in einen reservierten Raum.

Hier erwartete uns ein Mann namens Muroto. Für einen Japaner war er ziemlich groß. Er trug einen braunen Anzug, hatte das dunkle Haar streng gescheitelt und verbeugte sich, als er seinen Dienstgrad hinzufügte.

Er war Kommissar.

»Japan heißt Sie willkommen, meine Herren.« Er sprach flüssiges Englisch. »Man hat Ihre Verdienste hier nicht vergessen, und wir hoffen, Ihnen weiterhin behilflich sein zu können.«

»Das hoffen wir auch.«

»Darf ich Sie zu einem ersten Gespräch in eine unserer Teestuben bitten?«

»Gern.«

Der Flughafen Hanida war immens groß. Ich bekam überhaupt nicht mit, wohin der Kollege uns führte. Jedenfalls fuhren wir ein paarmal mit der Rolltreppe und landeten schließlich in einem kleinen Teehaus. Es war europäisch eingerichtet.

Alkohol wurde keiner ausgeschenkt. Dafür gab es einen hervorragenden Tee. Wir saßen nahe einer Lampe, die unsere Gesichter mit einem warmgelben Schein verwöhnte.

Die anderen Gäste – durchweg Geschäftsleute – kümmerten sich nicht um uns, sodass wir in Ruhe sprechen konnten, nachdem wir die ersten Schlucke genommen hatten und von dem Getränk begeistert waren.

Kommissar Muroto hob die Schultern, als er das Gespräch begann. »Ich weiß kaum, um was es Ihnen geht. Man sagte mir nur, dass Sie einen Mann hier in Japan suchen. Und mit Verlaub gesagt, da haben Sie sich sehr viel vorgenommen.«

Ich lachte. »Sie umschreiben unsere Chancenlosigkeit gut, Mr Muroto, aber Sie haben Recht. Wir suchen einen Mann.«

»Und zwar diesen«, erklärte Suko. Er holte ein Foto aus der Tasche. Das Bild zeigte Yakup Yalcinkaya in Kampfkleidung.

Der Japaner war überrascht. »Ein Ninja?«

»In der Tat.«

»Dazu Europäer, das findet man nicht oft.«

»Gibt es noch viele Ninjas hier?«

Muroto lächelte. »Man redet nicht darüber. Es ist besser so. Lassen wir das einmal zur Seite. Auch wenn er Europäer ist, wird es schwer sein, ihn zu finden, Tokio ist gewaltig.«

»Er kann sich auch woanders aufhalten«, sagte ich.

»Und wo?«

»Haben Sie schon einmal etwas vom Tal der Schatten gehört?«, fragte Suko.

Muroto überlegte. Er trank dabei, setzte die Tasse ab und legte seine Hände aufeinander. »Nein, das ist nicht der Fall. Es gibt bei uns viele blumenreiche Namen, aber ein Tal der Schatten ist mir noch nicht untergekommen.«

»Es hängt möglicherweise mit der Mythologie Ihres Landes zusammen«, fügte ich hinzu.

»Genaueres wissen Sie nicht?«

»Nein.«

»Das ist natürlich schlecht.« Er rieb sein Kinn. Um ihn nicht völlig hoffnungslos zu machen, berichtete ich von Einzelheiten, die uns bekannt waren. Auch der Name Yakuza fiel, und der ließ den Kollegen aufhorchen.

»Sie wollen sich mit diesen Leuten anlegen, Mr Sinclair?«

»Möglicherweise wird uns nichts anderes übrig bleiben.«

»Das ist gefährlich.«

»Wir wissen es.«

»Die Yakuza-Banden sind ähnlich gegliedert wie Ihre Mafia, sie achten aber noch mehr auf Tradition. Es gibt auch so etwas wie ein Gesetz des Schweigens bei ihnen.« Der Kollege hob die Schultern. »Aus diesem Grunde frage ich mich, wie Sie es schaffen wollen, diesen stummen Ring zu durchbrechen.«

»Können Sie uns helfen?«

»Nein!«, erklärte er auf meine Frage. »So gern ich dies auch tun würde, das ist mir nicht möglich. Japan ist sehr offen und gastfreundlich, aber auch hier gibt es gewisse Grenzen, selbst für einen Einheimischen.«

»Also keine Chance!«, fasste ich zusammen.

Kommissar Muroto ließ sich Zeit mit der Antwort. Er nahm einen Schluck Tee, stellte die Tasse sacht weg und fragte plötzlich: »Haben Sie Angst vor Vögeln?«

»Es kommt auf die Vögel an«, meinte Suko.

»Falken!«

»Die sind in der Tat ungewöhnlich«, gab mein Freund zu.

Muroto nickte. »Ja, es sind interessante Tiere. Es gibt hier in der Nähe von Tokio einen Menschen, den man den Falken nennt. Ein Mann mit sehr viel Einfluss und Macht. Man sagt ihm die besten Verbindungen zum Kaiserhaus nach, und das muss wohl stimmen. Er weiß über vieles Bescheid. Man nennt ihn den Falken, weil er diese Tiere sammelt. Außerdem hat er so scharfe Augen wie sie. Dieser Mann könnte eine Chance für Sie sein.«

»Meinen Sie, dass er etwas über das Tal der Schatten weiß?«

Der Kommissar breitete die Arme aus. »Das kann ich Ihnen nicht mit Bestimmtheit sagen, Mr Sinclair. Er ist eine Spur, eine Hoffnung, mehr nicht.«

»Dann fahren wir hin.«

»Natürlich. Nur möchte ich Sie warnen. Der Falke lebt ein wenig außergewöhnlich, wenn Sie verstehen.«

»Nein.«

»Er hat gleichgesinnte Menschen um sich geschart. Sein Reich ist ein gewaltiger Garten, wo sich die Falken tummeln können. Sie dürfen also nicht überrascht sein.«

»Können wir denn einfach zu ihm?«, fragte Suko.

»Nein, wo denken Sie hin? Das ist nicht möglich. Wir müssen schon die Regeln einhalten.«

»Und die wären?«

»Ich rufe ihn zuvor an.« Der Kommissar erhob sich. »Wenn Sie mich dann entschuldigen würden.«

Er ging zur Theke und sprach mit der männlichen Bedienung. »Das kommt mir vor, als würde er um eine Audienz bitten«, flüsterte Suko.

»Wie siehst du die Chancen?«

»Allgemein?«

»Ja.«

»Nicht sehr aussichtsreich. Wenn wir bei dem Falken Pech haben, werden wir das Tal und Yakup wohl kaum finden können.«

»Aber er hat es auch gefunden.«

Suko lächelte. »Ist das sicher?«

»Ich gehe zumindest davon aus.«

»Im Gegensatz zu mir.«

Der Kommissar kam zurück. In seinem Gesicht war leider nicht zu lesen, ob er Erfolg gehabt hatte oder nicht. Er nahm Platz, schaute uns an und nickte. »Der Falke ist bereit.«

»Wann?«

»Heute noch«, erwiderte Muroto. »Er will Sie heute noch empfangen. Wir werden jetzt zu ihm fahren.«

Eine bessere Nachricht hätte er uns nicht überbringen können. Endlich ging es voran, obwohl der Falke auch nur mehr eine schwache Hoffnung für uns war.

Muroto zahlte die Zeche. Wenig später hatten wir das Lokal verlassen und befanden uns auf dem Weg zu dem Falken.

Auf diesen Mann war ich sehr gespannt!

Tokio »fraß« uns nicht.

Kommissar Muroto bewies seine Ortskenntnis, indem er den Innenstadtkomplex weitläufig umfuhr. Trotzdem waren wir oft genug zwischen Fahrzeugschlangen eingeklemmt und mussten Staus abwarten, bis sie sich auflösten. Muroto erzählte etwas über sein Land, die Vergangenheit, die Mythen, die Samurai und auch die Ninja.

»Ist der Falke ein Samurai?«, fragte ich.

»Man spricht davon, dass er aus einem der großen, alten Geschlechter stammt.«

»Wie steht er zu Yakuza?«

»Ebenso wie zu uns. Neutral. Er legt sich mit dieser

Organisation ebensowenig an wie mit uns. Da ist er raffiniert. Man kann ihn als eine schillernde Persönlichkeit bezeichnen. Welchen Eindruck Sie auch immer von ihm haben mögen, dieser Mann ist fair. Er würde Sie nie hintergehen. Wenn Sie sein Feind sind, sagt er Ihnen das klipp und klar.«

»Das ist beruhigend.«

Wir fuhren nach Nordwesten. Die Landschaft wurde hügeliger. Mir fiel auf, dass die Hänge vor uns besonders steil waren.

Japan besteht aus Arbeit, hat mal jemand gesagt. Das erlebten wir auch auf unserer Fahrt durch das grüne Hochland. Es wurde viel angebaut. Tee-, Reis- und Sojafelder wechselten sich ab. Ab und zu sahen wir einen kleinen Betrieb oder eine kleine Fabrik, doch von der Großindustrie blieben wir verschont.

Dafür sahen wir zahlreiche Bauern auf den Feldern, und auch die Straße war ziemlich stark befahren.

Nach etwa einer Stunde meldete sich Murotos Telefon. Der Kommissar hob ab und nahm die Nachricht entgegen. Er war ein wenig blass geworden und fuhr langsamer.

»Ist etwas passiert?«, fragte ich.

»Ja, Mr Sinclair.«

»Und?«

»Sie müssen jetzt starke Nerven haben. Dieses Land ist eben anders. Es gibt alte Gesetze, vor allen Dingen *andere* Gesetze. Tausende von Augen beobachten, sie bekommen alles mit, auch Ihre Ankunft ist nicht verborgen geblieben. Da man Sie nicht erreichen konnte, ist man über mein Büro gegangen.«

»Bitte, kommen Sie doch zur Sache!«, forderte ich ihn auf.

»Geduld, nur Geduld.« Muroto räusperte sich. »Man schickte mir einen Gruß ins Büro. Dieser Gruß hat auch eine symbolische Bedeutung. Es ist ein Zeichen der Schuld. Wenn sich jemand schuldig fühlt, hackt er sich einen Finger ab.«

Ich wurde blass. »Und einen Finger hat man Ihnen zugesandt?«

»Ja, Mr Sinclair. Es ist der kleine Finger eines Weißen, und wir können davon ausgehen, dass er Ihrem Freund Yakup Yalcinkaya gehört.«

Ich blickte unbewusst auf meine Hände. Wenn ich mir vorstellte, dass man mir einen Finger abtrennte, wurde mir heiß und kalt zugleich. Meinen Platz hatte ich im Fond des Honda gefunden, während Suko neben dem Fahrer saß und sich schneller fing als ich.

»Sicher sind sich Ihre Leute nicht, Kommissar?«

»Sie gehen davon aus.« Er beschleunigte wieder. »Natürlich kennen sie den Namen Yakup Yalcinkaya nicht, aber als sie mir die Meldung durchgaben, dachte ich sofort an Ihren Freund.«

»Was möglicherweise nicht einmal falsch war«, murmelte ich. »Verdammt, ich glaube, das packen wir nicht.«

Die beiden Männer schwiegen. Unser Optimismus sank allmählich in sich zusammen. Ich hätte mir den Finger ansehen müssen, um genau Bescheid zu wissen, aber wo befand sich unser Freund?

Wer von seinen Gegnern hatte ihn gefangen und war grausam genug, so etwas zu tun?

Suko sprach meine finsteren Gedanken aus. »Vielleicht ist er Shimada in die Hände gefallen.«

»Nur das nicht.«

»Wer ist Shimada?«, fragte der Kommissar.

Ich lachte auf. Wer war er? »Eine gute Frage, Kommissar. Sie können ihn als eine lebende Legende bezeichnen. Als eine Gestalt, die zwischen den Zeiten lebt, eingeschlossen in einer wandernden blauen Festung, die von einem Todesgarten umgeben ist. Vielleicht ist Shimada der negative König aller Ninja, jedenfalls eine furchtbare Figur, die von mächtiger, dämonischer Seite noch unterstützt wird. Soweit seine Beschreibung. Den Rest können Sie sich bestimmt denken.«

»Und Sie haben gegen ihn gekämpft?«

»Sicher, wir sind des Öfteren aneinander geraten.«

»Dann leben Sie noch?«

»Wir hatten Glück.«

Der Kommissar versuchte, uns auf eine etwas makabre Art und Weise Hoffnung zu machen. »Wenn jemand einen Finger zugeschickt bekommt«, sagte er, »ist das ein Zeichen, dass man ihn noch nicht getötet hat. Man will ihn nur quälen.«

Ich lachte bitter auf. »Soll oder kann das ein Trost sein?«

»Nein, das glaube ich nicht. Ich wollte es Ihnen auch nur gesagt haben. Manchmal ist die Qual schlimmer als der Tod. Meine Leute werden versuchen, den Weg des Päckchens zurückzuverfolgen, wobei ich nicht glaube, dass es ihnen gelingt. Wer so etwas absendet, der sichert sich ungemein stark ab.«

»Bleibt als einzige Hoffnung der Falke«, sagte Suko.

Kommissar Muroto nickte. »Da haben Sie Recht. In ungefähr zehn Minuten werden wir sein Reich erreicht haben.«

Sein Reich, hatte Muroto gesagt.

Allmählich wurde mir dieser Mann unheimlich …

Yakup Yalcinkaya wollte nicht mehr über die Schwierigkeiten nachdenken, die er gehabt hatte, um das Tal der Schatten zu erreichen. Aber er hatte es letztendlich geschafft, dieses Gebiet zu finden, wo das Grauen, die Düsternis und der Tod zu Hause waren.

Es lag in einer vulkanreichen Umgebung. Der Boden war sehr hart, auch porös, und an vielen Stellen drang Rauch aus dem Gestein.

Yakup hatte alles gefunden, auch das, worauf es ihm ankam. Eine gewaltige Höhle, ein Dom in der Tiefe, durch Strickleitern zu erreichen, und Yakup war an den Seiten hinabgestiegen, wobei er sich vorgekommen war wie auf dem Weg in die Unterwelt.

Freunde hatten ihm geholfen. Er besaß Wurfsterne, einen Bogen und Pfeile im Köcher. Nur ein Schwert hatte er nicht bekommen können, so musste er sich auf die Waffen verlassen, die ihm zur Verfügung standen.

Er hatte sich vor äußeren Feinden ungemein vorgesehen, doch gegen Heimtücke kann sich auch der beste Kämpfer nicht schützen. So erwischte es auch Yakup.

Die giftigen Gase setzten ihn außer Gefecht. Es ging so schnell, dass der Türke nicht mehr reagieren konnte.

Die Gase löschten sein Bewusstsein aus.

Als er wieder erwachte, wusste er nicht, wie viel Zeit vergangen war. Er war gefangen in einer Höhle, ohne Licht, Wasser und Essen.

Und so verging die Zeit.

Da die Höhle keinen sichtbaren Ausgang hatte, blieb Yakup nichts anderes übrig, als zu warten. Um in den folgenden Tagen nicht zu verdursten, leckte er die Feuchtigkeit von den Felsen ab, aß Moos und ernährte sich von Käfern und Würmern.

So konnte Yakup überleben, aber er wurde immer schwächer und dachte daran, dass es ihm wohl nie gelingen würde, die Krone der Ninja zu finden.

Der Sage nach sollte sie im Tal der Schatten verborgen sein, in dem er sich jetzt als Gefangener befand.

Wie die Tage und Nächte vergingen, war für Yakup nicht mehr zu sehen. Irgendwann schlief auch sein Gefühl für Zeit ein. Allmählich begann er damit, sich über den Tod Gedanken zu machen.

Yakup hatte eine harte und gute Schule hinter sich. Jetzt erinnerte er sich wieder an die Ratschläge des alten Zii, der sich auch über Leben und Tod Gedanken gemacht und seine eigene Philosophie aufgebaut hatte. Er hatte seinen Schüler immer wieder gelehrt, dass der Tod nichts Endgültiges war, dass das Leben in einer anderen Stufe fortgesetzt wurde.

Der Körper konnte vernichtet werden, er konnte verfaulen und zerfallen, aber der Geist blieb. Er wurde der winzige Teil eines großen Ganzen, ging ein als Mosaikstein in den Kreislauf der Ewigkeit und erlebte eine höhere Stufe des Daseins, wonach die Menschen schon in ihrem Erdenleben trachteten und sich entsprechend vorbereiten sollten.

Das tat auch Yakup.

Er verfiel in eine Art Trance. Da von außen her keine Luft in die Höhle drang, würde bald der Sauerstoff verbraucht sein, sodass er irgendwann ersticken musste. Darauf konnte er sich schon vorbereiten.

Deshalb atmete er so flach wie möglich. Er wollte mit der Luft sparsam umgehen, noch war er nicht tot, und in seinem Innern flackerte die winzige Flamme der Hoffnung.

Jane Collins würde sich Sorgen um ihn machen. Sie allein wusste, welch einen Weg er beschritten hatte, und er hoffte auch, dass sie handeln würde und seinen Freunden Bescheid gab.

Es ging um John Sinclair!

Er und Suko würden ihn nicht im Stich lassen und alles daransetzen, ihn zu finden.

Es stellte sich nur die Frage, wann dies so weit war und ob er bis dahin nicht schon sein Leben beendet hatte.

Und so wartete er weiter.

Wieder verging Zeit.

Yakup fiel in einen Schlummer, aus dem er hin und wieder schreckhaft erwachte.

Dann musste er wieder das Kondenswasser an den Felsen ablecken. Es war einfach zu wenig, um zu überleben, und zu viel, um ruhig sterben zu können.

Bis er kam!

Yakup war wieder durch die Höhle gegangen und hatte die Wände abgetastet, als er den Hauch der tödlichen Gefahr spürte. Sofort griff er zu seinem Bogen, auch nach einem Pfeil, aber er zog ihn nicht mehr aus dem Köcher, denn hinter sich hörte er das grausam klingende, leise Lachen.

Der Türke drehte sich um.

Der andere stand in der Höhle wie eine zweite Wand. Dunkelblaue Schatten umgaben ihn, und seine Gestalt war ebenfalls in eine dunkelblaue Kampfkleidung gehüllt.

Von dem Gesicht sah Yakup nicht viel. Nur das obere Drittel mit den ebenfalls bläulich schimmernden Augen, aber er wusste, dass diese Gestalt einen Namen hatte.

Shimada!

Der Ninja mit dem Höllenschwert. Ein grausamer Dämon, viele Jahrhunderte alt, eine lebende Legende, von der in alten Schriften und Überlieferungen aus längst vergessenen Zeiten berichtet wurde. Aus dem blauen Gewässer eines geheimnisvollen Teichs, der auch das blaue Auge genannt wurde, war er an die Oberfläche gestiegen, um die Festung zu bewohnen, die dort ihren Standort hatte, wo sich die Schnittpunkte der Zeiten befanden.

Shimada, der Grausame, der Unheimliche, der Günstling der übermächtigen Dämonin Pandora.

Er war gekommen!

Yakup schaute ihn an. Wie ein Denkmal blieb Shimada stehen. Der Blick seiner bösartig faszinierenden Augen war starr auf den Türken gerichtet, und Shimada sprach Yakup an.

»Du hast es gewagt, in das Tal der Schatten zu kommen, wo die Geister der Vergangenheit ihre Wohnstatt gefunden haben. Du bist übermütig geworden oder dem Wahnsinn verfallen, denn was du vorhast, kann nur mir gelingen. Denn mir allein gehört die Krone. Mir steht die Krone der Ninja zu, und ich werde sie auch bekommen.«

Yakup hatte die Worte vernommen. Er verfluchte seine eigene Schwäche. Es bereitete ihm große Mühe, den Worten zu folgen. Es klappte auch ein wenig besser. Er hatte nicht mehr das Gefühl, als würde ihm der andere entgegenfallen, und Yakup schaffte es, sich wieder auf die eigentliche Sache zu konzentrieren.

»Noch hast du nicht gewonnen!«, sagte er mit schwach klingender Stimme, die er selbst kaum erkannte. »Du bist ohne die Krone der Ninja hergekommen, du besitzt sie noch nicht, deshalb ist deine Freude verfrüht, meine ich.«

»Keine Sorge, ich werde sie bekommen, aber zuvor muss ich dich leiden sehen.«

»Es wird dir nicht gelingen!«

»Wirklich nicht?« Shimada sprach mit einer dumpfen und gleichzeitig metallisch klingenden Stimme, als wäre sie direkt aus einem finsteren Grab hervorgeschallt. Er redete weiter. »Wir befinden uns hier in meiner Heimat. In einem Land der Legenden und Mythen. Die Menschen glauben an Geister und Götter, an geheimnisvolle Kräfte, sie beten in ihren Tempeln, dass die Sonnengöttin wiederkehrt. Das werde ich verhindern, wenn ich die Krone erst besitze. Und es kommt noch etwas hinzu. Japan hält auf Traditionen. Ich habe erfahren, dass zwei deiner Freunde eingetroffen sind, um das Tal des Schweigens und damit dich zu suchen. Vielleicht finden sie es. Wenn ja, werden sie eine Überraschung erleben, aber die erste möchte ich ihnen zuvor bereiten. Ich habe nicht umsonst über die Traditionen dieses Landes gesprochen, und es gibt hier eine Tradition der Schuld. Ich habe beschlossen, dass du dich dieser Tradition verpflichtet fühlst. Meiner Ansicht nach stehst du in der Schuld. Wie es die Tradition verlangt, werde ich dir den kleinen Finger der linken Hand abhacken.«

Yakup vernahm die Worte, aber er zeigte keine Reaktion. Zu gut hatte er sich einfach in der Gewalt und sich zudem schon innerlich so stark auf den Tod eingestellt, dass ihn diese furchtbare Ankündigung nicht mehr erschütterte.

»Ich hätte dich jetzt töten können, davon möchte ich noch Abstand nehmen, denn du bist mir sicher, und auf dich warten noch zahlreiche Qualen. Aber den Finger nehme ich dir!«

Mit dieser letzten Ankündigung verließ Shimada lautlos seinen Platz und ging auf den Türken zu. Er schien über dem Boden zu schweben, und nur die Falten seines langen Kampfgewandes bewegten sich bei jedem Schritt.

Yakup war geschwächt, aber nicht so sehr, als dass sein Wille ausgebrannt wäre.

Deshalb griff er unter seine Kleidung, wo der Beutel mit den Wurfsternen hing. Diese gefährlichen, flachen Metallsterne, die nur von einem Meister des Fachs zielgenau geworfen werden konnten, beherrschte er perfekt.

Als er ausholte, lachte Shimada.

Er konnte es auch, denn die Schwäche hatte Yakup langsam werden lassen.

Shimada war viel schneller. Die Bewegung, mit der er sein Schwert zog, war kaum zu verfolgen. Plötzlich zuckte die Schneide vor. Sie kam aus dem kalten, dunkelblauen Licht, und sie stand plötzlich dicht vor dem Körper des Türken.

Wenn Shimada seine Hand nur um eine Winzigkeit nach vorn bewegte, würde die Klinge den Türken durchbohren.

»Lass ihn fallen!«

Yakup gehorchte. Er drückte seine Finger zur Seite, und der Wurfstern fiel zu Boden.

Shimada, die lebende Legende, war zufrieden.

Er hatte sich aus dem Nichts hervor manifestiert und bewies nun, dass er tatsächlich vorhanden war, denn er strich mit der Schwertspitze am Körper des Türken entlang.

Als wäre die Kleidung aus Papier, so leicht ließ sie sich aufschlitzen. Bis zum Bauchnabel zog Shimada das Schwert durch, dann hörte er auf. Der Stoff klaffte nach rechts und links weg, die Haut lag frei vor der Klinge, und dies gefiel der lebenden Legende.

Shimada setzte die Spitze in Herzhöhe an die Brust. »Ich könnte deinen Lebensnerv durchbohren, aber ich habe dir vorhin schon etwas gesagt, und das halte ich ein. Hier bist du unter meiner Kontrolle, deshalb wirst du auf meine Regeln eingehen. Dreh dich um!«

Yakup zögerte nicht. Der andere war stärker, und der Türke hatte sich damit abgefunden, die Schuldbestrafung zu erleiden, die man ihm angedroht hatte.

Als er Shimada den Rücken zudrehte, befahl ihm dieser, den linken Arm anzuheben.

Auch das tat er.

Dann musste Yakup die linke Hand zur Faust ballen und nur den kleinen Finger ausgestreckt lassen.

Er hörte die Stimme des Mächtigen hinter sich. »Die Jahrhunderte sind vergangen, doch die alten Regeln bleiben bestehen. Ich werde dein Schuldbekenntnis deinen Freunden schicken, damit sie sehen, wie es dir weiterhin ergehen wird. Das ist der erste Finger, morgen folgt der zweite, und beim Sonnenaufgang des übernächsten Tages der dritte. So wird es dann weitergehen, bis du keine Finger mehr hast.«

Yakup Yalcinkaya stand auf dem Fleck, ohne sich zu rühren. Die langen Tage der Gefangenschaft schien er nicht mehr zu spüren, denn er fühlte den Strom der Kraft durch seinen Körper rinnen.

Sie wurde in der Seele geboren, er war stark, er würde stark bleiben, auch wenn das Schreckliche geschah.

Yakup konnte Shimada nicht sehen, der dicht hinter ihn getreten war. Aber er ahnte es, und er wusste auch, dass dieser Dämon kein Zurück mehr kannte.

Dann hörte er das Geräusch.

Ein schnelles, irres Pfeifen, Luft die von einer nach unten rasenden Klinge zerschnitten wurde.

Den Kontakt zwischen Klinge und Finger spürte er nicht. Nur dieses verdammte Geräusch, das erklang, als sein kleiner Finger neben ihm zu Boden fiel.

Wie taub war die linke Hand.

Zwei, drei Sekunden spürte er nichts.

Dann kam der Schmerz!

Beißend, zuckend und würgend. In Yakups Gesicht spiegelten sich die Gefühle wider. Er knirschte mit den Zähnen, er spürte die Trockenheit in der Kehle, aber nicht ein Laut des Schmerzes drang über seine Lippen, so sehr hatte er sich in der Gewalt.

Du musst den körperlichen Schmerz mit dem Willen bekämpfen! Das hatte ihm einmal der weise Zii gesagt. Daran hielt sich Yakup, der kaum merkte, dass es wieder stockfinster um ihn herum geworden war, denn Shimada hatte ebenso lautlos die Höhle im Berg verlassen, wie er gekommen war.

Noch nie hatte ich so etwas gesehen!

Wir befanden uns in einem weiten japanischen Garten. Wunderbar angelegt, mit kleinen Teichen, künstlichen Hügeln, Miniatur-Pagoden, Teehäusern, Brücken und Bächen.

Sorgfältig gestutzte Hecken rahmten die gepflegten Wege. Es war ein Bild des Friedens, der Stille, und trotzdem fühlte ich mich verdammt unwohl, denn wir wurden aus zahlreichen Augen beobachtet.

Es waren die Vögel!

Woher der Japaner die Falken hatte, wussten wir nicht. Sie waren da, hatten ihre Plätze eingenommen und beobachteten uns aus ihren runden Augen, wie wir den Hauptweg entlang zur Residenz des Falken hochschritten.

Mit dem Wagen hatten wir nicht auf das Gelände fahren dürfen. Er stand draußen und wurde ebenso unter Beobachtung gehalten wie wir. Ob der Falke Grund hatte, sich zu fürchten, war uns unbekannt. Jedenfalls folgten wir seinem hochgewachsenen Leibwächter, der sich als Pit Shrivers vorgestellt und erklärt hatte, Niederländer zu sein. Er stammte aus Amsterdam.

Irgendwie musste es ihn nach Japan verschlagen haben. Er trug die japanische Kampfkleidung der Kendo-Leute, wobei wir sichtbar keine Waffen an ihm entdeckten.

Hin und wieder sahen wir einen weiteren Bediensteten. Die meisten von ihnen trugen Weidenkörbe mit sich herum. Als einer der in blaue Kittel gesteckten jungen Leute an uns vorbeikam, hörten wir quiekende Geräusche aus dem Korb. Zugleich ein Kratzen und Rascheln.

Pit streckte einen Arm aus. Der junge Mann mit dem Korb blieb stehen. Er schaute den Holländer fast demütig an, und als dieser darum bat, öffnete der Helfer den Deckel.

»Schauen Sie hinein!«, sagte Shriver.

Mäuse und Ratten bildeten eine zuckende graue Masse. Manche wirkten sehr gierig, besonders die Ratten. Und eine war besonders vorwitzig. Noch ehe der Deckel wieder auf den Korb gepresst werden konnte, hatte sie ihn schon mit einem Satz verlassen und war auf den Weg gesprungen. Keiner von uns traf Anstalten, sie wieder einzufangen. Das besorgte ein anderer.

Von seinem Platz her löste sich ein Falke. Pfeilschnell war er, schneller als die Ratte, die einen Bogen geschlagen hatte und über den geschorenen Rasen zu einem kleinen Teich rannte.

Sie hatte nicht die Spur einer Chance.

Plötzlich war der Falke über ihr. Im Flug packte er zu. Die gekrümmten Krallen stießen wie kleine spitze Messer in das Fell der Ratte. Anschließend stieg der Falke mit seiner Beute dem Himmel entgegen.

Pit Shrivers drehte sich um. »Er wird das Biest verzehren und wieder zu seinem Platz fliegen.«

»Sind alle zahm?«, fragte ich.

»Ja.« Der Holländer grinste. »Soweit man diese Vögel überhaupt als zahm bezeichnen kann. Sie gehorchen ihrem Herrn. Wer jedoch als ungebetener Gast in unser Gelände eindringt, wird von ihnen angegriffen. Ich kann Ihnen Menschen zeigen, die eine Falken-Attacke nicht überstanden haben. Wollen Sie?«

Ich winkte ab. »Nein, wir glauben Ihnen auch so, Mr Shrivers.«

»War nur ein Vorschlag.« Er sah uns an, als wollte er prüfen, ob wir auch Opfer für die Killer-Falken werden konnten.

Bis zum Haus oder zur Residenz des Falken war es nicht mehr weit. Es lag auf einem Hügel, in dessen Erde eine sehr breite Steintreppe hineingebaut worden war.

Jede einzelne Stufe zeigte ein Motiv. Wie konnte es auch anders sein, es waren Falken.

»Das sind die verstorbenen Tiere«, wurden wir aufgeklärt. »Sie und ihre Namen bleiben in Erinnerung.«

Ich fragte mich, was dieser Mann, dem hier alles gehörte, wohl für ein Typ war. Vielleicht ein Menschenverächter, zumindest ein Liebhaber von Raubvögeln.

Der Holländer schritt geschmeidig die Stufen hoch. Er ging

vor uns, wir konnten jede seiner Bewegungen genau verfolgen, auch als er über die terrassenartige Anlage am Ende der Treppe schritt, bis er vor einem großen Eingangsportal stehen blieb, das aus einer geschnitzten Tür bestand, die durch das vorstehende, pagodenähnliche Dach geschützt wurde.

Die Tür schwang automatisch auf. Nach innen fuhren die breiten Flügel und glitten mit den Unterkanten etwa fingerhoch über den aus mattem Holz bestehenden Boden.

Shrivers zog seine Schuhe aus. Ein Zeichen, dass wir es ihm nachmachen sollten.

Für die Besucher standen andere Fußbekleidungen bereit. Sie waren aus Stoff genäht worden und sahen aus wie zu große Hauslatschen.

Shrivers schaute uns zu, bis wir die neuen Schuhe angezogen hatten. Dann winkte er uns herein.

Wir sahen uns in einem Raum mit außergewöhnlicher Einrichtung um. Die Ausmaße dieses Zimmers waren für meinen Geschmack schon hallenartig. Darin verloren sich die niedrigen Tische, die Sitzkissen und schmalen Bänke. Überragend jedoch wirkten die übergroßen Steinvögel, die auf hohen Sockeln standen.

Falken, wohin ich schaute.

»Der Knabe muss einen Tick haben«, flüsterte ich Suko zu. »Hoffentlich ist es auch die richtige Spur.«

»Das kann selbst ich nicht garantieren«, erklärte der Kommissar. »Jedenfalls wird er uns empfangen, das ist auch schon etwas wert.«

»Sicher.«

»Ich darf Sie bitten, sich noch einen Augenblick zu gedulden«, sagte der Holländer und schritt vor. Er glitt förmlich über den aus Ebenholz bestehenden kostbaren Boden.

Wände, wie ich sie kannte, sah ich nicht. Die Abtrennungen zu den Nachbarräumen bestanden aus dünnen Wänden, deren papierartig wirkende Einfassungen von Holzrahmen gehalten wurden.

So dünn die Wände auch waren, hindurchschauen konnten wir nicht. Shrivers war im Hintergrund der Halle verschwunden und hatte dort eine Tür geöffnet.

Wir richteten uns schon auf eine Wartezeit ein, wurden zum Glück enttäuscht, denn Shrivers kam wieder und winkte uns herbei. »Sie können jetzt«, sagte er.

»Wie lange?«, fragte der Kommissar.

»Das wird Ihnen der Falke schon selbst sagen.«

In diesen Schuhen waren unsere Schritte kaum zu hören, als wir die große Halle durchquerten.

Mir fielen zuerst die beiden großen, ballonartigen Lampen auf, die den Abschluss dünner Ständer bildeten. Diese wiederum standen rechts und links der Gestalt, die auf einem Sitzkissen hockte und in Kissenhöhe vor sich auf eine glatte Holzplatte schaute, die nur von einem Gegenstand bedeckt wurde, einem pastellfarbenen Telefon.

Alle Vorstellungen, die ich mir von diesem Mann gemacht hatte, konnte ich vergessen. Tatsächlich sah er ganz anders aus, denn er war ein Zwerg. Ich hätte mich gehütet, über ihn zu lachen, obwohl der kahle Kopf überhaupt nicht zu dem dunkelroten Kimono passte.

Einer seiner Vorfahren musste ein Europäer gewesen sein, denn die Augenfalten bei diesem Menschen waren nicht so ausgeprägt. Er hatte fast ein Kindergesicht, und sein breiter Mund wirkte irgendwie ulkig. Nur durften wir nicht den Fehler machen und uns täuschen lassen. Dieser Mann, auch Falke genannt, konnte sehr gefährlich werden, das war mir klar. Als geflügelte Aufpasser hatte er sich zwei Falken besorgt, die auf seinen Schultern hockten und ihre Krallen in den dunkelroten Stoff des Kimonos vergraben hatten.

Er sagte kein Wort, als wir in einer Reihe näher kamen. Seine Augen musterten uns.

Auf Shrivers Zeichen hin blieben wir stehen. Drei Schritte von dem niedrigen Tisch entfernt.

Die Falken auf den Schultern des Mannes bewegten nur kurz ihre Köpfe, als wollten sie uns mal eben prüfend anschauen. Dann nahmen sie wieder ihre ursprüngliche Haltung ein.

Ich kannte die japanischen Gebote der Höflichkeit nicht genau, aber hier wurde uns nicht einmal ein Platz angeboten, und so etwas empfand ich als schlechtes Klima.

»Sie kenne ich«, sagte der Falke plötzlich. Uns zu Gefallen sprach er Englisch. Bei den Worten hatte er eine Hand erhoben und zeigte auf Kommissar Muroto.

»Ja, ich bin bei der Polizei.«

»Die ich nicht mag.«

»Das ist Ansichtssache.«

»Aber«, so fuhr der Zwerg fort, und seine Stimme klang schrill, »ich mag auch die Unterwelt nicht.«

Ich konnte nicht mehr an mich halten. Sehr locker und wie nebenbei fragte ich. »Wie steht es mit Shimada?«

Der Zwerg verstummte. Er senkte den Kopf. Die glatte Haut in seinem Gesicht bekam Falten. Nervös bewegte er nur seine Finger. Gleichzeitig wurden auch die beiden Falken unruhig, die ihr Gefieder aufplusterten.

»Sind Sie gefragt worden?«, wollte er wissen. Der Kopf ruckte wieder hoch. Sein Blick bannte mich.

»Nein.«

»Mit mir redet nur jemand, den ich gefragt habe.«

Ich war es nicht gewohnt, so behandelt zu werden, streckte deshalb den Arm aus, um meine folgenden Worte durch eine Geste zu unterstreichen. Dabei kümmerte ich mich nicht um das warnende Zischen des Kommissars. Okay, wir waren Gäste im Haus des Falken, aber dieser Mann behandelte uns fast wie Leibeigene.

So etwas mochte ich nicht. Zudem dachte ich an den Finger, den man dem Kommissar geschickt hatte.

Shrivers dachte anders. Ob er nun einen Befehl erhalten hatte oder von sich aus handelte, war eigentlich egal. Mit einer lässig wirkenden Bewegung zauberte er einen Kendostock unter seiner Kleidung hervor. Es wirkte so, als hätte er ihn buchstäblich aus dem Ärmel geschüttelt.

Mich griff er an.

Ich sah den Stock dicht vor mir wirbeln und hörte die Stimme des Falken: »Eine kleine Lehre wird Ihnen nicht schaden, Mann aus Europa.«

Zwei harte Hiebe trafen mich auf den Schultern. Die Schmerzen machten mich wütend.

Als Suko sah, dass ich zurückwich, wollte er eingreifen, doch ich winkte ab. »Nein, nicht!«

Shrivers war schnell. Der Stock tanzte zwischen seinen Händen. Er schien an einem Faden zu hängen, so sicher bewegte er sich.

Bis zu den Schlägen, die mich erwischen sollten. Sie wurden so schnell geführt, dass ich nicht mehr ausweichen konnte und es auch nicht wollte, denn zu Shrivers Überraschung ging ich voll in ihn hinein.

Wahrscheinlich hatte er mit dieser Attacke nicht gerechnet, sonst wäre er sicherlich konzentrierter ans Werk gegangen. So aber kam ich mit meiner rechten Faust durch.

Die wirkte wie ein Dampfhammer. Es musste mir gelungen sein, den anderen kalt zu erwischen. Sein Kopf wurde in den Nacken gerissen, er ruderte mit den Armen, empfing den nächsten Treffer, und gleichzeitig riss ich ihm die Beine weg.

Das besorgte ein Treffer mit meinem rechten Fuß. Ich konnte sehen, wie er sich selbstständig machte. Plötzlich lag der Holländer am Boden, drehte sich herum, setzte sich hin und schaute mich verwundert an. Selbst der Falke war aufmerksam geworden und aufgestanden. Dabei hatte er kaum an Größe gewonnen.

Shrivers saß da und wusste nicht, wo die Glocken hingen. Ich ging sicherheitshalber einen Schritt zurück, da ich die Schnelligkeit dieser Kämpfer kannte.

Auch Suko stand in Bereitschaft. Wenn es nötig war, würde er zeigen, was in ihm steckte, und das war verdammt nicht wenig.

Der Kommissar hatte seine Gesichtsfarbe verloren. Er sah uns an, als wären wir lebensmüde. Wahrscheinlich hatten wir die Gastfreundschaft der Japaner verletzt, doch so wollte ich mich einfach nicht behandeln lassen.

Es war der Falke, der das Heft in die Hand nehmen musste. Er nickte mir zu, hob seine im Vergleich zum Kopf dünnen Arme an und klatschte in die Hände. »Ich weiß nicht, ob ich Sie bedauern oder bewundern soll, Mr Sinclair. Sie haben etwas getan, was noch nie zuvor jemand gemacht hat. Alle Achtung.«

Ich bewegte meine Schultern. Der Schmerz hatte sich wieder verflüchtigt. »Ich mag es nun mal nicht, wenn man mich schlägt. Dabei ist es mir egal, wo das geschieht. Wir sind in friedlicher Absicht gekommen, um einige Fragen zu stellen. Sie haben die scharfe Note in diese Unterhaltung gebracht.«

Shrivers stand auf. Er strich durch sein blondes Haar und bedachte mich mit einem nachdenklichen Blick. »Beim nächsten Mal, Sinclair, werde ich vorsichtiger sein.«

»Meinetwegen braucht es dazu nicht mehr zu kommen.«

Der Falke lachte. Die beiden Vögel saßen nach wie vor starr auf den Schulterstücken, dann drehte er sich um und ging in einen anderen Teil des hallenartigen Raumes. »Sie haben meinen Respekt verdient«, krächzte er und freute sich dabei. »Nicht alle Gäste sind so. Die meisten vergehen vor Angst. Sie dagegen nicht. Ich biete Ihnen deshalb einen Platz an.«

Kommissar Muroto nickte mir zu und schlich näher. »Das ist allerhand«, sagte er. »Wir können es uns als Ehre auf unsere Fahnen schreiben. Wirklich.«

»Mal sehen.«

Es bestand kein Grund, der Einladung nicht zu folgen, deshalb schritten wir auf die flachen Sitzkissen zu und ließen uns nieder.

Auch Shrivers durfte sich setzen. So hockten wir ihm und dem Falken gegenüber.

»Als Gastgeber möchte ich Ihnen etwas anbieten«, sagte der Zwerg. »Darf es Tee sein?«

»Gern.«

Auch die anderen waren einverstanden. Der Zwerg klatschte in die Hände. Es war das Zeichen für die beiden Mädchen, auf der Bühne zu erscheinen. Sie trugen die traditionelle japanische Kleidung, die mich an die Berufskleidung der Geishas erinnerte. Mit ihnen hatte ich auch bereits meine Erfahrungen gesammelt. Ich dachte an das Abenteuer in einem japanischen Club, wo mitten in London Geishas und ein Ghoul zusammengearbeitet hatten und Shao fast ihr Leben verloren hätte.

Die Gesichter der Mädchen waren weiß geschminkt, sodass die Haut wie dünnes Prozellan wirkte.

Wir sprachen kein Wort. Erst als die Mädchen die Tassen geholt und sie vor uns auf den schmalen Tisch gestellt hatten, übernahm der Falke wieder das Wort. Er schaute uns an, hob seine Tasse und wünschte uns Gesundheit und ein langes Leben.

Das gab Kommissar Muroto zurück. Ich wartete darauf, dass der andere endlich zur Sache kam. Er tat mir den Gefallen. Seinen Kopf bewegte er zur Seite, die Lippen waren verzogen, die Augen leicht geschlitzt und der Blick angespannt. Ruhig saßen die Vögel auf seinem Körper, und er sprach einen Begriff oder Namen nur flüsternd aus, als hätte er Furcht davor, laut über ihn zu reden.

»Shimada …«

Ich war beeindruckt. Noch nie hatte jemand mit einer solchen Betonung den Namen dieses Dämons ausgesprochen. Ich konnte mir sehr gut vorstellen, dass der Falke über Shimada Bescheid wusste und selbst einen gehörigen Respekt vor ihm hatte.

»Darum ging es!«, sagte ich.

»Wie können Sie seinen Namen erwähnen?«

»Ganz einfach. Ich kenne ihn.«

»So?« Seine Antwort klang ärgerlich, als hätte ich ihn damit auf den Arm genommen.

»Ja, ich kenne Shimada und habe schon einige Male gegen ihn gekämpft. Bisher bin ich noch am Leben, er hat es also nicht geschafft, und ich halte ihn deshalb nicht für unbesiegbar, wie Sie sicherlich auch verstehen.«

»Aber niemand kann gegen ihn bestehen. Er sitzt in seiner Festung.«

»Ich unterbreche Sie schon wieder, Falke. Das stimmt, er sitzt in der Festung. Ich war dort, und ich kenne seinen gefährlichen Todesgarten und die heimtückischen Fallen. Das Verschieben der Wände, die plötzliche Leere, der blaue Nebel, das ist mir alles bekannt. Ich bin der Festung oder dem Höllenschloss entkommen, aber heute möchte ich nicht nur ihn, sondern noch zwei andere Dinge erledigen. Wir suchen einen Freund, der hier in Japan verschollen ist. Er hat die Schulung der alten, weisen Lehrer hinter sich und leitet jetzt ein Kampfkloster in den Vereinigten Staaten von Amerika, nahe der großen Stadt San Franzisko. Dieser Mann ist also nach Japan gekommen, um die Krone der Ninja zu finden, denn er selbst gehört dieser außergewöhnlichen Kampftruppe an. Er ist ein Meister des Ninja, aber ich weiß inzwischen, dass sich auch andere für die Krone interessieren. Unter anderem Shimada, der sie ebenfalls haben will, um noch stärker zu werden, damit er die Sonnengöttin Amaterasu tiefer ins Dunkle Reich stoßen kann.«

Ich hatte eine ziemlich lange Rede gehalten und sah zum ersten Mal Erstaunen im Gesicht des Falken. »Du bist ein Fremder«, erklärte er. »Du kommst in unser Land und beschäftigst dich mit uralten Dingen, vor denen selbst ich einen kaum zu beschreibenden Respekt habe.«

»Wir sind gekommen, um bei Ihnen um Hilfe zu bitten.« Ich blieb beim Sie.

Der Zwerg trank Tee. Er schlürfte dabei, bevor er sich drehte und den Kommissar anblickte. »Sie haben diese beiden Männer also auf meine Spur gebracht.«

»So ist es.«

»Soll ich euch helfen?«

»Ja, Falke, so hatte ich mir das vorgestellt. Sie wissen jetzt, worum es geht. Ich bin zwar nicht fremd in diesem Land, aber meine beiden Besucher sind es. Sie wären ohne Unterstützung völlig verloren, deshalb wollte ich Sie bitten, uns die entsprechende Hilfe zu geben. Wissen Sie, was ich meine?«

»Ja, ich habe schon verstanden.«

Der Kommissar versuchte zu schmeicheln. »Sie sind mächtig, Falke, das weiß jeder, der sich auskennt. Sie haben die besten Beziehungen, stammen aus der Ahnenreihe des Kaisers und wissen, was gespielt wird. Man holt sich oft genug Ihren Rat, Sie sind weise, Sie kennen das Leben, deshalb bitten wir Sie, unsere Wünsche nicht so ohne weiteres zu übergehen.«

Der Zwerg wiegte den Kopf. Ob ihm die Schmeichelei gefallen hatte, konnten wir nicht sehen. Beide Hände hob er an und legte die Fingerspitzen gegeneinander. »Ich bin mir dessen durchaus bewusst«, erklärte er. »Ich weiß auch, dass ich Einfluss besitze, aber Shimada ist viel zu weit weg. Er ist nicht wirklich und trotzdem real. Ein Widerspruch in sich. Er ist eine mythische Gestalt, ein gefährlicher Dämon. Es gibt keine Spur von ihm. Der Sage nach lebt er in seiner blauen Festung, die die Zeiten durchwandern kann und sich immer woanders aufhält, weil es für sie keine Grenzen gibt. Das müsst ihr doch verstehen.«

Suko mischte sich ein. »Ja, Falke, wir wissen es. Aber es geht uns nicht in erster Linie um Shimada und seine blaue Festung. Wir wollen unseren Freund finden, der sich auf der Suche nach der Ninja-Krone befindet. Da bitten wir Sie, uns zu helfen!«

»Wie kann ich das?«, rief der Zwerg.

»Ich wüsste eine Chance«, sagte ich.

»Dann reden Sie.«

»Wir haben eine Spur aufnehmen können. Die Krone der Ninja soll sich im Tal der Schatten befinden. Das ist der springende Punkt. Wenn wir herausfinden könnten, wo sich dieses Tal befindet, wäre viel gewonnen. Wollen Sie uns dabei helfen?«

Der Zwerg ließ sich Zeit mit der Antwort. Ich war in

meinen Gefühlen hin- und hergerissen. Wusste er Bescheid, wusste er es nicht? Jedenfalls überlegte er genau, und diese Zeit stufte ich als positiv ein. Irgendwann hatte er seine Überlegungen beendet, nickte und legte wieder seine Hände gegeneinander. »Ja, ich habe von diesem Tal der Schatten gehört. Ich weiß, wo es liegt, aber ich weiß nicht genau, wo es sich befindet. Das Tal der Schatten befindet sich nicht einmal sehr weit von hier. Es liegt im Mikumi-Gebirge.«

Davon hatte ich noch nie gehört, auch Suko nicht, wie ich seinem fragenden Blick entnehmen konnte.

Der Kommissar klärte uns auf. »Wir hätten nur noch einige Meilen zu fahren brauchen, dann wären wir schon inmitten der Berge gewesen. Das Gebirge bildet praktisch einen von Nord nach Süd laufenden Halbkreis.«

Ich schöpfte wieder Hoffnung. »Das ist doch wunderbar. Etwas Besseres konnte uns nicht passieren. Wir brauchen nicht mehr weit zu fahren, vielleicht ein, zwei Stunden.«

»Kennen Sie die Berge?«, fragte der Falke den Kommissar. Er hatte mich damit unterbrochen.

»Ein wenig.«

»Dann sagen Sie ihm etwas über diese Landschaft.«

»Das will ich gern tun.«

So wie der Kommissar die Worte ausgesprochen hatte, konnte ich mich auf einen negativen oder nicht gerade günstigen Aspekt gefasst machen und hatte mich nicht getäuscht.

»Das Mikumi-Gebirge gehört zu einem unwegsamen Landstrich. Es gibt dort sehr tiefe, oft grundlos erscheinende Täler zwischen zerklüfteten Vulkanfelsen. Hin und wieder brodelt einer dieser Vulkane und streut heiße Asche aus. Alte Japaner und Kenner des Landes sagen: Wer in die Hölle will, muss erst das Mikumi-Gebirge durchqueren. Wenn Ihr Freund dort verschollen ist, können wir Jahre suchen, ohne ihn zu finden.«

»So ist es!«, bestätigte der Zwerg.

Ich wollte nicht so einfach aufgeben. »Die Ninja-Krone muss dort sein. Wenn Yakup sie gefunden hat …«

»Wissen Sie das genau?«, fragte der Falke.

»Nein, ich nehme es an.«

»Dann weißt du nicht mehr als ich, es tut mir Leid. Auch ich kenne die Berge, ich habe vom Tal der Schatten gehört.«

»Eine Karte muss her!«, rief ich.

Der Kommissar legte mir eine Hand auf den Unterarm. »Wir können mit einer Karte kaum etwas anfangen. Dort sind nur die offiziellen Namen angegeben. Nicht der, den wir suchen. Verstehen Sie?«

»Das ist mir schon klar. Deshalb wird uns nichts anderes übrig bleiben, als Yakup seinem Schicksal zu überlassen«, sagte ich.

»Das willst du doch nicht im Ernst«, widersprach Suko mir.

»Natürlich, aber was soll ich machen? Gibt es eine Chance?« Ich schaute den Falken dabei an.

Der Mann überlegte. Er behielt seinen runden Kopf in der gleichen Haltung, aber er bewegte seine Augen. Einmal schielte er nach rechts, dann nach links.

Ich bekam eine gewisse Ahnung von dem, was er vorhatte, hielt mich aber mit einem Kommentar zurück.

Der Falke begann wieder zu sprechen. »Ich verstehe euch«, sagte er. »Ich verstehe euch sogar sehr gut. Auch mir ist daran gelegen, alte Mythen zu enträtseln, und ich denke über eine Möglichkeit nach, euch zu helfen. Vielleicht weiß ich einen Weg.«

»Ich bitte Sie, sagen Sie ihn uns.«

»Meine Falken«, erwiderte er. »Ich werde sie ausschicken, um das Tal der Schatten zu suchen und vielleicht auch die Krone der Ninja. Erst wenn sie zurück sind, können wir etwas tun. Verstehen Sie das?«

Ja, das verstanden wir.

»Und wann sollen sie fliegen?«

»Jetzt!«

Man konnte über den seltsamen Mann sagen, was man wollte. Wenn er sich einmal entschlossen hatte, führte er die Sache auch durch. So wie in diesem Fall.

Er stand auf, und auch wir sahen uns veranlasst, uns zu erheben. Dann ging er vor uns her.

Shrivers hielt sich an seiner Seite, wir folgten in einem gemessenen Abstand.

»Was meinen Sie, Kommissar?«, fragte ich. »Wie stehen unsere Chancen, etwas zu erreichen?«

»Ich gebe keine Prognose ab.«

»Kann man dem Falken vertrauen?«

»Dazu kenne ich ihn zu wenig. Aber er ist ein Mann, der sein Wort hält. Rechnen Sie damit, dass auch er ein persönliches Interesse an der Krone der Ninja hat.«

»Meinen Sie wirklich?«

»Bestimmt. Ich kann ihn nicht einschätzen. Er ist ein Fossil aus vergangener Zeit, aber ein Mensch, der ungemein viel Einfluss besitzt durch seine Verbindungen zum Kaiserhaus. Zudem gehört er zu den konservativen Kräften im Land, ist als Ratgeber geschätzt, den selbst die großen Konzernbosse aufsuchen. Sie sehen also, dass die Verbindungen des Mannes doch sehr weit reichen. Bis in die Spitzen der Industrie hinein. Wer sich ihn zum Feind macht, kann nur lebensmüde sein. Ich habe vielleicht einen Schreck bekommen, als Sie gegen den Blonden angingen, Sinclair. So etwas kann sich nicht jeder erlauben.«

»Ich lasse mich nun mal nicht gern einpacken.«

»Ja, das kann ich verstehen.«

Wir hatten inzwischen den Ausgang erreicht. Die Tür schwang uns entgegen. Shrivers stand da wie eine Statue, sah uns an und ließ uns passieren.

Der Falke war auf der Terrasse dicht vor der obersten Stufe stehen geblieben. Er schaute hinein in den so ungewöhnlichen und prächtig gepflegten Garten.

Nicht alle Vögel saßen mehr auf ihren Stammästen oder Zweigen. Es schien, als hätte sie das Erscheinen ihres Meisters regelrecht aufgeschreckt, denn sie glitten durch die Luft wie dunkle Federn. Lautlos, nichts war von ihnen zu hören, kein Flügelschlag, die Winde trugen sie.

»Sollen wir diese Vögel suchen?«, fragte ich.

Ohne sich umzudrehen, gab er mir die Antwort. »Nein, das auf keinen Fall. Ich nehme meine beiden Freunde hier. Auf sie kann ich mich am besten verlassen.«

Er bewies es uns, indem er seine Arme ausstreckte und die beiden Falken die Geste oder den Befehl genau verstanden hatten, denn sie verließen die Plätze auf den Schultern und hüpften die ausgestreckten Arme des Mannes hinab, bis sie die Handrücken erreicht hatten und dort blieben. Ihre gekrümmten Füße krallten sich um die Finger. Das musste wehtun, doch der Zwerg verzog keine Miene. Er war es gewohnt, er liebte seine Tiere, die im Vergleich zu ihm so ungewöhnlich groß wirkten.

Ob er geflüstert hatte oder nicht, konnte ich nicht verstehen. Jedenfalls hatten die Falken einen dementsprechenden Befehl erhalten, breiteten die Schwingen aus und erhoben sich.

Wir sahen ihnen nach.

Sie stiegen pfeilschnell in den Himmel und wurden vom Dunst verschluckt.

Der Zwerg drehte sich um. »Jetzt«, so sagte er uns, »können wir nur warten und hoffen.«

Da hatte er leider Recht.

Wir gingen zurück ins Haus. Ich dachte an Yakup, an den abgehackten Finger und fragte mich, ob unser türkischer Freund überhaupt noch eine Chance hatte.

Nur zweimal hatte Yakup gestöhnt, als er wieder allein gelassen worden war. Dann hatte er den Schmerz überwunden und empfand ihn auf eine gewisse Art und Weise sogar als heilend, was seine seelische Verfassung anbetraf.

Diese schlimme Tatsache der Schuldbegleichung hatte ihn regelrecht aufgerüttelt. Er war wach geworden, und er wusste sofort, dass er sich nicht allein in dieser Finsternis befand. Wahrscheinlich stand er unter Beobachtung.

Was Shimada gelungen war, würde er wohl kaum schaffen.

Yakup konnte keine Felsen durchdringen. Shimada aber, der in seiner blauen Festung lebte, war durch diese Tatsache in der Lage, gewisse Naturgesetze auf den Kopf zu stellen.

Und so wartete Yakup.

Der andere hatte ja Recht gehabt. Es war für Yakup eine ausweglose Lage. Shimada brauchte ihn nicht einmal zu töten. Er konnte warten, bis Hunger und Durst Yakup ausschalteten.

Dann würde die ewige Dunkelheit kommen. Der langsame Tod, das grauenvolle Ersticken.

Yakup schüttelte den Kopf. Er wollte daran nicht denken. Auf den Boden hatte er sich gesetzt, und er spürte, dass der Kraftstrom, der ihn nach dem Abhacken des Fingers wieder aus seiner Lethargie gerissen hatte, allmählich abnahm. Der Türke musste seiner Umgebung und seinem Schicksal einfach Tribut zollen.

Wieder einmal untersuchte er seine linke Hand. Um den blutenden Stumpf hatte Yakup sein Taschentuch gewickelt. Die Schmerzen waren fürchterlich.

Ein normaler Mensch wäre längst verzweifelt. Zwar haderte Yakup ebenfalls mit seinem Schicksal, aber er gab trotzdem nicht auf und hatte auch die Hoffnung nicht verloren.

Shimada war erschienen und hatte über die beiden Freunde berichtet, die Yakup suchen sollten.

John und Suko waren auf dem Weg. An die beiden klammerte sich der junge Türke. Er war sicher, dass sie alles, aber auch alles tun würden, um ihn zu finden.

Doch wie standen ihre Chancen?

Yakup hatte sich selbst unter unsäglichen Mühen zum Ziel durchschlagen müssen. Er hatte das Tal der Schatten erreicht, aber die Krone nicht gefunden. Andere Kräfte waren stärker gewesen. Shimada hielt ihn unter Kontrolle.

Aber es gab noch einen Gegner. Yakup fiel der Name wieder ein.

Asmodis, der Teufel!

Bei den Japanern hieß er Emma-Hoo. Die Hölle nannten sie Jigoku.

Satan war international und hatte viele Namen.

»Du denkst an mich?«

Es war eine Stimme, nicht mehr als ein Raunen oder geheimnisvolles Flüstern, aber Yakup hatte sich nicht getäuscht. Sie war vorhanden gewesen und hatte eine Frage gestellt.

Der Türke blieb starr sitzen. Er bohrte seine Blicke in die Finsternis, ohne allerdings etwas erkennen zu können.

Da die Stimme sich nicht wiederholte, rechnete er schon mit einer Täuschung, bis er die nächsten Worte vernahm.

»Keine Sorge, du hast dich nicht getäuscht. Ich bin es tatsächlich.«

Wieder war Yakup wachgerüttelt worden. »Wer bist du?« Er hatte die Frage laut gestellt.

»Asmodis!«

Der Ninja enthielt sich einer Antwort. Nur dachte er daran, dass es kein Bluff gewesen war. Auch der Teufel wollte die Krone der Ninja in seinen Besitz bringen, und er war gekommen, um dies in die Tat umzusetzen. Aber er hielt sich zurück. Er war anders als Shimada, der seine Existenz auch so grausam hatte beweisen müssen.

»Was willst du von mir?«, flüsterte Yakup.

»Mit dir sprechen.«

Der Türke lachte. »Sonst nichts?«

»Das kommt dann auf dich an.«

»Woher weiß ich, dass du tatsächlich der Teufel bist? Kannst du mir einen Beweis für deine Existenz geben? Los, zeige dich, komm zu mir, damit ich dich sehen kann. Es kann ja jeder behaupten, der Teufel zu sein, deshalb will ich dich sehen.«

»Dann bist du bereit, mit mir zusammenzuarbeiten?«

»Bleibt mir eine andere Möglichkeit?«

»Ja.« Plötzlich hörte Yakup ein hässliches Kichern. »Dir bleibt eine Möglichkeit. Der Tod.«

»Darauf kann ich verzichten.«

»Gut, Partner. Du weißt selbst, dass es für den Satan keine Hindernisse gibt. Ich komme fast überall hin. Schau auf die Wand gegenüber.«

Da Yakup sich entschlossen hatte, auf das Spiel einzugehen, blieb ihm nichts anderes übrig. Sein Blick richtete sich wieder in die Finsternis, die nicht mehr so blieb, denn an der gegenüberliegenden Wand tat sich tatsächlich etwas.

Dort erschien der Teufel!

Feurig und trotzdem düster. Sein dreieckiges Gesicht war flammenumkränzt. Die Haut selbst wirkte dunkel, fettig und auch pelzig. Zwei schwarze Pupillen, in deren Schächten ebenfalls eine kleine Flamme des Höllenfeuers glühte, waren auch zu sehen. Die Nase erinnerte an einen dunklen Knochen, das Maul war ein Rechteck mit harten, stiftartigen Zähnen, die aufeinander lagen, als der Satan grinste. Ein spitzes Kinn und die breite Stirn waren eine Folge der dreieckigen Gesichtsform, und selbst hinter der Haut schienen die Flammen zu tanzen.

Es war der Teufel, wie er leibte und lebte.

Yakup hatte bisher keinen näheren Kontakt mit diesem Wesen gehabt. Nun aber änderte sich dies, und er glaubte dem Satan auch, denn John Sinclair hatte oft genug von ihm gesprochen, schließlich waren die beiden absolute Todfeinde.

»Was willst du von mir?«, fragte Yakup. »Verhöhnen, verspotten, weil ich wehrlos und ein Gefangener bin?«

»Das könnte ich«, erwiderte der Satan lachend. Jedes seiner Worte hörte sich an wie ein Feuerstoß. »Aber ich fordere etwas anderes von dir.«

»Und was?«

»Zusammenarbeit!«

Yakup schrieb es seinem Zustand zu. Er glaubte, sich verhört zu haben. Das konnte doch nicht wahr sein. Der Teufel bot ihm eine Zusammenarbeit an? So etwas war einfach nicht drin. Das gab es nicht.

»Du schweigst?«

»Ja, weil ich dir nicht traue. Du weißt selbst, dass wir auf verschiedenen Seiten stehen und es zwischen uns keine Zusammenarbeit oder Gemeinsamkeiten geben kann.«

»Ich hatte dich für schlauer gehalten!«, bekam Yakup erwidert. »Es gibt sehr wohl eine Zusammenarbeit zwischen uns, denn manchmal sind die Grenzen fließend.«

»Das musst du erklären.«

»Hattest du nicht Besuch?«

»Shimada war hier.«

Jetzt lachte der Teufel. »Ja, und auch er wollte die Krone der Ninja – oder nicht?«

»Unter anderem. Er will auch meinen Tod und zusehen, wie ich langsam sterbe.«

»Das wird auch geschehen, falls du dich entschließt, mich abzuweisen. Es bleibt dir nichts anderes übrig, als dich auf meine Seite zu stellen. Nur ich bin in der Lage, dich aus dieser Höhle tief im Berg herauszuholen.«

»Das ist ein Bluff!«

»Es ist keiner.«

Yakup lachte den Teufel an. »Noch nie hat ein Mensch der Hölle trauen können. Tat er es, wurde er im Endeffekt immer von ihr hintergangen. So wird es auch mir ergehen.«

»Dann stirb meinetwegen.«

Der letzte Satz hatte den Türken aufmerksam werden lassen. Wenn der Teufel so redete, schien es ihm verdammt ernst zu sein. Außerdem wusste Yakup, dass Asmodis ebenfalls hinter der Krone der Ninja her war, sie aber wohl allein nicht bekommen konnte, sonst hätte er sich einem Menschen nicht offenbart und den Wunsch nach Mithilfe auf eine derartige Art und Weise umschrieben.

Yakup zeigte sich kooperativ. »Es ist gut«, sagte er. »Wir werden einen Pakt schließen, wenn du es tatsächlich ernst meinst und mich nicht hintergehen willst.«

Die Antwort »Nein!« war so überzeugend gesprochen worden, dass es sich für Yakup schon wieder ins Gegenteil umkehrte und er das Gefühl hatte, auf den Arm genommen worden zu sein.

Dennoch ließ er sich nichts anmerken, sondern sprach normal weiter. »Wenn du wirklich so mächtig bist, hol mich hier heraus. Ich muss wieder zu Kräften kommen.«

Dem Teufel gefiel die letzte Forderung, obwohl er sie nicht erfüllte. »Du erzählst zu viel, mein Lieber. Ich werde dich rausholen, aber später. Zuvor muss ich dir sagen, um was es geht.«

»Du willst die Krone!«

»Ja.«

»Kannst du sie dir nicht holen?«

»Ich könnte es vielleicht, aber es gibt da ein Hindernis.«

»Welches?«

»Es ist der heilige Schrein, in dem die Krone liegt. Ich will ehrlich sein. Nachdem man die Krone der Ninja erschaffen hatte, bewahrte man sie in dem heiligen Schrein auf, den man einmal dem Tenno, dem Kaiser, zugestanden hatte. Er wurde von seinem Volk als Gott verehrt. Er weihte diesen Schrein gegen die Mächte der Finsternis, bevor er ihn abgab. Diese Weihe war sehr stark. Selbst ich würde Mühe haben, sie zu durchbrechen. Aber du kannst es schaffen, du stehst auf der anderen Seite. Als Lohn dafür, dass ich dich hier herauslasse, wirst du mir die Krone besorgen. Hast du alles verstanden?«

»Ja, ich weiß Bescheid«, erwiderte Yakup nach einer Weile. »Du brauchst einen Lakai.«

»Nein, du bist mein Partner.«

Yakup ließ dieses unwidersprochen. Er wollte nur noch wissen, weshalb Asmodis so scharf hinter der Krone der Ninja her war.

»Ich brauche sie eben.«

»Gegen Shimada?«

»Einer von uns ist zu viel. Ich will nicht, dass er und andere sich gegen meine Interessen verbünden. Deshalb muss ich alles versuchen, meine Gegner so klein wie möglich zu halten, denn ich habe noch einen mächtigen Feind unter den Schwarzblütern, den Spuk. Von Luzifer persönlich habe ich den Auftrag, mich um meine eigenen Belange zu kümmern, und das werde ich tun.«

»Ja«, sagte Yakup und nickte dazu. »Ich habe mich entschlossen, die Krone der Ninja zu holen. Schließlich will auch ich sie in meinen Besitz bringen.«

»Das kannst du. Aber irgendwann werde ich sie dir wieder abnehmen.«

»Ich bin einverstanden.« Yakup stand auf. Er stellte fest, dass es ihm Mühe bereitete. Die Schwäche hatte zugenommen, zwangsläufig wurde ihm schwindlig, aber er wollte seine Schwäche vor den Augen des Teufels nicht zeigen.

»Gibt es noch etwas?«, fragte er, als er sich mit dem Rücken gegen das Felsgestein lehnte.

»Ja, noch eine Kleinigkeit.«

Sofort war Yakup misstrauisch. Er kannte diese Kleinigkeiten, die sich anschließend als fast unüberwindbare Hindernisse herausstellten. »Welche wäre das?«

Asmodis lachte unecht. »Wie die Menschen nun mal so sind. Sie trauen sich selbst nicht und haben oft genug auch kein Vertrauen in ihre eigenen Kräfte. Es passierte Folgendes: Die Krone der Ninja wurde im heiligen Schrein versenkt und sollte für alle Zeiten dort liegen bleiben. Damit dies auch geschah, setzte man Wächter dorthin. Es waren gefährliche Samurai, Untote. Wesen, die längst gestorben waren, aber durch eine starke Magie am Leben erhalten wurden. Sie bewachen den Schrein, und sie besitzen auch einen Namen. Man nennt sie die grausamen Drei.«

»Sind sie tatsächlich so grausam?«

»Für mich nicht, für Menschen ja.«

»Das heißt, sie kämpfen?«

»Man hat ihnen das Augenlicht genommen. Die Augen wurden ihnen herausgestochen, aber sie bekamen einen scharfen und guten Geruchssinn. Wer sich in ihre Nähe wagt, ist verloren, denn sie ernähren sich von Menschenfleisch. Sie sehen nicht, sie riechen nur, und sie sind bewaffnet, das wollte ich dir sagen.«

Yakup war überhaupt nicht einverstanden mit dem, was er eben gehört hatte. »Wenn du sie doch schaffen kannst, vernichte sie. So komme ich ohne Schwierigkeiten an den Schrein.«

»Nein, jeder Erfolg hat seinen Preis. Es steht geschrieben, dass nur derjenige die Krone der Ninja an sich nehmen kann, der es schafft, die grausamen Drei zu überwinden. An diese Regel müssen wir uns halten.«

»Ich werde es!«

»Hast du noch eine Frage, Mensch?«

»Ja«, erwiderte Yakup Yalcinkaya. »Die wichtigste von allen. Wo finde ich den Schrein?«

»Nicht weit von hier. Ich werde dich hinführen. Er liegt in einer tiefen Schlucht, ist umgeben von himmelhohen, dunklen Wänden. Man sieht nur einen kleinen Ausschnitt des Himmels, und in der Schlucht ist es fast finster. Du findest dort Höhlen und Verstecke. Spalten und Risse durchziehen das Gestein. Sie sind so breit, dass sich Menschen darin verbergen können, aber auch die grausamen Drei, die auf dich lauern und dich riechen werden.«

»Ich fürchte mich nicht vor ihnen.«

Der Teufel grinste breit. »Das freut mich sehr, deshalb habe ich dir auch die Chance gegeben. Ich hoffe, dass du mir für lange Zeit dankbar bist, Yakup.«

»Wir sind keine Freunde und werden immer Feinde bleiben. Solltest du tatsächlich die Krone bekommen, werde ich dafür sorgen, dass man sie dir wieder abnimmt.«

»Ja, das versuche nur!« Asmodis freute sich. Sein hässliches Gesicht zuckte unter den intervallartigen Lachstößen. »Du kannst alles versuchen. Ob du aber einen Erfolg erringen wirst, bleibt abzuwarten, nicht wahr?« Wieder lachte er laut, und in Yakup stieg Zorn hoch.

Doch Yakup war Realist genug, um sich nicht von seinen Gefühlen leiten zu lassen. Er blieb ruhig und spürte, dass der Teufel etwas von ihm wollte, obwohl er nichts sagte.

Yakup schritt auf Asmodis Gesicht zu. Mit jedem Schritt,

den er näher kam, spürte er die Aura des Bösen stärker. Das war wie ein Sturm, der gegen ihn fuhr, in seinen Geist hineindrang und diesen überwinden wollte.

Der Türke spürte die Beklemmung, die Angst, die sich in seinem Magen ausbreitete. Er war ein Mensch, der auf der anderen Seite stand. Jetzt ging er auf den Teufel zu und hatte das Gefühl, von der Hölle aufgesogen oder verschluckt zu werden.

Seine Knie zitterten, und das lag nicht allein an der Schwäche, die ihn überfallen hatte.

Die Hände hatte er zu Fäusten geballt. Sein Gesicht war starr, der Blick brannte sich auf der dreieckigen Fratze des Teufels fest, und er sah die Grausamkeit in dessen Augen. Diese Gestalt war schlimm. Man konnte sich nicht auf sie verlassen. Sie würde gnadenlos sein und eiskalt durchgreifen, wenn seine Pläne nicht erfüllt wurden.

Das Feuer erreichte ihn. Die zuckenden Flammen, die das Gesicht des Teufels einrahmten, gerieten in Bewegung, als wollten sie sich vor dem Ankömmling verbeugen. Yakup hätte längst die Hitze spüren müssen, aber dieses Feuer war eiskalt.

Und trotzdem brannte es.

Der Türke hatte das Gefühl, als wären Kräfte dabei, seinen Körper zu zerreißen. Er taumelte noch einige Schritte nach vorn, riss seine Augen auf, als wollte er die Flammen durch seinen starren Blick hypnotisieren, und musste einsehen, dass er gegen die Kraft des Feuers aus der Hölle nichts ausrichten konnte.

Auf einmal schwebte er. Er wurde nach vorn gedrückt, als trüge eine gewaltige Hand daran die Schuld, und die Flammen wuchsen, ebenso wie das Gesicht, zu einer immensen Größe an.

»Jetzt bist du bei mir!«, hörte er den Teufel triumphierend rufen, dann war alles anders.

Das Nichts hielt den Türken Yakup gefangen und gab ihn auch wieder frei.

Der einsame Ninja wusste nicht, was mit ihm geschehen war. Noch immer hallte die Stimme des Teufels in seinem Hirn nach. Er hatte die letzten Worte genau verstanden. Wie lange war das aber her?

Eine Minute, eine Stunde oder gar einen Tag?

Da konnte Yakup nichts sagen, denn das Zeitgefühl war ihm verloren gegangen.

Auf jeden Fall befand er sich nicht mehr innerhalb der Höhle, das war auch etwas wert.

Er atmete – und hätte jubeln können!

Es drang zwar keine Frischluft in seine Lungen, aber die war herrlich im Vergleich zu der, die sich innerhalb seines letzten Gefängnisses ausgebreitet hatte.

Yakup fand in der Nähe einen Stein, auf den er sich niederließ. Er vergaß sogar die Schmerzen an seiner linken Hand, jetzt konnte er sich erholen und sich gleichzeitig auf den großen Kampf gegen die grausamen Drei vorbereiten.

Noch etwas hörte er.

Ein typisches Rauschen, vermischt mit einem Plätschern. Für ihn der Beweis, dass es sich um Wasser handeln musste. Es floss nicht weit von ihm entfernt.

Yakup stand auf und drehte sich um. Er ging einige Schritte, spürte dabei, dass er noch immer nicht fit war, aber er hatte Glück, denn das Plätschern nahm an Lautstärke zu. Am nächsten Hindernis sah er das Wasser. Es floss aus dem Felsen, war nicht mehr als ein Rinnsal, aber für Yakup das Lebenselixier. Er trank.

Und er trank sich satt.

Im Nachhinein wunderte er sich darüber, dass er die lange Zeit der Gefangenschaft überstanden hatte, ohne größeren Schaden zu nehmen.

Er war froh, dass ihm der weise Zii so viel mit auf den Weg gegeben hatte. Selbst den Tod fürchtete er deshalb nicht mehr.

Als er seinen ersten Durst gelöscht hatte, ging es ihm besser, sodass er sich seiner eigentlichen Aufgabe zuwenden konnte.

Er musste den Schrein finden und zuvor die grausamen Drei ausschalten.

Beide befanden sich im Tal der Schatten.

Der Türke legte seinen Kopf in den Nacken. Asmodis hatte ihm berichtet, dass der Himmel nur schwach zu sehen sei. Außerdem sei er für ihn unerreichbar.

Durch die gewaltige Höhe der Felswände wirkte der Spalt zwischen ihnen noch schmaler, als er in Wirklichkeit war.

Wer viel Phantasie besaß, konnte die Schlucht mit einem engen Grab vergleichen.

Und hier sollte der Schrein stehen.

Bevor Yakup losging, überprüfte er zunächst seine Waffen. Die Pfeile waren ebenso vorhanden wie der Bogen. Auch die Wurfsterne besaß er noch, und er war sicher, dass er diese Waffen gegen die grausamen Drei einsetzen würde.

Leider war der Boden der Schlucht nicht eben. Geröll und Felsblöcke bedeckten ihn. Natürliche Hindernisse, die ein wütender Riese in einem Anfall von Zorn von den Felswänden abgebrochen zu haben schien.

Auch fiel dem Türken die Stille auf. Das Rauschen des kleinen Wasserstrahls verstummte, als er weiterging. Jetzt gab es nur noch die Stille um ihn herum.

Auf ängstliche Menschen hätte sie erdrückend wirken können, Yakup dachte da anders. Er empfand sie als positiv, so konnte er hören, aber er wurde auch gehört.

An seinen abgeschnittenen Finger dachte er nicht mehr. Yakups Sinnen und Trachten war allein auf den bevorstehenden Kampf und die sich anschließende Aufgabe ausgerichtet.

Noch hatte er von den grausamen Drei nichts gesehen. Wenn sie in der Nähe waren, hielten sie sich sehr gut versteckt. Gelegenheit dazu gab es. Das Gestein war sehr rau, es bildete keine zusammenhängende Masse, wurde oft genug durch Spalten und Einschübe unterbrochen. Kleinere Höhlen entdeckte der Türke ebenso wie Minispalten, in die er nicht mal seine Hand hineinschieben konnte.

Yakup hatte im Laufe der Monate einen Sinn für schwarzmagische Gefahren entwickelt, und der ließ ihn auch in dieser Lage nicht los. Er spürte bereits, dass er sich innerhalb der Schlucht nicht allein befand. Da war noch jemand vorhanden.

Er ging weiter.

In die Tiefe drang er hinein, wurde selbst zu einem Teil der Düsternis, hörte nur seine Schritte und manchmal das Knirschen kleiner Steine, die sein Gewicht nicht aushielten.

Zum Glück hatten sich seine Augen an die Dunkelheit gewöhnt. Sie kam ihm nicht mehr so schlimm vor wie zu Beginn, und er glaubte auch, dass sich die enge Schlucht nach vorn hin verbreiterte.

Yakup blieb stehen.

Woher der Windstoß kam, konnte er nicht genau feststellen. Er war auf jeden Fall da und umkreiste ihn.

Und er brachte etwas mit.

Einen Hauch von Moder.

Es war ein widerlicher Geruch, der von den Felsen ausging. Yakup erinnerte sich daran, was ihm Asmodis alles gesagt hatte. Die grausamen Drei waren keine Menschen, sondern Samurai-Zombies. Sie mussten vor langer Zeit verstorben sein, waren längst angefault, verwest und sonderten deshalb diesen widerlichen Geruch ab.

Der Türke bewegte sich nach links. Er umging so leise wie möglich mehrere Felsen, bis er die Wand erreicht hatte und in deren Schatten stehen blieb.

Er hatte die Drei gerochen, sie mussten ihn ebenfalls wahrgenommen haben.

Samurais lernten es, sich nahezu lautlos zu bewegen. Yakup ging davon aus, dass sie es auch als Zombies nicht verlernt hatten und auch noch ihre furchtbaren Waffen besaßen.

Yakup wollte, wenn es darauf ankam, ebenfalls rasch reagieren. Deshalb ließ er den Bogen von seiner Schulter rutschen und nahm ihn in die Linke.

Mit der Rechten griff er hinter seine Schulter. Er zog den Pfeil aus dem Köcher und legte ihn mit einer gelassenen Bewegung auf, während er danach die Sehne spannte.

Dann ging er in die Hocke, um ein möglichst kleines Ziel zu bieten. So wartete er auch ab.

Yakup gehörte zu den Menschen, die es gelernt hatten, geduldig zu sein. Er trug die dunkle Kleidung der Ninja-Kämpfer und hatte den Mund- und Gesichtsschutz so weit in die Höhe geschoben, dass nur noch seine Augen und die Stirn sichtbar waren. Er hatte sich in den gefährlichen, kompromisslosen Kämpfer verwandelt.

Noch geschah nichts.

Eine ungewöhnliche Stille herrschte zwischen den Felswänden. Unnatürlich, als würde sie darauf lauern, jeden Augenblick von einem bestimmten Ereignis unterbrochen zu werden.

Abermals wehte ein Geruch von Moder herbei. Er kam wie ein dünner Schleier. Yakup hatte das Gefühl, als würde er unter jede Falte seiner Kleidung dringen.

Ein Frösteln überlief ihn.

Die Drei konnten ihn nicht sehen, dafür riechen. So erwartete Yakup fast jeden Augenblick ihren Angriff. Der konnte von überall her erfolgen. Aus dem Schatten vor und neben ihm, aber auch aus der Luft, da die Wände rau genug waren, um an ihnen hochklettern zu können, wenn man es geschickt anging. Und so etwas traute Yakup den grausamen Drei zu.

Er war auch weiterhin schussbereit. Einmal bewegte er vorsichtig den Kopf, um den dünnen und schmalen Ausschnitt des Himmels sehen zu können, der so etwas wie Hoffnung verhieß.

Ein Mensch mit weniger guten Augen als Yakup hätte die beiden Punkte sicherlich nicht bemerkt. Die Vögel kreisten genau über der grauen Stelle, zogen dort ihre Bahnen, blieben nie still, und einer von ihnen tauchte in die Schlucht ein. Weshalb?

Hing es möglicherweise mit der Existenz der grausamen Drei zusammen? Waren die Vögel Beobachter oder nur normale Lebewesen, wie es sie überall in den Bergen gab?

Yakup, der sonst nicht so misstrauisch war, achtete in diesem Fall auf jedes Zeichen, und er war gespannt, wie es sich entwickelte. Den ersten Vogel, der in die Tiefe getaucht war, sah er nicht mehr, dafür beobachtete er den zweiten.

Er flog nicht weg.

Unbeirrt kreiste er über der Lücke, flog mal ein größeres, dann wieder ein kleines Oval. Es schien Yakup, als würde er auf seinen Artgenossen warten, der im Dunkel zwischen den beiden Felswänden verschwunden war.

Aus dieser Entfernung konnte der türkische Kämpfer leider nicht erkennen, um welch eine Gattung es sich bei den beiden Tieren handelte. Jedenfalls waren es keine kleinen Vögel, sie mussten schon zur Familie der Raubvögel gehören.

Möglicherweise waren es Sperber oder Falken.

Yakup fand es interessant, den einen Vogel zu beobachten. Ruhig glitt er durch die Luft, bis zu dem Augenblick, als er plötzlich steil in die Höhe zog, immer kleiner wurde, aber dennoch nicht in den Wolken verschwand, weil er plötzlich umkehrte, sich aber anders verhielt, als hätte er Angst oder würde auf etwas lauern.

Was das bedeuten konnte, wusste Yakup auch nicht, aber er hörte plötzlich den Schrei des zweiten Vogels.

Auf einmal erschien er.

Das Tier tauchte wie ein Geschoss aus dem Düster der Schlucht auf und raste in die Höhe. Das musste einfach eine Flucht sein, und es war auch eine. Nur konnte der Falke sie nicht beenden.

Hinter ihm erschien noch etwas. Ein blitzender Gegenstand, als hätte er sich aus dem Nichts materialisiert.

Und dieser Gegenstand war schneller als der Falke.

Zwei Lidschläge nach dem plötzlichen Erscheinen hatte er sein Ziel erreicht. Der Vogel konnte nichts daran ändern, als das blitzende Stück in seinen Körper hämmerte.

Es war ein Volltreffer. Ein verzweifelter Versuch, noch mit den Flügeln zu schlagen und so zu entkommen, misslang dem Tier. Irgendetwas hatte sich an seinem rechten Flügel festgehakt, und der Vogel folgte der Erdanziehung.

Er fiel.

Sehr schnell verschwand er wieder, Yakup konnte seinen Weg nur noch ahnen, und er hörte plötzlich das satte Klatschen, das entstand, als der Vogel zu Boden prallte.

Da er dieses Geräusch so deutlich vernommen hatte, musste es nicht weit von ihm entfernt aufgeklungen sein.

Er hütete sich jedoch, den Weg sofort zu gehen, sondern blickte erst nach oben.

Dort verschwand Vogel Nummer zwei soeben. Er flog sehr schnell und war nur noch für einen winzigen Augenblick zu sehen, dann nicht mehr. Wieder wurde Yakup das Gefühl nicht los, es bei diesen beiden Vögeln mit Boten oder Beobachtern zu tun zu haben, doch einen Beweis dafür würde er wohl nie bekommen.

Aber er musste einfach wissen, was den ersten Vogel mitten im Flug erwischt und getötet hatte.

Deshalb verließ er seinen Platz an der Felswand. Gern hätte er Licht gehabt, um mehr erkennen zu können. Im Angesicht der lauernden Gefahr, ließ er dies jedoch sein und bewegte sich sehr behutsam, mit zu Boden gerichtetem Blick, auf die gegenüberliegende Wand zu.

Manchmal hat der Mensch Glück.

So erging es auch Yakup. Er sah etwas, das Ähnlichkeit mit dem Vogel haben musste, denn ein Flügel war noch ausgebreitet. Dicht neben dem Tier kniete sich Yakup hin.

Aus der Nähe betrachtet, erkannte er, dass es sich dabei um einen Falken handelte. Seine erste Vermutung war also korrekt gewesen.

Yakup hatte den Bogen wieder entspannt und über die Schulter gehängt. Er benötigte jetzt beide Hände, um das Tier untersuchen zu können, fühlte am und unter dem Gefieder nach und wusste schon beim ersten Tasten Bescheid.

Der Falke war von einem Gegenstand getötet worden, den auch er bei sich trug.

Von einem Wurfstern.

Nur hatte Yakup ihn nicht geschleudert!

Für uns hatte eine lange Wartezeit begonnen, und ich erinnerte mich sehr genau an die Worte des Falken, mit denen er sich für eine Weile von uns verabschiedet hatte.

»Wenn uns jemand etwas Genaues sagen kann, ist es der Vogel.«

Das wollte mir nicht aus dem Sinn, als Suko, der Kommissar und ich den Garten durchwanderten, der für uns geöffnet worden war. Wir befanden uns in einer parkähnlichen Anlage. Hier war alles von Meisterhand angelegt worden. Jeder Baum hatte seinen bestimmten Platz, nichts sah wie zufällig aus, und doch wirkte das Gelände nicht künstlich. Die angeschütteten Hügel waren mit Bodendeckern bewachsen, die auch im Winter ihre Blüte nicht verloren, sodass immer ein Hauch von Farbe über dem ansonsten vorherrschenden Grün der Landschaft lag.

An einem Teich blieben wir stehen. Das Wasser schimmerte grün, war trotzdem klar, und ich sah eine dünne Schlange zwischen den im Wasser stehenden Pflanzenstängeln.

»Der Zwerg liebt Tiere, nicht wahr?«, fragte ich den Kommissar.

»Wie man sieht.«

»Was ist er für ein Mensch?«

Muroto hob die Schultern. »Das kann ich Ihnen auch nicht sagen. Niemand kennt ihn genau. Aber, so erzählt man sich, soll es trotzdem noch jemanden geben, der ihn genauer kennt und über ihn Bescheid weiß. Sein Zwillingsbruder.«

»Wie?«, fragte Suko. »Der hat noch einen Bruder?«

»Ja.«

»Kennen Sie den?«

Muroto schüttelte den Kopf. »Leider nicht. Ich glaube

kaum, dass ihn jemand kennt. Er ist ebenso geheimnisvoll wie der Falke und hält sich nur im Hintergrund auf.«

»Was haben die beiden gemeinsam?«, fragte ich.

»Ich muss mich da auf Vermutungen stützen. Das ist natürlich die Gestalt, aber nicht ihr Leben, verstehen Sie? Der Bruder ist ganz anders. Er soll ein hochbegabter Techniker sein, ein Spezialist für Roboter und Computer, der sich in der weiten Welt einen großen Namen gemacht hat und von zahlreichen Firmen umworben wurde.«

»Hat er bei einer unterschrieben?«

»Ich glaube nicht. Er lebt sehr zurückgezogen, um seine Forschungen durchführen zu können. Man hat oft versucht, den Platz zu finden, dabei sind die abenteuerlichsten Vermutungen laut geworden. Man redet von einer Insel ebenso wie von einem geheimen, unterirdischen Labor, das ihm von der Regierung eingerichtet wurde. Jedenfalls weiß niemand etwas Genaues darüber.«

»Und da hat man nicht geforscht?«, wunderte ich mich.

»Natürlich. Aber selbst der Geheimdienst hat sich eine blutige Nase geholt. Man spricht davon, dass der Kaiser persönlich eingegriffen hat. Wäre auch kein Wunder gewesen, schließlich stammen die beiden aus seinem Stamm oder Stall.«

»Es scheint mir eher irgendein Fehltritt gewesen zu sein«, meinte Suko.

»Die genauen Verhältnisse kenne ich natürlich nicht. Jedenfalls steht der Tenno zu ihnen.«

Ich schaute in den Himmel. Die Vögel, wenn sie nicht auf ihren Plätzen saßen, kreisten über uns. Manchmal stießen sie auch wie hart abgeschossene Pfeile in die Tiefe, um sich die Beute zu holen, die sie entdeckt hatten.

Ich dachte an die beiden Falken, die der Zwerg losgeschickt hatte. Dazu fiel mir etwas ein. »Hören Sie, Kommissar, glauben Sie eigentlich, dass der Mann mit den Tieren reden kann?«

Muroto lächelte nur.

»Wieso? Was haben Sie?«

»Es ist seltsam, obwohl es eigentlich auf der Hand liegt, aber diese Frage habe ich mir auch schon des Öfteren gestellt.«

»Und wie lautet die Antwort?«

»Fast gehe ich davon aus.« Er räusperte sich. »Obwohl es mir vom Verstand her unmöglich erscheint.«

Ich lachte auf, stemmte meine Hände in die Taschen und wandte mich ab. »Vieles kann man weder begreifen noch erklären. Man muss sich eben damit abfinden. Das habe ich auch getan.«

»Leider.«

»Hören Sie, Kommissar, oft ist es besser, wenn man nicht alles begreift und erklärt.«

»Sagen Sie das mal einem Realisten.«

»Das habe ich getan.« Mir ging der Bruder des Zwergs nicht aus dem Kopf. Er sollte ein Computer-Mann sein, möglicherweise ein hochbegabter Techniker, der irgendwo verschwunden war. War es vielleicht möglich, dass dieser Mann, dem hier alles gehörte, mit dem anderen noch in Verbindung stand und sich die beiden geistig befruchteten, obwohl sie schon verschiedenartigen Begabungen nachgingen?

Ich wandte mich an Kommissar Muroto. »Bisher habe ich den Zwerg nur unter dem Namen *Falke* kennen gelernt. Er muss aber einen anderen Namen haben, schließlich kann er nicht als der Falke geboren sein.«

»Das stimmt.«

»Wie heißt er dann genau?«

»Yago, glaube ich.«

»Gut.« Ich klopfte dem Japaner auf die Schulter. »Und sein Bruder?«

»Yamiga!«

Ein leises Lachen konnte ich nicht unterdrücken. »Yago und Yamiga. Fast wie im Kino.«

»Scherzen Sie nicht, Mr Sinclair. Das ist leider kein Kino. Wir können nicht hinausgehen und den Film verlassen.«

Er deutete in die Runde. »Wenn Yago es will, sind wir seine Gefangenen. Und jeder, die Vögel eingeschlossen, hören auf sein Kommando.«

»Mir sind die jungen Männer ebenfalls aufgefallen. Welche Funktion haben sie?«

»Eine dienende. Sie müssen sich um den Garten kümmern, die Vögel mit Nahrung versorgen.«

»So heißt es offiziell.«

Muroto nickte. »Genau, Suko, so heißt es offiziell.«

»Und gibt es eine inoffizielle Deutung? Ich meine, wir sind Kollegen, und Sie schlafen ebenso wenig wie wir.«

»Die gibt es in der Tat. Man nimmt an, dass hier eine Kampfschule entstehen soll.«

»Auch nicht schlecht.«

»Hier auf dem Gelände?«, fragte ich.

»Wissen Sie, Mr Sinclair, was sich noch alles unter der Erde befindet? Yago ist gefährlich, er ist ein geheimnisvoller Mensch, der sich nicht in die Karten schauen lassen will und gewissermaßen aus dem Dunkel der Vergangenheit kam. Wir sind einerseits froh, dass es ihn gibt, er hat uns zu manch heißer Spur verholfen, aber andererseits wären wir auch nicht traurig, wenn er nicht mehr da wäre.«

Wir waren während des Gesprächs durch den Garten gegangen und befanden uns auf einem der Hauptwege. In der Nähe arbeitete ein Mann in einem blauen Kittel. Mit einer gleichförmig wirkenden Bewegung schaufelte er abgefallenes, braunes Blattwerk in einen Drahtkorb, den er, als er voll war, auf die Ladefläche eines Wagens stellte. Es war mehr eine große Karre, die er ziehen musste.

Dicht an uns vorbei flog ein Falke. Der Vogel kam mir vor, als würde er wie ein Brett in der Luft liegen. Ich verfolgte seinen Flug so lange, bis er zwischen den Zweigen einer Korkeiche verschwunden war. Das alles sah sehr friedlich aus. Es gab überhaupt keinen Grund für mich, an irgendetwas Anstoß zu nehmen, und doch wollte ich dem Bild nicht so recht trauen.

Manchmal kann ein äußerer Friede verdammt trügerisch sein!

Auch wurde ich den Eindruck nicht los, in dieser Umgebung irgendwie festgehalten zu werden. Man hatte uns die Freiheit gelassen, trotzdem war ich nicht frei. Ich konnte das Grundstück nicht ohne Genehmigung des Falken verlassen.

So etwas stört mich.

»Hast du auch das Pulverfass-Gefühl?«, erkundigte sich Suko.

»Genau.«

»Dann gib ja Acht, wer die Lunte ansteckt.«

Ich gab keine akustische Antwort, sondern schaute zum Haus des Falken hinüber, das sehr schlicht aussah und überhaupt nicht protzig wirkte, wie es dort auf dem Hügel stand. Mehr ein viereckiger Kasten mit viel Holz und breiten Glasfenstern.

Darüber schwebte ein Vogel. Jedenfalls befand er sich im Anflug, und es schien mir so, als wäre es genau das Tier gewesen, das Yago weggeschickt hatte.

Der Vogel setzte zur Landung an. Leider nahm uns das Haus die weitere Sicht, und Suko meinte: »Wir werden sicherlich bald zurückgerufen. Ich habe das Gefühl, als wäre da jemand zurückgekehrt.«

Wir hatten uns nicht getäuscht. Schon sehr bald rannte einer der Diener auf uns zu.

Nicht Suko oder mich, sondern den Kommissar sprach er an, der sich die Worte anhörte, nickte und sie übersetzte. »Kommen Sie, der Falke erwartet uns.«

»Wissen Sie, was geschehen ist?«

»Nein, einen Boten informiert er nicht.«

Es war nicht weit bis zur Treppe. Auf der obersten Stufe stand schon Shrivers bereit. Er hatte sich breitbeinig aufgebaut. In seinen kantigen Zügen rührte sich nichts. Nur der Wind spielte mit seinen blonden Haaren. »Dürfen wir hinein?«, fragte ich.

»Der Falke erwartet Sie.«

Wieder öffnete sich automatisch die Tür. »Sie brauchen die Schuhe diesmal nicht zu wechseln«, hörten wir Shrivers noch sagen, da hatten wir bereits die Schwelle überschritten.

Der Zwerg erwartete uns. Diesmal hatte er sich vor seinem flachen Telefontisch aufgebaut. Er hatte beide Arme ausgestreckt und die Hände zusammengelegt. Auf einer Handfläche hockte der zurückgekehrte Falke. Er schaute in unsere Richtung.

Yago starrte uns über das Tier hinweg an. »Kommen Sie näher«, sagte er. Seine Stimme hatte sich verändert. Sie klang bissiger, aber auch traurig und monoton.

Als ich Sukos Blick sah, wusste ich Bescheid. Er dachte das Gleiche wie ich. Zwei Vögel hatte Yago losgeschickt. Einer nur war zurückgekehrt. Wo befand sich der zweite?

Shrivers überholte uns und baute sich hinter seinem Herrn und Meister auf. Er stand dort wie eine aus dem Felsen gehauene Statue und war ungewöhnlich wachsam. Seine Arme waren vor der Brust verschränkt, die Hände unter der Kleidung verschwunden. Ich konnte mir vorstellen, dass er die Griffe irgendwelcher Waffen umklammerte, um blitzschnell ziehen zu können.

Yago atmete heftig. Seine Augen tränten. Der Verlust des zweiten Vogels musste ihn hart getroffen haben.

Er sprach uns an. Die sehr langsam ausgestoßenen Worte durchbrachen die Stille. »Es ist nur einer zurückgekommen«, erklärte er. »Nur ein Vogel, dabei habe ich zwei losgeschickt. Man muss den anderen erwischt und getötet haben.«

»Sind Sie sicher?«, fragte Kommissar Muroto.

»Ja!«, geiferte der Zwerg. »Ich bin mir sicher. Die beiden waren immer zusammen. Nie hätte der eine den anderen im Stich gelassen. Aber heute ist es passiert. Man hat den anderen getötet. Ich spüre und fühle es. Jemand will mich vernichten!«

»Möglicherweise war es doch ein Unglück«, sagte ich. »Denken Sie daran, welche Gefahren auf einer so langen Strecke lauern. Ich will Ihren Vögeln nicht zu nahe treten, aber es sterben täglich viele.«

»Halten Sie den Mund!« Er war außer sich. »Dass der Vogel sein Leben verloren hat, geschah nicht grundlos. Und der Grund sind allein Sie. Haben Sie verstanden? Nur Sie sind der Grund dafür. Und das werden Sie bereuen, ich schwöre es Ihnen.«

Der Mann konnte uns doch nicht für Dinge verantwortlich machen, die wir nicht beeinflusst hatten. Aber er lieferte uns noch eine Erklärung mit.

»Wären Sie nicht erschienen, hätte ich die Vögel nicht loszuschicken brauchen. So aber tragen Sie die Schuld am Tod meines gefiederten Freundes.«

»Es kann aber auch ein Beweis dafür sein, dass der Falke sein Ziel gefunden hat.«

»Was interessiert mich das jetzt, wo mein Herz voller Trauer steckt? Sie sind widerlich, so etwas zu sagen. Ich werde mir sehr genau eine Bestrafung für Sie ausdenken.«

Kommissar Muroto hob die Hand. »Mr Yago«, sagte er leise. »Ich verstehe Ihren Schmerz, wir alle verstehen ihn, aber glauben Sie mir, wir haben damit nichts zu tun. Die Vögel waren selbstständig. Sie haben Ihren Befehlen gehorcht. Es tut mir unendlich Leid.«

»Lügen Sie nicht, Kommissar!« Er redete noch weiter, ich aber achtete ebensowenig auf seine Worte wie Suko, denn wir beide hatten den Luftzug gespürt. Da hatte jemand die Tür geöffnet.

Ohne uns abgesprochen zu haben, wussten wir genau, was zu tun war. Nach rechts und links sprangen wir weg, wirbelten herum, wollten eingreifen und sahen die sechs Männer, die mit Kendo-Stöcken bewaffnet den großen Raum betreten hatten.

Sie standen da wie eine Mauer. Die Stöcke hielten sie hart umklammert, die Arme abgewinkelt und die unteren Hälften jeweils ausgestreckt. In ihren Gesichtern regte sich nichts.

Wahrscheinlich war dies alles schon vorher abgesprochen worden. Aber so ohne waren wir auch nicht, schließlich trugen Suko und ich noch unsere Waffen.

»John!« Kommissar Murotos Stimme klang gepresst. »Was immer Sie auch vorhaben, tun Sie es nicht. Das Gleiche gilt auch für Suko.«

Wir verstanden und drehten uns langsam um.

Jetzt wusste ich, weshalb sich Shrivers hinter seinen Boss gestellt hatte. Von dort konnte er alles beobachten, und er hatte seine Hände unter der Kleidung hervorgezogen.

Während sich die anderen auf ihre Kendo-Stöcke verließen, zielte er mit zwei schweren Revolvern auf uns. Auch nach jahrelanger Polizei-Tätigkeit habe ich mich noch immer nicht daran gewöhnen können, in die verdammten Mündungen zu schauen. Bei mir bleibt da stets ein unangenehmes Gefühl zurück.

In diesem Fall war es besonders unangenehm, denn ich wusste hinter mir weitere sechs Männer.

Der Zwerg zog seine Arme an. Er war mir noch nie sympathisch gewesen, jetzt aber kam er mir vor wie ein hasserfüllter Gnom, der nur unsere Bestrafung im Sinn hatte.

Er öffnete seinen Mund, der viel zu breit geraten war, aber irgendwie zu dem Schädel passte. Die untere Handfläche nahm er weg, hob den Arm im Halbkreis und gab seine flüsternden, aber unmissverständlichen Befehle. »Schlagt sie, meine Freunde. Schlagt sie zusammen. Beweist mir jetzt, was ihr alles gelernt habt«

Yakup hatte den Wurfstern nicht geworfen!

Diese Erkenntnis schoss wie ein heißer Strahl durch seinen Körper bis in den Kopf hinein und brannte sich dort regelrecht fest. Für diese Tat gab es nur eine Erklärung.

Die grausamen Drei!

Obwohl Yakup sie bisher nicht zu Gesicht bekommen hatte, war er von ihrer Existenz überzeugt. Sie konnten nicht sehen, aber sie beherrschten ihre Waffen meisterhaft, wie dieser Treffer gezeigt hatte.

Der Vogel war tot. Yakup schaute sich den Wurfstern an.

Er sah an seinen Rändern aus wie gebogene und erstarrte Flammenzungen, und er war tief in den Körper eingedrungen.

Sehr vorsichtig zog sich Yakup wieder zurück. Es stand für ihn fest, dass er nicht kampflos an die Krone der Ninja herankommen würde. Aber die grausamen Drei zeigten sich nicht.

Obwohl sie nicht sehen konnten, verzeichneten sie in der Düsternis einen Vorteil. Yakup wurde von ihnen gerochen.

Sie riechen Menschenfleisch, hatte man ihm gesagt. Und sie würden ihn zerreißen, wenn er ihnen in die Hände fiel.

Aber auch sie gaben diesen widerlichen Geruch ab. Wenn sich die Drei in seiner Nähe bewegten, würde ihn der widerliche Geruch von Moder streifen und warnen.

Yakup verließ die unmittelbare Umgebung des toten Vogels und zog sich wieder zwischen die höheren Felsen zurück, wo er eine bessere Deckung fand.

Seinem Gefühl nach war er tiefer in die Schlucht eingedrungen. Er schaute auch wieder in die Höhe und glaubte, an den beiden Rändern der Schlucht eine Bewegung zu sehen.

Yakup wischte über sein Gesicht. Er hatte sich nicht getäuscht, denn auf den Kanten zeichneten sich jeweils zwei Gestalten ab. Rechts eine düstere, dunkle, die dem Türken verdammt bekannt vorkam.

Es war Shimada.

Unendlich klein wirkte er, und gegenüber, auf der anderen Seite der Schlucht, stand sein Feind.

Der Teufel!

Ein Wahnsinn! Die beiden Gegner starrten sich an, und jeder von ihnen wartete darauf, dass Yakup es schaffte, an die Krone der Ninja heranzukommen.

Wenn es ihm tatsächlich gelang, würden sich beide auf ihn stürzen und versuchen, ihm die Krone abzunehmen.

So und nicht anders stellte sich der Türke die Zukunft vor. Nur durfte er die grausamen Drei nicht vergessen. Er hatte wieder seinen Bogen von der Schulter genommen, einen Pfeil aufgelegt, die Sehne aber noch nicht gespannt.

Plötzlich hörte er das Geräusch!

Er kannte es. Ein sausendes Pfeifen, unheimlich schnell, als hätte jemand in eine Röhre geblasen. Innerhalb der nächsten halben Sekunde lag Yakup am Boden, und der Gegenstand wischte, weil er angeschnitten geworfen war, dicht über seinen Körper hinweg.

Mit einem hellen Klirren landete der Wurfstern hinter ihm am Felsen. Dem Türken rann eine Gänsehaut über den Rücken. Wenn ihn der Gegenstand erwischt hätte, wären Hopfen und Malz verloren gewesen. So leise wie möglich bewegte er sich weiter und hatte das Glück, eine kleine Mulde zu erreichen, in der er hockend verharrte.

Yakup hielt den Atem an. Er wollte sich auf die umliegenden Geräusche konzentrieren.

Den Bogen hatte er etwas vorgeschoben, sodass der Pfeil über den Rand der Mulde wies.

Mochten die grausamen Drei ihn auch überall riechen können, einen Nachteil hatten sie trotzdem. Sie konnten sich bestimmt nicht lautlos bewegen. Darauf baute Yakup. Wenn sie in seine Nähe gerieten, musste er sie einfach hören.

Noch tat sich nichts.

Die gespannte Ruhe lag innerhalb des engen Kessels. Da Yakup auch nicht laut atmete, hörte er das Klopfen seines eigenen Herzschlags umso stärker.

Dann vernahm er den Schritt.

Gleichzeitig auch das Schaben. Beides war nicht weit von ihm aufgeklungen. An der rechten Seite gewissermaßen. Der Türke setzte alles auf eine Karte.

Mit einem kräftigen Sprung verließ er seine Deckung, schnellte in die Höhe, drehte sich nach rechts und spannte gleichzeitig die Bogensehne.

Was sich vor ihm bewegte und größer war als die auf dem Grund liegenden Felsen, musste einfach zu den grausamen Drei gehören. Es war einer von ihnen, der nichts sehen, dafür aber riechen konnte und einen Arm bereits zurückgedrückt hatte, um den Wurfstern zu schleudern.

Yakup ließ los. Er lauschte dem Geräusch der zurückschnellenden Sehne, sah den Pfeil fliegen und auch den Treffer.

Mit diesem Schuss hatte Yakup seine Klasse als Bogenschütze bewiesen. Der Pfeil war genau in den Schädel der Gestalt gejagt.

Yakup sah, wie der Zombie-Samurai umkippte und zwischen das Geröll fiel, wo er sich noch einmal überschlug und dann liegen blieb.

Über das Gesicht des Türken glitt ein Lächeln. Einen hatte er erwischt, zwei andere blieben, und er durfte keinesfalls dort stehen bleiben, wo er stand.

Mit möglichst weiten Sprüngen huschte er tiefer in die Düsternis der Schlucht. Dabei vergaß er nicht, einen Blick in den Himmel zu werfen.

Noch immer hielten sich die beiden Gestalten an den Rändern der Schlucht auf. Der Teufel war jetzt deutlicher zu sehen, weil er von einer Feuerspur umgeben wurde.

Diese beiden konnten abwarten, bis Yakup es geschafft hatte. Leider hatte er die Krone nicht zu Gesicht bekommen. Dafür aber sah er die Höhle. Zuerst hatte er die Öffnung in der Felswand für eine Täuschung gehalten, bis ihm der kalte Hauch entgegenwehte.

Er schien aus den Tiefen des Berges zu kommen, geboren im ewigen Fels, und er brachte den Atem der Vergangenheit mit.

Yakup beging nicht den Fehler, sofort in die Höhle hineinzuhuschen. Er presste sich dicht neben dem Eingang gegen die Wand und wartete zunächst einmal ab.

In der Schlucht war nichts zu hören, nicht mal der Wind.

Dass er etwas tun musste, war Yakup klar. Er hatte sich nur nicht auf den Zeitpunkt festlegen können, aber der wurde ihm abgenommen, denn aus der Höhle hörte er die Stimmen.

Es begann mit einem schrillen Lachen. Es klang, als hätte der Geist eines Toten geschrien.

War es vielleicht Triumph, den die beiden noch existierenden Gestalten empfanden?

Eine genaue Aussage traute sich Yakup nicht zu. Er hatte längst den zweiten Pfeil aufgelegt, stand an den Fels gepresst und schaute in den offenen Eingang.

Dort tat sich nichts.

Aber der andere lachte weiter, und Yakup hörte ihn auch sprechen. Die Worte konnte er nicht verstehen, er richtete sich allein nach dem Klang, und der war nicht eben freundlich.

Die beiden Samurai hassten ihn.

Wenn sie nicht aus ihrem Versteck herauskamen, musste der Türke in die Höhle hinein.

Yakup wusste selbst, wie hoch das Risiko war. Bei einem plötzlichen Angriff spielte er mit seinem Leben. Vielleicht standen sie da, bereit, ihre mörderischen Sterne jeden Augenblick einzusetzen.

Yakup zählte ab. Er gab sich und den anderen noch eine Chance. Bis zehn wollte er zählen.

Nichts geschah.

Da entschloss sich der Türke, alles auf eine Karte zu setzen und sich dem Feind zu stellen. Er dachte nicht mehr an das Handicap des verlorenen Fingers, so etwas interessierte ihn nicht mehr. Er würde sich daran gewöhnen und auch damit leben müssen.

Noch einen letzten Blick riskierte er zum oberen Rand der Schlucht. Dort hatte sich einiges verändert. Zuerst wollte Yakup es kaum glauben, aber da standen sich tatsächlich Shimada und Asmodis über der Schlucht wie zwei Seiltänzer gegenüber, um in einen Kampf einzutreten. Sie schwebten nicht in der Luft. Von einem zum anderen Ende der Schlucht war ein Seil gespannt, auf dem die beiden standen. Shimada an der rechten, der Teufel an der linken Seite.

Und Shimada hatte sein Samurai-Schwert gezückt, während aus den Fäusten des Teufels Flammendolche hervorstachen, die ein flackerndes Licht über das Seil warfen.

Es war eine faszinierende Szene, und Yakup hätte gern länger zugeschaut und diesen Kampf wie einen Action-Film vor sich ablaufen lassen. Das war nicht möglich. Er musste sich um seine Gegner kümmern, um die Ninja-Krone an sich zu bringen.

Aus der Höhle hörte er nichts mehr. Wahrscheinlich hatten die zurückgebliebenen Wächter ihre Kampfpositionen eingenommen. Yakup hätte einiges dafür gegeben, eine Fackel zu besitzen. Leider konnte er sich keine aus den Rippen schneiden.

Im Dunkeln musste er fighten!

Noch einmal holte er tief Luft. Er blähte seine Lungen förmlich auf, duckte sich zusammen, stieß sich ab und huschte vor. Als grauer Schatten tauchte er für die Dauer eines Wimpernschlages im Eingang auf, malte sich dort auch ab, und bevor der erste Wurfstern auf ihn zugeschleudert werden konnte, warf er sich mit einem Hechtsprung in die Finsternis der Höhle hinein.

Er streckte dabei seinen Körper, hielt den gespannten Bogen trotz widriger Umstände hoch und rollte sich artistisch über die rechte Schulter ab.

Die Bewegung war noch nicht ausgelaufen, als er die schrillen, triumphierenden Schreie vernahm und die beiden Schatten durch die Höhle huschen sah.

Wenig später kam es zum Kampf!

Die sechs Diener setzten sich in Bewegung.

Wie gut einstudierte Schauspieler dem Regisseur gehorchten, so folgten sie dem Befehl des Gnoms. Yago hatte sie alle unter der Kontrolle. Er genoss seine Macht, wahrscheinlich stärker als andere Menschen, da er von der Körpergröße her nicht viel zu bieten hatte.

Die Männer schritten lautlos. Wir hörten nichts. Da die Tür wieder geschlossen worden war, streifte uns auch kein Windhauch.

Was sollten wir tun?

Nach vorn springen ging nicht. Dort lauerte Shrivers, der nur darauf wartete, abzudrücken und uns auch mit zischender Stimme erklärte, wie gering unsere Chancen doch waren.

Yagos Gesicht hatte in den letzten Sekunden einen zufriedenen Ausdruck angenommen. Auf seinem Mund lag ein sattes, breites Lächeln, die Augen funkelten, und er hatte seine langen Hände zu kantigen Fäusten geballt, als wollte er sich selbst für seine Aktionen die Daumen drücken.

»Schaffen wir die sechs?«, hörte ich Sukos Frage.

»Nie!« Kommissar Muroto hatte geantwortet. »Die sind perfekt. Glaubt mir das. Wir können nur hoffen, dass sie es gnädig machen. Ich kenne Kendo-Kämpfer.«

»Wir sind auch nicht ohne«, sagte ich.

»Vielleicht nehmen wir Geiseln!«, hauchte Suko. »Ich versuche jedenfalls, in die Nähe des Gnoms zu gelangen.«

Das war unser Startzeichen. Suko und ich hatten uns mit einem kurzen Wimpernschlag verständigt. Dann wirbelten wir herum.

Und es war um keinen Augenblick zu früh geschehen, denn die sechs griffen an!

Sie stellten es verdammt geschickt an, waren nicht mehr in einer Reihe geblieben, sondern hatten zwei Gruppen gebildet und sich dementsprechend verteilt.

Wäre Shriver nicht gewesen, hätte ich sie mit der Beretta in Schach halten können, so musste ich mich ihnen stellen und mit bloßen Fäusten gegen sie angehen.

Was mich erwartete, sah ich schon sehr bald. Die Gegner bewegten ihre Stöcke so schnell, dass ich mit den Augen kaum folgen konnte. Wahrscheinlich tat ich etwas völlig Überraschendes für sie, denn ich warf mich ihnen entgegen.

Zwar bin ich nicht übermäßig schwer, aber auch kein Leichtgewicht, und das bekamen die Kerle zu spüren, als ich sie mit meiner rechten Schulter rammte.

Gleichzeitig musste ich die ersten Hiebe einstecken. Kurz angesetzte, harte Schläge, die mich am Kopf getroffen hätten, wenn ich ihn nicht mit den hochgerissenen Armen geschützt hätte.

So prasselten die Schläge gegen meine Arme, und der Tritt mit dem linken Bein erwischte einen der Kerle. Ein zweiter drosch mir dafür seinen Stock in den Magen.

Ich hatte das Gefühl, ersticken zu müssen, würgte, ließ die Hände sinken und wollte sie auf die getroffene Stelle pressen. Das wäre für einen Hieb gegen den Kopf natürlich ideal gewesen. Dazu kam es nicht, denn der Kommissar griff ein.

Bevor mich der Knüppel erwischen konnte, riss Muroto den anderen zu Boden. Der Diener des Gnoms war so überrascht, dass es dem Kommissar sogar gelang, ihm die Waffe zu entreißen. Diesmal hämmerte er zu, traf die Stirn des Kerls und schickte ihn ins Reich der Träume.

»Danke!«, keuchte ich und taumelte weiter, bevor ich mich wieder umdrehte.

Für die Dauer weniger Sekunden hatte ich die Chance, Suko zu beobachten. Mein Freund und Partner war in seinem Element. Er setzte seine Karatekenntnisse gegen die Kendo-Kämpfer ein. Sukos Fäuste und Füße wirbelten. Die Bewegungen waren kaum zu verfolgen. Ich hörte die Treffer, wenn es dumpf klatschte, sah die Gestalten fallen, aber wieder aufstehen, und dann erwischte Suko einen Stock. Mit einem Ruck hatte er ihn seinem Gegner aus der Faust gerissen und schlug ihn dem nächsten Angreifer gegen den Kopf. Der Mann jaulte auf, sprang wie eine erschreckte Heuschrecke zur Seite und fiel zu Boden.

Ich kümmerte mich um meine Gegner.

Einer nur erschien vor mir. Er täuschte die Schläge an. Der dunkle Stock wurde dabei zu einem wirbelnden Etwas, das einen wilden Tanz vor meinem Gesicht aufführte und sich plötzlich aus der zuckenden seitlichen Bewegung löste und gegen mein Gesicht gezielt wurde.

Mit einer blitzschnellen Bewegung nahm ich den Kopf zur Seite und trat gleichzeitig zu.

Der Kerl vor mir sackte zusammen. Ich hatte das Gefühl, als würde sein Gesicht auseinander fallen, so verwelkt sah es plötzlich aus. Die Kraft hatte ihn verlassen. Der Arm mit dem Kendostock sank mir entgegen, und ich sah meine Chance.

Sofort rannte ich vor. Er wusste überhaupt nicht, wie ihm geschah, da hatte ich ihn bereits an den Hüften gepackt, hochgewuchtet, rannte noch ein paar Schritte und schleuderte ihn auf den Zwerg zu und damit auch auf dessen Leibwächter.

Shrivers zuckte noch zur Seite. Er schrie eine Warnung, aber Yago war eben nicht so schnell wie ein echter Falke. Der andere prallte gegen ihn, riss den Zwerg zu Boden, der plötzlich anfing zu keifen und nach Shrivers schrie.

Gegen den ging ich an.

Er konzentrierte sich auf mich. Ich sah in seinen Augen das wilde Funkeln und wusste plötzlich, dass dieser Mann abdrücken würde.

Dies hatte auch Suko gesehen und sofort gehandelt.

Dass sich ein Kendo-Stock auch als Wurfgeschoss eignet, bewies er in den nächsten Augenblicken. Von der Seite her wirbelte der Schatten auf Shrivers zu, lenkte ihn von mir ab, und diese winzige Zeitspanne reichte aus, um mein Leben zu retten.

Der Kendo-Stock prallte gegen den Schädel des Holländers. Es gab einen Laut, der sich anhörte, als hätte jemand auf eine Kokosnuss geschlagen. Shrivers konnte sich nicht mehr richtig halten. Er ging mit tapsig wirkenden Schritten zurück, und seine Augen hatten bereits einen glasigen Ausdruck angenommen, während die Arme mit den beiden Waffen allmählich nach unten sanken.

Ich lief auf ihn zu. Dieser Kerl konnte mir nicht mehr gefährlich werden.

Dafür aber andere Wesen.

Wahrscheinlich konnte der Zwerg die Tür durch einen Kontakt öffnen, jedenfalls erwischte mich wieder der kühle Luftzug, um den ich mich nicht kümmerte.

Es war ein Fehler.

Sukos knapper Warnschrei kam auch zu spät, denn Yagos Geschöpf hatte mich bereits erwischt.

Zuerst spürte ich den Schlag im Nacken, sofort danach den Griff der Krallen, dann den schmerzhaften Biss.

Da wusste ich Bescheid.

Yago setzte seine dressierten Falken gegen uns ein!

Yakup schoss den zweiten Pfeil ab.

Er musste es tun, denn er hatte den Schatten gesehen, der dicht neben ihm auftauchte.

Diesmal war der Samurai schneller. Er konnte sich zur Seite werfen, fiel nicht hin und war sofort wieder auf den Füßen.

Yakup ebenfalls.

Da sah er das Schwert. Der Untote hatte es mit einer blitzschnellen Bewegung gezogen, schwang es einmal über seinen Kopf, und der Türke hörte das gefährliche Pfeifen, als die Klinge die Luft zerschnitt.

Zeit, einen dritten Pfeil auf die Sehne zu legen, hatte er nicht mehr. Auch der Wurfstern musste in dem Behälter bleiben. Jetzt verließ sich Yakup auf seine Hände.

Der Samurai sprang auf ihn zu und schlug gleichzeitig. Wie ein dunkles Ungeheuer löste er sich aus dem schwarzen Schatten der Höhle.

Viele wären vor Angst erstarrt, nicht so Yakup Yalcinkaya. Bevor die Klinge ihn erwischen konnte, war er schon zur Seite gesprungen und hatte sich dabei gedreht.

Das Schwert raste an ihm vorbei. Es schlug auf den Höhlenboden, traf dort einen Stein und zog eine Funkenspur zur rechten Seite.

Auch dem nächsten Schlag entging Yakup. Dann musste er zurück, denn der untote Wächter der Krone ließ ihm nicht die Spur einer Chance, auch nur an eine seiner Waffen zu gelangen. Er war einfach zu schnell. Wie ein Kastenteufel hüpfte er vor Yakup in die Höhe und schlug dabei seine Klinge.

Von rechts und links kamen die Schläge. Yakup hörte das Pfeifen und Fauchen, er spürte sogar den Windzug, und noch immer war es ihm nicht gelungen, auch nur einen Blick in das Gesicht des untoten Wächters zu werfen.

Es war einfach zu dunkel in der Höhle. Nur das Blitzen der Klinge bekam Yakup mit, wenn sie aus der Finsternis hervorstieß, wieder zurückgezogen wurde, erneut vorzuckte und ihn zerhämmern wollte.

Nicht nur von einer Seite war die Gefahr vorhanden. Dass sich noch ein zweiter Untoter in der Nähe befand, merkte Yakup rasch und verdammt schmerzhaft.

Auf eine Sache hatte er sich nur konzentrieren können, deshalb sah er den Wurfstern nicht.

Und der war zielgenau geschleudert worden. Vielleicht hätte er Yakup töten sollen, doch der Türke befand sich in einem zu schnellen Bewegungsablauf, als dass er der Gefahr noch hätte ausweichen können.

Deshalb erwischte ihn der Wurfstern.

Er hackte gegen seinen Nacken, rasierte durch den angeschnittenen Wurf den Hinterkopf hoch, und Yakup hatte das Gefühl, als würde sein Schädel in tausend Flammen stehen.

Warm rann das Blut aus seiner Wunde, lief in den Nacken, er verlor die Übersicht und sackte in die Knie.

Vor ihm stand der untote Samurai.

Was bisher keiner geschafft hatte, würde ihm möglich sein. Yakup Yalcinkayas Leben mit einem Stoß für immer auszulöschen.

Trotzdem wollte Yakup nach seinen Wurfsternen tasten, aber er war einfach zu langsam.

Er hörte noch einen grausamen Schrei und dann …

Shrivers war plötzlich uninteressant für mich geworden. Ebenso wie ich hatte er genug mit sich selbst zu tun. Der Holländer befand sich auf der Schwelle zwischen der Bewusstlosigkeit und dem normalen Wachsein. In seinen Knien musste sich Blei befinden, denn er hatte Mühe, überhaupt einen Fuß zu heben.

Ich musste mich um den verdammten Falken kümmern, denn er hatte seinen gekrümmten Schnabel in meinen Nacken geschlagen und dort eine Wunde gerissen.

Ich spürte eine gewisse Angst, als ich die Arme hochriss und sie nach hinten über meine Schulter drückte, weil ich den Vogel einfach wegreißen musste.

Mit zehn Fingern umklammerte ich ihn, grub meine Hände tief in sein Gefieder, fühlte die Flügel und den zweiten Biss des Tieres, bevor es mir endgültig gelang, ihn von meiner Schulter wegzureißen.

Voller Wut schleuderte ich ihn in den Raum hinein.

Er war nicht vernichtet, sondern flog sofort einen Bogen. In seinem Schnabel hing noch ein Stück von meiner Haut.

Dann peitschten Schüsse.

Suko hatte auf die Vögel gefeuert. Einen erwischte er. Das Tier befand sich dicht über dem Schädel des Zwergs, wurde von dem Geschoss regelrecht durchschlagen und zur Seite gewuchtet.

Yago begann zu schreien.

Keiner von uns kümmerte sich um ihn, denn auch ich hatte meine Beretta gezogen. Mit einigen Schritten rückwärts erreichte ich eine der dünnen Wände und hatte dort so etwas wie Rückendeckung.

Die Diener des Falken waren nicht alle erledigt. Sie hatten einiges abbekommen, aber sie standen wieder auf und wollten sich erneut formieren. Ich zählte fünf Falken, die durch den Raum huschten und so schnell waren, dass unsere Kugeln sie kaum erwischen konnten.

Auch der Kommissar wurde angegriffen. Er hatte die Arme hochgerissen und schlug nach dem Tier, das vor ihm flatterte und mit seinem Schnabel in die Arme hackte, wo es den Stoff bereits aufgerissen hatte.

Ich dachte daran, was Suko und ich abgesprochen hatten. Er konnte sich um den Plan nicht kümmern, da er sich mit einem der Kendo-Leute herumschlagen musste.

Ich aber hatte freie Bahn.

Bevor mich ein weiterer Vogel attackieren konnte, verließ ich meinen Platz, huschte an Shrivers vorbei und lief auf Yago zu.

Der sah mich kommen.

Er schrie, rief wohl nach seinen Vögeln, aber diesmal war ich schneller. Bevor sich die Falken auf mich stürzen konnten, hatte ich den Gnom erreicht, bekam ihn am Kragen zu packen und zerrte ihn wuchtig in die Höhe. Er hing in meinem Griff und spürte die Mündung der Waffe in seinem Nacken.

»Pfeif sie zurück!«, fuhr ich ihn an. »Pfeif die Vögel und auch deine Typen zurück!«

Meine Worte unterstrich ich durch einen verstärkten Druck der Pistolenmündung.

Noch wollte er nicht, fing an zu zetern, und ich musste lauter schreien. »Verdammt, ich drücke ab!«

Da gab er endlich den Befehl. Er pfiff durch die Finger, und die Falken wussten Bescheid.

Übergangslos verloren sie jedes Interesse an uns, machten kehrt und jagten dem Ausgang entgegen. Wie Pfeile schwirrten sie durch die Luft und verschwanden.

Allmählich löste sich die Spannung. Auch die Kendo-Männer mussten den Raum verlassen.

Als Sieger hatten sie sich gefühlt, als ziemlich geschlagene Truppe verließen sie die Szene.

Ich atmete auf. Jetzt, als die Spannung von mir wich, spürte ich den Schmerz.

Er hatte sich in meinem Nacken festgesetzt, und das Blut lief noch immer aus der Wunde.

Kommissar Muroto war ebenfalls von Schnabelhieben erwischt worden. Nur nicht so hart wie ich. Ihn hatte die Kleidung geschützt. Am besten erging es noch Suko. Das wusste er auch und übernahm meinen Platz. »Binde du dir deine Wunde ab, John!«

Der japanische Kommissar kümmerte sich um den Holländer. Blitzschnell hatte er ihn entwaffnet und ließ die beiden schweren Schießeisen unter seiner Kleidung verschwinden.

Ich hatte mir inzwischen ein Taschentuch zwischen Nacken und Kragen geklemmt. Irgendwann würde die Blutung stoppen, aber diese verdammten Vögel waren leider nicht besiegt. Ich fragte mich, weshalb dieser verfluchte Kerl so überempfindlich reagiert hatte.

Ich wusste auf diese Frage keine Antwort, aber ich stellte sie ihm.

Zuerst sagte er nichts. Er hing in Sukos Griff. Seine Arme pendelten nach unten. Er wirkte schlaff, als hätte er aufgegeben, doch ich wollte daran nicht glauben. Wir hatten eine kleine Hölle hinter uns, aber dem eigentlichen Ziel waren wir kaum näher gekommen.

Ich baute mich vor ihm auf. »Weshalb, Yago?«, fragte ich. »Weshalb haben Sie sich quergestellt?«

Er keuchte. Von seiner Unterlippe tropfte Speichel zu Boden. Ich hörte ihn stoßweise lachen. »Ihr habt getötet.«

»Nein, wir wehrten uns!«

»Der erste Falke ist dort geblieben. Da musste ich mich einfach rächen, verflucht. Habt ihr verstanden? Ich musste mich rächen. Ich konnte es nicht so hinnehmen.«

»Aber das ist Unsinn.«

»Für dich vielleicht. Nicht für mich. Mein Lebenswerk sind diese herrlichen Vögel. Ich liebe jeden einzelnen von ihnen, als wäre er mein eigenes Kind.«

»Das ist doch pervers.«

»Nein, ich habe mich mit den Tieren beschäftigt. Ich konnte sie zähmen. Sie gehorchen mir. Ich trete gedanklich mit ihnen in Verbindung, ich kann sie verstehen.«

»Das ist unmöglich«, sagte Muroto.

»Nicht bei mir. Nicht bei mir!«

»Und wie schaffen Sie das?«, fragte ich.

»Es gibt Geheimnisse, die ich für mich behalte.«

»Schwarze Magie?«

»Nein, diesmal nicht. Ich kenne viele Dinge, aber die schwarze Magie ist es nicht.«

So kamen wir nicht weiter. Auch Suko war der Ansicht.

Er hob die Schultern, sah mein Nicken und ließ den Zwerg los.

Yago fiel zu Boden. Mit den Kniescheiben und den flachen Händen schlug er auf, blieb so hocken und schüttelte den Kopf. Es sah so aus, als würde er jeden Moment umfallen.

Suko ging zu dem Holländer und zog ihn hoch. Shrivers stand auf ziemlich wackligen Knien. Suko musste ihn festhalten, sonst wäre er wieder zusammengebrochen.

Ich hielt Yago hoch. Er war ziemlich schwer. Dann schleuderte ich ihn auf das Sitzkissen. »Ich glaube, Meister, wir müssen uns mal richtig unterhalten.«

»Was wollen Sie?«

»In das Tal der Schatten.«

Seine runden Augen funkelten. »Ich helfe euch nicht mehr«, schrie er. »Das ist vorbei!«

»Und weshalb nicht? Wollten Sie nicht die Krone der Ninja auch besitzen?«

Er lachte spärlich. »Ich besitze so viel, da kommt es mir auf die Krone nicht mehr an. Und ihr werdet sie auch nicht bekommen, das schwöre ich euch. Ihr habt den Krieg gewonnen. Ihr seid trotz allem meine Gefangenen, das schwöre ich.«

»Mit den Vögeln werden wir fertig«, sagte der Kommissar.

»Die Vögel?« Plötzlich amüsierte sich der Falke. »Ja, vielleicht, aber es sind nicht die Vögel.«

»Wer dann?«, fragte ich.

Das Lächeln des Mannes wurde zu einem breiten Grinsen. Er genoss es, mehr zu wissen als wir.

»Reden Sie!«

Er sprach, leider nicht in unserem Sinne. »Gehen Sie weg!«, sagte er. »Verlasst mein Haus.«

»Einfach so?«, wunderte ich mich.

»Ja.«

»Vorhin sprachen Sie anders.«

Yago überlegte. Innerlich war er nervös, das zeigte sich auch daran, wie er mit den Augen rollte und die Hände bewegte. Er hatte sich schlecht unter Kontrolle. »Ich gebe euch eine letzte Chance, von hier zu verschwinden, obwohl ihr es nicht verdient habt. Ihr könnt einfach nicht länger bleiben, das müsst ihr mir glauben. Hier ist vieles anders, als es den Anschein hat.«

»Wir wollen die Krone!«

»Geht und sucht das Tal der Schatten.«

»Erklären Sie uns den Weg!«, forderte Suko.

»Nein, ich darf es nicht!«

Das waren völlig neue Töne. War er vielleicht nicht der Boss in diesem Laden?

»Weshalb können Sie das nicht?«

Der Zwerg schaute uns an. Der Reihe nach. Mir kam sein Blick vor, als wollte er Abschied nehmen. Ein paarmal hob er die Schultern. Wir rechneten mit einer Erklärung, aber er sagte nichts mehr, stand auf und ging davon.

Keiner von uns traf Anstalten, ihn aufzuhalten. Wir waren einfach zu überrascht von den Dingen. Er ging auf eine der Wände zu, berührte eine bestimmte Stelle, sodass sich ein Ausschnitt der Wand zur Seite schieben konnte.

Dann war Yago verschwunden.

Wir hatten ihn nicht aufgehalten, standen wie die Ölgötzen da und schüttelten die Köpfe.

»Verstehen Sie das?«, fragte ich den Kommissar.

»Nein, auch nicht.«

»Er will mit uns nichts mehr zu tun haben«, meinte Suko. »Aber was kann er mit seinen seltsamen Erklärungen gemeint haben? Er hat uns warnen wollen, wir sind nicht gegangen. Jetzt muss man das Gefühl haben, in einer Falle zu stecken. Irgendetwas stimmt hier nicht. Da bin ich mir sicher.«

Kommissar Muroto hatte eine Idee. »Wir werden ihn fragen«, sagte er und deutete auf Shrivers, der seinen Boss hatte allein gehen lassen. Der Holländer kniete auf dem Boden. Mit einer Hand stützte er sich nur ab, die andere hatte er gegen die getroffene Stelle an seinem Kopf gepresst. Der Mund stand offen, und er atmete heftig.

Muroto ging zu ihm. »Können Sie aufstehen?«
Mühsam hob der Holländer den Kopf. »Weshalb?«
»Wir wollen mit Ihnen reden.«
»Ich habe nichts zu sagen, verdammt. Ich will auch nichts sagen. Ich hasse Sie. Gehen Sie endlich!«
Der Kommissar war es leid. Er fasste Shrivers an der Schulter und zog ihn auf die Beine. Am Kragen hielt er ihn fest, als er den blonden Mann in unsere Richtung schob. »Da habt ihr ihn!«, sagte er. »Ein Häufchen Elend ist unser großer Meister.«
Shrivers konnte ohne Hilfe stehen bleiben. Aus seiner Stirn wuchs allmählich ein Horn. Es schimmerte grün und blau. »Sie haben die Worte gehört, Shrivers. Was hat Ihr großer Mentor und Gönner damit gemeint? Sagen Sie es uns?«
»Ihr habt keine Chance!«
»Er wollte uns gehen lassen.«
»Ja, Sinclair, er wollte. Ihr habt die Chance verpasst. Dieses Haus ist anders, ganz anders. Ihr könnt weglaufen, versucht es nur. Nie würdet ihr euren Wagen erreichen. Es gibt einen anderen, der es unter seiner Kontrolle hält. Die beiden haben sich ergänzt. Früher besonders, aber jetzt nicht mehr.«
»Sie sprechen von zweien«, sagte Suko. »Einen kennen wir schließlich. Und der Zweite? Ist das Yamiga?«
Shrivers' Blick wurde starr. Der Mann schien zu überlegen, ob er uns eine Antwort geben sollte oder nicht. Dann nickte er. »Ja, Sie haben Recht, der Zweite ist Yamiga.«
»Und wo lebt der Knabe?«, fragte Suko.
Shrivers grinste. Er freute sich wohl auf die Antwort und zeigte auf den Boden. »Hier unten«, sagte er. »Nur hier unten.«

Zuerst hatte ich lächeln wollen, das jedoch misslang. Ich sah keinen Grund, weshalb der Holländer hätte lügen sollen. Dabei überlegte ich, was ich überhaupt von diesem Yamiga wusste.

Er war ein Wissenschaftler, ein Mensch, der sich mit der Elektronik beschäftigte. Vielleicht ein Genie, das sich aus bestimmten Gründen hatte versteckt halten müssen.

Eine phantastische Geschichte, aber weshalb sollte sie nicht den Tatsachen entsprechen?

Wir hatten schon vieles erlebt, von dem man sagen konnte, dass es nicht in den normalen Rahmen hineinpasste.

Kommissar Muroto stellte die erste Frage. »Sie meinen unter dem Haus oder im Keller?«

Shrivers wischte über seine Stirn. »Unter dem Haus ist gut. Wir können es mit einem Eisberg vergleichen. Was aus der Oberfläche hervorschaut, ist nur ein kleiner Teil. Am wichtigsten ist die Steuerzentrale, sie befindet sich unter der Erde. Ein perfektes Labor mit allem, was dazugehört.«

»Aber dazu benötigt man Leute, die mithelfen«, sagte Suko.

»Nein, nicht mehr.«

»Wieso?«, fragte ich.

»Weil Yamiga ein Genie ist. Er ist der Techniker, Yago der sensible, der sich mit der Umwelt beschäftigt und versucht, hinter die Geheimnisse der Welt zu schauen. Aber Yamiga hat es geschafft, sich die Helfer, die er benötigt, selbst herzustellen.«

Wir verstanden, und der Kommissar sprach es aus. »Sie meinen Roboter, Mr Shrivers.«

»Ja.« Schnell redete er weiter. »Doch nicht allein Roboter sind es. Ich möchte diesen Geschöpfen noch einen Beinamen geben. Ich würde sie als Mordroboter bezeichnen. Sie gehorchen Yamiga aufs Wort. Ich war einmal unten und habe eine Demonstration erlebt. Furchtbar und unglaublich, kann ich Ihnen sagen.«

»Was soll er mit diesen Wesen?«

»Keine Ahnung. Jedenfalls hat Yago für eine gute Tarnung gesorgt. Die Kendo-Schule ist die perfekte Ablenkung. Und der Falke hat auch Recht gehabt. Sie können versuchen, das Gelände zu verlassen, Sie werden es nicht schaffen, denn Yamiga hat seine elektronischen Fallen aufgebaut, in die sie hineintappen werden. Er kontrolliert das Leben hier. Er ist überall, er sieht alles.«

»Wieso?« Ich breitete meine Arme aus. »Kameras habe ich nicht entdecken können. Auch keine Fotoaugen.«

»Das ist überholt!«, erklärte Shrivers lachend. »Mit so etwas gibt er sich nicht ab. Yamiga hat eine andere Methode entwickelt. Er nutzt die Falken aus.«

»Wie?«, flüsterte Muroto.

»Ja, er hat sie in seinem Sinne programmiert. In einem Auge eines jeden Falken befindet sich ein winziges Kamera-Objektiv. Für uns nicht zu erkennen, aber für ihn. Durch die Augen der Vögel kann er alles entdecken. Etwas Besseres gibt es nicht für ihn. Wenn Sie jetzt versuchen zu verschwinden, hat er Sie stets unter Kontrolle. Auch deshalb, weil Ihnen sein Bruder keinen Schutz mehr gewähren kann. Yago hat Sie verlassen. Er ist zu ihm gegangen.«

»Es gibt drei Möglichkeiten«, sagte Suko. »Zum Ersten können wir uns das Tal der Schatten wohl abschminken. Zum Zweiten könnten wir versuchen, dieses unter der Erde liegende Labor ein bisschen aufzuräumen, und zum Dritten bleibt uns die geringe Chance, überhaupt von hier zu verschwinden und noch mal von vorn anzufangen.«

Dagegen war ich.

»Haben Sie Gründe?«, fragte Muroto.

»Ja, denn mir ist vorhin etwas eingefallen. Shrivers sprach davon, dass in jedem Auge praktisch eine Mini-Kamera eingebaut worden ist. Die Falken sehen alles, vielleicht fotografieren sie auch. Wenn dem so ist, muss der Vogel Aufnahmen aus dem Tal der Schatten geschossen haben. Oder seid ihr anderer Ansicht?«

»Die Idee ist nicht schlecht«, meinte Muroto.

»Dann käme für uns also nur die Möglichkeit in Betracht, die Sie, Suko, als zweite ausgesprochen haben. Hinunter in den Keller und diesem Yamiga auf den Zahn fühlen.«

»Geht man neuerdings freiwillig in sein eigenes Grab?«, fragte Shrivers.

»Wir haben das so an uns«, erwiderte ich.

»Dann drehen Sie sich mal um.«

Shrivers hatte sehr warnend gesprochen. Wir merkten, dass er nicht bluffte, und ich war der erste, der zur Eingangstür schaute. Dahinter zeichnete sich ein großer Schatten ab, der immer näher kam.

»Wer ist das?«, fragte ich Shrivers.

Er brauchte keine Antwort zu geben, denn der Schatten machte kurzen Prozess.

Es war nicht nötig, dass sich die Tür öffnete. Er rammte sie einfach ein. Das Glas splitterte, ein Teil des Rahmens brach, und wir sahen einen schwarzen Metallarm durch die Tür kommen.

»Das ist er«, sagte Shrivers. »Das ist einer von Yamigas Mordrobotern! Jetzt macht euer Testament!«

Es war eine Zunge aus Feuer, die plötzlich durch die Luft leckte, rasend schnell wurde und das anvisierte Ziel traf.

Sie wuchtete in den Rücken des untoten Samurai, der sein Schwert erhoben hatte, es aber nicht nach unten fahren ließ, weil er zusammenzuckte, einen kleinen Schritt zurückging und mit durchgedrücktem Rücken stehen blieb.

Yakup lag am Boden. Er ignorierte die Schmerzen in seinem Hinterkopf, denn was er zu sehen bekam, war schaurig und faszinierend zugleich.

Asmodis stand am Eingang der Höhle. Er hatte den brennenden Dolch geschleudert, dessen Feuer sich innerhalb einer Sekunde hochfraß und die gesamte Gestalt erfasste.

Der Zombie-Samurai wurde zu einer brennenden Fackel!

Zum ersten Mal sah Yakup seine Gestalt, wie sie sich vor den tanzenden Flammen abhob.

Dass der Zombie eine graue, welk wirkende Haut hatte, störte ihn weiter nicht, für ihn war einzig und allein das Gesicht faszinierend, denn jetzt wusste er, weshalb dieses Wesen nichts mehr sehen konnte. Seine Augen waren zugewachsen.

Es sah so aus, als hätte jemand die Haut auf seiner Stirn gewaltsam nach unten bis über die Augen gezogen, damit der andere auf eine solche Art und Weise bestraft werden konnte.

Bis hin zum Nasenrücken reichte die Haut, ansonsten war alles normal, obwohl die Lippen wie ausgefranste Gummiwülste wirkten. Das alles war in den folgenden Sekunden nicht mehr vorhanden, denn das Feuer der Waffe schmolz den Zombie zusammen.

Sein Gesicht begann zu zerlaufen, dann schlugen die Flammen vor ihm zusammen, und als Fackel loderte die unheimliche Gestalt noch einmal auf. Das Feuer zog auch einen Kreis, stach in die Dunkelheit hinein, und Yakup, der sich nach rechts gedreht hatte, konnte den zweiten Wächter der Ninja-Krone erkennen.

Als Mensch hätte er vielleicht eingesehen, dass er keine Chance gegen Asmodis hatte. Als Untoter jedoch war er darauf programmiert, jeden Feind, der in die Höhle eindrang, zu vernichten.

Er verteidigte sich mit den Wurfsternen. Yakup war uninteressant für ihn geworden. Mit beiden Händen schleuderte er sie dem Teufel entgegen, den er ebenfalls riechen musste.

Asmodis lachte nur. Er setzte seine Kraft ein, und auf dem Weg zu ihm wurden die Wurfsterne bereits von seiner Magie erwischt. Sie verglühten auf der Stelle.

Der Teufel schleuderte seinen zweiten Flammendolch.

Und wieder traf er genau.

Als die Feuerklinge in der Brust des Samurai-Zombies steckte, drückte dieser seinen Oberkörper vor und verbeugte sich vor dem Satan, als wollte er seinen Vernichter ehrerbietig grüßen.

Aus der Verbeugung wurde ein Fall. Brennend fiel er auf den harten Stein und kohlte dort regelrecht aus.

Das alles sah Yakup Yalcinkaya, der sich hingesetzt und mit dem Rücken gegen die Wand gelehnt hatte. Er schaute Asmodis an, der gegen die Körper der Untoten trat.

Sein Fuß verschwand im Staub.

»Das war einmal«, sagte der Teufel. »Der Weg ist frei für dich, Mensch. Und vergiss nicht, wer dir das Leben gerettet hat. Das war ich, der Teufel.« Plötzlich lachte er laut und ließ Schwefeldämpfe aus seinem Mund strömen. »Ich habe dir dein jämmerliches Menschenleben gerettet. Hast du das begriffen?«

»Ja, verdammt, das habe ich.« Yakup nickte, obwohl es ihn schmerzte. »Aber glaube nicht, dass ich dir dafür bis in alle Ewigkeiten dankbar sein werde. Glaube das nicht.«

»Das solltest du aber!«

»Nein, du hast es nicht getan, weil du mein Freund bist. Du wolltest den Weg frei haben, deshalb!«

»Richtig. Hol die Krone!«

»Und wenn nicht?«

Mit dieser Antwort hatte er selbst den Teufel überrascht. Sein dreieckiges Gesicht glühte plötzlich von innen her auf, als sollte die Haut dabei zerplatzen. So war es in der Höhle wenigstens nicht völlig finster, da die beiden anderen Feuer inzwischen zusammengesunken waren. »Du willst dich tatsächlich weigern?«

»Das habe ich nicht gesagt. Ich werde es mir überlegen, ob ich die Krone hole.«

»Das musst du!«

»Ja, ich meine es auch!« Eine kalt klingende zischende Stimme war vom Eingang der Höhle aufgeklungen, wo schattenhaft die Umrisse einer düsteren Gestalt erschienen.

Shimada!

Asmodis stieß einen Wutschrei aus. Plötzlich war Yakup vergessen, er konzentrierte sich auf die lebende Legende.

Die beiden hassten einander, nur verfolgten sie hier die gleichen Ziele, und jeder wollte der Erste sein.

»Du wirst verschwinden«, sagte der Teufel.

»Nein, du!«

Yakup, der sich von seinem ersten Schock erholt hatte,

gefiel die Entwicklung nicht schlecht. Er dachte an das Sprichwort, dass sich der Dritte freut, wenn sich zwei streiten. Und die beiden wirkten nicht so, als wollte einer von ihnen nachgeben.

Beide Arme bewegte der Teufel. Woher die flammenden Dolche kamen, konnte Yakup nicht sehen. Asmodis jedenfalls hatte sich wieder neu bewaffnet und schleuderte den ersten gegen Shimada.

Der zeigte seine Klasse.

Selbst Yakup, der ein geübter Kämpfer war, erlebte, wie schnell die lebende Legende sein konnte. Shimada bewegte sein Samuraischwert mit einer unglaublichen Geschwindigkeit von einer Seite zur anderen. Die Klinge war kaum zu erkennen, sie huschte nur, und sie war so schnell und auch so präsent, dass sie den Dolch abwehrte.

Beide Waffen klirrten. Das brennende Messer bekam einen Drall und wurde in die Höhe geschleudert, wobei es sich drehte und eine Flammenfigur in die Finsternis zeichnete.

Der linke Arm des Teufels zuckte hoch, doch er schleuderte den zweiten Dolch nicht, da Shimada es vorgezogen hatte, zu verschwinden. Er drehte sich auf der Stelle und schien in den düsteren Himmel fliegen zu wollen.

Asmodis blieb noch. »Hör zu!«, fauchte er Yakup an. »Du wirst jetzt die Krone der Ninja holen. Du musst die weißmagische Sperre überwinden. Wenn es dir gelingt, trittst du vor die Höhle und übergibst sie mir, deinem Lebensretter, als Dankeschön.«

»Und wenn Shimada es geschafft hat?«

Da sprühten die Augen des Teufels kleine Flammen. »Mich vernichten? Das schafft er nicht. Ich schlage ihn zurück. Ich werde ihn holen und zerstückeln!«

Mit dieser Antwort war für ihn die Sache erledigt. So wie Shimada drehte auch er sich um und eilte aus der Höhle.

Yakup aber war fasziniert. Was er hier erlebte, das hätten sich die besten Filmregisseure kaum einfallen lassen können. Es war einfach unglaublich.

Und so stand er auf.

Es fiel ihm nicht leicht. Die lange Zeit der Schwäche steckte noch in seinem Körper. Einmal packte ihn auch der Schwindel, er musste sich abstützen, zudem brannte sein Nacken, als wäre die Flamme eines Schweißbrenners über die Haut gefahren.

Er tastete die Schramme ab. Schon beim ersten Versuch war er von der Größe und Tiefe der Wunde überrascht. Zudem hatte der Wurfstern noch einige Haare aus dem Nacken mitgenommen. An den Rändern verkrustete die Wunde allmählich.

Natürlich interessierte sich auch ein Mann wie Yakup für die Krone der Ninja. Aber er dachte nicht im Traum daran, sie jetzt schon zu suchen. Zuerst wollte er sehen, wie die Auseinandersetzung zwischen Asmodis und Shimada ausging.

Über die Höhle war wieder die Dunkelheit gefallen. Kein Feuer brannte mehr. Wie dicke Watte lagen die Schatten und hüllten den einsamen Kämpfer ein.

Am Ausgang blieb er stehen.

Jetzt schaute er gewissermaßen ins Helle, denn in der Schlucht konnte man von einer tiefen Dämmerung sprechen.

Von beiden sah er nichts.

Hatten sie die Schlucht tatsächlich verlassen? Auch Yakup spürte die Spannung in sich. Der Herzschlag hatte sich beschleunigt. Er wollte herausfinden, wo sich die beiden befanden. Und er erinnerte sich daran, sie schon einmal über der Schlucht gesehen zu haben.

Das war auch jetzt der Fall.

Obwohl Yakup damit gerechnet hatte, wurde er plötzlich noch aufgeregter, als er die beiden Gestalten auf dem Seil sah, das irgendjemand von ihnen gespannt oder geworfen haben musste. Der Teufel war wieder mit seinen Dolchen bewaffnet. Shimada verließ sich auf sein mörderisches Höllenschwert.

Wer von den beiden gewann, war Yakup im Prinzip egal. Jeder würde ihn vernichten wollen, wenn er die Krone der Ninja an sich genommen hatte. Deshalb hoffte Yakup, dass sich vielleicht beide Personen gegenseitig vernichten würden.

Er schaute noch einmal hoch.

Sie standen sich weiterhin gegenüber. An ihn würde weder der eine noch der andere denken.

Eigentlich hatte er jetzt Zeit, sich um die Krone der Ninja zu kümmern. Sie sollte seinem Träger auch Kraft und Stärke geben. Vielleicht konnte er damit sogar gegen Shimada und den Teufel bestehen.

Sie hassten einander, und sie wussten, dass einer von ihnen zu viel auf der Welt war. Trotzdem hatte es keiner von ihnen geschafft, den anderen auszuschalten.

Aus verschiedenen Epochen und Mythologien stammten sie.

Der eine, Shimada, war ein Wesen aus den Tiefen eines geheimnisvollen blauen Sees. Ein Dämon mit gefährlichen Mordaugen, deren Blicke töten konnten.

Der andere verkörperte das Böse schlechthin. Sein Name war durch die Geschichte der Menschheit gegeistert. Wo er auftauchte, gab es Angst und Schrecken.

Aber konnte er auch Shimada vernichten?

Er verließ sich auf die brennenden Dolche. Sollte er eine stärkere Magie benötigen, würde er sie einsetzen.

Noch standen sie auf dem Seil.

Shimada hatte es geschaffen und quer über die Schlucht geschleudert. So kamen sich beide vor wie Tänzer, die ihre Kunst allerdings vor leeren Rängen vorführten.

Asmodis konnte viele Gegner einschätzen, Shimada gehörte nicht dazu. Er war ein Dämon, mit dem Asmodis bisher wenig Kontakt gehabt hatte, und er wusste auch nicht, welche Waffen er besaß. Ihm war nur bekannt, dass Pandora, die einstmals Xorron beschützt hatte, jetzt als mächtige Helferin hinter ihm stand.

Shimada wollte die Entscheidung. Wie ein Tänzer stand er

auf dem Seil, das rechte Bein vorgestreckt, das andere angewinkelt. Unter seiner Kampfkleidung schaute die dunkle Fußbekleidung hervor. Von seinem Gesicht waren nur die Augen zu sehen, sie leuchteten in einem kalten Blau.

Dieser Blick konnte bannen, er konnte vernichten, aber Asmodis war ein Gegner, der der Herausforderung standhielt.

Seine Augen bestanden aus kleinen Feuerrädern, und Feuer war es auch, was die Klingen der Dolche umtanzte und umflorte.

Er warf beide gleichzeitig.

Shimada hatte eigentlich keine Chance, diesen Waffen zu entgehen, aber sie trafen ihn nicht, denn er duckte sich blitzschnell zusammen. Für einen Moment sah es so aus, als würde er vom Seil kippen, er fiel auch, aber er hielt sich mit der freien Hand fest, brachte das Seil in Schwingungen und den Teufel aus dem Gleichgewicht.

Dann schlug er zu.

Es war eine blitzschnelle Bewegung mit dem Schwert, als er das Seil kappte.

Keiner konnte sich halten. Auch der mächtige Teufel jagte wie ein Komet in die Tiefe, während sich Shimada an einem Seilende verzweifelt festklammerte, aber mitgerissen wurde und gegen die Felswand schlug.

Ein Mensch hätte sich alle Knochen gebrochen. Nicht so dieser Dämon. Er war eine Ausgeburt des Wahnsinns. So etwas überstand er, und er schaute zu, wie der Teufel den Grund der Schlucht erreichte.

Das hatte auch Yakup mitbekommen. Er war von der ersten Attacke der beiden fasziniert gewesen, musste sich aber jetzt zurückziehen, als Asmodis dicht vor dem Eingang der Höhle niederfiel.

So schaffte man den Teufel nicht. Er lachte nur und ließ seine Kräfte spielen.

Mit einem geschmeidigen Satz sprang die Gestalt auf einen herumliegenden Felsen, streckte die Arme der Wand entgegen, vor die Shimada geklatscht war.

»Die Hölle!«, brüllte er mit seiner gewaltigen Stimme. »Die Hölle war es, die mir die Kraft gab, die Natur zu verändern. So werde ich sie hier einsetzen und mit der Vernichtung beginnen!«

Er hatte die schrecklichen Worte kaum ausgesprochen, als es bereits geschah.

In den Tiefen der Wand hörte Yakup das Grollen. Er riskierte es und schaute noch einmal in die Schlucht.

Die Wand bewegte sich.

Es war zunächst ein nur leichtes Vibrieren, das von Sekunde zu Sekunde stärker wurde, sodass erste Risse entstanden und gewaltige Steinbrocken nicht mehr in ihrem Verbund blieben.

Sie wurden herausgerissen. Deutlich am Knirschen und Reißen zu vernehmen. Plötzlich kamen sie wie Geschosse.

Immense Trümmerberge, von der Wucht der Hölle oder der Kraft des Teufels geleitet.

Der Felsen brach.

Und mit ihm kam Shimada.

Yakup konnte ihn nicht sehen, aber er hörte seinen Schrei. Es war kein Schrei der Angst, auch keiner des Triumphs, er zeigte eher Überraschung an, und der Teufel stand auf dem Grund der Schlucht und sah den fallenden Massen entgegen.

Wenn er nicht verschwand, würde er unter dem Gestein begraben werden.

Bevor die ersten Brocken in der Schlucht aufschlugen, war der Satan verschwunden. Er hatte sich einfach aufgelöst. Aus dem Nichts war er gekommen, ins Nichts war er wieder zurückgekehrt.

Yakup aber erlebte die Hölle. Zum Glück hatte er sich tief in das Innere der geheimnisvollen Höhle im Tal der Schatten zurückgezogen, denn das herunterfallende Gestein hatte eine verheerende Wirkung.

Yakup lag auf dem Boden. Seinen Blick hatte er auf den Höhleneingang gerichtet.

Erkennen konnte er kaum etwas. Gewaltige Staubwolken nahmen ihm die Sicht. Zusammen mit den hochgeschleuderten Steinen bildeten sie eine Masse, durch die niemand schauen konnte.

Die Zeit war für Yakup zweitrangig geworden. Es spielte keine Rolle, ob Minuten oder nur Sekunden vergangen waren. Er wollte nur überleben. Als große, wallende Schwaden kroch der Staub durch die Öffnung in das Innere der Höhle.

Yakup fiel das Atmen schwer. Er hustete, hörte auch das Rollen der Steine, die in die Höhle geschleudert wurden, wurde aber glücklicherweise nicht getroffen.

Auch die größte Katastrophe hat einmal ein Ende. Ruhe trat ein. Eine dicke Staubschicht lag über der Schlucht. Der Höhleneingang war wie durch ein kleines Wunder nicht verschüttet worden.

Yakup stand auf, hustete sich frei und bewegte sich behutsam auf den Ausgang der Höhle zu. Eine Frage brannte ihm auf der Seele.

Hatte Shimada überlebt?

Im Prinzip nicht, denn so etwas konnte man nicht überstehen. Aber Shimada war ein Dämon und mit normalen Maßstäben nicht zu messen, aus diesem Grunde war der Türke sehr vorsichtig.

Der Pfeil lag auf der gespannten Sehne. Yakup war bereit, jeden Augenblick zu schießen.

Als er in der Schlucht stand und auf einen der herabgefallenen Felsen geklettert war, hatte er das Gefühl, auf einer Insel des drückenden Schweigens zu stehen.

Irgendwo rollten noch kleine Steine nach, das war das einzige Geräusch. Staubwolken lagen noch immer über dem Gestein. Erst allmählich senkten sie sich.

Der Türke sah keinen weiteren Feind mehr. Er befand sich als einziges Lebewesen in der Schlucht.

Sollte diesmal ein altes Sprichwort zur vollen Wahrheit geworden sein? Es wäre zu schön gewesen.

Der Hoffnung aber folgte die Enttäuschung auf dem Fuß, denn hinter sich hörte Yakup zuerst ein leises Lachen und dann die lauernd gestellte Frage: »Na, hast du die Krone?«

Asmodis hatte gesprochen, denn er war Sieger geblieben!

ENDE

Roboter-Grauen

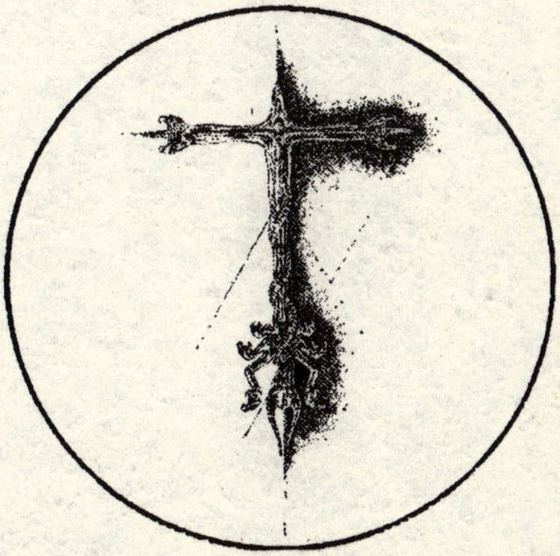

Die Gestalt hatte die Tür des Eingangs zerfetzt, den Rahmen beschädigt und die Glassplitter in den Raum geschleudert. Jeder sollte merken, dass dieser computergesteuerte Schrecken durch nichts aufzuhalten war. Weder Mensch noch Mauer konnte ihn stoppen.

Schafften wir es?

Bisher hatten wir von diesen Robot-Monstren nur gehört, jetzt sahen wir eines dieser künstlichen Wesen zum ersten Mal in natura. Shrivers, der Holländer, fing an zu lachen. Das Geräusch passte einfach nicht hierher, und es ging auch in den stampfenden Schritten des Monstrums unter. Noch war Zeit, sich das Wesen genau anzuschauen. Technik, Gewalt und Grauen waren in dieser Gestalt eine Verbindung eingegangen. Ein schwarzbraunes Wesen aus Metall, versehen mit einem Kugelkopf und runden Augen, die wie Laternen wirkten, in die jemand die rotgelbe Füllung gegossen hatte.

Ich wusste nicht, ob dieses Licht das Leben dokumentieren wollte, jedenfalls überlegten wir, wie wir diesen Metallgiganten stoppen konnten. In der Größe überragte er mich vielleicht um eine Handspanne. Seine Einzelteile bestanden aus zusammengelöteten Stücken, die zum Teil auch verschraubt waren. Greifzangen schwangen wie Arme im Rhythmus der steifen Gehbewegungen mit.

Der runde Schädel war glatt wie eine Kugel. Roboter der ersten Generation hatten noch Antennen besessen, bei diesem war darauf verzichtet worden.

Suko stand neben mir, schräg hinter uns Kommissar Muroto, der bleich geworden war.

Aber auch das Gesicht meines Partners hatte einen gespannten Ausdruck angenommen. »Wir sollten uns allmählich etwas einfallen lassen«, sagte er leise.

»Und was? Schießen werden wir wohl kaum können. Jede Kugel wird da platt gedrückt.«

»Direkt ins Zentrum. Ich denke da an die Augen.«

Die Idee war gar nicht schlecht, nur wartete ich noch ab. Meine Gedanken irrten plötzlich zurück. Ich dachte an einen

Fall, der mich in den Vorhof der Hölle geführt hatte, wo der tödliche Golem seine Heimat hatte und vom Teufel gelenkt worden war.

Diese Figur hier sah ähnlich aus, nur in der Größe unterschied sie sich. Auf jeden Fall musste hinter dieser Entwicklung ein genialer Erfinder stehen.

Wir hatten ihn noch nicht zu Gesicht bekommen, kannten aber seinen Namen.

Yamiga!

Irgendwo unter uns musste er in irgendwelchen geheimnisvollen Labors lauern und alles unter Kontrolle halten. Auch sein Zwillingsbruder Yago, der nach außen hin als der große, geheimnisvolle Mann auftrat, überall seine Beziehungen hatte und wie er aus der Ahnenreihe des japanischen Kaisers abstammte.

Yago wurde auch der Falke genannt, denn es gehörte zu seinen Hobbys, mit Falken umzugehen. Er behielt sie unter Kontrolle, hatte sie abgerichtet. Dass sie ihm gehorchten, hatte besonders ich schmerzhaft erfahren müssen, als es einem der Tiere gelungen war, mit seinem Schnabel ein Stück Haut aus meinem Nacken zu reißen.

Die neue Gefahr aber war der Roboter.

Shrivers, der Leibwächter Yagos, wollte verschwinden. Er kannte als Einziger diese Gestalt. Vorsichtig zog er sich zurück, bewegte sich nur seitlich, hatte sich zudem geduckt und warf uns ängstliche Blicke zu, als würde er von unserer Seite einen Verrat fürchten.

Da griff der Roboter zu!

So schnell und heftig, dass selbst wir erschraken und die Bewegung kaum verfolgen konnten.

Dafür die Reaktion des Holländers, Shrivers kannte den Roboter und hatte wohl geahnt, was auf ihn zukommen würde.

Als der linke Arm dieser künstlichen Gestalt unterwegs war, hechtete der Holländer praktisch unter ihm hinweg. Der Arm hätte ihn nie erreichen können, aber aus der Greifklaue schoss plötzlich ein dunkelblaues, glänzendes, langes Stahlmesser.

Beidseitig geschliffen, dabei sehr spitz und verdammt lang, sodass der Sprung des Mannes nicht ausreichte.

Wir hörten Shrivers schreien, er rollte sich auf den Rücken, sein Gesicht zeigte Angst, doch er hatte Glück. Das lange Messer hatte ihn zwar erwischt, aber es nagelte nur seine Leinenkleidung an den Boden.

Auch das war schlimm genug. Die Kampfkleidung war reißfest. Shrivers würde es kaum auf die Schnelle schaffen, sie zu zerstören, und der Roboter drehte sich fast bedächtig herum. Dabei winkelte er seinen anderen Arm an, drehte das Gelenk in Ellbogenhöhe herum, sodass die Klaue nach unten zeigte und plötzlich mit einem schnackenden und schabenden Geräusch das nächste lange Messer aus dem Arm fuhr.

Dem würde Shrivers nicht entgehen, sosehr er es auch versuchte, riss und zerrte.

»Los!«

Ich hatte gesprochen und war schon gestartet. Suko verstand. Wir brauchten nichts zu sagen, jeder wusste genau, was er zu tun hatte, und fast zur gleichen Zeit hatten wir den Roboter erreicht.

Uns interessierte der linke Arm.

Ich packte zu, mein Freund ebenfalls. Durch gemeinsame Anstrengungen versuchten wir, den Arm des Kunstmenschen nach hinten zu reißen, um den Holländer Shrivers zu retten.

Erst jetzt merkten wir, welch eine Kraft in dieser Figur steckte. Da waren wir als Menschen weit unterlegen.

Zwar lenkten wir ihn von seinem ersten Opfer ab, um das sich jetzt der Kommissar kümmerte, aber er wurde wütend. Ein regelrechtes Schütteln durchlief seinen Körper, und mit einer unwillig wirkenden Bewegung versuchte er, uns loszuwerden.

Wir spürten die in ihm steckende Kraft, stemmten uns dagegen. Ich keuchte vor Anstrengung, hatte mich an seinen

Arm gehängt, ohne allerdings einen Erfolg erzielen zu können.

Auch Suko ächzte. Sein Gesicht war verzerrt.

»Geschafft!«

Leider hatten wir das Wort nicht schreien können. Es war dem Kommissar gelungen, Shrivers zu befreien, der hastig aus der unmittelbaren Gefahrenzone und Reichweite des elektronisch geführten Monstrums kroch.

Uns aber wollte er keine Chance geben. Die freie Greifklaue mit dem gefährlichen Messer fuhr herum. Die Bewegung war von der Körperdrehung unabhängig und aus diesem Grunde so brandgefährlich.

Wir sahen sie praktisch im letzten Augenblick.

»Runter!« Ich hatte gebrüllt und mich fallen lassen. Suko ebenfalls, sodass die mörderische Klinge über uns hinwegsenste und nur die Luft zerschnitt.

Selbstverständlich konnten wir nicht liegen bleiben. Der brachte es fertig und zertrat mit seinen Stahlfüßen unsere Gesichter. Wir mussten verdammt schnell sein, denn sein erster Tritt hätte fast meinen Ellbogen berührt.

Suko war schneller auf den Beinen als ich. Geduckt lief ich noch weiter, stand schließlich still und schaute dem Roboter entgegen.

»Das wird schwer«, sagte Suko. Er wischte mit dem Handrücken den Schweiß von der Stirn.

Ich warf einen Blick über die Schulter. Kommissar Muroto hatte sich an der Wand aufgebaut und stand dort einigermaßen sicher. Auch wollte der Roboter nicht ihn, sondern uns.

Er starrte uns an.

Es war ein Bild, das sich bei mir einprägte. Dieser bläulich schillernde Kunstmensch, der sich breitbeinig aufgebaut hatte und uns aus den rotgelben Augen fixierte.

Seine beiden Messer waren noch immer ausgefahren. Die dunkelblaue Farbe des Stahls wirkte auf mich Furcht einflößend. Er bewegte nur seine Arme. Dabei fiel mir der

Vergleich zu einem Krebs ein, der mit seinen Zangen auf der Suche nach Beute ist.

»Wir nehmen ihn von zwei Seiten!«, flüsterte ich Suko zu.

»Und wie hast du dir das vorgestellt?«

»Ich lenke ihn ab, du schießt!«

»Meinetwegen.«

Als Suko diese Antwort gab, war ich bereits unterwegs und hob das Sitzkissen an, auf dem Yago immer seinen Platz fand, wenn er Besuch empfing. Hoffentlich ließ er sich von mir ablenken, denn er sah so aus, als könnte ihn nichts aus der Ruhe bringen.

Ich hielt das Lederkissen mit beiden Händen fest. Die Füllung bestand aus einem Material, das kaum den Messerstößen standhalten würde.

Er kam und stach zu.

Gleichzeitig stieß er seine beiden metallenen Arme vor. Die Messer wurden auf einmal noch länger, und sie jagten in das Kissen hinein, als bestünde dieses aus weichem Fett. Blitzschnell sprang ich zurück, ließ das Kissen dabei los, das jetzt an beiden Klingen festhing. Der Roboter war wehrlos.

Ich zog die Beretta.

Leider musste ich eine Silberkugel nehmen, aber Suko war schneller als ich.

Er hatte sich bereits aufgebaut, den Arm ausgestreckt und zielte haargenau auf das linke Auge.

Dann drückte er ab.

Ich erschrak, als der Schuss aufpeitschte. Das Geschoss hieb direkt in das Zentrum. Plötzlich war das eine Auge verschwunden. Keine Farbe mehr, kein Leuchten, nur noch Schwärze, aber der verdammte Roboter drehte durch, als hätten wir durch den Schuss sein Nervenkostüm angekratzt.

Zuerst tanzte er auf der Stelle. Er schwang seine Arme, stach sie vor, zog sie wieder zurück, das Kissen geriet in rutschende Bewegungen und glitt nach vorn.

Als es zerfetzt zu Boden fiel und aus den Löchern der Inhalt quoll – eine dicke, grasartige, gelbbraune Füllung –, stellten wir fest, dass seine Programmierung durcheinander geraten war.

Er tanzte und bewegte seine Arme schlenkernd in die Höhe, schleuderte sie wieder zurück und begann das Spiel von vorn. In seinem Innern tobten sich elektrische Kräfte aus. Helles, blitzartiges Licht drang durch sein zerstörtes Auge und wurde von einem grauen Qualm begleitet, durch den ein Sprühregen aus Funken zischte.

Dann fiel er.

Es war eine lächerliche Bewegung. Er hatte dabei ein Bein in die Höhe gedrückt, rammte es wieder nach hinten, kam mit der Hacke auf, rutschte weg und fiel.

Der Boden zitterte, als der Stahlmensch auf den Rücken prallte. Aus seinem zerstörten Auge drangen Rauch und Funken, er sprühte innerlich, bewegte den Kugelkopf von einer Seite zur anderen, überrollte sich noch und blieb schließlich liegen.

»Kurzschluss!«, bemerkte Suko.

»Hoffentlich für immer.« Ich war sehr vorsichtig, als ich auf ihn zuging.

Die Messer gefielen mir nicht. Sie waren mit seinen Stahlarmen verbunden. Ich rechnete damit, dass sich die Arme jeden Moment wieder bewegten und die Messer auf mich gerichtet wurden.

Das geschah nicht. Der Roboter blieb still liegen. Das nicht zerstörte Auge erlosch ebenfalls.

Ich umkreiste den stählernen Roboter und schaute auf den Kommissar, der einen etwas angeschlagenen Eindruck machte. »Was haben Sie, Muroto? Ist Ihnen nicht wohl?«

»Das können Sie wohl sagen, Mr Sinclair. Wir haben einen von ihnen geschafft. Fragt sich nur, wie viele dieser stählernen Artgenossen Yamiga noch herumlaufen hat.«

»Das werden wir noch herausfinden!«

Muroto verstand nicht ganz. »Was wollen Sie damit sagen?«

Ich schnippte mit den Fingern. »Wir werden uns den Zwillingsbruder mal genauer anschauen.«

»Und das Tal der Schatten?«

Tief atmete ich ein. Klar, das war auch meine Sorge. Wahrscheinlich befand sich Yakup dort in Gefangenschaft, aber ich konnte ihm jetzt nicht helfen. Wenn wir versucht hätten, das Gelände zu verlassen, wäre dies einem Selbstmordunternehmen gleichgekommen. In diesem Falle war Angriff wirklich die beste Verteidigung.

Das sagte ich dem Kommissar auch.

Er war einsichtig. »Vielleicht haben Sie Recht, Mr Sinclair.« Dann ging er zum Ausgang. Dort trat er vorsichtig auf die Terrasse vor der Treppe und schaute in die Runde.

Alles wirkte harmlos, fast nett. Der Meinung war auch Muroto. »Ich glaube, wir könnten es versuchen. Ich sehe nur die Vögel, von den Kendo-Leuten dagegen keine Spur.«

Suko stellte sich auf die Seite des Japaners. »Willst du es dir nicht noch einmal überlegen?«

»Nein, wir sind Gefangene. Wenn wir einen Fuß in den Garten setzen, ist es aus.«

»Wie du meinst.«

Muroto wollte nicht hören. Er ging vor. Den ersten Schritt, den zweiten, ich wollte ihn zurückholen, weil ich etwas von der Gefahr ahnte, da zuckte er zusammen.

Zunächst geschah nichts. Er blieb steif stehen, bis ein Zittern seinen Körper durchlief, er sich nach vorn beugte und seine Hände gegen den Bauch presste.

Suko, der näher an der Tür stand, war bereits unterwegs. Er kam gerade zurecht, um den zurücktaumelnden Kommissar aufzufangen und wieder ins Zimmer zu schleifen.

Ich hörte das Stöhnen des Japaners und vernahm auch die gepresst ausgestoßenen Worte. »Verdammt, ihr hattet Recht. Wir hätten, ich hätte nicht …« Dann schwieg er.

Suko legte ihn behutsam auf den Rücken. Mein Blick wurde eisig, als ich sah, was mit ihm geschehen war. Über meinen Rücken lief ein kalter Schauer. Zwischen dem Zeige- und Mittelfinger seiner linken Hand schaute das hervor, was mit elementarer Wucht in seinen Körper gedrungen war.

Ein dunkler, langer, bläulich schimmernder Stahlstift!
Er hatte dem Leben des Kommissars ein Ende gesetzt.

Weder Suko noch ich gaben einen Kommentar. Wir waren beide unfähig, etwas zu sagen. Der Schock saß zu tief. Eine unnatürliche Kälte hielt mich umklammert. Ich wollte es einfach nicht glauben, aber der gebrochene Blick des Mannes war für mich Beweis genug.

Und natürlich auch die Waffe.

»Ich habe nichts gesehen!«, flüsterte Suko. »Verdammt, es muss heimtückisch ...«

Er sprach nicht weiter, weil ihm einfach die Worte fehlten. Auch ich war von diesem brutalen Mord entsetzt. Er hatte auf grausame Art und Weise bewiesen, wie recht ich mit meiner Theorie gehabt hatte. Trotz der innerlichen Kälte spürte ich den Schweiß auf meinen Handflächen. Die Lippen waren ebenso trocken wie der Mund, und mein Blick fiel nach draußen, wo der heimtückische Killer lauern musste.

Ich sah nichts.

Nur die Falken, die auf den Ästen hockten oder durch die Luft strichen.

»Ob es die Kendo-Kämpfer waren?«, fragte Suko leise.

»Nein, das will ich nicht glauben. Diese Leute haben so etwas nicht nötig. Allein von ihrer Einstellung her würden sie so etwas nicht tun. Tut mir Leid, Suko, aber dafür sind andere verantwortlich. Ich frage mich nur, wo sie sich versteckt halten.«

»Dieses Haus und dieser Garten sind eine einzige große Rattenfalle, in die wir hineinschlagen müssen. Jetzt glaube ich dir auch, dass uns nur noch die Flucht nach vorn bleibt.«

Eine Stimme überraschte uns. Ein Mann redete, doch er befand sich nicht im Zimmer, denn seine Worte drangen aus für uns nicht sichtbaren Lautsprechern an unsere Ohren.

Selbst durch die Verzerrung hörten wir die eisige Kälte, die in den Sätzen mitschwang. Man konnte es auch als

Menschenverachtung bezeichnen. »Ihr habt ihn mir genommen. Niemand vernichtet ungestraft eines meiner Geschöpfe. Wir werden uns bald sehen, dann bekommt ihr die Chance, nach dem alten Ritual alles zu bezahlen.«

Seine Worte klangen aus. Suko und ich schauten uns an. Jedem von uns stand die Frage im Gesicht geschrieben, und wir suchten nach einer Antwort. Der Inspektor gab sie schließlich.

»Ich bin zwar kein Japaner, aber ein wenig weiß ich schon von ihrer Tradition.«

»Denkst du auch an den Finger?«

»Ja.«

Ich wurde bleich. Man hatte uns auf der Fahrt zu diesem Ziel über Autotelefon mitgeteilt, dass im Hauptquartier der Polizei ein Päckchen abgegeben worden sei. Darin lag der Finger eines Europäers, von dem wir annahmen, dass es sich dabei um Yakup Yalcinkaya handelte. Auch er hatte demnach eine Schuld zu begleichen gehabt.

Jetzt waren wir an der Reihe.

Ich räusperte mir die Kehle frei und atmete tief durch. Etwas verlegen strich ich über mein Haar. Auf eine gewisse Art und Weise kam ich mir hilflos vor. Es ist ein dummes Gefühl, von Feinden umgeben zu sein, die man nicht sieht.

»Okay, John«, sagte Suko. »Wir wissen jetzt wenigstens, woran wir sind. Machen wir es wie immer. Gehen wir zu zweit.«

Ich nickte.

Ein Ziel hatten wir auch. Es war die Tür, durch die Yago verschwunden war. Irgendwo musste es ja einen Weg geben, um in die geheimnisvollen unteren Räume dieses Hauses zu gelangen.

»Na, hast du die Krone?«

Der Teufel hatte diese Worte gesprochen, und für den Mann, dem sie galten, brach eine Welt zusammen.

Yakup Yalcinkaya hatte sich schon als lachender Dritter gesehen, weil sich Shimada und Asmodis bis aufs schwarze Blut duelliert hatten. Das war nun vorbei. Einer war Sieger geblieben.

Eben der Teufel.

»Nein!« Yakup gab die Antwort, und seine eigene Stimme kam ihm dabei selbst fremd und dumpf vor. Er starrte nach vorn in die Staubwolken hinein, die sich noch immer nicht völlig gesenkt hatten und wie Schleier über das in der Schlucht liegende Geröll trieben.

»Weshalb nicht?«

»Ich kam einfach nicht dazu.«

Asmodis lachte meckernd. Es hallte bis gegen die Wände und erzeugte dort ein hartes Echo. »Ausreden lasse ich nicht gelten. Ich gab dir die Zeit, als ich mich mit Shimada beschäftigte. Er liegt unter dem Geröll begraben, dir wird er nicht mehr gefährlich werden können, ich habe das große Duell gewonnen.«

»Ja, ich weiß.«

»Geht man so mit seinem Lebensretter um?«, fragte Asmodis. »Ich will, dass du die Krone holst, und zwar jetzt. Deshalb setz dich in Bewegung und geh wieder zurück in die Höhle. Aber denke daran, dass ich in deiner Nähe bleibe und dich dabei beobachten werde. Ich lasse keine Verzögerungen und Tricks mehr zu.«

Yakup hörte die Worte, er spürte seine Niedergeschlagenheit und war mit seinen Gedanken auf Wanderschaft gegangen.

Der Weg hatte ihn von seinem Kloster aus der Nähe von Frisco nach Japan geführt. Yakup hatte den Ruf der Toten vernommen. Aus dem Leichenkeller war der Befehl zu ihm gedrungen, und dort hatte sich der weise Zii aus dem Jenseits gemeldet, um ihm von der Krone der Ninja zu berichten. Sie war sehr wertvoll. Wer sie besaß, konnte die Sonnengöttin Amaterasu stärken, die bisher im Dunklen Reich gefangen war, wohin sie der Fluch ihres Bruders Susanoo gebannt hatte. Aber nicht nur Yakup hatte die Krone haben wollen, auch zwei andere, der Teufel und Shimada, wollten sie in ihren Besitz bringen.

Versteckt im Tal der Schatten lag sie. Yakup hatte lange gesucht, das Tal auch gefunden und war überwältigt worden. Eine starke Magie hielt ihn tagelang eingeschlossen von undurchdringlichen Felsen. Eine Höhle im Berg, ohne Ein- und Ausgang.

Dass Yakup noch lebte, hatte er allein seinem Willen und seinem Training zu verdanken. Er überlebte also die schlimme Zeit, wenn auch geschwächt, und hatte nichts dagegen tun können, als Shimada bei ihm erschien und die alte Schuldfrage stellte.

Yakup hatte sich gebeugt und dafür den Finger der linken Hand eingebüßt. Dann war der Teufel erschienen und hatte Yakup einen Vorschlag gemacht. Er sollte für ihn die Krone der Ninja holen. Dem Türken war nichts anderes übrig geblieben, als diesen Pakt einzugehen.

Ans Ziel war er nicht gelangt. Auch Shimada erschien, der ebenfalls die Krone hatte haben wollen.

Er und der Teufel lieferten sich ein spannendes Duell, das mit der Niederlage Shimadas geendet hatte, denn er lag unter tonnenschwerem Fels begraben.

Auch die drei blinden, untoten Samurai-Wächter hatte der Teufel besiegen können, und es war ihm tatsächlich gelungen, Yakup das Leben zu retten, als eine der lebenden Leichen ihn so weit in die Enge getrieben hatte, dass ihm keine Chance mehr geblieben war.

Yakup hatte einiges einstecken müssen. Ein Wurfstern hatte ihn gestreift und die Haut in seinem Nacken aufgerissen. Eine große Wunde blieb zurück, die noch immer brannte.

Die Krone aber lag nach wie vor in der Höhle. Yakup war nicht mal in ihre Nähe gekommen.

»Weshalb gehst du nicht?«, fragte Asmodis.

»Ich will die Krone nicht mehr!«

»Willst du denn sterben?«

»Nein.«

»Dann würde ich dir raten, die Krone zu holen und sie mir zu übergeben. Hast du gehört?«

»Natürlich.« Yakup hatte vorhin gelogen. Er war fest entschlossen, sich die Krone zu besorgen. Vielleicht gab ihr Besitz ihm die Kraft, gegen den Teufel zu bestehen. Aber er wollte auch einen Dreh finden, Asmodis aus dem Spiel herauszuhalten.

Die erste Überraschung war vorbei. Er drehte sich gelassen um und sah seinen Widersacher an. Asmodis hatte sich verändert. Er stand nicht mehr als von Flammen umkränzte Gestalt vor ihm, sondern als düstere Erscheinung, die etwas Unheimliches ausstrahlte. Sein Gesicht, als Dreieck gewachsen, erinnerte an eine mattsilberne Maske, die mal blank gerieben werden musste. Die Augen ließen einen Vergleich mit düsteren Tunnelschächten zu, in deren Tiefe ein unheimliches Licht gloste.

»Wenn ich gehe«, sagte Yakup, »dann allein. Ich möchte keinen bei mir haben, außerdem ist die nähere Umgebung der Krone für dich eine Tabuzone. Hast du verstanden?«

Der Teufel war zufrieden. »Ich werde dich nicht stören«, erklärte er. »Aber hole die Krone.«

Yakup wollte noch nicken. Die Gespanntheit und die Schmerzen in seinem Nacken ließen es nicht zu. So ging er am Teufel vorbei und auf den Eingang der Höhle zu.

Durch das Zusammenbrechen der einen Felswand hatte sich in der Schlucht vieles verändert. Die Geröllmassen hatten neue Steinberge gebildet. Viele davon doppelt so hoch wie zwei aufeinander gestellte Menschen. Zum Glück war der Eingang zur Höhle nicht verschüttet worden, sodass Yakup Yalcinkaya freie Bahn hatte.

Und wieder einmal nahm ihn die Dunkelheit der Höhle auf. Er besaß kein Feuerzeug und hatte auch keine Taschenlampe mitgenommen. Seine Waffen halfen ihm ebenfalls nicht, die Finsternis zu erhellen. So musste er sich seinen Weg ertasten.

Obwohl Yakup schon einige Male in der Höhle gewesen war und auch dort hatte um sein Leben kämpfen müssen, kannte er sie nicht. Er wusste nichts von ihren Ausmaßen oder Geheimnissen, die noch versteckt in der dumpfen Dunkelheit lauerten und nur darauf warteten, von ihm gelüftet zu werden.

Asmodis war am Eingang stehen geblieben. Sein Gesicht sah aus wie kaltes Blei.

Das Feuer der brennenden Dolche war erloschen. Von den Waffen selbst und auch den untoten Wächtern sah Yakup nichts mehr. Nur noch kalter Rauch wehte ihm entgegen. Er schmeckte bitter auf der Zunge des Türken. In der Höhle nistete zudem alter Modergeruch. Das Tal der Schatten gehörte zu den vergessenen Stellen des Landes. Vielleicht hatte auch ein Fluch dafür gesorgt, dass niemand hineingegangen war. So hatten die Untoten ungestört Wache halten können.

Yakup wollte die Krone, doch er wusste nicht, wie sie aussah. Er hatte nicht die geringste Vorstellung davon. War sie eine normale Krone aus Metall, oder bestand sie vielleicht aus Knochen oder Reliquien eines guten Magiers?

Der Bogen hing über Yakups Schulter. Er würde ihn auch dort lassen, ebenso wie die Pfeile im Köcher. Wenn er die Krone an sich nahm, brauchte er keine Gewalt auszuüben.

Er spürte plötzlich, dass etwas anderes in der Nähe lauerte. Er sah nichts, aber ihm war es so vorgekommen, als hätte er eine unsichtbare Grenze überschritten.

Verunsichert hielt er an.

Dann trat er einen Schritt zurück, und sofort war das Gefühl wieder verschwunden. Als er abermals nach vorn ging, spürte er es wieder. Jetzt war er sich sicher, dass er den unmittelbaren Bereich der Krone erreicht hatte.

Yakup versuchte erneut, seine Gefühle zu orten. Das musste er tun, damit er genau wusste, woran er war, wenn er seine Schritte in die unmittelbare Nähe des Ziels lenkte.

Er befand sich in der glücklichen Lage, herausfinden zu

können, welche Gefühle es waren, die ihm entgegengebracht wurden.

Nein, auf keinen Fall war die Strömung negativ und gegen ihn gerichtet. Leider auch nicht direkt positiv, sie verhielt sich neutral. Yakup kam sich vor, als wäre er von zahlreichen Geistern umgeben, die nur allmählich ihre Scheu überwanden und damit begannen, ihm die helfenden Arme entgegenzustrecken.

Er ging vorsichtig weiter. Immer wieder musste er tasten, aber das Geröll war nicht bis zu dieser Stelle geschleudert worden, sodass er über eine glatte Fläche gehen konnte, die sich steinhart unter seinen Füßen ausbreitete.

Das Gefühl, nicht mehr völlig allein zu sein, verdichtete sich allmählich zu einem Wissen. Auch gab es für ihn keine Angst. Lange Jahre hatte die Krone der Ninja in dieser Höhle gelegen, und niemand hatte sich um sie gekümmert.

Nun war alles anders geworden.

Weshalb?

Irgendwo musste jemand sitzen und an einem Hebel gezogen haben, sodass sich das magische Karussell zu drehen begann.

Die Krone der Ninja war ein Geheimnis, ein Rätsel, das sich jetzt vor den Augen des Gehenden offenbarte.

Die Finsternis wich.

Yakup, der schon viel in seinem Leben gesehen hatte, blieb staunend und ehrfurchtsvoll stehen. Er wusste, dass er hier an der Basis der japanischen Mythologie stand, und er empfand es als eine große Ehre, die Krone der Ninja sehen zu dürfen.

In einem Schrein sollte sie versteckt liegen, so hatte es die Legende beschrieben.

Noch sah er nichts davon, nur die Finsternis wich allmählich zurück, als wäre eine Hand dabei, einen Vorhang langsam zu entfernen.

Die Schwärze ging über in ein noch düster wirkendes Grau, das aber kurz darauf ebenfalls seine Farbe verlor, sodass sich in der Höhle, fixiert auf eine ganz bestimmte Stelle, ein Rechteck aus fahlem Licht bildete.

Yakup Yalcinkaya sah den Schrein!

Der stand dort, wo eigentlich hätte der Boden sein müssen, aber da war er nicht mehr, und trotzdem hatte der Schrein seinen Platz dort gefunden und war nicht versunken.

Ein Phänomen der Magie.

Der Schrein überzeugte in seiner Schlichtheit, er bestand aus dunklem Holz.

Dunkel und dabei geheimnisvoll schimmernd. Im Laufe der Jahre hatte das Holz eine gewisse Patina angenommen, seine Fläche war an drei Seiten glatt und schimmerte auf jeder anders.

Yakup, der die für ihn unsichtbare Grenze überschritten hatte, stand da und staunte. Er blickte in ein Licht, das keine erkennbare Quelle hatte. Es war einfach da, leuchtete und gab dem Ankömmling Kraft.

Dicht über dem schlichten Schrein strahlte es besonders hell. Das hatte seinen Grund, denn drei Seiten des Schreins bestanden aus Holz. Aber eine, die obere, war aus Glas gefertigt worden.

Yakup war sich der Bedeutung des Augenblicks bewusst. Er konnte noch nicht weitergehen, da er wusste, dass diese geheimnisvolle Offenbarung sich noch nicht dem Ende zugeneigt hatte.

Da musste noch etwas sein, das er zu sehen bekommen sollte. Und so wartete er ab.

Das Licht veränderte sich nicht. Nur den geheimnisvollen Schrein leuchtete es an.

Da sah Yakup auf dem Boden die Gesichter. Als hätte jemand ihre kantigen Züge eingeritzt und diese kleinen Furchen dann mit Silber ausgegossen.

Gesichter ja, aber wem gehörten sie?

Yakup hatte sie noch nie gesehen. Nach einiger Überlegung ging er davon aus, dass es sich bei diesen Abbildungen um Gestalten der japanischen Mythologie handelte.

Menschenwesen, wenn auch verfremdet dargestellt. Zwei von ihnen hatten mehrere Gesichter, einer hatte Arme wie Tentakel, ein anderer wiederum den Kopf eines Drachen.

Sie machten einen unheimlichen, fremden Eindruck. Dennoch fürchtete sich Yakup nicht vor ihnen, da er spürte, dass sie von Natur aus gut waren und ihm entsprechend positiv gegenüberstanden.

Es dauerte einige Zeit, bis er seine Hemmschwelle überwunden hatte. Bevor er auf den Schrein zuging, warf er noch einen Blick zurück, denn er wollte sehen, ob sich der Teufel auch weiterhin in der geheimnisvollen Höhle aufhielt.

Yakup starrte in die Dunkelheit. Von Asmodis sah er nichts mehr. Vielleicht hatte sich der Satan zurückgezogen und erwartete ihn in der Schlucht.

Zögernd ging er weiter. Bei jedem Schritt hatte er das Gefühl, der Ewigkeit ein Stückchen näher zu kommen. Er spürte das Pulsieren seines Blutes, das sich warm, manchmal sogar heiß, in seinem Kopf verteilte und fremde Gedanken ausschaltete.

Nur auf die Krone der Ninja musste er sich konzentrieren. Vorsichtig, als hätte er Angst, die Gesichter zu verletzen, schritt er über sie hinweg. Nur mit den Zehenspitzen berührte er sie an den Stirnen, immer dabei einen Schrei erwartend, der jedoch nicht eintrat. Die sich im Boden zeigenden Abbildungen blieben ruhig.

Yakup erreichte den Schrein.

Für ihn war es ein Augenblick der Freude, den er auskosten wollte. Es fiel ihm schwer, das Gefühl zu beschreiben, diese Euphorie, die ihn gepackt hielt und ihm vorkam wie ein nicht sichtbares Wesen mit großen Flügeln, das ihn in eine andere Welt wegtragen wollte.

Da das Licht auf die Oberseite des Schreins fiel, das Glas durchlässig war, aber nicht spiegelte, gelang es ihm, in die Tiefe des Schreins zu blicken und seinen Inhalt zu erkennen.

Das war die Krone der Ninja!

Für Yakup gab es keine andere Alternative, auch wenn er

beim ersten Hinschauen über das Aussehen der Krone enttäuscht war. So hätte er sie sich beileibe nicht vorgestellt.

Weder mit Perlen, Diamanten noch mit Geschmeide war sie verziert. Sie sah aus wie ein Helm aus Metall, der an seinem oberen Ende spitz zulief, ansonsten aber eine gewisse Breite besaß, sodass sie sich den unterschiedlichsten Kopfformen anpassen konnte.

Die Krone lag auf einem Untergrund, der den Türken an Kohlenstücke erinnerte, die in sich selbst noch Einschüsse hatten, sodass sie farbig schimmerten, wenn sie die Lichtstrahlen brachen, die durch das Glas auf sie fielen.

Zögernd streckte Yakup seine Hände auf. Er wirkte wie ein Mensch, der vor etwas ungemein Hohem steht und sich nicht traut, den endgültigen Schritt zu gehen.

Zudem befand sich zwischen ihm und der Krone noch die Glasplatte. Yakup sah auch keinen Riegel oder ein Schloss, das er hätte öffnen müssen. Fugendicht schloss die Platte mit dem Unterteil ab.

Er legte seine Hände darauf.

Das Glas fühlte sich ungewöhnlich warm an. Er glaubte daran, dass es sich um ein besonderes Material handelte, alles in dieser Höhle war von einem besonderen Wert, den man überhaupt nicht schätzen konnte. Vor ihm lag ein Geheimnis der japanischen Mythologie, etwas, das die Zeiten überdauert hatte und nur würdigen Menschen oder Kriegern offenbar wurde.

Im nächsten Augenblick erschrak Yakup, denn er wurde von jemandem angesprochen, den er nicht sah.

»Ich begrüße dich, der du den Weg zur Krone der Ninja gefunden hast und dem es gelang, alle Gefahren zu überwinden. Nur wer an dieser Stelle steht, ist würdig, die Krone zu tragen. Du bist es, Mann mit dem Namen Yakup.«

Der junge Mann aus der Türkei schaffte es nicht, etwas zu erwidern. Er stand da und spürte das trockene Gefühl in seinem Hals, als hätte ihm dort jemand Sand hineingeschüttet.

Er wollte so vieles sagen, eine Erklärung abgeben, da er sich nicht würdig fühlte, aber der andere, der Unsichtbare, von dem Yakup nicht wusste, wer es war, ließ ihn nicht zu Wort kommen.

»Wenn du die Krone nun an dich nehmen wirst, so sollst du wissen, dass es eine große Verantwortung für dich bedeutet. Dein Leben kann und muss sich sogar ändern. Du wirst über viele Dinge nachdenken können, du wirst eine große Macht besitzen, aber du wirst nicht unsterblich sein, denn dein Platz, dein Grab, ist bereits für dich reserviert worden. Wenn du zu Boden schaust, wirst du Gesichter erkennen. Sie gehören zu den Wesen, die die Krone einmal besessen und getragen haben. Sie alle haben in der Zeit vor dir gelebt. Vor langen Jahren und Jahrhunderten. Sie durften ebenfalls die Krone behalten, nur der Tod befreite sie von ihrem Besitz. Auch du wirst dabei keine Ausnahme machen, deshalb frage ich dich noch einmal: Bist du bereit, dieses Risiko einzugehen?«

Yakup holte tief Luft. Er war den weiten Weg gegangen und konnte nun nicht mehr zurück. Sagte er jetzt ab, hätte er den anderen, den Mächtigen und Unsichtbaren, enttäuscht.

Außerdem wartete irgendwo hinter ihm der Teufel, um ihm die Krone abzunehmen.

»Du zögerst?«

»Ja!«, erwiderte Yakup mit leiser Stimme. »Ich zögere, da ich nicht weiß, ob ich würdig genug bin, die Krone besitzen zu dürfen.«

»Keine Sorge, du darfst es, weil du ein Mensch bist, der ihre Macht nicht missbrauchen wird. So wie die Krone da vor dir liegt, sieht sie unscheinbar aus, ohne Glanz und Pracht, aber das soll und muss so sein. Glanz und Pracht sind vergänglich, die Krone ist es nicht. Ihre Macht bleibt bestehen.«

»Dann werde ich sie nehmen.«

»Der Weg steht dir offen.«

Die Stimme hatte sehr überzeugend geklungen, und Yakup verließ sich darauf.

Diesmal drückte er seine Hände der gläsernen Oberfläche

des Schreins forschend entgegen. Er berührte sie und berührte sie trotzdem nicht, denn seine Hände glitten hindurch, als wäre sie überhaupt nicht vorhanden. Auch die Arme tauchte er in die Tiefe des Schreins. Sie verschwanden bis über die Ellenbogen hinaus.

Yakup, der dieses erste Hindernis überwunden hatte, wurde nun mutiger. Er näherte seine Handflächen von zwei verschiedenen Seiten dem kostbaren Stück und fasste es an.

Es war *die* Sekunde des Triumphs!

Dieser endlos währende Augenblick, verbunden mit einem Gefühl, eins zu sein mit der Ewigkeit und dem menschlichen Erdenleben. Für Yakup war ein Traum in Erfüllung gegangen, er erlebte die Mythologie hautnah und spürte auch den Schauer auf seinem Rücken, der dort nicht weichen wollte und sich regelrecht festgesetzt hatte.

»Nimm sie an dich!«, hörte er die Stimme. »Sie gehört jetzt dir. Du kannst es mir glauben!«

Yakup zögerte noch immer. Er war es nicht gewohnt, als König behandelt zu werden. Hier wurde er es. Und hier besaß er die Macht, denn sie war ihm von einem Wesen, das sich bisher nicht offenbart hatte, übergeben worden.

Und so hob er die Krone an. Ein Helm, mehr nicht, aber ein Gegenstand, der Macht verlieh. Macht, die er einsetzen musste, um die Feinde der Menschheit zurückzuschlagen.

Auch den Teufel!

Yakup dachte daran, dass Asmodis wartete. Er selbst hätte es nie geschafft, die Krone an sich zu nehmen. Wenn es nach ihm ging, würde Yakup sie auch nicht lange behalten, und das wiederum bedrückte ihn. Zudem glaubte er nicht, dass ihn Asmodis am Leben lassen würde, wenn sich die Krone erst einmal in seinem Besitz befand.

Er schaute auf, sah das Licht und einen Schatten in der hellen Glocke. War es der Geist oder die Person, die mit ihm in Kontakt getreten war? »Ich habe sie«, flüsterte Yakup. »Und ich verspreche dir hiermit, mich dieser Krone würdig zu erweisen, aber ich weiß auch, dass jemand auf mich lauern wird. Er steht bereit, um mir die Krone der Ninja abzunehmen, das will ich der Ehrlichkeit halber noch sagen.«

»Dein Denken ist mir bekannt!«, vernahm Yakup die Antwort. »Mir ist vieles bekannt.«

»Wer bist du dann?«

»Im Augenblick stehe ich auf deiner Seite. Und ich werde immer auf deiner Seite stehen, solange sich die Krone in deinem Besitz befindet. Aber ich kann auch anders. Ich diene ebenso den Kräften der Dunkelheit, wenn man mich beschwört.«

Der Türke war durch die Worte verwirrt worden. Zu viel war auf ihn eingeströmt. Er musste seine Gedanken ordnen und sie in die richtigen Bahnen lenken. »Du bist sowohl das Gute als auch das Böse?«

»Ja, das bin ich. In der Welt der Mythologie des Orients nennt man mich den Geist oder Kataya.«

Jetzt war es heraus. Yakup hatte das Gefühl, als hätte man ihm den Boden unter den Füßen weggerissen.

Kataya!

Dieses Wort schlug immer wieder gegen seine Schädeldecke, als wäre es mit einem Hammer geführt worden.

Kataya!

»Weißt du jetzt Bescheid?«

Durch die Nase holte Yakup Luft. »Ja«, hauchte er mit einer Stimme, die er kaum selbst hörte. »Ich weiß, was es bedeutet. Ich habe Kataya kennen gelernt, ich habe davon gehört, und Freunde von mir sind in deinen Bann geraten.«

»Damals war es eine Frau.«

»Richtig, Shao, und auch der Inder Mandra Korab. Das alles habe ich gehört.«

»Aber da hatte man mich beschworen. Das Fratzengesicht sorgte dafür. Es hätte viel darum gegeben, die Krone der Ninja zu besitzen, aber jetzt hast du sie.«

»Und du lässt sie mir?«

»Sicher, denn du bist ein Verfechter der alten Lehren.

Du hast vieles von dem erreicht, was auch die Träger der Krone vor dir erreicht haben. Das möchte ich dir sagen.«

Yakup nickte, ohne es eigentlich verstanden zu haben. Er war glücklich über den Besitz der Krone, gleichzeitig auch traurig, denn die Last der Verantwortung, die er übernommen hatte, war doch sehr stark, und er fühlte trotzdem die Schwäche.

Als bestünde die Krone aus einem kostbaren und leicht zerbrechlichen Glas, so hielt er sie in beiden Händen. Er schaute sie an. Das Licht umflorte sie. Es gab dem dunkelblauen Metall einen wesentlich helleren Glanz. Nur konnte er nicht die Kraft erkennen, die innerhalb dieser Krone steckte, so wartete er auf weitere Erklärungen des Geistes, die aber nicht kamen.

»Bist du noch da?«, fragte Yakup.

»Ja, ich warte.«

»Dann darf ich dich fragen, ob ich jetzt die Höhle verlassen soll.«

»Geh hinaus.«

»Aber ich werde erwartet.«

»Das ist mir bekannt. Du wirst die Höhle verlassen und den sehen, der sich in der Schlucht aufhält, um dir die Krone abzunehmen. Aber du brauchst dich deswegen nicht zu fürchten. Geh hin, stell dich ihm, und wenn du den innerlichen Drang verspürst, dann nimm die Krone hoch und setze sie auf.«

»Ja«, murmelte Yakup. »Das werde ich tun. Aber ich möchte noch wissen, was geschieht, wenn ich die Krone aufsetze. Bitte, das sollst du mir sagen.«

»Nein, du musst schon Vertrauen haben. Bringe ihr das Vertrauen entgegen, das ich in dich gesetzt habe. Wenn du das tust, Yakup, ist alles gut.«

Der Türke, der an einem Schnittpunkt seines Lebens stand, dachte nicht mehr weiter nach. Er konnte nur noch zwei Dinge tun. Hoffen und vertrauen. Kataya, dieses Wort, das sich nicht erklären ließ, stand diesmal auf seiner Seite.

Yakup spürte das innerliche Fieber. Eine stärkere Kraft als noch vor einiger Zeit steckte in ihm.

Der Schrein vor ihm war leer. Auch die Glasfläche hatte wieder ihre normale Festigkeit angenommen. Der Weg zur Krone war weit gewesen, Yakup hatte durch den Verlust seines linken kleinen Fingers damit bezahlen müssen, doch das Ziel war erreicht.

»Und noch eines möchte ich dir zum Abschied sagen!«, hörte er aus der Höhle die flüsternde Stimme. »Es ist sehr wichtig und sollte von dir stets beachtet werden. Du bist nicht unsterblich, das weißt du. Aber die Krone wird dich in der Erinnerung unsterblich machen. Wenn du eingehst in die Weite des Geisterreiches, wird die Krone wieder an diesen Platz zurückkehren, und dein Konterfei reiht sich ein in den Reigen der anderen Kronen-Träger. Es waren nicht nur menschliche Wesen darunter. Das sollte dir zu erkennen geben, dass der Mensch sich zwar für die Krönung der Schöpfung hält, es aber nicht immer ist. Auch die Wesen, die nicht menschlich aussehen, waren gut und haben für die gerechte Sache gekämpft. Deshalb betrachte diejenigen Personen, mit denen du dich umgibst, nicht nach dem Äußeren, sondern forsche nach den inneren Werten. Hast du mich verstanden?«

»Ja, ich werde es mir merken. Es ist in meinem Innern eingebrannt worden.«

»Dann verlasse die Höhle und gehe dem entgegen, der draußen im Tal der Schatten auf dich wartet.«

Damit war Yakup entlassen. Er wusste auch, dass er nicht länger bleiben konnte, und schritt zurück.

Das Licht ging aus, und von allen Seiten schlich die Dunkelheit heran. Sie kam ihm in diesen Augenblicken vor, als würde sie alles übernehmen.

Der Schrein verschwand ebenso vor seinen Augen wie die Gesichter der Kronenträger am Boden. Auf Yakup wirkte es wie ein äußeres Zeichen. Die anderen hatten nichts mehr mit der Ninja-Krone zu tun. Jetzt war er ihr Besitzer und musste sich ihrer würdig erweisen.

So ging er zurück. Den ersten Schritt zitternd, den zweiten schon forscher, beim dritten drehte er sich um und starrte in die Richtung, in der der Ausgang liegen musste.

Er sah ihn nicht.

Seine Augen waren noch von der letzten Helligkeit geblendet, auch der Teufel zeichnete sich nicht als von Flammen umloderte Gestalt ab. Yakup war allein, obwohl er genau wusste, dass dies nicht zutraf.

Und so machte er sich wieder auf den Weg. Es war fast wie beim ersten Mal, nur mit einem kleinen Unterschied:

Jetzt besaß *er* die Krone!

Und er fühlte sich diesmal sicherer, als er durch die Dunkelheit schritt. Sollte der Teufel ruhig auf ihn warten, Yakup war gerüstet. Nicht umsonst besaß Asmodis eine gewisse Furcht vor der Krone, obwohl er sie selbst für seine Zwecke einsetzen konnte.

Yakup stolperte kaum mehr über die Unebenheiten des Bodens. Als wären ihm die Augen für die Dunkelheit gewachsen, so umging er umherliegende Felsblöcke, Steine und Hindernisse.

Allmählich schälte sich etwas aus der Finsternis hervor. Es wurde deutlicher, je näher Yakup diesem Ziel entgegenschritt.

Es war der graue Ausschnitt des Eingangs. Dahinter lag die Düsternis des Tals, dort würde Asmodis auf ihn warten, um eine Entscheidung herbeizuführen.

Yakups Gegner hielt sich versteckt. Der junge Türke hatte ihn eigentlich auf der Schwelle des Eingangs erwartet. Er wunderte sich ein wenig darüber, den Teufel nicht zu sehen.

Je näher Yakup dem Ausgang kam, umso vorsichtiger wurde er. Seine Augen waren weit geöffnet, die Sinne gespannt, er rechnete mit negativen Überraschungen, wie einem plötzlichen Überfall.

Auch der blieb aus.

Allmählich spürte Yakup das Gewicht der Krone. Sie bestand aus Metall und war doch schwerer, als er angenommen hatte.

Die Worte des Geistes Kataya fielen ihm ein. Yakup hatte gehört, dass er die Krone nur dann aufsetzen sollte, wenn er einen innerlichen Drang spürte. So weit war es noch nicht. Zunächst einmal musste sich Yakup den normalen Bedingungen seiner Umwelt stellen.

Geduckt näherte er sich dem grauen Einschnitt. Er konnte bereits in die Schlucht hineinsehen. Das Geröll bedeckte nach wie vor den Grund des engen Tals. Die von der Wand abgefallenen, großen Stücke boten zahlreiche Versteckmöglichkeiten, hinter denen sich Asmodis verbergen konnte.

Der Türke verließ die Höhle.

Er trat damit von einem Schweigen in das andere. Unterschiede konnte er nicht feststellen. Der Hauch der Gefahr blieb, er umgab ihn unsichtbar, war permanent vorhanden und streichelte ihn.

Unter seinen Füßen zerknirschten kleine Steine zu Staub. Es war für den Türken nicht möglich, sich lautlos zu bewegen. Wer ihn nicht sah, der hörte ihn.

Dann sah er den Teufel!

Als hätte er im Innern des Bodens gelauert, so schob sich seine schreckliche Gestalt in die Höhe. Mit bleichem Gesicht, aber schwarz umflort. Ein schrecklicher Anblick, der sich teilweise mit den düsteren Schatten der Schlucht verband.

Unheimlich anzusehen, Gefahr ausströmend und gleichzeitig eine Pranke ausstreckend.

Yakup blieb stehen.

Sekundenlang tat sich nichts. Dann vernahm der Türke das leise, hämische Lachen. »Weshalb kommst du nicht näher und überbringst deinem Lebensretter, was ihm zusteht?«

Von jeher war der Teufel ein raffinierter Geselle gewesen. Das hatte sich auch in der modernen Zeit nicht geändert. Er appellierte an die Dankbarkeit der Menschen, er wollte Yakup kalt erwischen und ihn davon überzeugen, dass dieser die Krone freiwillig abzugeben habe.

Aber Yakup kam der Aufforderung nicht nach. Er dachte an die Begegnung mit Kataya, und er zog die Krone so zu sich heran, dass er sie unter seinen Arm klemmen konnte.

Asmodis sah die Geste wohl. »Hast du wirklich vergessen, wer dich gerettet hat, oder muss ich dich deutlicher daran erinnern?«

»Nein, nicht nötig.«

»Dann gib sie mir.«

Einen Arm hob Yakup an. »Einen Moment noch«, sagte er. »Ich möchte etwas sagen.«

»Die Chance gebe ich dir.« Der Teufel hatte laut gesprochen. Mit einer Stimme, die zwischen den kahlen Wänden der Schlucht widerhallte.

»Diese Krone ist allein für mich bestimmt. Man hat auf mich gewartet. Ich gehöre zu den wenigen Menschen, die sie an sich nehmen dürfen. Ich darf sie nicht abgeben. Es ist mein Besitz. Du, Asmodis, stehst auf der anderen Seite. Ich würde einen Frevel begehen, wenn ich die Krone der Ninja freiwillig aus der Hand gäbe.«

Der Teufel war über diese Worte verwundert. »Dann willst du sie nicht hergeben?«

»Nein.«

»Damit hast du dein Todesurteil gesprochen!«

»Ich weiß«, erwiderte Yakup. »Ich bin mir dessen bewusst geworden, ich wusste es immer. Aber ich musste diesen Weg gehen. Wenn du die Krone in deinen Besitz bringst, wird sie dir kein Glück bringen. Allein dem Gerechten und Würdigen verschafft sie das Glück und den Sieg, den er verdient hat. Nicht dem Herrscher der Hölle. Er ist unwürdig, er kann und darf die Krone der Ninja nicht tragen. Das hat Kataya so gewollt und es mir deutlich genug gesagt. Ich warne dich deshalb!«

Wütend winkte Asmodis ab. »Wer ist schon Kataya? Ein großer Geist nennt er sich, aber was ist er gegen mich? Ein Nichts, ein Niemand, nein, ich bin der Herrscher, denn ich will die Krone, um meine Feinde zu vernichten. Dazu zähle ich auch Kataya, der von den Völkern des Orients so angebetet und gleichzeitig gefürchtet wird. Ich bin stärker als dieser Geist, und hinter mir steht das absolut Böse, die Macht, die alles vernichten kann und die auch einen Namen besitzt – Luzifer!«

»Ich kenne ihn!«

»Das ist gut. Deshalb gebe ich dir auch den Rat, nicht gegen uns anzugehen. Ihr Menschen rechnet mit der Zeit. Ich will dir entgegenkommen. Deshalb gebe ich dir die Spanne von drei Sekunden, um mir die Krone zu bringen. Wenn du es nicht tust, bist du endgültig verloren. Dann werde ich dich auf eine für dich schlimme Art und Weise vernichten.«

Yakup wusste, dass Asmodis nicht bluffte. Das konnte sich der Teufel nicht erlauben. Ein Menschenleben war ihm egal. Ihm kam es auf die Seele derjenigen Person an, denn sie allein stärkte seine Macht.

Der Teufel zählte.

Er zischte dabei die Zahl, gerade so laut, dass Yakup sie noch verstehen konnte.

Aber er kümmerte sich nicht um Asmodis und dessen Stimme. Der Türke hatte etwas anderes gehört.

Hinter ihm war das Geräusch aufgeklungen. Zunächst ein Kratzen und Schaben, dann das Rollen kleiner Steine, als wären sie von einer fremden Kraft bewegt worden.

»Zwei!«

So hörte Yakup die nächste Zahl, aber er selbst drehte sich um und wandte Asmodis sein Profil zu.

Abermals vernahm er das Geräusch. Diesmal sogar lauter, da waren mehrere Steine gefallen.

»Drei!«

Damit hatte Asmodis das Ende des türkischen Kämpfers eingeläutet, wenn nicht eine andere Stimme durch die Schlucht gehallt wäre, die nur einen Satz sagte.

»Man sollte nie den Joker vergessen, Asmodis!«

Gesprochen hatte Shimada!

Suko und mir blieb keine andere Möglichkeit, als den Weg zu gehen, den auch Yago benutzt hatte. Das Haus auf dem Hügel war mit einem Eisberg verglichen worden. Vielleicht befand sich ein Fünftel über dem Hügel, aber vier Fünftel darunter.

Wenn man die Größe des Gartens in Betracht zog, konnte dieser unterirdische Bereich schon als gewaltig angesehen werden. Möglicherweise ein Labor unter der Erde, zu vergleichen mit den Kulissen eines spannenden Bond-Streifens.

Verwüstung und ein Toter blieben hinter uns zurück. Was vor uns lag, konnte noch schlimmer kommen.

Die Wände waren dünn, aber undurchsichtig. Eine Schiebetür wich zur Seite, als wir einen bestimmten Punkt auf dem Boden berührten.

Es gab kaum ein Geräusch, und wir konnten die Pistolen sinken lassen, als wir in den leeren Raum schauten, der ebenfalls ziemlich groß war, aber nicht den hallenähnlichen Charakter des Zimmers hatte, das hinter uns lag.

Ein Panoramafahrstuhl, wie er in der letzten Zeit in Mode gekommen war, fiel mir auf. Die Außenwände bestanden aus Kunstglas, ebenso die Kabine.

»Sollen wir einsteigen?«, fragte Suko.

Ich antwortete mit einer Gegenfrage. »Siehst du noch einen zweiten Ausgang?«

»Nein.«

»Dann komm.«

Es war nicht weit bis zur Tür. Auch der runde Knauf bestand aus Plexiglas.

Ich öffnete die Tür.

Zwar bin ich viel gewohnt, aber es gibt Dinge, bei denen ich immer ein komisches Gefühl habe. Diese durchsichtigen Aufzüge gehören dazu. Erst wenn ich auf dem Boden stand, ging es mir wieder besser.

Suko folgte mir und zog die Tür zu. »Alles klar, John?«

Mein Blick glitt über die Anzeigetafel. Ich drückte die Kellertaste.

Ein sanfter Ruck durchlief den Aufzug, dann setzte er sich

in Bewegung. Suko und ich fuhren einem ungewissen Schicksal entgegen. Unsere Blicke waren nach unten gerichtet. Sie glitten an den Fußspitzen vorbei und verloren sich im Grau der Tiefe. Im Keller würden wir wahrscheinlich Yamiga, Yagos Zwillingsbruder, gegenüberstehen.

Die Geschwindigkeit des Aufzugs war normal. Da ich voller Erwartungen steckte, kam sie mir sogar langsamer vor als bei einem normalen Lift. Und die große unterirdische Halle rückte näher. Ein gewaltiger Komplex, den wir selbst aus der Höhe nicht völlig überblicken konnten, weil er einfach zu weitläufig war.

Nur die Notbeleuchtung brannte.

Bevor der Lift stoppte, ruckte er noch einmal nach. Es schien so, als wäre er froh, uns ausspeien zu können.

Suko sah es optimistischer. »Wenigstens das haben wir überstanden«, erklärte er. Mit dem Ellbogen schob ich die Tür auf. Ich dachte an meine Waffen, die ich besaß. Sie verliehen mir Sicherheit. Auch den Bumerang hatte ich eingesteckt, einen Trumpf, den man nicht unterschätzen sollte.

Wir betraten die Halle.

Glatt und fugenlos war der Betonboden. Auf ihm glänzte kein Staubkörnchen. Seine Farbe konnte man als mausgrau bezeichnen.

Es war nicht still. Wir hörten ein sehr gleichmäßiges Summen, suchten aber vergeblich nach der Quelle.

»Marschieren wir getrennt?«, fragte Suko.

Ich war einverstanden, und so gingen wir in verschiedene Richtungen.

Schon sehr bald fielen mir die hohen Geräte auf. Energielieferanten, die an den Wänden standen und sich in ihrer Lackierung kaum vom Boden unterschieden. Deshalb hatte ich sie auch so spät entdeckt.

»John!« Die Stimme meines Freundes drang durch die Halle. »Ich habe einen Ausgang gefunden.«

»Okay, ich komme.«

Als ich etwa die Hälfte der Strecke hinter mich gebracht

hatte, wurden meine Schritte durch kratzige Worte gestoppt. »Willkommen in meinem Reich. Ich hoffe, dass Sie viel Neues entdecken werden, aber ich werde Ihnen nicht die Chance geben, dieses Neue zu verwerten. Das wollte ich Ihnen zu Ihrer Ankunft mitteilen.«

»Hast du es gehört?«, fragte ich Suko, als ich neben ihm stehen blieb.

»Klar.«

»Eine Tür gibt es nicht?«

»Doch, komm mit.«

Die Tür war nur schwer zu erkennen, weil sie sich vom Grau der Wände kaum abhob. Natürlich bestand sie aus Stahl. Ein Schloss sah ich nicht, nur einen Griff.

Suko umklammerte ihn. Er wollte die Tür aufziehen. Es klappte. Wir betraten einen im Vergleich zur Halle schmalen Gang, von dem einige Türen abzweigten. Was dahinter lag, würden wir noch herausfinden.

Hinter uns schwappte die Tür zu. Die zusammengepresste Luft streifte unsere Nacken. Danach hatte uns der kahle Gang verschluckt. Es war niemand zu sehen, trotzdem spürten wir etwas von der Atmosphäre dieser Tiefe. Hier war alles tot, dennoch herrschte kein Schweigen. Das Summen der elektrischen Apparaturen lag als monotones Geräusch im Hintergrund. Obwohl nichts darauf hinwies, fühlten wir uns beide beobachtet. Suko und ich hatten den Gedanken zur gleichen Zeit gehabt und sprachen flüsternd darüber.

»Und dabei hatten wir nur das Tal der Schatten finden wollen«, fügte ich noch hinzu.

»Genau das ist es.«

»Ob Yakup noch lebt?«

»Frag mich was Leichteres, John.«

Wir konnten die Unterhaltung nicht mehr weiterführen, da sich auf der rechten Seite eine der Türen öffnete. Sie schwang uns langsam entgegen, aber es ließ sich niemand blicken. Derjenige, der die Tür aufgestoßen hatte, blieb hinter ihr.

Sie blieb im rechten Winkel zur Wand stehen. Wir schauten

gegen ihre Fläche und warteten so lange, bis wir eine bekannte Stimme hörten. »Kommt näher, ich will euch sehen und euch gleichzeitig etwas zeigen.«

Yago, der Falke, hatte uns gerufen.

»Sollen wir?«, flüsterte Suko.

»Hast du einen anderen Vorschlag?«

Sukos Gesichtszüge verhärteten sich. »John, wir befinden uns in einer verdammt prekären Lage. Man will uns vernichten. Wie eiskalt die Gegner vorgehen, haben wir bei Kommissar Muroto erlebt. Yago und Yamiga sind Zwillinge. Vielleicht können wir es schaffen, über den einen an den anderen heranzukommen.«

Ich hatte meinen Freund verstanden. »Denkst du an eine Geiselnahme?«

»So etwas schließe ich zumindest nicht aus.«

Es war nicht unsere Art, so zu reagieren, doch manchmal musste man so hart sein. Es gibt gewisse Situationen, wo der Teufel nur durch den Beelzebub auszutreiben ist.

Gemeinsam setzten wir uns in Bewegung. Ich drückte mich dann als Erster an der Türkante vorbei, schaute in das Zimmer und sah sogar eine europäisch anmutende Einrichtung.

Zwei Sessel, ein Tisch, auf dem eine Schale stand, die mit einer körnigen Masse gefüllt war.

Hinter dem Tisch stand, und zwar so, dass er zur Tür schauen konnte, Yago, der Falke.

Er schaute sehr kalt, unbeteiligt und nickte kurz, als wir über die Schwelle traten.

»Ziehen Sie die Tür ruhig hinter sich zu«, sagte er und wies auf zwei Sessel. »Dann können Sie es sich bequem machen.«

Ich war davon nicht begeistert, schluckte aber meinen Ärger hinunter, denn ich wollte, dass es endlich weiterging.

Wir saßen uns im Dreieck gegenüber. Suko und ich bildeten dabei die Grundseite, Yago die Spitze. Sein Sessel hatte eine höhere Sitzfläche, sodass er uns gerade in die Augen schauen konnte, aber die Beine erreichten den Boden nicht. Sie baumelten darüber.

Der Falke hatte sich umgezogen. Er trug einen kleinen, ihm passenden Kimono aus seidig schimmerndem gelbem Stoff, der gleichzeitig mit Motiven bedruckt war. Sie zeigten Falken mit ausgebreiteten Flügeln. Wenn sich Yago bewegte und der Stoff Falten warf, sah es so aus, als wollten die Vögel im nächsten Augenblick wegfliegen.

Eine Stablampe spendete Licht. Sie stand in einer Ecke. Auf ihrem Ende steckte eine helle Kugel in der Form eines Mondes.

Yago öffnete den Mund und holte tief Luft. »Sie haben einen Fehler gemacht, denn Sie beide hätten nicht zu mir kommen dürfen. Oder hätten meinen Rat befolgen müssen. Jetzt ist es zu spät, denn Yamiga, mein Bruder, weiß von Ihrer Existenz, und Sie haben gleichzeitig seinen Zorn und seinen Hass geweckt.«

»Hätten Sie sich vielleicht von diesem Monstrum töten lassen?«, fragte ich.

»Ich weiß es nicht, ich kann da nicht objektiv sein, da ich einfach zu tief in der Sache mit drinstecke.«

»Jetzt sind wir jedenfalls hier«, sagte Suko. »Und wie geht es weiter? Das müssten Sie wissen.«

Er nickte. »Ich kenne meinen Bruder. Er ist ein Genie. Vielleicht einer der wenigen auf der Welt. Er hat die Magie und Technik unter einen Hut gebracht. Tradition und Forschung hat er miteinander verknüpft. Er ist ein genialer Techniker, Sie haben seine von ihm erschaffenen Roboter gesehen. Diese Wesen sind außergewöhnlich, denn er hat sie zudem bewaffnen können. Hier unten befindet sich seine Welt, hier hat er alles unter Kontrolle, und er wird Ihnen gegenüberstehen, um Sie zu bestrafen.«

»Was hat er dann vor?«, fragte ich.

»Diese Bestrafung wird mit eurem Tod ihr Ende finden. Aber erst werdet ihr leiden. Wie gesagt, er verbindet Technik mit Tradition.«

Drohungen, so schlimm sie auch waren, ließen uns meistens kalt. Deshalb reagierten wir auch gelassen. Ich redete und ging nicht auf seine Bemerkungen ein, dafür schnitt ich ein anderes Thema an. »Wie stehen Sie eigentlich zu Ihrem Zwillingsbruder?«, fragte ich ihn.

»Positiv.«

»Sie lieben ihn also?«

»Ja.«

»Und würden ihn nie verraten?«

»Nein. Wir Söhne Nippons sind sehr familienbewusst. Wir halten unsere Versprechen. Aus diesem Grunde wird es auch Ihnen nicht gelingen, einen Keil zwischen uns zu treiben. Das wollte ich vorweg sagen.«

»Was haben Sie davon, wenn es Ihrem Bruder gut geht? Sie beschäftigen sich doch mit anderen Dingen.«

Suko hatte die Frage gestellt. »Das ist wahr!«, erhielt er zur Antwort. »Aber vergessen Sie nicht, dass wir uns auch gegenseitig ergänzen und mit der Tradition nicht brechen werden. Auch die Sonne wird nicht auseinander gerissen. Wir gehören zusammen, wir halten zusammen, und wir ergänzen uns.«

»Weiß der Kaiser von euch?«

Yago lächelte. »Ja, er kennt unsere Namen. Wir selbst waren nicht mehr am Hof. Aber wir haben uns den Respekt erhalten, wie Sie selbst erleben konnten.«

Ich mochte diesen Typ überhaupt nicht. Das hatte nichts mit seinem Wuchs zu tun, dafür konnte er nichts, es war einfach seine Einstellung, die meiner Ansicht nach überhaupt nicht zu seiner glatten Höflichkeit passte, die er zur Schau stellte.

Es gibt Menschen, die bewundern die Höflichkeit der Japaner. Auch ich gehöre dazu, aber es ist etwas anderes, ob man als Freund oder als Feind höflich behandelt wird. Hier waren wir Feinde.

»Sie wissen, dass Kommissar Muroto tot ist?«

»Natürlich, Mr Sinclair.«

»Der Mord geschah in Ihrem Haus.«

»Ich weiß. Daran konnte ich nichts ändern. Vielleicht wollte ich es auch nicht. Jeder soll und muss seinen eigenen Weg gehen. Der Meinung bin ich. Ich habe den Kommissar gewarnt. Er hat nicht auf meine Worte gehört, ebensowenig wie Sie. Er hat es gebüßt, sein Tod war schneller; euer Ableben wird langsamer und qualvoller sein.«

»Da der Kommissar nicht mehr lebt«, fuhr ich unbeirrt durch seine Drohung fort, »wird man eine Suchaktion starten! Man weiß, welches Ziel wir gehabt haben. Ihr Haus, Yago, wird bald von Polizisten wimmeln. Nichts ist mehr vor einer Entdeckung sicher, auch nicht Ihr Bruder.«

Die Worte schienen ihn getroffen zu haben, denn er schaute mich für längere Zeit nachdenklich an. Dabei hatte er seine hohe Stirn in Falten gelegt. »Sie begehen einen Fehler, Mr Sinclair, Sie denken zu europäisch. Wir befinden uns hier nicht in England. Wir sind in Japan. Hier denkt und handelt man anders. Hier hat man Respekt, auch als Polizist. Und dieser Respekt muss dem Kaiser erwiesen werden. Muroto wusste genau, dass wir mit dem Kaiser in Verbindung stehen, auch seine Kollegen sind nicht dumm und ebenfalls informiert. Verstehen Sie mich?«

»Nicht ganz.«

»Dann will ich es Ihnen genau sagen. Die Polizei wird sich hüten, mein Haus zu durchsuchen. Vielleicht wird man mich höflich fragen, und ich werde ebenso höflich antworten, dass ich nichts weiß. Ich sage den Leuten die halbe Wahrheit. Natürlich war Ihr Kollege hier, aber er ist wieder gefahren. Begreifen Sie das?«

»Allmählich.«

»Dann freue ich mich darüber.«

Ich war ziemlich sauer. Obwohl ich ihm das Gegenteil nicht beweisen konnte, versuchte ich es noch einmal. »Sie leben zu sehr in einer anderen Welt. Okay, ich kenne Ihr Land nicht genau, aber ich weiß, welch eine Entwicklung es durchgemacht hat. Wir befinden uns nicht mehr im Japan des vorigen Jahrhunderts. Es hat stürmische Entwicklungen gegeben. Die Japaner haben auf allen Gebieten immens aufgeholt. Sie sind in der Elektronik und der Optik wahre Meister.«

»Bitte, Mr Sinclair, keine Belehrungen. Ich weiß es besser, darauf können Sie sich verlassen.«

Wahrscheinlich wusste er das tatsächlich, aber ich war einfach sauer gewesen.

»Unsere Macht existiert, dagegen können auch Sie nicht angehen. Ebenfalls nicht derjenige, den Sie suchen. Höchstwahrscheinlich wird Ihr Freund längst im Reich der Schatten verloren sein. Er hat ebensowenig eine Chance gehabt, wie Sie sie haben werden.«

»Aber er hatte mit Ihnen nichts zu tun«, sagte Suko.

»Nein. Nur hat es das Schicksal so gewollt, dass ihr zu mir gekommen seid. Wer Warnungen missachtet, wird sterben, so steht es in den Gesetzen geschrieben.«

»Wir haben sie nicht gemacht«, erklärte Suko.

»Aber ihr werdet euch danach richten müssen!«

Wir konnten nicht viel darauf erwidern. Auch Gewalt nutzte in diesem Falle nichts. Wir mussten abwarten, welche Pläne die beiden Brüder mit uns verfolgten.

Danach fragte ich: »Wie soll es weitergehen?«

Yago hob seine schmalen Schultern. »Wie ich meinen Bruder kenne, wird er mit euch spielen. Er hat zuvor noch eine Aufgabe zu erledigen. Auch eine Bestrafung.«

»An wem?«

»Es ist eine Frau. Eine Eurasierin. Sie hat ihn abgewiesen. Er hatte Aufnahmen von einem Kongress gesehen. Unter den dort anwesenden Wissenschaftlern befand sich eine gewisse Chantal Osaka. Mutter Französin, der Vater Japaner.«

»Und weiter?«

Yago, der Falke, grinste schief. »Mein Bruder hat sie eingeladen. Er setzte sich mit ihr in Verbindung. Er wollte sie nicht nur als Frau, sondern auch als Wissenschaftlerin gewinnen. Sie lehnte seine Einladungen stets ab. Zweimal ließ sich Yamiga dies gefallen. Die dritte Einladung überreichte er auf eine besondere Art und Weise. Er ließ sie entführen. Jetzt ist sie bei ihm und wird wahrscheinlich auch sterben.«

Ich schaute Yago starr an. »Aus welch einem Grund?«

Er lächelte kalt. »Sie hat ihn nicht erhört.«

»Ihr Bruder wollte sie also zu seiner Geliebten machen?«

»So ist es. Man weist ein Genie nicht ab. Das wird sie zu spüren bekommen. Ihre Strafe wird fürchterlich sein. Mein Bruder hatte ihr noch eine Chance gegeben, doch sie bezeichnete ihn als einen größenwahnsinnigen Zwerg. Habt ihr gehört?«

»Ja, Sie sprachen laut genug.«

Yago nickte zufrieden. »Zudem wird sie vor euch sterben.« Er drehte seine Hand. Am Gelenk trug er eine protzige Uhr. »Das dauert nicht mehr lange. Es wird euch sogar vergönnt sein, ihr Schreien zu hören. Wollt ihr …?«

»Ja!«, sagte Suko. »Wir wollen.«

Yago zeigte sich amüsiert. »Aber ihr habt keine Chance, ihr zu helfen. Das sage ich euch nicht nur so, es stimmt auch. Mein Bruder wird sie zusammen mit seinen beiden Leibwächtern begrüßen. Diese Roboter sind überall dabei.«

»Wo befindet sie sich?«, fragte ich.

»Nebenan.«

Ich schaute ziemlich ungläubig. Suko erging es nicht anders, und der Japaner fing an zu lachen. »Ja, es stimmt.«

Fast zur gleichen Zeit sprangen wir hoch, aber Yago winkte ab. »Keine Hektik, hier ist für alles gesorgt. Ich zeige es euch, ihr braucht mir nur zu folgen.«

Wir schauten ihm zu, wie er zur Wand ging. Er war so verdammt klein, wobei er zwischen uns fast lächerlich wirkte. Wir durften uns nur nicht täuschen lassen. Dieser Zwerg bildete zusammen mit seinem Bruder eine nicht zu unterschätzende Gefahr.

Er ging mit sicheren Schritten auf die Wand zu, die sich, als er saß, hinter ihm befunden hatte. Wir traten näher und sahen, wie der Zwerg seinen rechten Arm hob. Mit zwei Fingern berührte er eine bestimmte Stelle.

Wiederum erlebten wir die Perfektion der Technik, denn ein kleiner Teil der Wand rollte zur Seite.

»Bitte sehr«, sagte er.

Staunend schauten wir auf einen Spiegel.

Eine glänzende Fläche, die jedoch nicht unser Spiegelbild widergab, sondern durchsichtig war.

Ein so genannter Einwegspiegel!

Von der anderen Seite konnte man nicht hindurchschauen, wir aber sahen, was sich dahinter abspielte, und jeder von uns spürte plötzlich in seinem Magen einen dicken Kloß.

»Tretet näher!«, hörten wir Yagos Flüstern. »Tretet ruhig näher, damit ihr alles genau mitbekommt.«

Es gab ihn nicht nur in Liedern, Romanen oder Gedichten, sondern auch in Wirklichkeit. Und er war viel schlimmer, als es sich die Autoren hätten ausdenken können.

Chantal Osaka erlebte ihn, den so genannten goldenen Käfig.

Und sie war die Gefangene!

Wie viele Tage oder Wochen sie schon in den unterirdischen Räumen verbracht hatte, konnte sie nicht sagen. Das Zeitgefühl war ihr verloren gegangen. Jedenfalls sah sie keine Chance, den Klauen dieses gewalttätigen und frustrierten Zwergs namens Yamiga zu entkommen.

Damals, als sie angefangen hatte, sich für Elektronik zu interessieren, hatte man schon von Yamiga gesprochen. Er war eine Kapazität gewesen, ein geheimnisvoller Wissenschaftler, ein Genie, der sein Gebiet beherrschte.

Wer von ihm hörte oder seine Artikel las, musste einfach von ihm angetan sein. Aber er umgab seine Person stets mit einem düsteren Geheimnis, das niemand durchdringen sollte.

Nun, Chantal hatte es geschafft, und sie war enttäuscht gewesen, dass dieser wirklich außergewöhnliche Wissenschaftler sich als kleiner, größenwahnsinniger und geiler Zwerg entpuppt hatte.

Chantal hatte ihn mit harten Worten abgewiesen.

»Auf dich kann die Welt verzichten, auf mich nicht!« Allein dieser eine Satz ließ etwas von seiner Lebensdevise erkennen.

Anderen nichts gönnen, nur sich hochloben und die Menschen verachten.

Es hatte seine Zeit gedauert, bis Chantal Osaka damit fertig geworden war. Aber sie war hart geblieben, obwohl sie wusste, dass sie keine Chance hatte. Sie wollte sich nicht verkaufen und auch nicht kaufen lassen, die Ehre war ihr mehr wert.

Yamiga blieb von einer für sie erschreckend kalten Höflichkeit. Er schrie und tobte nicht, er drehte nicht durch, er lächelte nur hin und wieder so kalt, dass ihr eine Gänsehaut über den Rücken lief, als würde von diesem Menschen ein gewaltiger Frost ausgehen.

Chantal erhielt ein Zimmer im Apartmentcharakter. Es hatte eine eingebaute Duschkabine. Sitzgelegenheiten waren ebenso vorhanden wie ein TV-Apparat. Es fehlte ihr an nichts, sie erhielt regelmäßig ihr Essen, das gut war, aber sie konnte den klimatisierten Raum nicht verlassen. Der goldene Käfig war fest verschlossen.

Das alles hätte sie nicht einmal so sehr gestört, Chantal hätte sich sogar daran gewöhnen können, etwas anderes war viel schlimmer.

Die Ungewissheit!

Sie hatte diesen Yamiga beleidigt, und das würde er ihr nie verzeihen. Nach seinen Regeln gab es für eine solche Freveltat nur den Tod. Wann sie sterben sollte, wusste sie nicht.

Natürlich hatte Chantal einiges versucht, aber die stummen Diener des Wissenschaftlers ließen sich nicht bestechen. Ob Mensch oder Roboter, sie waren ihrem Herrn treu ergeben.

Also hatte Chantal auch von dieser Seite keine Hilfe für eine erfolgreiche Flucht zu erwarten.

Des Öfteren hatte sie in den letzten Tagen in den Spiegel geschaut und festgestellt, dass die Gefangenschaft doch Spuren in ihrem Gesicht hinterlassen hatte. Die Haut war grau und alt geworden. Furchen hatten sich eingegraben, der Blick war stumpfer geworden, auch eine Folge der permanenten Angst.

Chantal ging gegen sie an. Sie übte sich in Yoga und

nahm ab und zu eine Dusche. Auch am zehnten Tag ihrer Gefangenschaft.

Aber diesmal war es anders.

Sie fühlte sich leer und stand unter einer drückenden Spannung. Beides vereinigte sich zu einem schrecklichen Gefühl, das Chantal mit dem Begriff Gewissheit umschreiben konnte.

Die Gewissheit, dass sie sterben würde.

Und zwar an diesem Tag!

Zuerst hatte sie versucht, dagegen anzukämpfen. Es war ihr nicht gelungen, und so empfand sie das Entkleiden vor dem Gang zur Dusche wie ein Ritual.

Sehr sorgfältig legte sie die Dinge auf einen kleinen Hocker.

Zwei Schritte brauchte sie nur zu gehen, um den Vorhang zu erreichen. Sie zog die eine Hälfte zur Seite und stieg in die kleine Wanne. Dann drehte sie die Dusche auf.

Das Wasser war heiß. Sofort bildete sich ein starker Dampf, der in dicken Wolken in die Höhe stieg und sich zwischen den Innenwänden des Duschvorhangs hielt.

Die Tropfen massierten ihre Haut. Chantal hielt ihr Gesicht in den Wasserstrahl, schloss die Augen und gab sich dem Gefühl hin, aus dieser schrecklichen Welt einfach weggeschwemmt zu werden.

Es war leider nur Illusion, das wusste sie, aber sie genoss wenigstens diese Einbildung, denn die Wirklichkeit war schlimm genug.

Damit sollte sie Recht behalten. Nur sah Chantal nicht, dass sich die Tür des Zimmers lautlos nach innen schob und bis zum Anschlag aufgedrückt wurde, damit die drei Wesen den Raum betreten konnten, die hineinwollten.

Es waren Yamiga und seine beiden Roboter. Oder ein Zwerg und zwei Stahlriesen.

Im ersten Augenblick ein lächerlicher Anblick. Beim zweiten Hinsehen jedoch änderte sich dieses Bild. Da war der Anblick überhaupt nicht mehr lächerlich, im Gegenteil, er wurde gefährlich.

Yamigas Gesicht strahlte eine fast perfekte Bösartigkeit aus. Da war nichts Positives in seinem Blick. Die Augen wirkten wie zwei Steine, die einzelnen Gesichtsfalten hatten sich ineinander geschoben. Kahl war der Kopf, groß die Ohren, und der alte Ausdruck wollte auch nicht so recht zu dem sehr kleinen Körper passen.

Der Oberkörper steckte in einem dunkelroten Pullover, die Beine in Kinder-Jeans.

Eingerahmt wurde der Zwerg von seinen beiden Robotern. Künstliche Geschöpfe mit rotgelben Augen, die sich langsam, aber dennoch abgehackt bewegten, wobei sie auf die Dusche starrten.

Das genau war ihr Ziel.

Yamiga, der Böse, hatte sie voll unter Kontrolle. Auf seine Handbewegung hin blieben sie stehen und schüttelten sich, als hätte jemand Wasser über sie gegossen.

Ihre Köpfe drehten sich. Sie starrten auf den hellen Duschvorhang. Auch Yamiga behielt diesen Blick bei. Bevor er den Arm hob und ihn sofort danach wieder fallen ließ.

Das Zeichen!

Und die beiden bewegten sich.

Kurz nur schleuderten sie ihre Arme vor. Aus vier verschiedenen Öffnungen an den Gelenken jagten die langen Messer hervor und zielten mit ihren Spitzen auf den Vorhang.

Chantal duschte noch immer.

Sie konnte nichts gehört und gesehen haben, denn sie wandte dem Zwerg und seinen beiden Robotern den Rücken zu. Aber sie besaß auch als Mensch einen gewissen Instinkt.

Chantal drehte die Dusche zurück.

Das Wasser prasselte nicht mehr so hart auf ihren Körper und gegen die Duschwanne.

Yamigas breiter Mund verzog sich zu einem hässlichen Grinsen. Er stemmte seine kleinen Arme in die Hüften und sagte nur: »Ich bin gekommen!«

Chantal hörte die Worte. Sie stand geduckt da. Ihr wurde plötzlich kalt. Es lag nicht an der Temperatur, sondern an dem

Wissen, dass es in den nächsten Augenblicken zu Ende sein würde.

Trotzdem drehte sie sich um.

Nicht zu schnell und nicht zu langsam.

Das geschah in dem Augenblick, als Yamiga abermals seinen rechten Arm senkte.

Die Roboter verstanden.

Vier Arme und vier Messer rammten vor. Sie stießen durch den dünnen Vorhang und …

Chantal hatte keine Chance.

Als sie in der Dusche zusammensank, rötete sich schon das gurgelnde Wasser um den Abfluss herum, als wäre die berühmte Szene aus dem Film *Psycho* auf schreckliche Art und Weise kopiert worden.

Und ich wurde Zeuge dieses Vorgangs!

Uns trennten die Mauer und der Spiegel. Während Yago nichts tat und sich mit seinem Schicksal abfand, konnte ich mich einfach nicht mehr beherrschen, riss die Beretta hervor, drosch den Falken neben mir zur Seite und schoss.

Ich hatte in den Spiegel gefeuert, sah ihn zerspringen, hörte das Klirren und erkannte das lange Spinnennetzmuster, das sich vom Kugelloch ausbreitete.

Die Roboter und Yamiga im anderen Zimmer sahen ungewöhnlich verzerrt aus. Mir war nicht bekannt, ob sie den Schuss gehört hatten, jedenfalls hatte ich das Furchtbare nicht verhindern können.

Ich schaute nicht mehr hin. Dafür kreiselte ich herum.

Yago schrie.

Das hatte seinen Grund. Er war von Suko gepackt worden und wurde durch den harten Nackengriff gehalten wie eine Puppe. Zudem hatte ihn mein Freund hochgehoben, sodass er mit seinen Beinen über dem Boden strampelte.

Auf mich wirkte die Szene nicht lächerlich. Yago war nicht besser als sein Zwillingsbruder.

Ich richtete die Mündung der Waffe auf ihn. »Jetzt rede endlich!«, sagte ich in sein Jammern hinein. »Was wird hier gespielt? Weshalb hast du uns dies gezeigt?«

Er hing noch immer in der Luft. Suko hatte seinen rechten Arm ausgestreckt. Sein Gesicht war unbewegt. Allein dass er den anderen so halten konnte, bewies, welch eine Kraft in ihm steckte.

Er holte Luft. »Ich, ich musste es tun!«, keuchte er. »Verdammt, ich musste es tun. Man hat mich gezwungen. Es war furchtbar, auch für mich. Mein Bruder ist stärker!«

Suko ließ ihn los. Mit beiden Füßen gleichzeitig landete er und blieb stehen, denn ich war seiner Bewegung mit der Waffenmündung gefolgt. »Sie mussten es also tun?«

»Das stimmt!«, greinte er. Sein Gesicht verzog sich dabei. Nichts war mehr von seiner einstigen Sicherheit zurückgeblieben. Sein gesamtes Handeln wurde nur noch von der Angst diktiert. Wie kleine Eisbrocken saß die Furcht in seinem Körper.

»Und wie soll es weitergehen?«, erkundigte sich Suko.

»Das bestimmt er!«

»Yamiga also?«

»Sicher.«

»Haben Sie nichts zu sagen?«, fragte ich.

»Nicht hier unten. Das ist seine Welt. Hier regiert er mit seinen Robotern. Sie verbreiten das Grauen. Sie sind perfekt. Sie bedienen und töten dich. Ich war nur Fassade, die Schule war Fassade, mein Garten, mein Haus. Alles Täuschung, um die eigentlichen Ziele meines Bruders zu verbergen.«

»Welches Ziel hat er?«

»Er will herrschen!«

»Wie?«

Da nickte Yago. Bevor er weitersprach, musste er sich erst überwinden. »Er will die absolute Herrschaft über Japan. Er ist bereit, die Stelle des Kaisers anzutreten. Seine Roboter werden den kaiserlichen Hof überfallen und andere töten.«

»Stimmt das?«, fragte ich flüsternd.

»Ja, so und nicht anders ist es. Er wird sie so weit trainieren, dass sie alles tun, was er ihnen befiehlt. Sie werden den Palast angreifen und alles niedermachen, was sich ihnen in den Weg stellt.«

»Und wann soll das geschehen?«, fragte Suko.

»Ich habe keine Ahnung. So genau hat er mich in seine Pläne nicht eingeweiht. Da wird er sich auch hüten, das kann ich euch versprechen. Ich bin nur sein Aushängeschild.«

Nach diesen Worten wusste ich noch immer nicht, auf welcher Seite er nun stand. Konnten wir ihn vielleicht auf unsere Seite zu ziehen? Es stand auf der Kippe, wir würden abwarten und erst einmal sehen, wie sich der andere verhielt.

Starr schaute ich ihm ins Gesicht. Nichts las ich in seinen Augen. Bis er schließlich den Kopf schüttelte und flüsterte: »Keine Chance, sage ich Ihnen. Keine Chance. Mein Bruder Yamiga ist stärker. Er herrscht in diesem Bereich. Er ist überall, auch wenn wir ihn nicht sehen. Tut mir Leid. Sie sind seine Gefangenen. Noch einmal, Sie hätten auf mich hören und weglaufen sollen, dann wäre jetzt alles klar. So aber sind Ihre Chancen auf null gesunken.«

Suko, der die gleichen Gedanken verfolgte wie ich, fragte: »Sie kennen sich doch hier unten aus – oder nicht?«

»Einigermaßen.« Nach dieser Antwort legte der Mann seinen Kopf schief. Dabei grinste er scharf. »Machen Sie sich nur keine zu großen Hoffnungen, Mr Sinclair. Hier unten sind wir Verlorene. Mein Bruder kontrolliert alles.«

»Damit rechnen wir natürlich«, erwiderte ich. »Aber auch wir haben unsere Maxime. Das heißt, wir greifen an, und Sie werden uns dabei zur Seite stehen. Sie, Yago, kennen sich hier unten aus. Sie wissen, wo Ihr Bruder sitzt. Deshalb fordern wir Sie auf, uns zu ihm zu bringen. Haben Sie verstanden?«

»Das schon, nur werden Sie kein Glück mit dieser Forderung haben. Wie ich meinen Bruder kenne, wird er nicht zulassen, dass Sie diesen Raum hier verlassen.«

Suko drehte sich um. »Wie will er das verhindern?«

»Glauben Sie mir, er ist schlauer.« Yago lächelte kurz, bevor sich seine Züge verkanteten. »Hören Sie nicht?«, flüsterte er. »Das leise Zischen, er ist bereits …«

Er sprach nicht mehr weiter, weil er von Sukos hastiger Bewegung abgelenkt wurde. Mein Freund und Partner wirbelte herum und lief mit hastigen Schritten zur Tür.

Trotzdem kam er zu spät.

Er schaffte es nicht mehr, die von selbst zufallende Tür aufzuhalten. Sie war einfach zu schnell.

Als Suko sich mit der Schulter gegen sie wuchtete, war sie bereits ins Schloss gefallen.

Wir waren gefangen.

»Das Zischen, hört genau hin!« Yago hatte wieder gesprochen und grinste diabolisch. Als er sich in Bewegung setzte, ließen wir ihn laufen. Sein Gang war schleichend. Er bewegte sich auf eine Wand zu und deutete mit dem ausgestreckten Zeigefinger zu Boden.

»Dort!«, flüsterte er. »Aber nicht nur dort befinden sich die Düsen. Gas strömt aus. Gas strö…« Sein Gesicht veränderte sich. Er riss die Augen auf, die rechte Hand fuhr zur Kehle und umklammerte sie. Aus seinem Mund drang ein tiefes Stöhnen. Dann drehte er sich auf der Stelle und sackte zusammen wie eine Spirale, die von einer flachen Hand an der Oberseite Druck bekommen hatte.

Wir standen da, schauten ihm zu, konnten nichts machen, denn auch ich spürte den Ansturm dieses heimtückischen Gifts, das Suko und mir die Luft raubte.

Ich hatte das Gefühl, in einen Kreisel geraten zu sein, der sich immer enger um meinen Körper zog.

So eng, dass ich keine Luft mehr bekam und schließlich zu Boden schlug. Das aber merkte ich nicht mehr.

Shimada stieg aus dem Geröll wie ein lebendig gewordener Schatten. In der Düsternis zwischen den Wänden wirkte er noch unheimlicher, als er es in Wirklichkeit schon war.

Von seinem Gesicht war nicht viel zu sehen. Zudem zerfloss

seine Gestalt, als sie über den Steinen tanzte, aber in dieser Dunkelheit sahen der Teufel und Yakup Yalcinkaya das helle Blitzen der gefährlichen Schwertklinge, als die lebende Legende ihre Waffe zog.

Man konnte Asmodis nicht so leicht aus der Fassung bringen. In dieser Sekunde war es Shimada tatsächlich gelungen, denn er traf auf einen ziemlich sprachlosen Gegner.

Die beiden starrten sich an.

Yakup fühlte sich in diesem Augenblick wie ein Statist, aber durchaus nicht als der große Verlierer oder unwohl, denn er wusste sehr genau, dass es zwischen dem Teufel und Shimada zu einem Kampf kommen musste. Ein jeder von ihnen wollte die Krone besitzen. Den Türken nahm niemand so recht ernst. Wenn es erst einen Sieger gegeben hatte, würde sich dieser schon um Yakup kümmern.

»Du bist nicht vernichtet?«, fragte Asmodis, als er seine Überraschung verdaut hatte.

»So ist es.«

»Wie kommt es? Du bist kein Dämon wie ich. Bist nicht so mächtig. Du bist ...«

»Ich bin die lebende Legende!«, unterbrach Shimada ihn. »Und Legenden kann man nicht töten. Man kann sie vielleicht vergessen, aber nicht vernichten. Das solltest du wissen.«

Der Teufel schüttelte sich. »Das Gestein war tonnenschwer. Es ist auf dich herabgefallen, hat dich begraben und vernichtet.« Seine Stimme steigerte sich. »Das muss einfach so geschehen sein, verdammt. Es gibt keine andere Lösung.«

»Ich stehe vor dir.«

»Und wer, zum Henker, hat dir dabei geholfen? Sag es! Ich will eine Antwort!«

»Ich helfe mir selbst!«

»Nein, dazu hast du nicht die Macht und die Kraft. Das kann einfach nicht sein!«

Wieder stieß der andere sein Lachen aus. »Stimmt eigentlich. Dazu habe ich nicht die Kraft. Aber es gibt Helfer. Ich besitze die blaue Festung ...«

»Die im Augenblick nicht vorhanden ist!«, rief der Teufel.

»Stimmt, du siehst sie nicht. Sie hat mir auch nicht geholfen. Dafür eine andere. Sie stand einmal auf Xorrons Seite. Das ist vorbei, Xorron existiert nicht mehr. Dafür aber hat eine andere überlebt. Es ist ein Wesen aus der Mythologie. Schon vor langer Zeit hat es existiert, und es trägt einen berühmten Namen. Ich sage nur Pandora! Hast du gehört, Satan? Pandora hat mich beschützt. Sie hat ihr Füllhorn schützend über mich ausgebreitet. Du hättest die doppelte Menge an Gestein über mich auskippen können, es hätte dir nicht zum Sieg verholfen, das verspreche ich dir. Kein Sieg über mich bei dieser gewaltigen Helferin. Sie hat die Tonnen abgehalten. Ihr Schild ist unsichtbar, aber wirkungsvoll.«

Yakup hatte die Worte genau vernommen. Und er erinnerte sich an Pandora, deren Kraft auch er schon erlebt hatte, als sie erschien, während er und Suko auf einem abgewrackten Kriegsschiff gegen untote Ninja und Shimada gekämpft hatten.

Weshalb hätte hier nicht das Gleiche geschehen sollen?

Er glaubte Shimada und stellte sich die Frage, ob Asmodis tatsächlich gegen ihn ankommen würde. Das erste Duell hatte der Teufel allem Anschein nach gewonnen. Nun aber war die lebende Legende zurückgekehrt, um sich zu stellen.

Der Türke erkannte, dass Shimada den Kopf drehte und ihm einen Blick zuwarf.

Über dem Gesichtstuch war kaum etwas zu erkennen, bis auf die beiden Ovale, diese kalten, blauen, schräg gestellten Augen, deren Blick fast tödlich war.

Yakup verspürte keine Angst. Nicht mal nervös wurde er, denn er war der Besitzer der Krone, die ihm Stärke geben sollte. Er hielt sie auch dann noch zwischen den Händen, als Shimada sein Schwert drehte und mit der Spitze auf sie wies.

Von der Krone sprach er noch nicht, dafür der Teufel. »Du wirst sie nicht bekommen. Sie gehört mir!«

»Dann hol sie!«

Asmodis lachte. »Das brauche ich nicht. Dieser Mensch

wird sie seinem Lebensretter freiwillig bringen. Nicht wahr?«

Yakup befand sich in der Zwickmühle. Wenn er auf den Teufel zuging, war er gezwungen, Shimada den Rücken zuzudrehen. Das passte ihm überhaupt nicht. Bevor die lebende Legende es zuließ, dass Asmodis die Krone an sich nahm, würde sie zuschlagen.

Hinterrücks, gefährlich und gemein.

Aus diesem Grunde blieb Yakup stehen.

Shimada lachte. Es klang sehr rau und hallte von den Wänden der Schlucht wider. »Du scheinst dir der Dankbarkeit dieses Menschen nicht so sicher zu sein?«

»Er wird mir die Krone übergeben!«

»Glaubst du, dass ich es zulasse?«

»Versuche es!«

»Sicher«, erwiderte Shimada. »Sicher. Dann aber gerät er zwischen die Fronten und wird zerrieben. Wir können uns anschließend um die Krone der Ninja streiten.«

Yakup blieb stehen, als hätte man ihn festgenagelt. Sein Blick war starr auf die Krone gerichtet, die Lippen lagen aufeinander und bewegten sich zuckend.

Was sollte er tun?

Gegen beide kämpfen? Nein, einer allein war als Gegner schon zu stark. Beide zusammen hätten ihm überhaupt keine Chance gelassen. Seine Gedanken irrten ab. Sie beschäftigten sich mit der Krone. Er dachte daran, dass er jetzt ihr Besitzer war. Sie gab ihm eine gewisse Macht.

Nur – welche?

Wieder fiel ihm ein, dass Kataya von einem gewissen Gefühl gesprochen und es sogar präzisiert hatte. Die Rede war von einem Drang gewesen, den man in sich spüren müsse.

Ein Drang, eine Aufwallung des Gefühls, wobei beides unmittelbar mit der Krone zusammenhing. Erst wenn das zusammentraf, konnte er die Krone einsetzen.

»Viel Zeit lasse ich dir nicht mehr!«, hörte er den Teufel

sagen. »Man kann den Bogen nur bis zu einer gewissen Grenze spannen. Irgendwann ist dann Schluss.«

Yakup nickte. »Ich weiß.«

»Und für wen hast du dich entschieden?«, wurde er von Shimada gefragt.

Der Türke hatte tatsächlich eine Entscheidung getroffen. Doch er ließ sich Zeit, dies seinen beiden Gegnern mitzuteilen. Er wollte sie noch schmoren lassen.

»Für einen von uns musst du es!«, sagte Asmodis. »Denke daran, dass du an der Schwelle des Todes stehst.«

»Ich sagte schon, dass ich meine Entscheidung bereits getroffen habe«, erklärte Yakup mit fester Stimme. »Und zwar für keinen von euch. Ich bleibe allein!«

Damit überraschte er selbst den Teufel und Shimada. Bevor die etwas unternehmen konnten, griff Yakup zum letzten Mittel und setzte die Krone der Ninja auf.

Es war sagenhaft und einfach unbeschreiblich für den Türken Yakup Yalcinkaya.

Die Krone, für wen auch immer erschaffen, passte sich dem Kopf des jungen Yakup an. Sie glitt über sein Haar, der vordere Rand schloss mit seiner Stirnmitte ab, er konnte frei sehen, er konnte hören, und er fühlte einen nie gekannten Strom durch seinen Körper rasen, sodass er das Gefühl hatte, vom Boden abzuheben.

Aber er stand im wahrsten Sinne des Wortes mit beiden Beinen auf der Erde, doch der Helm lebte plötzlich. Da war zuerst ein fernes Rauschen zu vernehmen, das ständig lauter wurde.

Zwar blieb das Rauschen noch als eine Begleiterscheinung. Gleichzeitig aber vernahm der junge Türke eine Stimme, die beide Ohren gleichzeitig erreichte, als hätte man ihm nicht einen Helm, sondern Kopfhörer aufgesetzt.

Die Stimme kannte er..

Kataya sprach zu ihm.

Der Geist zwischen den Welten, der ungemein viel wusste, der Vater aller Mythologien, ob gut oder böse.

»Du bist der Besitzer der Krone, und du hast den inneren Drang verspürt. Du bist ihm gefolgt und hast die Krone aufgesetzt. Das war gut so, denn nun wirst du sie kennen lernen und begreifen, was es wert ist, sie zu besitzen.«

Yakup wollte noch nachfragen, da war die Stimme verstummt. Er stand allein und rechnete mit einem Angriff von zwei Seiten.

Der aber erfolgte nicht.

Yakup konnte sich den Grund nicht vorstellen. Beide hatten ihn töten wollen und ihn mit scharfen Worten darauf hingewiesen. Es geschah aber nichts. Beide schauten in seine Richtung und blieben auf ihren Plätzen wie festgenagelt stehen.

Wieso?

Sekunden vergingen. In Yakups Ohren war noch das entfernte Brausen zu vernehmen. So als würde eine Muschel »singen«.

Mehr geschah nicht.

Da versuchte Yakup es. Er wollte seine Feinde einfach locken oder provozieren und dabei herausfinden, wie weit sie nun gehen würden. Vom Tod hatten sie gesprochen. Aber hielten sie das Versprechen auch ein?

Yakups Körper war gespannt. Wenn es sein musste, konnte er innerhalb kürzester Zeit reagieren.

Er brauchte es nicht.

Nach dem ersten Schritt hatte er noch so etwas wie Angst verspürt, beim zweiten schon nicht mehr, und beim dritten Schritt begann er nachzudenken. Weshalb taten die beiden nichts? Warum folgten sie ihm nicht und griffen ihn an?

Er ging weiter. Yakup hatte sich sogar von ihnen abgewendet. Er schritt dabei auf Shimada zu. Als er auf gleicher Höhe mit ihm war, blieb er sogar stehen, doch Shimada unternahm nichts. Wenn er sich nach links wandte und seine Schwertklinge vorstieß, konnte Yakup kaum noch ausweichen. Nur tat Shimada das nicht.

Yakup konnte sich nicht vorstellen, dass die lebende Legende innerhalb weniger Sekunden geläutert worden war. Dass er nicht reagierte, musste einen anderen Grund haben.

Yakup verstand die Welt nicht mehr. Er wusste nur, dass er die Krone der Ninja auf dem Kopf trug, mehr war mit ihm nicht geschehen. Jedenfalls hatte er das Gefühl.

Bis Asmodis sich nicht mehr beherrschen konnte und etwas sagte, wobei er seine Gestalt mit einem Flammenring umgab. »Du hast es zunichte gemacht, Shimada. Du trägst die Schuld daran!«

»Welche?«

»Dass er verschwunden ist.«

Die lebende Legende lachte. »Verschwunden ja. Auch ich kann ihn nicht mehr sehen. Glaubst du wirklich, dass ich es zugelassen hätte, dass er …?«

Yakup hörte nicht mehr zu, was die beiden dämonischen Feinde noch zu diskutieren hatten. Ihm war plötzlich ein ganzer Kronleuchter aufgegangen. Die ersten beiden Sätze hatten praktisch den Ausschlag dazu gegeben.

Es gab einfach keine andere Lösung.

Die Krone der Ninja, die auf seinem Kopf saß, hatte ihre Kraft voll entfaltet und ihn unsichtbar werden lassen.

Jawohl, Yakup Yalcinkaya war zu einem Unsichtbaren geworden!

Als ihm dies klar geworden war, hatte er das Gefühl, in das Zentrum eines Wirbelsturms geraten zu sein. Der Schwindel kam von allen Seiten, sein Wissen brachte dies mit. Er konnte es nicht fassen und wollte darüber nachdenken, welch eine Macht und Kraft ihm das Schicksal mitgegeben hatte.

Ihm war das gelungen, von dem Generationen von Menschen nur geträumt hatten.

Yakup konnte sich unsichtbar machen.

Ein Traum? Nein, er war in Erfüllung gegangen, und Yakup hätte jubeln können, doch er riss sich zusammen. Zudem ließ seine Erziehung diese Art von Gefühlsausbrüchen nicht zu.

Jetzt musste er klar und logisch überlegen und das Beste aus der neuen Lage machen.

Das hieß zunächst einmal: Raus aus der Schlucht!

Für Yakup Yalcinkaya wäre sie fast zu einer Todesfalle geworden. Aber das neue Vorhaben in die Tat umzusetzen war verdammt schwierig. Hergebracht hatte ihn Asmodis. Er selbst kannte den Weg nicht. Es gab praktisch nur die Möglichkeit über die Wände. An ihnen musste er sich wie ein Insekt entlangbewegen, wobei er sich fragte, ob das überhaupt zu schaffen war. Sie waren nicht nur sehr hoch, auch zu glatt, versehen mit überhängendem Gestein, sodass der Kletterer schon über bergsteigerische Fähigkeiten verfügen musste, um diesen Weg zu bewältigen.

Yakup war unsichtbar. Andere hätten ihn nicht gesehen, wenn er hochgeklettert wäre, aber er würde Spuren hinterlassen, Gestein, das abbröckelte und in die Tiefe fiel. Dinge, die für die anderen Hinweise genug waren.

Trotz aller Widrigkeiten war es die einzige Chance, die Yakup hatte. Einen anderen Weg gab es nicht.

Yakup zögerte noch. Ihn interessierte die Auseinandersetzung zwischen Shimada und dem Teufel viel mehr. Die beiden hatten sich mit seinem Verschwinden nicht abgefunden und schoben sich gegenseitig die Schuld in die Schuhe.

»Du hättest unter dem Gestein bleiben sollen!«, schrie Asmodis. »Dann wäre es nicht passiert.«

Shimada sprach dagegen. »Dieser Mensch besitzt die Krone der Ninja. Er hätte sie nicht in die Finger bekommen dürfen. Und daran trägst du die Schuld.«

»Mein Plan war perfekt!«

»Das habe ich erlebt!«, erwiderte Shimada voller Hohn. »Alles, was du in die Hand genommen hast, hat sich gegen dich gewandt. Und jetzt auch die Krone der Ninja, die dir gar nicht zustand. Aber du warst zu raffgierig.«

Der Teufel ließ sich nichts gefallen. Shimada hatte den Bogen überspannt und stand im nächsten Augenblick im Mittelpunkt der Gegenwehr. Das Gestein um ihn herum wurde in die Höhe geschleudert, umkreiste ihn, wie Monde einen Planeten umkreisen, und begann zu glühen.

Aus Steinen wurde Lava. Flammende, glühende Brocken, die zuschlagen würden, wenn der Teufel es wollte.

Die Gefahr wuchs ebenfalls für Yakup. Er befand sich zwar nicht in unmittelbarer Nähe, aber erwischt werden konnte er auch. Und dem wollte er unbedingt entgehen.

Es war nicht mehr nötig, denn Shimada selbst sorgte für den entsprechenden Schutz.

Plötzlich erschien etwas aus dem Nichts. Es fiel förmlich in die Schlucht hinein, wurde von Shimada gesehen, von Asmodis, und auch Yakup wusste Bescheid.

Er kannte den Schutz, der gleichzeitig eine Waffe war, mit der sich Shimada umgab.

Die blaue Festung!

Sie war da, sie schützte, ein Schatten, tatsächlich tiefblau, der die Breite der Schlucht ausfüllte und wie ein dichter Tunnel wirkte.

Besaß Yakup seine Tarnkappe, so hatte Shimada sich die seinige ebenfalls geholt.

Die blaue Festung war nicht zu erklären. Man nannte sie auch Shimadas Höllenschloss. Es bestand aus Rätseln, aus Mauern, die keine waren, die sich veränderten, von einer Sekunde zur anderen verschwanden, um sich an anderen Orten, in einer völlig fremden Geometrie, wieder zu zeigen. Die Festung wechselte ihre Äußerlichkeiten ebenso wie ihr Inneres und vereinigte gerade dort furchtbare Dinge und Magien in sich.

Sie war ein Hort des Bösen, ein Gefängnis ohne Wiederkehr, und sie schützte ihren Besitzer auch gegen Asmodis Attacken.

Die glühenden Lavateile zerschellten an den Außenmauern der Schlucht. Sie sprangen weg, wurden zerteilt, zerrissen, verglühten und verdampften, flogen dem Teufel wie Billardkugeln entgegen, und Asmodis fuhr, eingehüllt in eine Flammenwolke, in den grauen Himmel über der Schlucht, wo er zu einem Punkt wurde und schließlich verschwand.

Er hatte aufgegeben und Shimada das Feld überlassen. Die lebende Legende hatte zuletzt gelacht – und gewonnen.

Für Yakup aber waren die Probleme nicht geringer geworden. Er befand sich zwar noch in der Schlucht, war aber weiterhin in der blauen Festung gefangen.

Eingeschlossen, von Mauern umgeben, die im Prinzip keine waren, die sich verändern ließen, aber von ihm als existent hingenommen werden mussten. Er war vom Regen in die Traufe geraten.

Einen Vorteil besaß er, seine Unsichtbarkeit.

Nur befand er sich in Shimadas ureigenstem Reich. Yakup wollte einfach nicht daran glauben, dass die lebende Legende nicht bemerkte, dass ein Fremder hinter den Mauern steckte. Das musste er einfach fühlen, wenn nicht, war er kein Dämon.

Als Yakup dies alles klar geworden war und er sich auch damit abgefunden hatte, ging er daran, seine neue, gefährliche Umgebung genauer zu erkunden.

Er hatte die Festung nicht zum ersten Mal betreten. Damals war John Sinclair bei ihm gewesen. Sie hatten auch noch den gefährlichen Todesgarten durchquert, und wiederum überkam Yakup das gleiche Gefühl wie damals. Er konnte nicht anders, aber ihm war, als hätte man ihn in blaue Watte eingewickelt.

Obwohl er nicht sichtbar war, hörte er selbst seine Schritte. Diesmal klangen sie gedämpft, da wurden die Echos sofort von dieser fremden Umgebung geschluckt.

Die unheimliche Szenerie hielt ihn gefangen. Kalt rann es über seinen Rücken, da er genau wusste, dass es keinen Sinn hatte, nach einem Ausgang zu suchen.

So etwas gab es in der Festung zwar, aber nie an der gleichen Stelle. Die Architektur des Höllenschlosses konnte sich innerhalb einer kurzen Zeitspanne völlig verändern.

Wo eine Sekunde zuvor noch eine Mauer gewesen war,

befand sich plötzlich gar nichts mehr. Es konnten sich die Ausgänge ebenso verschieben wie die Böden und Wände. Fallen entstanden, grauenhafte Monster erschienen aus dem Nichts, das alles wusste Yakup, und dementsprechend vorsichtig war er, als er sich voranbewegte.

Er war unsichtbar geworden und gleichzeitig auch feinfühliger. Schon als normaler Mensch war der junge Türke mit einer großen Sensibilität ausgestattet gewesen, dies hatte sich noch verstärkt, da er sich auf Dinge konzentrieren konnte, die im metaphysischen Bereich lagen.

Es lag etwas in der Luft, das er mit dem Begriff Böse umschreiben musste. Da gab es Dinge, über die er stolperte, eine Aura, die sich aus vielen Strömungen zusammensetzte, als wollte sie dafür sorgen, dass eine lange zurückliegende Vergangenheit wieder lebendig wurde.

Auf seiner Haut spürte er das Kribbeln. Jeden Augenblick erwartete er die drohende Gefahr, die auf ihn niederstürzte, aber man ließ ihn in Ruhe. Immer tiefer tauchte er in den von dunkelblauem Licht erfüllten Gang ein, der ihn an ein Ziel brachte, das er nicht kannte.

Der Gang vor ihm führte in die Unendlichkeit. Wenn er es verglich, fiel ihm der Begriff *Straße zu den Sternen* ein. Irgendwo im Nirgendwo, vielleicht in der Ewigkeit vergessen, musste der Weg hinführen.

Zeitlos, zwischen den physikalischen Grenzen liegend und getragen von der uralten Kraft des Bösen.

So schritt er dahin, konnte sehen, wurde aber selbst nicht gesehen. In der Festung lauerten zahlreiche Gefahren. Sie waren nicht sichtbar, versteckten sich. Es gab keine Grenzen, die sie aufhielt, aber sie konnten blitzschnell da sein.

Yakup rechnete mit dem Schlimmsten. Er war auch bereit, sich zu wehren. Plötzlich war er da.

Yakup hatte ihn bereits in seinem Kloster gesehen, als in dessen Nähe die Festung entstanden war. Es war einer dieser gefährlichen Vögel, rabenähnlich, aber etwas größer und Begleiter der Festung.

Yakup hatte sie eigentlich schon vermisst, wenn er ehrlich war. Und er wusste auch, dass die schwarzen Vögel etwas Besonderes waren. Nur äußerlich mit den normalen Tieren zu vergleichen. Tatsächlich aber waren sie Übermittler und Boten für den Besitzer des Höllenschlosses. Sie passten auf, sie achteten auf alles, und der Vogel merkte, dass etwas Fremdes in seiner Nähe war. Er stoppte seinen Flug.

Da hatte Yakup schon reagiert, einen Pfeil auf die Sehne gelegt, sie gespannt und abgeschossen.

Zielgenau jagte der Pfeil aus dem Unsichtbaren hervor und traf den schwarzen Vogel.

Er jagte hindurch.

Wie auf dem Spieß steckte der Körper. Vergeblich wollte der schwarze Vogel seine Flügel ausbreiten und wegfliegen, er schaffte es nicht. Die Kraft verließ ihn.

Dann fiel er zu Boden.

Er geriet zwar mit dem Untergrund in Kontakt, aber er blieb dort nicht, wurde von der blauen Festung regelrecht aufgesogen und war verschwunden.

Aus.

Der Unsichtbare atmete durch. Er sah auch seinen Pfeil nicht mehr. Die blaue Festung hatte das Indiz selbst vernichtet.

Yakup wischte über seine Stirn. Er spürte den Schweiß auf seinen Handflächen und ging weiter.

Irgendwann, so hoffte er, musste er einfach ein Ziel erreichen. Die Vernichtung des Vogels lag noch nicht so lange zurück, als etwas anderes geschah.

Der Gang blieb nicht mehr so, wie Yakup ihn kannte. Da verschoben sich plötzlich die Mauern rechts und links. Sie fuhren lautlos aufeinander zu, gleichzeitig öffnete sich der Blick des Unsichtbaren, er schaute in einen großen Raum hinein mit schräg laufendem Boden, und er sah am Ende des Raumes eine große düstere Gestalt.

Shimada!

Der Herrscher des Höllenschlosses saß, wie es sich für ihn gehörte, auf einem Thron.

Es war keine Sitzgelegenheit im üblichen Sinne. Yakup kam es vor, als würde er auf irgendwelchen dunklen, dicht zusammengeballten Wolken hocken und mit den Füßen baumeln. Er schaute in eine von Yakup abgewandte Richtung, als gäbe es dort etwas Besonderes zu sehen.

In der Tat sah auch Yakup aus dem Unsichtbaren hervor eine Szene, die überhaupt nicht in das Schloss passte. Sie spielte sich außerhalb dieser geisterhaften Welt ab, und zwar mitten im normalen Leben, das nichts mehr mit dem anderen Grauen zu tun hatte, das die Festung beherrschte.

Es war die Realität, die sich Shimada von seiner Festung aus anschaute. Yakup, der Unsichtbare, war fasziniert. Was er dort sah, kam ihm vor wie ein geisterhaftes Kino. Nur waren die Vorzeichen hier umgekehrt. Das Kino zeigte innerhalb der Festung die Wirklichkeit, normalerweise wurde auf der Leinwand Illusion vorgeführt.

Yakup fand sich mit diesen Dingen rasch ab. Er gehörte zu den Leuten, die sich nicht so schnell überraschen ließen. Seine Arbeit hatte ihn gelehrt, die Tatsachen zu akzeptieren und erst später darüber nachzudenken.

Diese Wand war für ihn ein Weg in die normale, in seine Welt.

Noch war er zu weit entfernt, um Einzelheiten erkennen zu können. Er sah nur, dass auf dieser »Leinwand« Personen agierten und Shimada sich eine gewisse Szene sehr konzentriert anschaute.

Nur Yakup sah er nicht.

Die Krone der Ninja schützte ihn fantastisch. Und zwar so weit, dass Shimada nicht mal die Aura des anderen wahrnahm, der sich ihm näherte. Yakup hatte keine Erklärung dafür, weshalb die lebende Legende so gebannt auf die Leinwand starrte. Ob es noch einen Zusammenhang mit Asmodis gab, war ebenfalls nicht festzustellen. Yakup ahnte nur, dass sich ihm hier die Chance bot, die Festung zu verlassen, denn auch Shimada gelangte durch diese transzendentalen Tore aus seinem Reich in die übrige Welt.

Yakup wusste auch über die Pläne der lebenden Legende Bescheid. Shimada war eine Gestalt, die herrschen wollte. Er hatte schon einmal geherrscht, war danach im Mahlstrom der Zeiten verschollen und versuchte es erneut. Er wollte der Kaiser der japanischen Mythologie werden. All die Götter und Dämonen sollten ihm, dem Besitzer der blauen Festung, gehorchen, und diese Magie gab ihm die Macht.

Yakup näherte sich sehr vorsichtig. Obwohl er nicht zu sehen war, setzte er seine Schritte behutsam, denn Shimada war nicht zu trauen.

Im schrägen Winkel näherte sich der Unsichtbare dieser ungewöhnlichen »Leinwand«.

Auch dieser Raum war von dem überall vorherrschenden Blau erfüllt. Licht gab es nicht. Dass Yakup trotzdem etwas erkennen konnte, lag allein an der Szene, die eine gewisse Helligkeit ausstrahlte.

Shimada war so fasziniert, dass er für nichts anderes mehr Augen hatte. Nur das geisterhafte Kino interessierte ihn noch, und er hockte vorgebeugt auf seinem Sitz.

Auch Yakup erkannte jetzt, was den anderen so faszinierte. Auf dieser transzendentalen Leinwand waren Personen zu sehen, die Yakup Yalcinkaya sehr gut kannte.

Zunächst wollte er es nicht glauben, aber die beiden blieben. Es waren John Sinclair und Suko.

Beide befanden sich in höchster Gefahr!

Yakup blieb stehen.

Plötzlich waren Shimada und die Gefahr, die von ihm ausging, vergessen. Der Unsichtbare hatte nur noch Augen für das überraschende Bild, das sich ihm bot.

Er hatte schon geahnt, dass wohl von anderer Seite her etwas wegen seines zu langen Fortbleibens unternommen worden war. Dahinter musste einfach Jane Collins gesteckt haben, die es nicht mehr aushalten konnte und sich große Sorgen machte.

Shimada wollte Herrscher über das Reich der aufgehenden Sonne werden. Ein Mythenkaiser des Landes Nippon, er wollte die Herrschaft der Samurais wieder aufleben lassen, brauchte deshalb Verbindungen, und er war dabei, sie aufzunehmen.

Auf der Leinwand sah Yakup nicht allein John und Suko, sondern auch einen Zwerg, der sich, von stählernen Kolossen umgeben, mit den beiden Gefangenen unterhielt.

Was er sprach, konnte Yakup nicht verstehen. Allein an der Gestik des Mannes erkannte der Türke, dass er John und Suko nicht eben freundlich gesonnen war.

Er wollte Rache, vielleicht auch töten!

Wie konnte Yakup helfen?

Er hatte es in der Hand. Er war ein Unsichtbarer. Ihn konnte man nicht sehen, aber er musste erst noch die Grenze überwinden, und das würde schwer genug werden.

Bevor der Unsichtbare weiterging, schaute er sich die Leinwand noch einmal genau an.

Kam er da hindurch?

War das Tor auch für ihn geschaffen?

Fragen, auf die ihm die Praxis die Antwort geben musste. Yakup machte sich bereit. Auf seinem Kopf saß die Krone, sie hatte ihn schon einmal gerettet, jetzt musste sich beweisen, ob dies auch ein zweites Mal klappte. Eine Feuerprobe, wie sie im Buche stand, lag vor dem harten, aber gerechten Kämpfer.

Und er ging.

Diesmal schneller, denn er hatte plötzlich das Gefühl, sich beeilen zu müssen. Auf der Leinwand bewegten sich die Personen. John und Suko wurden in die Höhe gerissen, Shimada schaute fasziniert aus seinen grausamen, blauen Augen auf das Bild, und Yakup brauchte nur noch zwei, drei Schritte zu gehen, um das Ziel zu erreichen.

Für ihn eine Kleinigkeit.

Mit dem dritten Schritt erreichte er das Ziel. Plötzlich verließ er die magische Welt der Festung, gelangte in eine andere, in den Tunnel der Zeiten und merkte, dass er einen Fehler begangen hatte.

Der Helm auf seinem Kopf reagierte und verursachte Schmerzen, sodass Yakup das Gefühl hatte, sein Schädel würde zerspringen.

Yakup schrie auf, er drehte sich, sah Shimada, der von seinem Thron hochsprang und einen wilden Schrei ausstieß.

Da wusste Yakup, was geschehen war.

Er hatte seine Unsichtbarkeit verloren!

Ich war schon oft in meinem Leben aus einer Bewusstlosigkeit oder Ohnmacht erwacht. Diese Vorgänge ähnelten sich immer, obwohl sie sich in Details unterschieden.

So wie jetzt.

Mir kam es vor, als wäre mein Mund auf das Doppelte oder Dreifache gewachsen und dabei ausgetrocknet. Der Geschmack auf meiner Zunge war kaum zu erklären. Da musste schon der Vergleich mit einem alten Socken herhalten. Dieser Geschmack stammte von dem verdammten Giftgas, das Suko und ich eingeatmet hatten.

Es hatte nicht nur die Geschmacksnerven betäubt, sondern mich fast umgehauen. Meine Glieder schienen zu Blei geworden zu sein. Nur unter Einsatz aller Kräfte konnte ich die Arme und Beine bewegen. Zum Glück funktionierte mein Gehirn.

Der Schluss lag nahe.

Man hatte uns matt gesetzt.

Schwerfällig drehte ich mich auf die rechte Seite, schob den Arm unter meinen Körper und hob den Kopf an.

In meiner Nähe lag Suko. Auch er war aus dem Reich der Träume erwacht. Seine Augen sahen glanzlos aus, die Stimme war nur ein Krächzen. »Wenn du dich genauso beschissen fühlst wie ich, John, dann sag nichts, sondern zwinkere nur mit den Augen.«

Das tat ich.

»Dann ist ja alles klar.«

Mehr war auch nicht klar. Wir mussten uns als Gefangene fühlen, die in einem ausbruchsicheren Raum lagen, unter dessen Decke schmale Lampen ein weiches Licht abgaben, das auch die letzten Ecken erreichte. Leer war der Raum nicht.

Es gab in der unmittelbaren Nähe einige Geräte, die mir verdammt unangenehm auffielen: Folterinstrumente!

Ein Eisengestell, in dem ein Mann stehen konnte. Es sah aus wie ein Käfig mit einem runden Deckel. Von den Stäben zweigten Ketten ab, die, durch Klammern an die Gelenke der Verurteilten angeschlossen, keinem der Bedauernswerten eine Chance ließen.

Als weiteres Folterinstrument diente ein Bock, auf den man sich legen musste. Der Haltegriff war noch rot vom Blut der Opfer.

Ich verspürte Magendrücken und hörte Suko zu, der fragte: »Hast du schon deine Waffen überprüft?«

»Nein.«

»Dann tu es mal.«

Der Schreck war niederschmetternd. Sogar das Kreuz war ich losgeworden. Vom Bumerang, dem Dolch und der Beretta ganz zu schweigen.

Ich war »nackt« und erklärte es meinem Freund.

»Weshalb soll es dir besser ergehen als mir? Ich bin gespannt, ob sie etwas mit der Dämonenpeitsche anfangen können. Am besten wäre es, wenn sie sich die Riemen gegenseitig um die Ohren hauen würden.«

»Vielleicht können wir irgendwann einmal mithelfen.« Ich atmete stöhnend aus und war zunächst einmal froh, dass man mich nicht gefesselt hatte. So konnten wir aufstehen, durch das Verlies gehen und uns die Tür ansehen.

Suko und ich gingen wie Betrunkene. Das verdammte Gift hatten wir noch im Blut. Es machte uns träge, die Bewegungen kamen mir lächerlich langsam vor. Immer öfter hatte ich das Gefühl, mich irgendwo abstützen zu müssen.

Suko grinste mich schief an. »Reiß dich mal zusammen, Alter. So schwach wie du kann man doch gar nicht sein.«

»Du hast es gerade nötig.« Auch der Inspektor war kraftlos auf den Beinen. Er lehnte neben der Tür an der Wand. Über sein Gesicht strömte der Schweiß. Den Mund hielt er offen.

Ich erreichte die Tür. Schwerfällig lehnte ich mich dagegen. Dabei suchte ich nach einer Klinke, fand aber keine, sondern nur ein glattes Schloss.

Wegen der Schwäche hatte ich mein Gewicht zu sehr nach vorn verlagert und rutschte am glatten Metall der Tür ab. Bis auf die Knie kam ich nicht, fing mich zuvor und wurde trotzdem überrascht, denn von der anderen Seite öffnete jemand die Tür.

In meinem Zustand kam ich nicht schnell genug weg. Sehr schnell und hart schwang die Tür nach innen, erwischte mich. Ich fand keinen Halt mehr und fiel auf den Rücken.

Sie waren zu dritt.

In der Mitte ging Yamiga, der Zwerg. Er war noch immer so gekleidet wie bei dem schrecklichen Mord. Roter Pullover, blaue Hose. Sein Gesicht erinnerte mich an einen faltigen Ballon, in dessen Hülle jemand Nase, Mund und Ohren gesteckt hatte.

Es musste für ihn ein Freudentag sein, mich auf dem Boden liegen zu sehen. Ich konnte ihm nur entgegenstarren. Er, der es gewohnt war, dass die Menschen auf ihn herabblickten, erlebte nun das umgekehrte Gefühl. Und seine Augen begannen zu glänzen.

Nur war es ein widerlicher Glanz, ein Ausdruck des Triumphs, der mir überhaupt nicht behagte.

Einer der gefährlichen Roboter schlug mit seinen Greifklauen die Tür zu, der andere hatte sich schon zur Seite bewegt und neben Suko Aufstellung genommen.

Mein Freund wollte weg. Er überlegte es sich allerdings, als er das schleifende Geräusch vernahm, das entstand, als die beiden langen Mordmesser aus den Metallarmen fuhren. Die zwei Spitzen wiesen auf seinen Bauch. Bei einer falschen Bewegung wäre Suko aufgeschlitzt worden.

Yamiga stand neben mir. Sein Begleiter hatte sich hinter ihm aufgebaut. Auch er fuhr seine Waffen aus, deren Spitzen über die Schultern des Zwergs hinwegfuhren und seinen Blickwinkel wie ein Schienenpaar eingrenzten.

Yago sah ich nicht. Die beiden Zwergenmänner waren auch nur anhand der Kleidung zu unterscheiden. In den Gesichtern glichen sie sich aufs Haar. Nur wer sie genau kannte, hätte dort Unterschiede herausfinden können.

Yamiga, der als so genial hingestellte Kopf, beobachtete und betrachtete mich. Was er über mich dachte, war ihm nicht anzusehen, ich jedoch fühlte mich unter seinen forschenden Blicken ziemlich unwohl, und es rann mir auch unangenehm kalt den Rücken hinab.

»Sie sind also Sinclair«, sagte er.

»Ja.«

»Und Sie besaßen die Frechheit, mich zu stören.«

»Das stimmt nicht, Mr Yamiga. Ich habe Sie nicht gestört. Ihr Bruder hat es so gewollt.«

»Sie drangen in sein Reich ein und haben seine Warnungen missachtet. Oder wollen Sie das abstreiten?«

»Nicht ganz. Schließlich haben wir nicht grundlos Ihren Bruder aufgesucht. Dass er uns allerdings so auflaufen lassen würde, damit haben wir nicht gerechnet.«

»Was heißt auflaufen? Er hat eben nicht anders gekonnt. Das zu Ihrer Information. Ich bin dabei, die Kontrolle zu übernehmen und meine Pläne auszubauen. Ich möchte ein Herrscher werden. Ein weltlicher Herrscher, ich will des Kaisers Thron, der Tenno soll gestürzt werden. Das Komplott steht, denn ich habe einen mächtigen Verbündeten, der sich ebenfalls zu einer großen Machtposition hochschwingen will. Wir kämpfen getrennt, aber wir werden gemeinsam zuschlagen. Er auf der mythologischen Seite, ich auf der realen. Hier sind Magie und Wissenschaft eine Verbindung eingegangen, und ich bin glücklich darüber.«

»Wen meinst du?«, fragte ich, obwohl ich schon einiges ahnte.

Er nannte mir den Namen und betonte dabei jede Silbe. »Shi-ma-da!«

Ich zuckte nicht mal zusammen, auch Suko regte sich kaum. Er bewegte nur seine Augenbrauen und gab einen knappen Kommentar. »Der Kreis scheint sich zu schließen, John.«

Ich nickte. »Das sieht mir auch so aus.«

Yamiga freute sich. Auf seinem runden Gesicht malte sich dieses Gefühl ab. »Der Kreis schließt sich tatsächlich, da habt ihr Recht. Auch für euch, denn ihr wolltet Shimada besuchen. Oder etwa nicht?«

»Wir suchten einen Freund.«

»Sicher, Sinclair, sicher. Dieser Freund wollte die Krone der Ninja. Und die befindet sich im Tal der Schatten. Ausgerechnet dort aber hat sich Shimada hinbegeben, denn auch er will die Krone der Ninja besitzen. Sie fehlt ihm noch. Nur mit ihr kann er sich als wahrer Herrscher der blauen Festung fühlen. Leider war es selbst für ihn schwer, an die Krone heranzukommen. Er hat diese Tat einem anderen überlassen. Nämlich eurem Freund Yakup, den ihr sucht.«

»Dann lebt er?«

Yamiga nickte. »Noch. Er besitzt sogar die Krone. Er hat es geschafft, sie an sich zu nehmen.«

»Woher weißt du das?«, fragte ich.

Yamiga begann zu lachen. »Ich habe euch doch schon gesagt, dass ich zu den Menschen gehöre, die beidem dienen. Der Wissenschaft und der alten japanischen Magie. Das Land Nippon steckt voller Geheimnisse. Mir gelang es, mit Shimada Kontakt aufzunehmen. Ich wusste über die blaue Festung Bescheid. Für mich ist sie ein magisches Weltwunder, das durch die Zeiten treibt. Sie steckt voller Kraft, Rätsel und Wunder, aber es gibt Situationen, wo sie sich auch offenbart. Das ist inzwischen geschehen. Shimada, sein Höllenschloss und ich haben eine Verbindung geschaffen. Er ist über meine

Pläne informiert, ich über seine. Wir können wechseln, ein transzendentales Tor ermöglicht uns dies. Aus diesem Grunde weiß ich genau, was in der blauen Festung alles abläuft. Ich bin über Shimada und seine Pläne informiert, die meinen nicht im Wege stehen. Wir haben uns zusammengetan, unsere Verbindung kann man als ideal bezeichnen. Wenn ich will, kann ich in die Festung hinein. Umgekehrt ist es genauso. Auch Shimada kann mich besuchen, ein Wechselspiel zwischen den beiden zukünftigen Herrschern dieses gewaltigen Reichs mit dem Namen Nippon.«

Ich dachte über seine Worte nach. Das Zusammenspiel zwischen den beiden Mächtigen glich einer gewaltigen Verschwörung. Es war brandgefährlich. Wenn sich ihr Plan erfüllte, konnte ein Land wie Japan bis in die Grundfesten erschüttert werden. So wichtig dieser Aspekt auch war, ich musste ihn zunächst vernachlässigen, denn andere Dinge waren wichtiger. Und die hatte ich im letzten Teil der Rede gehört.

Zwei Welten, die miteinander verbunden waren. Shimadas Höllenschloss und die Welt des Yamiga. Von der einen konnte man in die andere schauen, es gab Verbindungen, die ich nicht außer Acht lassen sollte. Möglicherweise konnte ich sie für mich nutzen.

Doch ohne Waffen war da nichts zu machen, und Helfer standen uns auch nicht zur Verfügung. Mit bloßen Händen hätten wir gegen die killenden Roboter keine Chance gehabt.

Eines wollte ich noch wissen. »Ich habe mitbekommen, Yamiga, dass Sie eine Frau haben töten lassen.«

»Das stimmt.«

»Musste das sein?«

Er begann zu lachen. »Für euch nicht, für mich ja. Ich sehe die Dinge anders. Diese Frau habe ich begehrt, sie hat mich hintergangen, und das musste sie mit dem Tod büßen.«

»Man kann sich Menschen nicht wie Leibeigene halten!«, widersprach ich ihm.

»Ich ja.«

Diese beiden Worte sagten mir genug. Es war sinnlos, sich über dieses Thema länger zu unterhalten. Der Mann würde auf meine Argumente nicht eingehen.

»Sie verstehen es nicht, Sinclair!«, sagte er mir. »Sie verstehen es überhaupt nicht. Aber ich lebe ein anderes Leben. Es ist auf Erfolg ausgerichtet. Begreifen Sie?«

»Kaum.«

»Sonst noch Fragen?«

»Können Sie sich das nicht denken?«

Yamiga rieb seine Hände, so einen Spaß hatte er plötzlich. »Sicher werden Sie Fragen haben. Sie wollen wissen, was mit Ihnen geschieht.« Er lachte wieder. »Ich bin sehr kreativ, was das Gebiet gewisser Todesarten angeht. Es macht mir Spaß, immer neue auszudenken, und so ist es auch bei euch. Ihr werdet ebenfalls umkommen, aber zuvor eure Schuld begleichen, und zwar nach Art und Sitte dieses Landes.«

»Dürften wir das erklärt bekommen?«

»Lass es ruhig, John«, mischte sich Suko ein. »Ich weiß, was Yamiga mit uns vorhat.«

»Was denn?«

»Er wird uns einen Finger abhacken wollen.«

»Nein!« Yamiga antwortete in Sukos Satz hinein. »Das auf keinen Fall, ihr Narren. Ein Finger wäre zu wenig. Ich habe vor, euch jeweils die linke Hand abzuhacken und sie nach England zu schicken. Dort wird man sie bestimmt erkennen.«

Ich erschrak. Man hatte mir schon vieles angedroht, aber das Abschlagen einer Hand noch nicht.

Ich starrte Yamiga an. »So ist es«, sagte dieser. »Wer sich in Gefahr begibt, kommt oft darin um. Ihr seid in das Maul eines Löwen gesprungen, ohne daran zu denken, dass es auch zuschnappen kann. Und dies ist heute geschehen.«

Ich hatte mich wieder gefangen und sprach ihn an. »Glauben Sie denn, dass Ihr Bruder dies alles zulassen wird, Yamiga? Er ist kein Verbrecher wie Sie. Irgendwann wird er erkennen, dass es so nicht mehr weitergeht. Dann ist Ihr Plan hinfällig.«

Yamiga winkte ab. »Kommen Sie mir nicht mit meinem Bruder. Er ist ein Narr, weil er nur für seine Dinge lebt. Er hat etwas Großes geleistet und es geschafft, die Vögel auf seine Seite zu bringen. Die Falken gehorchen ihm, sie kämpfen für ihn, sie setzen sich ein, und auch seine Kendo-Schule ist für ihn eine gute Sache. Aber habt ihr nicht bemerkt, wie hilflos er war, als er euch durch den Spiegel schauen ließ? Er konnte den Mord nicht verhindern. Hier unten regiere ich. Das ist mein Reich, und niemand kann es mir streitig machen.«

Ich hob die Schultern. »Möglich, dass dies so sein wird. Aber irgendwann wird es auch Sie treffen, davon bin ich überzeugt.«

»Reden, nichts als Reden. Haben Sie sonst noch etwas zu sagen, Sinclair?«

»Ja.«

»Bitte, den letzten Wunsch erfülle ich Ihnen.«

»Ich möchte wissen, ob es den Tatsachen entspricht, was Sie uns über Shimada berichtet haben.«

»Sie zweifeln?«

»Im Augenblick noch.«

»Das brauchen Sie nicht. Ich kann Ihnen versprechen, dass es so ist. Shimada und ich stehen in Verbindung. Der Weg zwischen seiner und meiner Welt ist offen. Ich kann ihn sehen, er sieht mich. Wir beide bilden ein Paar, das durch nichts überwunden werden kann.«

»Ich möchte ihn sehen.«

»Wahrscheinlich auch deinen Freund, wie?«

»So ist es.«

»Das kannst du, verdammter Schnüffler. Aber erst, wenn ich dir deine Hand abgeschlagen habe. Es gibt Menschen, denen macht es nichts aus, eine Hand zu verlieren. So stark sind diese Leute. Ich werde euch auf die Probe stellen, ob ihr auch diese innerliche Kraft besitzt. Wenn ihr beide die linke Hand verloren habt, könnt ihr einen Blick in Shimadas Welt werfen. Ist das ein Versprechen?«

»Ja, aber ein mieses.«

»Für euch vielleicht, für mich nicht!«, erklärte er und schaute zurück. Die Tür stand noch immer offen. So wie er konnten auch wir in den dahinterliegenden Gang blicken. Aber gab es eine Chance für uns? Wir hätten immer an einem der beiden Roboter vorbeigemusst.

Yamiga verließ seinen Standort. Er ging etwa eine Körperlänge vor und deutete auf den Bock, der uns bei unserem Eintritt bereits aufgefallen war. »Darüber werdet ihr euch der Reihe nach legen. Ihr könnt wählen, wer den Anfang macht. Es ist ganz einfach. Ihr braucht nur euren linken Arm auszustrecken und die Hand auf den Klotz zu legen. Ich gebe dann einem meiner Diener Bescheid. Die langen Messer sind ungewöhnlich scharf. Sie trennen eure Hand mit einem Streich vom Arm ab. Beim Schlag werdet ihr kaum etwas spüren, der Schmerz kommt erst später. Dann zeigt es sich, wie gut ihr wirklich seid. Ob ihr Männer oder Memmen …«

»Es reicht«, sagte Suko.

Yamiga schwieg überrascht. »Du hast geredet?«, fragte er ungläubig. »Ich habe das Gefühl, dass du den Anfang machen willst. Oder nicht?«

»Das werde ich auch.«

Der Japaner begann zu lachen. »Sieh mal einer an. Jemand, der sich freiwillig meldet. Das ist schon etwas. Gratulation, damit hätte ich nicht gerechnet.« Seine Augen begannen zu leuchten. Man konnte meinen, dass die Pupillen ebenfalls eine gelbe Farbe annehmen würden. »Dann komm schon her, Chinese. Los, zu mir!«

Und Suko ging.

Seine Reaktion hatte mich überrascht. Okay, einer musste den Anfang machen, aber dass sich Suko so mir nichts dir nichts damit einverstanden erklärte, sich die Hand abhacken zu lassen, war für mich ein kleines Wunder. Dabei hatte ich immer angenommen, meinen Freund zu kennen.

Ich schaute ihn an.

Er schielte auch zu mir rüber. Ich sah in seinen Augen den Willen und gleichzeitig eine Warnung. Möglicherweise hatte

Suko seine Gründe gehabt, sich zu melden. Dass er sich kampflos ergeben würde, konnte ich mir bei ihm nicht vorstellen. Ich hätte es auch nicht getan. Suko hatte sich wahrscheinlich einen Plan zurechtgelegt.

»Los, leg dich über den Bock!« Yamiga konnte es kaum erwarten. Er stand in einem schrägen Winkel zu diesem Folterinstrument, gedeckt von seinen künstlichen Leibwächtern, hinter deren Stahlplatten sich modernste Elektronik verbarg.

Mein Freund nahm den direkten Weg. In seinem Gesicht rührte sich nichts. Es blieb ohne Ausdruck. Kein Beobachter hätte je erkennen können, welche Pläne er sich ausgedacht hatte.

Auch mich schaute er nicht an. Schweigend setzte er seinen Weg fort, bis er den Bock erreicht hatte und vor ihm stehen blieb.

Das gefiel Yamiga nicht. »Du sollst dich drauflegen!«, fuhr er Suko an. »Verdammt, ich warte nicht mehr lange!«

Und sein Roboter auch nicht. Einer behielt mich unter Kontrolle, der andere aber bewegte sich auf Suko zu, dabei hielt er seinen rechten Stahlarm erhoben, sodass diese Geste so wirkte, als wollte er den Verurteilten köpfen.

Und Suko drückte seinen Oberkörper vor. Es sah tatsächlich so aus, als wollte er sich auf den Bock legen und hätte sich mit seinem Schicksal abgefunden.

Yamiga atmete aus. Er hatte sich wieder beruhigt. Und genau das wollte Suko.

Seine Brust hatte den Bock noch nicht berührt, als der Chinese förmlich explodierte. Er tauchte zur Seite hin weg, war sehr schnell, und auch der Roboter konnte so rasch nicht reagieren.

Suko glitt unter den schlagbereiten Klingen hinweg, rammte gleichzeitig seinen Ellbogen zur Seite, traf diesen verdammten Roboter auch, der zur Seite taumelte und fast auf den Rücken gefallen wäre.

Dann war Suko am Mann.

Er drosch dem widerlichen Zwerg seine Faust von oben

nach unten gegen den großen Schädel. Der Kopf flog zurück, das Gesicht verzerrte sich, vor den Lippen sprühte Speichel, aber Suko war noch nicht fertig. Er bückte sich und riss Yamiga hoch.

Den Griff, in den er den Japaner nahm, kannte ich. Es war eine Schraubenzwinge, im Nacken angesetzt, und für einen Nichtkenner war es nahezu unmöglich, diesen Griff zu sprengen.

»Wenn du deine Roboter nicht zurückrufst, breche ich dir das Genick!«, drohte Suko.

Das waren Worte, die jeder verstehen musste. Auch Yamiga konnte nicht gegen diesen Befehl handeln. Es sei denn, er war lebensmüde. Und danach sah er nicht aus.

Ich hatte mich abgesetzt. Zwei Schritte brauchte ich nur, um aus dem Bereich der Messer zu gelangen. »Okay, Suko«, sagte ich. »Dein Spiel.«

»Das wird es auch bleiben!«, versprach mein Freund. Im Gegensatz zu mir hatte er die Wirkung des Gases besser überstanden. Er kam mir völlig fit vor.

Yamiga redete. Es fiel ihm schwer, die Worte hervorzupressen. »Das wird euch nichts nützen«, sagte er. »Verdammt, das wird euch nichts nützen. Ihr seid in meinem Haus. Ihr entkommt mir nicht.«

»Aber mit Ihnen«, erklärte Suko. »Und jetzt hören Sie zu. Schicken Sie die verdammten Roboter weg. Ich gebe Ihnen drei Sekunden. Sie wissen, was dann passiert!«

»Ja.« Yamigas rundes Mondgesicht war verzerrt. In seinen Augen glänzte es feucht, obwohl ich mir bei ihm kaum vorstellen konnte, dass es sich dabei um Tränen handelte.

Die Roboter gingen.

Yamiga stand tatsächlich in einem geistigen Kontakt mit ihnen, ebenso wie sein Bruder zu den Falken. Mit eckigen Bewegungen drehten sich die stählernen Gestalten um und wandten sich der offenen Tür zu, um zu verschwinden.

Sie betraten den Gang. Nach rechts drehten sie ab. Ich hörte ihre harten Schritte, lauschte dem Echo, bis es nicht mehr zu hören war, und atmete erst dann auf.

Suko hatte die Initiative ergriffen, ich mischte mich auch jetzt nicht ein. Er sollte seinen Plan weiterführen.

Yamiga wurde von ihm angesprochen. »Du wirst mit uns den Raum hier verlassen und uns dorthin führen, wo wir unsere Waffen finden. Hast du verstanden?«

»Ja!«

»Dann komm!« Suko reagierte nach diesem Befehl sofort und riss den anderen noch höher. Er trug ihn vor sich her. Der Griff wurde nicht gelockert. Auch in dieser Haltung war Suko in der Lage, Yamiga das Genick zu brechen. Und das wusste der Japaner genau.

Wir verließen das Beton-Verlies. Uns nahm der lange Gang auf, und wir wandten uns nach rechts, wo wir bald eine Doppeltür erreichten, die sich erst öffnete, als wir über einen im Boden befindlichen Kontakt schritten.

Gleichzeitig öffnete sich uns eine andere Welt. Ich hatte damit gerechnet, in ein Labor zu treten, das war nicht der Fall. Wir gelangten in einen kuppelartigen Raum, der ein Glasdach hatte.

Mich interessierte auch die Einrichtung. Weiche, flache Polstermöbel, ein großes Computer-Board an der Wand, wo zahlreiche Lampen ihren flackernden Schein verbreiteten.

Dieser modernen Wand gegenüber befand sich etwas anderes. Schon beim ersten Schritt in den Raum hatte ich etwas von dieser Magie gespürt, die ebenfalls vorhanden war.

Es war das Tor.

Der Weg in eine andere Welt und gleichzeitig in Shimadas Höllenschloss, denn ich sah diese unheimliche Gestalt auf einem Thron sitzen und uns entgegenstarren.

Sah Shimada uns?

Er reagierte jedenfalls nicht, aber auch wir entdeckten nur ihn und nicht unseren Freund Yakup.

Manchmal hat man gewisse Ahnungen. Mir erging es ebenso. Ich hatte einfach das Gefühl, dicht vor einer Entscheidung zu stehen, vielleicht vor der Lösung dieses Falles, war aber gezwungen, abzuwarten, denn ich wollte meine Waffen zurückhaben.

Den gleichen Gedanken hatte auch Suko. »Wo sind unsere Waffen?«, fragte er. Seine Lippen hatte er dicht an das linke Ohr des gefährlichen Zwergs gebracht.

»Lass mich erst los!«

»Nein!«

Yamiga gab klein bei. Er gab Suko die Anweisung, sich nach rechts zu wenden. Dort befand sich ein kleiner Schrank. Er bestand aus kostbarem Holz, das matt lackiert war und im Schein einer Lampe glänzte. Der Schrank war durch Schiebetüren verschlossen.

Dem äußeren Anschein nach hatten wir die Situation im Griff. Trotzdem traute ich dem Frieden nicht.

Meiner Ansicht nach ging die Gefahr nicht allein von Yamiga aus, auch das Tor zum Höllenschloss durfte keinesfalls aus der Kontrolle gelassen werden.

Da tat sich nichts.

Shimada hockte wie ein Fels auf seinem Thron. Er wartete wahrscheinlich auf Yamiga, und wenn er ihn sah, musste er uns ebenfalls erkennen.

Weshalb reagierte er nicht?

Die Lage spitzte sich zu.

Suko war mit dem Zwerg beschäftigt. Er drückte Yamiga noch tiefer, damit dieser die Türen des hüfthohen Schranks öffnen konnte. Ich hörte genau, wie sie zur Seite geschoben wurden, warf einen Blick in den Schrank, konnte aber nichts erkennen.

»Du musst mich auf den Boden stellen!«

Suko tat es. Yamiga griff in den Schrank, um die Waffen hervorzuholen. Auch Suko hatte sich gebückt.

So weit lief alles normal.

Bis zu dem Augenblick, als ich einen kühlen Luftzug verspürte. Er kam von oben. Ich schaute in die Höhe und sah, dass sich die runde Glaskuppel teilte.

Ein Loch entstand, durch das Kühle in den tiefen Raum hinabströmen konnte.

Das war nicht alles. Plötzlich erschienen die dunklen Schatten. Ich sah das Blitzen der Messer und wusste Bescheid.

Die Roboter hatten einen Überfall gestartet.

Meine Warnung erreichte Suko, der sich beeilte. Er griff nach Yamiga, um ihn festzuhalten, aber der schrie mit sich überschlagender Stimme den Namen seines Helfers.

»Shimada!«

Ich drehte mich.

Und Shimada hatte ihn vernommen. Das kümmerte mich im Augenblick nicht, denn in dem Zeitentunnel materialisierte plötzlich eine Gestalt, die einen helmähnlichen Gegenstand auf dem Kopf trug.

Yakup mit der Ninja-Krone!

Der junge Türke hatte sich auf einen Sieg über Shimada eingestellt und spürte plötzlich die Enttäuschung, die wie die Klinge eines heißen Schwerts durch seinen Körper drang.

Er war wieder sichtbar geworden!

Ausgerechnet jetzt, als er das transzendentale Tor betrat. Ihm kam zu Bewusstsein, dass die Krone der Ninja ihn nicht unbesiegbar gemacht hatte. Er war ein Mensch geblieben, und es gab nach wie vor Schwachstellen in seinem Leben.

Er spürte die Angst.

Eine Furcht, die wie ein Griff wirkte, dass jetzt alles vorbei sein konnte. Es gelang ihm nicht mal, sich dagegen zu wehren, die Angst war vorhanden, sie würgte weiter, er spürte den Schüttelfrost und merkte, dass sich die kleinen Körperhaare aufrichteten.

Hier standen zwei unterschiedliche Magien gegeneinander, und er war ausgerechnet in deren Schnittpunkt geraten, sodass er zu einem Opfer wurde. Eine gewisse Aura umgab ihn.

Yakup überkam das Gefühl der Hilflosigkeit. Von allen Seiten drangen die Kräfte auf ihn ein, und er wusste nicht, wie er ihnen begegnen sollte. Zum Glück war er nicht gelähmt. Er konnte sich bewegen, auch nicht zeitverzögert, und diesmal drehte er sich um.

Yakup schaute den Weg zurück, den er gekommen war, und er sah seinen Gegner Shimada.

Der mächtige Dämon hatte es ebenfalls nicht fassen können. Er war von seinem Thron in die Höhe aufgesprungen, stand aber noch geduckt da, als müsse er sich das Bild, das sich ihm bot, erst noch genau einprägen.

Shimada tat nichts.

Auch Yakup rührte sich nicht, aber er wollte weg und dorthin eilen, wo er John und Suko gesehen hatte. Auch als Sichtbarer musste ihm das gelingen. Sein ganzes Handeln war in den folgenden Sekunden allein darauf konzentriert.

Ob sichtbar oder nicht, Yakup eilte weiter, warf sich förmlich in die magische Landschaft hinter dem Tor und bewegte seine Beine, als wollte er einen Rekord aufstellen.

Er selbst konnte da nicht viel beeinflussen. Das würden andere Kräfte für ihn übernehmen.

Und sie packten ihn.

Es war ein gewaltiges Gefühl, ein immenser Strom, in den Yakup hineingeriet.

Er fühlte sich wie von schaufelnden Händen gepackt und getragen. Hinein in den Strom der Zeiten, an dessen Ende sich das Ziel und möglicherweise die Rettung befanden.

Die Zeit war bedeutungslos geworden. Yakup wusste nicht, ob er Minuten oder nur Sekunden innerhalb dieses Zeitenstroms geschwommen war, jedenfalls riss er sich irgendwann zusammen, denn er dachte an die Gefahr, die nach wie vor in seiner Nähe lauerte.

Deshalb drehte er sich um.

Entfernungen zu schätzen war so gut wie unmöglich. Shimada konnte zehn Meilen, aber auch nur zehn Schritte von ihm entfernt sein, das alles war zweitrangig.

Yakup stellte nur fest, dass sein Gegner die Überraschung überwunden hatte und von seinem Thron in die Höhe gestiegen war. Er stand jetzt da, hatte eine Hand auf den Griff seines Schwertes gelegt und schaute dorthin, wo sich Yakup befand.

Nur die Augen des Dämons waren zu sehen. Zwei blaue Sterne, »gefüllt« mit einer Weltraumkälte und ohne Erbarmen. In diesen Augen lag trotzdem ein Versprechen. Shimada gehörte zu der Sorte, die nicht aufgab, das stellte auch Yakup fest.

Sein Feind setzte sich in Bewegung.

Es war bei ihm kein Gehen, eher ein Schweben. Und wie Yakup, so wurde auch Shimada vom Strom der Zeiten oder vom Sog des Tunnels gepackt und in die Tiefe gerissen.

Yakups Hoffnung erlosch. Er hatte sich ausgerechnet, allein verschwinden zu können.

Das war nicht mehr möglich.

Shimada verfolgte ihn, denn er hatte die Jagd auf die Krone der Ninja noch längst nicht aufgegeben.

Wir waren ihm über Tausende von Meilen nachgefahren, wir hatten von ihm gehört, wir hatten ihn retten wollen, die Hoffnung schon aufgegeben, bis man uns Anhaltspunkte gab, die aber zerplatzten wie Blasen im Wind, und nun war er plötzlich da.

Yakup Yalcinkaya!

Der Mann mit der Ninja-Krone, die wie ein Helm auf seinem Kopf saß und ihn so verändert hatte. Unter der Krone wirkte das Gesicht maskenhaft bleich, der Mund war nur noch ein Strich, wobei die Lippen kaum zu erkennen waren.

Mich faszinierte der Anblick, denn hinter Yakup befand sich die lebende Legende Shimada auf dem Weg in unsere Welt. Zusammenhänge kannte ich nicht, das war auch nicht nötig. Jetzt zählte nur noch, dass Suko und ich den Kampf gegen die Wesen bestanden. Shimada stand auf Yamigas

Seite, er musste den Ruf vernommen haben, aber auch andere hatten ihn gehört.

Ich sah, wie Suko ausholte und Yamiga die Handkante gegen den Nacken schlug. Ein kurzer, federnder Schlag, den der Zwerg nicht verkraften konnte und zusammensackte.

Mein Freund rollte den anderen noch zur Seite. Jetzt hatte er freie Bahn. Aus dem Schrank, dessen Türen zum Glück offen standen, holte er die Waffen hervor.

Ich hätte jetzt Zeit gehabt, die meinigen an mich zu nehmen, aber das Schicksal wollte es anders.

Über mir war die große Glaskuppel auseinander geklafft. Das hatte seinen Grund, denn diese Öffnung sollte einen Weg für bestimmte Wesen freigeben.

Yamigas Mordroboter kamen!

Sie brauchten keine Stricke oder Seile. Für sie war es eine Kleinigkeit, sich fallen zu lassen. Es spielte keine Rolle, wie groß die Entfernung war. Sie bestanden nicht aus Fleisch und Blut, verspürten keine Schmerzen und konnten auch einen so großen Höhenunterschied überwinden, ohne Schaden zu nehmen.

Sie fielen.

Ich sah dem Grauen entgegen und wusste, dass sie den Raum in eine Hölle verwandeln konnten. Einer kam besonders dicht an mich heran. Als er aufschlug, hätte ich nach ihm greifen können. Da er schwer bewaffnet war und mich hätte erwischen können, blieb mir nichts anderes übrig, als mich mit einem gewaltigen Sprung zurück in Sicherheit zu bringen.

Das war gut gewesen, denn in der Hocke hatte sich der Roboter gedreht. Ich hörte sogar noch das Pfeifen der bösen Klingen, als sie die Luft durchschnitten.

Leider hatte mir der Roboter den Weg zum Waffenschrank abgeschnitten. Wenn ich angegriffen wurde, musste ich mich mit bloßen Händen verteidigen.

Noch hatte ich Zeit, mit meinen Blicken die Umgebung abzutasten. Von der Decke her fielen die Roboter herunter.

Zusammen waren es jetzt acht, denn die beiden, die uns die Hände abhacken wollten, standen in der Tür und hielten dort Wache.

Wie würden sie sich verhalten?

Suko hatte ihren Führer und Erbauer ausgeschaltet. Ich fragte mich, ob diese Wesen es auch ohne direkte Führung schaffen würden, ihre Aufgabe zu erledigen.

Sie handelten ungewöhnlich. Als normal hätte ich es angesehen, wenn sie sich gesammelt hätten, um gemeinsam gegen uns Front zu machen. Das taten sie aber nicht. Im Gegenteil, sie liefen ziemlich weit auseinander, kamen mal von der einen, dann wieder von der anderen Seite und bewegten sich wie Marionetten, wobei sie die bewaffneten Arme in einem ungewöhnlichen und nicht vorausberechenbaren Kurs schwangen und mit den Klingen der Schwerter sogar aneinander stießen.

Mir gelang es wieder, einen Blick auf die ungewöhnliche Wand zu erhaschen, wo ich Yakup entdeckt hatte. Ich sah ihn nicht mehr, nur noch Shimada, dessen Gestalt größer geworden war und wie ein düsterer Todesengel vor uns schwebte.

»John, gib Acht!« Suko hatte mich gewarnt. Er stand mit dem Rücken an einer Wand und suchte nach einem Ausweg. Die beiden Berettas hatte er an sich nehmen können.

Eine Waffe warf er mir zu.

Ich fing sie gedankenschnell auf, drehte mich und spürte am rasch vorbeihuschenden Luftzug, dass etwas geschehen sein musste. Den blauen Roboter mit seinen rotgelben Augen sah ich noch in Bewegung, auch das Blitzen der Klinge, und mein Blick fiel ebenfalls auf dieses starre Gesicht, das mir vorkam wie die übergroß gezeichnete Fratze eines Mordinsekts. Das gelbrote Feuer in den Augenhöhlen bezeichnete ich als Spiegel seiner kalten Seele, und ich ging in die Knie und streckte meinen rechten Arm aus.

Genau musste ich zielen.

Dann schoss ich.

Es war ziemlich laut unter den beiden offenen Kuppelhälften, aber der Schuss übertönte alles.

Genau ins Zentrum hatte ich nicht getroffen, das war einfach zu schwer gewesen, da sich der Kopf des Roboters nicht in Ruhestellung befand. Das geweihte Silbergeschoss war gegen den Rand geschlagen, von dort im schrägen Winkel abgeprallt und glücklicherweise in das Auge dieser künstlichen Mordbestie hineingeschlagen.

Seine weiße Magie konnte die Kugel bei diesem Wesen nicht entfalten. Zudem brauchte sie das auch nicht, denn der Roboter bestand in seinem Innern aus Technik. Eine Steuerzentrale leitete ihn, hielt ihn in Bewegung, aber diese Bewegungen waren unkontrolliert, da es niemanden mehr gab, der den Roboter lenkte und ihm Befehle gab.

Aus dem getroffenen Auge sprühte plötzlich eine so helle Funkenspur hervor, dass ich erschrak und unwillkürlich zur Seite zuckte, denn fast wäre ich von ihr erwischt worden.

Der Roboter ging weiter. Er setzte seine großen Füße vor, schüttelte sich plötzlich, kippte zur Seite, riss sich wieder zusammen, kam abermals in die Höhe, und seine mit Waffen versehenen Arme führten unkontrollierte Bewegungen aus.

Ich war zurückgewichen, beobachtete ihn aus sicherer Entfernung und war froh, als er schließlich zu Boden fiel, sich dort drehte und aus den Augenhöhlen, wo die Lampen inzwischen erloschen waren, stinkende Qualmfäden stiegen.

Der war erledigt.

Ich warf einen Blick nach rechts, wo Suko stehen musste. Er hatte sich auf Hände und Knie begeben, denn im Moment bot sich ihm die Chance, an unsere restlichen Waffen zu gelangen.

Da ich ihm helfen wollte, lief ich auf ihn zu. Es war ein gutes Gefühl, wieder das Kreuz und den Bumerang in die Hände zu bekommen. Auch den Dolch steckte ich ein, und unsere Chancen standen nicht mehr ganz so schlecht. Yamiga war noch immer bewusstlos. Deshalb gelang es ihm auch nicht, die Roboter zu leiten.

Sieben zählte ich noch.

Sie versperrten uns den Weg zur Tür, standen nie still, gingen hin und her, stießen auch manchmal gegeneinander, berührten sich mit den Schwertklingen, aber sie verletzten sich nie dabei. Zu stark war ihr Panzer.

Seit Beginn dieser Robot-Invasion waren höchstens einige Minuten vergangen. Mir kam die Zeit verdammt lang vor, und ich schaute wieder dorthin, wo ich Yakup und Shimada gesehen hatte.

Yakup war verschwunden!

Ich erschrak darüber und dachte daran, dass Shimada ihn vielleicht getötet hatte, denn ihn konnte ich sehen. Er war größer geworden. Mir kam es vor, als brauchte er nur einen Schritt zu gehen, um das letzte Hindernis zu überwinden.

Er blieb.

Suko deutete zum Ausgang. Auch ich wollte verschwinden, aber vom Gang her hörten wir Geräusche. Schritte, überlagert von heftigen, schrillen Schreien. So machten sich Kämpfer bemerkbar.

Und sie kamen.

Zuerst wurden die beiden Wächter an der Tür zur Seite gestoßen. Sie hatten die Schläge in den Rücken bekommen, kippten nach vorn, langen am Boden, und die anderen sprangen über sie hinweg.

Es waren Yagos Kendo-Kämpfer.

In schwarzer Kampfkleidung, mit Sichtmasken vor den Gesichtern, so stürmten sie in den Raum hinein, um sich den Robotern zu stellen. Angeführt wurden sie von Yago, der mit seinen Leuten dafür sorgte, dass sich der Raum in eine Hölle verwandelte.

»Das geht nicht gut!« Ich musste schreien, damit Suko mich verstehen konnte.

Mein Freund nickte. Seinem besorgten Gesichtsausdruck entnahm ich, dass er ebenso dachte wie ich, und unsere Befürchtungen wurden uns sehr bald bestätigt.

So mutig die Kendo-Kämpfer auch waren und so meisterhaft sie die Stockfechtkunst beherrschten, die Roboter waren einfach besser ausgerüstet. Stöcke gegen Schwerter, da konnte es nur einen Sieger geben, nämlich die Schwerter der Roboter.

Und sie schlugen zu.

Sie handelten ohne eigentlichen Befehl, aber sie fühlten sich angegriffen und schlugen zurück.

Die ausgebildeten Kendo-Kämpfer waren schneller, aber die Roboter ließen es darauf ankommen. Sie nahmen die ersten Treffer hin, die gegen ihre Panzerung prallten, und schlugen dann zurück.

Es war furchtbar.

Ich hörte die Schreie der Männer, die durch den Raum gellten. Die scharfen Klingen kannten kein Pardon. Sie durchtrennten nicht nur die Kleidung der furchtlosen Fighter und fügten den Männern schwere Verletzungen zu, auch die Gesichtsmasken hielten den brutalen Schlägen nicht stand. Sie wurden regelrecht zerhämmert.

Praktisch in meiner Reichweite erlebte ich dies. Einer der Kämpfer hatte einem Hieb entgehen wollen, sich geduckt und nicht mehr an das zweite Schwert gedacht.

Es kam von der Seite.

Ich hörte den Mann schreien, sah die beiden Teile der Maske in verschiedene Richtungen davonfliegen und konnte sein Gesicht erkennen, in dem sich von oben nach unten ein roter Streifen abzeichnete. Er verlief genau über den Nasenrücken und wurde von Sekunde zu Sekunde breiter.

Es war ein tödlicher Hieb gewesen.

Der Mann riss noch einmal die Augen auf, doch sie bekamen plötzlich einen gläsernen Blick. Der Schatten des Todes hatte sich bereits über sie gelegt.

Dann fiel er zur Seite.

Der Robot-Killer wirbelte herum. An einer Klinge klebte Blut. Mit der hätte er mich fast noch erwischt, wäre ich nicht mit einem Sidestep ausgewichen. Auch konnte ich keinen zielgenauen Schuss ansetzen, weil sich der Roboter zu hastig bewegte.

Ich musste weg.

Das war auch Suko klar, der plötzlich vorsprang und den Weg freiräumte. Mein Freund ging voll in die Schläge zweier Roboter hinein. Er tauchte unter den Schwertern weg, bewegte sich dicht über den Boden, und seine Rolle vorwärts brachte ihn an die Füße der Stählernen heran.

Dann kippten sie.

»Komm, John!«

Das ließ ich mir nicht zweimal sagen. Ich musste einen Haken schlagen, umging einen Gegner, und mir lief plötzlich der Falke vor die Füße. Er hatte einen Schwertstreich am Kopf abbekommen. Die Wunde befand sich über dem rechten Auge auf seinem haarlosen Schädel. Das Blut rann hervor und lief in einer Linie bis auf die Stirn, wo es sich verteilte.

Schrecken zeigte sich auf dem Gesicht des anderen. Yago schien zu spüren, dass er es nicht schaffte, aber er wollte nicht aufgeben. Bevor er an mir vorbeihuschen konnte, hielt ich ihn fest. Mein Griff um seine Schulter war schraubenfest.

»Wir müssen verschwinden!«, fuhr ich ihn an.

In das Klatschen und Klingen der Waffen erklang seine Antwort. »Ich weiß nicht, ob …«

»Holen Sie Ihre Männer zurück. Die laufen in den Tod!«

Er nickte und schrie seine Befehle.

Ich blickte zurück.

Die Kendo-Kämpfer fighteten verbissen. Sie waren gewandt und geschickt, entgingen auch den meisten Hieben, aber sie verloren ihre Waffen, weil diese von den Schwertstreichen kurzerhand zerschnitten wurden. Die meisten Männer hielten nur noch armlange Knüppel in den Händen, und damit konnten sie sich kaum wehren.

Zwei lagen regungslos am Boden. Sie hatten den harten Einsatz mit ihrem Leben bezahlen müssen.

Die anderen aber, mehr oder minder verletzt oder angeschlagen, begaben sich auf den Rückzug.

Aber wo steckte Yakup?

Ihn sah ich ebensowenig wie Shimada. Obwohl die lebende

Legende meiner Ansicht nach den Tunnel der Zeiten längst verlassen haben musste. Leider hatte ich momentan zu viele eigene Sorgen, um mich um die beiden anderen kümmern zu können.

Die Tür war zum Glück nicht ins Schloss gefallen. Suko erwartete uns bereits im Gang. Erst jetzt erkannte ich, dass er am linken Arm blutete. Dort war die Kleidung von einem Schwertstreich aufgeschlitzt worden. Die Wunde war zum Glück nur fingerlang und nicht sehr tief. Sie behinderte meinen Freund nicht.

Zusammen mit Yago und fünf seiner Kendo-Kämpfer traten wir den Rückzug an. Das nächste Ziel war unbekannt, deshalb fragte ich den Zwerg danach.

»Keine Sorge, ich kenne mich hier aus!«

Wir liefen den Weg zurück. Ich warf einen Blick über die Schulter. Die Roboter hatten zwar nicht aufgegeben, aber sie folgten uns auch nicht unbedingt, denn ihnen fehlte der Kopf des Ganzen. Yamiga hatte Sukos Schlag noch immer nicht verdaut.

Zwei Sekunden später dachte ich anders. Da hörten wir seine schrille Stimme. Ich verstand die Worte nicht. Dafür der Falke, und er übersetzte sie uns.

»Mein Bruder hat die Jagd auf uns freigegeben!«, sagte er. »Er will, dass man uns tötet!«

»Und wie kommen wir hier raus?«, fragte Suko.

»Durch einen Umweg!«

»Den zeigen Sie uns?«

»Ja.«

Zum Glück hatten wir einen Führer, denn als wir durch eine Tür geschlüpft waren, die in einen schmalen Gang führte, gelangten wir anschließend an einen Fahrstuhl, der leider nur in die Tiefe führte.

»Können wir nicht nach oben?«

»Nein!« Yago riss die Tür auf. »Es ist einfach zu gefährlich. Ich kenne meinen Bruder. Der bringt es fertig und setzt den gesamten Komplex unter Strom.«

Das war natürlich schlecht. Es blieb uns nichts anderes übrig, als uns seiner Führung anzuvertrauen.

Zum Glück passten wir alle in den Fahrstuhl. Nur ein großer Knopf leuchtete wie ein rotes Auge auf einer Leiste. Als Yago ihn drückte, sausten wir einen Moment später in die Tiefe.

Mir kam es vor, als würde ich dem Mittelpunkt der Erde entgegenrasen. In der Kabine schaute ich mich um.

Die Kendo-Kämpfer waren samt und sonders angeschlagen. Es gab keinen, der nicht blutete. Aber die fünf Männer bissen die Zähne zusammen. Sie waren Härte gewöhnt und konnten Schmerzen ertragen.

Einer stach mir dabei besonders ins Auge. Ein Hieb hatte ihm einen Teil seines Kinns weggeschlagen. Blut tropfte auf seinen dunklen Kampfanzug und hinterließ rote Flecken.

Der Aufzug stoppte. Ich dachte noch immer über die ungewöhnliche Reise nach. Hatte sie tatsächlich sein müssen? War dieser Yamiga wirklich in der Lage, gewisse Teile seines unterirdischen Imperiums unter Strom zu setzen?

Zuzutrauen war es ihm, und so verließ ich mich auf seinen Bruder Yago.

Die Folgen der Vergiftung hatten wir wieder einigermaßen überwunden. Der Druck im Kopf blieb zwar, doch ich dachte nicht mehr daran, als ich die Lifttür öffnete und in eine gewaltige Halle starrte, die sogar der Dekoration eines Bond-Films zur Ehre gereicht hätte.

Wir standen auf einer Galerie, vor uns lag ein technisches Wunderwerk. Hier war die Steuerzentrale untergebracht, der Maschinenraum, das Zentrum mit seinen großen Generatoren und Magneten, mit den Spulen und Konsolen. Obwohl wir auf einer Galerie und dementsprechend höher standen, fühlten wir uns wie Zwerge.

Die Halle war ein Produkt der Technik. Wohin man auch schaute, es gab nichts anderes zu sehen, und wir entdeckten keine Menschen. Hier lief alles automatisch ab, selbst Roboter bekamen wir nicht zu Gesicht.

Das wunderte mich, deshalb fragte ich bei Yago nach.

Der Zwerg schüttelte den Kopf. Er wies über die untere Querstrebe des Gitters hinweg in die Hallentiefe hinein. »Mein Bruder hat alles unter Kontrolle haben wollen. Unter *seiner* Kontrolle und nicht unter der eines anderen. Hier werden Sie keine Menschen finden, auch keine Roboter, aber Kameras, die überwachen.«

»Auch uns hier?«

»Natürlich.«

»Dann stecken wir in einer Falle«, sagte Suko.

Yago lächelte. »Das sieht im ersten Moment nur so aus. Es gibt einen Ausgang. Wir können durch eine Röhre nach oben gelangen. Es ist praktisch ein Tunnel, ein runder Schacht, der in die Höhe führt.«

»Wird der nicht überwacht?«, fragte ich.

»Das schon. Wir müssen nur schnell genug sein, wenn Sie verstehen, Mr Sinclair.«

»Klar. Aber ich habe trotzdem noch eine Frage.«

»Bitte.«

»Wie sind Sie überhaupt auf die Idee gekommen, uns zu helfen? Was gibt es da für ein Motiv? Ich habe Sie anders erlebt. Sie waren zumindest nicht unser Freund und standen uns neutral gegenüber.«

»Da haben Sie Recht.« Er hatte seinen Kopf erhoben und schaute mich nachdenklich an. »Ich habe mir über meinen Bruder oft genug Gedanken gemacht. Ich wusste von seinem Anspruch, die Macht an sich zu reißen. Ich hatte nichts dagegen, solange er sich in bestimmten Grenzen bewegte. Die hat er aber nun überschritten. Yamiga ist gefährlich geworden. Er wurde zu einem Menschenverächter. Er nahm überhaupt keine Rücksicht mehr auf andere. Er ließ töten, er würde selbst töten, er war einfach schlimm und blind in seinem gewaltigen Hass. Er will immer mehr. Zudem hat er den Weg zu einem Dämon gefunden, den ich ablehne. Shimada. Ich wusste es.«

»Und Sie haben uns davon nichts gesagt«, beschwerte sich Suko.

»Hätte es einen Sinn gehabt?«

»Bestimmt. Wir hätten uns auf ihn einstellen können, denn er ist uns nicht unbekannt.«

»Ich habe Sie nicht in diese Gefahr bringen wollen und Sie deshalb gewarnt. Nicht jeder wird mit Shimada fertig. Ich kenne keinen.«

»Wir haben zumindest keine Furcht vor ihm.«

»Das glaube ich Ihnen sogar.«

Suko sagte etwas. »Nur ist Shimada verschwunden, und unseren Freund Yakup Yalcinkaya habe ich auch nicht gesehen. Hoffentlich hat die lebende Legende ihn nicht besiegt.«

Der Falke deutete noch einmal vor uns in die Tiefe und Weite der Halle. »Wir sollten wirklich nicht mehr reden und uns lieber auf den Weg machen. Viel Zeit bleibt nicht. Die anderen werden schon die Verfolgung aufgenommen haben. Es gibt nur den Weg nach vorn. Nicht mehr zurück, da würden wir ihm in die Arme laufen. Hoffen wir nur, dass der Schacht nicht verschlossen ist.«

»Sie sind sich also nicht sicher?«

»Wer kann das als Mensch schon von sich behaupten, Mr Sinclair?«

Da hatte er Recht.

Wir verließen die Galerie über eine breite Metalltreppe. Das Licht in der gewaltigen Halle kam mir irgendwie grau vor. Überhaupt wirkte die Halle auf mich so, als wäre sie ausgefüllt mit dünnen Schatten.

Die Kendo-Männer hielten sich tapfer. Manche von ihnen hatten so viele Wunden, dass sie das Blut, das aus ihnen rann, kaum stoppen konnten. Da hätten sie schon sechs Hände haben müssen.

Wir gelangten nicht bis auf den Grund der Halle. An bestimmten Punkten der Galerien liefen breite und wendelartig gebaute Metalltreppen in die Tiefe. In der Form erinnerten sie an Feuerleitern alter Häuser.

Yago hielt sich gut. Er hatte die Führung übernommen. Während er sehr schnell gehen musste, begnügten wir uns mit einigen langen Schritten. Und wir blieben auch weiterhin auf der Galerie, deren Trittfläche aus einem starken Eisengitter bestand.

Noch sahen wir keine Verfolger, aber ich traute der anderen Seite nicht über den Weg. Schon einmal waren sie aus der Höhe gekommen, so flog mein Blick hin und wieder nach oben.

Hier war das Dach dicht. Eine Decke aus Beton bildete den Abschluss. Einmal überquerten wir ein Schienenpaar. Yago erklärte uns, dass hier oft genug Wagen herfuhren, wenn jemand schnell von einem Punkt der Halle zu einem anderen gelangen wollte.

Die großen Maschinen und Anlagen wirkten auf mich wie stumme, drohende Aufpasser von einem fremden Planeten. Das Licht, das auf sie niederfiel, ließ ihre Metallhaut schimmern, als wollte es ihnen gleichzeitig ein seelenloses und kaltes Leben einhauchen.

So vergingen die Minuten. Schier endlos zog sich die Galerie hin. Ich wollte wissen, wie lange wir noch zu laufen hatten, und ich erhielt auch eine Antwort. Yago deutete nach vorn.

»Sehen Sie dort hinten die Öffnung?«

»Sicher, das schwarze Loch.«

»Das ist der Stollen.«

»Aber der führt waagerecht in die Tiefe.«

»Zu Beginn ja. Später erreichen wir eine Plattform, über die wir in die Höhe fahren können. Es ist gewissermaßen ein Notausgang. Yamiga hat ihn sich für alle Fälle geschaffen.«

»Da war was!« Suko sagte den Satz und stieß mich gleichzeitig an. »Verdammt, ich habe etwas gehört.«

Auch wir schwiegen jetzt und lauschten.

Mein Freund hatte sich nicht getäuscht. Die Geräusche hörten sich an, als würden irgendwelche Eindringlinge durch die Halle schleichen und sich dabei stets in Deckung der Apparaturen halten, denn wenn wir über das Geländer schauten, sahen wir niemanden.

Dafür sagte man uns Bescheid. Keiner war begeistert, als Yamigas Stimme wie ein Donnergrollen durch die Halle schallte und er uns zu Todeskandidaten erklärte.

Yakup sah und war verzweifelt!

Er, der die Krone der Ninja besaß und dem damit so viel Macht in die Hände gegeben war, fühlte sich wie ein angeschlagener Boxer, der nicht mehr zurechtkam.

Er hatte sich den verzweifelten Kampf angesehen, aber nicht eingreifen können, denn das transzendentale Tor oder der Tunnel der Zeiten spie ihn noch nicht aus.

Yakup blieb ein Gefangener.

Er selbst konnte nichts tun, auch die Krone half ihm dabei nicht. Er wusste nur, dass er wieder sichtbar und damit stärker verletzbar geworden war. Dieser Zustand würde sich erst ändern, wenn es ihm gelang, die magische Zone zu überwinden.

Das geschah auch.

Wieder verspürte er dieses ungewöhnliche Gefühl. Es war wie ein gewaltiger Rausch, der ihn äußerlich und innerlich erfasste, um ihn hinwegzutragen in andere Dimensionen.

Das geschah nicht.

Stattdessen spürte er unter seinen Füßen einen gewissen Widerstand, und ihm war plötzlich klar, dass er die Zone der Magie hinter sich gelassen hatte.

Yakup stand in dem Raum, wo John Sinclair und Suko gekämpft hatten. Leider war er nicht allein, denn ein gemein aussehender Mensch in Zwergengröße hatte das Kommando über stählerne Wesen übernommen, die nur Roboter sein konnten.

Er schrie sie an und fuchtelte mit beiden Händen, sodass die Bewegungen der gefährlichen Helfer allmählich erstarrten. Die Hände mit den Klingen sanken nach unten. Sie schauten sich an, in ihren Augen glühten die gelbroten Lichter, die aussahen wie Signallaternen. Zwei Roboter kamen in seine Nähe, sodass sich Yakup, obwohl wieder unsichtbar, erst einmal vorsichtig zurückzog.

Noch jemand erschien.

Auf einmal war er da. Wie ein Gespenst aus dem Nichts war er aufgetaucht und stand im Raum.

Shimada!

Sofort zog sich der Unsichtbare zurück. Er wollte nur Beobachter bleiben, obwohl es ihm in den Händen juckte, in die Auseinandersetzung einzugreifen und zu versuchen, einige der stählernen Gestalten auszuschalten.

Der Zwerg sah Shimada, lief auf ihn zu und stoppte erst dicht vor dessen Füßen, wo er stehen blieb, seinen Kopf neigte und es so aussah, als wollte er vor ihm auf die Knie fallen.

Er blieb aber stehen und beließ es bei der Verneigung.

Shimada sagte nichts. Er starrte auf ihn hinab, die Blicke der so unterschiedlichen Augen trafen sich, und Yamiga begann zu sprechen. »Ich habe alles vorbereitet, großer Shimada! Ich habe in deinem Sinne gearbeitet. Nun können wir zuschlagen und gemeinsam die Herrschaft über dieses Land antreten.«

Yakups Sprachkenntnisse waren nicht so ausgeprägt, als dass er alles verstanden hätte. Die meisten Worte aber begriff er, und den Rest reimte er sich zusammen.

Hier hatten sich also zwei gefunden, die gemeinsam vorgehen wollten, um ein großes Land und seine Menschen unter ihre Kontrolle zu bringen. Etwas Schlimmeres konnte es kaum geben, denn Shimada und Yamiga bildeten eine furchtbare Machtkonzentration.

Jeder war auf seine Art und Weise ein Genie. Wenn sich diese beiden zusammentaten, konnte es böse ausgehen. Offenbar verfolgten sie ein gemeinsames Ziel, obwohl sie das zunächst einmal zurückstellen mussten, denn es gab andere Probleme.

Yakup hörte den Namen John Sinclair. Yamiga sprach ihn voller Hass aus, und Shimada antwortete ihm ebenso düster. Beide mochten den Geisterjäger nicht. Zu viel hatte John Shimada schon angetan, und jetzt war er wieder am Ball.

»Wir müssen ihn töten!« Yamiga ging einige Schritte im Kreis, was bei seiner Größe zwar lächerlich aussah, es aber nicht war. Er fuchtelte mit seinen kleinen Armen und deutete auf die Roboter. »Das ist meine Macht. Sie werden uns unterstützen. Nur durch sie sind wir stark. Und wenn du noch dazu kommst…«

»Ich werde ihn töten!«

Düster hatte Shimada gesprochen, und die Blicke des Zwergs klebten förmlich an seinen Lippen.

Yakup hütete sich, etwas zu sagen. Er griff auch sonst nicht ein und genoss es, unsichtbar zu sein.

Aber Shimada erinnerte sich wieder an ihn. Plötzlich wirbelte der Unheimliche herum und zog mit einer glatten Bewegung sein gefährliches Schwert. Sein Gesicht spiegelte sich in der Klinge, als er die Waffe schräg hielt. Für einen Moment waren auch seine Augen zu sehen. Düstere, gefährliche Seen, in deren Tiefen ein finsteres Leuchten lag.

»Er muss noch hier sein!«, hörte Yakup ihn sprechen.

»Wer, Sinclair?«

»Nein, nicht der. Dieser Kerl, den Sinclair gesucht hat. Er besitzt die Ninja-Krone. Ich muss ihn haben, denn ich will die Krone besitzen.«

Yamiga hatte nicht begriffen. »Außer uns und meinen Helfern ist niemand hier.«

»Yakup kann sich unsichtbar machen!«

Der Zwerg erstarrte. »Stimmt das?«

»Ja.« Shimada hielt sich nicht mehr lange bei ihm auf, sondern schlich durch die Halle. Er konnte vieles, besaß mächtige Kräfte, aber auch ihm gelang es nicht, mit seinen gnadenlosen Augen jemanden zu entdecken, der nicht sichtbar war.

Da musste auch er passen, obwohl er es nicht wollte, denn der Dämon verließ sich auf seinen Instinkt.

Dennoch schwebte Yakup in großer Gefahr. Es war ja nicht so, dass sein Körper sich aufgelöst hatte, er war nur eben nicht mehr sichtbar, konnte aber durch einen Schwertstreich ebenso verletzt oder getötet werden wie ein normaler Mensch.

Das wusste auch Shimada. »Wenn er hier ist«, flüsterte der Dämon, »erwischen wir ihn auch.«

Der Türke hatte die Gunst der Sekunde genutzt und sich der Tür genähert. Noch war er zu weit davon entfernt, und Shimada konnte sich gut in ihn hineinversetzen, denn er schickte sich sofort an, ebenfalls dorthin zu gehen.

Wütend stieß er zwei Roboter zur Seite, die ihm im Wege standen. Einer fiel Yakup genau vor die Füße, der mit einem Satz über die fallende Gestalt hinwegspringen musste, um auf die Tür zuzulaufen. Er hatte einen der Wurfsterne aus dem Beutel geholt und stellte plötzlich fest, dass er und Shimada zur gleichen Zeit den Ausgang erreichen würden. Deshalb musste er den anderen aufhalten.

Yakup schleuderte den Wurfstern.

Die gefährliche Waffe erschien aus dem Nichts und war so hart geworfen worden, dass selbst ein Wesen wie die lebende Legende nicht mehr ausweichen konnte.

Der Wurfstern erwischte ihn an der Brust. Er war in die Kleidung hineingejagt, hatte sie durchschnitten wie ein Messer und steckte nun im Körper des anderen fest.

Aber Shimada war kein Mensch. Er steckte diesen Treffer weg. Damit konnte man ihn nicht aus dem Weg räumen. Die linke Hand fuhr hoch. Die kräftigen Finger des Dämons rissen den Wurfstern wieder hervor und schleuderten ihn dorthin, wo Shimada Yakup vermutete.

Der Stern hätte ihn auch getroffen, aber Yakup reagierte pfeilschnell. Er ließ sich zu Boden fallen, sodass dieses gefährliche Mordinstrument über ihn hinwegfuhr und im Gang gegen die Wand klatschte, in den sich Yakup hineingerollt hatte.

»Er ist da!«, schrie Shimada zurück. »Wir werden ihn jagen!«

Yakup war klar, dass er jetzt noch schneller als die Horde sein musste. Yamiga hatte die Worte des Dämons ebenfalls vernommen. Er richtete sich danach, indem er sie praktisch für seine Robotgestalten gedanklich übersetzte. Yakup sah ein, dass er ohne genaue Ortskenntnisse nicht weg konnte. Die Horde war ihm in diesem Labyrinth überlegen. Auch als Unsichtbarer würde er ihnen in die Arme laufen.

Noch hatte er sich an die Wand gedrückt. Nicht weit von ihm entfernt hielt sich Shimada auf und ließ sein Schwert kreisen. Man konnte tatsächlich den Eindruck haben, als würde die Klinge einen Kreis schlagen, so schnell wurde sie bewegt. Zudem stellte es der Dämon geschickt an. Bei jedem Schritt, den er vorging, zeichnete die Klinge einen Kreis in die Luft. Wer ihm im Weg stand, würde von dem messerscharfen Schwert getroffen werden, ob unsichtbar oder nicht.

Damit wuchs die Gefahr für Yakup.

Aber er hatte sich etwas einfallen lassen. Zwischen ihm und Shimada hielt sich noch eine Person auf, nämlich Yamiga. Der Zwerg ging jeweils zurück. Jeden Schlag seines großen Vorbilds begleitete er mit einem schadenfrohen Lachen.

Aber es erwischte ihn.

Lautlos hatte sich Yakup vorbewegt, war hinter ihn getreten und packte hart zu.

Yamiga brachte noch einen knappen Schrei hervor, der aber von der unsichtbaren Faust erstickt wurde. Dann riss Yakup den Zwerg in die Höhe, und als er ihn dicht an sich presste, sah es so aus, als würde Yamiga in der Luft schweben oder an einem unsichtbaren Band hängen.

Er strampelte, aber das nutzte ihm auch nichts. Der Griff des Türken war hart.

»Ich habe ihn!«, schrie Yakup. »Eine falsche Bewegung, Shimada, und ich bringe ihn um!«

Yakup rechnete zwar nicht damit, dass Shimada ihm gehorchen würde, auf so etwas nahm dieser Dämon keine Rücksicht, aber der Mann aus dem Kloster hatte Zeit gewonnen. Und er konnte sich an den Robotern vorbeischieben, die ihn nicht angriffen.

Yakup floh. Er hielt den Zwerg als Geisel, der eingesehen

hatte, dass er gegen die Kraft des anderen nichts auszurichten vermochte. »Wohin?«, rief Yakup. »Wo ist der Ausgang?«

Er brauchte die Frage nicht noch einmal zu stellen, Yamiga gab gleich die Antwort.

So rannte Yakup los.

Dass ihn Yamiga dabei in die große Halle führte, wusste er erst, als er da war und hinter ihm die mordenden Roboter die Halle betraten, die zu einem Grab für alle werden sollte.

Für uns war jetzt einzig der Stollen wichtig. Nur wenn wir ihn erreichten – und schließlich auch die bewusste Plattform –, konnten wir den Bunker verlassen.

Yamiga war ein Genie. Denn nur ein Genie konnte sich eine solche Welt erschaffen oder erbauen.

Einen unserer Kendo-Mitstreiter hatte es härter erwischt. Er brach plötzlich zusammen, und es war Suko, der den Mann auffing und mit sich schleifte. Ich wollte meinen Freund unterstützen, doch Suko schrie mich an, nicht stehen zu bleiben.

So hetzten wir voran.

Und wir sahen das Gleis, das diesmal nicht unseren Weg kreuzte, sondern von der Seite her auf den Weg führte. Der Vergleich mit einer Achterbahn kam mir in den Sinn, weil ich den grauen Wagen sah, der zur Fahrt einlud. Wenn wir uns zusammendrängten, fanden wir alle darin Platz, um in den Stollen hineinzujagen.

»Ich kann ihn bedienen!«, rief Yago. Er lief bis zum vorderen Wagen, der stromlinienförmig gebaut war, und schwang sich hinein, um die Lenkung zu übernehmen.

Ich klemmte mich hinter ihn, die anderen führten die Reihe fort. Alle Verletzten wurden hineingehoben. Suko bildete den Schluss.

Obwohl sich uns eine Chance bot, war es für mich ein Tanz auf dem Vulkan. Ob wir sie allerdings wahrnehmen konnten, stand in den Sternen, denn die Geräusche der Verfolger nahmen wir inzwischen verstärkt wahr, da die anderen aufgeholt hatten.

Yago kontrollierte die kleine Schalttafel. Er gehörte nicht zu den großen Technikern, es war nicht einfach für ihn, unter den Knöpfen und Tasten die richtigen zu finden.

Ich schaute in den Tunnel. Zum Glück war er beleuchtet. Im oberen Bogen hingen die Lampen und warfen ihr Licht auf die Schienen, die in der Mitte ein Strom führendes Gleis führten.

Auf meinem Rücken spannte sich die Haut. Das Gefühl der Spannung hatte mich regelrecht eingefangen. Ich blickte zurück und suchte nach den Verfolgern.

Linkisch bewegten sich die Roboter zwischen den modernen Apparaturen. Von Shimada und Yamiga entdeckte ich keine Spur. Ob sie sich bewusst zurückhielten, wusste ich nicht, aber die Roboter stiegen bereits die Treppe hoch, um die Galerie zu erreichen.

»Ich will ja nicht drängen«, sagte ich zu Yago. »Allmählich sollten wir losziehen.«

»Es klappt auch!«

Der Falke hielt sein Versprechen. Als er den Startauslöser gefunden hatte, drang aus seinem Mund ein erlösender Ruf. Durch den flachen Zug ging ein Ruck, und einen Augenblick später jagten wir los.

Ich wunderte mich, wie schnell der Zug Fahrt aufnahm und wir in den Tunnel hineinschossen.

Er blieb beleuchtet. Dabei drehte er sich in eine leichte Linkskurve, und das Schienenpaar folgte dieser Fahrtrichtung, sodass wir, als wir die Kurve nahmen, zur anderen Seite gedrückt wurden.

Unser Ziel war eine Plattform. Bisher war alles optimal gelaufen. Ich hoffte, dass dies auch so bleiben würde, obwohl Shimada nach wie vor als drohender Schatten in meinem Hinterkopf stand und dort ein schlimmes Bild zeichnete.

Er und Yakup.

Beide hatte ich gesehen, wobei ich hoffte, dass Yakup nicht

im Tunnel der Zeiten verschollen war, wie es einmal Bill und Suko auf der Suche nach dem Würfel ergangen war.

Wir stachen tiefer in den Tunnel hinein. Ich schaute über den vor mir hockenden Zwerg hinweg. Der Fahrtwind biss in mein Gesicht. Die Augen tränten.

Noch immer sah ich nichts von der Plattform, aber wir blieben in der Kurve. Dieser Tunnel war in einem Halbkreis angelegt worden. In welche Richtung wir unter dem Grundstück der Brüder herfuhren, konnte ich beim besten Willen nicht sagen. Ich konnte nur hoffen, dass wir schneller als Shimada waren.

Der Zwerg und ich sahen ihn zur selben Zeit!

Es war furchtbar, wie er vor uns auf den Schienen stand. Wie ein Denkmal, den Arm halb erhoben. Das Schwert bildete dabei die Verlängerung der Hand, und das kalte Lampenlicht strahlte auf die Breitseite der Klinge, sodass dort Reflexe entstanden.

Ich tippte dem Zwerg auf die Schulter. »Halten Sie an, Yago!«, schrie ich gleichzeitig. »Um Himmels willen, das kann ins Auge gehen!«

In den nächsten beiden Sekunden wurde mir klar, dass sich Shimada ein gutes Ziel ausgesucht hatte. Er stand nämlich dort, wo sich die für uns rettende Plattform befand.

Und er schlug zu.

Als das Schwert nach unten raste, erschrak ich. Ich dachte daran, dass es eine sinnlose Bewegung gewesen sein musste, wurde jedoch beim Aufprall der Klinge eines Besseren belehrt.

Shimada hatte nicht ohne Grund auf die Schiene geschlagen, sondern weil er das Strom führende Stück treffen wollte.

Das war ihm gelungen.

Die scharfe Klinge des Schwerts hatte es tatsächlich geschafft, die mittlere Schiene zu durchschlagen. Der Stromkreis war unterbrochen, wir hielten an und starrten auf Shimada, der uns mit kampfbereiter Pose erwartete.

Ich spürte in meinem Magen den Druck. Hinter mir

erhoben sich bereits die Kendo-Kämpfer, während Yago sitzen blieb. Ein kalter Windstoß fuhr durch den Tunnel.

Als er mich streifte, fragte ich Yago nach dem Grund. Flüsternd gab der Falke seine Antwort. »Das liegt wahrscheinlich an der Öffnung. Shimada hat uns praktisch den Fluchtweg vorbereitet. Wir hätten mit der Plattform ins Freie fahren können.«

»Eine schwache Hoffnung.«

»Sicher.«

Ich stieg aus. Mein Freund Suko saß ebenfalls nicht mehr im Gefährt. Er schaute zurück, und das war auch nötig, denn die Roboter näherten sich von der anderen Seite des Ganges.

Wir steckten in der Klemme.

Yago, der Falke, bewegte sich auf eine Tunnelwand zu und blieb dort stehen. Mit dem Rücken zur Wand. Er hielt die Augen halb geschlossen und machte einen sehr konzentrierten Eindruck. Ich wollte ihn schon nach dem Grund fragen, hielt aber meinen Mund, da ich ihm ansah, dass er nicht gestört werden wollte.

Wo steckte Yamiga?

Hatte er sich bewusst zurückgehalten, oder war er noch bewusstlos? An die letzte Möglichkeit wollte ich nicht so recht glauben, ich rechnete eher mit einer Falle.

Wichtig war Shimada.

»Kümmere du dich um ihn!«, hörte ich Suko rufen. »Wir werden uns den Robotern stellen müssen!«

Optimismus hatte nicht in seiner Stimme mitgeschwungen. Dazu war auch kein Grund. Ich brauchte mir nur die Kendo-Kämpfer anzusehen. Sie hatten einige Blessuren davongetragen und würden wohl kaum in der Lage sein, diese Macht zu stoppen.

Es gab eine Möglichkeit, gegen Shimada anzugehen. Schon einmal hatte ich es versucht, doch damals war seine große Helferin, Pandora, schneller gewesen. Ob sie ihm diesmal zur Seite stand, war fraglich.

Shimada sah aus, als wollte er nicht aufgeben. Er stand auf

den Schienen, eingehüllt in seine dunkelblaue Kampfkleidung. Über dem Mundschutz blickte gnadenlos und eiskalt das Augenpaar.

Ich holte den Bumerang hervor.

Plötzlich war ich ruhig. Das Risiko kannte ich. Wenn ich warf, musste ich schneller sein als Shimadas Schwert, durch dessen Klinge er unter Umständen den Wurf der Waffe abfangen konnte.

Es stand auf der Kippe.

Und dann hörte ich Sukos Ruf. Lange genug kannte ich meinen Partner, aber ich habe ihn selten so überrascht erlebt. Als ich mich für einen Moment umdrehte, hatte auch ich das Gefühl, einen Traum zu erleben.

Auch als Unsichtbarer besaß Yakup Yalcinkaya die gleichen Gefühle wie ein Mensch. Er spürte die Erschöpfung, denn das lange und schnelle Laufen hatte ihn angestrengt.

Aber es war ihm gelungen, den anderen zu entwischen. Und er hielt nach wie vor seine Beute fest. Der Zwerg sah noch immer so aus, als würde er in der Luft tanzen.

Die Hände des Türken gaben ihn nicht frei, so heftig Yamiga sich auch bewegte.

»Wo sind sie hin?«, fragte Yakup. »Verdammt, mach endlich dein Maul auf und rede!«

»In den Tunnel!«

»Gut, wie kommen wir dorthin?«

»Das ist Selbstmord. Dort erwartet dich Shimada!«

Yakup verstärkte den Druck. Unsichtbare Finger drückten tief in den Nacken des Japaners.

»Ich zeige es dir.«

»Das will ich auch gemeint haben!«

Sie brauchten nicht lange zu gehen und bewegten sich auf dem Grund der Halle weiter, als Yakup bereits die ersten Roboter sah, die von verschiedenen Seiten auf ein gemeinsames Ziel zuliefen.

Das lag nicht am Grund der Halle, sondern auf der Galerie, zu der breite Treppen hochführten.

Da genügend zur Auswahl standen, konnte Yakup die nehmen, die von keinem Roboter benutzt wurde.

Yamiga versuchte nicht mehr, sich zu befreien. Er hatte eingesehen, dass der andere stärker war, aber er hoffte auf die Roboter. Und dass er ihnen Befehle gab, konnte Yakup nicht verhindern, denn die Telepathie war stärker als er.

Auf der Galerie blieb er stehen.

Vor ihm trafen die Roboter ein. Sie hatten ihn gesehen, aber sie kümmerten sich nicht um ihn. Wahrscheinlich hatte Yamiga dies angeordnet. Yakup hatte das Gefühl, sich beeilen zu müssen. Irgendwie kam er sich als Retter vor, als er weiterlief, in den Tunnel hineinschauen konnte und den Zug sah, der stehen geblieben war.

Er entdeckte John Sinclair, auch Suko, die verletzten Kendo-Kämpfer, sogar Yago, und all diese Dinge vereinigten sich bei ihm zu einem Bild des Schreckens, das von der gewaltigen Gestalt des Shimada beherrscht wurde.

»Da kommen sie nicht raus!«, keifte Yamiga.

»Abwarten!«

Yakup hatte es plötzlich eilig. Er kümmerte sich nicht um die Proteste Yamigas, er wollte den Freunden helfen und flüsterte dem Japaner die folgenden Worte ins Ohr: »Es gibt noch eine Möglichkeit für dich, dein Leben zu retten. Du wirst den Robotern den Befehl geben, sich gegenseitig anzugreifen und zu vernichten. Verstanden?«

»Nein, das, aahhh ...«

Yakup hatte keine Rücksicht mehr nehmen können. Zu viele Menschenleben standen auf dem Spiel, und er hörte das Jaulen des anderen.

»Weigerst du dich weiter?«

»Nein!«

»Dann will ich etwas sehen!«

Es vergingen Sekunden. Die Zeit musste Yakup dem anderen einfach lassen. Und Yamiga gehorchte.

Auf gedanklichem Wege programmierte er die Roboter um, sodass alle ihrer gegenseitigen Vernichtung zustrebten.

Ich traute meinen Augen nicht und glaubte an eine Halluzination. Zum Glück konnte ich durch eine Lücke zwischen den uns verfolgenden Robotern schauen und sah diesen Yamiga, der tatsächlich in Brusthöhe eines normalen Menschen über dem Boden schwebte, als würde er von irgendeiner Kraft oder von einem Band gehalten.

Die Roboter spielten verrückt.

Bisher hatten sie nur eine Kampfrichtung gekannt. Das war vorbei. Jetzt griffen sie sich gegenseitig an.

Sie schlugen beidhändig, kannten keine Rücksicht. Sie wehrten ab, sie tauchten zur Seite und wurden doch erwischt. Wir waren nur Zuschauer. Gebannt und fasziniert erlebten wir, dass die Rüstungen doch nicht so hart waren.

Unter manchen Schwerthieben knackten sie wie Nussschalen.

Zwar liefen sie noch einige Schritte zur Seite, hämmerten manchmal auch gegen die Tunnelwand, aber es gelang ihnen nicht, sich zu fangen. Unter Blitzen vergingen sie, kippten zu Boden, drehten sich und blieben liegen.

Es war ein wilder Kampf. Keiner nahm auf den anderen Rücksicht. Sie schlugen und hämmerten wie die Berserker aufeinander ein. Köpfe kippten zur Seite, dies hatte jedes Mal einen Kurzschluss zur Folge.

Hätte mich jemand nach den Gründen für dieses Spektakel gefragt, ich hätte ihm keine nennen können, sosehr ich darüber auch nachdachte. Yamiga befand sich noch immer hinter den Robotern. Ich nahm es auch weiterhin als gegeben hin, dass er in der Luft schwebte, aber dann stürzte er plötzlich zu Boden.

Ich glaubte, einen Schrei vernommen zu haben, und zwar von einer Person, die ich nicht sah.

Yamiga huschte zwischen den kämpfenden Robotern her.

Es war ein Wunder, dass er nicht verletzt wurde, wahrscheinlich half ihm dabei seine Größe, aber er hatte auch ein Ziel.

Es war Yago.

Der löste sich von der Wand, er lief Yamiga entgegen. Das alles nahmen Suko und ich am Rande wahr, denn etwas anderes riss uns aus unserem Bann.

Ein wütender, schriller Schrei.

Ich fuhr herum.

Shimada hatte ihn ausgestoßen, als er schon auf dem Weg zu uns war. Er raste wie ein furchtbarer Rachegott auf uns zu, schwang sein Schwert kreisförmig, als wollte er uns alle mit drei gewaltigen Schlägen köpfen.

Suko schoss!

Er hatte am schnellsten seine Beretta gezogen und jagte die Kugeln in den Leib des anstürmenden Dämons. Ich war noch immer gebannt und sah deutlich, wo die geweihten Silberkugeln einschlugen, denn an den Stellen blitzte es jeweils auf, als würden dort silberne Funken in die Höhe sprühen.

»Wirf die Banane!«

Sukos Ruf erinnerte mich endlich wieder an meine eigentliche Aufgabe. Noch war Zeit. Ich holte aus, konnte leider nicht mehr lange zielen und schleuderte den Bumerang.

Er wurde schnell, fegte schräg auf Shimada zu und stieg von unten nach oben. Er würde genau in seinen Lauf hineinjagen und wahrscheinlich die so rasend schnell kreisende Klinge treffen.

Der Treffer war nicht zu vermeiden.

Durch den Tunnel hallte ein sehr hoch klingender Laut, als hätte jemand eine Glocke angeschlagen. Shimadas Lauf wurde gestoppt. Die Magie des Bumerangs traf ihn voll, und meine Augen leuchteten auf. Für einen Moment glaubte ich mich am Ziel meiner Wünsche. Es wäre fantastisch gewesen, Shimada auszuschalten.

Er fiel.

Die schwere Gestalt kippte zur Seite. Die Hand mit dem Schwert stieß er noch nach vorn. Dabei traf die Klinge die Tunnelwand, glitt an ihr in die Höhe und hinterließ eine Spur aus Funken. Urplötzlich war der blaue Schatten da, der Shimada regelrecht aufsaugte, und ich hörte die höhnisch klingende Stimme aus einer nicht fassbaren Ferne. »Nein, Sinclair, so nicht!«

Pandora hatte gesprochen.

Wieder einmal war es ihr gelungen, ihren Schützling Shimada zu retten, denn sie hatte einen Teil der blauen Festung geschickt, die sich bis auf ein Minimum verkleinern und bis auf ein Maximum vergrößern konnte. Sie schützte Shimada nicht nur, sie transportierte ihn auch weg, sodass er vor unseren Augen verschwand und als Rest nur noch eins zurückblieb: ein auf dem Boden liegender, matt glänzender Bumerang.

Shimada aber war uns entkommen.

Wir hatten einfach nicht die Möglichkeiten gehabt, ihn festzuhalten. Wahrscheinlich mussten wir erst noch eine stärkere Magie kennen lernen, um auch die blaue Festung zu stoppen.

Aber der Kampf war noch nicht beendet.

Zwei Brüder, deren Hass sich austoben konnte, kämpften um alles oder nichts.

Yago hatte sich auf Yamiga gestürzt. Beide lagen am Boden, schlugen aufeinander ein.

Ich wollte eingreifen, doch Suko hielt mich zurück. »Nein, John, das ist deren Sache.«

Dies sah ich ein.

Yamiga schien die Oberhand zu gewinnen. Es gelang ihm, sich zur Seite zu rollen und mit dem Knie Yago zur Seite zu stoßen. Der Falke wollte ihn zwar noch halten, doch ein weiterer Tritt sprengte dessen Griff.

Yamiga floh.

Auf seinen kurzen Zwergenbeinen rannte er der Plattform entgegen. Er wirbelte mit den Armen und hörte hinter sich Yagos Schrei.

»Du entkommst nicht, du Mörder!«

Da hatte der Falke Recht. Und wir mussten ihm seine Rache lassen, so schrieb es das Gesetz dieser so ungleichen Brüder vor.

Ich hatte vorhin schon den Luftzug gespürt, der aus einer für uns unsichtbaren Öffnung nach unten geweht war. Er bedeutete freien Zugang zur Außenwelt.

Aber auch von ihr konnte man diesen unterirdischen Komplex erreichen. Das taten die Falken auch.

Yago stand mit seinen Falken in Verbindung. Die Vögel gehorchten, sie nahmen Befehle entgegen, und Yago hatte sie geholt.

Raketenartig schossen die Tiere in den Tunnel hinein. Sie waren so schnell, dass Yamiga, der die Gefahr wohl ahnte, ihnen nicht mehr ausweichen konnte.

Wie abgeschossene Pfeile stürzten sie sich auf ihn.

Und sie straften den Mann furchtbar.

Vier Vögel kümmerten sich um Yamiga. Sie hackten mit ihren messerscharfen Schnäbeln zu, hielten die Flügel ausgebreitet, sodass Yamiga fast unter ihnen verschwand.

Wir alle hörten ihn schreien, sahen Blut, und noch immer hielt Suko mich fest, weil ich eingreifen wollte. Er aber sagte: »John, du musst die Gesetze dieses Landes anerkennen. Glaub mir, wir dürfen uns nicht einmischen.«

Ich wandte mich ab, gerade als Yamiga zusammenbrach, während Yago und die Kendo-Kämpfer der Tat weiterhin zuschauten.

Ich erinnerte mich an Yagos konzentrierten Gesichtsausdruck, als er an der Tunnelwand gelehnt hatte. Da wusste ich, dass er mit den Falken Kontakt aufgenommen hatte, die nun seine Rache vollendeten.

Die Überraschungen hörten für mich trotzdem nicht auf. Aus dem Nichts kristallisierte sich eine Gestalt hervor.

Yakup Yalcinkaya!

Und meine Augen wurden groß wie die berühmten Untertassen.

Zunächst sah ich nur die zitternden und verschwimmenden Konturen der Gestalt. Ich war schon so weit, mich mit einer Täuschung abzufinden, aber ich irrte.

Es war tatsächlich Yakup, der vor mir stand und aus dem Unsichtbaren gekommen war. Er lächelte uns an, seine Augen strahlten. Unter seinem rechten Arm trug er einen Gegenstand, der aussah wie ein Helm.

Kein Wort zur Begrüßung sagte ich, so sehr hatte mich sein Auftreten gebannt. Ich starrte nur auf den Eisenhelm und fragte: »Ist das die Krone der Ninja?«

»Das ist sie!«

»Macht sie dich unsichtbar?«

»Ja, sie gibt mir die Macht!«

»Und der Teufel?«, fragte ich. »Du hast ihn überwunden?«

»Die Krone, John, nur die Krone!«

Ich hob die Schultern. Sehr viel strömte in diesen Momenten auf mich ein, darüber wollte ich nachdenken, denn der Besitz der Krone eröffnete Yakup und letztendlich auch uns völlig neue Möglichkeiten. Doch hier war nicht der richtige Ort, um diesen Gedanken nachzugehen.

Der Ansicht war auch Yago. Er trat zu mir und bat darum, das unterirdische Reich zu verlassen. Auf seinen Schultern saßen wieder die beiden Falken. Das Gesicht des Mannes zeigte Kampfspuren. »Lassen Sie uns gehen. Ich hoffe, dass ich etwas von meiner Schuld wieder habe gutmachen können. Und schauen Sie nicht zurück. Leben Sie in dem Bewusstsein weiter, dass es keinen Yamiga mehr gibt.«

Es waren Worte, denen ich nichts hinzuzufügen hatte. So verließen wir den Komplex unter der Erde. Was damit geschehen sollte, war mir egal. Der Falke würde sich darum kümmern und wahrscheinlich auch um die Überreste der Roboter.

Eigentlich hätten wir sogar feiern können. Aber wir waren nicht die Männer, die groß jubelten.

Was zu erledigen war, würde Yago übernehmen. Seine Beziehungen waren da ausgezeichnet, denn an die Öffentlichkeit sollte nichts dringen.

»Einen Wunsch habe ich noch«, sagte Suko, als wir uns auf dem Weg zum Flughafen befanden.

»Und welchen?«

»Ich möchte den Jahreswechsel in London erleben.«

Und das schafften wir schließlich auch. Es wurde eine besinnliche Feier, kein so großes Besäufnis wie im vergangenen Jahr. Wir waren alle zusammen, auch die Conollys, und wir freuten uns darüber, dass wir die letzten 365 Tage lebend überstanden hatten.

Darauf stießen wir mit Champagner an …

ENDE

Im Namen der Hölle

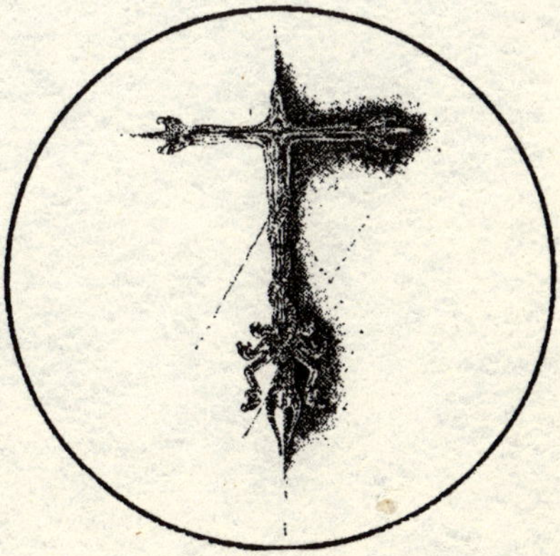

Zuerst hatte sie Lizzy den rechten, danach den linken Arm gebrochen und sie dann in den noch warmen Sand geschleudert wie ein altes Stück Holz.

Da lag sie nun halbnackt im Sand. Eigentlich hätte sie nach dieser furchtbaren Tortur schreien müssen. Doch sie schrie nicht, denn sie spürte keine Schmerzen. Der Grund dafür war simpel. Lizzy sah zwar aus wie ein Mensch, tatsächlich aber war sie eine Hexe, und der konnte man, wenn sie unter einer magischen Droge stand, mit einem einfachen Brechen der Arme nicht imponieren. Da mussten schon stärkere Geschütze aufgefahren werden.

Sie hatte trotzdem Angst, denn es waren drei, die sie überrascht hatten, und sie sahen verdammt nicht so aus, als könnten sie irgendeinen Spaß vertragen.

Noch lag sie im Sand und spielte die Bewusstlose, aber sie hatte den Kopf zur Seite gedreht, ein Auge geöffnet, um die anderen beobachten zu können.

Zunächst sah sie nur die dunklen Wellen, die an Land rollten und im Sand versickerten.

Der Himmel war dunkel, der Wind kühl, aber Lizzy kümmerte sich darum nicht. Sie hatte sich diesen Strand in Kalifornien ausgesucht, um ungestört ihren Beschwörungen nachgehen zu können, denn ihr wahrer Freund und Herr war einzig und allein der Teufel.

Ihn rief sie in den einsamen Vollmondnächten an. Manches Mal hatte er sich schon bei ihr gemeldet, nun aber waren drei andere gekommen, und diese Wesen, von denen sie noch nie etwas gehört hatte, meinten es gar nicht gut mit ihr.

Jemand kam auf sie zu, sie hörte die Schritte.

Sehr langsam, aber unbeirrbar. Er musste genau über den Uferstreifen gehen, der zwischen ihr und dem Meer lag. Noch ein paar Sekunden, dann würde er in ihrem Blickfeld erscheinen.

Er trug Stiefel, das wusste sie, wie auch der andere, denn die beiden glichen sich, als wären sie Zwillinge.

Ein Schatten erschien.

Kein Stiefelleder, sondern ein schimmernder, fast spiegelnder Schatten, der wie ein gewaltiges Pendel von einer Seite zur anderen schwang und dabei eine Kontur annahm.

Es war die übergroße Klinge eines Henkerbeils!

Der Schock saß tief in Lizzy. Sie schluckte. Sie wusste von dem Beil, aber zum ersten Mal sah sie es aus der Nähe. Okay, man hatte ihr die Arme brechen können, aber wenn sie ihr den Schädel abschlugen, nutzte auch die magische Trance nichts mehr.

Wieder schwang das Beil vor, und dann sauste die Schneide eine Fingerbreite vor ihrer Nasenspitze in den Sand und verschwand darin. Lizzy erschrak und zuckte zusammen, und das musste wohl bemerkt worden sein, denn die Person, der das Beil gehörte, baute sich vor Lizzy auf. Das in den Sand gestellte Beil zwischen den Beinen.

Was wollte er von ihr?

Noch sprach er nicht, aber er bückte sich plötzlich, und eine Hand griff in das lange Blondhaar, drehte es zusammen, sodass Lizzy mit einem Ruck in die Höhe gezogen wurde. Das Gesicht der Hexe verzerrte sich, doch nicht ein Laut drang über ihre Lippen.

Sie blieb ruhig.

Wie eine Puppe hing sie im harten Griff des anderen, ihre Arme schlenkerten, als sie herumgedreht und gegen einen Felsen gedrückt wurde, an den sie sich lehnen musste.

»Bleib so!«

Die dumpfe Stimme war hinter ihr aufgeklungen. Lizzy wusste, wer gesprochen hatte. Es war der Waffenlose gewesen. Für sie war er der Schlimmste.

Sie hörte seine Schritte, wie sie durch den feinen Sand schleiften. Seine Gestalt erschien von der Seite, ging noch ein wenig vor und blieb dann stehen, sodass sie ihn direkt ansehen konnte.

Er trug einen Talar. Richter und Attorneys sahen so aus. Einen langen, leicht glänzenden, bis zum Boden reichenden Mantel, mit einem weißen, runden Ziehharmonikakragen, der eng um seinen Hals lag. Ob der Mann überhaupt einen Hals hatte, war fraglich, denn aus dem Kragen schaute ein gelblicher Knochenschädel mit weißen Augen und einem breit grinsenden Maul, in dem die Zähne wie Stifte wirkten. Aus den Ärmeln lugten keine normalen Hände, sondern lange Knochenfinger, von denen die Haut abgefallen war.

Er war der Richter und die anderen beiden, die sich aus dem Hintergrund lösten, seine Henker.

Ihre dunklen Kapuzen reichten bis auf die Brust und tief in den Rücken hinein. Zu den Stiefeln trugen sie dunkelrote Hosen und darüber jeweils ein Lederwams.

So hatten früher die mittelalterlichen Henker ausgesehen, und auch der Richter stand ihnen in seiner Kleidung in nichts nach.

Lizzy starrte sie an. Die Hexe ahnte, was ihr bevorstand. Bestimmt sollte eine Gerichtsverhandlung stattfinden, bei der sie die Angeklagte war.

Der Strand war einsam. Hierher verirrte sich so gut wie niemand. Zudem lag praktisch gegenüber die alte Festung Alcatraz, eine Insel der Schwerverbrecher, die seit einigen Jahren schon leerstand, aber noch immer wegen ihrer Vergangenheit für Gesprächsstoff sorgte.

»Fangen wir an!«, sprach der Richter mit dem Knochenschädel. »Du bist Lizzy, wie wir wissen.«

»Ja, ja.«

»Und eine Hexe!«

»Auch das!«

»Wir haben dir die Arme gebrochen, aber du hast nicht geschrien. Bist du wirklich so stark?«

Da begann Lizzy, kreischend zu lachen. Ihre blonden Haare stellten sich auf, wobei plötzlich Funken zwischen den einzelnen Strähnen tanzten und die Hexentheorie untermauerten. »Ja, ich bin stark!«, schrie sie nach dem Lachanfall. »Ich bin sogar sehr stark, denn ich habe einen mächtigen Verbündeten. Den Teufel! Mit ihm stand ich in Kontakt, als ihr gekommen seid, um mich zu überfallen, ihr verfluchten Hunde, ihr …«

Der Richter winkte lässig ab. »Der Teufel wird uns nichts anhaben. Wir stehen ebenso auf seiner Seite wie du. Er würde das, was wir tun, gutheißen. Wir sind gekommen, um dich einiges zu fragen, denn wir brauchen Auskünfte, um unsere Pläne in die Tat umzusetzen. Es geht um eine sehr starke Sache. Du wirst uns helfen!«

»Ich? Nie!

»Wir könnten dir jetzt die Arme abhacken. Meine beiden Freunde warten nur darauf.«

Lizzy senkte den Kopf. Ob Hexe oder nicht, das war nicht gut. Sie wusste auch, dass sie mit ihrem Zauber gegen die drei nicht bestehen konnte. Deshalb ergab sie sich in ihr Schicksal. »Was wollt ihr denn wissen?«

»Es geht um Wikka!«

Lizzy zuckte zusammen. Plötzlich war sie hellwach. In ihrem Kopf begann ein regelrechter Motor zu arbeiten. In ihrem Gesicht mit dem lauernden Ausdruck verengten sich die Augen noch mehr. »Wikka?«, fragte sie. »Wirklich Wikka? Aber sie ist tot. Sie hatte vor, alle Hexen zu vereinigen.«

»Das wissen wir.«

»Mehr kann ich euch auch nicht sagen. Es gab noch den Hexenstein, aber den könnt ihr auch vergessen. Wir Hexen haben eine gewaltige Niederlage erlitten. Ich bin ehrlich genug, das zuzugeben. Zwar leben noch welche von uns, aber nur sehr wenige. Hier, in Frisco, sind einige, die werden auch bleiben.«

»Wegen dieser Verräterin!«

Lizzy schüttelte ihren Kopf. »Ja!«, schrie sie. »Ja! Wegen dieser verfluchten Verräterin Jane Collins. Sie war auserkoren worden, einmal Wikkas Nachfolgerin zu werden, aber sie hat sie verraten. Und damit hat sie auch uns verraten.«

»Du kennst sie?«

»Ja, ich kenne sie. Ich habe sie gesehen. Nicht erst einmal, mehrere Male. In der großen Stadt, in die sie nur äußerst selten kommt. Die meiste Zeit steckt sie doch in ihrem verdammten Loch. In dem Kloster.«

»Wo genau ist es?«

»In den Bergen.«

»Die sind groß.«

Lizzy gab keine Antwort. Sie überlegte. Plötzlich sah sie wieder Land. Diese drei wollten sie nicht töten. Das konnten sie sich nicht leisten, denn sie brauchten von ihr Informationen. Dinge, über die nur sie Bescheid wusste. »Geht es euch um Jane Collins?«

»So ist es.«

»Und was wollt ihr von ihr?«

»Sie soll vor ein dämonisches Gericht gestellt und im Namen der Hölle verurteilt werden.«

Lizzy lachte. »Das sind ja völlig neue Perspektiven.« Aus dem Lachen wurde ein hintergründiges Lächeln. »Und gar keine so schlechten, wie ich meine.«

»Nein, das nicht.«

»Und was habe ich damit zu tun?«

»Du wirst für uns den Köder spielen.«

Lizzy begann wieder zu kreischen. »Mit gebrochenen Armen, ihr verdammten Hunde? Ihr habt mir die Arme gebrochen, ihr …«

»Das war Absicht.«

»Weshalb denn?«

»Du musst hilflos aussehen und völlig kaputt wirken, damit sie auf dich reinfällt. Widerstand von deiner Seite wäre zwecklos. Es ist alles mit dem Teufel abgesprochen.«

Lizzy glaubte, sich verhört zu haben. Sollte der Teufel nicht auf ihrer, sondern auf der anderen Seite stehen? So hatte sie ihn überhaupt nicht eingeschätzt. So oft sie mit ihm in Kontakt getreten war, er hatte sich immer als Freund gezeigt und ihr so manchen Rat gegeben. Jetzt kamen diese drei hergelaufenen Dämonen und sprachen in seinem Namen.

Die Arme hatte man ihr gebrochen. Und jetzt verlangten die anderen noch, dass sie ihnen half.

Natürlich hasste sie Jane Collins. Da war sie nicht anders als die anderen Hexen. Jane Collins war das berühmte rote Tuch für die Hexen. Die Detektivin trug die Schuld am Tod der Oberhexe Wikka. Dafür sollte sie sterben. Andere Hexen wollten die Verräterin vernichten, obwohl Jane in Wirklichkeit nicht an der Vernichtung der Chefhexe die Schuld trug. Das einzusehen fiel der anderen Seite aber zu schwer.

Lizzy sah die Dämonen als große Schatten vor sich. Sie starrte auf den Skelettschädel des Richters, sah das Weiße in seinen Augen und entdeckte darin kein Gefühl.

Dieser Dämon, wo immer er auch herkommen mochte, würde seine Drohungen in die Tat umsetzen. Die richtigen Helfer dafür hatte er sich geholt.

Sie strahlten Grauen aus. Eine Drohung empfand jeder, der sie ansah. In den Augenschlitzen dieser Wesen glitzerte etwas. Es waren die fast starren Pupillen dieser Wesen. Ob sie Menschen oder Dämonen waren, konnte Lizzy nicht feststellen. Jedenfalls sahen sie aus wie Menschen.

»Ihr verlangt verdammt viel!«, stieß Lizzy hervor.

»Nein«, erwiderte der Richter kühl. »Wir verlangen nicht viel, nur Solidarität. Du musst uns helfen, du bist eine Schwarzblüterin, eine von uns.«

»Nein, ich bin ein Mensch!«

Lachen grollte aus dem Maul. »Kannst du darauf stolz sein? Wohl nicht, sonst hättest du nicht versucht, mit dem Teufel Kontakt aufzunehmen. Wir hätten uns auch eine andere aussuchen können. Nicht alle Hexen sind ausgestorben, das weißt du selbst, aber unsere Wahl ist auf dich gefallen. Du kannst stolz darauf sein.«

»Und wenn ich nicht will?«

Wieder lachte der Richter. »So dumm kannst du doch nicht sein, nein, das bist du nicht. Hast du nicht geschworen, Wikkas Tod zu rächen? Wie alle anderen bist auch du verpflichtet, dieses Versprechen einzuhalten. Natürlich kannst du dich weigern. Für diesen Fall habe ich die Henker mitgebracht.«

Lizzy hatte schon verstanden und sich auch entschlossen. »Was soll ich tun?«, fragte sie.

»Zu ihr hingehen.«

»Nein, das schaffe ich nicht. Man kann nicht in das Kloster hinein. Es ist zu gut abgesichert. Ich würde mein Leben verlieren. Da lauern die Wächter, außerdem ist sie nicht allein. Ein Mann namens Yakup Yalcinkaya ist bei ihr, und vor ihm zittern selbst manche Dämonen.«

»Er ist nicht da!«, sagte der Richter.

»Wieso?«

»Er befindet sich in Japan und sucht nach der Krone der Ninja. Das ist eine günstige Gelegenheit. Geh zu ihr und …«

»Ich habe trotzdem Furcht.«

»Also nicht?«

Lizzy hob die Schultern. »Sie würde mich sofort als Hexe erkennen, glaubt mir, das spürt sie. Ich weiß es.« Lizzy zuckte zusammen. »Auf mich könnt ihr euren Plan nicht bauen.«

Der Richter überlegte. Fast harmlos klang seine nächste Frage. »Aber du weißt, wo sich das Kloster befindet?«

»Und ob.«

»Beschreibe uns den Weg.«

»Ihr wollt hin?«

»Wir müssen es vielleicht!«

Lizzy sah wieder Land. Sie redete sehr schnell, und der Richter hörte sich alles gut an. Als Lizzy nichts mehr zu sagen hatte, schwieg auch er.

Das wunderte die Hexe. »Weshalb sprichst du nicht? Ich habe alles gesagt und euch geholfen.«

»Ja, das hast du wirklich.«

»Kann ich jetzt …?«

Der Richter nickte. Es sah etwas makaber aus, wie sich der gelbweiße Schädel bewegte. »Du kannst«, erklärte er.

»Was kann ich?«

»Sterben!«

Er hatte nur dieses eine Wort gesprochen und voll ins Schwarze getroffen, denn die Hexe zuckte zusammen. Sie wollte es einfach nicht glauben, starrte den Richter an, danach die beiden Gehilfen und sah, dass sich zwei umdrehten und weggingen.

Einer aber blieb zurück.

Es war der mit dem Beil.

Lizzy hatte noch nie ein so schreckliches Mordinstrument gesehen. Der Henker bewegte seine rechte Hand. Spielerisch leicht sah es aus, wie er das Beil in die Höhe schwang und einmal durch die Luft pendeln ließ. Lizzy hörte das Fauchen, als die schwere Waffe die Luft zerschnitt.

Sie duckte sich, wollte schreien, doch zu stark war das Entsetzen. Der Henker ging noch einen Schritt. Dabei schwang er wieder das Mordinstrument.

»Jaaaa!«, schrie Lizzy. »Jaaaa! Ich tue alles, was ihr wollt. Wirklich, ihr könnt auf mich zählen. Ich werde euch nicht enttäuschen. Alles will ich für euch tun – alles.«

Der Schlag fuhr von oben nach unten, und es war ein Volltreffer, der Lizzys Schrei erstickte.

Der Henker hatte so reagiert, wie es seine Aufgabe gewesen war. Er hatte Lizzy den Kopf abgeschlagen!

Es gibt im Leben die unmöglichsten Zufälle. Dann aber gibt es wiederum Dinge, wo man erst später gewisse Parallelen erkennt und man dann alles für Schicksal hält.

Das Schicksal begann eigentlich damit, dass Bob Riley, ein Umweltreporter, mal wieder auf der Jagd nach gewissen Sensationen war. Er wusste, dass es im Winter, wenn keiner mehr badete, gewisse Leute gab, die an einsamen Stränden gern ihren Müll abkippten.

Es war Riley schon gelungen, sie zu überraschen und auch zu fotografieren. Natürlich aus sicheren Verstecken heraus. Wenn er von den »Kippern« erwischt wurde, gab es schweren Ärger.

In der Zeitung brachte er seine Artikel groß heraus. Da er Ross und Reiter nannte, hatte er auch Erfolg, die Auflage stieg, wenn seine Berichte erschienen, und der erst so skeptische Chefredakteur hatte sich inzwischen überzeugen lassen, dass es besser war, wenn man Bob keinen Maulkorb aufsetzte.

Und so war Bob von morgens bis abends auf der Jagd nach Umweltsündern. Er arbeitete zumeist vom Wasser aus. Er besaß ein sehr schnelles Boot, von einer kleinen Erbschaft hatte er sich den Flitzer leisten können, das Gehalt reichte für solche Extratouren nicht aus.

Das Boot machte sich bezahlt. Umweltsünder waren scheu. Sie erwarteten, wenn überhaupt, die Kontrollen oder die Polizei stets von der Landseite her, aber Riley kam stets übers Wasser. Und er schaffte es immer wieder, die Leute zu überraschen.

Auch Drohungen nützten bei ihm nicht. Riley war ein Mann, der sich nichts gefallen ließ.

Auch an diesem trüben Tag war er wieder unterwegs. Aus dem Gefühl heraus konnte er sagen, dass dies wieder ein Schmuddel-Tag war. Schlechtes Wetter, viel Dunst über dem Meer, eine lange Dünung und Nebelfetzen an der Küste. Da konnte sich so mancher Umweltsünder ungesehen an wilde Klippen heranschleichen.

Riley hatte wieder seine Wassertour vor.

Bob gehörte zur Szene. Er wusste, was an der Westküste lief. Allerdings hatte er den Süden ausgeschlossen. L. A. war ihm zu heiß. Er mochte auch Hollywood nicht. Ihn interessierte viel mehr die Gegend um Frisco, wo es noch genug zu tun gab.

Er ritt mit seinem Boot die Dünung ab. Nördlich von Frisco bewegte er sich. Die Küste sah noch flach aus. Das würde sich bald ändern, wenn sie die ersten Felsen und Einschnitte zeigte. Da gab es oft gute Verstecke. Riley hatte frisch aufgetankt. Er konnte einen ganzen Tag unterwegs sein, ohne dass ihm der Sprit ausging. Manchmal beobachtete er durch das Glas die weit draußen schimmernden Schiffe, aber meistens blickte er auf die Küste, wo die schäumenden Wellen gegen den Sandstrand liefen oder vom Felsgestein gebrochen wurden.

Es war der Strand der Umweltsünder, wie ihn Riley genannt hatte. Trotz eines großen Artikels in der Zeitung wurde immer wieder Müll weggekippt. Riley wollte sich die Sache noch einmal ansehen. In der vergangenen Woche war er zuletzt an diesem Fleck gewesen, da konnte inzwischen einiges passiert sein.

Die Wellen trugen ihn auf die Küste zu. Bob wusste, wo er sicher anlegen konnte, besonders an diesem Fleck, der immer wieder verschandelt worden war.

Aber dazu kam es nicht.

Auf den Wellen, mit ihm in gleicher Höhe, hüpfte etwas. Zuerst dachte er an einen Ball, aber Bälle haben keine Haare.

Der Reporter schnappte sich den Greifhaken.

Der gekrümmte Zinken hatte den Gegenstand noch nicht berührt, als Riley bereits wusste, was dort angeschwemmt wurde.

Es war ein Kopf!

Der Reporter, eigentlich abgebrüht durch seinen Job, wurde bleich. Schon viel hatte er aus dem Wasser gezogen, einen Kopf jedoch noch nie. Längst hatte er den Motor abgestellt. Das Boot dümpelte auf den Wellen. Bob packte den Holzarm des Greifers mit beiden Händen und zog den Kopf näher an die Bordwand.

Zum Glück war das Haar lang. Der Haken hatte sich darin verfangen. Riley sprach mit sich selbst, als er die Stange an sich zog und den Kopf an Bord holte. Er fluchte dabei, ließ den Fund an Deck poltern und löste den Haken.

Es war ein Frauenkopf.

Noch jetzt zeigte das Gesicht Entsetzen. Diese Person musste eine furchtbare Angst ausgestanden haben, bevor sie getötet worden war. Die starren Pupillen hatten fast das gleiche Aussehen angenommen wie die helle Haut, die mittlerweile schon aufgedunsen war und einen bläulichen Stich hatte.

»Wer macht denn so etwas?«, keuchte Riley. Es kostete ihn Überwindung, den Kopf so hinzulegen und festzuklemmen, dass er durch die Bewegung des Schiffes nicht über Deck rollte. Eine Kamera hatte der Reporter immer schussbereit.

Er holte sie hervor, suchte den besten Winkel aus und schoss seine Fotos.

Das würde eine heiße Geschichte geben, darauf konnten sich seine Leser verlassen. Wer war so grausam, einen Menschen zu köpfen? Natürlich musste sich die Polizei mit diesem Fall befassen, aber auch Riley wollte der Sache nachgehen. Vielleicht gab es jemanden, der diese Frau kannte und auch über Hintergründe Bescheid wusste.

Er suchte nicht nach dem Torso, das wollte er anderen überlassen. Möglicherweise befand sich der auch an Land oder war auf hoher See ins Wasser geworfen worden.

Riley fuhr zurück.

Er hatte die Polizei bereits über Funk alarmiert, sodass die Beamten der Mordkommission im Hafen warteten. Natürlich wurde er verhört, den Beamten brachte es nicht viel.

Riley hatte es eilig. Sein Chef hatte ihm versprochen, eine Seite freizuhalten. Wenn der Bericht noch erscheinen sollte, durfte er keine Zeit mehr verlieren.

Man hatte ihm einen Wagen mit Fahrer geschickt. Auf der Fahrt zur Redaktion diktierte Bob schon seinen Bericht. Mittlerweile hatte er sich von dem Schock erholt. Er sah eigentlich nicht aus wie ein Hans Dampf in allen Umweltgassen. Bob Riley war ziemlich klein, fast schmächtig, mit einem schmalen Gesicht, aber wenn es darauf ankam, konnte er ungeahnte Kräfte entwickeln. Auch an diesem Fall würde er sich festbeißen.

In der Redaktion riss man ihm fast die Kamera aus der Hand. Die Bilder mussten entwickelt werden. Das nahm Zeit in Anspruch, wenn auch nicht mehr so viel wie früher.

Riley hockte im Büro seines Chefredakteurs und berichtete.

»Da haben wir einen Hammer«, sagte der schon ältere Mann, den alle nur Gockel nannten, weil er stets fein herausgeputzt zum Dienst kam.

»Das meine ich auch.«

»Bleiben Sie dran?«

»Sicher, Chef.«

Die Augen des Gockels wurden schmal. »Was vermuten Sie hinter diesem Mord?«

»Keine Ahnung.«

»Eine Umweltgeschichte wird es nicht sein. Deshalb warne ich Sie. Sollten Sie irgendeiner Organisation in die Quere kommen, lassen Sie die Finger davon. Die Leute nehmen auf einen Reporter keine Rücksicht. Wir haben uns verstanden?«

»Und ob.«

Riley ging wieder. Er holte ein inzwischen entwickeltes Bild ab und verschwand. Zwei Tage war er unterwegs. Er kannte viele Leute, geheimnisvolle Typen, die es zuhauf in Frisco gab. Sie hörten immer mehr als die Polizei.

Bob wurde fündig.

In einer alten Kneipe erwischte er eine Kellnerin, die sich an das Gesicht erinnerte. »Ja, die kenne ich.«

»Weißt du den Namen?«

»Muss ich überlegen.«

Bei einem Schein kam ihr Gedächtnis in Gang. »Ja, die Lizzy.«

»Was weißt du für zwanzig Dollar noch alles?«

»Die hat mich mal angemacht.«

»Wieso?«

»Ob ich nicht Lust hätte, auf den Okkult-Trip zu gehen. So richtig unheimlich, weißt du?«

»Klar. War sie denn selbst drauf?«

»Und ob. Lizzy hat sich selbst als Hexe bezeichnet, Ja, sie meinte, sie sei eine Hexe.«

»Echt oder unecht?«

»Kann ich dir nicht sagen. Jedenfalls hat sie mir mit diesen Dingen Angst gemacht.«

»Was weißt du sonst?«

»Nichts mehr. Nur eben, dass sie eine Hexe war und mit mir auf den Trip gehen wollte. Ich habe sie nie wiedergesehen, glaub mir.«

»Ja, danke.«

Bob stand plötzlich unter Strom. Er blieb noch sitzen und

drückte seinen Kopf fast so tief, dass er mit der Stirn die Tischplatte berührte. So hielt er sein Brainstorming ab. Er musste nachdenken, nur nachdenken, durfte sich nicht ablenken lassen. Hinter diesem Fall steckte mehr, als er sich bisher hatte träumen lassen. Aber wie bekam er das in den Griff? Er hatte auch hierfür eine Idee.

Am besten mit einer Schlagzeile.

Plötzlich hatte es Bob Riley mehr als eilig. Er sprang auf, ließ einen Schein auf dem Tisch liegen und verließ fast fluchtartig das Lokal. Bis zum Redaktionsschluss wollte er noch im Büro sein.

Riley schaffte es. Wieder brauchte er eine dicke Überschrift, die auch genehmigt wurde.

Und so erschien als Headline am nächsten Tag folgender Anreißer:

DIE UNBEKANNTE TOTE WAR EINE HEXE

Genau über diesen Aufmacher war ein Mann »gestolpert«, der Tausende von Meilen entfernt wohnte, und zwar in London. Dieser Mann war ebenfalls von Beruf Reporter, arbeitete aber in keinem festen Angestelltenverhältnis, sondern als freier Mitarbeiter für verschiedene Zeitungen und Magazine. Seine Artikel waren in der internationalen Presse zu einem Markenzeichen geworden, sein Name hatte Gewicht, und wenn Bill Conolly sich einmal auf eine Spur gesetzt hatte, hielt er auch durch.

Zu seinem Job gehörte es, sich jeden Tag die bekanntesten internationalen Zeitungen zu besorgen. Interessante Artikel schnitt er aus und sammelte sie.

Und natürlich auch den Bericht, den dieser in Frisco lebende Kollege geschrieben hatte.

Bill ging noch einen Schritt weiter. Kaum hatte er den Artikel gelesen, griff er zum Telefon, um bei Scotland Yard anzurufen, denn dort saßen Freunde von ihm.

Seine Enttäuschung war groß, als er hörte, dass sich John

Sinclair und Suko nicht in London befanden. Man erwartete sie aber am nächsten Tag aus Schottland zurück.

Ausrichten ließ Bill ihnen nichts, aber er würde mit ihnen über den bewussten Artikel sprechen, das hatte er sich fest vorgenommen.

London hatte uns wieder!

Ein winterlich kaltes, schneebedecktes London, das wir so gar nicht vermisst hatten, denn zu Beginn des Jahres hatten wir uns zu einem Urlaub entschlossen.

Shao, Suko und ich waren nach Schottland gefahren, wohnten in dem Ort, wo meine Eltern lebten, und spannten einmal so richtig aus. Fünf Tage Urlaub. Fünf Tage keine Dämonen, das war schon etwas, das konnte sich hören und sehen lassen.

Wir gingen viel spazieren, übten uns im Langlauf, aßen gut und nahmen auch zu.

Am Abend musste ich meinem Vater von den letzten Fällen berichten. Ich erzählte ihm vor allen Dingen über unser Tokio-Abenteuer und über die Templer, die ich kennen gelernt hatte, als ich in Frankreich den Herold des Satans traf.

In Lauder, wo meine Eltern lebten, war es ruhig geblieben. Akim Samaran, der hier sein Todeswasser hatte ausprobieren wollen, war nicht mehr erschienen, und so genossen wir die Tage, die viel zu schnell herumgingen. Meine Mutter hatte uns natürlich nicht ziehen lassen, aber die Pflicht rief nun mal, und so fuhren wir wieder in Richtung London.

Wir hatten den Nachtzug genommen, sodass wir am Vormittag in der Millionenstadt eintrafen.

»Am liebsten würde ich wieder zurückfahren«, sagte Shao. »Die Luft hier ist ja schrecklich.«

»Wenn du willst«, meinte Suko. »Die alten Sinclairs würden sich bestimmt freuen. Sie haben dich in ihr Herz geschlossen.«

»Nein, nein, ich bleibe bei dir.« Shao hakte sich bei ihrem Partner ein. »Jemand muss ja auf dich aufpassen.«

»Das darfst du nicht so eng sehen.«

Ein Taxi brachte uns nach Hause. Wir stellten die Koffer ab, stiegen in meinen Bentley und fuhren ins Büro. Vom Wagen aus rief ich an, und Glenda Perkins, unsere Sekretärin, erklärte uns, dass bereits jemand auf uns wartete.

»Wer denn?«, fragte ich.

»Das wirst du schon sehen.«

»Ist bestimmt keine unangenehme Überraschung«, meinte Suko. »Dann hätte sie anders reagiert.«

»Glaube ich auch.«

Trotzdem waren wir beide gespannt und fühlten uns eigentlich schon wieder mittendrin, auch wenn Suko hin und wieder noch von den vergangenen Tagen sprach.

Gegen Mittag erreichten wir unser Ziel, schon einigermaßen erschöpft, da der Verkehr kaum auszuhalten gewesen war.

Glenda saß im Vorzimmer und strahlte uns an. »Da kommen ja die Urlauber!«, rief sie. »Gut erholt?«

»Du hast uns gefehlt«, sagte ich und begrüßte sie.

Glendas Gesicht lief rot an, als sie mich umarmte und ich ihre weichen Lippen an meinen Wangen spürte.

»Wenn ich meine Sekretärin früher so willkommen geheißen hätte, wäre aber was los gewesen!«

Gesprochen hatte unser Besucher, und dessen Stimme kannten wir verdammt gut.

»Conollys Bill!«, stöhnte ich und drückte Glenda zur Seite. »Meine Güte.«

Der Reporter lehnte in der Tür und grinste breit. »In Lebensgröße sogar, meine Lieben.«

»Aber Glenda hat von einem Besucher gesprochen und nicht von einem Quälgeist«, fuhr ich fort.

»Willst du mich wirklich so bezeichnen?«

»Immer.«

»Was sagst du dazu, Suko?«

»Ich schließe mich der Meinung meines Vorredners an.«

Bill schüttelte den Kopf. »Da sieht man wieder, wie sehr Umgang doch den Menschen formt. Früher warst du mal ein richtig netter Kollege. Seit du aber mit diesem komischen Geisterjäger namens Sinclair zusammen bist, hast du dich stark verändert.«

»Danke für die Blumen.«

Wir betraten unser Büro. Es roch nach Kaffee und Rauch. »Wie viele Tassen hast du denn schon getrunken?«, fragte ich Bill.

»Vier.«

»So lange hockst du schon hier?«

»Draußen war es mir zu kalt.«

»Du hättest ja auch in einen Pub gehen können.«

»Das kostet Geld.«

»Hält dich Sheila knapp?«

»Und wie.«

»Na denn.« Ich ließ mich auf meinen Schreibtischstuhl fallen, den ich überhaupt nicht vermisst hatte, und übersah geflissentlich den Papierberg, den man uns auf den Schreibtisch gelegt hatte. Sir James war nicht im Haus, er würde erst gegen 15 Uhr zurückkehren, sodass wir uns bei ihm nicht zurückzumelden brauchten.

»Aber die Zeitungen lässt du liegen«, sagte Bill.

»Wieso?«

»Ich bin ihretwegen zu euch gekommen. Ich habe schon alles der Reihe nach hingelegt. Lies dir die Artikel mal durch. Du wirst bestimmt staunen.«

»Wie du meinst.«

Zuerst las ich die Überschriften. Suko war hinter mich getreten. Es dauerte einige Minuten, bis wir fertig waren.

»Was sagt ihr?«, fragte Bill.

»War diese Lizzy wirklich eine Hexe?«

»Möglich.«

»Wenn ja, was geht es uns an?«, fragte Suko.

»Sehr viel sogar. Denk mal nach. Jane Collins wohnt ganz in der Nähe. Ich habe mir gedacht, dass der Tod dieser Lizzy unter Umständen auch mit ihr im Zusammenhang stehen könnte. Oder nicht?«

»Ja«, murmelte ich. »Da könntest du Recht haben.«

»Ich gehe sogar noch weiter, John. Wenn ich du wäre, würde ich nach Frisco fahren.«

»Zu Jane?«

»Sicher.«

»Dort ist Yakup, der sie beschützt. Wir waren mit ihm in Japan zusammen. Jane geht es gut.«

Suko tippte auf meine Schulter. »John, wir waren mit ihm zusammen, das stimmt, und Jane ist allein im Kloster zurückgeblieben. Es waren Yakups Leute bei ihr, klar, aber er selbst nicht. Daran sollten wir denken.«

»Suko hat Recht, John.«

Ich überlegte und nickte. »Ja, wenn ich näher darüber nachdenke, ist es wohl besser, wir forschen nach.«

»Anrufen!«

Ich grinste Bill an. »Du bist ja heute wieder ein unheimlicher Gedankenleser.«

»Kannst du wohl sagen.«

Die lange Telefonnummer kannte ich nicht auswendig. Ich hatte sie mir aber aufgeschrieben. Ein Gespräch nach Übersee ist auch heutzutage noch ein wenig Glücksache, aber ich hatte das Glück und kam durch. Nur hob niemand ab.

Die gespannten Gesichter meiner beiden Freunde wurden ebenfalls immer länger.

»Ist keiner zu Hause?«, fragte Bill.

»Sieht so aus.« Ich legte den Hörer wieder auf.

»Dann müssen wir hin!«, sagte der Reporter.

»Auf diesen einfachen Verdacht?« Ich lachte auf. »Diese Reise genehmigt man mir nicht.«

»Flieg privat.«

»Ich will den Rest des Monats auch noch essen.«

»Die Karten schenke ich dir, John. Ich will auch hin und …«

»Erst werden wir mit Sir James reden müssen. Alles andere kannst du vergessen.«

Der Reporter blickte auf seine Uhr. »Wann kommt er zurück? Gegen drei. Das ist noch eine Stunde hin.«

»Die auch vorbeigeht«, sagte Glenda, als sie das Büro betrat und drei Tassen auf dem Tablett stehen hatte. In zweien befand sich Kaffee, in einer Tee. Er war für Suko.

Als ich den ersten Schluck genommen und meine Augen verdreht hatte, gab ich einen Kommentar ab, der Glenda etwas verlegen, zugleich aber auch stolz machte. »Jetzt weiß ich, was mir in den letzten Tagen gefehlt hat. Nichts gegen meine Mutter, aber du kochst den besseren Kaffee.«

Jane Collins atmete tief durch und hörte neben sich das Lachen des 15-jährigen Ali. Sie blickte durch die Scheibe auf die Autoschlange, die sich vor der Ampel gestaut hatte, und wusste, dass die Großstadt sie jetzt endgültig geschluckt hatte.

»Na?«, fragte Ali, »wie fühlst du dich?«

»Ich habe ein schlechtes Gewissen.«

»Wieso?«

»Yakup gegenüber. Ich hatte ihm versprochen, im Kloster zu bleiben, aber jetzt haben wir das Versprechen gebrochen und sind nach Frisco gefahren. Das bereitet mir Sorge.«

»Braucht es aber nicht.«

»Und wieso nicht?«

»Weil Yakup sich irgendwo in Tokio herumtreibt und nichts von sich hören lässt.«

»Das wird schon seine Gründe haben.«

»Ich weiß nicht, was du dich aufregst. Du hast John Sinclair Bescheid gegeben. Der ist sicherlich nach Japan geflogen und hat Yakup längst gefunden. Er ist nämlich klasse, weißt du?«

Jane drehte den Kopf und lächelte verloren. Sie blickte den neben ihr sitzenden Ali an. Er war ein hübscher Junge geworden mit seinem braunen Kraushaar, den großen Augen und der dunklen Haut. Dunkler jedenfalls als die eines Mitteleuropäers. »Ich weiß es, Ali, ich weiß es sogar sehr genau. Lange genug war ich mit ihm zusammen.«

»Und jetzt denkst du noch oft an ihn?«

»Möglich.«

»Du musst fahren, Jane.« Ali deutete nach vorn durch die Scheibe des Geländewagens. Es war ein Buick Wildcat, den sie fuhren. Ein für die Gegend des Klosters praktisches Gefährt, mit dem man auch schlechte Wegstrecken überwinden konnte.

Sie waren über die Golden Gate gefahren. Für Ali noch immer ein Erlebnis, diese Brücke zu benutzen. Jetzt lag Frisco vor ihnen, und Jane hatte Ali versprochen, in der Stadt einzukaufen. Der Junge war in der letzten Zeit gewachsen. Er brauchte Hosen, T-Shirts und Pullover. In den anderen sah er aus wie eingeklemmt.

Frisco quillt auch im Winter über. Zwar verirren sich nicht ganz so viele Touristen in die Stadt wie in den Sommermonaten, aber es war noch immer genügend los.

Bevor sie die Gegend erreichten, wo die großen Geschäfte und Einkaufszentren lagen, gerieten sie noch einige Male in Staus.

Jane machte sich Sorgen, das hatte Ali richtig erkannt. Sie sorgte sich sogar sehr, denn Yakup war verschwunden und bisher noch nicht zurückgekehrt. Auch von John Sinclair hatte sie noch keine Nachricht erhalten, ob die Suche Erfolg gezeigt hatte, und so waren Tage voll fieberhafter Ungeduld vergangen, in denen sich nichts getan hatte. Im Prinzip war Jane dem Jungen dankbar dafür, dass er sie hatte überreden können, in die Stadt zu fahren, denn die Einsamkeit des Klosters konnte sie nicht immer ertragen.

Einige Parkhäuser waren belegt. Ali entdeckte schließlich eines, vor dessen breiter Eingangsfront das grüne Zeichen blinkte. »Da musst du rein, Jane!«

Auf dem obersten Deck fanden sie noch einen Platz. Hier wehte ein kalter Wind, denn das Deck war nur an einer Seite geschützt. Jane zog ihren dicken Mantel an und wickelte den Schal um den Hals. Auch Ali hatte sich winterlich gekleidet, und er fasste nach Janes Arm wie ein Erwachsener. »Jetzt wollen wir beide mal lostrampen. Wozu kann ich dich einladen?«

Jane lachte. »Du bist herrlich, Ali.«

»Ich meine es ernst.«

»Gut, dann nehme ich dich beim Wort. Wir suchen uns ein kleines Café und trinken dort etwas.«

»Einverstanden.«

In Frisco ein nettes Lokal zu finden war überhaupt nicht schwierig. In dieser Stadt am Pazifik wurden die leiblichen Genüsse sehr hoch gestellt. Man hatte so ein wenig die europäische und auch asiatische Lebensart angenommen.

So war es kein Wunder, dass sich Jane und Ali in ein Bistro verliefen. An den Wänden hingen Fotos von Paris. Die kleinen, runden Tische hatten Marmorplatten und die Stühle Rückenlehnen aus Korbgeflecht.

Ali spendierte den Kaffee, Jane legte noch ein Frühstück hinzu. Für jeden zwei frische Croissants, dazu Butter, Konfitüre und Honig.

»Mann, das ist ja ein Fest«, sagte Ali und bekam glänzende Augen. »Im Kloster müssten wir so etwas auch einführen.«

»Dann wäre es ja kein Fest mehr.«

»Stimmt. Ich will auch nicht jeden Tag Geburtstag haben.«

Jane spürte, wie sich ihre Spannung löste. Ihr gefiel der Betrieb in dem kleinen Café. Menschen vieler Rassen und Hautfarben drängten sich an der Theke oder hockten an den runden Tischen. Die Gerüche waren nicht zu identifizieren, aber nicht unübel.

»Hier könnte ich sitzen bleiben«, sagte Jane lächelnd.

»Dir geht es gut, nicht?«

»Ja.«

»Das freut mich.« Ali zeigte jetzt ein ernstes Gesicht. »Jane, ich bin zwar noch jung, aber ich habe gespürt, dass du im Kloster einfach nicht glücklich bist. An manchen Abenden hast du traurig dagesessen und ins Leere gestarrt. Ich wurde dann auch immer traurig, weil ich dich doch so gern lachen sehe.«

»Ehrlich?«

Ali nickte.

Spontan legte Jane einen Arm um die Schultern des Jungen und drückte Ali an sich. »Du bist einer meiner besten Freunde«, sagte sie.

»Was ist denn mit Yakup?«

»Wieso?«

»Willst du ihn nicht heiraten?«

Jane ließ sich Zeit mit der Antwort. Sie trank einen Schluck Kaffee und schüttelte dann den Kopf. »Nein, Ali, ich glaube nicht, dass ich ihn heiraten könnte.«

»Wegen John Sinclair?«

Die Detektivin lächelte. »Du weißt schon sehr viel für dein Alter, aber es ist nicht allein John. Es hängt auch mit anderen Dingen zusammen. Yakup ist sehr lieb und nett, ein prima Freund, aber für mich kein Ehemann. Ich glaube, das weiß er selbst. Er hat zudem nie den Versuch unternommen, sich mir zu nähern, wenn du verstehst, was ich damit meine.«

»Klar, das weiß ich.« Ali legte seine Stirn in Falten. »Dann könnte es auch sein, dass du irgendwann einmal das Kloster verlässt, um wieder nach London zu gehen?«

»Ja«, erwiderte Jane Collins gedehnt, »das wäre sogar möglich. Aber nicht sofort.«

»Meine ich auch. Jetzt wollen wir erst noch einkaufen.«

»Sicher.«

Gezahlt hatten sie schon. Als sie aufstanden, wurden ihre Plätze sofort wieder belegt. Draußen empfing sie ein steifer Wind, und sie legten die Schals um.

Dann stürzten sich die beiden in den Trubel. Die Auswahl war riesig.

In einem mit Leuchtreklame ausgefüllten Jeansladen kaufte Jane für Ali zwei Hosen und einen Pullover. Jane selbst hatte keine Lust, sich irgendwelche Sachen auszusuchen, denn im Kloster brauchte sie nichts, und den Weg in die Stadt fand sie immer seltener.

So gingen sie nur bummeln, und Jane verschaffte sich einen ersten Überblick, was die neue Frühjahrsmode brachte.

Einige Modelle gefielen ihr sogar, schließlich probierte sie ein enges Kleid an, das ihr sehr gut stand.

Jane fühlte sich wieder als Mensch und auch als Frau, aber sie kaufte es nicht und sagte, dass sie noch einmal wiederkommen würde.

»Das tust du doch nicht«, meinte Ali, als sie draußen waren. »Die Ausrede kenne selbst ich.«

»Möglich.«

Es war bereits viel Zeit vergangen und schon hoher Nachmittag. Die Luft roch nach Schnee. Bunte Lichter hellten den grauen Tag auf. Bald würden die Büros schließen, dann gab es den großen Run und die gewaltigen Staus.

Die wollten Jane und Ali umgehen. Deshalb beeilten sie sich, in das Parkhaus zu kommen.

Ali öffnete die Tür und zuckte zurück.

»Was ist?«, fragte Jane.

»Der Wagen war offen.«

Die Frau wurde blass. »Was sagst du da? Wieso?« Sie ging um den Wildcat herum und blieb neben Ali stehen. Der hielt seine Hand an der offen stehenden Tür. »Bist du dir sicher?«

»Klar.«

Jane untersuchte das Schloss. Kratzer fand sie keine, auch war aus dem Wagen nichts gestohlen worden. »Das verstehe ich nicht«, murmelte Jane und schüttelte den Kopf.

»Ich sehe mal unter dem Wagen nach«, sagte Ali. »Vielleicht ist eine Bombe angebracht worden.«

»Mal den Teufel nicht an die Wand.«

»Hör nur mit dem Teufel auf.«

Da hatte Ali Recht. Den Teufel sollte Jane wirklich aus dem Spiel lassen. Er hatte ihr schon Ärger genug bereitet, und sie wusste auch, dass er sie noch immer im Visier hatte. Bei ihm stand noch eine alte Rechnung offen, die er Jane irgendwann einmal präsentieren würde. Sie hatte sich zusammen mit Ali nach Frisco begeben, obwohl sie genau wusste, wie gefährlich das war. Es liefen in Frisco genügend Hexen herum, die nur darauf warteten, sie zu entdecken und zu verraten.

Plötzlich war ihr das Parkdeck nicht mehr geheuer. Es war auch kein anderer zu sehen. Die Wagen standen dicht an dicht, doch mit genügend Spielraum dazwischen, wo sich jemand verstecken konnte.

Über Janes Rücken rann ein Frösteln. Sie hatte das Gefühl, von zahlreichen Augen beobachtet zu werden, aber das war wohl nur Einbildung und ein Resultat ihrer Angst.

Sie bückte sich. Unter dem Wagen ragten Alis Füße hervor. »Hast du etwas entdeckt?«

»Nein.«

»Dann komm wieder da weg.«

Ali krabbelte zurück. Er klatschte in die Hände. »Ich sehe mir nur noch den Motor an.«

»Ja, tu das.«

Unter der Haube fand er auch nichts. Als Ali sie zuhämmerte, sagte er in das Echo hinein: »Vielleicht habe ich mich doch getäuscht. Ist ja alles möglich.«

»Steig ein.«

Wenig später rollten sie aus dem Garagenkomplex. Jane fühlte sich nicht gut. Sie war nervös und blickte öfter in die Spiegel als auf der Hinfahrt. Es war so gut wie unmöglich, einen Verfolger zu entdecken, zu zahlreich und vielfältig waren die hinter ihnen fahrenden Autos. Außerdem wechselten sie ständig.

Es dauerte sehr lange, bis sie eine der großen Ausfallstraßen erreicht hatten und auf die Golden Gate zurollten. Über sie gelangten sie auf die andere Seite der Frisco Bay und konnten von dort aus in die Berge fahren, wo das Kloster lag.

Inzwischen war die Dämmerung hereingebrochen. Ein graublauer Himmel lag über dem Land. Von Osten trieben Schneewolken heran.

Der Verkehr nahm ab, die Gegend wurde einsamer, die Straßen kurvenreicher, das Gelände bergig. Im Sommer war es herrlich, hier entlangzufahren, der Winter brachte seine Tücken mit.

Besonders dort, wo die Sonne nicht hinschien, schimmerte

bläuliches Eis auf der Fahrbahn. Jane wich diesen Stellen aus.

Bald musste sie auf einen schmalen Weg abbiegen. Zu beiden Seiten erhoben sich die Wände. Man hatte den Eindruck, durch einen Canyon oder eine Schlucht zu fahren.

Auch Jane erging es so. Obwohl sie die Strecke kannte und sich an sie gewöhnt hatte, war sie an diesem frühen Abend nervöser als sonst. Sie sprach nicht, fuhr sehr konzentriert und blickte angestrengt auf den blassgelben Scheinwerferteppich des Wildcat.

Ali merkte natürlich, was mit Jane los war. »Es dauert nicht mehr lange«, erklärte er. »Das meiste haben wir hinter uns.«

»Klar.« Jane lächelte, doch dieses Lächeln gefror ihr auf den Lippen, als sie das Hindernis sah.

»Ein Mensch!«

Der rechte Fuß der ehemaligen Hexe drückte das Pedal nieder, und der Wildcat kam zum Stehen.

»Der ist tot«, flüsterte Ali.

»Woher weißt du das?«

»Das sehe ich doch.«

Jane schluckte und sprach mit belegter Stimme: »Okay, Ali, du bleibst im Wagen, während ich aussteige und mir die Sache genauer ansehe. Wenn es wirklich ein Toter ist, können wir ihn hier nicht liegen lassen, das weißt du ja.«

»Na klar.«

Janes Nervosität steigerte sich schon zur Angst, als sie die Tür öffnete und ausstieg. Sie konnte sich das Auftauchen des Toten nicht erklären.

Nicht zum ersten Mal war ihr die enge Schlucht unheimlich. Jane hatte das Gefühl, zwischen den Felswänden in einer großen Falle zu stecken.

Vielleicht wäre sie auch weggelaufen, wenn sie nicht die Verantwortung für Ali gehabt hätte.

Mit vorsichtigen Schritten näherte sie sich der einsam daliegenden Gestalt. Sie lag etwas gekrümmt, sodass der Kopf nicht zu sehen war.

Bevor sich Jane bückte, um den Liegenden zu untersuchen, sah sie sich noch einmal um.

Lauerten dort in den Schatten der Felsen vielleicht irgendwelche Feinde?

Sie konnte keine Antwort darauf geben, musste abwarten und sich auf das Glück verlassen.

Jane ging in die Knie. Sie hielt einen Arm ausgestreckt, fasste die Schulter der Gestalt an und drehte sie herum. Schwer rollte der Körper auf den Rücken, und aus Janes Mund drang plötzlich der gellende Schrei, der wie ein Alarmruf durch die Schlucht schmetterte.

Sie war entsetzt und geschockt zugleich.

Die Leiche hatte keinen Kopf mehr!

Jane sah auch kein Blut, keine Sehnen, weder Knochen noch Adern. Sie sah überhaupt nichts, bis auf diesen schwarzen Kreis, in dessen Mitte es anfing zu strudeln und zu brodeln, sodass ein Trichter entstand, in den sie fast hineingefallen wäre, hätte sie nicht jemand plötzlich festgehalten.

Es war Ali.

»Jane, verdammt, das kann ich nicht glauben.« Ali hatte Mühe, seine Tränen zurückzuhalten und sein Entsetzen zu verbergen. Für den Jungen war es ein vielleicht noch größerer Schock gewesen, eine Leiche ohne Kopf zu sehen.

Er zog Jane zurück und drehte sie herum, sodass beide der Leiche den Rücken zudrehten. Ali hörte Jane heftig atmen, er spürte auch ihr Zittern und stellte fest, dass sie sich allein wohl kaum mehr auf den Beinen halten konnte.

Jane ließ sich von Ali führen wie ein kleines Kind, bis er sie schließlich gegen den Wildcat lehnte.

Sie hielt den Kopf gesenkt, das lange, blonde Haar hing wie ein Vorhang vor ihrem Gesicht, und erst langsam erholte sie sich von dem fast unmenschlichen Schock.

»Es war eine Frau«, flüsterte sie.

»Ich weiß.«

»Warum?«, flüsterte sie. »Warum hat man sie uns vor den Wagen gelegt? Das ist doch grausam.«

»Keine Ahnung, Jane.«

Sie lachte plötzlich bitter. »Vielleicht, Ali, hat man sich auch nur vertan, verstehst du?«

»Nein.«

Jane legte ihre Hände auf seine Schultern. Er war schon so groß wie sie geworden. »Das ist doch ganz einfach. Ich hätte an ihrer Stelle dort liegen müssen.«

»Das glaubst du selbst nicht.«

»Doch, ich glaube es. Ich hätte an ihrer Stelle dort liegen müssen. Möglicherweise haben sie sich nur vertan. Ein Irrtum, der mir das Leben gerettet hat. Eins weiß ich, Ali, wir sind auch hier in den Bergen nicht sicher, glaub mir das.«

»Vielleicht irrst du dich.«

»Nein, nein, nein!« Sie schüttelte so heftig den Kopf, dass ihre langen Haare gegen das Gesicht des Jungen flogen. »Wer sollte in dieser verlassenen Gegend schon etwas zu suchen haben?«

»Das waren vielleicht Gangster, die eine Zeugin aus dem Weg räumen mussten.«

»Glaubst du tatsächlich daran, Ali?«

»Nein.«

»Ich auch nicht.«

Der Junge, durch die Erlebnisse schon gereift, dachte praktischer. »Wir müssen jetzt weiterfahren, Jane. Versuche, um die Leiche herumzukurven.«

»Mal sehen.« Jane reckte sich und hob auch den Kopf an. Ihre Wangen waren nass, und noch immer rannen Tränen aus ihren Augen. Sie zog die Nase hoch, wollte sich an Ali vorbeidrücken, als beide plötzlich die gewaltige Stimme vernahmen, die durch die Schlucht hallte.

»Jane Collins! Jetzt holen wir dich!«

Es war der zweite Schock innerhalb weniger Minuten, und er traf sie fast noch schlimmer als der erste. Diese unheimliche und hohl klingende Stimme erfüllte die gesamte Schlucht. Sie warf sogar ein Echo, das zwischen den Wänden wetterte, sodass sich die ausgesprochene Drohung mehrere Male wiederholte.

Jetzt holen wir dich!

Jane ballte die Hände. Auch Ali hatte Angst. Sein Gesicht zeigte das Entsetzen, das er empfand. »Wer kann das gewesen sein?«, hauchte er.

»Ich kenne ihn nicht. – Komm, wir fahren!«

Jane überlegte keine Sekunde länger. Es war möglicherweise die einzige Chance, die sie hatten. Schnell in den Wagen zu klettern und dann nichts wie weg.

Die Türen standen offen. Jane hatte den Zündschlüssel stecken lassen. Sie brauchte ihn nur zu drehen, und der Motor sprang an. Ali und sie knallten die Wagenschläge zu, Jane fasste nach dem Zündschlüssel – und griff ins Leere.

Der Schlüssel war verschwunden!

»Neeeiiinnn!« Plötzlich brach es aus ihr hervor. Sie schrie, weil sie nicht anders konnte, und trommelte dabei mit beiden Fäusten gegen den Lenkradring.

Auch Ali war dieser Schock tief in die Knochen gefahren. Er aber beherrschte sich, sagte nichts und handelte. Er beugte sich zur Seite, um auf dem Boden vor dem Sitz nachzuschauen. Möglicherweise war der Schlüssel aus dem Schloss gerutscht und lag auf der Matte.

Er sah ihn nicht. Dafür vernahm er Janes Stimme, die so anders und fremd klang.

»Ali, da kommt jemand!«

Über den Rücken des Jungen rann eine Gänsehaut, und sie verstärkte sich noch, als er nach vorn sah, durch die Scheibe blickte und erkannte, wer neben der kopflosen Leiche stand.

Die Gestalt wurde voll vom Licht der beiden Scheinwerfer getroffen und hob sich konturenscharf vom dunklen Boden ab.

Es war ein Henker!

Eine furchtbare Gestalt, den Kopf unter einer schwarzen Kapuze verborgen, die nur zwei Sehschlitze freiließ und eine noch schmalere Öffnung für den Mund. Die ganze Gestalt schien der Hölle entsprungen zu sein. Am schlimmsten aber war das gewaltige Beil, auf dessen langen Griff sich der Henker stützte. Ein mörderisches Instrument, mit dem er sicherlich die Frau geköpft hatte.

Dies alles schoss Jane durch den Kopf, während sie regungslos im Wagen saß und Tränen an ihren Wangen entlangliefen. Sie litt unter einer furchtbaren Angst und auch unter dem Wissen, dass es weder ihr noch Ali gelingen würde, dieser Gestalt zu entkommen.

Der Henker hatte die rechte Hand auf den Griff seiner Mordwaffe gelegt, seine linke war frei, und die hob er jetzt an, streckte sie aus und krümmte den Zeigefinger. Er bewegte ihn vor und zurück. Die Geste war klar.

Auch Ali hatte sie verstanden. »Du sollst aussteigen, Jane!«

»Ich bleibe!«

»Sie werden uns holen!«

»Meinetwegen.«

»Kennst du sie?«

»Nein, ich habe sie nie gesehen. Ich habe keine Ahnung, was er von mir will.«

Der Henker ließ seinen Arm wieder sinken. Er hatte keinen Erfolg errungen, doch ein anderer sorgte für eine weitere schlimme Überraschung.

Ein gewaltiger Schlag erschütterte plötzlich den Wagen. Der Wildcat war am Heck getroffen worden. Ein schwerer Gegenstand hatte die Tür eingebeult und nach drei weiteren Hieben zerstört.

Auch die Reifen wurden zerfetzt. In den folgenden Sekunden gingen Scheiben zu Bruch. Kleine Splitter flogen ins Innere und den beiden Menschen um die Ohren.

Ali und Jane hatten das Gefühl, auf feurigen Sitzen zu hocken. Der Henker vorn stand unbeweglich, aber ein anderer räumte weiter auf und drosch gegen den Wildcat.

Der Junge hatte die Nerven, sich umzudrehen. Er sah nur den Umriss des Kopfes, aber das reichte ihm völlig. Denn auch der andere trug eine schwarze Kapuze.

»Es sind zwei Henker!«, schrie er.

Jane nickte nur. Ihre Augen befanden sich in Bewegung. Sie wusste nicht, was sie unternehmen sollte. Die Furcht krampfte in ihrem Innern alles zusammen. Wenn sie im Wagen blieb, wurde sie getötet, wenn sie ausstieg, widerfuhr ihr das gleiche Schicksal.

Und der zweite Henker näherte sich. Er ging an der Seite des Wagens entlang, wo sich das Lenkrad befand.

»Ich laufe weg!«, schrie Jane. »Versuch du auch, in der Dunkelheit zu verschwinden.« Beim vorletzten Wort hatte sie die Tür aufgestoßen. Dass der Wagenschlag den Henker erwischte, sah sie nicht. Sie hätte sich auch nicht daran gestört. Mit einem verzweifelten Sprung warf sie sich aus dem Wildcat, kam zum Glück auf die Füße, lief aber nicht zurück, sondern nach vorn.

Sie hörte Ali noch schreien, der ebenfalls ins Freie gesprungen war und wegrannte.

Er kam nicht sehr weit.

Auf einmal stand die dritte Gestalt vor ihm. Sie trug einen schwarzen Umhang, und Ali sah sie in der Finsternis der Schlucht erst im letzten Moment.

Sie war größer als er. Sein Blick glitt in die Höhe, er sah das Gesicht, nein, kein Gesicht, es war ein Knochenschädel mit weißen Augen!

Ali schrie.

Eine Knochenhand schnellte vor und legte sich um seine Kehle. Der Schrei erstickte, und die Finger drückten zu.

Ali bekam keine Luft mehr. Die Beine gaben unter ihm nach. Er sackte zu Boden und wurde endlich losgelassen. Die Knochengestalt in dem dunklen Talar aber ging weiter. Der Junge hatte sie nicht interessiert, die Frau war wichtiger, mit ihr wollten sie abrechnen.

Und Jane Collins war nur die Flucht nach vorn geblieben.

Vielleicht konnte sie einen Bogen schlagen und an dem im Scheinwerferlicht stehenden Henker vorbeihuschen.

Der aber bewegte sich.

Jane rannte.

Hinter sich hörte sie ebenfalls Schritte. Auch der zweite Henker hatte die Verfolgung aufgenommen.

Erwischt wurde sie aber von dem ersten. Und dies mit einem simplen Trick.

Die Gestalt schob ihr rechtes Bein vor und klemmte den Fuß zwischen Janes Beine.

Jane Collins merkte noch, wie das fremde Bein in die Lücke zwischen ihren Waden geriet, dann verlor sie den Boden unter den Füßen, ruderte noch mit den Armen, aber es war ihr unmöglich, sich auf den Beinen zu halten.

Der Boden war felsig, uneben. Das merkte Jane sofort, als sie aufschlug. Aus ihrem Mund drang ein Schrei des Schmerzes. Mit dem Kinn traf sie auf eine harte Kante, aber sie wollte wieder hoch. Der Henker vereitelte es.

Plötzlich blieb Jane Collins so still liegen, als hätte man sie in einen Sarg gesteckt. Etwas Kaltes hatte ihren Nacken berührt und zuvor einen Teil der langen Haare gekappt.

Die ehemalige Hexe wusste genau, um welch einen Gegenstand es sich dabei handelte.

Das musste einfach das Beil sein!

Starr und gleichzeitig verkrampft blieb sie liegen. Der Überlebensinstinkt sagte ihr, nur kein Risiko einzugehen, wenn sie am Leben bleiben wollte.

So blieb sie dann in dieser demütigenden Bauchlage und dachte an Ali und an seinen Schrei, der plötzlich erstickt war.

Ob man ihn getötet hatte?

Jane glaubte zu spüren, wie eine unsichtbare Faust ihr Aluminiumherz zusammenpresste. Nein, sie durfte nicht an den Tod denken, nicht an ihren und nicht an das Schicksal des Jungen.

Sie nahm die Kälte doppelt wahr. Einmal die äußere, zum anderen die innere Kälte, dieses Wissen, es einfach nicht mehr schaffen zu können. Das negative Gefühl, das so schrecklich in ihr wütete und sie gleichzeitig hilflos machte.

Und sie hörte Schritte.

Janes Sinne waren trotz allem noch gespannt, deshalb konnte sie genau heraushören, dass es sich nicht um eine, sondern um zwei Personen handelte, die sich ihr näherten.

Also waren es drei gewesen, die auf sie gelauert hatten.

Drei Henker vielleicht?

Ihr Hals wurde noch trockener. Sie konnte sich noch immer nicht vorstellen, wo diese Typen herkamen, wer sie geschickt hatte. Sie wusste nur, dass sie von ihr den Tod wollten.

Als Rache für Wikka.

Eine widersinnige, unmögliche Rache, denn Jane traf an Wikkas Vernichtung nicht die Spur einer Schuld. Die Oberhexe hatte sich ihr eigenes Schicksal selbst zuzuschreiben gehabt. Sie war mit einer magischen Feuerschlinge gehängt worden.

Die Schritte verstummten, und Janes Gedanken kehrten zwangsläufig in die Gegenwart zurück.

Dann hörte sie die Stimme. Es war genau die, die sie auf eine so schaurige Art und Weise willkommen geheißen hatte.

»Steh auf, Jane Collins!«

Nach diesem Befehl verschwand der kalte Stahl aus ihrem Nacken, sodass sie sich bewegen konnte. Es fiel ihr nicht leicht, auf die Füße zu gelangen.

Vier Beine sah sie vor sich.

Sie gehörten den beiden Henkern, die sich vor ihr aufgebaut hatten.

Dann musste der Sprecher entweder seitlich oder aber hinter ihr stehen.

Tief saugte sie die Luft ein. In ihrem Kopf verspürte sie plötzlich einen harten Druck. Zwischen Magen und Kehle saß ebenfalls etwas fest, das sie einfach nicht herunterschlucken konnte.

Dann stand sie und wunderte sich darüber, dass sie nicht zusammenbrach. Aber in ihrem Körper musste noch ein alter

Rest dieser Energie stecken, die sie früher schon ausgezeichnet hatte.

»Dreh dich um, ich will dich ansehen!«

Jane folgte dem Befehl. Sie hatte einen dritten Henker erwartet, doch sie starrte plötzlich gegen einen gelblichen Totenschädel mit weißen, beherrschenden Augen.

Eine Eisnadel schien in ihr Kunstherz zu fahren, so sehr erschrak Jane über diesen furchtbaren Anblick. Schwindel erfasste sie, ließ sie schwanken. Es waren die Hände der Henker, die rasch zugriffen, um sie zu halten.

Das Monster mit dem Skelettkopf starrte sie an. Sie alle vier standen noch im Restlicht der Scheinwerfer, deshalb konnte Jane jede Einzelheit erkennen.

Die weiße Halskrause unter dem Knochenschädel, die ebenfalls weißen Rüschen an den Ärmelöffnungen, dieses Monster vor ihr trug keinen Mantel, sondern einen Talar.

Wie die Richter.

War er ein Richter?

Ja, das passte zusammen. Ein Richter und zwei Henker. Und sie, Jane Collins, war die Angeklagte.

»Wir haben dich lange gesucht, mussten viele Schwierigkeiten aus dem Weg räumen, aber endlich sind wir fündig geworden. Jetzt entkommst du uns nicht mehr. Du befindest dich in unserer Hand. Wir werden Wikka rächen. Wir allein.«

Jedes Wort klang wie eine dumpfe Drohung. Und Jane glaubte nicht daran, dass dieser unheimliche Richter log. Der hatte seine dämonische Pflicht voll erfüllt.

Er sprach weiter. »Wir werden dich nicht hier töten, sondern haben uns eine standesgemäße Richtstätte für dich ausgesucht. Du wirst dort dein Leben verlieren, wo schon viele vor dir gestorben oder einfach krepiert sind. Dort halten wir Gericht über dich, und die Stunde deiner Verurteilung bestimmen wir allein. Hast du verstanden? Wir!«

Jane nickte.

Dann sah sie, wie der Richter seinen rechten Arm ausstreckte und der gelbliche Knochenfinger auf ihre Brust wies. Der Befehl aber galt den beiden Henkersknechten.

»Schafft sie weg.«

Sofort wurden ihre Griffe härter. Ein Ruck durchzuckte Janes Körper, als sie in eine Schräglage gezogen wurde und mit den Hacken über den steinigen Felsboden schleifte.

Und ihre Schreie verhallten ungehört in der Weite der Schlucht.

Er hörte das Wispern und Raunen. Er spürte etwas Kaltes an seinen Lippen, die durch irgendeinen Gegenstand geöffnet wurden, und er schluckte automatisch das hinunter, was ihm eingeflößt wurde. Es war ein bitteres Getränk.

Ali trank, aber schnell wurde ihm die Flasche weggenommen. Dafür tasteten Hände nach seinem Hals und begannen damit, ihn zu massieren.

Einige Finger glitten über seine Wangen, andere massierten seine Brust, um den Puls wieder zu normalisieren.

Dann schlug Ali die Augen auf und wurde vom Schein einer Lampe oder Laterne geblendet.

»Er ist wach«, sagte jemand.

»Ja, das ist gut.«

Ali überlegte, woher er die Stimmen kannte. Er wusste nicht genau, wo er sie schon einmal gehört hatte.

»Ich werde ihn hochheben.«

Ali wurde auf die Füße gestellt. Ihn schwindelte. Sein Hals schien auf das Doppelte angeschwollen zu sein. Wenn er den Mund öffnete und tief einatmete, spürte er in seinem Hals das Kratzen und auch den Druck.

Er wollte sprechen, denn die Erinnerung kehrte zurück, doch einen Laut brachte er nicht hervor. Sie schleiften ihn zu einem Wagen. Seine Beine bewegten sich automatisch.

Irgendwo legten sie ihn nieder. Er wusste kaum, wo dies geschah. Zum Glück befand sich unter seinem Rücken eine weiche Unterlage. Zwei Männer blieben bei ihm und hielten ihn fest, während weiter vorn ein Motor angelassen wurde.

Ali schwebte zwischen Wachsein und Traum. Irgendetwas bewegte sich vor ihm, ohne dass er erkennen konnte, was es war.

Bilder formten sich in seinem Kopf und stiegen aus der Tiefe zu ihm empor. Er sah sich mit Jane im Wagen sitzen, erlebte noch einmal seine Flucht und die grässliche Gestalt, die ihn gewürgt hatte.

Jane!

Bei diesem Begriff verhakten sich seine Gedanken regelrecht. Und er schaffte es, den Namen zu flüstern.

Seine beiden Begleiter hatten ihn gehört, hakten sofort nach, aber Ali war nicht mehr in der Lage, eine weitere Antwort zu geben. Er wurde zwar nicht direkt bewusstlos, nur begriff er nicht, was mit ihm geschah.

Erst später, als sie ihn in das Kloster getragen hatten, kam er wieder zu sich.

Jemand hatte ihm eine kräftige Mahlzeit gekocht, eine Suppe, die er löffeln musste. Sie stärkte ihn und löschte gleichzeitig seinen Durst. Den Hals hatten ihm die Klosterschüler mit einer Salbe eingerieben. Ali konnte auch wieder schlucken, und der Hals schmerzte nicht mehr so stark wie noch vor Stunden.

Er konnte berichten.

Zu fünft saßen sie um ihn herum und hörten sich seine Erzählungen an. Sie gaben keine Kommentare, berichteten aber ihrerseits, dass sie sich Sorgen gemacht hätten und deshalb auf die Suche gegangen wären.

Sie hatten drei Dinge gefunden: Ali, die kopflose Frauenleiche und den zerstörten Wildcat. Aber von den Entführern hatten sie keine Spuren mehr entdecken können.

Ali hatte erwartet, Vorwürfe zu hören, die machten sie nicht. Sie sorgten sich nur um ihn und um Jane, und sie hofften, dass er bald wieder auf den Beinen war.

»Aber wollt ihr Jane nicht suchen?«

»Nein!«, wurde ihm geantwortet. »Wir müssen auf Yakup warten. Wir bewegen uns hier in einem fremden Land, die Stadt ist groß. Weißt du, ob sie Jane dorthin geschafft haben?«

Alis Augen wurden groß. »Wer könnte es denn dann wissen?«

»Wir nicht.«

»Der weise Zii.«

Der Junge aus Marokko erntete ein mitleidiges Lächeln. »Keiner von uns würde sich trauen oder es wagen, die Totenräume des Klosters zu betreten, Ali. Das ist für uns eine verbotene Zone. Nur Yakup darf dorthin und mit den Geistern reden.«

»Ja«, murmelte Ali, »nur Yakup.«

In Wirklichkeit aber dachte er anders. Das aber sagte er den Freunden nicht. Er bat sie nur, ihn allein zu lassen. Dem Wunsch kamen sie auch nach.

Ali aber hatte einen bestimmten Plan …

Die Sorge um Jane Collins machte ihn fast verrückt. Er hatte sich als Beschützer der Frau gefühlt, auf sein Drängen hin waren sie in die Stadt gefahren. Wären sie im Haus geblieben, hätte der Überfall nie stattfinden können.

Das alles ging ihm durch den Kopf. Immer und immer wieder. Es steigerte sich, seine Gedanken kreisten, sie wurden zu einem regelrechten Wirbel, aus dem sich noch keine Lösung hervorschälte.

Was sollte er, der Fünfzehnjährige, unternehmen?

Nichts konnte er tun, gar nichts. Er brauchte die Hilfe seines Freundes und Ausbilders Yakup. Aber der befand sich in Japan, ebenso wie John Sinclair. Sie suchten die Krone der Ninja.

Es war schlimm, und die Stunden wurden für ihn zu einer quälenden Last.

Schließlich traf Yakup ein.

Er war sehr ernst geworden, noch ernster als früher. Außerdem spürte er, dass etwas geschehen war.

Ali berichtete dann. Als er vor Yakup stand, hatte er das Gefühl, ein Sünder zu ein. Er wäre am liebsten im Boden versunken. Da dies nicht möglich war, bat Yakup ihn, die Geschichte noch einmal genau zu erzählen.

Ali hielt sich daran. Er vergaß nichts. In der Erinnerung lief alles ab wie in einem Film. Jedes Bild war dabei präsent, jede einzelne Szene, auch die in der Tiefgarage, wo sie überrascht gewesen waren, den Wagen geöffnet vorzufinden.

Yakup hörte zu. Seinem Gesicht war nicht anzusehen, ob er sich aufregte oder nicht. Es blieb im Ausdruck gleich, ebenso wie der Blick, der forschend auf der Gestalt des Jungen ruhte.

»Und das war alles?«, fragte er.

»So ist es, Yakup. Ich weiß, dass ich die Schuld an diesen Dingen trage. Aber ich kann nichts dafür, tut mir Leid.«

»Es macht dir niemand einen Vorwurf. Du bist jung, Ali, du hast das Recht gehabt, das Kloster verlassen zu dürfen. Auch kann ich Jane verstehen, dass sie einmal in die Stadt wollte. Es ist eben menschlich, aber sie hat nicht mehr an die Gefahren gedacht, die überall auf sie lauern. Die andere Seite hat weder vergessen noch vergeben. Daran sollten wir immer denken.«

»Und was willst du nun tun?«, fragte der Junge.

»Wir werden sie suchen müssen. Ich weiß nicht, wo ich anfangen soll, aber wir müssen sie finden.«

»Ja, das wäre gut. Ich helfe dir.«

»Nein.«

»Willst du den weisen Zii fragen?«

»Es ist meine einzige Chance.«

»Und die Krone der Ninja, die du besitzt. Kann sie nichts für dich tun, Yakup?«

»Sie ist eine gute, starke und nützliche Hilfe für mich. Eine gewisse Tarnkappe, aber ich kann durch ihre Hilfe nichts voraussehen, das müsste dir klar sein.«

»Tut mir Leid, dass ich fragte.«

Yakup stand auf. Er war ein breitschultriger Mann mit einem kantigen Gesicht. Den blonden, etwas fahl wirkenden Haaren nach zu urteilen, hätte kaum jemand vermutet, in Yakup einen Türken zu sehen. Aber er war Türke und hatte nur die fernöstliche Mentalität übernommen sowie deren Ausbildung und Lehre.

»Gehst du jetzt zu Zii?«

Yakup nickte.

»Soll ich hier warten?«

»Wenn du willst.«

Er lächelte nicht, wenn er sprach. Sein Gesicht blieb von einem für Ali erschreckenden Ernst. Ali blickte ihm nach, wie er mit langsamen Schritten zur Tür ging, diese aufzog und verschwand.

Für Ali begann die Wartezeit. Zii war die einzige Chance in diesem mörderischen Spiel. Wenn er keinen Ratschlag gab, dann war jede Spur verloschen. Deshalb hoffte Ali so stark auf den Geist dieses verstorbenen Weisen.

Die Zeit verstrich.

Ali hatte zu lesen versucht, er schaffte es nicht. Wenn er ein Buch in die Hand nahm, verschwammen sofort die Zeilen vor seinen Augen. Es war einfach nicht möglich, sich zu konzentrieren.

Und Yakup ließ sich Zeit. Ali wurde immer nervöser. Zwei Stunden waren schon vergangen. Es schneite. Ali schaute den Flocken zu, die lautlos aus den Wolken segelten und sich auf dem Boden zu einem weißen Teppich vereinigten.

Endlich kehrte Yakup zurück. Ali hatte die Schritte des älteren Freundes schon vor der Tür vernommen und starrte Yakup danach gespannt an, als er den Raum betreten hatte.

Dem kantigen Gesicht des Türken war keine Regung abzulesen. Er hatte sich voll unter Kontrolle. Er nahm auf einem Sitzkissen Platz, legte seine Hände auf die Oberschenkel und starrte auch diesmal an dem Jungen vorbei. Minuten vergingen. Ali kannte Szenen wie diese. Er wartete, bis sich Yakup entschlossen hatte, das Wort zu ergreifen.

»Ich war beim weisen Zii und habe ihm meine Fragen gestellt«, sagte er leise. »Er hat mir zur Krone der Ninja gratuliert. Gegen alle Widerstände hatte ich mich durchsetzen müssen, aber das bringt mir Jane Collins leider auch nicht zurück. Nicht einmal eine Spur habe ich finden können. Auch der weise Zii wusste nicht Bescheid. Sein Geist hat alles versucht, doch es gibt Sperren, die auch er nicht aufreißen kann. So war mein Besuch bei ihm fruchtlos.«

»Und wir wissen nicht, wo sich Jane befinden könnte«, hauchte der Junge.

»So ist es.«

Ali senkte den Kopf. Er hätte seinem älteren Freund gern etwas Tröstendes gesagt, das aber schaffte er einfach nicht. Sein Kopf war angefüllt mit Gedanken, Vermutungen und auch Vorwürfen. Er hätte Yakup gern vieles gesagt, aber es kam nichts über seine Lippen.

Nur eine Frage hatte er noch. »Kannst du mir verzeihen, Yakup? Ich bin es ja gewesen, der ...«

»Vergessen.«

Wenn Yakup das sagte, stimmte es auch.

Der Junge atmete auf. Er wollte lächeln, das gelang ihm aber nicht. Aber Yakup ergriff noch einmal das Wort. »Ich werde nicht aufgeben, sondern losgehen und sie suchen. Ich allein werde sie finden. Tot oder lebendig. Hast du gehört?«

»Ja, das habe ich.«

»Dann warte hier im Kloster, bis ich zurückgekehrt bin. Es ist alles vorhanden. Ihr werdet euch ernähren können, ihr werdet alles haben. Nur dürft ihr euch nicht stören lassen. Das Telefon muss abgestellt werden. Ich will, dass nichts von außen hier hereindringt.«

»Aber könnte nicht John Sinclair ...?«

»Nein, wir lassen ihn in Ruhe. Er hat mir in Japan geholfen. Ich bin ihm sehr dankbar, doch das hier ist eine Sache, die ich allein durchstehen muss. John hat mir Jane anvertraut. Er handelte im guten Glauben, doch ich habe ihn enttäuscht. Da muss ich eine Wiedergutmachung leisten.« Nach diesen Worten nickte er sich selbst zu und verließ den Raum.

Ali blieb zurück. Blass, ängstlich, mit klopfendem Herzen, und er hoffte, dass sich alles zum Guten wenden würde.

Sir James hatte seinen Segen gegeben. Nur hatte Suko in London bleiben müssen, was ihm nicht passte, Shao aber zu Jubelschreien veranlasste.

Dementsprechend skeptisch war Sheila Conolly. Ihr passte es nicht, dass sich ihr Mann Bill auf die Socken machte, um wieder im Feuer einer starken Magie herumzustochern.

Er jedoch freute sich auf den Job.

Ich weniger, denn dass bei meinen Anrufen niemand abhob, irritierte mich doch. Gab es das Kloster noch? Sicher. Weshalb nur ging niemand an den Apparat? Yakup war damit einverstanden gewesen, dass eine Telefonleitung ins Kloster gelegt wurde, nur nutzte er sie nicht aus, und dies wiederum wunderte mich doch sehr.

Der lange Flug bot Bill und mir Gelegenheit zum Reden und zum Schlafen. Wir beide quatschten uns mal wieder richtig aus, sprachen über alle möglichen Dinge und kamen auch auf unsere Studentenzeit zu sprechen, wo wir uns kennen gelernt hatten.

Auch den ersten Fall, den wir gemeinsam erlebten, ließen wir noch einmal Revue passieren, und Bill fragte mich dann, ob ich bei mir mit einer so starken Entwicklung gerechnet hätte.

»Nein, das auf keinen Fall.«

»Ich ebenfalls nicht. Und jetzt stehst du wieder an einer neuen Schwelle.«

»Wie meinst du das?«

Bill gab erst die Antwort, als er von der Stewardess seinen Saft entgegengenommen hatte. »Die Templer, das Kreuz, der Gral.« Er hob die Schultern. »Was, so frage ich dich, steckt noch alles dahinter?«

»Viel.«

Mein Freund grinste. »Kannst du nicht konkreter werden?«

»Ich denke da an Hector de Valois. Für mich ist er eine Schlüsselfigur in meiner gesamten Existenz, Bill. Ich kenne ihn nicht oder kaum, und trotzdem ist es mir, als wären er und ich irgendwie gleich oder verwandt. Er hat einmal das Kreuz besessen, denk darüber nach. Er war so etwas wie der Sohn des Lichts, mein Vorgänger, und ich bin davon überzeugt, dass seine Person uns Aufklärung über Dinge geben kann, die in unserer Gegenwart ablaufen.«

»Du hast ja sein Grab gesehen.«

»Stimmt, das silberne Skelett. Und ich habe die Templer erlebt, die das Grab öffneten. Es gibt diesen geheimen Bund der Templer, wobei ich sie auf meiner Seite rechne und nicht zu denjenigen zähle, die ich in Frankreich erlebte, als ich gegen diesen Comte de Malville angehen musste.«

Bill nickte und trank. »Haben dir die Templer denn mehr über ihre Vergangenheit und ihren ehemaligen Führer berichtet?«

»Nein, das nicht. Wahrscheinlich ist es bewusst geschehen. Die Templer selbst geben nicht viel preis. Ich weiß auch nicht, wo sie sich aufhalten, wo sie ihre Versammlungsorte haben. Sie kamen auf die Insel, holten das silberne Skelett aus dem Sarg und ruderten wieder davon. Ich glaube aber daran, dass Hector de Valois nach seiner Flucht in einem Schloss an der Loire gewohnt hat.«

»Du weißt es nicht?«

»Leider nein.«

»Ich würde mir an deiner Stelle darüber nicht mehr den Kopf zerbrechen. Irgendwie findest du eine Lösung, da bin ich sicher. Ich weiß, dass du der Sohn des Lichts bist, John, und auch Lebensfäden hast, die tief in die Vergangenheit zurückgehen. Da muss es einfach Verbindungen geben. Du musst sie nur hervorholen. Und die Schlüsselfigur ist dein Kreuz, John. Nur dein Kreuz.«

»Das glaube ich mittlerweile auch.«

Wir brachen das Thema ab und wandten uns einem anderen, einem nahe liegenderen zu.

Das hieß Frisco, der rätselhafte Fund und die Tatsache, dass der Kopf einer Hexe gehört hatte.

»Du hast doch mit diesem Reporter telefoniert, Bill. Wie sieht er die Sache? Glaubt er an Hexen?«

»Eigentlich nicht.«

»Und doch hat er darüber geschrieben.«

»Ja, weil er einen Hinweis erhalten hat. Es ist ja auch nicht sicher, ob Jane mit in diesen Fall hineingezogen wird. Jedenfalls machen sie noch Jagd auf sie.«

Für uns war dies der Aufhänger, nach Frisco zu fliegen. Ich dachte immer nur daran, aus welch einem Grund niemand ans Telefon gegangen war. Die Finger hatte ich mir fast wund gewählt. Ob uns Yakup vielleicht etwas verschweigen wollte?

Möglicherweise den Tod von Jane Collins?

Wenn ich näher darüber nachdachte, bekam ich schon einen roten Kopf, so sehr regte ich mich darüber auf. Jane hatte vieles hinter sich, sie durfte einfach nicht sterben, das Schicksal wäre ungerecht gewesen, aber wer oder was im Leben ist schon gerecht?

Ich versuchte zu schlafen. Es gelang mir nach einer Weile, und irgendwie schafften wir es, den Flug gut hinter uns zu bringen. San Francisco wartete.

Während der Landung sah ich den Schnee. Er bedeckte die Berge wie eine Schicht aus dickem Puderzucker. Ein klarer Winterhimmel lag, schimmernd in einem satten Blau, über dem Land. Hier und da nur von einem in die Länge gezogenen, dünnen Wolkenstreifen unterbrochen.

Es war ein wunderschönes Bild. Es ließ mich die Sorgen und den Druck für einen Moment vergessen. Erst als die Maschine gelandet war, beschäftigte ich mich wieder mit den Realitäten. Und sie hatten einen Namen.

Bob Riley.

Er erwartete uns nach den Kontrollen. Ich besaß ein Dokument, das mich als Person auswies, die Waffen einführen durfte. Es wurde akzeptiert. Wir konnten passieren und sahen einen fast schmächtig wirkenden Mann, der uns zuwinkte. Woran er uns erkannt hatte, wussten wir nicht. Jedenfalls stellte er sich als Bob Riley vor.

»Hätte nicht gedacht, dass mein Artikel einen so großen Wirbel veranstalten würde.«

»Auch in London liest man Zeitungen«, meinte Bill.

»Jedenfalls freue ich mich, Sie kennen zu lernen, Bill, ehrlich. Ich habe einiges von Ihnen gelesen. Klasse, muss ich sagen. Heiße Storys, alle Achtung.«

»Aber hier ist man nicht vorwärts gekommen?«, fragte ich.

»Nein, die Bullen tappen im Dunkeln. Mir ergeht es übrigens nicht viel anders. Ich habe versucht, auf eigene Faust den Fall zu klären. Das war schwierig genug, da ich mich plötzlich in Kreisen bewegte, von denen ich zuvor zwar etwas gehört hatte, denen ich aber immer ablehnend gegenübergestanden hatte.

»Hexen?«, fragte ich.

»Ja.«

»Frisco ist wahrscheinlich eine Hochburg dieser Geschöpfe.«

Riley begann zu lachen. »Hochburg ist gut. Meinen Sie das, weil hier so viele Frauen herumlaufen und es alle möglichen Zirkel gibt?«

»So ungefähr.«

»Das sind doch meist irgendwelche politische Gruppen oder Emanzen, die sich als Hexen bezeichnen.«

»Auch die verstorbene Lizzy?«

Er hob die Schultern. »Da bin selbst ich misstrauisch geworden. Die hat ein sehr geheimes Leben geführt.«

»Hinter das Sie nicht gekommen sind.«

»Noch nicht.«

»Wissen Sie denn, wo sie gewohnt hat?«

»Ja, in der Nähe von Chinatown, so ziemlich an der Grenze. Ist ein heißes Viertel.«

»Dann fahren wir hin.«

»Die Wohnung ist aber belegt.«

»Von wem?«, fragte Bill.

»Eine Bekannte hat sie übernommen. Billige Wohnungen sind auch hier Mangelware.«

»Wir werden sehen.«

Es dauerte etwas, bis wir den Platz erreicht hatten, wo der Reporter seinen Wagen abgestellt hatte. Er fuhr einen Toyota. Wir verstauten unser Handgepäck im Kofferraum und ließen uns von Riley in die Stadt kutschieren.

Ich kannte Frisco und blickte kaum aus dem Fenster. An den Straßenrändern lag noch Schnee, die Fahrbahn selbst war freigeräumt worden, sodass wir über grauen Asphalt rollten.

Auf die Wohnung der Toten und auf deren Nachmieterin war ich gespannt. Wenn das eine Freundin oder Bekannte war, konnten wir damit rechnen, dass sie unter Umständen mehr über das Leben dieser Lizzy wusste. Vielleicht war diese Nachmieterin ebenfalls eine Hexe.

Die Stadt schluckte uns.

Ein Meer aus Beton, Straßen, Häusern, Parks, weiten Grünflächen, Hügeln und Menschen.

Der starke Verkehr hatte auch zu dieser Jahreszeit kaum nachgelassen, und so kamen wir nur mühsam voran.

Vor allen Dingen dort, wo Chinatown anfing, wurden die Straßen eng. Wir mussten uns einen Parkplatz suchen und fanden ihn in einer Tiefgarage. »Den Rest gehen wir zu Fuß«, sagte Riley.

In Chinatown standen die Häuser dicht an dicht. Die Türen zu den vielen kleinen Restaurants oder Geschäften standen offen, und auch vor den Läden wurden trotz der Kälte Waren angeboten.

Wir verschwanden in einer Seitengasse. Als uns ein Wagen entgegenkam, mussten wir uns eng an die Hauswand drücken.

»Wohnte sie hier?«, fragte Bill.

»Ja.«

Ich hatte noch eine andere Frage an Riley. »Sagen Sie mal, hat man eigentlich nie den Körper gefunden?«

Er blieb stehen. »Nein, der wurde nicht angeschwemmt.«

»Das hätte aber sein müssen.«

»Ja, der Strömung kann niemand entgehen. Vielleicht haben ihre Mörder den Körper mitgenommen. Ich will Ihnen etwas sagen. Wenn jemand einer Person den Kopf abschlägt, so ist das eine Hinrichtung. Sie verstehen, was ich damit meine?«

Das verstanden wir wohl, und ich dachte automatisch wieder an Jane Collins. Sie stand ganz oben auf der Liste der Hexen und ihres Gönners, des Teufels. Wenn man sie erwischte, würde man sie töten, vielleicht auch hinrichten. Ich war plötzlich nicht mehr so glücklich darüber, dass wir zuerst in die Stadt und nicht zum Kloster gefahren waren. Riley hätten wir sowieso nicht dorthin mitnehmen können.

So blieb es zunächst einmal bei unserem ursprünglichen Plan. Auf der linken Seite befand sich eine Reihe von Holzhäusern, die auf Pfählen gebaut worden waren. Sehr billige Wohnungen. Von außen sah das Holz grau und verwittert aus.

»Hier müssen wir rein.«

Eine Treppe führte hoch und an der Schmalseite der Häuser vorbei. Leider lagen die Eingänge an der Rückseite.

Auf dem Hof spielten Kinder. Sie bewarfen sich gegenseitig mit Schnee. Ein alter Schwarzer, grauhaarig und in Fell gehüllt, hockte in einem Schaukelstuhl und beobachtete die Kleinen. Wir drückten uns an ihm vorbei.

Als ich mich umdrehte, erkannte ich, dass er uns nachstarrte. Sein Blick war irgendwie stumpf.

»Kannten Sie den Alten?«, fragte ich Riley.

»Nein, aber ich könnte mir vorstellen, dass er so eine Art Hausmeister spielt.«

»Und Kontrolleur?«

»Auch.«

An den einzelnen Holztüren hingen die Namensschilder. Wenn ein neuer Mieter eingezogen war, hatte er den Namen des alten kurzerhand durchgestrichen. So sahen wir oft mehr als ein halbes Dutzend Namen auf den Türen vereint.

Auf Lizzys Wohnungstür standen nur zwei. Der letzte interessierte uns. Das Mädchen hieß Gladys Vacarro.

»Haben Sie schon mal mit ihr gesprochen?«, fragte ich Riley.

»Nein, nie.« Er klopfte, und wir hörten die Stimme einer Frau.

»Es ist offen.«

Riley betrat den Raum als Erster. Bill und ich folgten ihm. Es war ein großes Zimmer, in das wir hineingingen. Ein dunkelblauer Vorhang, der von einer Wand zur anderen hing, teilte es in zwei Hälften.

Gladys Vacarro stand mitten im Raum. Sie gehörte zu den Mischlingen und war eine interessante Erscheinung. Das Kraushaar hatte sie lang wachsen lassen, es berührte sogar den Rücken. Die Haut hatte einen sanften braunen Ton, in den großen Augen lag Spott, und ihre Gesichtszüge zeigten einen leicht indianischen Einschlag.

»Und gleich zu dritt«, sagte sie, als ich die Tür schloss. »Was verschafft mir denn die Ehre?«

»Wir wollten Sie etwas fragen.«

»Ach, Riley, das haben Sie schon einmal versucht. Dabei ist nichts herausgekommen.«

»Aber ich gebe nicht auf.«

Sie lachte wieder, während mein Blick über ihre Gestalt glitt. Gladys Vacarro trug ein grauviolettes Strickkleid, das ihr bis zu den Waden reichte. Über die Schultern hatte sie ein gemustertes Tuch gehängt. Sie hielt es mit beiden Händen fest, und ich konnte erkennen, dass an den Fingern zahlreiche Ringe steckten.

Modeschmuck, mal aus Plastik, dann aus Messing und mit künstlichen Steinen versehen. Zwei verschiedene Ohrringe gehörten ebenfalls zu ihrem Schmuck, und als sie mit einer Hand auf verschiedene Sitzgelegenheiten deutete, konnten wir zwischen Sitzkissen und einer Bodenmatte wählen. Ich sah noch ein Regal und einen kleinen Kocher, auf dem ein Teekessel stand.

Die Fenster waren ziemlich schmutzig, doch auf Reinigung legte eine Frau wie Gladys wohl keinen Wert.

Wir hatten unsere Plätze eingenommen. Ich hatte es mir auf der Matte bequem gemacht. Gladys saß uns gegenüber. »So«, sagte sie. »Rücken Sie endlich damit heraus, was Sie wissen wollen. Ich habe es eilig.«

»Sind Sie berufstätig?«, fragte ich.

»Nein, Mister.«

Erst jetzt stellten wir uns vor.

»Aus den Staaten kommen Sie aber nicht.«

»Aus London«, sagte Bill.

»Oh, ein weiter Weg.«

»Ja, und extra wegen Ihnen.«

Sie legte den Kopf zurück und lachte. »Wie komme ich nur zu dieser Ehre?«

»Es geht um Lizzy.«

Sofort brach das Lachen ab. Der Blick ihrer Augen wurde stechend, als sie mich anschaute. »Was soll ich Ihnen da sagen? Lizzy ist tot, ich habe ihre Wohnung übernommen.«

»Das wissen wir«, sagte Riley. »Und wir wissen ferner, dass diese Wohnungen nicht für jedermann zugänglich sind. Man muss den Vormieter schon gut kennen.«

»Ich kannte Lizzy.«

»Gut?«

»Kaum.«

»Womit hat sie ihren Lebensunterhalt bestritten?«, wollte ich wissen. »Reden Sie!«

»Lizzy war etwas Besonderes.«

»Und was?«

»Sie brauchte nicht zu arbeiten. Sie hatte eben Geld.«

»Woher?«

»Vielleicht geerbt.«

Ich schüttelte den Kopf. »Tut mir Leid, aber ich glaube Ihnen nicht, Gladys. Sie binden uns hier einen Bären auf. Sie wissen mehr über Lizzy, als Sie zugeben wollen. Vielleicht Dinge, die man keinem Polizisten erzählt.«

»Wie meinen Sie das denn?«

»Nun, es gibt manche Sachen, über die breitet man den Mantel des Schweigens, des Vergessens. Nichts soll an die Öffentlichkeit dringen, denn diese Dinge können Angst machen. Teufel, Hölle, Hexen, Aberglauben – Sie verstehen mich.«

»Nein.«

»Dann frage ich ganz konkret. War Lizzy eine Hexe?«

Gladys Vacarro saß auf dem Hocker und fing gellend an zu lachen, und sie lachte mich auch aus. »Was reden Sie für einen Unsinn? Lizzy eine Hexe?«

»Vielleicht hatte sie vor diesem Gegenstand Angst?« Ich hatte mein Kreuz hervorgeholt und hielt es ihr hin.

Nicht allein Gladys Vacarro blickte mich überrascht an, auch Riley und Bill. Aber die Frau stellte eine Frage. Ihre Lippen verzogen sich dabei, als sie fragte: »Was soll das denn?«

»Ich wollte Ihnen etwas zeigen.«

»Nehmen Sie das Ding weg.«

»Wieso? Mögen Sie es nicht? Fürchten Sie sich davor?«

»Ja, ich mag es nicht. Ich gehöre weder einer Kirche noch einer Religionsgemeinschaft an. Deshalb will ich damit nichts zu tun haben, verdammt. Weg damit!«

Ich schüttelte den Kopf. »Nein, Gladys. Ich nehme es nicht weg. Könnte es nicht sein, dass eine Hexe der anderen ihre Wohnung überlassen hat? Ist das möglich?«

»Es ist Unsinn!«, kreischte sie.

Neben mir erhob sich Bill. Gladys sah es zwar, aber sie reagierte nicht darauf. Bill ging auf den Vorhang zu, und als er ihn berührte, begann die Vacarro zu kreischen. »Bleiben Sie da weg!«

Bill störte sich nicht daran. Auch nicht, als sie hochschnellte und ihn anspringen wollte.

Ich war schneller. Ich krallte die Finger meiner Rechten in den Saum ihres Kleides und riss daran.

Sie kippte zurück, wurde von Riley aufgefangen und

festgehalten. Sie wehrte sich nicht direkt, aber sie keuchte und wand sich innerhalb des Griffs, aber Riley packte fester zu.

Und Bill riss den Vorhang auf. Er hatte genau die richtige Stelle in der Mitte erwischt. Unsere Sicht wurde frei, und der Blick fiel auf eine breite Wand.

Ein Gegenstand nahm sie fast völlig ein.

Eine schwarze, gestickte Teufelsfratze mit gläsernen Augen, die wie rote Lampen glühten.

Satan war also gegenwärtig!

Ich fühlte mich in meiner Ansicht bestätigt, Bill Conolly ebenfalls, denn er stand da und sah sich die Fratze bewegungslos an. Nur Riley meldete sich nach einem scharfen Einatmen. »Das hätte ich nicht gedacht!«, flüsterte er, »das nicht.«

Ich ging einige Schritte vor und drehte mich zur Seite hin, um mir die Frau anzuschauen. »Ist diese Fratze Ihrer Phantasie entsprungen, oder haben Sie das Bild übernommen?«

»Ich sage nichts!«

»Wie Sie wollen.«

Bill zog den Vorhang noch weiter auf. Wir blickten in einen kleinen Raum. Die Teufelsfratze an der Wand stellte nicht die einzige Einrichtung dar. Unter ihr stand ein schwarzer Tisch mit kurzen Beinen. Zwei ebenfalls dunkle Kerzen mit schwarzen Dochten rahmten die Fratze ein, und zwischen diesen beiden Kerzen sah ich eine kleine Puppe. Sie trug völlig normale Kleidung, Bluse und Rock. Das Gesicht konnte ich erst erkennen, als ich direkt vor ihr stand.

Es wurde von blonden Haaren umrahmt und strahlte eine gewisse Exotik aus. Die Puppe wirkte fast wie ein Mensch, nur eben sehr verkleinert. Ich nahm sie hoch und hörte Gladys Vacarro wütend fauchen. Anscheinend hatte ich ein sehr wertvolles Stück erwischt.

»Lassen Sie die!«

»Weshalb?«

»Ich will es nicht, verdammt!«

Ihre Worte kümmerten mich nicht. Mit der Puppe in der rechten Hand ging ich auf sie zu. Und zwar so, dass auch Bob Riley sie sehen konnte.

»Kennen Sie die Puppe?«, fragte ich ihn.

»Nein, aber …«

Da riss sich Gladys los. Sie wurde plötzlich zur Furie, wollte mich anspringen und mir die Puppe aus der Hand reißen, doch ich nahm den Arm schnell zurück.

Bill stand mir bei. Diesmal packte er sie, schleuderte sie herum, und Gladys fiel gegen den Vorhang, der sie aufhielt. Dort blieb sie stehen. Ihre Mundwinkel hatte sie nach unten gezogen. Sie hatte den bösen Blick, und Bill sah sich gezwungen, sie in den Polizeigriff zu nehmen.

»Kann ich jetzt weitermachen?«, fragte ich.

»Ich verfluche dich!«

»Meinetwegen.« Ich nahm es gelassen hin und wandte mich, mit der Puppe in der Hand, dem einheimischen Reporter zu. »Sehen Sie sich das Ding mal an. Ich habe Sie vorhin beobachtet. Mir schien es so, als würde Ihnen der Anblick etwas sagen.«

Er nickte. »Ja, ich kenne sie.«

»Und?«

»Das ist Lizzy.«

Mit so etwas Ähnlichem hatte ich schon gerechnet. »Sie täuschen sich nicht?«, fragte ich trotzdem nach.

»Nein, auf keinen Fall. Ich habe den Kopf gefunden. Es sind die gleichen Gesichtszüge.«

»Danke, das wollte ich wissen.«

»Nichts wird es euch nützen! Gar nichts!«, begann Gladys plötzlich zu schreien. »Überhaupt nichts, zum Teufel!«

»Vielleicht.« Ich blieb cool. »Aber es hat doch einen Grund dafür gegeben, dass Sie die Puppe unter das Abbild des Teufels gelegt haben. Oder etwa nicht?«

»Es war Zufall.«

»Lügen Sie nicht!«, zischte Bill. »Auch wir kennen uns mit

solchen Praktiken aus. Sie wollten die Puppe beschwören. Und zwar im Namen des Teufels, oder nicht?«

»Meinen Sie!«

»Wollten Sie es, oder wollten sie es nicht?«, fragte ich.

»Ja, ja, ja!« Sie schrie los. »Ich wollte es. Der Teufel sollte mir helfen. Ich habe Lizzy gut gekannt. Wir waren manchmal wie Schwestern. Sie ist zwar tot, aber ihre Mörder werden keine Freude an ihrem Tod haben. Sie wird mir sagen, wer die Mörder sind.«

»Daran glauben Sie?«, fragte Riley.

»Natürlich.«

»Ich auch«, sagte ich, ging wieder zum Tisch und legte die Puppe an die gleiche Stelle zurück. »Wir haben nichts dagegen, wenn Sie mit Ihrer Beschwörung beginnen. Bitte sehr.« Ich streckte den Arm aus und deutete auf die Puppe.

»Wieso?«

»Beschwören Sie den Geist Ihrer Freundin. Wir sind gespannt auf dessen Informationen.«

»Er wird euch nichts sagen!«

»Das muss er!«

Gladys Vacarro merkte, dass ich nicht umzustimmen war. Vielleicht fürchtet sie sich auch vor meinem Kreuz. Jedenfalls zeigte sie sich einsichtig und nickte. »Es ist gut. Sie können hier im Raum bleiben. Nur werden wir den Vorhang schließen müssen, und Sie bleiben dann draußen. Alles andere würde stören.«

Davon war ich zwar nicht begeistert, aber man muss auch mal Kompromisse eingehen. Zunächst überzeugte ich mich, dass es in dem zweiten Raum keine versteckten Ausgänge gab.

Das war nicht der Fall. Wenn Gladys uns entwischen wollte, musste sie durch den Teil des Zimmers, in dem wir warteten. Ich nickte meinen Begleitern zu. »Wir werden es riskieren.«

»Hoffentlich hat der Teufel gute Laune!«, sagte die Vacarro leise. »Wenn nicht, wird er euch vernichten.«

»Das ist unser Risiko.«

Sie kannte mich nicht und wusste auch nicht, welche Sträuße ich schon mit Asmodis ausgefochten hatte. Bisher hatte ich ihn zurückschlagen können. Hier sollte er uns helfen, ein Problem zu lösen. Ob es klappte, stand in den Sternen.

Gladys Vacarro ging. Sie blickte noch einmal über die Schulter zurück, und in ihren Augen las ich keinen Funken Sympathie.

Mit einer ruckartigen Bewegung schloss sie den Vorhang. Bill, der neben mir stand, lachte leise. »Die wird vom Hass fast zerfressen«, bemerkte er.

»Hast du etwas anderes erwartet?«

»Kaum.«

»Mir ist das alles ein Rätsel«, sagte Riley. »Ein verdammtes Rätsel, wirklich. Mit welchen Dingen wird man hier konfrontiert? Bisher habe ich geglaubt, dies sei alles Humbug, aber jetzt ...« Er sah uns auffordernd an, doch wir konnten ihm keine Antwort oder Erklärung auf seine drängenden Fragen geben.

Die wichtigste Person in diesem Fall war jetzt Gladys Vacarro. Sie, die auf der Gegenseite stand, musste uns helfen, einen Fall zu lösen, von dem wir bisher so gut wie nichts wussten. Ich rechnete trotzdem mit ihrer Loyalität, denn ich glaubte nicht, dass Gladys vom Tod ihrer Freundin begeistert gewesen war. Er musste sie irgendwie mitgenommen haben, den Eindruck jedenfalls hatte sie auf mich gemacht. Wer immer Lizzy auch getötet haben mochte, die Vacarro wollte es wissen und sich wahrscheinlich mit Hilfe des Teufels an diesem Mörder rächen.

Irgendwo in meinem Hinterkopf schwebte noch immer der Name Jane Collins. Eigentlich hatten wir ja wegen ihr diese Reise unternommen. Ob die Spur möglicherweise über Umwege zu ihr führte?

Auch an Yakup dachte ich. Er hatte sich ebenfalls nicht gemeldet, obwohl er längst hätte in seinem Kloster sein müssen. Da war einiges schief gelaufen.

Ich ging bis zum Vorhang und zog die eine Seite behutsam ein wenig nach rechts. Ich sah, dass die Frau bereits die beiden Kerzen angezündet hatte.

Sie bestanden aus schwarz eingefärbtem Wachs. Die Dochte waren ebenfalls dunkel, und dies übertrug sich auch auf die Flammen. Die Lichter brannten längst nicht so hell, wie es bei normalen Kerzen der Fall war. Ihr düsteres Licht huschte als grau wirkender Schein über die Teufelsfratze.

»Was macht sie jetzt?«, fragte Bill.

Ich gab keine Antwort, sondern schaute stumm zu. Die Frau hatte die Puppe aufgenommen und war vor der Teufelsfratze in die Knie gesunken. In der rechten Hand hielt sie eine gläserne Röhre, die mit einem weißen Pullover gefüllt war. Sie öffnete den Mund, legte die Röhre schräg und ließ das Pulver aus der Öffnung in ihren Mund fließen. Nicht alles, ungefähr die Hälfte. Es vermischte sich mit ihrem Speichel. Ich hörte sie schmatzen und schlürfen und danach sehr tief ausatmen.

Dann war Ruhe.

Ich zog mich zurück und berichtete den beiden Männern von meiner Entdeckung.

»Sie hat Drogen genommen«, sagte Bill.

Der Ansicht waren auch Riley und ich. Nun warteten wir. Nach etwa fünf Minuten vernahmen wir ein leises Stöhnen, als wäre die Person von einem plötzlichen Schmerz überfallen worden. Sofort danach ertönte ein saugender Atemzug, dann wieder das Stöhnen, und einen Moment später vernahmen wir die ersten Worte.

Sie waren nur geflüstert worden, nicht mehr als ein Zischen, dann aber hob die Frau die Stimme an, und wir hörten, wie sie den Teufel anflehte.

Sie betete zu ihm.

Sie rief nach ihm, sie flehte ihn an, sich ihr zu offenbaren.

»Satan erscheine! Satan erscheine! Ich bin deine treue Dienerin, ein Nichts gegen dich, aber sei mir einmal gnädig und lasse den Geist deiner Dienerin Lizzy in diese Puppe hineinfahren, damit ich erfahre, wer sie getötet hat. Ich bitte dich, Satan! Ich bitte dich von ganzem Herzen. Bitte!«

Was da nun geschah, blieb ihr Geheimnis, denn ich wollte den schwarzmagischen Zauber nicht stören. Es war sowieso schon kurios genug, dass wir uns auf solche Dinge, die uns eigentlich zuwider waren, verlassen mussten.

Doch der Zweck heiligt die Mittel!

Noch war es hinter dem Vorhang ruhig. Welche Kräfte dort befreit worden waren, darüber konnten wir nur spekulieren. Aber ich spürte, dass die Frau Erfolg haben würde. Da war tatsächlich etwas, das wie ein böses Omen durch den Raum schlich und sich auch vom Vorhang nicht aufhalten lassen wollte.

Ich merkte es an der Reaktion meines Kreuzes. Es erwärmte sich, und das war im Moment schlecht. Das Kreuz konnte unter Umständen die Beschwörung vernichten.

Ich ging zur Tür, sah Bills erstaunten Blick und winkte nur ab. Er verstand, nickte und ließ mich gehen.

In der Kälte atmete ich tief durch. Die kalte Luft tat gut nach der überheizten Atmosphäre des Zimmers. Sie kühlte mich zum Glück nicht aus, sondern sorgte dafür, dass meine Lebensgeister wieder erwachten.

Die Kinder spielten noch immer im Hof, der alte Schwarze saß auf seinem Schaukelstuhl und hatte bemerkt, dass er sich nicht mehr allein auf der langen Veranda befand.

Er drehte den Kopf.

Der Stuhl schaukelte dabei weiter. Es sah so aus, als würde mir der Alte ständig zunicken.

Wusste er etwas?

Plötzlich stand er auf. Sorgfältig faltete er seine Decke zusammen, die bisher über seinen Beinen gelegen hatte. Mit wuchtigen Schritten kam er auf mich zu.

Ich ging ihm entgegen. Zwei Türen weiter trafen wir uns. Er sah mich lange an, bevor er fragte: »Ihr seid zu der Hexe gegangen, nicht wahr?«

»Ja.«

»Sie ist nicht gut.«

»Das mag sein.«

»Man soll sich bei ihr keine Hilfe holen. Mein Vater hat mich früher immer gewarnt. Er sagte, Junge, wenn du in einem Haus wohnst, in dem auch eine Hexe lebt, zieh so schnell wie möglich aus. Irgendwann gibt es ein Unglück!«

»Und weshalb wohnen Sie noch hier?«, fragte ich.

»Weil ich einfach zu alt bin. Jetzt ist es zu spät. Aber hier hat eine Hexe gewohnt, und eine neue ist eingezogen. Ich weiß das sehr genau, ich habe nämlich das Gespür dafür.«

»Ja«, bestätigte ich. »Die alte Hexe ist tot. Lizzy. Man schlug ihr den Kopf ab.«

»So etwas kann nur der Teufel getan haben!«

»Das glaube ich nicht. Die Hexen stehen auf seiner Seite, sie halten auch zu ihm.«

»Glaub mir, junger Mann. Der Satan geht oft verschiedene Wege. Er ist ganz anders, als wir denken. Das habe ich schon oft genug gehört und auch gelesen.«

»Wenn Sie das sagen.«

Sein Blick wurde noch starrer. Er konzentrierte sich, lauschte nach innen und streckte seinen rechten Arm aus, wobei die Finger anfingen zu zittern. »Ich merke es. In dieser Wohnung geht etwas vor. Schlimme Dinge geschehen. Das Grauen ist da. Der Teufel hat sich gemeldet.« Er zuckte plötzlich zurück, als wäre ich der Gehörnte. Angst malte sich auf seiner grau wirkenden Gesichtshaut ab. »Nein!«, flüsterte er. »Nein, das kann nicht wahr sein. Das darf es nicht, verdammt! Du stehst mit ihm im Bunde. Du bist … Sei vorsichtig!« Er lief plötzlich weg, so schnell ihn seine alten Beine tragen konnten. Auch der Schaukelstuhl war vergessen. Um die Hausecke rannte er und verschwand.

Weshalb?

Es konnte nur mit der Beschwörung zusammenhängen, die zwei Türen weiter durchgeführt wurde. War dort vielleicht etwas schief gelaufen?

Ich wollte nachsehen und kam genau einen Schritt weit.

Dann hörte ich die Explosion. Im nächsten Augenblick fegte die Tür aus dem Rahmen, die Druckwelle jagte nach draußen, sie riss einiges mit sich, unter anderem auch zwei Menschen, Bill Conolly und Bob Riley.

Beide konnten sich nicht mehr halten. Sie prallten noch in der Luft zusammen, durchbrachen die Veranda und fielen in den Hof, wo die Kinder spielten.

Die wurden zum Glück nicht getroffen, auch ich nicht, da ich im toten Winkel stand und das Geländer hielt. Ich hörte die beiden Männer fluchen und war beruhigt, denn wer so schimpfte, dem war nichts weiter passiert.

Andere Türen wurden aufgestoßen. Entsetzte Menschen erschienen auf dem Rundgang, zeterten, fragten und schrien, und ich fuhr sie hart an.

»Rein in eure Wohnungen!«

Dieses Schreien zeigte Erfolg. Sie verschwanden wieder, während ich tief Luft holte, mich drehte und Bills Ruf vernahm. »John, gib Acht, wenn du hineingehst.«

»Was war los?«

»Bei der Vacarro. Sie hat sich wohl übernommen!«

Ich nickte und holte wieder mein Kreuz hervor, hielt aber noch die fast geschlossene Hand davor.

In der Wohnung sah es aus, als wäre dort eine Bombe eingeschlagen. Von den Einrichtungsgegenständen waren nur noch Trümmer übrig geblieben. Selbst die Sitzkissen waren durch den Raum geschleudert worden.

Mein Blick galt dem Vorhang. Er war zwar noch geschlossen, aber stand trotzdem offen, denn die Wucht der Explosion hatte in den Stoff ein gewaltiges Loch gerissen. Ich konnte zwar hindurchsehen, aber der größte Teil des Blickes wurde mir durch den Qualm genommen, der träge in den zweiten Teil des Raumes wallte.

Ein graugrüner Brodem, der dort seinen Ursprung hatte, wo der gestickte Teufel an der Wand hing. Von ihm waren nicht mal Fetzen zu sehen. Er war zerrissen worden.

Verloschene Kerzen, ein zerstörter Tisch, dessen Trümmer

sich auf der vor der Wand liegenden Gestalt verteilt hatten.

Es war Gladys Vacarro!

Ich wedelte mit der Hand den Qualm zur Seite und ging auf die Frau zu. Sie lag bäuchlings am Boden und rührte sich nicht. Das Haar verdeckte den Blick auf ihr Gesicht.

War sie tot?

Jedenfalls spürte ich kein Leben mehr, als ich sie anfasste. Ihr Körper war schwer geworden. Ich hatte Mühe, die Frau auf den Rücken zu drehen, und als sie schließlich so lag, dass ich in ihr Gesicht schauen konnte, traf es mich hart.

Ihre Züge waren geschwärzt.

Regelrecht verbrannt und aufgerissen. Ich sah kein Fleisch, nur eben diese ausgetrocknete Schwärze. Sie war von der Kraft der Hölle voll getroffen worden. Was sie hatte beschwören wollen, war voll auf sie zurückgeprallt.

Eine Hexe, die der Teufel tötete? Weshalb? Ich wusste die Antwort nicht und drehte die Frau wieder herum. Interessant war die Puppe gewesen, und die suchte ich.

In diesem Raum stand natürlich nichts mehr so wie vorher. Es konnte durchaus sein, dass die Puppe das Loch im Vorhang passiert und in den anderen Raum geflogen war.

Aber ich fand sie.

Sie lag dicht neben dem Vorhang und war seltsamerweise nicht verbrannt worden.

Ich fasste sie mit zwei Fingern an und hielt das Kreuz stets in ihrer Nähe, als ich sie in die Höhe hob. Dass die Puppe nicht verbrannt worden war, musste seinen Grund gehabt haben.

Behutsam drehte ich sie herum.

Jetzt sah ich ihr Gesicht. Es waren die gleichen Züge wie vorhin. Nur einen Unterschied gab es.

Die Puppe lebte!

In sie war der Geist der Hexe Lizzy gefahren. Aus irgendwelchen, von Asmodis beherrschten Sphären musste er zurückgekehrt sein, um mit diesem leblosen Gegenstand Kontakt aufzunehmen. Und er hatte es tatsächlich geschafft, der Puppe dieses unerklärbare Leben einzuhauchen wie eine schwarze, böse Seele.

Ich war fasziniert und gleichzeitig geschockt, als ich in das kleine Gesicht blickte. Es war haargenau nachmodelliert worden. So musste auch Lizzy ausgesehen haben. Jede kleine Falte stimmte da, der Schwung der Lippen, der Nasenansatz, einfach alles. Ein künstlerisches und gleichzeitig magisches Phänomen hielt ich in der Hand.

Den Raum hier wollte ich verlassen. Der ätzende Qualm tat keiner Lunge gut, höchstens der eines Dämons. Deshalb ging ich wieder zurück und sah draußen die Neugierigen stehen und durch das Türloch in den Raum starren.

Auch Bill und sein Kollege standen dort. Ich winkte den beiden zu, sie kamen zu mir, und ich deutete auf die Puppe. »Die habe ich gefunden, und ihr ist nichts geschehen.«

Bill, der ziemlich ramponiert aussah, wischte sich den Staub von den Lippen. »Wieso nicht?«

»Keine Ahnung.« Dann drehte ich die Puppe so, dass Bill sie ansehen konnte. Er wurde plötzlich bleich. »Verdammt!«, presste er hervor. »Die lebt ja.«

»In der Tat.«

Auch Bob Riley hatte meine Antwort vernommen. »Was sagen Sie da?«, fuhr er mich an. »Sie lebt?«

»Schauen Sie hin.«

Genau in dieser Sekunde verzog Lizzy die Lippen und schickte uns eine Verwünschung entgegen. Als Reporter hatte Bob Riley sicherlich einiges hinter sich, aber dies hier ging ihm tief unter die Haut. Er schüttelte sich und schwieg.

»Am besten wird es sein, wenn wir verschwinden«, schlug Bill vor, der ebenso wie wir auch die Polizeisirenen gehört hatte. »Oder willst du dich einsperren lassen?«

»Nein, nicht mal zehn Minuten.«

»Und die Zeugen?«, fragte Riley.

Ich winkte ab. »Das erledigen wir später und biegen auch alles wieder hin. Erst mal nichts wie weg.«

Das war besser so. Wir drängelten uns durch die Gaffer. Es hielt uns auch keiner auf. Hier war man den Polizisten nicht gerade hold gesonnen. Ich hatte die lebende Puppe in meine rechte Jackentasche gesteckt, denn sie sollte uns auf die Spur dieses Falles führen.

Riley hatte sich wieder gefangen. »Wir nehmen einen anderen Weg, sonst laufen wir den Bullen in die Arme.«

»Einverstanden«, sagte ich und mokierte mich auch diesmal nicht über das Wort Bulle. In diesem Fall war es wirklich besser, wenn wir uns empfahlen.

Durch den Hof rannten wir, gelangten in ein anderes Haus, spurteten durch einen langen Flur, hinein in einen Keller, in dem es eine Tür zum Nachbarhaus gab.

»Sie kennen sich aber gut aus«, sagte ich zu Riley.

Er winkte ab. »Die Häuser hier sind fast alle so gebaut. Was meint ihr, wie schnell wir in Chinatown sind? Auf dem Kellerweg.«

Das wollten wir nicht, deshalb tauchten wir wieder auf. Dass wir dabei an der Küche eines kleinen Restaurants vorbeigingen, störte niemand. Der Kellner grinste uns nur an und hielt seine Platte mit Gemüsen mit beiden Händen fest, als wir an ihm vorbeistürmten.

Schließlich standen wir auf einer Straße, auf der reger Betrieb herrschte. Und wir waren mitten in Chinatown. Dicht vor meiner Nase schwebte eine Möwe vorbei, um sich fast auf meine Füße zu setzen. Sie pickte irgendetwas auf und ließ sich durch mich auch nicht stören, sodass ich über sie hinwegging.

Bill Conolly wollte wissen, was sich sein Kollege weiterhin ausgedacht hatte.

»Ganz einfach. Wir brauchen den Bogen nicht mehr zu schlagen. Der direkte Weg ist der beste. Wir gehen jetzt zum Wagen und verschwinden.«

»Und das Ziel?«

»Meine Wohnung ist mir zu unsicher. Die Bullen wissen, dass ich an dem Fall arbeite. Wenn sie die Zeugen vernehmen und diese etwas von einer Hexe erwähnen, brauchen die nur eins und eins zusammenzuzählen.« Er überlegte scharf und tippte dabei mit seinem Finger gegen die Stirn. Beim dritten Tippen hatte er den Einfall. »Ja, ich weiß es jetzt. Wir fahren zu der alten Fischerhütte.«

»So weit?«

»Ach, das ist nicht weit. Direkt am Hafen. Sie gehört einem Kumpel von mir. Wir haben dort unser Angelzeug liegen.«

»Ich bin einverstanden«, erklärte Bill.

Auch ich hatte keine Einwände. Zehn Minuten später hatten wir den Toyota erreicht. Weitere zwanzig Minuten später rollte der Japaner vor der Fischerhütte aus.

Bis zum Strand musste man noch eine Straße überqueren. Die Hütten selbst lagen auf einem Damm.

Riley besaß einen Schlüssel. »Ich gehe vor«, sagte er und machte Licht. »Es steht viel Gerümpel herum. Da kann man leicht stolpern.«

Der Mann hatte nicht übertrieben. Was da alles in der Hütte untergebracht worden war, das verstaute eine Familie oft in drei Zimmern. Aber Nagelzeug war auch vorhanden und eine alte Petroleumleuchte mit verrußtem Glaszylinder. Die Lampe gab einen warmen, fast gemütlichen Schein ab, in dem wir uns wohl fühlten.

Riley rieb seine Hände. »So«, sagte er, »dann wollen wir mal.« Er drückte sein Kreuz durch. »Verdammt, ich bin auf den Rücken gefallen, hab mich doch nicht so gut abrollen können. Das ist wie Rheuma.«

»Es geht vorbei«, sagte Bill.

Ich hatte mich auf einen staubigen Schemel gesetzt und holte die Puppe hervor. Der Schemel stand nicht sehr weit von der Lampe entfernt, sodass ihr Schein auch auf das Puppengesicht fiel, das jetzt allerdings starr war.

Riley und Bill umstanden mich. Beide erschraken, und Bill fragte: »Lebt sie nicht mehr?«

»Das will ich nicht hoffen.«

Auf Kommando tat die Puppe nichts, auch dann nicht, als ich sie schüttelte. Ich strich mit den Fingerspitzen über ihr Gesicht. Die Haut fühlte sich nicht kalt an, was aber nichts bedeuten musste. Die Puppe hatte ja lange in der Tasche gesteckt.

»Hoffentlich ist die nicht hinüber«, flüsterte Bill. »Sie war schließlich die einzige Spur.«

Als hätte die Puppe seine Worte verstanden, öffnete sie, nur um ihn eines Besseren zu belehren, die Augen und starrte mich und Bill an. Dabei schaffte sie es, die Pupillen jeweils so zu drehen, dass sie in verschiedene Richtungen blicken konnte. Dieses Schielen hinterließ bei mir ein kribbeliges Gefühl auf dem Rücken.

»Ich bin noch da, ihr Bastarde! So leicht vernichtet man mich nicht. Der Teufel hat mich wieder zurückgeschickt!« Sie hatte sehr böse gesprochen, ihre Stimme troff vor Hass. Er galt uns dreien, wir jedoch ließen uns nicht provozieren, und ich gab mit ruhiger Stimme meine Antwort.

»Wir haben dich nicht vernichten wollen. Im Gegenteil, wir beschützen dich vor dem Teufel!«

Sie öffnete den Mund. Eine dünne, nach Schwefel riechende Wolke drang hervor. Ich pustete sie weg. »Der Teufel«, sprach sie weiter. »Der Teufel steht auf meiner Seite.«

»Er hat deine Freundin getötet.«

»Aber mich nicht.«

»Wer schlug dir denn als Mensch den Kopf ab? Steckte nicht auch der Teufel dahinter?«

»Ja, du hast Recht, aber ich wurde für eine große Sache geopfert. Da stirbt man gern. Und bevor der Hexe Lizzy der Schädel abgeschlagen wurde, bekam ich das Versprechen der Hölle, weiterleben zu können. Und ich lebe weiter.«

»Was ist schon eine Puppe!«, sagte ich verächtlich. »Man kann sie leicht vernichten!«

»Ich kann euch auch vernichten«, zischte sie. »Und ich habe meine Kräfte bewiesen. Von der Wohnung ist nicht mehr viel zurückgeblieben. Das war meine Rache. Sie hat auch Gladys Vacarro getroffen.«

»Ebenfalls ein Opfer, wie?«

»So ist es.«

»Und für wen solltest du dich opfern?«, wollte ich wissen. »Weshalb hat man deinen Kopf genommen? Und wo befindet sich dein Körper? Ist er verbrannt?«

»Nein, das nicht. Mein Körper war Teil einer sehr langen und gut ausgeklügelten Rache.«

Ich fing diesen Ball sofort auf. »Rache? Wofür und gegen wen?«

»Gegen eine Frau!« Sie sprach schnell und wütend. »Gegen eine verdammte Verräterin, die endlich ihr Schicksal erleiden muss, das kann ich euch versprechen!«

Ich hatte den Namen auf der Zunge liegen, aber es war Bill Conolly, der ihn aussprach. »Jane Collins!«

Auf einmal lachte die Puppe. Aber es war kein richtiges Lachen, mehr ein Kreischen. Triumphale Freude. Jedenfalls klang es widerlich und übel.

Bis ich die Hand zur Faust ballte und sie dicht vor das Gesicht der Puppe hielt. Da verstummte das Lachen.

Ich war innerlich aufgeputscht. Auf den Namen Jane Collins reagierte ich heftig. Ich wusste, in welch permanenter Gefahr sie schwebte, und meine nächste Frage an die Puppe Lizzy klang drohend. »Was ist mit Jane geschehen?«

»Sie wird sterben!«

»Wer will sie umbringen?«

»Das Höllengericht! Ein altes Trio, das es früher einmal gegeben hatte. Es arbeitete für den Teufel, tötete Mädchen, und der Satan versprach ihm das ewige Leben. Wie so oft. Es hat es lange nicht mehr gebraucht und es sich für Jane Collins aufgehoben. Mein kopfloser Körper war dabei der Lockvogel.«

»Was ist mit Jane geschehen?«

»Wir haben sie in die Falle gelockt und weggeschafft. Sie wurde vor Gericht gestellt und zum Tode verurteilt!«

»Wann ist das geschehen?«
»Das liegt einige Zeit zurück!«
»Wie lange?«
»Ich habe keinen Begriff für Tage oder Stunden. Aber ihr seid zu spät gekommen, wenn ihr sie noch retten wollt. Viel zu spät, kann ich euch versichern.«
Ich dachte nur noch auf einer Schiene. »Wo soll Jane sterben?«, schrie ich die Puppe an. »Wo?«
Zuerst lachte sie mich aus. Da griff ich zu härteren Mitteln und hielt mein Kreuz offen. Die Falten in ihrem Gesicht schienen zu Holz zu werden, so veränderte sie sich. »Muss ich noch einmal fragen?«
»Nicht hier.« Jetzt zitterte die Stimme. Diese lebende Puppe hatte eine Heidenangst vor dem Kreuz.
»Ich will den Ort wissen!«
»Eine, eine Insel. Mehr weiß ich nicht. Vielleicht eine Festung. Alles ist möglich. Sie wird von den dreien beherrscht.«
Ich wandte meinen Blick von der Puppe ab und schaute meinen Freund Bill an.
Der hob die Schultern. »No Ahnung, John.«
»Und Sie, Riley?«
»Ich überlege noch.« Er sprach zögernd. Es war ihm anzusehen, dass er intensiv nachdachte.
»Kommen Sie, Bob, Sie kennen sich hier aus. Sie müssen auch von Inseln wissen, die vor der Küste liegen.«
»Ja, schon.«
»Dann ran.«
Plötzlich wurde sein Gesicht starr. Man las von seinen Zügen ab, welch phantastischer Gedanke ihm gekommen war. »Ja«, sagte er zuerst leise, dann lauter werdend. »Ja, ich weiß, welche Insel gemeint sein könnte.«
»Und welche?«, fragten Bill und ich fast gleichzeitig.
»Alcatraz, das ehemalige Zuchthaus!«

Jane Collins lebte noch, aber sie war mehr tot als lebendig, denn sie siechte dahin. Manchmal hatte sie den Wunsch, lieber sterben zu wollen, als so leben zu müssen.

Entführt hatte man sie. Wohin, das wurde ihr erst später bewusst. Sie hatte die Augenblicke in der Schlucht wie ein böses Trauma erlebt, in einem rauschartigen und depressiven Zustand. Dann waren sie über das Wasser gefahren. Die Wellen hatten das Boot geschaukelt, sodass ihr übel geworden war. Ohnmacht, Apathie, dann der Gang über Land, eine lange Treppe hoch, anschließend die hallenden und knirschenden Schritte, schließlich das Gefängnis.

Eine Zelle.

Schmutzig, verlaust, verwanzt. Mauer und Gitter, dazu die schreckliche Angst, die in ihr bohrte.

Das Ende einer langen Reise.

Zurückgekehrt in ein Loch, dieser Vorstufe zum Grab, auf dem Weg zum Tod. Jane wusste, dass die anderen sie nicht leben lassen würden. Sie sollte für Taten büßen, die sie nicht begangen hatte, doch das war der Gegenseite egal. Zu lange hatten andere auf die Erfüllung ihrer Rache warten müssen.

Jetzt waren sie dabei, die Tat durchzuführen.

Tage mussten vergangen sein. Stunden einer langen Qual, die Jane so bewusst erlebte. Vor Schwäche wäre sie schon längst zusammengebrochen, das wiederum wollten die anderen nicht. Hin und wieder schob man ihr etwas zu. Durch eine Klappe wurde der Napf gereicht. Mal mit Wasser gefüllt, dann wieder mit irgendwelchem Zeug, das sie essen konnte.

Jane hatte überlegt, ob sie die Dinge überhaupt anrühren sollte. Es war nicht einfach gewesen, sich mit einem Vorhaben anzufreunden, das letztendlich in den Selbstmord führt, und sie hatte sich auch nicht überwinden können.

Jane hatte schließlich getrunken und gegessen. Widerwillig nur, aber sie überlebte, obwohl sie von Tag zu Tag schwächer wurde. Dabei fragte sie sich natürlich, weshalb man sie nicht tötete. Schon längst hätte man sie umbringen können, aber nein, man ließ sie in der verdreckten Zelle liegen und quälte sie.

Es gab keine Pritsche, keine Toilette, das alles war herausgerissen worden, nur dieses vergitterte Viereck in der Wand, die Vorspiegelung von Freiheit und Himmel. Anhand dieses kleinen Ausschnitts konnte Jane erkennen, wie der Tag ablief und die Nacht begann.

Diese quälenden Stunden der Ungeduld, in denen sie jede Minute damit rechnete, geholt zu werden. Oft träumte sie grässliche Dinge und schreckte manchmal hoch, wobei sie dann das Gefühl hatte, die Klinge der Axt würde gegen ihren Hals gepresst.

Es folgten Phasen der Erschöpfung, der Apathie, in denen Jane das Gefühl hatte, nichts würde mehr gehen. Dann wurde ihr immer das Wasser gereicht, das sie wieder aufmöbelte. Durch die Luke schob sich jedes Mal die Skeletthand. Bleich und gekrümmt, die Schale mit den Fingerspitzen festhaltend, wobei im hinteren Ausschnitt der offenen Klappe die Skelettfratze des Richters zu sehen war.

»Bald«, sagte er stets, »bald ist es so weit. Dann holen wir dich und werden dich bestrafen. Geister und Dämonen werden zuschauen und ihren Triumph herausheulen. Ihre Seelen erleben eine höllische Freude, wenn diejenige bestraft wird, die die Schuld an der Vernichtung unserer Freundin Wikka trägt.«

Bisher war dieses Versprechen noch nicht eingelöst worden, aber Jane wurde immer daran erinnert.

Dann gab es eine Zeit, wo sie mehr zu essen und zu trinken erhielt. Brei, dazu Wasser, und langsam kam sie zu Kräften.

Damit verschwand auch die Apathie. Der Kreislauf arbeitete besser, das Blut zirkulierte, und es war ganz natürlich, dass Janes Denkapparat wieder geschärft wurde.

Sie konnte überlegen, nachdenken und sich ein Urteil über ihre eigene Lage bilden.

Wieder brach eine Nacht an.

Eine sehr lange Nacht, die ihre Zelle mit der lichtlosen Finsternis ausfüllte. Jane hockte auf dem Boden. Sie lehnte mit dem Rücken an der kalten Wand, der Blick war gegen das vergitterte Fenster gerichtet, das sich sehr schwach innerhalb des Mauerwerks abzeichnete. Ein Loch, eine Luke, aber keine Hoffnung für sie.

Armdicke Gitter sorgten dafür, dass sie nicht fliehen konnte. Sie zeigten ihr auch, wo sie sich befand.

In einem Gefängnis.

Jane hatte lange überlegt. Erst als es ihr wieder besser ging, war sie zu der Überzeugung gelangt, dass man sie auf die verlassene Zuchthausinsel Alcatraz geschafft hatte.

Einst hatte man Alcatraz zum sichersten Zuchthaus der Staaten gekürt. Eine Felseninsel im Meer, umschwommen von Haien, noch in Sichtweite der Küste, doch für Gefangene ebenso weit entfernt wie der Mond.

Alcatraz bedeutete, lebendig begraben zu sein.

Und dieses Gefühl hatte Jane ebenfalls. Auch in dieser Nacht wieder, in der sie sich mit ihrem Schicksal beschäftigte. Irgendwann fing sie an zu weinen. Die Käfer fanden ihren Weg auch durch die Mauern. Dass sie über Janes Hände krabbelten, spürte die ehemalige Hexe schon nicht mehr. Sie hatte sich an dieses Ungeziefer gewöhnt, sodass sie es kaum noch wahrnahm.

Dieses Menschenunwürdige ihrer Lage war schlimm.

Und es kam noch etwas hinzu.

Des Öfteren hörte sie in der Nacht Schritte.

Dumpf und knirschend durchquerten sie den Gang. Gleichmäßig, monoton, als wäre ein Wärter dabei, die Gefangenen zu kontrollieren. Es waren Henker, die an ihrer Zelle vorbeigingen und durch einen Blick kontrollierten, ob die Gefangene noch einsaß.

Reine Routine, mehr nicht.

Aber in dieser Nacht war es anders.

Jane hatte sowieso das Gefühl, eine Nacht vor der Entscheidung zu erleben. Auch das Wetter spielte verrückt. Draußen war es stürmisch geworden. Der Wind heulte um das alte Zuchthaus, er spielte mit dem Wasser und türmte es zu gewaltigen Wellenbergen hoch, die gegen den Strand rollten und dort krachend gebrochen wurden.

Wilde, tosende Gewalten, eine kochende See, die passte zu Janes Stimmung, sie war wie ein hungriger Wolf, der alles verschlingen wollte. Die Detektivin spürte die tiefe Angst, die in ihr steckte. In dieser stürmischen Nacht wurden die Gewalten frei, da hatte die Hölle die Pforten der Natur geöffnet, da war der Wind wie ein hungriges Raubtier, und es kam ihr vor, als wollten sie ihr alle beweisen, dass es sie noch gab.

Furchtbar.

Und dann der Henker.

Seine Schritte stoppten vor Janes Zellentür. Sie hörte, wie er den schweren Eisenriegel zur Seite zog.

Sie drehte sich, blieb aber hocken. Durch das Fenster fuhr ein Windstoß, der ihre langen Haare erfasste. Sie richtete ihren Blick auf die unheimliche Person, die gerade die Zellentür aufstieß.

Ein Monster zeigte sich.

Gefährlich und brutal. Einer, der aussah wie ein Mensch und doch keiner war.

Ein Mitglied des Exekutionskommandos, das aus der Hölle kam und vom Teufel persönlich geschickt worden war.

Der Henker hatte seine gewaltige Axt mitgebracht. Auf ihren Griff stützte er sich, die Schneide berührte den Boden, und in den eingeschnittenen Augenschlitzen schimmerten seine Pupillen.

Er hatte Jane schon mehrmals besucht, aber sie wusste plötzlich, dass dieser Besuch etwas Besonderes war. Ja, er war anders als sonst. Zwar sah der Henker noch genauso aus, trotzdem stimmte bei ihm etwas nicht. Vielleicht lag es an seiner Haltung, die noch gestraffter war als sonst. Und er redete. Zum ersten Mal eigentlich. Durch den Kapuzenstoff wurden seine Worte verzerrt, sie klangen dumpf und gleichzeitig drohend. Und sie enthielten ein sehr gefährliches Versprechen.

»In der nächsten Nacht wirst du sterben. Sobald der Mond seine volle Größe erreicht hat, werden wir dich zum Richtplatz schaffen, das Urteil verlesen und dir den Schädel abschlagen. Erst dann wird Ruhe im Reich der Hexenseelen sein, erst dann ist der Tod der Oberhexe Wikka gerächt worden. Denk daran, in der nächsten Nacht, wenn der Mond seine volle Größe erreicht hat, wirst du dein Leben aushauchen!«

Nach dieser Wiederholung drehte er sich um und verließ seinen Platz. Ruhig ging er davon.

Er ließ Jane zurück.

Eine Frau, die diese Worte genau verstanden hatte und darüber nachdenken wollte, obwohl sie es nicht schaffte. Irgendetwas störte sie, war nicht in Ordnung. In ihrem Kopf tosten die Gedanken, aber einer kristallisierte sich immer stärker hervor.

Der Gedanke an den Tod.

Ich werde sterben!

Jane schrie. Es war jedoch ein Schrei, den nur sie allein hörte. Es war eine Reaktion ihrer stillen und doch so großen Angst.

Er hatte im Namen der Hölle gesprochen, und die Hölle hatte noch immer ihre Versprechen eingehalten.

Wer hätte ihr auch helfen sollen? Hier waren kein Yakup, kein Ali und kein John Sinclair.

Ab jetzt lief die Zeit.

Waren ihr in den letzten Tagen die Stunden so quälend langsam vergangen, so änderte sich dies nun.

Plötzlich lief die Zeit viel schneller ab. Als die Sonne aufging und es Tag wurde, hatte sie das Gefühl, die blassen Strahlen zum letzten Mal in ihrem Leben zu sehen.

Alcatraz!

Noch immer gab es Leute, denen ein Schauer über den Rücken lief, wenn sie den Namen aussprachen oder hörten, und das waren nicht nur solche, die mal dort eingesessen hatten.

Alcatraz war ein Mythos, eine Legende, es war Tod, Verzweiflung und gleichzeitig Hoffnung.

Hoffnung nur für die, die es geschafft hatten, ihre Zeit bis zur Entlassung zu überwinden. Aber jeder, der dieser Hölle entkam, war gezeichnet. Er fand sich im normalen Leben nicht mehr zurecht.

Nun, Alcatraz war Vergangenheit. Es gab nur mehr das Bauwerk, leer, verlassen, Tummelplatz für Ratten. Menschen oder Gefangene bewohnten es nicht mehr.

Das Meer donnerte gegen die felsige Küste, die gebauten Stege und Anlegeplätze verrotteten allmählich, waren vom Kot der Vögel ebenso übersät wie die Mauern.

Alcatraz war zu ewigem Schweigen verurteilt. Als schauriger Gruß und als Warnung stand es inmitten des Meeres.

Und wir hatten uns vorgenommen, dieser Insel einen Besuch abzustatten. Für uns war sie sogar zu einer Hoffnung geworden. Vielleicht fanden wir dort die Lösung des Falles.

Optimistisch waren wir nicht, eher verbissen, wirkten irgendwie spannungsgeladen und kantig. Wir dachten, ohne uns darüber abgesprochen zu haben, stets an die Vergangenheit dieser Insel, die vor uns lag. Das Boot des Reporters Bob Riley war, wie er behauptete, fast hochseetüchtig, und das musste es auch sein, denn das Wetter meinte es nicht sehr gut mit uns. Es wehte ein steifer Wind aus Nordwest. Die Oberfläche wurde zu einem wogenden Teppich mit langen Wellen, die wir regelrecht abreiten mussten. Weder Bill noch ich wurden leicht seekrank, und das war auch gut so.

Wir hatten Ölzeug übergestreift. Es wies die Tropfen der langen Gischtwolken ab, die über die Bordwand wirbelten. Ich stand neben Riley und hielt das Glas gegen die Augen gepresst.

Trotz der Weite des Meeres, die Alcatraz umgab, wirkte die Insel wie ein gewaltiger Brecher, ein Klotz aus Felsen und Beton, dem selbst der wildeste Sturm nichts anhaben konnte.

Ich sah die gelbbraunen Felsen, die mauerartig aus dem Wasser stiegen, senkrecht, ohne Vorsprünge, Hindernisse oder Kletterhilfen. Wer da einen Ausbruch versuchte, war wahrscheinlich lebensmüde. Es standen auch noch die Türme, wo die Wächter mit ihren geladenen Waffen gesessen hatten. Es gab noch den Zaun auf der Mauer. Elektrisch geladen, unter Spannung stehend. Und es gab den Weg von der Anlegestelle, diesem kleinen künstlichen Hafen, bis hin zur Festung.

Ein Weg, den Gefangene in mühevoller Arbeit gebaut hatten. Gepflastert mit rohen Steinen, oft uneben, sehr holprig.

Alcatraz war eine Hölle im Meer gewesen und jetzt nur noch ein gewaltiges Denkmal.

Im Hafen lag kein zweites Boot. Es ließ darauf schließen, dass wir die Einzigen waren, die sich der Insel näherten. Wenn Jane Collins, von wem auch immer, auf das Eiland gebracht worden war, dann nicht mit einem Boot, das im Hafen angelegt hatte.

Riley hielt das Ruder. Ich wandte mich an den Reporter. »Gibt es noch einen zweiten Anlegeplatz?«

»Nicht einen in der Güte.«

»Sondern?«

»Auf der Westseite der Insel existiert eine kleine Bucht. Da kann man anlegen, aber das würde ich niemandem raten. Die Klippen sind dort messerscharf und liegen dicht unter der Wasseroberfläche. Da schneidet dir der Fels das Boot auf.«

»Danke.«

Ich verließ den Platz und ging zum Heck, wo Bill hockte und sein Gesicht gegen den Wind hielt. Er grinste mich an. »Du hast durch das Glas geschaut, John.

»Ja und nichts gesehen.«

»Ist Jane nicht da?«

»Ich weiß es nicht. Sie müsste mit einem Boot herbeigeschafft worden sein, aber da lag keines.«

»Wenn die anderen wieder zurückgefahren sind?«

»Und Jane?«

Bills Gesicht wurde hart. »Kannst du dir das nicht denken?«, fragte er leise.

Ich nickte. Klar, er rechnete damit, die Leiche der ehemaligen Hexe zu finden. Natürlich hatte auch ich mir darüber Gedanken gemacht, aber ich war nicht bereit, dies so ohne weiteres zu akzeptieren. Bisher hatten wir immer eine Chance gesehen, Jane Collins aus dem Dilemma herauszuholen. Ich hoffte, dass es auch diesmal klappte.

»Ich wollte dir nicht den Mut rauben, John.«

»Das hast du auch nicht. Ein Traumtänzer bin ich nicht geworden. Wir werden die Insel durchsuchen, und wenn wir sie nicht finden, gehen wir ins Kloster und sehen uns dort um. Ich werde das Gefühl nicht los, dass dort auch etwas geschehen ist.«

»Vielleicht hängt das alles mit deinem letzten Fall in Tokio zusammen. Da habt ihr gewonnen. Yakup hat die Krone der Ninja an sich genommen. War sie ein Segen, oder hat sich ihr Besitz schon jetzt in einen Fluch umgewandelt? Diese Frage müssten wir uns stellen.«

Damit lag der Reporter genau auf meiner Wellenlänge. Möglicherweise schlug die andere Seite jetzt auf Umwegen zurück. Shimada und Asmodis, die ebenfalls hinter der Krone der Ninja her gewesen waren, vergaßen eben nichts.

Bill bot Zigaretten an. Wir hatten Mühe, die Glimmstängel anzuzünden. Nach einer Weile meinte mein Freund: »Es muss doch einen Grund gegeben haben, dass man Jane nach Alcatraz geschafft hat.«

»Vorausgesetzt, sie ist wirklich dort.«

»Das meine ich. Also, hat es einen Grund gegeben? Ich frage mich nur, welchen! Wer in ein Zuchthaus geschafft wird, den bestraft man.«

»Da hast du schon den Grund. Die andere Seite gibt Jane Collins die Schuld an Wikkas Tod. Sie hat nichts vergessen, Bill. Überhaupt nichts, daran solltest du denken. Alcatraz ist groß. Dort kann man einen Menschen lebendig begraben. Sieh dir diese verdammten Mauern doch nur an. So etwas ist einfach furchtbar.«

»Vielleicht hat man das mit Jane vorgehabt.«

»Möglich.«

Es war uns nicht mehr nach Reden. Wir saßen da und starrten auf den weiten, wogenden Wasserteppich vor uns. Graugrün in der Farbe, bedeckt mit einer langen Dünung und weitgeschwungenen Wogen, die gegen die Felsen von Alcatraz anrollten und von ihnen schäumend gebrochen wurden.

Über dem Meer lag ein grauer Winterhimmel. Eine unendlich erscheinende Fläche, ohne blasse Sonne. Es schien, als würde die Weite des Alls um die Menschen trauern.

Ähnlich fühlte auch ich. Bill erging es nicht anders. Er hatte die Kippe in eine Blechdose geworfen, die als Ascher diente. Sein Gesicht zeigte einen verbissenen Ausdruck.

Leider würden wir unser Ziel erst bei Anbruch der Dämmerung erreichen. Es war zeitlich nicht anders möglich gewesen. Ich hatte das Glas mitgenommen. Bill bat darum.

Als er gegen die Insel schaute und es nach ungefähr einer Minute sinken ließ, schüttelte er den Kopf. »Keine Spur von Jane.«

»Das habe ich mir gedacht.«

»Wieso fahren wir dann?« Als er mein erstauntes Gesicht sah, winkte er ab. »Tut mir Leid, John, aber ich bin durcheinander. Man kommt sich vor wie eine Marionette, die an den Fäden eines Unbekannten tanzt.«

»Da hast du Recht.«

Es wurde noch trüber.

Bob Riley kannte die Strecke gut. Er war des Öfteren in Richtung Alcatraz gefahren und kannte auch die Rinne, die er nehmen musste, um den dicht unter der Wasseroberfläche liegenden Felsen auszuweichen.

Sehr geschickt manövrierte er das Boot hinein. Die Wellen schlugen gegen die Bordwände. Sie packten von zwei Seiten zu. Gischt wirbelte in die Höhe, besprühte uns, und wir fuhren wie durch einen Tunnel weiter.

Wellenbrecher aus Beton waren in die See hineingebaut worden. Sie stemmten sich den Wogen entgegen und sorgten dafür, dass unsere Fahrt in den leeren Hafen ruhig verlief. Riley winkte uns zu, als er einen Anlegeplatz ansteuerte, den er sicherlich schon kannte, weil er, ohne groß zu überlegen, auf ihn zufuhr.

Gewaltig waren die Mauern des Zuchthauses. Ich konnte meinen Blick auch nicht von ihnen lösen, als ich das Boot verlassen hatte und auf dem Pflaster des Weges stand, der hoch zum Zuchthaus führte.

Man kam sich so klein und nichtig vor, wenn man gegen den Komplex schaute. Schon von außen sah das Zuchthaus ausbruchsicher aus. Die dicken Mauern umschlangen alles. Selbst Sprengkommandos würden Mühe haben, diesen Komplex zu zerstören.

Rileys Augen wurden plötzlich groß, als er sah, was Bill Conolly unter seiner Jacke hervorholte. Eine eckig geformte Waffe, die golden schimmerte.

»Was ist das denn, Kollege?«

»Eine goldene Pistole.«

»Und?«

»Damit kann ich schießen.« Mehr sagte Bill nicht. Es war auch gut so. Er hatte die stärkste Waffe mitgenommen, die ihm zur Verfügung stand. Er setzte sie nur im äußersten Notfall ein.

»Nehmen wir den normalen Weg?«, fragte ich.

»Wir müssen«, erwiderte Riley. »Ich kenne keinen anderen.«

Und so schritten wir auf das breite Eingangstor zu. Über einen Weg der Hoffnungslosigkeit, den schon Tausende vor uns gegangen waren, mit depressiven Gedanken, mit dem Wissen, dass sie für Jahre hinaus lebendig begraben sein würden.

Alcatraz war das Grauen schlechthin. Es war die zu Stein gewordene Strafe der menschlichen Gesellschaft.

Mich ließ dieser Anblick auch nicht kalt, obwohl das breite Eisentor offen stand und die Sicherungen nicht mehr vorhanden waren wie früher. Dennoch spürte ich das Gefühl der Beklemmung, und mein Hals war so trocken, als hätte ich Sand geschluckt.

Pflaster, Beton, ein Football-Platz, dessen Linien noch schwach zu erkennen waren. Dort hatten sich die Gefangenen sportlich betätigen können. Mauern und Wände und natürlich die zahlreichen Zellenfenster, rechteckige Löcher mit Gitter im braungelben Mauerwerk. Ein deprimierender, schlimmer Anblick.

Die Fenster waren kaum zu zählen. Aber hinter einem von ihnen lag vielleicht die Frau, die wir suchten. Es würde Tage dauern, bis wir die Insel und jede einzelne Zelle durchforstet hatten.

Wankte unser Plan?

Wir hatten Lampen mitgenommen, da wir nicht wussten, ob noch Elektrizität vorhanden war. Ich kannte ja manche Zuchthäuser auch von innen, hatte selbst schon eingesessen, um Fälle aufzuklären, aber keines war so schlimm gewesen wie Alcatraz.

Riley führte uns zum Haupttrakt. Über unseren Köpfen segelten Wasservögel und zogen ihre Kreise. Jahrelang waren sie von den Gefangenen beobachtet und vielleicht auch wegen ihrer Freiheit verflucht worden.

Die Leere war schlimm.

Hinter jeder Ecke, jeder Tür konnte jemand lauern. Wir sahen oft Dinge, die es gar nicht gab. Aus Schatten wurden Menschen, Gegenstände, die verschwanden, als wir näher kamen.

Und überall lag der Staub.

Manchmal sohlenhoch. Wir hinterließen Abdrücke, aber wir schimpften nicht auf ihn, denn der Staub war gleichzeitig ein Wegweiser für uns. Nicht nur unsere Abdrücke blieben zurück, auch die anderer Menschen, die Alcatraz einen Besuch abgestattet hatten.

Wir trennten uns nicht, weil man sich leicht verlaufen konnte. Es gab mehrere Etagen, auch außen liegende Plattformen, die einen Blick aufs Meer gestatteten. Da hatten sich früher die Aufpasser gesonnt, während die Gefangenen in den heißen Zellen schmachteten.

Die Dämmerung kroch heran. Der Himmel wurde noch grauer. Bald würde es auch dunkel sein, dann mussten wir die Lampen einschalten. Wir hielten uns in den mittleren Etagen auf, blickten in die schmalen Zellen, sahen die Schmierereien an den Wänden. Oft waren es schlimme Sprüche, aber auch Zeichen der Trost- und Hoffnungslosigkeit. Die Sätze redeten eine deutliche Sprache. Sie zeugten von der Verzweiflung, die manche Gefangenen gepackt hatte.

Wir entdeckten keine Spur von Jane Collins.

Wieder erreichten wir eine der langen Treppen und kletterten hoch. Begleitet vom Echo der Schritte, ließen wir die Stufen hinter uns, gelangten in ein großes Rechteck aus Flur und Zellentüren, aber im Schein unserer Lampen entdeckten wir etwas.

Spuren!

Bill hatte sie zuerst gesehen. Er war plötzlich aufgeregt und winkte uns zu. »Verdammt, kommt her!«

Die Spuren wurden untersucht. Riley meinte: »Alt können sie nicht sein. Da ist vor uns jemand hergegangen.«

»Jane?«, fragte Bill.

Ich schüttelte den Kopf. »Nein, sie hat kleinere Füße.«

Es waren zumindest zwei Personen, die ihre Spuren hinterlassen hatten. Ich ließ meine beiden Begleiter stehen, ging ein Stück vor und suchte dort im Schein der Lampe.

Und ich sah etwas.

Zwar keine Trittabdrücke, dafür Schleifspuren, die zwischen den Abdrücken herliefen.

Ich machte meine Freunde darauf aufmerksam. Sie sahen sie sich sofort an.

»Da muss jemand über den Boden geschleift worden sein«, sagte Bill.

»Jane!«

Der Reporter hob den Kopf. Im Schein der Lampe sah sein Gesicht blass aus. »Bist du sicher?«

»Ich hoffe es.«

»Dann lassen Sie uns den Spuren folgen«, erklärte Riley und nickte uns zu.

Wir hatten nichts dagegen.

Tagelang war er verschwunden gewesen, hatte sich den Menschen entzogen, war in sich gegangen und hatte meditiert. Er musste sie einfach finden, sonst war sein Leben sinnlos, dann fühlte er sich als Versager, weil er den ihm anvertrauten Menschen nicht beschützt hatte.

Deshalb seine Vorwürfe und deshalb auch sein Sinnen und Trachten, alles wieder ins Lot zu bringen.

Er hatte den weisen Zii gesprochen, dessen Leiche im Totenbaum lag und der allein durch seinen Geist zu Yakup redete. Der weise Zii wusste viel, er sah viel, denn er wartete auf seine Wiedergeburt. Noch konnte er Hinweise geben, doch steckte er erst einmal in einem anderen Körper, war es damit aus.

Sosehr der Weise auch seinen Geist auf die Reise geschickt hatte, er hatte nichts Konkretes erreichen können. Nur Tipps, mit denen Yakup zuerst nichts anfangen konnte, die jedoch aussagten, dass Jane Collins noch am Leben war, denn der weise Zii hatte ihre Aura sehr deutlich gespürt, als hätte sie ihn gestreichelt.

Yakup war dann gegangen. Ohne sich zu verabschieden, hatte er das Kloster verlassen. Er wollte den Hinweisen nachgehen, die man ihm gegeben hatte, und vielleicht fand er noch eine Spur der verschwundenen Person.

Yakup Yalcinkaya wusste genau, dass es Hexen in Frisco gab. Menschenwesen, die dem Teufel dienten und die es sich zur Aufgabe gemacht hatten, Jane Collins irgendwann zu fangen, um sie für ihre Taten zu bestrafen.

Ein Bild der ehemaligen Hexe befand sich bei vielen, das wusste Yakup.

Er nahm keine Rücksicht.

Als er die zweite Hexe aufgestöbert hatte und sie mit zwei Männern zusammenfand, wurde er zum Tornado. Er nahm sich die beiden Männer vor, schickte sie ins Reich der Träume und begann mit der Befragung. Natürlich hatte auch er Zeitungen gelesen nach seiner Rückkehr aus Japan. So konnte er sich schon ein Bild machen.

Von der Hexe erfuhr er nichts. Er stöberte andere auf, ließ sich sogar in Kämpfe verwickeln, aber Hinweise auf Jane Collins erhielt er nicht. Er sah nur die Überraschung in den Gesichtern der Frauen, wenn sie von seinen Problemen hörten. Und er musste sich auch die Hasstiraden der anderen gefallen lassen und ebenfalls den Jubel darüber, dass es Jane endlich erwischt hatte.

Yakup war zäh. Er suchte und forschte weiter. So vergingen Tage und Nächte. Bis er wieder zurück in das Kloster kehrte und noch einmal in den unterirdischen Verliesen den alten Zii befragte.

Im Leichendunst der verwesenden und im Totenbaum liegenden Körper kniete er nieder, verzweifelt, aber nicht gebrochen. Er hatte im Schutz der Ninja-Krone das Kloster betreten und war als Unsichtbarer nicht gesehen worden. Abermals fand eine stumme Zwiesprache zwischen ihm und dem weisen Zii statt, und diesmal trug sie Früchte.

Er hörte eine Antwort in seinem Kopf. Sie war leise gegeben worden, dennoch verständlich. Die Worte sprachen davon, dass das Gericht des Teufels aus den Tiefen der Dimensionen gekommen sei, um sich Jane Collins vorzunehmen. Das Urteil war verlesen worden und sollte auch vollstreckt werden.

»Wo?« Dieses eine Wort, diese eine Frage sprach von der Verzweiflung, die Yakup beherrschte. Und er wartete auf die Antwort, die vielleicht alles oder nichts sein konnte.

Zii gab sie ihm verschlüsselt. »Der Geist dieses Höllengerichts treibt durch die Dimensionen. Er wird sich manifestieren und sich deiner Jane annehmen. Er hat sich ihrer bereits angenommen und sie zum Richtplatz geschafft. Ich kann nicht fühlen, wo er sich genau befindet, aber ich kann dir einen Hinweis geben. Auf dem Meer, Yakup, nicht im Wasser, nur auf dem Meer. Ein Ort des Schreckens, der Verzweiflung und des Schmerzes. Die Hoffnungslosigkeit triumphiert dort ebenso wie der Tod. Beide haben sich ergänzt, aber das liegt bereits zurück. Heute ist es leer, so öde, doch der Geist des Bösen und der Geruch des Todes sind noch vorhanden. Ein schlimmer Ort, eine Hölle auf Erden und im Meer liegend. Im Meer, im Meer ...«

Weitere Informationen erhielt Yakup nicht. Er verließ den Keller und ging wieder, ohne gesehen zu werden.

Er wusste jetzt, was er zu tun hatte.

Einen halben Tag ließ er sich Zeit und überlegte. Bis ihm ein Gedanke kam.

Es war keine Blitzidee, sondern die Summe seiner Überlegungen, und dieser Gedanke hatte einen konkreten Hintergrund.

Ein Name nur.

Alcatraz!

Das war eine Insel im Meer. Dort hatte die Hoffnungslosigkeit regiert.

Die perfekte Hinrichtungsstätte.

Yakup Yalcinkaya machte sich auf den Weg ...

Der vergangene Tag war einfach schrecklich gewesen. Jane hatte das Aufgehen der Sonne erlebt und hätte sich gewünscht, dass es weiterhin dunkel bleiben würde.

Sie konnte nicht gegen die Natur angehen, und so blieb ihr nichts anderes übrig, als zu warten.

Warten auf ihren Tod.

Es verging Zeit.

Die Stunden kamen, gingen vorbei. Jane spürte, wie sie

immer nervöser wurde, wie sich ihre Angst steigerte, wie sie nachzudenken anfing und in der Zelle auf und abging.

Von der Wand bis zur Tür und wieder zurück. Sie hatte keine Uhr mehr. Beim Kampf war sie zerstört worden, aber sie wusste nach einem Blick aus dem Zellenfenster immer in etwa, wann es Mittag war.

Auch die Sonne wirkte so trost- und hoffnungslos. Sie gab kaum Wärme ab, und so fühlte sich auch Jane Collins. Leer und ausgebrannt, beherrscht von einer innerlichen Kälte.

Wenn sie sich wieder hinhockte, drückte die Stille. Diese atypische Ruhe kam ihr ebenfalls vor wie ein Gefängnis. Sogar wie ein zweites, das wesentlicher enger war als die Zelle.

Manchmal kamen sie auch.

Jane kannte die Geräusche. Sie hörte die Stiefelsohlen aufsetzen, zwischendurch das Schleifen oder die metallischen Laute, die immer dann entstanden, wenn die Klinge des Henkerbeils auf den Boden tickte und die Schritte mit einer hellen, fast grausam klingenden Musik begleiteten.

Furchtbare Geräusche, die Angst in ihr hochtrieben und ihre Kehle regelrecht verengten.

Wieder hörte sie den Henker. Diesmal ging er nicht vorbei, sondern blieb vor der Zelle stehen.

Jane stellte sich hin. Sie stand nahe am vergitterten Fenster, durch das graue Helligkeit in die Zelle sickerte. Wieder hörte sie das typische Geräusch, als der schwere Außenriegel zur Seite geschoben wurde und sich die Luke öffnete.

Fast erleichtert nahm sie zur Kenntnis, dass der andere nicht gekommen war, um sie zu holen. Er wollte ihr etwas bringen.

Eine Hand erschien. Keine Knochenklaue, sondern mit einer dünnen graubraunen Haut bedeckt. Die Finger der Hand umklammerten ein Gefäß, in dem Wasser schimmerte.

Ihr Henkerstrank?

Jane rechnete damit. Man hatte ihr jeweils nur einmal am Tag Wasser gereicht. Diesmal war sogar auf das Essen verzichtet worden, das empfand Jane als nicht schlimm.

Sollte sie das Wasser trinken?

Es hatte sie stets erfrischt, denn es musste von einer Quelle stammen, die irgendwo auf der Insel entsprang.

Die Lukenklappe war nach innen gefallen. Auf ihr stand das kleine Tongefäß.

Jane ging hin, streckte den Arm aus und umklammerte den Becher. Sie schaute dabei auf das Augenpaar hinter den Sehschlitzen der schwarzen Kapuze. Es war ein taxierender Blick ohne Mitleid, unter dem Jane Collins regelrecht erschauderte.

Hastig zog sie den Becher zu sich heran. Das Wasser geriet in Bewegung, es schwappte über, und Jane trank. Der letzte Schluck in ihrem Leben?

Sie nahm sich Zeit, und der Henker hatte nichts dagegen. Sein Kopf malte sich hinter der offenen Luke ab, er beobachtete die Trinkende scharf, wie Jane langsam schluckte.

Irgendwann war der Becher leer. Jane ging vor und stellte ihn wieder an seinen Platz. So war es immer, es glich schon einem Ritual, und der Henker nickte.

»Es war dein letzter Schluck«, sagte er. »Dein allerletzter. Wenn wir demnächst kommen, holen wir dich ab. Zwei Henker, die dich packen werden. Denk an früher, da hast auch du dich unter der Kapuze eines Henkers verborgen gehabt. Alles kommt wieder, alles.« Mit einem lauten Geräusch fiel die Klappe wieder vor die Öffnung.

Jane war allein. Sie lauschte den schwächer werdenden Schritten nach, bis sie nicht mehr zu hören waren, drehte sich dann um und dachte über die letzten Worte nach.

Ja, es stimmte. Auch sie war in ihrem Leben als Hexe schon ein Henker gewesen. Sie hatte ihr Gesicht unter einer roten Kapuze verborgen gehabt und schlimme Taten begangen, die sie im Nachhinein sehr bereute. Nun kam alles wieder auf sie zurück. Unter der Axt des Henkers würde sie ihr Leben aushauchen.

Wiederum machte Jane Collins das Gleiche durch wie die Todeskandidaten, die früher hier eingesessen hatten. Sie konnte sich vorstellen, dass sie in einer Todeszelle steckte, nur würde man sie nicht durch Gas umbringen, sondern köpfen.

Nach alter Methode, wie es die Henker des Mittelalters getan hatten. Es war furchtbar.

Und sie spürte den Druck. Er wurde immer stärker, presste ihren Magen zusammen, sodass sie Mühe hatte, überhaupt Luft zu bekommen. Wenn sie tief einatmete, spürte sie den Druck, der ihre Magenwände umschloss. Es war der Beginn der Todesangst.

Sie lauschte nach innen, hörte ihren Herzschlag und wusste, dass mit jedem Schlag dieses künstlichen Organs wieder eine Sekunde ihrer Lebensuhr abgelaufen war.

Ein furchtbares Gefühl, der Beginn einer schrecklichen Todesangst, die immer weiter steigen würde, um sie schließlich in den Wahnsinn zu treiben.

Jane konnte sich nicht vorstellen, dass sie die Kraft fand, allein zur Stätte der Hinrichtung zu gehen. Dorthin würde man sie wohl schleifen oder tragen müssen.

Die Sonne wanderte weiter. Längst konnte sie den Ball nicht mehr sehen. Sie hörte aber das ewige Rauschen der Brandung. In der Nacht nahm es noch zu, da hatte sie immer das Gefühl gehabt, Botschaften zu empfangen, die ihre Furcht jedoch nicht hatten lindern können.

Der Nachmittag brach an.

Jane erinnerte sich an die Worte, die man ihr gesagt hatte. Wenn der Mond am Himmel stand, würde man sie holen und zur Richtstätte führen. Sie trat an das schmale Zellenfenster, streckte die Arme aus und umklammerte zwei Stäbe im unteren Drittel. Sie spürte den Rost auf den Handflächen, störte sich nicht daran und zog sich in die Höhe, weil sie sehen wollte, ob der Mond schon aufgegangen war.

Obwohl sich Jane einen guten Blickwinkel verschafft hatte, entdeckte sie die runde Scheibe nicht. Sie sah nur die grauen Wolken, diesen bedeckten Himmel, der eine gewisse Trauer ausstrahlte, als wollte er wegen Janes Schicksal anfangen zu weinen.

Sie ließ sich wieder zurückfallen. Fast hätte sie den Halt verloren, so schwach fühlte sie sich in den Knien, auch eine Folge der immer stärker werdenden Angst.

Sie erlebte die ersten Schweißausbrüche, hatte das Gefühl zu dampfen und konnte ihren eigenen Körpergeruch nicht mehr riechen. Schmutzig, verklebt und verdreckt, so fühlte sie sich. Sie war ein Mensch, der diese Bezeichnung nicht mehr verdiente. Eine Stufe war sie tiefer gerutscht und näherte sich dem Zustand des Tieres.

Irgendwann würde sie auch ihre Gedanken ausschalten und sich tatsächlich so benehmen wie ein Tier.

Die Zeit war unerbittlich.

Sekunden wurden zu Minuten, Minuten wiederum zu Stunden, und das Räderwerk lief weiter.

Der Himmel trübte sich ein. Hoher Nachmittag, der Beginn des Wechsels, im Januar wurde es rasch dunkel.

Hin und wieder zitterte sie. Dann rann der Schüttelfrost peitschenartig über ihren Körper. Sie klapperte mit den Zähnen, sie spürte die Kälte vom Nacken her zu den Beinen ziehen, und sie lauschte auch auf jedes Geräusch. Dabei traute sich Jane nicht, noch einmal aus dem Fenster und nach dem Mond zu schauen.

Ununterbrochen rauschte die Brandung. Wasser spülte gegen die Felsen, als wollte es sie wegschieben, doch das Gestein und der Beton waren härter. Beides hielt dem Salz des Wassers auch weiterhin stand.

Jane zuckte zusammen, als sie aus dem Gang das Geräusch vernahm. Diesmal lauter als sonst.

Schritte.

Jetzt holten sie sie.

Jane wurde noch bleicher. »O mein Gott, hilf mir!«, flüsterte sie und begann zu beten.

Gleichzeitig weinte sie.

Sie weinte über ihr Schicksal, sie weinte, weil sie so schwach war, und sie weinte, weil sie einmal dem Teufel gedient hatte. Eine bittere, starke Reue überkam sie, und sie hatte das Gefühl, als würde mit jeder vergossenen Träne ein Teil der Kraft ihren Körper verlassen, die sie bisher gestützt hatte.

Je mehr sich die Schritte ihrer Zelle näherten, umso lauter wurden sie. Wie auch das hell klingende Geräusch, das entstand, als die Klinge des Henkerbeils den Boden berührte.

Es war sogar so laut, dass es die Schritte der Henker überlagerte. Jane sah vor ihrem geistigen Auge schon das helle Blitzen der Klinge, die den Tod brachte.

Sie standen vor der Tür. Der schwere Riegel wurde zur Seite geschoben. Dann stieß eine Hand die Tür auf.

Jane schaute hin. Sie hatte sich in die hinterste Ecke der Zelle verkrochen, stand dort zitternd wie ein in die Enge getriebenes Tier. Der Schweiß strömte über ihr Gesicht; er brannte in den Augen, die noch vom Weinen nass waren, denn der Strom der Tränen ließ sich einfach nicht stoppen. Er lief weiter an ihren Wangen hinab, berührte die Mundwinkel, rann über die Lippen. Jane schmeckte das Salz.

Er kam in die Zelle.

Es war der Henker ohne Beil. Seine breite Kapuze bewegte sich im Durchzug, wurde gegen sein Gesicht gepresst. Die Augen in den Schlitzen sahen aus wie dunkle Perlen. Wo sich die Öffnung des Mundes befand, klaffte ein Loch.

Aus ihm drang die Stimme.

»Wir sind gekommen, um dich zu holen. Du wirst nun für das büßen, was du der Hölle angetan hast. Komm her!«

Jane schüttelte den Kopf. Nein, sie konnte und wollte nicht. Sie hockte jetzt auf dem Boden und spürte die Härte und Kälte der Wand in ihrem Rücken.

Der Henker wartete einige Sekunden. Dann hob er mit einer gleichgültig anmutenden Bewegung seine breiten Schultern und trat auf Jane zu. Am liebsten hätte sie sich irgendwo verkrochen, aber das Gemäuer der Todeszelle hatte noch nie nachgegeben.

Der Henker wuchs vor ihr in die Höhe. Sein Kopf mit der Kapuze schien noch mehr zu wachsen, er wurde übergroß, ebenfalls die Augen, und wieder stieg die Angst in ihr.

Er griff zu.

Schwer fiel sein Arm nach unten. Die Pranke mit den breiten Fingern legte sich auf ihre Schulter und drückte so hart, als wollte sie die Knochen zerbrechen.

Jane hatte keine Chance. Sie fühlte sich eingeengt, verloren, und sie hörte ihr eigenes Herz überlaut schlagen.

Dann zog die Pranke sie hoch.

Es war eine lässige Bewegung, so jedenfalls sah sie aus. Jane wurde auf die Beine gestellt, konnte sich kaum halten und wäre gestürzt, hätte der andere sie nicht festgehalten. So stand sie vor ihm, ein zuckendes Bündel Mensch, beseelt von einer furchtbaren Angst.

Er zog Jane herum und schleifte sie aus der Zelle. Sein Kollege, der die Mörderaxt hielt, war zur Seite ausgewichen, damit beide den Gang betreten konnten.

Jane nahm alles auf wie eine Träumerin. Sie sah die beschmierten Wände mit den widerlichen Sprüchen, aber sie war nicht mehr in der Lage, sie zu lesen.

Alles verschwamm vor ihren Augen. Die Wirklichkeit wurde zum Traum, nur blieb dies ein Wunschdenken. Aus einem Traum konnte man erwachen, und alles war gut.

Hier war es anders.

Jane hatte das Gefühl, als wären ihre Ohren mit Watte ausgestopft worden. Jeden Schritt ihrer beiden Bewacher nahm sie nur als dumpfen Laut wahr. Sie schaute mit dem tränenverschleierten Blick nach vorn, sah irgendetwas, ohne es jedoch genau erkennen oder identifizieren zu können. Es war eine Gittertür, die aufgezogen wurde, sodass Jane in den dahinterliegenden Gang geschoben werden konnte.

Und der führte wieder an den Zellen vorbei, an den optischen Zeichen der Hoffnungslosigkeit, der Verzweiflung. Sie erreichten eine Treppe, blieben für einen Moment stehen, und Janes Blick klärte sich. Er fiel genau auf einen Schriftzug an der Wand. Jemand hatte dort etwas hingesprüht, das ihr einen Schock gab.

Zur Gaskammer stand dort. *Dein Weg in die Hölle, Freund!* Unter den Worten sah sie einen zitternd gesprühten Pfeil.

Die Henker zogen sie weiter. Sie hielten sie links und rechts an den Armen gepackt. Als Jane mit den Knien gegen eine Stufenkante stieß und den Schmerz spürte, war sie gezwungen, die Beine zu heben.

Und so stieg sie höher.

Mit Bewegungen, die sie selbst nicht kontrollieren konnte. Die Sohlen schleiften über das harte Metall. Manchmal klang das Echo noch singend nach, als würde es Janes Weg zur Todeszelle musikalisch begleiten.

Die Treppe war nicht endlos, obwohl sie ihr so erschien. Aber die Luft wurde besser.

Frischer Wind fuhr gegen ihr Gesicht. Er brachte den typischen Geruch des Meeres mit. Für einen Moment blitzte der Gedanke an Freiheit in ihrem Kopf auf, und Jane empfand ihn im nächsten Augenblick als pervers. Es gab keine Freiheit mehr für sie – nur den Tod.

Sie ließen die Treppe hinter sich.

Eine Metalltür war geöffnet worden. Gehalten wurde sie von der Skelettklaue des Richters, der im toten Winkel hinter der Tür stand und nur dafür sorgte, dass der Eingang frei blieb.

Der Wind blies in Janes Haare. Er wehte sie auch vor ihr Gesicht, sodass sie nur wenig sehen konnte. Aber sie spürte die Kälte und stellte fest, dass sie sich außerhalb der Mauern befanden.

Die beiden Henker schoben sie weiter auf eine Plattform oder einen Vorsprung hinaus. Hinter ihnen ließ der Richter die Tür los. Sie schwang von selbst zu und fiel mit einem dumpfen Geräusch ins Schloss.

Da der Wind die Richtung wechselte, wehte er das Gesicht der Frau wieder frei.

Janes Blick fiel auf ein Metallgitter, das die Plattform abgrenzte. Darüber schaute sie hinweg und sah das wogende Meer unter dem düster werdenden Himmel liegen.

Es kostete sie Überwindung, den Kopf in den Nacken zu legen und gegen die grauen Wolken zu schauen.

Sie trieben über das endlose Firmament, aber zwischen ihnen entdeckte Jane einen hellen Kreis.

Es war der Mond!

Ein Planet, in dessen Zeichen sie ihr Leben ein für alle Mal aushauchen sollte.

Jane spürte den Druck, der sich noch mehr verstärkte. Ihr Körper schien starr zu werden, sie wollte nicht mehr atmen. Hinter ihren Schläfen pochte es hart, und sie spürte den plötzlichen Druck, der sie auf die Knie zwang. Das war direkt neben einem großen, kantigen Gegenstand, der ihr erst jetzt auffiel.

Es war ein Richtklotz!

Das Holz sah verwaschen aus, der Zahn der Zeit hatte daran genagt, aber er hatte es nicht geschafft, all das Blut der Opfer aus dem Holz auszuwaschen.

Jane stützte sich auf die Hände. Sie merkte das Zittern ihrer Arme, und sie wusste auch, wie es weitergehen würde. Man würde sie auf den Richtklotz legen.

Noch war es nicht so weit. Der Richter verlas noch einmal das Urteil. Er hatte ein zerfleddertes Buch unter seinem Talar hervorgeholt.

Er hielt Jane ihre Untaten vor. Es berichtete von den schlimmen Dingen, die eine der ihren angeblich getan hatte, und er sprach zum Schluss über Wikkas Seele, die förmlich nach Rache schrie.

Um diese Rache zu erfüllen, hatte der Teufel den Richter und die beiden Henker geschickt.

Die letzten Worte der Stimme verklangen, als hätte sie der steife Wind einfach mitgerissen. Nur noch das Knattern der Kleidung im Wind war zu hören, ein letztes Geräusch, das Jane Collins in den endgültigen Tod begleiten sollte.

Von allein konnte sie nichts mehr unternehmen. Sie hätte höchstens auf den Richtklotz zukriechen können, aber dazu fehlte ihr die Kraft.

Diese »Arbeit« übernahmen die beiden Henker. Wiederum griffen sie hart zu. Ihre Hände schlugen auf die beiden Schultern der ehemaligen Hexe und fassten fordernd zu. Sie schleiften Jane über den rauen Boden der Platte. Ihre Knie scheuerten auf, der Schmerz brannte, sie wurde herumgedreht und hockte vor dem Klotz.

Es war furchtbar. Jane sah das Holz, die Maserung, die zum Teil einen braunen und dunkelroten Farbton angenommen hatte. Reste des getrockneten Bluts.

Dann hörte sie den Befehl.

Die Stimme klang zischend und dumpf zugleich. Der Richter hatte gesprochen.

»Runter mit dem Kopf!«

Jane zögerte. Das wiederum hatten die beiden Henker nicht gern. Von ihrer linken Schulter löste sich eine Hand, die sich auf ihren Nacken legte und eisern zudrückte.

Jane Collins sah keine Chance, diesen Griff zu sprengen, und sie ließ es geschehen, dass ihr Kopf dem Klotz entgegengedrückt wurde. Als sie den ersten Kontakt spürte, schoss es durch ihren Körper, als hätte sie einen Stromstoß erhalten.

Es war für sie ein nicht zu beschreibendes Gefühl. Das Holz war knochenhart, gleichzeitig auch weich, irgendwie nachgiebig, aber sie hatte keine Chance, dem Tod zu entrinnen.

In ihrer Verzweiflung biss sie sich selbst auf die Zunge, schmeckte die Süße des Bluts und würgte.

Noch einmal sprach der Richter. »Wenn du etwas zu sagen hast oder einen letzten Schrei ausstoßen willst, dann tu es. Aber bitte den Teufel nicht um Verzeihung. Er vergibt niemals, hast du verstanden? Nie!«

Jane hatte verstanden, doch sie reagierte nicht. Die junge Frau konnte es nicht. Die Todesangst hielt jede Faser ihres Körpers fest.

Noch einmal fauchte eine Bö heran.

Ein scharfer Windstoß, der in ihre Haare griff und sie so zur Seite wehte, dass ihr Nacken freilag. Jane empfand es als eine Tücke des Schicksals.

»Henker, walte deines Amtes!«, donnerte die Stimme des Richters über die Plattform.

Der Henker hatte den Griff seines Mordinstruments mit beiden Händen umklammert. Er hob die Axt an, um mit einem Schlag den Kopf vom Körper der Frau zu trennen.

Die Spuren waren der erste Hinweis gewesen, und wir hatten ihn aufgenommen. Ich war in eine regelrechte Euphorie verfallen, die sich bald abschwächte, denn die Spuren verliefen sich. Es gab kein eigentliches Ziel. Sie führten im Kreis, dann wieder in andere Etagen des riesigen Komplexes.

Wir hörten weder Schritte noch Schreie. Nur diese dumpfe Ungewissheit blieb zurück, zusammen mit einer gefährlichen Stille des Todes, die uns einlullte.

Irgendwann gingen wir nicht mehr weiter. Wir befanden uns in einem Komplex, wo sich die Wärter aufgehalten hatten, jedenfalls waren wir nicht so stark umgittert. Man hatte sogar noch einen alten Kaffeeautomaten zurückgelassen.

Ich lehnte mich mit dem Rücken gegen ihn und hob die Schultern. »Sollten wir es umsonst versucht haben?«

Bill und Bob gaben keine Antwort. Wahrscheinlich wollten sie mich nicht deprimieren, sie mussten merken, wie sehr ich unter dieser Situation litt. Ich ballte die Hände. »Hat es überhaupt Sinn?«, fragte ich leise.

Riley schüttelte den Kopf. »Ja und nein«, sagte er. »Hier im Zuchthaus vielleicht nicht, aber draußen.«

»Wie meinen Sie das?«

»Noch ist es nicht völlig dunkel. Wir sollten nach draußen gehen und uns einen Überblick verschaffen. Es gibt Wege, die auf das Dach des Gebäudes führen. Außerdem gibt es höher gelegene Plattformen, von denen man eine gute Sicht hat.«

»Was meinst du?«, fragte ich Bill.

»Wir sollten es zumindest versuchen.«

Ich war einverstanden. Es war besser so, als durch die Gänge zu irren. Wir mussten den Weg zu den Plattformen erst finden. Zumeist lagen die Treppen ziemlich versteckt, aber Bob Riley war uns eine große Hilfe. Man merkte, dass er sich nicht zum ersten Mal auf der Insel aufhielt. Er hatte ihr schon des Öfteren einen Besuch abgestattet. Er fand einen Weg, der in die Höhe führte. Eine der typischen Eisentreppen lag vor uns.

Hintereinander stiegen wir sie hoch. Unsere Schritte erzeugten Echos auf den Gitterplatten, die bei jedem Schritt vibrierten.

Vor einer Tür am Ende der Treppe war Riley stehen geblieben. Er schaffte es nicht, sie aufzudrücken. Wir warfen uns dagegen. Dabei schrammte sie mit der Unterseite über den Boden. Frischer Wind traf uns. Der Geruch des Meeres stieg in unsere Nasen.

Wir waren ziemlich hoch, standen zwar nicht auf dem Dach des Traktes, doch unser Blick war gut. Er streifte weit auf das Meer hinaus, und ich sah in der Ferne die helle Lichterkette von Frisco.

Ein wunderschönes Bild, das damals bestimmt so mancher Wärter genossen hatte. Den Gefangenen hatte man diesen Anblick stets vorenthalten. Aber nicht nur das Meer sahen wir. Als wir den Rand der Plattform erreichten und in die Tiefe starrten, glitt unser Blick in den größten Innenhof und auch auf andere Plattformen.

Gleichzeitig zuckten wir zusammen und standen steif wie Statuen, weil wir einfach nicht glauben konnten, was wir dort sahen. Es war schlimm und schrecklich – mir fehlten einfach die Worte, und ich spürte, wie mir das Blut in den Kopf schoss.

Wir sahen ein als Richter verkleidetes Skelett. Außerdem zwei Henker, die ihre Gesichter unter Kapuzen verborgen hatten. Und wir entdeckten Jane Collins, die vor einem Richtklotz kniete, den Rücken gebeugt hielt und mit dem Kopf das Holz berührte.

Sie sollte hingerichtet werden!

Ein Henker stand schräg neben ihr. Seine wuchtige Axt hielt er bereits in den Händen, er zielte noch.

In diesen Augenblicken erlitt ich schreckliche Qualen. Wir waren zu weit entfernt, um Jane helfen zu können. Auch ein Warnschrei wäre vom Wind verweht worden. So mussten wir zuschauen, wie man eine gute Bekannte von uns tötete.

Trotzdem schrie ich.

Mein Gesicht war gezeichnet, doch die Chance war gleich null.

Bis plötzlich etwas anderes geschah!

Die Luft war klar, sodass sich die vier zur Hinrichtung versammelten Personen wie Scherenschnitte vor unseren Augen abhoben. Wir hatten keine Chance mehr, aber eine andere Kraft oder Macht griff ein, anders jedenfalls konnte ich es nicht bezeichnen.

Aus dem Nichts erschien plötzlich ein langer glänzender Gegenstand. Links vor dem zuschlagenden Henker jagte er aus dem Unsichtbaren hervor und traf genau.

Seitlich drang die Klinge in den Hals des Henkers. Sie trat an der anderen Seite wieder hervor, all dies konnten wir erkennen. Der Henker taumelte nach hinten, er knickte gleichzeitig um, die Hände lösten sich vom Griff der Axt, gleichzeitig wurde die Klinge wieder zurückgezogen, sodass der Kapuzenmann seine beiden Hände gegen die zwei Wunden am Hals pressen konnte.

Wir sahen ihn noch fallen, und im selben Augenblick hatten wir uns entschieden.

»Hin!«, brüllte ich und drehte mich so heftig auf dem Absatz herum, dass ich gegen Riley prallte und diesen zur Seite stieß.

Unser verzweifelter Wettlauf gegen die Zeit begann.

Man spürt zuerst die Berührung, dann den Schmerz und anschließend nichts mehr.

Es kann gar nicht so schlimm sein, nein, es ist unmöglich, Sterben ist schön.

Jane Collins redete sich dies ein. In den letzten Sekunden reagierte ein Abwehrmechanismus ihres Körpers, der sogar die innere Angst verdrängte und sie so handeln ließ.

Der Henker schlug *nicht* zu!

Die Zeit verging. Sekunden wurden zu quälenden Zeiteinheiten, und Jane wartete noch immer auf diesen grausamen Hieb. Bis sich irgendwo in der Tiefe ihres Hirns ein Gedanke formte, dass wohl alles anders gekommen war, als es hatte sein sollen.

Zudem vernahm sie in ihrem Rücken tappende Geräusche, als würde jemand laufen, dabei aber große Schwierigkeiten haben. Da der Henker noch immer nicht zugeschlagen hatte, wagte Jane Collins es, drückte ihren Oberkörper hoch und drehte sich um.

Sie sah den Henker am Boden liegen. Er lag auf der Seite, seine Hände hatte er gegen die beiden Wunden am Hals gepresst, aus denen grünlich schimmerndes Dämonenblut wie zäher Sirup rann und sich auf den Steinen verteilte.

Die schwere Henkersaxt lag neben ihm. Er wollte sie auch nicht mehr an sich nehmen, denn er rollte sich zur anderen Seite hin.

Alles lief innerhalb weniger Sekunden ab, und Jane erlebte eine zweite Überraschung, denn jemand sprach zu ihr, den sie nicht sehen konnte, der aber trotzdem da war, sie sogar anfasste und aus der unmittelbaren Gefahrenzone schleifte.

»Du wirst leben, Jane! Du wirst leben.«

Das war Yakup!

Über den Körper der Frau rann eine Gänsehaut. Jane begriff überhaupt nichts mehr, das war auch nicht nötig.

»Tut mir Leid«, hörte sie Yakup sprechen. Er löste seinen Griff, und Jane fiel zurück.

Sie blieb auf dem Rücken liegen, starrte in den dunkelgrauen Himmel und sah die schwachen Umrisse eines runden Vollmonds. Er hatte zum Zeugen ihrer Hinrichtung werden sollen, das war nun nicht eingetreten, doch die Gefahr war noch nicht vorbei.

Auch Dämonen können geschockt werden. Das war hier zu sehen. Aber sie erholen sich ebenso rasch. Und der zweite Henker war es, der die Funktion seines Artgenossen übernehmen wollte, denn er bückte sich blitzschnell und hob die Axt auf.

Der Richter war zurückgegangen, der andere Henker rollte über den Boden, kam aber wieder auf die Knie. Aus beiden Wunden rann dick das grüne Dämonenblut.

Es floss über seine Schultern, versickerte im Stoff, aber es war sehr viel, und so floss es noch an den Beinen entlang.

Der zweite Henker hielt die Waffe schräg. Er wartete auf einen Gegner, den er nicht sehen konnte, der aber in der Nähe war. Plötzlich drang abermals die Klinge aus dem Nichts und zielte auf ihn.

Der Henker duckte sich.

Getroffen wurde nur der Stoff seiner Kapuze. Ein breiter Riss klaffte an der Seite, sodass ein Teil seines Gesichts zu sehen war. Ein schuppiger, grünlich schimmernder Schädel, mehr Monster als Mensch, und der Vergleich mit einem Fisch war nicht zu weit hergeholt.

Der Henker kämpfte.

Er schlug mit seiner Axt zu. Sehr wendig war er trotz der schweren Waffe. Es gelang ihm sogar, das Schwert zu treffen und es aus der Richtung zu bringen.

Jane, die dem Kampf zuschaute, hörte die hell klingenden Laute, und sie bekam auch mit, wie sich der unsichtbare Yakup Yalcinkaya wieder zurückzog. Sogar das Schwert verschwand.

Der Henker stand allein.

Er blickte sich wild um, aber er sah keinen Gegner, denn Yakup war unsichtbar.

Jane Collins hockte am Boden.

An sie wollte er heran.

Eine lächerliche Entfernung für diesen mächtigen Kerl aus dem Reich der Hölle. Unter der Kapuze drang ein röhrendes Geräusch hervor, er schwang seine Axt. Es war nicht zu erkennen, ob er damit schlagen oder sie schleudern wollte.

Yakup war schneller.

Diesmal verließ er sich nicht auf sein Schwert, er hatte den Bogen genommen.

Aus dem Unsichtbaren schossen die Pfeile heran. Blitzschnell geschah dies. Der erste traf den Henker in die Brust, der zweite Pfeil jagte genau in die Mitte der Kapuze hinein und durchbohrte das Gesicht, und der dritte war unterhalb der Gürtellinie gezielt worden.

Ein Kampfschrei begleitete den Flug der Pfeile, dann war Yakup selbst da; auf einmal wurde er wieder sichtbar. Er hielt etwas in seiner linken Hand, das Jane nicht kannte und das aussah wie ein Helm. Es war die Krone der Ninja.

In der Rechten aber lag das Ninja-Schwert, und damit konnte Yakup umgehen.

Der Henker war völlig verwirrt. Die Pfeile hatten ihn tief getroffen, aber er war nicht tot. Das besorgte Yakup mit einem hart geführten, schräg angesetzten und mörderischen Schwertstreich.

Sogar das Pfeifen der Klinge war zu vernehmen, als der Strahl die Luft zerschnitt.

Und er traf.

Genau dort, wo der Stoff der Kapuze den Hals berührte.

Ein Hieb hatte ausgereicht. Dem Unheimlichen wurde der Kopf vom Rumpf getrennt.

Es war furchtbar. Der Torso bewegte noch seine Beine. Er geriet an den Rand der Plattform und kippte darüber hinweg. Irgendwo unten schlug er auf, während der mit der Kapuze bedeckte Kopf liegen blieb.

Yakup kreiselte herum.

Der zweite Henker stand wieder auf den Beinen. Und es sah nicht so aus, als würde er aufgeben. Zwar verletzt, wollte er sich trotzdem auf Yakup stürzen.

Der ließ ihn kommen, ging sogar zurück und gab dem anderen eine Chance, sich nach dem Beil zu bücken.

Das hatte Yakup gewollt.

Genau in der Sekunde, als der Henker die richtige Stellung erreicht hatte, schlug Yakup zu.

Der Henker hatte sich in einer ähnlichen Lage befunden wie Jane, als sie auf dem Hauklotz lag.

Der Türke aber traf.

Plötzlich rollte der Kopf des Henkers weg, begleitet von einer Spur des grünen Dämonenbluts, und auch dieser zweite Gegner war ausgeschaltet worden.

Yakup Yalcinkaya hatte gesiegt.

Er wusste dies, seine Augen leuchteten auf, als hätte jemand mit einem Lichtstrahl hineingeleuchtet, und durch seine Gestalt ging ein heftiger Ruck. Er wirkte so, als wollte er sich innerlich aufrichten, während die dunkelblaue Kampfkleidung der Ninja vom Wind erfasst und durchgeschüttelt wurde.

»Yakup.«

Er hörte Janes leisen Ruf, drehte sich zu ihr um, und alle Härte schwand aus seinem Gesicht.

Es wurde weich, entspannt, ein Lächeln kerbte die Lippen. Mit langsamen Schritten ging er ihr entgegen, erreichte sie und ging vor ihr in die Knie. Er fasste nach Janes Hand, hörte und sah sie weinen, während er über ihr Haar strich.

»Dich wird niemand mehr verurteilen, Jane Collins. Wir haben es der Hölle gezeigt.«

Sie nickte unter Tränen, suchte nach Worten und stammelte leise: »Du, du hast mir das Leben gerettet.«

»Dafür bin ich da!«

»Yakup!«, flüsterte sie. »Es war die Hölle.«

»Du musst es vergessen, Jane, und du wirst es vergessen, glaub mir. Wir beide kehren zurück in das Kloster.«

»Yakup!« Plötzlich klang ihre Stimme so schrill, dass der Türke aufhorchte.

»Was ist denn?«

»Du hast zwei getötet, aber da war noch ein Dritter. Der Richter, dieses Skelett.«

Yakup jagte in die Höhe. Er drehte sich dabei und sah sich auch sofort um, entdeckte aber keine Spur von dem Skelett. »Er ist weg!«, sagte er leise.

»Und was willst du tun?«

»Ich kann dich jetzt nicht allein lassen. Ich …«

»Jane!« Ein lauter Ruf unterbrach die Stimme des Türken, und die Detektivin zuckte zusammen. Ihre Augen weiteten sich. »Yakup, mein Gott«, hauchte sie. »Das war doch John Sinclair, oder?«

»Ja, er war es.«

Wir rannten.

Ein Labyrinth aus Treppen, Gängen, Türen und Schächten nahm uns auf. Ein Wirrwarr, in dem wir uns kaum zurechtfanden, doch wir kannten die Richtung.

Bob Riley hatten wir abgehängt. Was jetzt noch zu erledigen war, mussten Bill und ich übernehmen.

Mein Freund hatte seine goldene Pistole gezogen. Er würde sie einsetzen, wenn es sein musste.

Die Plattform hatte tiefer gelegen. Und diesen Weg suchten wir. Als Zufall konnte man es bezeichnen, dass wir eine schmale Treppe fanden, die in die Höhe führte. Wir hatten zuvor einen tristen Gang hinter uns gelassen, durch den damals die Gefangenen zu den Gaskammern geführt worden waren.

Nun ging es die Treppe hoch.

Ich hatte die Spitze übernommen. Immer zwei Stufen auf einmal sprang ich hoch. Schon sah ich die Tür, die den Ausgang zur Plattform bilden musste. Ich hörte Geräusche und wurde davon überrascht, dass jemand die Tür aufriss.

Das Skelett im Talar erschien.

Ich war für einen winzigen Moment abgelenkt. Das nutzte dieser Dämon aus.

Plötzlich sah ich ihn übergroß vor mir auftauchen. Instinktiv griff ich nach dem Geländer, um mich festzuhalten, aber der Wucht des Aufpralls hatte ich nichts mehr entgegenzusetzen.

Der Knöcherne schlug voll gegen mich. Ich verlor den Halt, fiel gegen Bill Conolly und hörte auch ihn fluchen. Dann waren wir von schlagenden, metallisch klingenden Geräuschen umgeben, als Bill und ich die Treppe hinuntersegelten.

Ich hatte dabei das Glück, auf meinen Freund zu fallen. Erst vor der letzten Stufe blieben wir liegen. Bill stöhnte unter mir, ich rollte mich von ihm weg. Diese Zeitspanne hatte der Knöcherne genutzt, um auch die letzten Stufen zu überwinden. Er war plötzlich da.

Ich sprang hoch – und drehte mich dabei genau in den wuchtigen Schlag seiner beiden Knochenfäuste hinein, die er von oben nach unten rammte und so meine Schädeldecke traf.

Die Haare dämpften den Treffer kaum. Ich sackte wieder in die Knie, sah dabei Sterne und dachte, dass ich auf keinen Fall bewusstlos werden durfte. Dann hatte der Knöcherne leichtes Spiel.

Neben Bill lag ich und auch neben seiner rechten Hand, mit der er die goldene Pistole umklammerte.

Sie war mir näher als meine Beretta.

Bevor sich das als Richter verkleidete Skelett eine neue Gemeinheit einfallen lassen konnte, riss ich meinem Freund die Waffe aus den Fingern. Okay, mir ging es nicht gut, aber einen Schuss abzugeben, dazu war ich noch immer in der Lage.

So drückte ich ab.

Aus dem Lauf löste sich eine Hand voll Schleim. Keine Kugel, kein Detonationsknall, nur ein klatschendes Geräusch erklang, als das Skelett erwischt wurde.

Und diese Ladung war tödlich.

Eine dämonische Säure sorgte für die Auflösung des Gegenstands, der erwischt worden war. Innerhalb weniger Sekunden breitete sich das gefährliche Zeug aus. Es wurde zu einem ovalen ballonartigen Gegenstand, der alles zerfraß, was sich in seinem Innern befand, auch Knochen.

Er hatte Kamikaze vernichtet, und nun war dieses als Richter verkleidete Skelett an der Reihe.

Ich konnte zusehen, wie es dagegen ankämpfte, wie es sich wehrte, mit seinen Knochenfäusten gegen die Haut trommelte, ohne sie durchstoßen zu können, und wie plötzlich der Schädel abfiel und vor seine Füße rollte.

Arme, Beine, alles wurde von der magischen Säure zerfressen. Die Knochen, die sich in der unteren Hälfte gesammelt hatten, schwammen in der Brühe und lösten sich auf.

So wirkungsvoll diese wandernde Blase auch war, sie konnte sich auch gegen denjenigen wenden, der sie erzeugt hatte. Und sie wankte auf mich zu.

Vernichten konnte ich sie mit meinem Kreuz.

Das schleuderte ich ihr entgegen.

Die Blase zerplatzte und verdampfte gleichzeitig, sodass nur mehr die Reste des Dämons zurückblieben, der in ihr sein Leben ausgehaucht hatte.

Ich atmete tief aus, hörte Bill stöhnen und sich darüber beschweren, dass er doch kein Kissen wäre.

»Manchmal eben doch«, sagte ich und wandte mich wieder der Eisentreppe zu. So laut ich konnte, rief ich Janes Namen, in der Hoffnung, dass sie mir eine Antwort gab.

Die erhielt ich nicht.

Dafür aber standen wir uns eine halbe Minute später gegenüber.

Ich sah auch Yakup, aber er war für mich momentan uninteressant. Allein Jane galt mein Blick. Sie musste von Yakup gestützt werden, da sie sich allein nicht auf den Beinen halten konnte. Wir sahen uns an, und keiner von uns wagte den ersten Schritt.

Blicke, die sprachen und gleichzeitig Fragen enthielten, aber keine Antworten wussten.

»Hi, Jane!« Es war ein dummes Wort, aber mir fiel nichts anderes ein.

»John?« Sie lächelte plötzlich. »Ich lebe noch.«

»Ja, und das verdankst du Yakup. Wir wären heute zu spät gekommen. Tut mir Leid.«

»Na ja, ihr konntet ja nicht wissen, dass …«

Ich nickte. »Doch, Jane, wir hätten es wissen müssen, aber manchmal ist die Zeit schneller.«

Mehr sagten wir nicht. Riley tauchte auf. Er brachte Bill Conolly gleich mit, der nicht so verlegen reagierte wie ich, als er Jane Collins sah.

»Unser Freund Bob hat ein Boot. Damit können wir die verdammte Insel verlassen«, sagte Bill.

Niemand hatte etwas dagegen.

Ich hatte meine Scheu überwunden. Neben der in eine Decke eingewickelten Jane saß ich im Heck des Bootes. Wir sahen uns an, manchmal lächelten wir auch, dann machte Jane den Anfang und tastete nach meiner Hand. »John, dich quält eine Frage.«

»Woher weißt du?«

»Das sehe ich dir an. Bitte, sprich es aus.«

Ich blickte hinaus auf das Meer und sah den erhellten Küstenstreifen, wo Frisco lag. »Willst du eigentlich für immer bei Yakup im Kloster bleiben?«

Die Antwort gab sie mir nicht sofort. Erst nach einer Weile.

»Yakup ist ein prächtiger Mensch. Man kann sich keinen besseren Freund wünschen. Wenn es jemanden gibt, dem man voll vertrauen kann, dann ihm.«

»Also bleibst du?«, fragte ich kratzig und starrte Yakup an, der an der Reling lehnte und bewusst nicht in unsere Richtung schaute.

»Das habe ich nicht gesagt.«

Ich hob die Schultern. »Du kannst es dir ja noch überlegen.«

»Frisco ist herrlich, im Kloster geht es mir auch gut, aber ich vermisse etwas.«

»Und was?«

»London, John.« Sie atmete scharf durch. »Und dich, und das ist ehrlich gemeint.«

Ein Strom der Freude durchschoss mich. Ich wollte etwas sagen, doch ich konnte nicht reden. Ich dachte wieder an die Szene, als Jane Abschied genommen hatte. Es war auch in Frisco gewesen, in einem kleinen Lokal. War die Zeit des Nachdenkens jetzt bei ihr vorbei?

»Bitte!«, flüsterte sie. »Gib mir noch Zeit, John.«

»Klar, so viel Zeit, wie du nur willst. Und noch etwas, Jane. London wartet auf dich.« Ich räusperte mich. »Und wir auch.«

ENDE

Sehr geehrte Leserin, sehr geehrter Leser,

Falls Ihr Buchhändler die **John Sinclair-Taschenbücher** nicht regelmäßig führt, bietet Ihnen die ROMANTRUHE in Kerpen-Türnich mit diesem Bestellschein die Möglichkeit, diese Taschenbuch-Reihe zu abonnieren.

Hiermit bestelle ich bis auf Widerruf bei ROMANTRUHE,
Röntgenstr. 79, 50169 Kerpen-Türnich, Tel-Nr. 02237/92496,
Fax-Nr. 02237/924970 oder Internet: www.Romantruhe.de
die **John Sinclair-Tachenbücher** zum Preis von 45,00 Euro
für 12 Ausgaben.
Die Zusendung erfolgt jeweils zum Erscheinungstag. Kündigung jederzeit möglich. Auslandsabonnement (Europa/Übersee) plus Euro 0,51 Porto pro Ausgabe.

Zahlungsart: ☐ - jährlich ☐ - 1/2-jährlich ☐ - 1/4-jährlich
☐ - monatlich (nur bei Bankeinzug)
Bezahlung per Bankeinzug bei allen Zahlungsarten möglich.
Bitte Geburtsdatum angeben: ___ /___ /19___
Name und Ort der Bank: ______________________________

Konto-Nr.: ______________ Bankleitzahl: ______________

Name: ______________ Vorname: ______________
Straße: ______________________________ Nr.: ______
PLZ/Wohnort: ______________________________
Unterschrift: ______________________ Datum: ______________
(bei Minderjährigen des Erziehungsberechtigten)

Die Bestellung wird erst wirksam, wenn sie nicht innerhalb von zwei Wochen ab dem auf die Aushändigung dieser Belehrung folgenden Tag schriftlich (zweckmäßigerweise per Einschreiben bei: Romantruhe, Röntgenstr. 79, 50169 Kerpen-Türnich) widerrufen wird. Zur Wahrung der Frist genügt die rechtzeitige Absendung des Widerrufs. Dies bestätige ich mit meiner

2. Unterschrift: ______________ Datum: ______________

Wenn Sie das Buch nicht zerschneiden möchten, können Sie die Bestellung natürlich auch gerne auf eine Postkarte schreiben.

Grüße aus dem Fegefeuer

Mit einer Gesamtauflage von 250 Millionen ist ›*Geisterjäger John Sinclair*‹ die erfolgreichste Horror-Serie der Welt, und Jason Dark zählt zu den meistgelesenen Autoren deutscher Sprache. In dieser Taschenbuchausgabe erscheinen acht seiner atemberaubenden Romane:

Die Straße der Gräber
Das Richtschwert der Templer
Der Grusel-Star
Aibons Schlangenzauber
Willkommen im Fegefeuer
Der Werwolf-Jäger
Das lebende Bild
Der Kampf mit dem Höllendrachen

ISBN 3-404-73953-1

BASTEI LÜBBE